记忆坊出品

茴笙——

著

记忆

航班

ABOUT
MEMORY

江苏凤凰文艺出版社
JIANGSU PHOENIX LITERATURE AND
ART PUBLISHING, LTD

图书在版编目（CIP）数据

记忆航班 / 茵笙著. -- 南京：江苏凤凰文艺出版
社，2017.12
ISBN 978-7-5594-1168-6

Ⅰ. ①记… Ⅱ. ①茵… Ⅲ. ①长篇小说－中国－当代
Ⅳ. ①I247.5

中国版本图书馆CIP数据核字(2017)第242125号

书　　　名	记忆航班	
作　　　者	茵　笙	
出 版 统 筹	黄小初　沈滏颖	
选 题 策 划	北京记忆坊文化	
责 任 编 辑	姚　丽	
特 约 策 划	张才曰	
特 约 编 辑	单诗杰　绪　花	
责 任 监 制	刘　巍　江伟明	
封 面 设 计	80零·小贾	
封 面 绘 图	卜若梨	
版 式 设 计	段文婷	
出 版 发 行	江苏凤凰文艺出版社	
出版社地址	南京市中央路165号，邮编：210009	
出版社网址	http://www.jswenyi.com	
印　　　刷	三河市祥达印刷包装有限公司	
开　　　本	670毫米×970毫米　1/16	
字　　　数	418千字	
印　　　张	20	
版　　　次	2017年12月第1版，2017年12月第1次印刷	
标 准 书 号	ISBN 978-7-5594-1168-6	
定　　　价	38.00元	

影视版权抢订热线　　　010-57194853
江苏凤凰文艺版图书凡印刷、装订错误可随时向承印厂调换

CONTENTS
目录

Chapter.01
偶遇

孙廷雅有个毛病，她记不住人脸。

医学上管这叫"面孔遗忘症"，网上则有个更通俗的名字，脸盲。具体表现在，她对绝大多数人的长相都很难留下深刻印象，如果不用心去记，即使已经认识一两年，依然可能与这人形同陌路。

现在就是这种情况。

孙廷雅推开紧紧抱着她的女人，凝神端详三秒，挑眉道："老板娘？"

季思乐道："你记住我了？"

"记不住，但餐厅里会扑上来抱我的人，也就只有你了。"

古色古香的中式庭院里，月色如霜照耀回廊，檐下每隔一段就悬着盏六角檀木宫灯，微风拂过，灯光和象牙色轻纱一起晃动，如同起伏不定的水波。

孙廷雅就站在宫灯下，弯唇轻笑。季思抗议，"你这人真是夸张，好歹我也教你做了一年菜，不至于这么无情吧？真认不出我？"

孙廷雅摸摸她的脸，"一年里基本都是电话授课，偶尔的视频教学我又懒得看屏幕，记不住才是正常，honey。"

季思气结。

孙廷雅和季思是两年前认识的，她被人带来这家餐厅吃饭，和老板娘季思意外投契。后来孙廷雅去了英国，嫌弃那边饭菜难吃的同时，格外怀念季思做的地道京菜，辗转请她当了自己的老师。两个女人年龄相仿，一来二去也就成了关系不错的朋友。

孙廷雅看她气哼哼的样子，终于大发慈悲不再逗她，"好了，开玩笑的。我当然记得你的样子，给我做饭的都是再生父母，忘了谁都不会忘了你。"

季思满意了，"这才像话。"

她说着，打量两年不见的朋友。

北京的七月正是一年里最热的时候，孙廷雅的打扮很清凉，Dior黑色长裙配十二厘米细高跟，头发很长，几乎垂到臀部，用一根檀木簪子绾起来，散出一截垂在身后。她很瘦，肌肤白皙耀眼，再加上一米七二的身高，以至于她随便一站都像T台上的模特，气场十足。

女人只化了淡妆，轻颦浅笑间却透着股难言的韵味，红唇在夜色里隐带魅惑。

看起来，她这两年过得不错。

季思问："你回国多久了？我接到电话吓了一跳，没听到消息啊。"

孙廷雅道："半个来月吧，之前一直有工作，所以没通知朋友们。"

"什么工作啊，还神神秘秘的。"

孙廷雅笑而不答，只道："别废话了，我是来吃饭的，快带我去包厢。"

季思道："真不凑巧，小店今天被人包了，没剩下位置。"

孙廷雅挑眉，"连我也不能例外吗？"

季思面露难色，"这个嘛，做生意得守规矩，说了包场，我就不能再招待别的客人……"

孙廷雅不语。

季思的餐厅在圈子里很有名气，说是餐厅，更像是私房菜馆，只招待经熟客或朋友介绍而来的客人。店面在自家的四合院里，北京这个地段的四合院，价钱可比三五套别墅还贵，所以这家店的消费水准也可想而知。

她笑起来，贴了水钻的指甲划过鳄鱼皮手袋，"是哪家的纨绔啊？连你的店都敢包，一掷千金啊。"

季思做了个表情，表示自己不能讲。

别人已经把话说成这样，孙廷雅也不好再坚持。正打算离开，远方却飘来一阵琵琶声，清扬悦耳，仿佛叮咚的泉水。

孙廷雅感兴趣地望过去。

她不会弹琵琶，但小时候练书法，《琵琶行》是写得最多的一阕。"浔阳江头夜送客，枫叶荻花秋瑟瑟""大弦嘈嘈如急雨，小弦切切如私语"，外公亲自握着她的手，一边写一边在她耳边吟诵，那时姨妈就配合地抱住琵琶弹起来。

脚步不自觉循声而去，季思紧随其后，"你干吗啊？廷雅，你要去哪里？"

"这是店里的琵琶表演吧？你员工的素质越来越高了，这位的水准都可以去艺术团了，让我瞻仰一下。"

"哪有那么夸张……不对，我店里没有弹琵琶的员工。这应该是我的客人！"

孙廷雅停下脚步，"客人？"

"对！"

孙廷雅双手抱臂，"就是前面那个？"

季思诧异回头，才发现两人已经走到回廊转角处，前方的庭院里，有个挺拔颀长的身影，静静立在台阶下方。她们看不到他的脸，只能看到他的黑色修身西服，光是个背影，已然透出股从容悠然。

孙廷雅正觉得有趣，那美妙的琵琶曲居然是个男人弹的，却看到他往旁边走了几步，露出一个白裙长发、容貌清丽的女人。她坐在石凳上，怀里抱着把五弦琵琶，侧颜温婉，皎洁的月光照在她身上，一瞬间仿佛古画上的仕女翩翩而出。

孙廷雅惊讶道："是她？"

季思道："不、不是他！你看错了。"

孙廷雅白她一眼，"究竟我脸盲还是你脸盲？那个女人啊，难道不是最近很红的女明星宋菲儿？"

季思眼神怪异，"你认得她？"

"嗯，最近……恰好看了她的电视剧，有一点印象。"

说到宋菲儿，可以称得上是家喻户晓，她高中时就凭借名导覃卫东的电影《青芒恋人》出道，在电影里饰演女一号。这样超高的起点让她一夜成名，近十年过去了，她也在娱乐圈有了不低的地位，是年轻一代女星里排得上号的人物。

季思轻舒口气，露出个笑容，"对，确实是她。没想到她不仅会演戏，琵琶也弹得这么好。"

那边，宋菲儿仰头，朝男人笑问："喜欢吗？因为下部电影需要弹琵琶，所以最近一直在练，好在小时候基本功扎实，听起来好像还不错。"

男人轻轻一笑，"你这可不只是'不错'。"

他的声音非常好听，低沉有磁性，美酒般醇厚。

宋菲儿说："你这是夸我了？真难得，我还有能让沈公子您看得上的地方。"

男人声音拖长，"我看得上你的地方多了去了。"

宋菲儿弯唇一笑。

季思扯扯孙廷雅，"行啦，人也看到了，咱们走吧。"

孙廷雅觉得也是，听壁脚可不是君子所为，正准备提步离开，却听到宋菲儿状似无意道："对了，那天在海盛酒店，我远远看到你和一位小姐在一起。我可以问问那是谁吗？"

男人不答反问："你在担心什么？"

"没担心什么。我只是想，如果那位就是你传说中的太太，咱们再见面就不合适了……毕竟，我并不打算破坏你们夫妻的关系。"

孙廷雅眉头微蹙。

她之前因为工作去了解宋菲儿背景时，并不知道她还有这么一桩风流韵事。介入富家公子的家庭？而且听这口吻，所图似乎还不小。两人接下来还有合作，她可不希望她闹出丑闻。

男人不作声，宋菲儿终于不安，"你要不想回答，就算……"

"季老板，你在那里做什么？"

两人都是一惊，却见男人不知何时回过身，正似笑非笑地看着她们。

由于脸盲的关系，孙廷雅其实很难判断一个人的长相是否好看，不过这次有点不同，因为那男人生了一双漂亮的桃花眼。这是孙廷雅最喜欢的眼型，大而修长，尾部略弯向上翘，双眸深邃而迷离。

他明明什么都没做，眼神却拥有扰乱人心的力量。

季思不愧是身经百战的，立刻一本正经道："打扰二位了，菜已经备好，我是来请你们入席的。"

男人不置可否，目光落向旁边。那里站着个女人，因为灯光恰好照不到，他看不清她的脸，只觉得女人的眼睛很漂亮，"这位是？"

季思没有回答，反而是孙廷雅偏头说："既然今天已经客满，那我改天再来吧。"

她转身要走，男人淡淡道："站住。"

孙廷雅驻足，只听男人戏谑道："偷听了我们讲话，这就想溜了？这位小姐不该给我个解释吗？"

孙廷雅道："抱歉，我并非故意偷听你们讲话。不过无论我听到了什么，您都可以放心，我不会告诉任何人。"

男人摸摸下巴，"听起来好像不太够诚意。"

孙廷雅耸肩，"不然，我写个保证书？"

男人还是不答话，孙廷雅叹了口气，打开手袋取出支烟，夹在指间挑眉一笑，"那就没办法了。该听的不该听的我都已经听了，您预备把我怎么办？"

气氛有点尴尬。

宋菲儿眉头紧蹙。她和沈沣的事一直是对外隐瞒的，以她的身份，要是被外界知道她和有妇之夫纠缠在一起，公众形象搞不好便要毁于一旦。之前这家店一直很清静，今天却突然冒出来这个女人，真是让人烦躁。

她看向对面的季思，出乎意料的，老板娘竟没有露出管理疏忽的心虚，反而垂眸看着地面，有一种对眼下局面不想搭理的逃避。

沈沣打量孙廷雅片刻，风度翩翩地欠了欠身，"刚才只是个玩笑，我当然相信季老板的朋友。你说了不会乱讲，那就不会乱讲。"

孙廷雅知道，他这是把责任扣到季思头上了，以后如果有什么流言蜚语，他只会找季思算账。

她有点内疚，然而季思深吸口气，从善如流道："当然，我的朋友我可以担保。"

沈沣忽地一笑，英俊的眉眼在月色中更显柔和，端的是风流多情，"况且就算没有季老板，我也不会为难美丽的女士。你想听什么，都请随意。"

孙廷雅对他的殷勤并无触动，她按下打火机，蓝幽幽的火苗弹跳而出，她的面容也第一次暴露在沈沣眼前。

他神色陡然一变。

孙廷雅长长吸了口烟，朝季思挥挥手，"回见。"转身大步而去。

季思尴尬一笑，也立刻离开了这里。

宋菲儿恼道："你就这么让她走了？万一她告诉狗仔……"

沈沣淡淡道："能来这家店的客人都对娱乐圈那点事没兴趣，更没空见什么狗仔，你想太多了。"

宋菲儿无数的抱怨全卡在喉咙里。

沈沣还看着孙廷雅离去的方向，宋菲儿见他神色古怪，忍不住道："那么情意绵绵地夸那位小姐漂亮，说实话，你看清楚人家脸了吗？"

沈沣道："没太看清，不过她长得……有点像我太太。"

宋菲儿诧异扭头，正惊疑他什么意思，就看到男人摇摇头，自嘲一笑，"不过应该是我眼花了。我太太还在国外，不可能在这里。"

孙廷雅刚离开餐厅就接到经纪人的电话，那端乔珊的嗓门一如既往地响亮，"喂，你在哪儿啊？现在有空吗？"

"吃晚饭……未遂。怎么了，找我有事儿？"

"没吃饭啊？那正好。我发你个地址，你赶紧过来，姐姐请你吃好吃的。"

孙廷雅道："先说清楚什么事儿。"

乔珊知道糊弄不了她，也就实话实说："今晚剧组聚会，导演、制片和主要演员都在，你也过来和大家见一面吧。"

"我一个编剧，有必要去这种场合吗？"

"正常编剧都会去这种场合，更何况你这个原著作者兼编剧。征求你意见就是走个过场，我限你一个小时赶过来，否则咱俩没完！"

乔珊挂了电话，孙廷雅对着灯火璀璨的大街翻了个白眼，伸手招了辆出租车。

最近半个月，她真是过得够呛。离开英国自由散漫的生活，把自己关在酒店进行封闭式赶工，终于完成了剧本的全部创作。好不容易出关想吃顿好的，却遇到了包场的霸王，现在不得不饿着肚子去应酬。

乔珊发的地址是个KTV，孙廷雅到时里面刚好唱完一首歌，安静的氛围里，她一推开门就受到众人注目。导演蒋卫率先鼓掌，"大家还不认识吧？这位就是咱们《高阳公主》的主笔编剧，也是原著小说《高阳》的作者，格林小姐！"

群众跟着鼓掌，脸上却多多少少浮现出惊讶。作为剧组的一员，他们当然知道她，七年前她以"格林小姐"为笔名，在网上发表了讲述唐太宗之女高阳公主的长篇小说《高阳》。原本只是在某论坛连载，最后却因为其严谨翔实的考据和跌宕起伏的剧情一炮而红，她也被誉为"将历史和爱情结合得最好的作者"。

她一直很神秘，多年来从没放过一张照片，大家本以为能写出这种书的作者应该也是古典优雅范儿，却料正主竟走的性感御姐路线。

孙廷雅含笑和众人打了招呼，最后在乔珊旁边坐下。对方勾住她的脖子，冷笑道："说好一个小时，怎么迟到了？"

"这里是帝都，一个小时够去哪儿啊？我没拖到你们散场才到，已经很给面子了。"

乔珊说："看到没？蒋卫导演和几位主角都到了，你不该来坐坐？咱们文字工作者是弱势群体，该抱大腿的时候可不能含糊。"

孙廷雅道："没有啊，女一号就没到。"

"那倒是。也不知道宋菲儿在搞什么，本来助理都说她会过来的，结果居然拖到现在还没现身，我看是要放剧组鸽子了。"

孙廷雅轻笑，"对啊，不知道她在搞什么。"

包厢右边传来喧哗声，孙廷雅扭头一看，正对上一张俊朗帅气的脸。男人身材高大，手长腿长，穿着简单的Polo衫和牛仔裤，笑起来很阳光。几个女孩围着他，他正给她们变魔术，手在女孩脑后随意一摸，出来就捏着朵红玫瑰。女孩们又惊又喜地鼓掌，他笑嘻嘻地把花递给其中最漂亮的那个，惹得她羞涩低头。

林奕，时下正当红的偶像小生，之前一直出演电视剧，此番转战大荧幕，在《高阳公主》里饰演男二号房遗爱。

孙廷雅看得津津有味，他突然转头，目光在沙发上扫了一圈，最后停在她身上。

孙廷雅没有动，静静看他端着杯酒走过来，"你好，我是林奕。"

她隔了几秒才弯腰拿起酒杯，和他碰了碰，"你好，我是格林小姐。"

乔珊往旁边移了点，林奕挨着孙廷雅坐下，偏头道："格林老师跟我想象的样子不太一样。"

孙廷雅道："是吗？"随意的口气，并不好奇在他想象中自己是什么样子。

林奕自顾自道："很多年前我就对您很熟悉了，没想到竟然有合作的一天，缘分真是太奇妙。"

孙廷雅终于流露出了兴趣，"林老师不会想说，你是我的读者吧？"

林奕做个鬼脸，"我也希望我是，但很可惜，我的文学鉴赏力实在平庸。不过我大学时的女朋友是您的忠实粉丝，如果知道我见了您，一定会逼我帮她要签名的。"

孙廷雅挑挑眉毛，"那你会要么？帮你的初恋女友，要我的签名……"

这话暗藏深意，林奕眸光一闪，迅速道："当然不会，毕竟我们已经五六年没见了。"

孙廷雅点点头，仿佛对这回答很满意。林奕盯着她看了会儿，领会了什么般笑起来，声音也变得温柔，"自从加入这部戏，我就一直想见见您，今晚总算如愿以偿。"

孙廷雅笑，"那可真是我的荣幸了。要知道，林老师现在可是万千少女的男神，多少人哭着喊着想见你呢！"

林奕夸张地摸摸脸，"格林老师这么说，我得脸红了。"顿了顿，"我们老师来老师去的，总觉得太生分，叫我林奕或者阿奕吧。"

孙廷雅接受了这个提议，林奕又说："不过，我该怎么称呼你呢？格林，还是小姐？"

乔珊插嘴，"叫她格格吧，正好一身的公主病。"

林奕龇了下牙，表示自己不敢，"我叫你小绿，怎么样？"

"小绿"是孙廷雅部分读者对她的爱称，取的是Green的意译，林奕居然知道这个名字，看来他对她还真是挺了解。

孙廷雅臀部往沙发里面挪了挪，左腿放到右腿上，黑色长裙往上滑了一截，露出纤细白嫩的小腿。

"可以呀。"

林奕目光在她腿上流连片刻，神情有微妙的变化。那边又一个人唱完了，蒋卫导演摩拳擦掌，表示要一展歌喉。

林奕说："其实我过来，还有件事儿想问。"

"什么？"

"我听说，是您选的我？"

孙廷雅顿了顿，"算是。"

"我跟副导聊过，他说您对别的人选都没什么特别意见，就专门点了我。我有点好奇，您这么做是为什么？"

虽然脸上还是笑嘻嘻的，但有什么东西明显不一样了。男人眼眸乌黑，并不刻意掩饰里面的探究，明明刚才两人还在暧昧，可当话题涉及他的事业时，男人瞬间收敛了吊儿郎当的姿态。

孙廷雅看着他。为什么选林奕？理由说出去恐怕没几个人信。

当时选角导演给了她入围演员名单，咨询她的意见。其余人落到她眼中都没什么差别，唯有这个林奕，那张阳光干净的笑脸只用了几秒钟，就刻进她的脑海。

她的脸盲症并不是对所有人都发作，一百个人里大概有二十个是她能够正常感知外表的存在。而林奕，就属于这五分之一。

孙廷雅靠在沙发上，手撑着头，懒洋洋道："为什么？因为你长得帅啊。"

林奕双眼睁大，显然没料到她会这么说。孙廷雅被逗乐了，"不然你以为是为什么？"

林奕咳嗽一声，"我以为，是因为我最符合您心目中对这个角色的定位。"

"哦，那也是一个方面，但主要还是你长得帅。"

孙廷雅说完，也不管林奕什么反应，扭头说："我饿了，这儿有没有吃的啊？喂，说好的请我吃饭呢！"

她用鞋尖踢踢乔珊，经纪人想了想，给她叫了份面条，满脸慈爱地道："你最喜欢的牛肉面，姐姐对你好吧？"

大老远过来，就给她吃面。孙廷雅正哀叹自己的悲惨命运，林奕忽然说："我知道这附近有家很好吃的日本料理，不如，我带你去？"

孙廷雅回头看他，男人眼神专注，直直与她对视。彩灯照耀的包厢里，蒋卫导演的歌唱到了高潮，"one night in Beijing"几个单词几乎吼到破音。

孙廷雅眨眨眼睛，"不了，目前来说，我还是更想吃牛肉面。"

"你跟那个林奕怎么回事儿？你看上他了？"

酒店里，乔珊一边卸妆一边问道。他们散得太晚，孙廷雅订的酒店恰好在附近，乔珊就索性过来借住一宿。

孙廷雅躺在落地窗边的沙发上，手背覆盖住额头。她最后还是没吃上那碗面，大家接二连三来敬酒，她空着肚子迎战二十几号人，纵然酒量再好现在也有点晕了。

"还成吧，怎么了？"

"没什么，就是觉得一年不见，你口味居然变了。现在喜欢弟弟了？"

孙廷雅今年二十八，林奕比她小一岁，两人年龄差距其实并不大，但孙廷雅还是附和道："是啊，我这个岁数，不正是开始欣赏年轻男人的时候嘛？欣赏他们健美而充满活力的肉体，还有运动时顺着肌肉淌下来的汗水……"

乔珊喷笑，"既然这么向往，为什么不跟他出去？人家可邀请你吃日料了啊。"

孙廷雅暧昧地眨眨眼，"当然是因为，所有的节奏必须掌握在我手里。"

乔珊沉默一瞬，竖起了大拇指，"果然是高手。"

孙廷雅摆摆手表示谦虚，然后道："不说林奕了，毕竟他只是男二号。我比较在意的是宋菲儿。"

"宋菲儿？她怎么了？"

孙廷雅顿了顿，"她的秘密男友，你听说过吗？"

"宋菲儿有男友？"乔珊咕哝道，"不知道啊。你都说是秘密了，我怎么会知道……"

孙廷雅看出不对，"你果然知道点什么。"

乔珊还想躲闪，奈何孙廷雅目光如炬，只好长叹口气，"是，我确实听到点风声，但这重要么？宋菲儿有没有男友关你什么事儿？"

"你既然知道这件事儿，又有意瞒着我，那证明你也清楚，宋菲儿的男友是有家室的。她是第三者。"

乔珊耸肩，"所以，你现在要谴责她道德败坏？"

孙廷雅翻个白眼，对她模糊重点的行为很无语，"我不管宋菲儿当不当小三，我只担心她惹到不能惹的人，到时候爆出丑闻，影响我们的电影。"

乔珊安慰道："不会不会，圈子里勾搭有妇之夫的女演员多了去了，有几个爆出来的？放心吧。"

孙廷雅双手抱臂，并没有放心的意思，乔珊揉着额头痛苦道："我就是猜到你的态度，才不敢告诉你。我承认，宋菲儿身上确实有一些隐藏风险，但怎么说呢，亲爱的，咱们管不了啊！"

国内影视行业不像国外，国内的编剧大多没什么地位，像孙廷雅这种已经算话语权大的了，还是因为她有名，以及乔珊这个经纪人给力。但也仅此而已。副导可以让她帮忙挑选一下演员，却绝不可能因为她反对，就踢掉已经签下合同的女一号。

这些孙廷雅当然清楚，所以当初即使宋菲儿不是她心中最完美的女主人选，她也淡定接受了。而现在，她也不是为了踢掉她才问这个。

孙廷雅道："我只是想跟你打听，知道那个男人是谁吗？既然已经上了一条船，我就得早做准备，免得真把大家都搭进去。"

乔珊当了孙廷雅两年经纪人，隐约知道她家境优渥，也许还真有些人脉，能搭上那位神秘富豪。但很可惜，她也不知道对方的具体身份。

"不过这种事儿，除非正宫娘娘发飙，否则是很难闹大的。我知道你也是担心这个，我还真有点眉目，听说那男人的老婆常年住在国外，夫妻俩感情不好。所以，她应该没兴趣收拾宋菲儿吧……"

孙廷雅问："她也住国外？"

乔珊戏谑，"是啊，和你一样，结了婚丢下老公远走他乡。哎，我说，这种日子是不是很爽啊？"

孙廷雅勾唇笑，"还可以，一般爽。"

乔珊白她一眼。

事情聊到这里也差不多了，既然找不到宋菲儿的金主，只好以后多加小心。正事谈完，乔珊忍不住八卦，"你还没告诉我呢，你怎么知道这事儿的？"

孙廷雅道："我看到那男的了。"

"什么什么？你看到了还问我！"乔珊激动了，"长什么样儿？帅不帅？不过有钱人好像都长得挺难看的，妈呀，宋菲儿不会找了个矮富丑吧！"

孙廷雅回忆那双漂亮的桃花眼，"还行吧，我没什么感觉……嗯，眼睛，眼睛挺好看的。"

剧本交了，电影要两个月后才开机，孙廷雅接下来就没事儿了。不过她并不打算闲着，于是开始准备新书的大纲。

乔珊得知后几乎喜极而泣，"苍天有眼，我当了你两年经纪人，总算盼到你写新书了！"

孙廷雅名气挺大，作品数量却实在不多，乔珊此前一直忙于帮她张罗旧作的各种版权合作。

不过虽然打算写了，题材却和以往大为不同，不是她最擅长的爱情悲剧，而是一个悬疑惊悚故事，发生在世界之巅的雪山。

乔珊说："你还真是爱我，写个文都不放过我家乡。不是，你们文艺青年是不是都一个样儿啊？哭着喊着做梦都想去西藏？"

孙廷雅道："相信我，月亮，至少我没有哭着喊着要去你家乡。"

乔珊的妈妈是藏族人，爸爸是汉族人，她十八岁以前都生活在拉萨。"乔珊"是身份证上的名字，家里人都习惯叫她的藏名"达瓦央金"，译成汉语就是月亮仙女。孙廷雅总喜欢调侃她这个名字，最后索性就叫她月亮了。

近年来，西藏忽然在年轻人间红了起来，被追捧为"涤荡灵魂的圣地"，这让从西藏出来还从事文学工作的乔珊有点崩溃，主要是每年都能看到大量以藏区为主战场的投稿，错漏百出到她这个本地人不想再看第二眼。

想到这儿，乔珊说："如果你真想写发生在西藏的故事，最好还是去一趟，总得采采风才能言之有物。"

孙廷雅道："我也想啊，但我的身体不适合。"

孙廷雅有先天性心脏病，医生嘱咐最好不要去高海拔地区，也因为这个，她这些年跑遍了世界各地旅游，却从未涉足雪山高原等地。

这就没办法了，乔珊不再插手孙廷雅的创作，想等第一版大纲出来两人再讨论。然而没想到的是，她尚未等来大纲，先等来了家里的电话，她当医生的弟弟出了大事，家里要她必须回去一趟。

乔珊火速请了年假奔赴拉萨，孙廷雅亲自送她去了机场，回来后关在酒店里对着电脑发呆。这阵子她一直在做大纲，不得不承认乔珊说得对，没有实地考察确实是个大问题，哪怕她已经翻了那么多资料，还是有种隔雾看花的茫然。

也许，她真的要冒险去一趟？

手机忽然响起来，是她英国的号，孙廷雅无精打采道："喂？"

电话那头，邹静声音一如既往地温柔，"小雅。"

"妈，有什么事儿吗？"

"没什么大事儿，妈就是想问问，你在剑桥的学业也完成了，准备什么时候回国？"

"您别老催我嘛，我在这边住得挺开心的，反正回去也没什么事儿，想多待几个月。"

"谁说回来没事儿？就算你不想见我们，可你还有老公啊，你就一点都不想他？"

孙廷雅活动了下脖子，"我老公？谁啊？"

邹静默了一瞬，"孙廷雅。"

孙廷雅连忙告饶，"妈，我错了，我不是故意的。但我的病您也清楚，我是真到现在都没记住他长什么样儿，您让我怎么想啊！"

这次隔了好久，邹静才轻叹口气，"我现在真的后悔了，当初你要跟沈沣结婚，我就该拦着的。明知道你只是跟你爸赌气，才会那么随便就找个人嫁……"

孙廷雅道："妈您想多了，我可不是随便嫁的。他是经过层层筛选才被我看上眼的丈夫。我很认真。"

"认真到记不住他的脸？"

孙廷雅道："怪他自己长得太大众。"

邹静生气了，"我不管，你这样常年不在家，我连电话都不敢和你婆婆打。既然那是你精挑细选的丈夫，你就回来和他好好相处吧，别再用留学当分居借口。"

孙廷雅眉头紧皱，知道邹静一旦认真起来，还真不好应付。挂在电脑上的微信恰好响了一声，是远在拉萨的乔珊发来的消息，"你知道我弟弟怎么了吗？他和医疗车一起失踪七十二小时了！老娘现在想砍人！他最好给我平安回来！"

孙廷雅坐直了身子，"不行啊，妈，我朋友家里出事儿了，我得去帮她忙。等处理完才能回来。"

"你朋友？她家在哪儿？你要去哪里帮忙？"

孙廷雅看着屏幕上巨大的布达拉宫照片，面不改色道："维也纳。我得去趟维也纳。"

孙廷雅坐在贵宾候机室里，一边喝咖啡一边聊微信。乔珊已经知道她要来拉萨了，对她的仗义深表感动，但同时也要求她出发前必须找医生检查，做好准备。

乔珊很忙，跟她说了几句就消失了，孙廷雅手指在屏幕上滑动，看到另一个群弹出了新消息。是《高阳》剧组的微信群，上次KTV聚会后她就被拖了进去，不过她没想到，此刻大家的谈话中心竟围绕着她。

"我表妹听说我见了格林老师，非跟我打听她长什么样儿，十足脑残粉！"

其余人纷纷附和，说格林老师的魅力原来也这么大，都快赶上明星了。孙廷雅看着他们的对话，没有插嘴的欲望，然而微信却显示有人申请添加她为好友。

是林奕。

孙廷雅看着头像上那张俊朗的笑脸，琢磨他是在群里翻到了她的微信，还是跟人要了她的微信号亲自输入，手指没有停顿地点了"同意"。

添加成功，她没作声，林奕先发了消息过来，"我就知道你在。"

孙廷雅笑，"你怎么知道的？"

"感觉。"

真是可爱的回答，孙廷雅觉得，如果林奕在她跟前，她可能会忍不住上手摸他。

"嗯，那你的感觉很准。"

"分人。对你准，对有些人，就不一定准了。"

孙廷雅撑着下巴，没接这茬。

林奕又说："最近有空吗？我对剧本有些困惑，想请格林老师吃顿饭，当面聊一聊。"

两人明明说了不互称老师，他再这么叫，就带了点调侃的意味。孙廷雅说："真不巧，我有事儿要离开北京一阵子。"

"很急？"

"我已经在机场了，二十分钟后起飞。"

"唉，看来我还是低估了格林老师的忙碌程度，失误，失误。"

"对，下次想要我的档期，你得早点说。"

林奕笑了两声，"电影开机后，你会跟组吗？"

"不一定一直跟，但我肯定会经常来剧组。"

隔了七八秒，林奕才回了消息，这次是条语音。

孙廷雅把手机放到耳边，听到男人声音带笑，仿佛三月的春风，"那好，我等你回来。"

她愉悦地回味了会儿，拖着旅行箱离开座位。就在她走后不久，一个高大挺拔的男人也走了进来。侧颜俊逸多情，坐下时被西裤包裹的长腿交叠在一起。他一直在打电话，神情平静，唯有微蹙的眉头泄露了一丝情绪。

不知那端说了什么，沉吟良久，沈沣才道："好，我知道了。我坐十五分钟后的飞机来拉萨，让医院那边继续找人，别的等我到了再说。"

"女士们，先生们，飞机已经降落在拉萨贡嘎国际机场，外面温度十七摄氏度。飞机正在滑行，为了您和他人的安全，请先不要站起或打开行李架……"

沈沣揉了揉太阳穴。五个多小时的飞行让他有点累，尤其这过程里还一直在忧心之后的事儿，导致他看着报表都忍不住皱眉头。

窗外是压得很低的蓝天白云，更远处是皑皑雪山，这些沈沣都没心情欣赏。好不容易等到飞机停稳，他站起来准备往外走，目光却落到前方的女人身上。

他对她有印象。

他上飞机时，她已经戴上眼罩盖好毯子开始睡觉了，也许是提前吩咐过，空姐送餐都没有打扰。头等舱人少，她又是唯一的女性，就格外引人注目。

她把床几乎放平了，睡到一半，咕哝着翻了个身，如瀑长发顺着垂到地上。这样下去要是有人经过搞不好会踩到，空姐小心翼翼地走过去，两只手把头发捧了起来，再收拢到她胸前。

画面有点美妙，整个机舱的男人都没作声，默默看完了全程。

沈沣也在看，心里却想这还是他头回见女人留这么长的头发。那个女人头发也很长，但比起这位应该还是差了点。

两人隔得不远，整个飞行过程，他每次从电脑上抬起头，总能瞥到她呼呼大睡的侧影。

而现在，她就走在他前面。

女人穿着米色大衣裙，露出笔直纤细的小腿。她的步伐有点凌乱，也不知是没睡醒，还是高原反应不舒服。

他静静跟着她，却敏锐地发现她身子一晃，眼看就要摔倒！

他本能上前，一手扶住她左臂，另一只手按在她右边肩头，止住了她摔倒的趋势。原以为这样就完了，谁知女人往后一退，无力地靠上他胸口。

长发拂上他的脸，有淡淡的馨香。

他没有动，手很有分寸地放在原处，只低头轻声道："小姐，你没事儿吧？"

女人发出含糊的哼声，仿佛有点痛苦。他被她头发弄得有些痒，神色却凝重起来，看这架势，难道真高反了？

"小姐，需要帮你找医生……"

"吗"字卡在喉咙里，她忽然抬起了头，而他看着她的脸，错愕地睁大了眼睛。

女人肤色白皙，戴着超大号墨镜，几乎遮住了半张脸。鼻梁高挺，嘴唇略微发白，搭配小巧的下巴，看上去竟有些惹人怜惜。

她抬手揉了揉额头，慢慢离开他臂弯。又过了几秒钟，大概是缓过来了，冲他慵懒一笑，"谢谢，我不需要医生。"

空姐一直注意着他们，见状问道："您真的没事儿吗？我看您脸色不太好……"

她淡淡道："我没事儿。刚刚只是有点起床气。"

说完，她继续朝前走，沈沣站在原地，等反应过来追出去时，已经找不到她的身影。

贡嘎机场实在太小，熙熙攘攘全是旅客，他很快就到了大厅，往出口走时，目光仍下意识在四周搜索。直到耳边响起男人的呼喊声，隔老远也能听出里面的焦灼，"沈先生！沈总！我们在这里！"

往右边一看，两个西装革履的男人站在接机口，其中一个手里举着一张纸，上面写着他的名字。

是医院派来接他的人。

回头再看了大厅一眼，沈沣按按眼睛，那张刚才觉得很熟悉的面庞，此刻已经有些模糊。

"看错了吧。"他说完，大步朝出口走去。

几十米外的行李提取处，孙廷雅也等到了自己的旅行箱。

刚才在飞机上其实还好，出来就开始不对劲了，太阳穴隐隐作痛，胸口也有些闷。她庆幸出发前明智地穿了平底鞋，否则以她这会儿的状态，搞不好还没走出机场就得摔几跤。

乔珊在接机口等她，她开了辆半旧的SUV，上车后孙廷雅问："你怎么亲自来了，家里的事儿走得开吗？"

乔珊说："别人来我不放心。反正我们现在也只能等消息，那边有爸妈守着，我离开几个小时没关系。"

乔珊递给她一个塑料袋，里面装了几盒药，又拿了瓶矿泉水给她，"红景天和高原安，看说明书搭配着吃。要是还不舒服，我带了氧气瓶，别忍着。"

孙廷雅把药吃了，但没有吸氧，盯着她问："你都没跟我说清楚，到底怎么回事儿？"

乔珊叹了口气，开始给她讲具体的情况。

她的弟弟乔琮从医科大毕业后，就在北京一家医院工作，最近参与了一个慈善医疗项目，跟同事们一起回了西藏。本来是件挺好的事儿，工作之余还能回家看看，没想到就在四天前，他在开车前往班戈县的途中失踪，至今下落未卜。

乔珊用头撞方向盘，"我们家人都快崩溃了。那条路那么长，一路荒无人烟的，找都不知道往哪个方向找……"

孙廷雅揽住她肩膀，安抚地拍拍，"别着急，我们先去医院。如果真有需要，我会帮你想办法的。"

乔珊不知道孙廷雅能帮她想什么办法，事实上她都不明白自己为什么要同意她过来。但两年的相处经验告诉她，孙廷雅不会做没意义的事儿，她说要来帮她，就一定能帮到她。

心中略微安定了些，乔珊发动引擎往市区赶。孙廷雅担心她的状态，想要帮她开，却被对方以"我状态再怎么样也比你好"为由拒绝。

SUV在公路上奔驰，孙廷雅坐在副驾驶座，将车窗放下一半。风把长发吹得凌乱飘飞，而她浑不在意，只眯眼望着远方。

白云掩映下的雪山峭壁，低得仿佛伸手就能够到的蔚蓝天空，还有临近成熟、金黄一片的青稞地。每隔一段距离就能看到五彩经幡，藏民的房子修得小巧精致，檐下门前都挂着装饰画，绚丽而华美。

这些景致都是之前在书上看过的，现在亲眼看见，还是有种步入了全新世界的奇妙感受。

一个多小时后，两人驱车赶到医院，刚出电梯乔珊就接到电话。

她站在电梯口，提高了声音，"你说什么？车子找到了？"

孙廷雅侧头看她，乔珊牙关紧咬，双眼微微发红，"翻车？那人呢！人找到了吗？"

不知那边说了什么，她猛地挂断电话，大步朝前走去。

乔珊的父母都在休息室，她却绕过那里，径直闯进另一个房间。

办公桌后的中年男人正在打电话，见状刚想斥责，看清来人后就沉默了。他想了想，站起来和颜悦色道："乔小姐，您听到消息了吧？别着急，既然车已经找到，再找乔医生就容易了。"

乔珊红着眼睛点点头，语气却陡然一转，"容易？失踪已经四天了，现在才知道是翻了车！人还不见了！要是再拖下去，我担心我弟弟就回不来了！"

中年男人眉头紧皱，"您别这样，我们医院方面也很着急，不仅动用了警方的关系，院里也派了很多人去找。不然这么大的范围，不可能这么快就发现车……"

"找到车没找到人有什么用！"

乔珊怒不可遏，几乎丧失理智，男人看着她，满脸为难。

孙廷雅拍拍乔珊的肩，示意她退到旁边，然后她走到办公桌前，从手袋里取出一张名片，含笑递了过去。

"李主任是吧？你把这张名片交给纪先生，我想他看到后应该愿意见我。"

李主任接过一看，有些惊讶地抬眼。

孙廷雅淡定地由他打量。

这个慈善医疗项目她来之前了解过，发起者是位没有透露身份的神秘富豪，主要合作方则是北京一家名叫"东辰"的私立医院，只是租用了拉萨这边医院的场地而已。

她刚刚递过去的，是东辰医院少董纪礼然的私人名片。

听说这个项目是他直接负责的，这次也跟着来了拉萨，那么现在，就该他出来解释这件事才对。

李主任沉默半晌，长叹口气，"纪医生如果能出来，不用您说也会亲自来见二位，只是……这次失踪的不仅是乔医生，当时纪医生也在那辆车上！"

沈沣坐在沙发上，听工作人员报告最新情况。

"医疗车是在纳木错以北二十公里的地方发现的，我们怀疑纪先生和乔医生是被人救了，现在正在搜查附近乡镇的医院。"

沈沣食指按着嘴唇，长睫低垂，眉心微微蹙起，看起来依然十分担忧。

工作人员劝道："您别想太多，纪先生吉人自有天相，会没事儿的。现在的情况已经比预料得好太多，最怕的就是在高原上荒无人烟的地方翻了车，十天半个月都找不见踪迹。"

李主任推门进来，"沈先生，有个人您需要见一见。"

沈沣抬眼，"乔医生的家属吗？我本来也准备过去，带路吧。"

"不是，您先看看这个。"

李主任把名片递过去，沈沣扫了一眼，"什么意思？"

"这是乔小姐朋友给我的，她有纪医生的私人名片，应该是他关系挺近的朋友，至少也认识他的朋友。所以我想，您会不会认识她？"

沈沣把玩着名片，眉眼隐带思索，"礼然的朋友？认识不认识，得见了才知道。"

李主任带着他过去，下了两层楼，转过一个拐角，沈沣就看到两个身量高挑的女人。她们站在办公室门口说话，左边那位穿着米色大衣裙，背影看上去非常熟悉。

脑海里闪过之前飞机上的女人，沈沣诧异地扬了扬眉。

不会吧。

这个念头出现的下一秒，女人就回过了头，这次没有墨镜的遮挡，他看得清楚明白。

肌肤雪白的一张脸，黑眸粉唇，长发如瀑。双手插在大衣兜里，她虽然在安慰旁边的人，脸上却带着股漫不经心。

两年前，她以相亲对象的身份第一次出现在他面前时，也是这个表情。

"你别太紧张，发现车就是好事，人肯定在附近。他们应该受伤了，现在只盼望高原上的医疗技术别太落后，或者救他们的人发发善心，知道把人转移到拉萨的医院。"

乔珊看着孙廷雅，"你觉得他们是被人救了？我怎么就乐观不起来呢……你知道那地方藏了多少坏人吗？走投无路的穷凶极恶之徒……如果他们是被劫持了……"

"月亮，月亮你看着我。不要咒你弟弟，好吗？"孙廷雅朝她微笑，"他会没事的。医院和警方的人多半已经在周遭进行地毯式搜索，很快就会有结果的。"

孙廷雅握住乔珊的手，指尖微凉，掌心却是温热的。乔珊看着她的眼睛，仿佛溺水的人抓住浮木，终于从这里汲取了点滴勇气。

"央金，央金你在哪里？"

不远处传来喊声，乔珊浑身一颤，回头便看到疾步而来的父母。短短几天时间，他们已憔悴得不成样子，走路时身子都在摇晃。乔珊心疼地迎上去，拉住妈妈的手，"不是让你们好好歇着吗？有消息会通知我们的，不要着急。中午吃东西了吗？总这么饿着，身体会撑不住的……"

母亲打断了她，"你三舅舅刚给我打电话，说在当雄县医院看到了平措。"

平措是乔琮的藏名，乔珊愣住了，"你是说，弟弟……找到了？"

确实是找到了。

自从乔琮出事，整个家族都惊动了，自发在拉萨到班戈沿线寻找。乔珊的三舅舅今天中午找去了当雄，听说县医院昨天收治了两个没有家属的病人，便连忙赶了过去，发现其中一个果然是自己的宝贝外甥！

乔珊努力控制住自己，却还是激动得发抖，豆大的眼泪啪嗒啪嗒掉下来。对面的父母也在哭，一家三口的手紧紧握着，一句话都说不出来。

孙廷雅等了一会儿，适时上前，"既然人找到了，我们得赶紧过去，确认是不是他。如果伤势严重，还得立刻安排转院。"

乔珊反应过来，胡乱擦干眼泪，"是，我们得赶紧过去……车就在楼下，快，我们快去……"

四人刚走了两步，就看到迎面而来的李主任。他旁边还跟着个年轻男人，身材修长，神色沉静，目光淡淡地从孙廷雅身上掠过。

孙廷雅想了想，觉得这位多半也和这项目有关，遂道："人找到了，在当雄。我们这就要赶过去，你们也快派人吧！"

李主任说："我们刚听到了，真是太好了！我已经让助手去安排，专家和医疗车随后就到，我们先过去吧！"

孙廷雅从善如流，大家一起到达停车场，正准备上车，就听到那个年轻男人道："李主任，你去乔小姐那辆车。他们现在情绪太过激动，不适合驾驶。"

乔珊愣了愣，有心拒绝，又觉得他说的有点道理，自己现在手还是颤抖的。让廷雅来开更不可能，她可是有着心脏病、高原反应还没过的人。

李主任钻进SUV驾驶座，乔珊和父母也上去了，孙廷雅站在外面有点犹豫。

位置是四个人的，挤一挤五个人也能坐。不过乔家二老已经这么疲惫，自己还要跟他们挤一路吗？

她打定主意，准备稍后跟随医疗车过去，没想到旁边的男人忽然靠近，一把握住她的手腕。男人声音低沉，带着股不容拒绝的力量，"你跟我一起坐。"

乔珊和李主任对视一眼，都从对方脸上看出了惊讶。不为别的，他说这话的语气，好像和孙廷雅早就认识似的。李主任想的更多，他本来就怀疑沈沣认识这位小姐，现在看来，自己竟没有猜错？

孙廷雅看了他一眼。

挨得近了，才发现这男人原来这么高，自己穿着平底鞋只能到他鼻梁。他下巴刮得很干净，能看到淡淡的青色，嘴唇很薄，抿起来时有股难言的性感。

她轻轻一笑，下个动作便是漫不经心地挣脱他的手腕，冲乔珊投去安抚的眼神，她说："你们走前面吧，我和这位先生一起，路上当心点。"

李主任对路很熟，车开得又快又稳。沈沣跟在他们后面，很快就出了拉萨城，上了宽阔平坦的公路。

眼睛看着前面，余光却不由自主往旁边瞟，她靠在椅背上，正侧头欣赏着窗外的风景。她看上去非常淡定，似乎半点没有因为自己的出现而有所触动，连打个招呼的必要都没有。

这让他那种啼笑皆非的感觉更浓重。

他一直以为她还在英国，前两天和岳父通电话，他也是这么表示的。但没想到，她原来已经悄悄回来了，还不远千里跑来了西藏。

现在回想起来，之前在季思餐厅碰到的也是她了，加上今早在飞机上，他们已经遇上了三次，也算有缘分。不过她应该是不想让人知道她回国的事情，所以一直装不认识他。不得不说，她演技实在精湛，害他几次以为是自己眼花。

虽然不明白缘由，但他无意破坏她的计划，刚刚当着外人的面略微配合了一下。现在车里只有他们两个，无论想玩什么，她至少要知会他一声吧？

车子转了个弯，孙廷雅忽然说："你也是这个项目的负责人吗？"

沈沣挑了挑眉毛。

很好，看来她没有继续演下去的意思。想想也是，之前两次都是在很匆忙的情况下见的面，她逃得还快，现在两人都坐同一辆车了，再装就显得可笑了。

他握着方向盘，想了想才说："不是。我不是负责人。"

孙廷雅有点意外。

看他和李主任的相处就知道，这位虽然年纪不大，却俨然是李主任的上级。而且他身上那股贵公子的范儿实在明显，孙廷雅打小就见得多了，还以为他像纪礼然一样，是跑出来做慈善的富二代。

"那你为什么陪我们跑这趟？"

"你不是拿了礼然的名片吗？他也出事了，我来找他的。"

原来是纪礼然的好基友。

孙廷雅揉了揉额头，觉得那里又开始痛了。沈沣想起飞机上的事，问："你没有吃药？"

孙廷雅觉得这话问得有点怪，耸耸肩说："吃了，所以我现在很想睡。"

"想睡就睡吧。吃了药是得睡会儿，到了我叫你。"

孙廷雅撑不住笑起来。刚才就觉得，这男人对她太过热情，果然别有用心。只是好可惜，他恰好踩在她的脸盲点上，让她连跟他调情几句的兴趣都没有。

长舒口气，她自然地闭上眼睛。原本只是想养养神，谁料那药效实在厉害，不知不觉就进入了梦乡。

沈沣看着旁边的女人，呼吸安静绵长，眉心却微微蹙起。这熟悉的睡颜让他想起了什么，摇头笑笑，重新将视线放回前方的道路上。

抵达当雄时，天已经黑透了。

沈沣解开安全带，转头去叫孙廷雅。为了不打扰她安睡，他一路发挥了高超的驾驶技巧，路况最差的地方也没怎么颠簸。现在看到她的惺忪睡眼，他觉得很有成就感，自己实在是个怜香惜玉的真绅士。

"到了吗？"孙廷雅问。

"到了。前面就是医院，看到了吗？"

孙廷雅想起身，却忘了安全带。沈沣探过身子帮她，解开时脸离她很近，孙廷雅看到了他长而浓密的睫毛。

他坐回去后，她按了按脖子，"一天睡了两觉，我居然觉得更累了，真要命。腿软……"

沈沣见乔珊他们已经下车，李主任也正朝这边过来，遂道："我看你状态确实不太对，反正也到医院了，待会儿让医生检查一下吧。"

孙廷雅不置可否，沈沣说："能走吗？要是走不了，我抱你进去。"

孙廷雅眨了下眼睛，被这如火热情弄清醒了。她看着沈沣，斟酌片刻，拿出了当年在礼仪课上练出的标准笑容，"谢谢你的好意，不过实在不好意思，我从不让陌生男人抱我。"

沈沣皱眉，"什么？"

孙廷雅说："既然你是纪礼然的朋友，还是多关心下他吧。乔医生如果伤得严重，我可是会帮我朋友讨要赔偿的。"

沈沣终于反应过来。他直直盯着她，好一会儿才说："怎么，你不认识我？"

孙廷雅反问："我应该认识你？"

话一出口，她忽然觉得他长得是有些熟悉。她记不住整体的五官，然而对一些细节特征还是有印象的，这男人的眼睛就给她一种似曾相识的感觉。

她试探道："我们……见过吗？还是说，你见过我？"

沈沣眉头皱得更紧，看向孙廷雅的眼神简直是莫名其妙了，仿佛她在做什么让人无法理解的事情。

他冷冷道："你没事儿吧？"

一样的声音，相同的问句，让孙廷雅灵光一闪，"我想起来了。今天下飞机时，那位扶住我的先生，是你吗？"

沈沣不说话，孙廷雅就当他默认。她觉得事情变得有趣了，难怪这男人刚才那种口气，原来两人竟坐的同一班飞机，实在是有些凑巧。

她忽然想到什么，"等等，你是和我一起到拉萨的，那你也应该有高反了？你居然还敢开车，不怕再翻一次啊！"

沈沣双唇紧抿，觉得连太阳穴都在突突跳动。

白皙干净的皮肤，高挑清瘦的身材，还有长得惊人的头发。他确信自己没有看错，这是他结婚一年零七个月的妻子。一起坐了这么久，他甚至已经留意到她脖子处的小痣，和当初一样，她不喜欢用粉底遮盖它。

可就是这样熟悉的一个人，却摆出一副应酬搭讪男士的姿态，就差没把"不好意思你不是我的菜"写在脸上了。

李主任走到车前，迟疑地看着两人，大概在困惑他们怎么还不下来。

孙廷雅推开车门，朝李主任点了点头，绕过他快步朝乔珊走去。乔父乔母已经冲进了医院，就剩乔珊在那里等她，但明显已经非常着急了。

"快！我看到三舅舅了，他知道平措在哪儿！"

两人一路小跑进医院，正好看到乔母拉着个男人，声音颤抖道："平措呢？你不是说看到他了吗？快带我去见他……"

乔珊的三舅舅多吉握紧妹妹的手，"别着急，平措很好。他在二楼病房，我们这就过去。"

虽然之前已经猜到，但切切实实听到"很好"两个字，孙廷雅还是觉得心中有块石头落了地。旁边乔珊发出声呜咽，像是溺水的人终于得到解救，孙廷雅不露痕迹地搂住她的肩膀。

大家一起往楼上走，这个过程里，多吉飞快给他们讲述听来的消息。原来乔琼和纪礼然三天前就被附近的藏民发现，少数民族百姓心思淳朴，把他们救回了家，发现伤势严重后又送去乡里的医院。可惜这些地方医疗条件实在落后，乡医院观察了一晚发现没办法后，又让他们往县里转移，这才耽误了些时间。

多吉说："不过还好，没有拖太久。断了几根骨头，伤口有些发炎，但都不是致命伤。只要好好休养，很快就会康复的！"

到了病房门口，医生已经等在那里，用不太熟练的汉语道："你们就是病人家属？"

乔母透过门上的窗户往里一看，两张病床上各躺着一个人。都是二十来岁的年轻男人，额头包着纱布，因为失血过多的关系，面色如纸般苍白，正安静沉睡着。

"靠窗那个是我儿子，他没事吧？我可以进去看看他吗？"

医生道："可以，不过要先办一些手续。您儿子没事，我们给他用了药，大概明天就能醒来。另一个人呢？和你们什么关系？"

乔珊道："他是我弟弟的上司，他……"

沈沣走过来，"我是另一位病人的朋友，有什么事儿和我谈吧。"

医生点点头，转而跟他说起具体事宜。乔父去办手续，多吉陪着乔母进了病房，乔珊也想进去，却发现孙廷雅表情不太对。

"你怎么了？"她问道。

孙廷雅摆摆手，冲她虚弱一笑。

胸口一阵发慌，还有针扎般的刺痛感，她捂住那里，几乎站立不住。

乔珊反应过来，"坏了，我刚不该拉着你跑！这里海拔已经超过四千了，比拉萨还高几百米，你一定是高反加重了！"

仿佛是为了证明她的话，孙廷雅下一秒就觉得鼻子一阵温热，伸手一碰，殷红的颜色格外醒目。

乔珊满脸焦急，孙廷雅想安慰她，右肩却被人握住。沈沣走到她面前，微微弯腰，小心地用手帕为她擦拭鼻子。

孙廷雅下意识闪躲，发现他虽然右手动作很温柔，握着她肩膀的那只手力气却极大。她试了两次，丝毫都挣脱不开。

哪怕胸口还难受着，她也觉出一丝好笑，看来这位先生对她的兴趣还真是不小，即使被婉拒了一次也不气馁。

沈沣眼波平静如水，把血迹擦拭干净后，还将手帕按在她鼻下。他朝孙廷雅递去个眼神，却发现她没有领会自己的意思，于是拉过她的手放在帕子上，淡淡道："自己按着。"

旁边乔珊和李主任看着他们两个，都有点蒙。尤其是李主任，他本来怀疑沈沣认识这位小姐，可听这小姐之前的口气，两人分明是第一次见。那沈沣对她的态度，就有些不同寻常了。

虽然早听说这位公子哥儿风流成性，可他万万没想到，他竟这种时候都不忘泡妞，纪医生可还在里面躺着呢！

沈沣不知道手下人的百转心思，只是看着孙廷雅。她小脸发白，明明很不舒服的样子，却还抿着唇笑，用一种半烦恼半戏谑的眼神打量他，仿佛在应付死缠烂打的追求者。沈沣想起车上的事情，这次没有动怒摆脸色，反而平静地回了个微笑。

他不知道孙廷雅想做什么，但要他相信她不认识自己这个丈夫，那绝不可能。既然她要装傻玩游戏，那他就看看这出戏唱到最后，她怎么收场。

李主任安排的医疗车和专家随后就到，偌大的阵仗吓了医院方面一跳，这才知道自己收治的是什么人。本想立刻将纪礼然和乔琼转移到拉萨，但考虑到夜里开车不安全，最后决定等明天人醒来再说。

孙廷雅也做了个检查，确定只是正常的高原反应，没什么大问题。医院给她开了个病房，让她好好休息。李主任大概是看了她的检查报告，过来问道："你有心脏病？"

孙廷雅点头，"嗯，先天的。"

"行啊，有心脏病还敢来西藏，不怕出事儿？"

"怎么不怕？就是因为害怕，我才拖到现在才来的。"孙廷雅道。

刚刚解决一桩大事儿，李主任心情轻松，跟她开起了玩笑，"放心，别的病我不敢保证，但心脏病太好办了。我们这儿最不缺的就是心脏方面的专家。"

孙廷雅扬眉，有点好奇的样子。李主任道："你不知道？我们这个慈善医疗计划主要就是救治患有先天性心脏病的儿童，带来的也全是这方面的医生。"

他这么一说，孙廷雅想起来了。之前了解情况时，确实听到过这个项目主攻心脏病，不过无关她的目的，她也就没放在心上。

不过此刻被心脏病折磨，孙廷雅感受又不一样了。她看着李主任，一本正经地道："嗯，你做的事情功德无量。我为你们鼓掌。"

李主任失笑。

夜色渐深。

乔母守着儿子不愿离开，乔珊和乔父最近熬了太久，都有点挺不住，相继去睡了。孙廷雅因为白天睡得太多，一点困意都没有，只好穿上衣服走出病房闲逛。

走廊尽头是休息室，门半掩着，隐隐传来电视的声音。孙廷雅走进去一看，正好撞上个熟面孔。

是林奕。

电视里正在播放他主演的古装剧《青云路》，作为今年最红的电视剧，林奕不仅靠它收获了无数粉丝，也将自己的事业推入了新的高峰，开始正式转战大荧幕，这才有了《高阳公主》的男二号。

孙廷雅看着屏幕上俊朗不凡的男人，手指在椅背上敲击，脸上露出微笑。

休息室里还有个藏族小护士，她盯着孙廷雅看了会儿，试探道："你是那位北京来的病人吗？"

他们闹出的动静太大，整个医院都知道来了一帮气势汹汹的病人家属，纷纷感慨还好是同行不是医闹。

孙廷雅点头，"是啊。"

小护士顿时兴奋，"那你有没有见过林奕啊？我特别喜欢他，可他都不来我们这里做活动，连拉萨都不去。你在北京的话，是不是有很多机会见到他？"

孙廷雅看着小姑娘黑红的脸蛋，觉得她的样子实在天真可爱，"他是明星啊。就算在北京，也不是想见就能见的。"

小护士失望地耷拉着脑袋，孙廷雅慢悠悠道："不过我确实见过他一次。"

"真的吗？"小护士猛地抬头，"什么时候？你跟他说话了么？"

"说了几句话。"

小护士激动得两眼发光，"那他本人是什么样子的？和电视里一样帅吗？亲切吗？"

孙廷雅想到林奕的多次"邀约"，笑得意味深长，"当然亲切。他可是个非常'亲切'，而且讨人喜欢的男人……"

半个小时后，小护士带着偶像的八卦，心满意足地离开。

孙廷雅拿出手机，点开微信，发现并没有来自林奕的新消息。

都这个点了，自己除非出国，否则去哪儿都该下飞机了。他难道就不关心下她的安全问题吗？有没有顺利到达目的地什么的。

孙廷雅挑了挑眉。工作忙，还是欲擒故纵？无论什么情况，她不介意偶尔主动一点。

她哼着歌儿，握着手机噼里啪啦一通按，很快发了条消息过去。

"在西藏遇到了你的粉丝。原来你在这边也这么红，刮目相看了哦。"

发完后她继续看电视，等放广告时才拿过手机检查，依然没有他的回复。

孙廷雅有点无聊，伸了个懒腰站起来。肚子咕噜噜地响，她想起来今天还没有吃饭，连飞机餐都因为睡觉错过了。忧愁地叹口气，她决定去找点吃的，不然这长夜漫漫实在有些难熬。

刚走出休息室，就看到迎面走来一个男人，她以为他要进去，自动往旁边绕，谁知他却挡到了她面前。

孙廷雅困惑抬头，他静静看着她。她皱着眉头，上上下下打量他两圈，恍然大悟，"是你啊……"

不怪她忘性大，毕竟他这会儿脱了外套只穿着衬衣，而她今天记他主要就是靠衣服……

沈沣道："你又不认识我了？"

孙廷雅觉得他语气有点怪，想了想还是决定解释一下，"嗯，你别误会，我眼神不太好，记人脸比较慢。不是故意针对你。"

"记人脸比较慢？"沈沣重复她的话，饶有兴致道，"所以，这就是你的解释？"

孙廷雅眨眨眼睛，"嗯，我的解释。"

这无辜的表情让沈沣点了点头，笑道："明白了。"

明白了就好。孙廷雅捶捶肩膀，"很晚了，你早点休息吧。明天见。"

她干脆利落，沈沣却不肯明天再见，"这么晚了，你又为什么还不休息？"

"我白天休息得还不够？"孙廷雅反问，"我现在很饿，要去找点东西吃。"

"那正好，我也饿了。一起吧。"

孙廷雅已经没感觉了。这样执着的搭讪者以前也遇到过，随他怎么折腾吧，反正这次回到拉萨，就不用再见面了。

她本来想出去吃点什么，不过当雄这种小地方，天一黑街上就没人了，更别说找地方吃饭。她最后问护士要了碗方便面，在休息室接了热水，满怀期待等着它泡好。

沈沣双手插兜站在旁边，孙廷雅仰头道："不然你再去楼下问问？我觉得虽然这层楼只有一碗面，但另一层搞不好能找出点别的来。"

"谢了，我不爱吃泡面。"

孙廷雅耸耸肩，不再管他。估摸着时间差不多了，她揭开纸碗盖子，雪白的蒸汽袅袅上升。

方便面这种东西，无论爱不爱吃，散发出的香味都是可以要人命的。沈沣说饿只是个借口，被这味道一勾，还是忍不住看了过去。

孙廷雅吃东西时很专心。虽然是吃面，却没发出什么声音，也不说话。沈沣知道这是家教使然，他们一起吃过那么多顿饭，从来没在餐桌上聊过一句。

仿佛是很相似的场景，但沈沣知道是不同的。之前两人吃饭，要么在装潢高雅的法国餐厅，要么在他们装潢更高雅的家里，菜色全出自一流大厨之手。从来没有像今天这样，深更半夜，躲在边陲小城的医院，她捧着碗泡面吃得不亦乐乎，而他在旁边站着饿肚子。

"呼，满足。我爱垃圾食物。"

孙廷雅双手合十，回味了片刻，偏头对沈沣道："你要是我男朋友，我就分你点面汤了。可惜咱俩没戏。"

沈沣不语，好像什么都没听到。

孙廷雅问："还有事儿吗？没有就赶紧去睡吧。"

又下逐客令。

沈沣想了想，"我的手帕，你什么时候还我？"

"啊，那个手帕你还要？"

"我为什么不要？"

"毕竟，那上面可沾过我的血啊……"

沈沣似笑非笑，"沾过你的血，也是我的手帕。你不会扔了吧？"

其实并没有扔，不过孙廷雅耸耸肩，"扔了，回头买条新的还你。"

沈沣觉得终于抓住了她的漏洞，微微一笑，"谁准你扔的？我就喜欢那个花色，你是准备给我买条一模一样的吗？"

他那条手帕是Hermès去年的限量款，现在已经不生产了，按正常情况来说，还真的很难买到一样的。

孙廷雅迎上他的目光，也微微一笑，"放心，我一定还你条一模一样的。"

还真是一丝软都不肯服。沈沣觉得乏味，自己果然是有点无聊了，居然去计较这个。

这个话题后，孙廷雅不再理睬沈沣，开始专心看电视。沈沣坐在她旁边，本来在考虑礼然出事对这个项目的后续影响，注意力却逐渐被电视吸引。

屏幕上正在放一部古装剧，沈沣从来不看这种东西，却破天荒觉得演男主角的演员有点眼熟。哦，宋菲儿跟他提过，这个男人叫林奕，接下来和她有合作。

他想着想着，忽然觉得肩头一沉。孙廷雅不知何时又睡着了，脑袋就靠在他肩上，长长的睫毛像两把小扇子。他想推开她，手都伸到脑袋旁边了，又默默放弃，任由她把自己当人肉靠枕。

她睡得不太舒服，蹭来蹭去寻找更合适的位置。沈沣忍了五分钟，终于不耐烦了，正准备起身走人，却听到她含含糊糊叫了句什么。

他以为她醒了，"你说什么？"

孙廷雅抱住他胳膊，头更用力地蹭了一下，轻声重复，"阿……沣。"

沈沣皱起眉头。

他不知道她说的具体是哪两个字，只能从发音去判断。

阿风？

还是……阿沣？

纪礼然在第二天早上醒来。

沈沣昨天就给他换了单人病房，这会儿站在病床前，煞有介事道："你这回玩得可真够大的，兄弟我都被吓坏了，丢下公事儿大老远赶过来。说实话，感动吗？"

纪礼然还是一贯的温文尔雅，即使死里逃生也不见失态，只虚弱一笑，"我爸妈呢？"

"他们还在国外。老人家身体不好，我没敢把消息告诉他们。"

纪礼然轻舒口气，"那就好。"

"原来你也希望瞒着？我还担心你怪我呢，毕竟你都伤得这么重了。"

"瞒着好。"纪礼然淡淡道，"我妈要是知道，多半就不让我继续待在这儿了。"

　　纪礼然是家中独子，纪老太太对他亲自跑来藏区的行为很不满，总想把他弄回去。

　　沈沣道："那还是怪我。如果不是我搞出这个项目，你也不会亲身涉险。我回头带上礼物，亲自去府上赔罪。"

　　纪礼然摇摇头，"不关这个项目的事儿。我都能猜到她会怎么说了，'你可连婚都没结，要有个三长两短，我和你爸该怎么办'，总是这样，不放过任何一个逼婚的机会。"

　　沈沣表情微变。纪礼然问："怎么了？"

　　沈沣咳嗽一声，"没什么，就是听你这么说，忽然想到一个人。"他似乎挣扎了一瞬，"嗯，我太太，你还记得她吗？"

　　纪礼然回忆一瞬，"孙小姐吗？我只在婚礼上见过她一次，有点记不清了。她怎么了？"

　　"凭你那次对她的印象，觉得她是什么样的人？会没事儿开一些莫名其妙的玩笑吗？"

　　纪礼然望着沈沣，明显不知道怎么回答。沈沣见状，也反应过来自己病急乱投医了。礼然怎么可能知道这个？

　　两人相对沉默。纪礼然打量他神情，"你最近和孙小姐有联络吗？"

　　沈沣想到这两天和孙廷雅的接触，面不改色道："联络吗？没有。"

　　"我之前听我妈提起，孙小姐的学业也结束了，准备什么时候回国？你们商量过这事儿吗？"

　　沈沣道："我没问过。"

　　纪礼然叹口气，"要我说，你们这婚结得也奇怪。圈子里家族联姻的那么多，搞成你们这样的还是独一份儿。婚后没几天就开始分居，既然连敷衍都不愿意，当初又为什么要结？多跟家里拖几年不行吗？"

　　比如他，即使父母已经再三催促，还是当什么都没听到。

　　沈沣道："我是被吵得烦了。反正早结晚结都一样，早点结还早点清静。至于她……"

　　他薄唇轻抿，仿佛陷入回忆。纪礼然等一会儿，不见回应，于是道："那孙小姐这次回来，情况会有改变吗？你们总不能一直这么下去吧……"

　　沈沣忽然打断，"算了，不说她了。我有另一件事想问你。"

　　他做出换了个全然无关的话题的样子，"你说，如果一个女人故意装不认识你，她是想做什么？"

　　纪礼然道："那要看她是装不认识你，还是真不认识你。"

　　沈沣严肃道："我确定她真的认识我。"

　　纪礼然顿了顿，"好吧。虽然不清楚你什么情况，但我有个故事，你也许可以参考。我初恋女友追求我时，做过类似的事情，明明见过好几次了，还装不认识我。后来证明，那只是她吸引我的手段。"

沈沣表情一变，口气十分复杂且充满不可思议，"你是说，她在吸引我的注意？"

纪礼然道："我没这么说。我只是说，也许你可以参考。"

沈沣想起孙廷雅漫不经心的微笑，她吃泡面的专注入神，还有趴在他肩头那声含糊的"阿沣"，脸上的诧异一点点融化，转为饶有趣味的笑容。

他挑了挑眉毛，语气怪异，"她会吗？"

走廊的另一边，乔琮也已经苏醒。

乔家人围着他问长问短，激动得难以言状。乔琮跟他们说起出事的经过，还自责得不得了。

"都怪我不当心！开车时走神了，前面突然蹿出只草狐狸，我吓了一跳，就……"

这么说来，自己替他要赔偿的计划也告吹了。孙廷雅耸耸肩，留他们一家人继续亲密，默默退出了病房。

她站到阳台上，刚点燃一支烟，就发现乔珊也过来了。她看起来喜气洋洋，一把揽住她肩膀，霸道总裁般道："少抽点啊你，对身体不好！"

孙廷雅用两根指头挪开她的手，"照顾好你弟弟就行了，别管我。"

乔珊心情愉快，连白眼都飞出了娇嗔的感觉，"真过分，人家是关心你！"

孙廷雅冷哼。

两人站在阳台上，望着远方。山是苍凉的黑色，有一大群牦牛在半山腰，像是点缀在那里的云朵。

乔珊偶一回头，看到了什么，立刻去扯孙廷雅。她顺着望去，只见沈沣从走廊尽头的病房出来，正和一个医生说着什么。

乔珊道："说起来，你和那位到底什么情况啊？我看他好像对你很有意思哦。"

啧，恢复得真快，都有兴趣八卦了。

孙廷雅吸一口烟，对着她吐出个漂亮的烟圈，"他确实对我有点兴趣。不过很可惜，他长得太大众，我喜欢更帅一点的。"

乔珊不能忍，"人家明明长得那么帅，哪里大众了？"

孙廷雅含笑睨她，"你喜欢？那让给你啊。"

"真让？那我下手了，回头别后悔哦。"

孙廷雅扬手，"少女，请大胆地——"

乔珊看她一会儿，扑哧一笑，"我才不找他呢，看着就是个花花公子，还是我高攀不上的花花公子。没意思。"

孙廷雅赞赏地拍拍她的肩膀，"知道就好。我看他大概是想搞个旅途艳遇，要换了别的时候，我其实也不是不能考虑。毕竟他虽然脸不对我胃口，但身材实在不错，令我非常向往。可惜啊可惜，我并不打算在高原上一夜情。"

"为什么？"

孙廷雅一脸"你是不是傻"的表情，"还能为什么？心脏不好，不宜过分激动。"

这个理由太有说服力。乔珊刚想表示支持，就看到沈沣忽然抬眼，直直看向她们。

她下意识露出微笑。沈沣又跟医生交代了一句，这才调整表情，目标明确地朝她们走来。

"乔小姐，有件事要和您商量。"

乔珊道："哦，您说？"

"乔医生和纪医生暂时不适合转院。他们的伤在这里也能处理，贸然移动可能会因为颠簸而加重伤势。"

"所以？"

"我和纪医生已经同意在当雄多留两天，我建议乔医生也这样。不过如果你们不信任这里的医疗条件，想先走，我也可以安排人护送。"

乔珊略一沉吟，"不用了，我们也和纪医生一起吧。"

孙廷雅道："那我岂不是也要在当雄多待两天？这里太无聊了，要怎么打发时间啊？"

乔珊想了想，"你不是要采风嘛，可以去街上逛逛啊。而且当雄县城离纳木错很近，要不然，去纳木错转一圈？"

沈沣道："去纳木错？她一个心脏病人，还是注意点好。"

乔珊点头，"这倒是，要是有医生愿意陪着就好了……"

"你怎么知道我有心脏病？"孙廷雅冷不丁问。

见沈沣哑在那里，她弯唇一笑，直勾勾望着他，"说起来，我还不知道你的名字呢。你叫什么？"

如果是演戏的话，沈沣不得不承认，孙廷雅的戏实在是太足了……

明明装神弄鬼的是她，却率先发难，质疑起他来。她甚至还打听他的名字，是完全把自己代入角色了吗？

沈沣的表妹就在娱乐圈，是当下非常红的女明星，这一刻，他觉得很有必要安排她们俩吃个饭，交流下演技感悟！

如果是昨天，沈沣大概就坦坦荡荡地说了，但现在他兴致很足，不希望这个游戏就这么结束。要是他说了名字，也许她就顺势表明身份，那他就无法得知她搞这么一出究竟是为什么，更不能验证纪礼然的推测是否正确……

沈沣随意一笑，"李主任告诉我的啊，你昨天不是做了检查吗？整个医疗队都知道你有心脏病。至于我的名字……Chris，叫我Chris。"

乔珊听到最后，有点意外。

除开港澳台，国内日常交往用英文名的其实并不常见，除非是在国外长大。但沈沣的北京口音很明显，并不像留学多年的样子。

那么，就是不想深交了？

乔珊摇头暗叹。看来这位还真的只是想要艳遇啊，连大号都不敢上。

孙廷雅夹着烟，含笑凝睇他，"Chris？你好啊，我是Kelly。"

乔珊"扑哧"一声笑出来。

沈沣仿佛没听懂孙廷雅的回敬，自然道："你们要去纳木错，可以，我正好也想去。顺便叫上李主任一起吧。他是心脏方面的专家，以备不时之需。"

考虑得这么周到，乔珊要被这邀约的诚意感动了。

孙廷雅打了个呵欠，朝他挥挥手，率先走出阳台，"好的，那就麻烦您去请李主任了。"

计划很美好，可惜现实不配合。

病房里，李主任眉头紧锁，"纪医生受伤了，项目接下来应该谁负责？马上就要确定第一批患者名单，没人主持大局可不行。"

纪礼然和沈沣都没有说话。

这个由他们折腾出的慈善医疗计划名为"天使的心"，以救治藏区先天性心脏病儿童为目的。项目在上个月刚刚启动，选择那曲地区作为第一站，纪礼然这次前往班戈，也是想以负责人的身份，提前为团队考察。

本来跟那边都联络好了，谁知在路上出现意外，以至于整个团队都跑来寻找他们，医疗计划全部暂停。如今人找到了，意外带来的后果也不得不加紧面对。

李主任道："我们没有在约定的时间到达，让病人家属起了怀疑，以为之前都是骗他们的。虽然我已经打了电话过去解释，但有几家人住的地方根本没有电话，不能保证是否传达到位，总是不安心啊……"

所以，最好的解决方式就是重新集结医疗队伍，奔赴那曲，用实际行动打破大家的疑虑。在这种情况下，当然需要负责人带领。

李主任目光往沈沣身上瞄，暗示意味非常明显。纪礼然沉吟一瞬，却没有顺着他的想法开口，而是道："这样吧，接下来的事就由李主任你负责。"

李主任愕然，"我？"

"是。项目筹备你也是一路跟过来的，应该知道需要怎么做，如果有不确定的地方，就给我打电话。"

"可是，我不行啊……我虽然跟了筹备过程，但还是有很多人是我不方便联络的，得您出面才行……"

李主任毕竟分量不够，这个慈善医疗计划是需要和当地政府打交道的，只他一个做起事来难免捉襟见肘。

纪礼然犯了难。如果说主持大局的资格，沈沣当然是够的。俗话说，出钱的是老大，整个项目百分之八十的钱都是他出的。认真说起来，甚至比自己还有资格。

不过……

他叹口气，"只能这样了。大不了到时候我多打几个电话，希望可以撑下去……"

"行了，别想着打什么电话了。"沈沣站起来，"你伤得这么重，还是少操点心，好好养着吧。这样，我替你去。这个项目，我来负责。"

纪礼然惊讶地看着他。

沈沣知道他在想什么，之前就说好了，他只负责出钱，具体操作由纪礼然来管。他没有时间。

沈沣淡淡一笑，"别这个表情。毕竟是我发起的项目，总不能砸在手里不是？反正我暂时也不打算离开西藏，做就做吧。"

"你是说，让我帮你去一趟班戈？"乔珊坐在病床前，一边削苹果，一边问道。

乔琮坚定地点头，"别人我不放心。我跟那里有个孩子说好了，要带他去北京治病，现在我出事了，你帮我去见见他。记得，一定要告诉他，我不是不守信用，而是真的去不了！"

乔珊削完最后一块皮，做了个"ok"的手势。乔琮刚喜笑颜开，就看到她大大咬了口苹果，嚼得嘎嘣作响。

他惊呆，"不是削给我吃的吗？"

乔珊嗤笑，"做什么白日梦呢？医生说了，你现在不能吃水果。"

愉快地耍了弟弟一把，乔珊逃出病房。孙廷雅在外面等着，乔珊还没来得及把这件事告诉她，沈沣就和李主任一起过来了。

"不好意思，不能陪你们去纳木错了。我和李主任马上要出发去班戈。"

乔珊眼睛一亮，"去接那些患有心脏病的孩子吗？我和你们一起吧，乔琮刚托了我一件事儿。"

李主任道："是那个叫次仁的孩子吧？这事儿我知道，你还真得帮他走这一趟。"

乔珊笑着道了谢，孙廷雅皱眉，"等会儿，所以你们都要去班戈了？不带我玩儿？"

乔珊拉住她的手，"宝贝儿，找别人陪你玩儿吧，姐姐要去做慈善了。别恨我，面对如此高尚神圣的任务，我不得不含着眼泪，将那些安逸享乐都先抛到一边！"

孙廷雅默默抽回手。沈沣忽然道："不然，你和我们一起去？路上会经过纳木错，还可以顺便把那里玩了。"

孙廷雅还没反应，乔珊立刻反对，"不行。你忘啦？她有心脏病！"

沈沣看了眼李主任，他立刻道："其实，这个倒不要紧。她上来已经两天了，在当雄也没出什么事，照常理是不会再出现那种强烈的高原反应的。况且班戈县城比这里也就高了几百米，待在哪里差别不大。"

孙廷雅笑着接口，"而且，你们本来就是专攻心脏病的，就算真出什么事儿，也可以应对，是吗？"

她虽然在和李主任说话，目光却看着沈沨。

他唇边也含着丝笑，对上她的眼睛，柔声道："是啊。所以，你去不去呢？"

沈沨出发前给拉萨那边打了电话，让医疗队带好物资器械出发，到当雄和这边的医护人员会合，再一起前往班戈。至于他则先走一步，李主任已经约好今晚和当地官员吃饭，去晚了搞不好就又错过了。

所以折腾了一通，还是沈沨、孙廷雅、李主任以及乔珊四人坐了一车，和最初的计划竟没有太大差别。

之前乔珊说，当雄县城距离纳木错很近，其实就算是开车也要几个小时，这边因为海拔高且都是山路，车根本开不快。

李主任得知他们原本的打算，摇头感慨，"虽然理论上是没有大问题，但我还是要说，你们胆子也太大了。昨天才刚来呢，也不多缓缓，就想去纳木错了？"

乔珊踢踢前排椅子，"喂，说你呢！胆子太大了！"

孙廷雅坐在副驾驶座，听到乔珊的调侃，原封不动送给旁边的人，"喂，说你呢。"

沈沨懒洋洋道："我可没有头晕目眩流鼻血。我很健康。"

被讽刺了，孙廷雅也不在意，悠然伸了个懒腰，"没办法，就是那多病多灾黛玉的身啊。"

沈沨假笑，"是黛玉就更该好好歇着，少出来瞎逛。"

孙廷雅撑着下巴，没有说明明是他勾引自己出来的，而是改了攻击方向，"为什么是你开车？我比较信任李主任。"

"这你可走眼了，他的车技不如我。"

李主任附和，"是啊，沈先生以前可是开专业赛车的，哪像我，驾照都考了三回。"

孙廷雅感兴趣地挑眉，"你玩赛车？不会还是职业的吧？"

"嗯，职业的。大学时玩过四年。"

"后来呢？不玩了？"

"毕业了就没玩了。"

"为什么？"

沈沨淡淡道："没那时间，也没那精力。"

他这么说了，孙廷雅大概就能猜出放弃的原因，无非是年纪大了，有家族的责任要承担，自己的兴趣只能搁置一旁。这种事儿她见多了。

沈沨看着前方道路，似乎也想起了那些热血快意的往事，唇角微微上扬，

"其实最后那年，只差一点，我们队伍就能拿到拉力锦标赛的冠军。可惜啊，还是差点火候。我离开的第二年，他们就拿了全国总冠军。"

孙廷雅看他的表情，觉得自己应该说点什么，"别遗憾，也许有你在，你们队就拿不到冠军了呢。"

沈沣沉默片刻，"谢谢你的安慰，我感觉好多了。"

车绕过一个大弯道，孙廷雅抓着扶手，控制自己不被晃晕。沈沣眼神专注，双手紧握方向盘，也许是太过正经，侧颜竟显出棱角，给她留下了点模糊的印象。

她不自觉道："其实是有点遗憾。你应该再多待一年的，那样至少这段生涯就圆满了。"

重新回到安全的道路，沈沣放松下来，听到孙廷雅的话，他笑着摇了摇头，"你以为我猜不到最多再等一年就能拿冠军？当时我们的实力已经差不多了。可没必要。玩之前说好只给自己四年时间，期满了就该离开，反复无常像什么样子？况且在我心里，一直明白什么更重要。该放手时就得放手。"

这话似乎很有道理，孙廷雅被他搭讪了两天，头回听到他这么认真地讲话。看得出来，这是发自肺腑的想法。

乔珊不知何时在后面玩起了手机游戏，背景音乐格外活泼。孙廷雅双手抱臂目视前方，好一会儿才回复道："如果是我，我不会走的。"

沈沣侧头凝视她几秒，微微一笑，"所以你不是我。"

到达纳木错前，有一个必经之路，那便是那根拉山口。孙廷雅早就看到那个高耸的黑色山峰，随着距离越来越近，李主任兴致勃勃地解释道："前面就是那根拉山口了，翻过那里，就是纳木错。那也是个景点，我们可以下去看看。"

SUV一路往上，很快就爬到了最高峰。

山口立了一块椭圆形的石碑，"那根拉"三个鲜红大字下面，标着"海拔5190米"。不远处的玛尼堆上挂满了经幡，山上一点草木都没有，那些经幡便是仅有的色彩。

孙廷雅把头探出窗口。之前触目所及都是蜿蜒的山路，现在站在高处眺望，她的眼前豁然开朗。只见北边遥远的天际，高山环绕、四野苍茫，蔚蓝湖泊静静躺在那里，仿佛宝石镶嵌其中。

沈沣问："要下去看看吗？"

孙廷雅回道："不。继续开，直接开到湖边。"

车于是开始下山，朝着远方的纳木错而去。随着距离的变化，湖泊颜色也发生了改变，原本是浓重的蓝色，像深夜的大海，接着那蓝越来越淡，最后几乎和今天的天空差不多了。

乔珊说："你们运气好。就是得在有阳光的日子来看这湖才行，不然那水也没什么意思。"

因为还要赶路，他们没有去游客聚集的扎西半岛，而是开到了更前面的位置。公路是绕着湖岸线修的，然而从公路到湖边还有一段距离，都埋了尖利的石头，汽车根本开不过去。

沈沣把车在路边停好，道："下车吧，我们走过去。"

乔珊问："可以吗？不用赶时间？"

"来得及。今天去了也见不了孩子们，所以今天就只有晚上的饭局要应付，时间很充裕。"沈沣笑道，"再说了，我答应Kelly要让她顺便把这里玩了，总不能食言啊。"

这口气，好像答应了一个孩子似的。孙廷雅白他一眼，推开了车门。

一下车，就感受到强风拂面。头发被吹得乱飞，她想了想，从手袋里取出条丝巾围到脖子上。

这样就暖和些了，她拢了拢大衣襟口，和乔珊扶持着下了公路，开始朝湖边进发。

乔珊叮嘱道："这里可有四千七百多米啊，宝贝儿你挺住，千万别还没走到就歇菜了。"

孙廷雅觉得乔珊太操心，就算要歇菜，她也要先到湖边再说。可她没想到，看起来很短的距离，实际走起来这么远，她感觉已经要累瘫了，居然还剩一大半。当然，也可能是大家都不敢走得太快的缘故。

孙廷雅昨天就发现了，在高原上每走一步都比平地行走累好几倍，她情况特殊，就更小心谨慎。

沈沣偶一回头，看到孙廷雅一只手拽着丝巾，专心在石子和石子间寻找落脚的地方。她速度实在太慢，乔珊已经走到前面去了，沈沣想了想，还是折回到她面前，把手递了过去。

孙廷雅抬眼，他道："扶着我？"

他做好了被拒绝的准备，没想到孙廷雅莞尔一笑，非常自然地把手放到了他掌心。

"Thanks, gentleman。"

沈沣握着她的手，感受那细腻的肌肤，后知后觉反应过来，这好像是他第一次拉她的手。认识两年，她挽过他胳膊，他也公主抱抱过她，但这样手拉着手走路，从来没有过。

他半扶半拽，终于带着她走完了这仿佛没有尽头的石子路。等如愿站到湖边时，孙廷雅直接瘫坐在地上，也不管形象了，抚着胸口呻吟，"我天，当年跑完马拉松我也是这么痛苦……我还以为我这辈子只会作那么一次死……"

沈沣没理她，默默看着前方。

碧蓝透彻的湖水一望无际，安静躺在这海拔四千多米的高原上，似乎不受任何惊扰。湖水拍击湖岸发出隆隆的声音，蓝莹莹的湖面上有几只野鸭子在凫水。视线尽头是雄奇壮丽的念青唐古拉山，云层大团大团飘浮在上方，和顶峰晶莹的积雪交相辉映。

"真美，像仙境。"孙廷雅不知何时站了起来，轻声道。

沈沣点头，"对啊，真美。"

世之奇伟、瑰怪、非常之观，层出不穷，非亲身而至不能感受其震撼。这也是他时不时总会出去旅游一圈的原因。

他们在原地站了会儿，才开始绕着湖边走。乔珊和李主任刚才方向偏了，在前方等他们，乔珊还活蹦乱跳朝她招手，让孙廷雅嫉妒得太阳穴都开始疼了。

刚一走近，乔珊立刻轻呼，原来孙廷雅又开始流鼻血了。她连忙拿出手帕给她捂上去，嘴里叮嘱道："小心，仰头，别乱动——"

沈沣看到手帕，眸光微动，"不是说丢了吗？"

孙廷雅一看，乔珊拿的果然是沈沣的手帕，她昨晚在认出牌子后就虔诚地帮自己洗干净了。

她捂着鼻子，无所谓道："记错了，原来没有扔。正好，我不用买新的给你了。"

乔珊诧异，"你还打算还新的给他？这款手帕没得卖了，买个鬼哦。哦，等等，你要还他东西……"

弄丢别人的东西，回头再以赔偿为由见面，这是她刚学会泡男人时最爱用的手段，现在孙廷雅来这招……

刚才两人还是手拉手过来的，她不会在耍自己吧，说没有兴趣，其实早就看上眼了？

孙廷雅一看就知道乔珊在想什么，没好气地抢过手帕，"有钱，任性。怎么，你不服？"

服服服！

乔珊翻了个白眼，"李主任，您等等我。咱们接着刚才的聊啊！"

孙廷雅回过头，发现沈沣表情有点微妙。见他视线还停在手帕上，她怀疑他是不是也读懂了乔珊没说出口的话，不过她无意解释，只淡淡道："再借我用一下，今晚洗干净了还你。"

沈沣挑眉一笑，"好。我等着。"

四个人走走停停，绕着湖边走了大半个小时，到后来孙廷雅几乎不说话，只静静欣赏眼前的美景，不过当她发现原来有一条路是可以让车直接开到湖边时，终于破功了。

她看着乔珊，"别告诉我你不知道这条路！"

乔珊笑得不行，"我忘了！真忘了！好吧，我是觉得这个走的过程也蛮有趣的，我当初就很喜欢……哈哈哈对不起我编不下去了！"

孙廷雅作势要打她，谁知走了两步就被石头一绊，直直朝前摔去。沈沣眼疾手快，立刻拽住她胳膊，却不料自己这会儿也没多少力气，两个人一起摔倒在地上。

沈沣躺在沙地上，孙廷雅压在他身上，四目相对的瞬间，两人都有点愣。

身侧是湛蓝的圣湖和皑皑雪山，她就这么趴在他胸口。湖边的风比公路上更大，头发被带得到处乱飞，和丝巾一起拂到他脸上。

沈沣看着孙廷雅的眼睛，有些入了神。

他一直知道她漂亮。

相亲的第一眼，他就喜欢她的长相。肤白眼亮，窈窕高挑，当她一身白裙款款走来时，他还以为母亲又给他挑了个端庄闺秀。

事实证明是他走眼了。她确实是闺秀，却称不上端庄，至少不是传统意义的那种端庄。

现在回想起来，其实从一开始，他就看不透她。他觉得她似乎藏了许多的秘密，这些东西包裹住她，让她仿佛笼在层层大雾中，而他被隔绝在外，看不分明。

她像一个谜。

从前他并不在意谜底是什么，哪怕她已是他的妻子。可是此刻，这么近地看着她，生平第一次，他起了窥秘解谜的冲动。

沈沣抬手，将一缕发别到她耳后，轻声道："别玩了。我承认这个游戏有点意思，但是不要再玩下去了。"

如果你是要吸引我的注意，那你已经成功。因为我现在，真的对你很感兴趣。

孙廷雅皱眉，有些困惑，还有点不耐烦。这人搭讪自己就算了，总说些莫名其妙的话干吗？追求手法新颖？

她同样摸了摸他的头发，眼神轻佻，透着股冷，"谁和你玩游戏了？我只跟男人在卧室里玩游戏，你还不够资格。"

沈沣眉头狠狠一跳。

风中夹杂着湖水的湿意，吹到两人脸上。

乔珊迟疑道："那个，你们要起来吗？"

两人回头。乔珊和李主任都默默看着他们，似乎不知该不该上来扶。孙廷雅手在沈沣胸口一撑，不顾他是否被自己按痛，站起来拍拍手道："看够了，我们走吧。"

乔珊也看出不对了。她急于岔开话题，一边用丝巾包住头发，一边道："好好好，我早就想走了。这儿风太大，把我发型都要吹坏了。哎，宝贝儿，我这个样子你还能认出我吗？"

孙廷雅看看乔珊，丝巾把她的头发包得严严实实，只露出一张脸，看起来有些滑稽。

"认得出啊。"

"这么厉害？我记得你说过，一开始是记我发型的，后来我把直发烫卷，你立刻认不出了，见到我就跟陌生人似的，还是我叫了好几声你才答应。"

李主任道："你们在说什么啊？我怎么听不懂。"

乔珊笑道："您不知道吧？我这位朋友呢，得了个非常洋气的病。网上总说脸盲脸盲的，她才是真脸盲，医学上叫什么来着？面孔遗忘症！英文名prosopagnosia！我都怀疑她小时候是怎么记住她爸妈的！"

李主任毕竟是医生，虽然不攻这个方向，也多少了解一些，他感兴趣地打量孙廷雅，"真的啊？这种病例其实不算罕见，正常人偶尔也会脸盲，但通常不会严重到影响生活的程度。你很严重？"

乔珊点头，"那是相当严重！"

他们边说边走，忽然察觉有个人似乎没跟上来，回头一看，沈沨还站在原地。男人双手插兜，望着他们道："'面孔遗忘症'，那是什么？"

李主任和乔珊对视一眼，李主任解释道："是一种病。患有这个病的人通常表现出两种症状，看不清别人的脸，以及对别人的脸型失去辨认能力。"

沈沨点点头，好像在思索，又仿佛在艰难消化。他看着孙廷雅，"所以，你记不住我们长什么样子？"

孙廷雅道："也不是完全记不住，就是会比较费劲。"

"有多费劲？"

管得有点宽，好在她并不介意解释一下，"我一般是靠细节去记一个人，比如之前乔珊的发型，李主任额头上的痣，还有你的西装袖扣……"她轻笑一声，"不过相处的时间久一点，我又肯用心的话，还是能记住脸的。"

她没有说出来，其实他的五官，这会儿在她脑子里，还是一团模糊的。

沈沨许久没有说话，

事实上，他根本不知道说什么。脑子一团混乱，他们的话不断回响在耳边，让他额头青筋都快跳出来了。

真的是……太夸张了！

他以为他对这桩婚姻已经很不上心了，没想到她居然比他还不上心。脸盲症？记不住他的脸？她说自己瞎了他大概更能接受！

有心质疑这话，然而联想这两天的异常，他惊觉这才是最好的答案。不是故意戏耍他，更不是吸引他的注意，她只是……不认识他。

从头到尾，都是他自作多情！

孙廷雅见他表情复杂，困惑道："你怎么了？"

两人的目光一对上，沈沨就像被针刺了般，仓促避开。薄唇紧抿，右手攥成拳头，好一会儿后突然往前走，留下反应不及的三人。

乔珊一头雾水，"怎么回事儿？他生气了？不跟我们玩了？"

孙廷雅望着他，若有所思，"不，不像是生气。他看起来，好像是因为什么事情，非常尴尬……"

班戈县城要比当雄县城大很多，但总体来说还是个挺落后的地方。孙廷雅一行人到达时，已经是下午六点，车子开进招待所后，沈沨和李主任收拾了一下立刻出门，孙廷雅和乔珊则在房间里休息。

乔珊坐在床上，一边梳头发一边道："唉，你说那个Chris到底怎么回事儿？自从听到你的病情后，情绪就一直不对，连车都交给李主任开了。我真被他搞糊涂了。"

孙廷雅膝上放着电脑，眼睛盯着屏幕，飞快地打字，并没有理睬乔珊的话。今天一路过来，她被美景刺激，冒出许多灵感，关于大纲又有了新的想法，得抓紧记下来。

等弄完了这个，她才长舒口气，对乔珊道："谁知道呢。大概是为我的病情担忧，愁得没法儿专心开车了吧。"

"去你的！"乔珊踹了她一脚。

孙廷雅躲开她的攻击，起身将电脑放回行李箱里。她不关心Chris在想什么，比起这个，还不如玩会儿手机来得有意思。

来到西藏明明才两天，却觉得好像过了很久，所以当她登上微博，看到《高阳》要翻拍的消息宣布时，都有点想不起这茬了。

她皱眉回忆，"哦对，导演跟我说过，大概就是这周，会公布确切消息。"

乔珊兴奋地跳起来，"什么什么？终于官宣了么？都快急死我了！"

《高阳》要拍电影的消息几个月前就开始传了，但一直没有正式承认，今天制片方终于发了通稿，电影官方微博也建立了，首先就关注了她这个原作者。

《高阳》在网上本来就很有名气，加上宣传已经开始了前期遛粉，拿各路艺人当幌子炒热度，她的微博下面也不出意外地炸了锅。

她只扫了一眼就没再看，按原计划点开编写框，找出乔珊帮她拍的一张照片。是下午在纳木错时抓拍的，她站在湖边，只有一个远远的背影，衣袂飘飘，长发飞舞，远处是雪山圣湖，整张照片文艺范儿十足。

孙廷雅把它传上微博，配上一段文字。

@格林小姐V：今天看到了很精彩的风景，希望有一天可以和你们分享。

大概是正在热度上，连评论都比平时要多，很快各式各样的留言就充斥在她的眼前。

"天啦，发生了什么？格林大大居然爆照了？"

"Excuse me？背影照也算爆照？求正面高清大图！我相信小绿你一定是颜值和才华兼具的女神！"

"呵呵，小说都要被毁了，还有心情出去玩！还发自拍！我也是醉醉哒！"

"听说是殷如演高阳，蔡杰宏演辩机？拒绝，我实力拒绝！"

小说翻拍就是这样，总会有读者不满，孙廷雅之前就已经料到。但对于大多数作者来说，能影视化都是件很好的事情，不仅是金钱上的，还有希望自己的作品能被更多人看到的心情。孙廷雅当然没这么感性，同意出售版权更多的是对拍电影很感兴趣，想尝试下编剧这一行。

不过她尊重读者的心情，能做的就是尽量让成品靠谱，至于一些过激的反应就当没看到吧。

正想着，手机忽然响了起来，是个陌生的号码。

"喂？"

电话那头，林奕声音清爽迷人，"喂，是我。"

孙廷雅顿了顿，"哦，是你啊。"

"对不住对不住，昨晚在山里拍戏，没信号，现在才看到你的微信。没生气吧？"

"我生什么气？你的话我听不懂。"

林奕哀叫，"啊，看来是真生气了。我打电话前的预感果然没错！"

"比起这个，我更好奇，你跟谁要的我的号码？"

"要兴师问罪吗？难道我不可以给你打电话？"

孙廷雅捏着手机，顺势坐到书桌上，"可以。但我以为，我的号码会是我亲自给你的。"

林奕一听她的语气，就知道自己被耍了，做出副可怜巴巴的样子，"那要是你愿意重新跟我说一次，我就立刻忘掉它。"

孙廷雅被逗乐了，"好啊。那等你什么时候忘干净了，再来找我吧。"

玩笑开到这里就差不多了，林奕稍微找回了点儿正经，诚恳道："不生气就好。我打电话前真挺忐忑的，你们女孩子心思太难捉摸。"

"你要是再晚点打过来，我就生气了。"

"那我得谢谢导演今天给我放假了，不然我还摸不到手机呢！"

孙廷雅只是笑。林奕在那边沉默了三秒，非常巧妙的时间，既能让愉悦的气氛持续发酵，也不会长到令彼此产生尴尬。然后他道："你怎么跑去西藏了？"

"陪朋友办点事儿，顺便来这里采风。"

"那你身体怎么样？我看你那么瘦，担心在上面会撑不住。"

"还可以。"孙廷雅道，"怎么，我很瘦吗？你嫌我身材不好？"

"好，你身材当然好。比我合作过的那些女明星还好。我只是担心你。"

孙廷雅不说话，林奕道："我知道，不该拿你和别的女人比。但我真觉得你身材比她们好。"

孙廷雅轻笑，林奕这才愉悦地换了话题，"所以，你那张新照片，也是在西藏拍的了？"

孙廷雅偏头，"你在看我微博？"

"不只我在看你微博。你还不知道吧？你今天上热搜了，大家都在看你的微博。"

可以理解，毕竟电影消息公布了。孙廷雅想了想，"嗯，那是纳木错。"

"原来是那儿啊。我一直很想去，之前有部戏本来要去西藏拍的，可惜最后错过了。"

林奕笑了几声，忽然道："我关注你怎么样？我关注了你，格林老师会回粉么？"

按规矩，他现在还不能关注她，不然一定会被眼尖的粉丝发现，那他参演《高阳》的消息也就暴露了。孙廷雅跷着腿，侧首看窗外的雪山，悠悠道："你要是真关注，那我当然要回粉。怎么敢让大众男神受冷落？可是，你敢吗？"

那边停顿了片刻，林奕语声带笑，半真半假道："为了你，我有什么不敢的。"

他们打电话时，乔珊就默默坐在那里听着，等孙廷雅终于放下手机，开始准备卸妆时，才幽幽道："你这是要潜规则男演员啊！"

孙廷雅道："说什么傻话呢宝贝儿。咱们编剧都是弱势群体，他潜我还差不多。"

被原话奉还，乔珊撇撇嘴，"本来以为你就是开个玩笑，没想到玩得还挺走心。说真的，我觉得林奕还不如Chris呢，我比较喜欢他那种多金公子的类型，林奕太阳光了！"

"所以我把Chris让给你啊，是你自己不上。"

"我可没你那么饥渴。"

孙廷雅撑着头，懒洋洋道："我确实饥渴啊。我快两年没找过中国男朋友了，非常想念祖国青年的美好肉体，对林奕寄予厚望。"

乔珊站起来，郑重地拍拍她肩膀，"那我在此祝福，希望他不要让你失望。"

"天使的心"大队人马当晚九点抵达班戈，第二天一大早，就以县医院为据点，开始了工作。

此前大半个月，整个医疗组已经在纪礼然的带领下，深入那曲地区各大县、镇、乡、村，进行入户确诊，筛查出了一百二十六个身体条件允许做手术的先天性心脏病儿童。然而这么多人不可能一次性前往北京，这次来的目的就是要对孩子们进行反复检查，根据病情确定先后顺序。

因为有提前通知，家长们都带着孩子来了医院，孙廷雅身穿白色毛衣和蓝色水磨牛仔裤，站在检查点附近围观。

这个项目选择的都是家境贫穷、无法承担医药费的家庭，所以来的孩子都瘦瘦小小，像是从来没有吃饱过一样。孙廷雅看着他们黑黑的眼珠、乌青的小脸，以及充满向往和渴望的神情，想起自己小时候也曾因为发病住院，默默放了颗糖到嘴里。

李主任忙碌的间隙，过来跟她聊天，"他们这都属于高原病。在这种高海拔地区，先天性心脏病的发病率比内地要高出二到三倍，再加上这里的人普遍比较贫穷，一旦不幸有了个生病的孩子，那整个家庭都会被拖垮。"

孙廷雅问："所以你们选择救治这里的孩子，而不是内地别的贫困地区？"

"这里地理环境特殊，搞慈善的难度和危险性太大，许多基金组织都避开了这一块，我们只是想填补空白。"

孙廷雅没有说话。

乔珊穿过走廊，急匆匆走过来。孙廷雅见她脸色不对，问道："怎么了？"

乔珊道："我刚去看了，所有孩子都到了，除了次仁。"

"次仁？是那个和乔琮约好的孩子？"

"对！"乔珊说，"昨天我们到时有些晚了，他家又离得远，所以没有立刻去。本来打算今早跟他解释的，结果他居然没来。到底怎么回事儿？"

旁边有个小女孩听到了，怯生生地举起手，用结结巴巴的汉话问："阿姨，你们说的……是贡曲村的次仁吗？"

乔珊眼睛一亮，蹲下来握住她肩膀，"好孩子，你认识次仁？你叫什么？"

"我叫白玛，阿姨。次仁是我的同学，我们认识。"

"那你知道他在哪里吗？为什么今天没有过来？"

白玛扁着苍白的小嘴，不开腔。旁边的中年女人大概是她妈妈，见状试着阻止了一下，同时朝李主任讨好一笑。然而小女孩挣扎片刻，还是低低道："他爸爸说，次仁不会来了。他说你们都是骗子，他不会把次仁交到你们手里……"

广袤无边的草原上，只有一条白色的公路，哈达般穿过原野腹地。此刻上面正有一辆小型医疗车，平稳朝前奔驰。

"都怪我不好！我应该昨天就去的！一定是耽搁太久了，才造成这种后果……"乔珊懊恼道。

孙廷雅拍拍她肩膀，"你想太多了。一晚上而已，改变不了什么。如果我们在他们心里是骗子，那肯定早就是骗子了。"

她们正在去贡曲村的路上。乔珊受了乔琮拜托，不敢把事情办砸，听到消息就表示要登门拜访次仁的父亲。李主任留在医院继续工作，派了两个医生陪她们一起，男的叫赵凯，女的叫甄莉，闻言也安慰道："是啊乔小姐，你就别自责了，会发生这种事谁也预料不到啊。"

其实是可以预料的，李主任之所以急着赶过来，也是害怕病人家属产生怀疑。只是他没想到，别人都摆平了，独独在次仁这里出了乱子。

孙廷雅叹口气，感慨这一路果然是不能平静。

汽车另一边响了一下，孙廷雅越过乔珊，朝坐在窗边的男人看去，"不过我还是有点惊讶，这位叫次仁的小病人面子居然这么大，让您也亲自来了。"

沈沣原本正欣赏窗外的风景，闻言移回目光，瞥了她一眼，淡淡道："这个项目的每一位病人，都值得我亲自跑一趟。"

说完，他再次看向窗外，似乎不想再理睬她。

孙廷雅挑眉，轻轻笑了。

上车前就已经察觉，刚刚再次验证，果然不是她的错觉。

这个男人对她的态度，比之前冷淡了。

她觉得有趣。乔珊说过，他是在听了自己的病情后开始不对劲的，所以现在，男人对艳遇对象的身体素质要求已经这么高了？

沈沣知道孙廷雅在看他，不过他不打算回头。

昨天是他失态了，但一个晚上的时间，已经足够他把事情理清楚。即使是现在，他还是觉得不可思议，他相识两年、结婚一年多的老婆，居然真的不知道他长什么样子。

哪怕是有脸盲这个理由也说不过去，毕竟她可是能认出那位乔小姐的。

唯一的解释，就是她从没认真去记过他。

虽然他从不认为所有女人都该喜欢他，但也没想到，自己会有在女人跟前混得这么差的一天。这样就可以理解，为什么她总是用那种眼神看他了。一个不知分寸的搭讪者，这就是他目前在她心中的印象吧？

他望着远方湖泊边成群的牦牛，神情平静如水。

不得不说，这种感觉真的让人……不太舒服。

医疗车到达贡曲村，他们在热心村民的指示下，找到了次仁的家。一座修在村子尽头的石头房子，和别的房屋隔得老远，几乎让人怀疑它不属于这个村庄。

赵凯下车后说：“没电话，也没法儿提前联系，我们只能直接去敲门了。”

话音刚落，就看到门口的毡布被掀开，一个男孩抱着水壶走了出来。他开始没注意到他们，直到甄莉惊喜地叫道：“次仁，还记得阿姨吗？我们来接你啦！”

小男孩吃惊地抬起头，眼眶通红。

乔珊说过，次仁今年已经八岁，但是从他的外表，一点都看不出是个八岁的孩子。那样瘦，那样小，衣服脏脏的，上面还破了个洞。那水壶几乎有他半个人高，让他越发显得可怜。

“甄……甄阿姨？你们……来接我？”他结结巴巴道。

乔珊上前一步，说起了藏语。孙廷雅跟她学过一点，勉强能听懂她在说什么。

“是啊，我们来接你。次仁你怎么了？眼睛红红的，不会是哭鼻子了吧？”

次仁诧异道：“你……你是谁？”

“我是达瓦央金，是平措哥哥的姐姐。他出事了，现在在医院呢，所以才没有来接你。不过你跟姐姐走，咱们去拉萨就能见到他了。”

“平措哥哥？”次仁眼睛一亮，“真的是他让你来的？他出事了？他出什么事了？生病了吗？”

一连串的问题，乔珊招架不住地举起手，“你先答应跟阿姨去医院检查，路上我再仔细回答你，怎么样？"

次仁仰头看她，怀里抱着水壶，几乎就要往前走，身后却传来怒喝，"你们在做什么！离我家远一点！"

甄莉吓了一跳，沈沣挡在她面前，对那个身材高大的男人道："彭先生，我们是'天使的心'医疗队，来接您孩子去做检查的。"

孙廷雅小声道："这人是谁？"

"彭杰，次仁的爸爸。"甄莉解释道。

"汉人？"

"嗯，他跟我们一样是汉人，不过是在藏区出生的，他老婆也是藏族人。"

彭杰冷笑道："天使的心？哼，你们这些骗子！"他粗鲁地挥挥手，"滚，离我的孩子远远的，我不会再上你们的当了！"

他说着就去扯次仁，谁知孩子不肯动，他发了火，一巴掌打在孩子脸上。次仁痛得手一松，水壶跌在地上，滚烫的酥油茶泼到脚上，他"哇"的一声哭了出来。

"呜……爸爸……我错了……"

甄莉急道："彭先生您别这样，不要打孩子啊……"

彭杰恶狠狠道："我怎么管教孩子不关你的事，快点滚！你再不滚，我就对你们不客气了！"

说完这句话，他抱起次仁进屋，重重甩上了门。

留下几个人面面相觑。

他们在外面站了十几分钟，乔珊、甄莉和赵凯轮流去敲门，只换来彭杰的怒吼和次仁更凄惨的哭声。最后沈沣发了话，先找个地方吃午饭，顺便问问村子里的人，这个彭杰到底什么情况。

一家藏民热情地招待了他们，矮胖矮胖的主妇格桑一边给他们端饭菜，一边道："你们的事我听说啦，免费给孩子们治病，你们是大好人呀！那个彭杰是个疯子，他不知好坏，活该一辈子受罪！就是可怜了小次仁……"

乔珊道："他怎么会这么极端？我是说，一般人不会一见面就喊打喊杀的吧？"

"所以我说他是疯子啊！"格桑指指脑袋，"我们都说啊，自从梅朵死掉之后，他这里就出问题了。不过本来他也不聪明就是了，从小到大都是怪人！"

"梅朵？她是彭先生的妻子吗？"孙廷雅问。

"是啊。梅朵可是个好女人哟，又会放羊又会煮酥油茶，要不是有她，彭杰搞不好都活不到现在呢！"

格桑絮絮叨叨说了很多，他们了解到原来彭杰的父母也是汉人，当年援藏的时候过来的。他出生在这里，从小就性格孤僻，长大后也不爱跟人打交道。后来他和同村叫梅朵的女人结了婚，有了次仁，一度变得开朗些。可是梅朵三年前因病去世，彭杰的脾气就从高空跌入最低谷，现在几乎相当于半个疯子了。

格桑出去后，他们对着一桌子丰盛的饭菜，相顾无言。

乔珊道："次仁的爸爸是汉族，妈妈是藏族，和我们家一样啊。难怪乔琮会注意到他。"

孙廷雅夹起块青稞糌粑，慢条斯理吃完后才道："那个彭杰的戒备心很重。看样子，他是真不相信你们，不愿意送孩子去做手术。"

沈沣道："正常。这里的人穷惯了，医疗条件又长期落后，已经养成遇事听天由命的观念。比起前途未卜、陌生得甚至有些可怕的北京，我相信大部分患者家属都曾考虑过，要不要干脆放弃这个机会。"

唯一的不同就是，理性的人最终选择为孩子拼搏一次，彭杰却坚决将他们关在门口。

甄莉长叹口气，"他本来就孤僻多疑，我们之前还失约了，难怪会闹成这样。这回还真是碰上大麻烦了……"

赵凯附和，"做善事也这么难，我的心真的很累。"

沈沣微微一笑，"这就气馁了？其实做慈善，给钱是最简单的部分。深入这些地区，说服孩子的父母相信你，带他们前往北京做手术，这才是最困难的。如果一不小心，手术出了什么意外，要担的责任更是难以想象。我发起这个项目时，礼然就劝过我了。"

"原来这个项目是你发起的。"孙廷雅讶异，"你不是说你不是负责人吗？"

沈沣顿了顿，"是啊，我是出资人。"

孙廷雅若有所思。那这么看来，他还是只做了最简单的部分，如果不是纪礼然出事，他应该也不会管这个烂摊子吧？

不过她没有说出来，倒是赵凯想起什么，"我听纪医生说过，沈先生之前虽然不准备插手具体事情，但他跟团队承诺了，如果真出了事情，一切责任他来担。也是因为这个，医院方面才同意合作这个项目的……"

毕竟现在医闹这么泛滥，谁也不敢随便担这种大风险。

孙廷雅笑笑，并不对此置评，又给自己夹了块羊肉。

乔珊肃然起敬，"有胆色！哎，昨天就听到你姓沈了，你到底叫什么啊？"

赵凯知道沈沣参与这个项目的消息对外是保密的，也就不敢随便告诉别人他的名字。乔珊盯着沈沣，连孙廷雅都好奇地看过来，男人却避开了她们的目光。

有些事并不适合现在捅破，他也无意和孙廷雅在这里上演认亲戏码。

视线越过她们落到门口，他表情一滞，惊讶地扬了扬眉。

"次仁？你怎么来了？"

众人回头一看，果然是次仁。

男孩还穿着之前的衣服，鞋子上的酥油茶没干，怯生生道："我……我想知道，跟着你们走，真的能见到平措哥哥吗？"

乔珊立刻道："是啊，你想见平措哥哥对不对？"

"嗯，我……我想见他。我们约好要一起去北京的。爸爸说他不会来了，但我不信……平措哥哥不会骗我！"

乔珊走过去，握住次仁的肩膀，认真道："平措哥哥当然不会骗你，我们也不会骗你。跟叔叔阿姨一起走，不仅可以见到平措哥哥，还能治好你的病，以后就再也不会难受了！"

次仁乌黑的大眼睛里光芒闪烁，那是渴望的神色。乔珊给他描述的一切，是他梦寐以求的。

"你是偷跑出来的？"孙廷雅冷不丁问。

次仁吓了一跳，惊惶地望向孙廷雅，触及她的目光后立刻低头。小手抓着衣角，嗫嚅道："我……我……"

乔珊也回过神来。次仁这么出现在这里，彭杰也不在旁边，十有八九是偷溜出来的。想到男人凶神恶煞的样子，她恼怒道："偷跑出来就偷跑出来，那种爸爸只会祸害孩子，有什么好搭理的？他刚刚还打了次仁！"

孙廷雅懒得和气头上的女人计较，倒是甄莉蹙眉道："不行啊，如果彭先生不同意，咱们是没办法带次仁走的。手术也必须监护人签字啊。"

乔珊沉默片刻，烦躁道："管他的！来，阿姨先喂你吃点东西。看你瘦成这样，心疼死我了！"

可还没等次仁吃上点什么，外面就遥遥传来怒吼，"次仁！次仁你在哪里？出来！我知道你在这儿！"

格桑急道："你干什么啊？彭杰你脑子有毛病吧！站住……不许你进我家！你给我出去！"

房间里沉默了一会儿，孙廷雅最先站起来，"走吧，别给格桑惹麻烦。"

大家一出去，就看到格桑和彭杰在院子里纠缠。格桑身材矮胖，力气却实在不小，竟拽住了高大强壮的彭杰。而彭杰也不知是不是顾念着街坊情分，居然没有动手，哪怕手里握着根又粗又长的铁棍。

甄莉一看到那棍子就打了个哆嗦。格桑见他们出来了，手上力气一松，彭杰趁机挣脱。他看着次仁，怒气冲冲道："你果然在这里！我就知道你们这些人不安好心，居然敢偷我的孩子！"

赵凯道："彭先生你误会了，我们没有……"

"去你的误会！"彭杰骂道，"次仁你给我过来，我说了不许你和那些人在一起！快点滚过来！"

他吼得大声，次仁却埋着头，抓住乔珊的手不放。这个看起来怯懦的孩子，却在用这种手段反抗他的爸爸，反抗他不愿意接受的命运。

彭杰气得脸都红了。他握紧铁棍，咬牙切齿道："好，你不回来是吧？想跑是吧？我让你跑……我让你跑！"

他举起铁棍就打了过来，乔珊本来以为他要打次仁，还没来得及护呢，就发现棍子居然是朝自己来的。她连忙把次仁往旁边一推，自己则往另一边躲去。然而彭杰似乎恨透了她，居然举着棍子追了过来，乔珊回头一看，脸霎时白了！

"你疯了？你真的疯了！啊救命——"

乔珊摔倒在地，眼看铁棍朝她而来，吓得闭上了眼睛！

等了好几秒，预料之中的疼痛没有到来。她试探地睁开眼，却见铁棍在半空中被握住，彭杰喘着粗气，瞪着面前的女人，"你……"

孙廷雅面沉如水，右手握着棍子，让他移动不了半分。她从七岁开始学习跆拳道、空手道和自由搏击，本可以轻松把铁棍抢过来，然而此刻一用力就觉得胸口剧痛，无数根针在扎似的。

彭杰见自己居然被个女人截住了武器，越发恼怒。他奋力将棍子往下压，孙廷雅承受不住，忍不住闷哼一声。

千钧一发之际，有人从背后拥住了她。男人胸膛宽阔，轻轻松松将她合入怀中，手覆盖到她手上，夺过武器的同时，一脚踹上彭杰小腹。

他用了八成力气，要在平时彭杰肯定被掀翻在地，可惜今天他只是倒退几步，就跟跄着站稳了。

他咒骂了声。

孙廷雅回头。沈沣眼神冷漠，平静看着前方的男人。他松开她，左手在她肩头拍了拍，类似安抚的动作，却没有分给她哪怕半个眼神。

甄莉和赵凯刚才都看傻了，这会儿才记得冲过来，一个扶起乔珊，另一个则凑到孙廷雅旁边，询问她有没有伤到。

沈沣冷声道："彭先生，我们是很有诚意想为您孩子提供医疗救助，如果您拒不答应，当然，我们不能勉强，现在就可以离开。但这毁掉的，是您孩子的希望和未来。还请考虑清楚。"

彭杰站在院子中央，大口大口喘气。他看起来似乎很想撕了沈沣，可最终只是红着眼睛瞪他，什么都没有做。

孙廷雅往旁边一瞥，表情猛地一变。她走过去一把抱起次仁，脚步飞快往车上走，彭杰一见立刻急了，咆哮一声就要冲过去抢孩子！

沈沣怒道："孙廷雅你做什么？"

"打晕他！"她厉声命令。

沈沣被吼蒙了。看看手里的棍子，再看看下一秒就要越过他的彭杰，他一咬牙，敲上他后脖颈！

彭杰"啪"地摔倒在地，腿哆嗦两下，昏过去了。

孙廷雅已经进了驾驶座上，次仁被放在旁边，大家跟着上车，赵凯道："怎么了，怎么突然就上手抢了呢！有话好好说啊！"

孙廷雅发动引擎，冷静道："没时间好好说了。次仁他需要马上去医院！"

众人诧异回头，这才发现小男孩面色青紫、双眼紧闭，早已失去了意识！

从贡曲村到班戈，一路都开得无比煎熬。好不容易到了医院，一下车就将次仁推进了急救室，赵凯和甄莉连白大褂都来不及穿上就去帮忙了。

孙廷雅三人在外面等了半个小时，李主任终于出来，摘下口罩道："没什么大碍，就是一时情绪激动，刺激了心脏。不过还好你们送得及时，路上又采取了措施，否则还真有点危险……"

乔珊跌坐在椅子上，捂住脸道："太好了。他要是出什么事，我就没脸见我弟了……"

孙廷雅也觉得很累，撑着头不说话。李主任道："可是我刚听赵凯说，这孩子是你们抢来的？怎么回事？你们不是去说服孩子家长吗？别告诉我真是你们抢的。"

沈沣叹口气，"说来话长。总之，他确实是我们背着监护人带过来的。"

不仅如此，唯一的监护人还被他们打晕了。

李主任大怒，"胡闹！沈先生，他们不知道，您还不知道吗？这种行为是违法的！要是闹大了，整个医疗组都负不起这个责任！"

仿佛为了验证他的话，一个小时后，彭杰就找过来了。不是一个人，还带着两男一女，堵在医院大厅里，吵得所有人都在旁边围观！

"医院抢人了！带走了我儿子还打人！这世道有没有天理了？快把我儿子交出来，否则我一定去告你们！让你们全部蹲大狱！"

他吵闹不休，那两男一女都是村里的干部，其中一个男的悄悄找到沈沣，为难道："你们这是做什么呀？说好的做善事，我们都支持你们、协助你们，可你们怎么能动手呢？还抢孩子！彭杰那人可难缠得很，我们平时都不敢招惹他啊！"

甄莉委屈道："不是我们想抢，是他太不讲道理。而且当时那个情况，次仁都晕过去了，要不是我们带他到医院，搞不好就没命了呢……"

理是这个理，但谁也不知道能不能跟彭杰讲通，毕竟他的偏激是那样让人绝望。现在他在外面闹事，影响医院秩序不说，还让人对"天使的心"产生误解，以为他们真做了什么欺负乡民的坏事。

孙廷雅听着周围的嘈杂，忍了又忍还是没忍住，大步走到人群聚集的地方。彭杰额上有淡淡的瘀青，应该是摔倒时砸出来的，他一见孙廷雅就怒道："就是你！你把我儿子带到哪儿去了！"

孙廷雅点头，"你跟我来。我带你去见你儿子。"

她转身就走，彭杰本就攒了一肚子火，被搞得越发恼怒。他存了心要把事情闹大，搞臭他们的名声，见状索性坐到地上，"我不走！我要让所有人都知道，你们不是什么好东西！把孩子交给你们，早晚会后悔的！"

孙廷雅回头，凝视他片刻，"看来你并不想见你的儿子。那好，回头找不到人了，可千万别再来问我们要。"

她语气淡定，隐隐带着股威胁。彭杰想起她命令别人打晕他时的狠绝，心里一阵不安。

这个女人，是真能做出些什么事的！

她继续往前走，好像真不打算等他。彭杰挣扎好一会儿，还是咒骂着站起来，"你给我站住！你还想对我儿子做什么？像中午那样抢走他吗？你把他还给我！"

他跟在孙廷雅身后，有好奇的群众跟着他，最后全围到一间病房外面。

透过窗户，可以看到里面躺着个小孩，孙廷雅道："你儿子就在里面，你随时可以进去看他，带他走也行。反正刚做完急救、勉强捡回一条命的不是我儿子，我不在乎。"

如果她一味辩解，彭杰也许不会理睬，这样冷漠的态度反倒让他迟疑了，"捡回一条命？"

孙廷雅淡淡一笑，"对啊，次仁由于情绪激动，心脏病突发，送来医院时人事不省，直接进的急救室。有十几位医生和病人可以做证。"

小女孩白玛挤到旁边，怯生生道："是真的，彭叔叔。次仁刚刚差点就……是医生叔叔和阿姨救的他……"

周围人恍然大悟，一边指指点点，一边低声议论，好在不再是误解医疗队的话。

彭杰胸口剧烈起伏，好一会儿才嘶哑着嗓子道："那好，我明天再带他走。"乔珊刚面露喜色，就听到他补充，"不过，我是绝不会让他做什么手术的！你们想都别想！"

会议室里。

李主任把一叠文件扔到桌上，"这是次仁之前的检查报告。跟这里大多数孩子一样，他属于'动脉导管未闭'。这种病的最佳手术年龄为三到六岁，他现在已经八岁了，再拖着不治，只会越来越糟糕。"

甄莉道："可他爸爸这个态度，我们连做复查的机会都没有，更别说带他去北京了。我看这事儿，难办。"

乔珊眉头紧蹙，"不然，我们想想办法说服他？那个彭杰，只要让他明白，不同意他儿子就会死，他总不可能眼睁睁看着儿子去死吧？"

甄莉反问："可如果他就是不明白呢？他今天都扛着棍子要打我们了，要不是有Kelly去劝，现在还在医院大厅闹事儿呢！格桑说得没错，他就是脑子有问题。他不相信任何人！"

孙廷雅揉揉眉心，觉得甄莉结论下得不错。彭杰的多疑有目共睹。

正一筹莫展，赵凯忽然道："那个，我们一定要救次仁吗？"

众人一愣。

赵凯说的时候并没有想太多，可当所有人都将目光对向他时，忽然就紧张了。他深吸口气，硬着头皮道："我是说，西藏有这么多得心脏病的孩子，总会有我们救不到的部分。既然他的家长这么抗拒，我们就不能省下这个时间去救别人吗？为什么……为什么要跟他耗着……"

甄莉表情茫然，似乎从没想过还有这个选项。乔珊急道："不行！我们都答应他了，会带他去治病！怎么可以食言？"

赵凯道："不是我们要食言，我们努力过了！可是监护人不同意，我们总不能真把他偷走吧？"

乔珊本来就受了乔琮的拜托，再加上很心疼次仁，不愿意团队就这么放弃他。她求助地看向沈沣，道："沈先生，你总不会也这么觉得吧？你不是说过，这个项目的每一位病人，对你都很重要吗？"

沈沣食指按着唇瓣，若有所思，"赵凯说的，有一定道理。"

乔珊脸色猛地一变。

"我们的时间有限，继续跟那位彭先生纠缠确实不明智，会耽误更多孩子求生的机会。"

乔珊怒道："那你就不管他了？由着他自生自灭？"

沈沣看她几秒，淡淡道："我是这个团队的负责人，要从大局着想。对'天使的心'来说，次仁的命并不比别的孩子更珍贵。"

乔珊气得不行，孙廷雅却没法儿安慰她。

从某种角度来说，Chris的决策是合理的。作为一个投入这么大、承担风险这么高的慈善医疗项目，如果在某一位患者身上死磕，才是对整个团队的不负责。

她们一起去看次仁，到病房门口乔珊却犯起了倔，说现在这个情况，她没脸见次仁。纠结一会儿后，她转身跑开，看方向是朝李主任的办公室去了。

孙廷雅在原地站了会儿，还是推开了门。彭杰不在里面，小男孩已经醒了，脸色虚弱，躺在雪白的被子里，看起来又脆弱又可怜。

他看到她后眼睛眨了眨，孙廷雅这才发现他睫毛居然很长，像个女孩子。

她手插在牛仔裤兜里，脚步悠闲走过去，"怎么样，好点了吗？"

次仁小声道："你是……白天那位阿姨？"

"对啊是我，你爸爸呢？"

次仁咬唇，"护士阿姨叫他出去了，好像是……医生叔叔想和他谈什么。"

孙廷雅了然。看来沈沣虽然那么说，但还是在尽最后的努力，只看彭杰是不是一意孤行到底了。

次仁沉默好一会儿，忽然道："阿姨，我会死吗？"

孙廷雅手指握住床尾的栏杆，淡淡道："不知道。"

次仁语带哭腔，"阿姨你不要骗我了。我都听说了，我得的这个叫心脏病，和白玛一样。她做了手术就不会死，我如果做不成手术，就活不……"

"就算不做手术，你也不一定会怎么样，别想太多。"孙廷雅打断他，"相应的，没有因为心脏病死掉，我们也还有很多别的可能会死掉。这种事说不准的。"

次仁愣愣看着她，也不知听没听懂。小男孩眼睛里还含着泪，却忍着没有落下来，似乎是怕惹她讨厌。

孙廷雅凝视他半晌，忽然轻叹口气，微微弯下身子，"其实阿姨跟你一样，心脏也有病。你看，我不是也长得这么大了吗？"

次仁眼睛睁大，"你也是吗？"

"对啊，我也是。"

次仁神色复杂。正当孙廷雅以为他要为此松一口气时，却见男孩满脸心疼地握住她的手，小声道："那你一定很疼。"

孙廷雅觉得心头某一处被戳中。

房间里安静良久。再开口时，她的声音变得轻柔，"不疼。早就不疼了。"

次仁哽咽，"可我还是很疼……"

"等你长大了，就不会疼了。"

次仁仰着脸看她一会儿，吸吸鼻子，"对不起。"

孙廷雅微笑，"为什么说对不起？"

"我爸爸……他脾气太坏了。他对你们不好。我觉得很对不起……可是求求你们不要怪他。妈妈离开了，他真的很难过……"

孙廷雅摸摸他的头，"嗯好，阿姨不怪他。乖啊。"

孙廷雅在病房里坐了十几分钟，最终赶在彭杰回来前离开。天已经黑透了，乔珊还不知去向，孙廷雅一走出医院就看到熟悉的车辆，驾驶座上的人正闭目假寐。

她敲敲窗户，"可以上来吗？"

沈沣睁开眼，审视她片刻，"上吧。"

孙廷雅刚系好安全带，沈沣就发动了引擎，"送你回招待所？"

"我不想回去。"

沈沣皱眉，"那你上来做什么？"

孙廷雅道："我想和你谈谈。"

引擎的声音太过嘈杂，沈沣平静地关掉了它，"好啊。想谈什么？"

孙廷雅问："你们的医生刚才去劝说彭杰了吧？有结果吗？"

沈沣道："去了三个人，全部败北。彭先生坚持明天要带次仁出院。"

她猜就是这样。

孙廷雅道："所以，你要放弃次仁了？"

沈沣似笑非笑，不答反问："你和乔小姐是一路的？她让你来说服我？"

"我和乔珊当然是一路的，但她没有让我来说服你。"

"那你现在在做什么？"

"在和你聊天啊。"

沈沣看着她。孙廷雅唇角还挂着笑，眼神却透出股郑重，"你说得对，次仁的命并不比别的孩子更珍贵。但同样的，他也不比别的孩子更卑贱。他不应该被放弃。"

沈沣冷声道："你以为我想放弃他？"

"你不想，可你马上就要这样做了。"

沈沣沉默。

孙廷雅道："你自己也说过，这个项目最困难的就是让孩子家长相信我们。如果因为次仁的家长比别人更难缠一些，就选择放弃，未免有点不公平。而且，我们也应该更有恒心一点，毕竟，你可是要改变他们命运的人。"

沈沣看着前方，"今天在会议室时，你没有说话。我还以为你是赞同的。"

孙廷雅不语。她本来确实赞同，至少不想出声反对，不过……

"我刚刚去见了次仁。"她轻声道，"他让我想到我小时候，也是这么惶恐，这么茫然。"

她曾在医院住过三个月，因为是高级病房，所以很周到也很寂寞，只有一个小朋友陪她玩。那是姨妈救助的孤儿，也是心脏病，但比她严重很多。她们关系很好，每天都混在一起，她还说要让妈妈认她当干女儿。可是后来，她却发病了，她眼睁睁看着她死掉，那种感觉……

后来很长一段时间，她都以为，她也会这么离开。

刚刚次仁的眼神，勾起了她的感同身受。

有医生经过车旁，笑着跟他们打招呼。沈沣目送他走远了，才淡淡开口，"所以，你刚才说的那些，都出于你的私人感情，和乔小姐的论点并没有什么差别。"

"当然有差别。我比她有道理。"孙廷雅道，"我曾经去过西非战场，在枪林弹雨里救过别人，也被别人救过。到了那种地方你就会明白，每一条生命都是那么宝贵，不是所谓的'为大局着想'可以抹杀的。至少在为大局着想前，我们应该用尽全部努力。"

所以她认为，他还不够努力。

沈沣不说话。

孙廷雅看他许久，忽然笑起来，"不过你放心，我说这些并不是打算为难你。我明白你的顾虑，也看到了你的争取。我只是憋得难受，讲完就爽了，后面的事不用你费心。"

沈沣警觉，"你想做什么？"

孙廷雅含笑重复，"都说了，不用你费心。等着看结果就好。"

沈沣看着她。

他大概明白她想干什么了。不得不说，见惯了这女人对什么都漫不经心的样子，突然看到她这副认真的模样，他竟觉得那张脸都变得顺眼了。

这两天积在心底的抑郁也消散少许。

他轻轻一笑，"好啊，我等着看。"

车窗又被敲了下，他回过头，发现是李主任和甄莉。他们手里拿着一叠纸张，应该是报告单之类的。

车里坐久了闷得慌，他懒得开窗，直接打开门走下去。孙廷雅也跟着下车，两人站在医院外的空地上，感受着从远方草原吹来的夜风。

李主任已经见怪不怪，直接开始说事，反倒是甄莉对沈沣和孙廷雅的亲密有点惊疑，偷偷拿目光打量两人。

李主任说："这是今天的筛查结果，有十三个孩子的身体情况并不适宜做手术，我们已经把结果告知监护人。剩下四十七位确诊患者已全部列入名单，具体哪个批次入京由陈副主任安排。"

沈沣接过名单，从头到尾仔细看了一遍，才交还给他。

李主任道："我看最多再有三天，就能把班戈地区的患者全部复查完毕，咱们也能顺利离开，开始筹备后面的手术了。"

他想说点鼓舞人的话，甄莉却低声道："那次仁呢？我们还管不管啊……"

李主任不作声，沈沣也沉默，甄莉觉得这意思太明显，眼眶立刻红了，"其实，那孩子真挺可怜的，还懂事。刚才我去给他送苹果，他拉着我一直说谢谢……"

"甄医生，这不是你的职责范围。"李主任冷声打断。

甄莉的话哑在喉咙里。

她委委屈屈的样子，还真是我见犹怜，孙廷雅轻笑道："是啊甄医生，你就安心给孩子们做检查，次仁交给别人来管吧。"

"别人？"甄莉眼前一亮，"你们还有办法？"

孙廷雅不回答。甄莉眼珠子一转，猜到了什么，满怀希望地凑过去，"Kelly小姐有办法吗？说起来，我还不知道你是做什么的呢？跟医疗行业有关系吗？"

孙廷雅道："我啊？写小说的。"

沈沣问："写小说的？"

孙廷雅眨眨眼睛，"怎么，我文艺少女气息这么重，看不出来？"

沈沣面无表情。

不仅看不出来，他连听都没听过！这么长时间了，他一直以为他老婆是无业游民！

甄莉一脸新奇，"所以你是作家了？哇，我第一次见到活的作家！你写什么书的？笔名是什么？搞不好我还读过你的作品呢！"

孙廷雅食指按上她嘴唇，轻轻一笑，"这个嘛，是秘密哦，宝贝儿。"

甄莉神情呆愣，看着近在咫尺的容颜，慢慢咽下口唾沫，然后不受控制地，脸红了……

没有一丝丝防备，就这么欣赏了出"百合"大戏，沈沣觉得眼睛有点疼，连李主任都尴尬地揉了揉额头。

甄莉反应过来后，结结巴巴道："那什么，Kelly小姐，我不是故意打听……就是一直只知道你英文名，也不知道你叫什么，有点好奇……"

这群人里，只有乔珊真正认识她，然而她几乎不叫她本名，所以即使相处了两天，他们还是只知道她叫Kelly。

孙廷雅觉得这样很好，毕竟她也不知道Chris的名字。公平。

"喂，你们全聚在这里做什么？找你们半天了！"乔珊远远叫道，她后面跟着赵凯，两人一路小跑过来，喘着粗气道，"真要命，累死我了！"

李主任问："有什么事吗？"

赵凯说："有。沈先生，我刚才去病房了。那边有几个孩子，都是确诊患者，因为家比较远所以留在医院过夜。他们听说您还没走，很想见见您，您看是不是……"

沈沣道："我说过，暂时不见患者和家属。"

赵凯没料到他拒绝得这么干脆，错愕道："可是，其中几个孩子是您下午见过的，您还抱过他们……"

沈沣打断他，"现在不见了。"

赵凯沉默良久，苦着脸道："沈总对不起，那些小孩儿太激动，已经跟着我过来了……"

沈沣一惊。只见不知什么时候，医院大厅门口出现了七八个孩子，全部手拉着手，站得规规矩矩。他们原本在那里待命，看到沈沣扭头，误以为是可以上前的信号，立刻开心地冲了过来。

李主任急道："慢点，别摔着！"

孩子们蜂拥而上，将沈沣团团围住，虽然都单薄瘦弱，但因为脸上洋溢着笑容，看上去竟充满了活力。

"沈叔叔，你要走了吗？明天还来看我们吗？"

"我跟卓玛说你人特别亲切，可是她不信，不敢过来。不过我明天一定会把她带过来的！"

"沈叔叔，我让妈妈给你带了虫草，你拿去煮粥喝好不好？那个对身体可好了！"

"拉姆你又乱来，李医生说了，不可以送礼物！"

拉姆正抓着沈沣的手，闻言眨巴着眼睛，可怜兮兮道："不可以吗？可是我真的好希望你能喝那个！沈叔叔你就收下吧！"

沈沣看着她巴掌大的小脸，眼中流露出笑意，"好，让妈妈煮好了粥，我可以和你一起吃。"

拉姆立刻喜笑颜开，欢呼道："沈沣叔叔万岁！沈沣叔叔最好啦！"

乔珊一直觉得，沈沣就是个花花公子，没想到他面对孩子居然如此温柔，不由得新奇道："哇，我要对他刮目相看了，这以后肯定是个好爸爸啊！"

她转头看孙廷雅，出乎意料的，对方并没有和她一起调侃，反而眉头微蹙，不确定道："他们刚刚，叫Chris什么？"

乔珊一愣，"对哦，她好像叫了Chris的名字。沈……风？还是沈峰？反正是这个发音啦！"

她困惑地看着孙廷雅，发现在听到自己的回答后，她猛地闭了下眼睛，喃喃道："我去，没这么巧吧……"

乔珊问："什么？"

孙廷雅没理她。

认识两年了，她也许还不记得那个人的长相，但沈沣这个名字，对她来说再熟悉不过。她的丈夫。本以为两人再次见面，会是在欢迎她回国的party上。

会是他吗？

她皱着眉头回忆，下午的事情忽然跳入脑海。在贡曲村，她从彭杰面前抢走次仁时，他脱口叫她，孙廷雅。

他知道她的名字。是乔珊告诉他的，还是，他根本就认识她？

仿佛阀门被打开，一路上他不同寻常的表现都浮了出来。之前莫名其妙的亲近，今天毫无缘由的疏远，她原以为他是个热情的搭讪者，但也许，根本就是她想岔了。

乔珊又问了一遍，"你到底怎么了？"

孙廷雅扶了扶额头，"没什么，就是我一直以为，我的病还没有严重到这个地步……"

乔珊彻底被搞糊涂了。没等再说点什么，孙廷雅忽然往前走了两步，她看着面前的男人，一字一句道："你是沈沣？"

沈沣正和孩子们说话，闻言下意识抬头，却撞上孙廷雅沉静如水的面容。

他用了一秒钟，明白发生了什么。

她听到了拉姆的话。她知道他的身份了。

夜风拂面，沈沣久久地看着孙廷雅，没有说话。

事情会闹成这样，是出乎他意料的。他从来就没有隐瞒她的意思，只是阴错阳差才拖到了现在。虽然期间偶尔也觉得不妥，可被她这样当着众人质问，他还是感觉啼笑皆非。

这样的话，是妻子问丈夫的吗？还是结婚这么久的丈夫？

轻叹口气，他伸手在小女孩脸上刮了下，惹得她开心地扭了扭身子。今天一整天他都表现得严肃，可是此刻，又恢复成那个风流多情的贵公子了。

他懒洋洋道："是，我是沈沣。"

孙廷雅看着他，点了点头，然后又点了点头。

他们这一来一往，周围人都表情茫然，不明白这两位又在闹什么，场面颇有点尴尬。

不过孙廷雅这会儿没工夫搭理他们。她只是想着沈沣，她脸盲，他也脸盲吗？他明明早就认出她来了，居然到现在都不说，还要她自己去发现。

玩得挺开心嘛。

她微微一笑，冷声道："你真是有够无聊的。"

甄莉一惊，"Kelly小姐？"

沈沣看着孙廷雅眼中隐隐的怒意，大概猜到了她的想法。无非是觉得他欺骗了她，觉得自己受到了愚弄，可这一切是他造成的吗？

他忽然感觉到一阵愉悦。重逢以来，两人相处的节奏总是被她掌握，终于这一次，他抢到了主动权。

他微一颔首，彬彬有礼道："还好。如果不是对你，我应该也不会这么无聊。"

乔珊今天有点奇怪。

招待所里有个食堂，大家都在那里吃早餐，孙廷雅和她起得晚，进去时人已经走得差不多了。孙廷雅喝不惯酥油茶，乔珊给她倒了杯奶茶，又端来一大盘糌粑，热情道："多吃点。你不是一贯奉行早餐吃好吗，待会儿还有血肠和奶酪！"

孙廷雅看着她满脸笑容，眉不动眼不动，平静喝了口奶茶，"你在追我？"

乔珊一口气没上来，呛着了。

孙廷雅浅笑，替她拍背顺气，"别激动。虽然我喜欢男人，但如果对象是你，也不是不能考虑。"

"去你的！"乔珊骂道。

食堂门口忽然出现个身影，乔珊眼睛一亮，热情的笑容浮上脸颊，"Chris，哦不对，沈沣，沈先生，您也来吃早饭呀？"

沈沣今天穿了件棕色夹克，搭配纯黑长裤，整个人看上去少了几分风流，多了运动气息。他听到乔珊的话，挑眉一笑，径直走了过来。

"不是，我吃过了。我是专程来找你的。"

乔珊诧异，"找我？你确定？"余光瞥向旁边。

孙廷雅喝着奶茶，没说话。

沈沣坐到对面，含笑凝视她，"对，找你。"

乔珊想了想，往前挪了点儿，做出副正经的样子，"好吧，你找我有什么事？"

沈沣道："半个小时前，彭杰先生办理了出院。次仁被他带走了。"

乔珊面色一变。

"我知道乔医生和次仁关系亲密，所以你非常希望我们能把他纳入这个项目。但是请你明白，除非彭先生同意，否则，我们是没办法为他的孩子做手术的。"

乔珊抿唇，"我知道，你说的我都懂。可是……"

"可是，次仁是个好孩子。他没有做错什么，不应该因为父亲的固执，失去这个也许一生只有一次的机会。"沈沣接口。

乔珊被搞蒙了，愣愣地看着他，"你……什么意思？"

沈沣道："我和廷雅昨晚聊过了，决定为次仁再做一次努力。李主任继续负责筛查事宜，我们会在这边结束前，想办法劝服彭杰先生。"

"真的？"乔珊又惊又喜。

她本来还想呢，要是他们就此丢手，她就得撸袖子单干了。原来官方还不会轻易地放弃，真是让人感动得热泪盈眶。

欣喜还没散去，她忽然注意到他话里的玄机。他刚才叫"廷雅"？还一起为次仁努力？他们不是刚吵完架吗？到底什么情况！

乔珊盯着孙廷雅，眼中是属于八卦分子的精光，孙廷雅却好像没注意到，只是平静地与沈沣对视。他唇畔含笑，眼中有礼貌的询问，这样标准的绅士模样，和昨晚最后如出一辙。

如出一辙的挑衅。

两人对峙的时间略长，乔珊察觉到不对劲，轻轻咳嗽一声。

孙廷雅收回视线，喝完最后一口奶茶，微笑道："嗯，是真的。"

沈沣的笑意加深。

乔珊道："哦，这样啊……咳，那你们打算怎么办？实在不行，咱就跟彭杰打一架吧。他死了我们就可以带次仁走了……"

"先去贡曲村，别的到了再说。"顿了顿，孙廷雅道，"亲爱的，你就不用去了。人太多反而不好。"

乔珊一愣，"我不去？但我可以帮忙……"

孙廷雅笑而不语。乔珊看她一会儿，不甘心道："那他呢？为什么他可以去？"

孙廷雅看看沈沣，他做了个无辜的表情。她冷淡道："沈先生是大慈善家，代表了项目组，当然要去。而且他好歹是个男人，应该，还是能派上点用场吧？"

孙廷雅没想到，她和沈沣这一次重逢，会闹成这个样子。记忆里他们从来没有吵过架。无论是婚礼的安排，还是新房的选择，所有正常夫妻容易产生分歧矛盾的地方，他们都和风细雨、一派和睦。

这当然不是因为感情好，恰恰相反，正是彼此都太不在意，才能这么相敬如宾。所以当她坐在SUV里，想起刚才的事，还觉得怪异。

他们从没说好要一起去见次仁，他却在乔珊面前那样讲，还是在昨晚的矛盾之后。不得不说，这个行为在惹到孙廷雅之余，也让她有些新鲜。

毕竟，这可是她生平第一次经历"夫妻吵架"。

她从上车起就没有说话，沈沣也跟着沉默，只是平稳地开着车。当SUV翻过一个缓坡最高处时，孙廷雅透过挡风玻璃望向前方的辽阔天地，表情终于起了微妙的变化。

视线里除了广袤无边的草原，什么都没有。没有雪山，没有沙丘，放眼望去，除了苍凉的天空，没有比他们更高的存在。这让她产生一种错觉，自己正驰骋在整个世界的最高处，只要愿意，就能开到天的尽头。

沈沣问："你怎么了？"

孙廷雅没回答，几秒后才道："这是你妹妹的歌？"

沈沣一愣，然后反应过来，现在音响里放着的确实是他那个艺人表妹的最新单曲。

"是，她新电影的主题曲。"

"唱得一般。"孙廷雅评价，"她还是更适合当演员。"

沈沣勾唇，声音里染上调侃："真难得，你还知道我妹妹是演员。"

孙廷雅表情不变，"嗯，她长得漂亮，演技还好。我认识你之前，就已经记住她了。"

沈沣被堵得默了片刻，才客客气气道："我会帮你转达的。"

车子抵达贡曲村后，他们没有停留，径直来到村子尽头的次仁家。出乎意料的是，在外面观察好一会儿，都觉得是没有人在家的样子。

孙廷雅反应过来，"糟糕，我们走得太快，抢在他们前头了。"

班戈到贡曲村距离并不近，彭杰和次仁就比他们早走一个小时，又不像他们开着车，路上稍微耽搁一会儿，就落到后面去了。

千算万算，没料到会出这种乌龙。孙廷雅抑郁了会儿，忽然眼珠子一转，绕着房子四处寻找。沈沣不知道她要干什么，眉头蹙得紧紧的。

孙廷雅绕了一圈，没有发现期待中的后门或者窗户，破门而入的计划看来要落空了。她叹口气，顺手挑起门帘，却惊讶地看到后面的木门居然没锁。

她想了想，笑道："看来他昨天真的走得很急啊……"

说完这个，她直接推门进去。沈沣始料未及，压低声音道："喂，你干什么？"

孙廷雅道："还能干什么，想办法救次仁啊！"

救次仁？

你的办法就是擅闯民宅？

沈沣一脸"我真是受不了了"，却不得不跟着她进去。这是一个狭窄的石屋，一共就两个房间，分别作为客厅和卧室，只是现在都堆满了杂物，看上去非常拥挤。

房间里有些暗，孙廷雅拿出手机照明，在房间里搜寻起来。沈沣目光追随着她，直到她打开衣柜，发出如愿以偿的轻呼。

他走过去，看到她手里的东西。

是一张照片。

照片上有一男一女。男的他认识，是年轻一点的彭杰，头发打理得很服帖，衣着也干净整洁。他微微笑着，神情比现在要平和许多。他旁边的女人并不美丽，但笑容开朗、双眼明亮，手指正逗弄着怀中的孩子。

这是……

"次仁和他的爸爸妈妈。"孙廷雅道，"这个女人应该就是梅朵了，格桑大婶说起过。"

沈沣问："你找这个做什么？"

孙廷雅还没来得及回答，外面忽然传来声音，彭杰粗着嗓门儿喊："你等一下，把羊奶提进去……"

两人对视，都从对方眼中看到了意外。

沈沣暗叹口气，开始思考待会儿要怎么解释。彭杰本来就排斥他们，看到这幕估计得气疯了，今天不知道还有没有谈判的余地。

孙廷雅视线在房间里一扫，当机立断，抓住沈沣的手就钻到了床底下。

"……"他想说话，"你……"

孙廷雅竖起手指，"嘘——别出声——"

她离得太近，漆黑的床底，只有她的眼睛是明亮的。气息温热，拂上他的面颊，让他的呼吸也跟着乱了。

外面彭杰掀开帘子，诧异道："门怎么开着？"声音陡然变大，"谁在里面？谁！"

次仁小声道："也许，是忘记关……"

"不可能！肯定是有人进来了！是村子里的人！他们想帮着那伙人带你走！他们想害我！"

这番话他们都说的藏语，沈沣没听懂，困惑地看着孙廷雅，却发现她表情严肃。彭杰大步进屋，开始到处察看，很快就把房间都搜遍，站到了床前。

看着近在咫尺的高大身影，孙廷雅下意识攥住沈沣的手。他从没见过她这个样子，被气氛感染，背脊也跟着绷紧。

眼看彭杰就要弯腰察看，次仁忽然发出声低哑的呜咽，像是终于承受不住，"爸爸，你别这样了……我不走了。我答应你，我真的不走了。我不治病了，以后就陪在你身边，哪儿都不去……你不要再生大家的气了……"

彭杰一愣，快步走到他身边，"你说什么？真的？你真的答应爸爸了？"

"嗯……我答应你。就算平措哥哥来找我，也不去了。我答应你……"

彭杰又惊又喜，抱住次仁亲了好几次，才喜气洋洋地出去了。次仁孤零零站在房间中央，橘黄色的灯光照耀着他瘦弱的身子，投射出一个小小的阴影。

沈沣见彭杰走了，在心里盼着次仁也快点出去，他们好趁机溜走。想用目光跟孙廷雅交流下感想，却见她干脆利落掀开挡在前面的床单，钻了出去。

沈沣惊诧道："孙廷雅！"

陡然从床底下钻出两个人，次仁吓了一跳，傻乎乎地看着他们，"沈叔叔，还有……阿姨？你们怎么在这里？"

孙廷雅面无表情，"你不去北京了？也不治病了？"

次仁小脸一白，瑟缩了一下，还是道："是，我……我不去了。我不想再惹爸爸生气。他不希望我去，所以，我不能去了……"

沈沣只惊讶了一秒，立刻明白这就是刚才次仁和彭杰交谈的内容。暗叹口气，连次仁都放弃了，看来这阵子他也被折腾得狠了。

孙廷雅板着脸，沈沣觉得她应该是在生气，但他不明白她在气什么，总不至于因为次仁立场不坚定吧？跟一个孩子发什么火。

彭杰忽然出现在门口，一见他们便勃然大怒，"又是你们！你们怎么在这里？啊，门是你们开的对不对？我就知道有问题！"

他大步冲过来，次仁担心他又打人，立刻抱住他的腿哭道："爸爸！爸爸！你说过不生气的！我不走你就不可以生气了！爸爸不要！"

彭杰挣不开儿子，只好立在那里，大口喘着粗气。

沈沣想了想，让孙廷雅站到自己后面一点，抽出张名片道："彭先生你好，上次太匆忙，没来得及自我介绍。我是'天使的心'慈善医疗计划的发起者和主要出资人，我叫沈沣。"

彭杰没有接名片，瞪着他不说话。沈沣早知道他听不明白，微笑解释："也就是说，这次班戈地区所有去北京做心脏手术的小孩，都由我出钱负责。"

彭杰听到最后一句，脸色微变，忍不住盯着他看了好几眼。目光落到孙廷雅身上，大概认出这就是昨天带他去见儿子的女人，表情更是复杂。

沈沣道："这位是我太太，孙廷雅小姐。我们夫妻这次一起来你家，为的就是邀请次仁前往医院检查，看是否有参与我们这个医疗计划的资格。"

"资格？你什么意思？你们不是一定要带他去吗？"彭杰道。

沈沣仿佛很意外，"哦，您误会了，他还不一定能入选。也许经过再次检查，发现他并不适合进行手术，那么即使您希望，我们也不会带他去北京。"

彭杰闻言久久没出声，沈沣觉得这是个好兆头。之前医生们劝说时，采用的都是亲切诚恳策略，既然不奏效，他就想高高在上一点，拉开彼此的距离。

从心理学上讲，一个人对一种东西产生敬畏，反而更容易相信它。

好一会儿后，彭杰才慢慢道："不用了。我说过，不相信你们。无论是去检查，还是做手术，我都不会让次仁去的。"

他虽然这么说，态度却比之前和缓许多，沈沣眼睛一亮，立刻准备再接再厉。

孙廷雅忽然道："我刚才捡到了这个，这上面的人是你的妻子吗？她叫梅朵？"

彭杰一愣，看到她手里举着张照片，上面露齿而笑的女人再熟悉不过。

沈沣还在诧异她说这个干吗，就发现彭杰瞬间暴怒，一脚挣开次仁，朝她扑去。他连忙挡在中间，架住彭杰胳膊，阻止他真打到孙廷雅身上。

"彭先生，你……冷静一点！"

沈沣虽然能打，但身体尚未完全适应高原，对付起彭杰还是有些吃力。偏偏孙廷雅仿佛没看出他的辛苦，还在追问："你为什么生气？我只是很好奇，听格桑大婶说，你们过去感情很好……"

"你……你闭嘴！你给我闭嘴！"

彭杰忽然松手，回身抄起一根木棍就挥了过去。沈沣一惊，下意识抱住孙廷雅。

棍子夹带着呼呼风声，重重打到他的背上——

"沈沣！"

沈沣痛哼一声，不受控制地朝前栽去。孙廷雅想扶住他，却因为自己也没力气，两人一起摔到地上。羊奶桶就放在旁边，被这巨大的动作带翻，白花花的羊乳流淌一地，屋内一片狼藉。

彭杰神情呆滞，怔怔地看着他们。孙廷雅百忙之中瞄了他一眼，差点被气笑了。明明他是打人的那个，却一副活见鬼的表情，要不是她现在动不了手，真想揍得他妈都不认识他！

"彭杰，你回……哎呀，你们怎么在这里？"格桑大婶探进半个身子，看到里面的状况就惊了，"怎么回事？彭杰，你又打人了？"

彭杰胸口剧烈起伏，半晌后，近乎疯狂地吼道："滚！你们都给我滚！不许再出现在我面前！"

"来，这是跌打药。之前我儿子放羊摔伤了腿，就是用这个治的！从拉萨买回来的好东西！"干净整洁的卧室里，格桑拿着个褐色的玻璃瓶，对孙廷雅道。

对方接过药瓶，笑着道谢，格桑连忙摆手，"没事没事，千万别客气，我也就只能帮这点小忙了。"

沈沣坐在床上，眉头紧蹙。格桑想起片刻前在彭杰家，她和孙廷雅一起将他扶起来，这么一个高大挺拔的男人，痛得连路都走不稳。

"唉，看你们为了次仁弄成这样，我都要内疚了。"格桑叹息道。

她是真没想到，这些人所谓的做慈善，能尽心到这个地步，以至于她看他们的眼神都带上了点敬佩。

孙廷雅没说话，格桑看她表情，忽然明白过来，"呃，我先出去，你帮你男人上药吧。有事叫我。"

她带上了门，孙廷雅觉得有点好笑。不过在路上跟她说了两人是夫妻，格桑就满口"你男人""你男人"，直白得让她都无奈了。

沈沣解开夹克，里面是件白色T恤，他想脱下它，谁知一抬手就"咝"地倒抽了口冷气。孙廷雅忙过去帮他，手放到衣服两侧，沈沣凝睇她，似笑非笑，"这么体贴啊？"

孙廷雅白他一眼，"是啊，照顾我男人。"

毛衣脱下来，他的上半身一览无余。肩背很宽，越往下越窄，到腰部是性感的肌肉。他的皮肤是健康的小麦色，不过现在有条醒目的红痕横亘在中央，孙廷雅打量片刻，觉得这样也挺好，有一种被凌虐过的美感……

"看够了？"沈沣不咸不淡道。

孙廷雅道貌岸然，"嗯，没有破皮，是瘀伤。可以用药酒。"

她把药倒了点儿在手心，搓热之后按上伤口，毫不客气地揉搓起来。沈沣不料她下手这么狠，还没来得及抗议一声，就痛得连气都喘不过来……

孙廷雅按了会儿才觉得不对，试探道："你怎么了？"

沈沣一把攥住她的手，药酒滑腻，他声音里也带上隐忍，"你轻一点……"

孙廷雅万万没想到，沈沣的声音能这么诱人，低沉中带着丝喑哑，仿佛能窥见三月桃花的灼灼艳色，立刻让她心驰神荡。

她温柔地笑起来，"好，我轻一点。别怕，我会好好疼你的……"

沈沣脸色一变，下个动作便是挺直腰背，逃离她的魔爪。

孙廷雅无辜地举着手，"怎么了？"

伤口处还火辣辣地疼，他盯着她看了半晌，再没有上药的心情，"没什么，我谢谢你。"

孙廷雅谦虚，"不用客气，毕竟你是为了救我。"

沈沣冷笑，"乱说话的是你，挨打的是我，这世界真不公平。"

孙廷雅眯眼，"你觉得，我把事情搞砸了？"

"难道不是？"

"自以为是。"孙廷雅轻哼，"照你的办法，再努力一个月他都不可能松口。打蛇要打七寸。"

沈沣皱眉，"你知道七寸在哪儿？"

孙廷雅挑眉一笑，"本来不知道，现在知道了。"

格桑的意思，是让他们在她家里住一晚，要是他们还不放弃，明天可以接着去劝。孙廷雅和沈沣接受了这个建议，晚上格桑又做了一桌子菜，儿子儿媳也赶了回来，非常热情地招呼他们，同时打听这个慈善计划的各种细节。

等两人回到房间，已经是当地晚上九点。乡下这个时间点，就跟凌晨差不多，万籁俱寂，只有头顶的橘色灯光，温柔照拂着相对沉默的两人。

孙廷雅余光瞥到斜前方的椅子，沈沣坐在那里，右手把玩打火机，满脸的漫不经心。既然是夫妻，格桑也就安排他们住在一起，两人没有提出异议，因为他们都清楚格桑家里只有这么一间空房。

孙廷雅觉得好笑。这就像电影情节一样，男女主角流落荒野，被迫住进一个房间，还要睡同一张床。不过区别还是有的，早在婚礼当晚，爱琴海上的豪华套房里，他们就同床共枕过了。只是那一晚两人都喝得烂醉，第二天她醒来时，他已经呼朋引伴去游泳了。

沈沣忽然放下打火机，抬手拉开外套拉链。孙廷雅看着他，男人含笑询问："你想睡外面，还是里面？"

孙廷雅与他对视片刻，莞尔道："你是病人，当然睡里面。"

沈沣走过来，孙廷雅以为他要先上去，谁知男人微微弯腰，一手放在她背部，一手绕过她腿弯，就这么将她打横抱起，放到了床的里侧。

他没有立刻离开，半伏半压在她身上，彬彬有礼道："我是男人，当然睡外面。"

孙廷雅愣了一瞬，在他想抽身坐起的瞬间勾住他脖子。沈沣被迫压了回去，因为太用力，牵扯到背上的伤口，忍不住吸了口凉气。

孙廷雅笑道："原来还是会疼的啊？我看你能耐那么大，还以为药效神奇，伤口这么快就全好了。"

沈沣看着近在咫尺的脸庞，忽然想起下午在彭杰家床底，她紧紧挨着他，温热的呼吸拂上他面颊、脖颈。

就跟条件反射似的，他觉得脖子有些烫，还有些痒。

他忽然拉起她的手，强行坐起来。孙廷雅一脸莫名，他觉得不能这么安静下去，生硬道："结婚之前，怎么没听说你还有这个毛病？"

问得没头没脑，孙廷雅却很明白，睨他，"怎么，有脸盲症做不了你沈家的媳妇？"

沈沣露出个笑脸，半真半假道："当然。要是知道你有病，我就不跟你结婚了。"

"唉，残疾人真可怜，备受歧视。"孙廷雅闭上眼，"我记得沈公子你在网上还挺有名的？呵，回头就去天涯挂你，一定让你入围今年的金乌鸦……"

沈沣听着她略显含糊的声音，有点想笑。

昨晚的事还历历在目，他的心态却和缓许多。他开始觉得没必要和孙廷雅置气，她发火也有她的理由，虽然自己并不认同，但……他是男人嘛，应该大度一点。

这么想着，他道："我知道你为什么生气，不过这件事你确实冤枉我了。你从没告诉过我你有这么个病，我一开始还以为你在耍我，并不是故意隐瞒身份。"

孙廷雅睁开眼，诧异于他的突然服软。然而当看清他脸上的"宽宏大度"后，本来还算温和的眼神陡然冷了下来。

她笑道："哦，这样说起来，都是我的错了。"

"我不是这个意思。只是有些事是我们无法控制的，就像你怪我瞒着你，可你不是也没告诉乔小姐我们的关系吗？你又为什么瞒她？"

沈沣道："所以啊，自己都做不到的事，就不要去强求别人。这才是道理。"

孙廷雅看着他，没有作声。

也许他是对的，可他的表情太欠揍了，欠揍到她不找回这个场子，今晚就没法儿睡了。

沈沣没等到反驳，以为她被自己说服了，惊讶于这场谈话居然这么顺利，自己完全占据上风。

正心情愉快，忽然听到女人咳嗽一声，道："嗯，你说得对，自己都做不到的事，不应该强求别人。况且认真说起来，我连你长什么样子都不记得，你也是可以生气的，对吗？"

孙廷雅偏头看他，沈沣眉头微动，不语。

孙廷雅追问："你生气了吗？"

沈沣有些不自然道："还好。"

孙廷雅眼波一转，"其实我昨晚也想了不少。之前在纳木错边，你说了一些奇奇怪怪的话。你说，承认这个游戏很有意思，你以为我在玩什么游戏？"

沈沣面色一变。

孙廷雅笑起来，无限戏谑，"让我想想，你不会以为，我在故意跟你玩情趣吧？沈公子，这可有点夸张了啊。"

沈沣额角狠狠一抽，黄澄澄的光线里，他的脸色精彩无比。

话不投机的后果就是，两人早早睡了，且一个朝左一个朝右，生动诠释了什么叫作同床异梦。

半夜时孙廷雅忽然惊醒。旁边枕头上躺着个人，她一时没反应过来，以为是自己的男朋友，紧跟着才想起，离开英国前她就和Ralph分手了。

稍微坐起来一点，她开始打量沈沣。他睡得很沉，大概是要避开背上的伤口，身子侧着，只能看到左半张脸。孙廷雅盯了好一会儿，试图在脑中拼出他的整张脸，却以失败告终。

看来是没有缘分。她耸耸肩，将目光转向窗户。玻璃上白蒙蒙一片，她有些惊讶，小心翼翼起身绕过沈沣，推门走了出去。

"下雪了？"

的确是下雪了。七月份的雪花，在这个高原上的夜晚，纷纷扬扬地落下。天空是美丽的黛蓝色，被这些纯白点缀得异常美丽，像锦缎上的云朵。小院里也铺了层白霜，角落的杉树舒展枝叶，尖端晶莹剔透。

孙廷雅从没在这个季节见过下雪，觉得很新鲜。她站在院子中央，抬起手去接雪花，惊喜程度无异于小时候第一次去到北方，见到满天飘飞的鹅毛大雪。

沈沣站在走廊下，静静看着雪中的女人。早在她坐起来时，他就已经醒了，却一直没作声，直到她出去后久久不见回来，才忍不住跟了出来。

没想到推开门就看到这样一幕，他不由自主想起一年前的婚礼上，她身穿纯白婚纱站在漫天飞花里。只不过，那时她的脸上并没有笑容。

孙廷雅偶一回头，惊讶地发现沈沣居然在那里。她眨眨眼，"我吵醒你了？"

沈沣走过去，一言不发地将白色羽绒服披到她身上。孙廷雅愣了愣，笑着点头，"谢谢。"

他不回答，孙廷雅知道他大概还不痛快，因为自己睡前的嘲讽。她决定回馈他的好意，主动道："其实我应该正经谢谢你的。下午在彭杰家，你挺仗义。"

"客气了。"沈沣不咸不淡道。

孙廷雅不以为意，"我一直想问，你当初为什么会发起这个项目？做慈善的选择那么多，你想到这个，不会是没有缘由的吧？"

沈沣凝睇她，哂然一笑，"没有你想的那些伟大而深沉的原因。我做这个，只是为了一个计划。"

孙廷雅心思被看穿，无趣地撇撇嘴。她本来确实想得有点多，什么多年的执念啊，曾在雪域高原留下不可磨灭记忆之类的。毕竟是搞创作的，脑洞很大。

"无论是因为什么，你能对次仁这么尽心，我还是挺意外的。"

以他在团队里的位置，不管次仁再正常不过，她没想到他会跟自己一起过来。

沈沣似笑非笑，轻声道："不用意外。毕竟，不是只有你一个人，明白生命的意义。"

这是她昨晚的话，此刻被他拿来回敬，孙廷雅笑笑，伸了个懒腰，"嗯好，我知道了。你去睡吧，我想出去走走。"

沈沣皱眉，"现在？"这荒郊野岭的，还下着雪，她不怕出事？

孙廷雅道："当然。草原雪景，可不是每天都能遇上。"说话间她已经打开了院门。

沈沣迟疑片刻，还是跟了上去。他绅士惯了，从没做过让女伴半夜在外瞎晃，而自己躲屋里睡觉的事情，更何况孙廷雅不仅仅是女伴。

深夜的贡曲村很安静，没有路灯，四周黑漆漆的，只有月光照耀着前方。细雪纷飞，风很大，两人并肩朝前走，都没有说话。

孙廷雅长发未束，被吹得四处乱飞，甚至打到沈沣脸上。他拂了两次，发现没效果后，不得不用手替她拢住头发。孙廷雅感觉头皮被拽，回头看到沈沣的动作就笑了。

沈沣没好气道："你一定要像个女鬼一样么？"

她从羽绒服兜里抽出根皮筋，沈沣没懂，她直接塞到他手里，"帮我扎头发啊。"

沈沣被动地接过，孙廷雅已经背过身去，他看看皮筋再看看她的头发，发现自己竟无从下手。

给女人扎头发，以前没干过呀……

他迟疑了会儿，觉得不能在这种时候跌份儿，只能硬着头皮上了。手指握住如瀑青丝，另一只手将皮筋往上套，一不小心力气就用大了。

孙廷雅冷冷道："你故意的？"

沈沣看着被他扯下来的头发，那样长那样乌青的几缕，不由得有些心虚，

"失误，失误。"

他憋着口气，用上堪比从前赛车冲刺时的注意力，终于成功帮她扎好了头发。正想开口邀功，却听到前方遥遥传来孩子的哭声。

两人同时变了脸色。

孙廷雅说："是彭杰家的方向。次仁，次仁在哭吗？"

沈沣当机立断，"去看看。"

两人一路小跑，冷风混着积雪刮在脸上，跟刀片似的。孙廷雅忍不住庆幸，赏雪前换上了运动鞋，不然现在就抓瞎了。

整个村子，属格桑家离彭杰家最近，不过也要走一段距离。可是这会儿，他们还没靠近，就远远看到一个身影，出现在茫茫夜色里。

彭杰抱着次仁，闷头朝一个方向走着，差点就看到了他们。沈沣抓着孙廷雅的手，两人往阴暗处一躲，等到彭杰带着孩子走远了，才又钻出来。

沈沣道："他要去哪里？"

"不知道。"

孙廷雅眉头紧皱，盯着彭杰的背影半晌，在他从视野中消失前道："不过我们追上去，就知道他要去哪里了。"

沈沣一惊，"追上去？要是被他发现我们跟踪他……"

"那又怎样？"孙廷雅打断，"我有预感，今晚是我们的机会！"

她双目有神，看着沈沣道："听我的，跟上去。也许明天，我们就能带次仁离开了。"

雪下了大半个小时，不仅没有停的迹象，反而越来越大。

孙廷雅和沈沣相互扶持，穿行在深夜的草原。她现在开始感激这天气了，夜色和风雪是最好的掩护，哪怕她不小心摔倒发出声音，前方的彭杰也没有察觉。

只是她终究太虚弱了，她的病本来就不可以劳累，可今天白天折腾就算了，晚上还连续走了这么久。到最后她双腿发软连站都站不住，半蹲半跪在地上大喘气，"疯了……这家伙到底要去哪儿啊……有完没完了……"

沈沣看看彭杰，再看看她，直接在她面前蹲下，"上来。"

孙廷雅一愣，"干什么？"

沈沣拍拍肩膀，略显不耐道："还能干什么？我背你。再不追上去，人就要跟丢了。"

孙廷雅本不是犹豫不定的人，可现在情况特殊，她想了想还是忍不住道："你行不行啊？我看你也喘得不轻，别累趴下了……"

沈沣直接拉过她的手，放到自己肩上，两手箍住她的腿，强行将人背起来。

后面的路程对孙廷雅来说就轻松多了，趴在沈沣宽阔的背上，两手圈住他脖子，她惊讶于他走得居然不慢。看来这人身体素质真的不错，以前是她小瞧了他。

沈沣感觉到她的呼吸，那种又痒又烫的感觉又来了。正心猿意马，忽然听到耳边有声音道："我刚想起来，结婚那天，你也背过我吧？"

他略一回忆，记起来了。确实是背过。他们在希腊举行的婚礼，美丽的爱琴海边，朋友们玩得high了，非要玩背人赛跑的游戏。男士背各自的女伴，他当然是背她这个新婚妻子，不过他们配合得太没默契，最后输给了表妹和她的丈夫。

他唇边逸出笑意，"我事后教训小熙了，婚礼当天抢我的风头，这个妹妹当得太不应该。"

孙廷雅道："自己跑不过妹夫，连累我一起输，还好意思教训我小姑子？"

居然把责任都推到他头上，沈沣扬了扬眉，刚想好好掰扯掰扯，孙廷雅就一把捂住他的嘴。他愣了愣，顺着她的手指往前看去，才发现彭杰不知何时停了下来。

前方是个缓坡，坡顶是块平坦的空地，他此刻就站在空地上。次仁被放在旁边，耷拉着小肩膀，似乎已经睡着了。

彭杰忽然跪下来，仰头望着天空，嘴里发出似哭似喊的声音。这样的风雪夜里，所有景物都被蒙上一层阴影，他的举止越发显得怪异，鬼怪般让人心中发寒。

孙廷雅从沈沣背上下来，皱眉看着彭杰。她不知道这是什么地方，也不知道彭杰大晚上来这儿干什么，可看到高台之上跪地痛哭的粗野汉子，她居然觉得胸口压抑得要命。

是悲伤。

他的悲伤那样浓烈，让见惯了世间悲喜的她都无法忽视。

沈沣见孙廷雅表情不对，想靠近一点，谁知夹克的口袋太浅，刚才背她又把衣服弄皱了，一提步口袋里的打火机就掉了出来。金属的材质，端端砸上块鹅卵石，清脆的声音，在这样的情形下是那样刺耳。

彭杰猛地回头。他居高临下，孙廷雅和沈沣的身影顿时暴露无遗。

沈沣见状，懒得再躲，索性跟孙廷雅一起走上高台。这个过程并不迅速，因为两人都没多少力气，可彭杰只是瞪大眼睛看着他们，直到两人在他面前站好了，他才嘶哑着嗓子道："你们？"

沈沣点头，"是我们。彭先生，我们又见面了。"

彭杰满脸愕然，"你们来这里做什么？你们怎么知道这里？"

他居然没有立刻怀疑他们在跟踪他，沈沣有点惊讶，却还是决定实话实说，"我们听到了次仁的哭声，就找了过来，看到你抱着他往这边走……我们是跟着您来的。"

彭杰愣了好一会儿。沈沣以为他会发怒，尤其白天刚发生过那样的争执，可他还是跪在那里，无限疲惫的样子。就好像这里有什么东西，抽走了他所有的力气，连声音都是低沉的，"……我知道了。"

雪花灌进嗓子里，他剧烈咳嗽了一通，"那你们走吧。不要再跟着我了，也不要再想带次仁离开。他哪儿都不会去的。我不相信你们。无论你们做什么，我都不会信的。"

"不，你撒谎。你明明已经信了。"孙廷雅冷不丁道。

彭杰脸色一变，沈沣也诧异地看着她。孙廷雅恍若未觉，自顾自道："你其实明白，我们是诚心要救这些孩子的，并不是在骗你们。毕竟，你也没什么值得我们骗的，不是吗？"

彭杰道："你胡说八道些什么！"

"不承认？"孙廷雅挑眉，"孩子被抢走了，知道去找村里的负责人，这证明你是信任他们的。难道他们没有告诉你，我们是货真价实的慈善组织？还有那么多愿意跟我们去北京的乡民，他们难道都是傻子吗？你在县医院待了一夜，我不信你什么都没看到。

"要是这些理由都不够，那你下午听到沈沣身份时的反应，总可以说明了。如果只是一个骗子团体的头领，哪儿值得你这么激动？其实你潜意识里明白，做手术是真的，出钱也是真的。你只是没想到，会有这么核心的负责人跟你接触，对吗？"

彭杰张口结舌。孙廷雅盯着他，步步紧逼，"所以，你相信我们是为了次仁好，可你却不肯同意我们的计划。难道说，你根本就不在乎你孩子的死活……"

"你放屁！"彭杰终于回过神来，骂道，"次仁是我儿子，我比任何人都更希望他活着！"

"哦？不是因为这个，那是因为什么？"孙廷雅眼睫落了雪花，低低道，"莫非，是因为她？"

彭杰一愣。沈沣顺着看去，女人的手指着一个方向，可那里除了积雪和泥土，什么都没有。

孙廷雅一字一句道："梅朵，你的妻子，次仁的母亲。你不肯送次仁去看病，是因为她吗？"

她之前一直不知道，这里到底有什么特殊。可是刚才，看着彭杰古怪的表现，闻着空气中隐隐约约的气味，她想起之前看过的资料，忽然就知道了这是什么地方。

彭杰大晚上来这里，只可能是因为一个人。

孙廷雅轻声道："你很爱她吧？你一定很爱她。她离开了，你很难过，很痛苦，就快活不下去了。你不肯让次仁走，其实是因为你自己不肯走，对吗？你不能离开梅朵，你希望随时都能来看她……"

彭杰双目赤红，头发凌乱地缠在一起，像痛失伴侣的孤狼。他想骂孙廷雅，却只能喊出含糊的音节。他已经痛得连话都说不出了。

孙廷雅像没看见似的，继续道："可是我听格桑说过，次仁的名字是妈妈取的。在藏语里，次仁是'长寿'的意思，梅朵希望她的儿子长命百岁，你却要因为自己的私心害死他，以后到了天上，你就不怕梅朵怪你吗？你还有脸见她吗？"

最后一句话犹如尖刀，瞬间刺进彭杰的心脏。他跪在地上，双手深深插进土里，手背青筋暴起。长发挡住了脸颊，只能听到他在不断重复，"不是的，不是的，不是这样的……"

念着念着，他开始觉得恍惚，似乎又看到了过去的自己。那样孤僻的他，打从生下来就和周围格格不入。同村的孩子没有一个喜欢他，只有小女孩梅朵，只有她和他要好。

他是那样喜欢她啊。帮她放羊，和她一起种青稞，春天时两人骑马去草原，她像只百灵鸟般叽叽喳喳，他却笨拙得一句话都不会说。不过她不嫌弃他，还给他跳舞，太阳底下女孩兴奋地转着圈，她的裙子真好看，转起来像一朵花，她就是最好看的花。

彭杰捂住脸，终于痛哭流涕，"梅朵……她就是在医院里死的。我送她去治病，村子里的人都劝我送她去治病，因为我治不了她，医生才可以。可是我送她去了，她却死在了那里，就连最后……就连最后的时间，我都不在她旁边……"

孙廷雅没想到还有这么个缘由，一时间有些措手不及。彭杰抬头看她，眼睛里是疯狂的光，"我不能送次仁去。他也会死的。我做过梦，他死了，像他妈妈那样死了！梅朵会怪我的……如果我没有照顾好次仁，梅朵一定会怪我的！那样，我才再也没脸见她了……"

孙廷雅犹豫一瞬，还是走上前去。在他对面跪下，她直视着他的眼睛，道："不会的。次仁不会死的。"

彭杰摇头，重复那句说过无数次的话，"我不相信你……你不会懂的，对你那样重要的人，就这么没了。这辈子失去了全部的盼头，什么都没意义了……你不会懂的……"

"你怎么知道我不懂！"孙廷雅忽然发怒。

彭杰看着她，孙廷雅眼睛不知何时也红了，泪光隐隐。

她咬着牙，每一个字都说得那么艰难，"我懂。我真的懂。眼睁睁看着重要的人死去，人生也因此彻底改变，我真的明白这是什么感受……彭杰，你相信我！我想帮你，想帮你和梅朵的儿子，我说的全部是真心话！我用我的生命起誓，不会害你！"

也许是她表情太郑重，又或者是她眼中的痛楚太真切，彭杰居然怔住了，神情第一次出现明显的松动。

"爸爸……"

细微虚弱的声音忽然响起，孙廷雅悚然一惊，扭头便看到次仁站在不远处，乌黑大眼定定看着他们。她不知道他是什么时候醒的，只是孩子脸上的表情是那么脆弱，让孙廷雅禁不住走到他身边。

她在他面前弯下腰，"次仁，怎么了？"

次仁没有回答她，而是看着彭杰，轻轻道："爸爸，妈妈走了，我陪着你不行吗？不管我怎么听话，怎么努力，都不行吗？你是不是，根本就不想要我……"

彭杰呆呆望着他，次仁却抬头看向孙廷雅，看着看着，他两眼发红，唇角微弯，神情中竟出现浓浓的依恋。

就是这个表情刺激了彭杰，他忽然朝前爬去，想将他抱入怀中。他的神情太迫切也太狂热，次仁被吓到，仓皇地往后躲。

"次仁……"

他原本就站在高台边缘，这么一退立刻一脚踩空，不受控制地朝后倒去。孙廷雅挨得近，见状本能地一扑，接住他的身子！

"孙廷雅！"

沈沣只来得及抓住她衣服的一角，下一秒布料就从掌心滑出，他眼睁睁地看她抱着次仁，一起滚下了高台！

沈沣愣了一瞬，反应过来后几步跳下去，风雪拂了他一脸，他却全然不管。睁大眼睛在四周搜寻，终于看到一处草丛里，躺着两个人。

他连忙走过去，抱起她迭声道："孙廷雅？孙廷雅你怎么样？孙廷雅！"

孙廷雅怀里还抱着次仁，费劲地睁开眼。沈沣见状刚松了口气，却发现漆黑夜色里，女人面色煞白、气息紊乱，看起来非常不对劲。

"你怎么了？"他道。

"我心脏……"

"心脏怎么了？"

孙廷雅抓住他的手，用最后的力气道："我心脏跳得很快，应该是……犯病了……"

沈沣大脑有瞬间的空白，孙廷雅左手捏着个东西，费劲地想要抬起来。沈沣一看瓶子就清醒了，连忙接过打开，将里面的速效救心丸喂到了她嘴里。

旁边彭杰也连滚带爬地下来了，颤抖着声音道："次仁？次仁他怎么了？"

沈沣没理他，直接将次仁从孙廷雅怀里抱开，然后把她负到背上，像来时那样将她背了起来。

往前走了两步，他忽然顿住，回头对彭杰道："如果次仁这次出了什么事，你记住，是你害死他的。你当着梅朵的面，害死了你们的儿子。"

彭杰脸色瞬间煞白如鬼。

沈沣再不分神，快步往回走。孙廷雅还残存一点意识，知道用手勾住他脖子，沈沣怕她晕过去，一边走一边道："别怕，我现在就带你回村子，然后开车去医院……你放心，很快的，之前次仁都赶上了，你也不会有事……"

"沈沣……"她有气无力道。

他一愣，"怎么？"

"闭嘴……省着点力气，不然我担心你……走不回去……"

这样危急万分的时候，他居然被她弄笑了。手将她箍得更紧，他说："你不害怕吗？"

明明生死攸关，你就一点都不怕吗？

过了好一会儿，她才慢慢道："比这更危险的情况，我都经历过了……炮弹炸成重伤，汽车撞到身上，还有，朋友死在面前……都经历过了……"

她的声音如同梦呓，"如果真的死了，其实……也没什么……"

她似乎想起了什么沉重的往事，语气里竟带着股万念俱灰。他听得发寒，忍不住道："别胡说，你不会死的！我可不想年纪轻轻就当鳏夫！"

她没有回答，沈沣一愣，才发觉脖子处原本交握的手正缓缓松开。

来不及反应，她已经从背上滑下，他想接住她，可这个位置根本没办法，还把自己弄得摔倒在地。他翻身坐起来，第一个动作就是去抱她，将人揽入怀中时才发现，他的手居然在发抖。

"孙廷雅？孙廷雅！"

没有反应，她晕过去了。沈沣看看前方漫漫风雪，再看看她惨白的面色，深深地吸了口气。

伸手在两个衣兜里摸了摸，没有。再去摸她的，左边只有包女士烟，右边……他神情一顿，抽出来一看，居然是他那条Hermès的手帕！

她说过要洗干净还给他，可后面发生太多事，两个人都忘记了。

沈沣本来是无所谓的，此刻却无比庆幸有这么条手帕。伏低身子，他将她两只手腕交叠，费劲地将它们绑到一起。

打了两个死结，确定不会松开后，他将她手臂抬高从头顶穿下，这样他背着她往前走时，就不会再往下滑了。

雪天茫茫，每一步都走得那么艰难，背上的人越来越重，他的脚步也越来越迟缓。

也许是高原反应，又或者是脱力，他觉得眼前开始发花，恍惚间又看到了婚礼那天。他赛跑赛得体力不继，她趴在他背上，在耳边加油道："坚持住！今天可是咱们俩结婚，输了就太丢人了！"

"坚持住……"他喃喃道，说给自己听，也说给背上的人听。

坚持住，孙廷雅。

如果你死了，我还要千里扶灵回北京。

你也不希望人生最后看到的，居然是我这张记不住的脸吧？

乔珊今晚没回招待所。

她心里有事儿，索性留在医院陪甄莉值班。医院里还留了些孩子，两个女人先陪她们做了会儿游戏，等孩子们都睡了，才聚到休息室里一边嗑瓜子一边聊天，操心远在贡曲的沈沣孙廷雅能不能圆满完成任务。半夜时她困了，就近找了个病房睡下，没想到刚过两个小时，就被手机吵醒了。

电话那端，李主任声音焦急，"乔小姐吗？快出来！贡曲村的村民打来电话，沈先生和Kelly小姐出事了！"

她瞬间清醒，胡乱套上衣服就冲了出去，李主任在楼下大厅等她，甄莉和赵凯也在旁边。乔珊冲过去道："怎么了怎么了？他们出什么事了！"

李主任说："我也不知道！电话里没说清楚，只说他们马上就到，让我们准备好抢救……"

抢救。

乔珊双腿发软，扶住甄莉的胳膊才站稳。甄莉脸色也好不到哪儿去，两人对视一瞬，乔珊提步就往门口走。

"哎，乔小姐，你干什么？"赵凯道。

乔珊头也不回，"这里等太慢了，我去门口接他们！"

她心急如焚，满脑子都是：孙廷雅是去替她接次仁的，如果出了什么事，那就是她害的！她害了她的朋友！

这念头逼得她几乎发疯，刚走到外面就看到一辆熟悉的SUV停下来，矮胖的格桑打开车门，粗着嗓子喊："快来人啊！这边有病人！快点来人啊！"

医生们早已严阵以待，听到声音就推着病床冲过来。后面车门打开，沈沣率先下来，然后转过身子，将面色惨白的女人抱了出来。

"廷雅！"

乔珊只看了一眼就倒吸口冷气。孙廷雅躺在男人怀中，长发凌乱、意识全无，如果不是还有隐约的白气呼出，她几乎要怀疑她已经死了！

沈沣将孙廷雅放上病床，医生们立刻推她进去，沈沣似乎想跟上，然而刚走两步就一个踉跄，被开车的小伙子扶住了。

那是格桑的儿子扎西，他关切道："沈先生，您别乱动。您也需要检查一下……"

沈沣没有回答他，只道："李主任，你上去交代一声，孙小姐有心脏病史，他们一家心脏都比较弱，这是遗传。你去告诉主治医生。"

李主任虽然也担心他，但顶头上司都这么吩咐了，而且看他情况不算严重，便点点头和格桑一起离开了。

这家医院虽然小，好在必要的仪器都有，只是几乎从来没用过，所以由"天使的心"团队的医生全权负责。他们上到二楼时，孙廷雅已经进了手术室，乔珊站在外面，见他们过来，急道："到底怎么回事儿？"

格桑连忙解释，"是这样的，沈先生和孙小姐今晚本来住我家，但我半夜醒来，看到门开着，人却不见了。我担心出事儿，就跟扎西一起出去找，刚走到村口就看到他们了！沈先生背着孙小姐，孙小姐当时已经晕了，沈先生也累得不行……我们就赶紧送他们过来了！"

乔珊不知道他们大晚上出去干吗，只是觉得那个画面想想就让人害怕，廷雅身体向来不好，不会出什么大事吧！

正忐忑不安，手术室的门开了。主刀的陈副主任走出来，他眉头微蹙，声音因为隔着口罩，显得有些含糊，"孙小姐是急性心梗，必须马上动手术。谁是家属，在手术同意书上签个字！"

众人一愣，都看向乔珊，她连忙道："我是她经纪人，我签可以吗？"

"经纪人？"陈副主任诧异，"这我不知道。按规定，必须是法律承认的亲属才行……"

这里明显找不到法律承认的亲属，李主任急道："不然你就先做了吧，都是熟人，再拖下去就来不及了！"

乔珊和格桑都附和地点头，陈副主任却拒绝了，"不行，不签字不能动手术。我担不起这个责任。李主任，如果您不害怕，那就您来做吧。"

李主任现在连白大褂都没穿，要做手术还要进行各种消毒，就更耽误时间了。可陈副主任态度坚决，李主任知道他的顾虑，自己勉强不了他。

想了想，他咬牙道："好，我做就我做！甄医生，你来当我的助手！"

甄莉道："啊？好、好的！"

正准备离开，却听到一个低低的声音，"等一下。"

众人回头，沈沣面色还有些苍白，和扎西一起走过来，朝陈副主任伸出手。陈副主任一愣，迟疑地把笔和手术同意书递过去，沈沣接过后第一个动作便是低头签字。

陈副主任一惊，下意识阻止，"沈先生？您要给孙小姐签字吗？这不行的！你们什么关系，怎么可以……"

"我是她丈夫。"

陈副主任愣住，周围的人也愣住，现场一片寂静。大家都满脸错愕地看着他，完全反应不过来。

沈沣恍若未觉，签好后将同意书递还过去。他的动作惊醒了众人，甄莉磕磕巴巴道："丈、丈夫？沈先生您……您说什么？"

陈副主任眉头紧蹙，为难道："沈先生，我知道您担心孙小姐，但伪造婚姻关系是违法……"

"我说了我是她丈夫！"沈沣忽然发怒，将笔往地上一摔，"如果你需要，回北京后我可以提供结婚证书给你，但现在，马上进去做手术！如果不能让我太太平安出来，你就不用在东辰待下去了。"

陈副主任脸色铁青，深吸口气就想进去，沈沣却又拦住了他。他闭了闭眼，脸上一阵疲惫，"抱歉，我失态了，您别放在心上……手术，就拜托您了。"

陈副主任盯着他，有些不自在地点了点头，一言不发进了手术室。沈沣沉默地站在那里，没人敢上前搭话，最后还是乔珊迟疑道："你真的……真是廷雅的……"

"真的。"

沈沣望着红色的手术灯，嗓音沙哑，却透着股坚定，"我真的是她丈夫。"

孙廷雅是在第二天下午醒来的。

睁开眼就看到雪白的天花板，身上戴满了仪器，鼻尖萦绕着消毒水的味道。一切是那样真实，提醒她这还是熟悉的人间。

乔珊坐在床边，见她睁眼立刻惊喜道："廷雅你醒啦？医生说你差不多这个时间会醒，我都不敢走开……"

孙廷雅隔了一会儿，才哑着嗓子道："我还活着？"

乔珊有点想哭，但还是笑着道："是啊你还活着。大难不死必有后福，快想想要许什么愿吧。"

孙廷雅虚弱一笑，顿了顿，又想起什么，"沈沣呢？他怎么样？"

乔珊表情一滞，"他啊，他没什么大事儿，就是累狠了……昨晚多亏他才保住你这条小命，现在应该在休息吧。"

没事就好。孙廷雅微舒口气，又闭上了眼睛。

乔珊忍了忍，还是没忍住，"那个，问你个问题啊，你要不想回答可以不说。"

"什么？"

"沈沣……就是你那个神秘的老公吗？"

孙廷雅睁眼，静静看着她。乔珊无奈，只好把昨晚手术室外的事都说了，最后道："我看他当时的态度很认真，不像是骗人的……"

孙廷雅道："确实不是骗人的。他是我的丈夫。"

虽然已经基本信了，但听到孙廷雅承认，感受还是不一样。乔珊憋了好一会儿，才道："我去！我们都被这个消息炸坏了，你们也真够能瞒的，居然滴水不漏……"

孙廷雅没有辩解，只是淡淡一笑。乔珊还想说点什么，却听到门口传来声音。

回头一看，沈沣双手插兜，静静站在那里。

乔珊多识时务，立刻站起来道："那什么，你们谈吧，我去跟医生交代下你的情况。这病房一次也不能留太多人……"

她细心地带上门，沈沣还维持着手插兜的姿势，走过来居高临下俯视她，黑曜石般的眸子里情绪难辨。

孙廷雅弯唇一笑，"恭喜。"

沈沣挑眉，"恭喜我什么？"

"恭喜你，不会年纪轻轻就当鳏夫了。"

原来那句话她还是听到了，沈沣抿唇，不知道心头什么感受。过了会儿，才轻哼道："是啊，岳父岳母一直担心我们会老死不相往来，要是知道你跟我在一起时出了事，恐怕就得说还不如不往来呢。"

孙廷雅莞尔。

病房里很安静，可以听到仪器运作的声音，孙廷雅忽然问："次仁呢，他怎么样了？"

沈沣道："不知道。"

孙廷雅面露疑惑，沈沣说："我背你走的时候，看到次仁也昏迷着，可是直到现在，彭杰都没有送他来医院，我不知道他什么情况。"

孙廷雅微微蹙眉，看上去有点担忧。沈沣略微弯腰，看着她道："但这已经不重要了。"

孙廷雅一愣，沈沣道："我们已经尽足人事，接下来怎样，就全看天意了。如果彭杰执意不肯改变心意，那就是他和次仁的命运，谁也左右不了。"

孙廷雅沉默一瞬，点头道："你说得对。"

"所以，你也不要再想着别人了。"沈沣凝视她的眼睛，口气竟有点严肃，"你现在要做的就是好好休息，养好自己的身体，明白吗？"

孙廷雅觑他，似笑非笑，"你这么说，我可以看成是在关心我吗？"

她以为沈沣会否认，或者用别的话呛回来，没想到他想了想，竟轻轻一笑，道："可以啊。"

孙廷雅在重症监护室里观察了四十八小时，终于换入普通病房。身份曝光后，整个医疗组看她的眼神都不太一样了，可以理解，之前是个莫名其妙加入的路人，现在是老板夫人，大家都开始回想之前有没有说错话。

在她的要求下，陈副主任过来当面陈述病情，乔珊、李主任和沈沣陪同，病房里一时间竟非常热闹。

沈沣坐在床沿，手撑在床头的栏杆上，以一个近乎保护的姿势半圈住孙廷雅。

陈副主任道："沈太太……"

这个称呼一出来，乔珊立刻去看孙廷雅，出乎意料，她表情居然很自然，用眼神示意陈副主任说下去。

"手术很成功，您只要好好休息，就不会有什么大碍了。只是高原环境不适合养病，我建议您再休养几天，等病情完全稳定了，就转院回北京。"

孙廷雅谢过他，同意了这个建议。李主任似乎想叮嘱几句，孙廷雅却先开口了，"这个，请您收下。"

她从枕头下取出张纸，李主任接过一看，发现竟是张支票。飞快扫了眼金额，七位数……

他紧张道："您这是……"

孙廷雅笑道："别想太多，这是我的捐款，给你们项目组的。我很喜欢'天使的心'这个活动，希望能一直做下去。"

李主任看向对面，"可沈先生……"

"他是他，我是我。这是以我个人名义的捐款。我想你们这个组织要想做大，肯定也是要接受捐赠的？让我当第一个吧。"

李主任不语，看来还在为难。沈沣道："收下吧。"

众人看向他，沈沣笑着耸耸肩，"有钱为什么不拿？感谢孙小姐的慷慨，以后，你就是'天使的心'排名第二的出资人了。"

这么一说，他心情忽然有些奇怪。除了当初结婚，这还是他们头回为同一件事投注精力，竟有点夫妻携手做慈善的意思。

"请问……"

敲门声吸引了众人的注意，回头一看，一个高大的汉子映入眼帘。

是彭杰。

他身边还带着小次仁，父子俩站在那里，彭杰微微弓着腰，两手搭在次仁肩膀上。

乔珊一见到他就有气，冷冷道："你来做什么？怕人没给你害死，想再补一刀吗？"

兴许是都被彭杰气到了，这话出来居然没人阻止，最后还是孙廷雅客客气气地问道："彭先生来有什么事吗？"

彭杰闻言轻轻一颤，咽了口唾沫，"有……有事。"

"什么？"

孙廷雅说着忽然发现，彭杰今天衣着很干净也很整齐，连头发都梳得好好的。次仁也被收拾得很好，小脸蛋从来没这么黑里透红过。

彭杰深吸口气，毅然望向孙廷雅，"我来，是希望你们可以同意，让次仁接受检查，让他去北京治疗心脏病！"

众人愣住。

就像一座死活翻不过去的高山，某一天忽然崩塌，大家第一个反应不是惊喜，而是质疑：你在耍我吗？

乔珊率先道："彭先生，我要被你搞糊涂了，之前死活不肯同意的是你，现在又跑过来说请我们答应给次仁治病，你到底在想什么？"

连李主任都低声道："沈先生，这个彭杰太危险了，我实在担心，就算他现在同意让次仁去北京，之后也会生出别的事端。您看，孙小姐都差点赔上条命了……"

这些话彭杰大概也听到了，他神情变得紧张，"我不会闹事的。之前……之前是我脑子不清醒，才做了很多不该做的事，我还打了你们，害得孙小姐出事，真的很对不起……"

乔珊和李主任对视一眼，没有作声。彭杰仿佛陷入追悔中，越说表情越沉重，"我害怕次仁出事，害怕梅朵怪我，害怕很多东西，所以一直逃避。孙小姐说得对，其实我心里一直明白，你们是好心，是真心实意想帮这里的孩子……只是我不敢相信，不敢相信我真的有这么好的运气，不敢相信老天会对我和次仁这么好……"

"那你现在为什么信了呢？"孙廷雅轻声道。

彭杰看着孙廷雅，眼睛里不知何时竟溢满了泪水，"那天晚上，看到您不顾危险抱着次仁摔下去，我就知道，也许老天和命运都不可信，但我可以信任您……"

病房里安静了许久，没有人敢说话。终于，孙廷雅微微一笑，朝他伸出手。彭杰一惊，立刻就想过来握住，可看看自己皲裂的手掌，又局促地在衣服上擦了擦，才颤抖地伸过来，却还是不敢碰她。

孙廷雅一把抓住他的手，那样用力，连手背的青色血管都清晰可见，"好，我答应你。带次仁去北京治病，无论他是什么病，我都负责到底。"

彭杰唇瓣颤抖，半晌忽然以袖掩面。他应该在哭，却没有发出多少声音，除了低哑的呜咽。好一会儿才放下手臂，红着眼睛朝她咧嘴一笑。

他说："孙小姐，还有沈先生，有句话我一定要说……谢谢。真的。你们做的这些事，对这里的孩子来说，是影响一辈子的。不管之后手术能不能成功，我都感激你们给了我和次仁这个机会，我一辈子都不会忘记你们的大恩大德！"

次仁也说了今天的第一句话，"谢谢沈叔叔，谢谢孙阿姨！"

他看起来那样高兴啊，见了这么多次面，沈沣还从没见过他笑得这么开怀。

话说完了，彭杰似乎觉得没资格再留下，鞠了个躬就牵着儿子退出去。眼看要走到病房门口，却忽然转身，"扑通"一声朝他们跪下。

男人身穿藏袍，行的是藏民朝圣时的大礼。他的声音浑厚而苍凉，仿佛在诉说什么誓约，飘荡在高原上久久不散，"沈先生，孙小姐，我会早晚为你们祈祷。祈求雪山保佑你们，永远安康，长寿！"

做完这些，他再不留恋，抱起孩子就走了。然而他带来的震撼，却还留在众人心间。

李主任道："这次筛查已经结束，一共有一百零一个孩子符合做手术的条件，很快就要分批次离开班戈，前往北京了。"

孙廷雅看向沈沣，眼中是真切的赞赏，"他说得对，这是一个可以改变许多孩子命运的活动。你做得很好。"

沈沣也有些感慨，片刻后才回道："你也做得很好。"他握住她的手，重复道，"我们一起，会做得更好。"

孙廷雅莞尔一笑，"对，我们配合得很好。"

窗外，草原的黄昏正式降临。举目遥望，云团像是被抹上一层淡淡的橙色水粉，蛊惑人心，而正西的方向，金灿灿的落日硕大浑圆，将四周照耀得璀璨夺目。

那样壮美，仿佛每个人独一无二的生命。

Chapter.02
试戏

周安琪踩着高跟走出电梯。

这是位于朝阳区的高级公寓，她于婚前购置，连老公都很少过来。这些年只要心情不好，她总会过来住一住，朋友戏称她这是"狡兔三窟"。

今天家政刚来打扫，窗明几净、地板锃亮，她懒得换鞋，径直上到二楼，推开了主卧的门。

一个女人坐在飘窗上，她穿着白色棉麻家居服，长发披散、面色苍白，神情难得如此安静娴雅。

周安琪道："姑奶奶，你才刚出院，就不能好好上床躺着啊？"

孙廷雅侧眸，淡淡道："在医院躺够了，想坐会儿。"

"那也放个垫子啊，窗台多凉！"周安琪说着拿了个靠垫和毯子过去，把她安置好才在旁边坐下，摸着她的脸蛋说，"嗯，宝贝儿看把你憔悴的，心疼坏我了！快，让我摸一摸。"

孙廷雅白她一眼。

周安琪不以为意。她和孙廷雅两家是世交，虽然一家在北京，一家在上海，却每年都会不时聚会，两人也算一起长大的闺密。非但如此，她们还互当了对方的伴娘，在圈子里传为一段佳话。

周安琪昨天接到电话，才知道本该身在伦敦的孙廷雅不知何时回了国，还因为心脏病发住院。她打电话给她时手术早就做完，只是还需要静养，孙廷雅不希望家里人知道这事儿，勒令周安琪负责她在北京的生活，她就帮她办理了出院，接到了自己这套公寓里。

不过，周安琪想了想，道："你这人也真是的，在北京又不是没亲人，你老公家大业大的，非跑来跟我挤。"

孙廷雅摸摸耳朵，含笑道："你说什么我没听清。"

周安琪最受不得她这个样子，立刻举手投降。其实她心里也明白，孙廷雅和沈沣就是做个样子，这次孙廷雅病得快死了也没通知沈家而是叫了她，就知道两人关系淡漠成什么样儿了。

她忽然好奇起来，"你还没告诉我呢，你的病到底怎么回事儿？好端端的闹到要动手术的地步，医院说你不是在他们那儿做的手术，是转院，从哪儿转过来的？"

孙廷雅理了理腿上的毯子，平静道："没哪儿，出去旅游没当心，遭报应了。"

她总是这样，不想说的一句也别想问出来，周安琪放弃套话，在她额头弹了一下就出去打电话了。既然要照顾病人，需要准备的还有很多，她不放心别人来办，必须亲力亲为。

孙廷雅坐在二十九楼的高空上，透过玻璃窗望向外面。高楼大厦，车水马龙，这是繁华的现代都市，每样东西都提醒她，已经离开了那片苍凉广袤的土地。

可那段经历还挥之不去。她和沈沣在西藏做的那些事，现在回忆起来真有点找虐的意思。她应该感谢他，毕竟他救了她的命，回到北京也是他帮她选的医院，还不时过来探望。不过等到可以出院，孙廷雅还是给安琪打了电话，如果一定要麻烦，她更希望麻烦她的好闺密。

想到还没通知他自己出院，她拿过手机，给沈沣发了条短信。

"我走了，谢谢招待。"

她是下午四点发的，他却直到第二天晚上才回她，非常简单的七个字，"知道了，保重身体。"

接下来一个月，孙廷雅专心养病，除了必要的活动，几乎哪儿都不去。周安琪对她这种"不作不死"的精神深表欣慰，感慨如果你早点觉醒，哪儿会搞得这么惨？

周安琪的丈夫席文隽也知道了她的情况，过来看望了一次，还带着他们四岁的儿子。孙廷雅想想也觉得佩服，周安琪现在才二十八岁，却已经结婚六年，她还从没见过圈子里哪位小姐嫁得这么早。

周安琪扮个鬼脸，"因为我们是真爱呀！"

如此丧心病狂的秀恩爱，孙廷雅也无话可说，因为她和席文隽的感情确实让人羡慕。周安琪十七岁就认识了他，当时她是明达集团董事长的独生女，席文隽只是公司一名小小的实习生。没有显赫的出身，周安琪却不嫌弃，认定他是自己的爱人。这中间当然有很多曲折，但最终，他们在英国举行了盛大的婚礼。席文隽没有辜负妻子的青睐，不仅在公司做得风生水起，感情也始终如恋爱时那般甜蜜。

孙廷雅承受着这对虐狗夫妻的巨大压力，每天早睡早起，偶尔逗逗周安琪的儿子，无聊了就在纸上写大纲，简直是老年人的作息。可惜平静终有被打破的一天，她于某天下午接到了个电话，看了屏幕足足五秒才按下接听键。

电话那头，孙立恒冷声道："你是打算待在英国一辈子吗？"

孙廷雅道："没有啊。"

孙立恒道："没有就回来。"

孙廷雅不说话。

孙立恒等不到回答，语气越发冷凝，"孙廷雅，你看看你现在的样子，哪里还像个大家闺秀、名媛淑女？我当初真不该同意你跟沈沣结婚，我孙家的脸都被你丢尽了！"

总是这样，自从几年前闹翻，他们就没有好好说过话。孙廷雅觉得没意思，她现在连吵都懒得跟他吵，只是不想理他，也希望他不要出现在自己面前。

"既然已经丢尽，您也没什么好操心的了。我哪天玩够了，自然会滚回来的。您等着吧。"

说完这个，她直接关了手机，往水池里一丢。周安琪看了看水里的手机尸体，理智地打住了追问的欲望。从对话就猜出打来电话的人是谁了，孙廷雅和她父上大人的事情她可不敢瞎掺和。

孙廷雅平静够了，这才看着周安琪，道："对不起啊安琪，今晚的舞会我不能参加了。你玩开心点。"

周安琪有点惊讶，"啊，不、不参加了啊……"

今天是她和席文隽结婚六周年纪念日，晚上举办了盛大的舞会，各界名流都受邀参加，孙廷雅也确定了会出席。她有她的计划，既然病养得差不多了，正好借这个机会跟众人宣告，她孙大小姐华丽回国了。

孙廷雅冷淡一笑，"因为我又不想让人知道，我已经回来了。"

她心意已定，周安琪也不勉强，她本来就担心她大病初愈，玩太狠身体会扛不住。又坐了会儿她便起身离开，去为晚上做准备，孙廷雅独自在客厅里发呆，终于受不了沉闷的气氛，随便套了身衣服出门了。

夜幕初降，晚上的北京城更加美丽。今天下了场雨，空气里有湿润的气息，微微地凉。孙廷雅坐在出租车上，漫无目的地穿行在大街小巷。

她是上海人，从未在北京长住，除开两年前那桩折腾的婚事，她对这个城市的记忆泰半都和周安琪有关。还记得当初她选择和沈沣结婚时，也是她红着眼眶，不断劝阻，"小雅，这是一辈子的大事，你千万不要冲动！我不希望你嫁给他，你又不爱他为什么要嫁给他？"

呵，真是个傻姑娘。以为这世上谁都像她那么幸运吗？

孙廷雅自嘲轻笑，目光却瞟到前方一栋建筑，琼楼玉宇般的高楼大厦，顶上是"海盛酒店"四个大字。她打小最熟悉的品牌，也是周安琪今晚举行舞会的地方。

之前以为孙廷雅要去的时候，周安琪还解释过，不是故意选在她家的酒店办舞会，只是三个月前就看中了那里的场地。孙廷雅无所谓地耸肩，"你照顾我家生意，我应该感谢你。"

想到这儿，孙廷雅轻轻一笑，对司机说："师傅，麻烦您在前面停吧。"

无论如何，今晚是周安琪的大日子，就算只是去敬杯酒说句祝福也好，她不应该耍脾气缺席。

到了大厅门口才发现自己走得急，压根儿没拿请柬，手机也泡水里了，想叫周安琪出来接她都不行。保安非常尽责地阻拦，她觉得强势突围没什么希望，思忖去哪儿借个手机，却不小心撞到人身上。

回头一看，原来不知何时竟过来了四五个男人，都是西装革履，看起来也是赴会的。被她撞到的男人走在最前面，身材高大挺拔，穿着纯黑燕尾服，钻石袖扣低调而华贵，正低头看着她。

"孙小姐？您是孙小姐吗？"

打头的男人没说话，后面却冒出个体型微胖的男人，热情地跟孙廷雅握手，"您好您好，我是许建林。之前在上海，孙先生办的酒会，我们见过的！"

他这么一说，孙廷雅立刻放弃回忆。她都多久没出席孙家的酒会了，这人多半就是例行公事应酬了几句，能记得才有鬼。

她面上还是微笑道："许先生好，没想到会在这儿见到你。"

许建林道："我才没想到，您是来参加周小姐的舞会的？"

"对啊，可是我没有带请柬，保安也不认识我，正发愁怎么进去呢。"

许建林一拍大腿，"真是大水冲了龙王庙！你们知道这是谁吗？这可是海盛集团的大小姐，我没记错的话这家酒店就是归在她名下的，你们还敢拦她？"

保安面面相觑，许建林的话也引起了其余几人的兴趣，男人们都盯着她打量，最开始被孙廷雅撞到的那位更是直接上前，走到了她面前。

看气派，他应该是打头的，这是想认识她的意思吗？

孙廷雅摆出应酬时的标准笑容，安静等候他自我介绍。谁知对方不按常理出牌，打量她道："没带请柬，连衣服也没换？"

孙廷雅微愣，她出门随便换了件Chanel的白色小裙子，很日常的款式，但也不至于在这种场合显得突兀吧？

她微笑，"今天的主角是周小姐，我穿什么不重要。"

男人点点头。她觉得有点奇怪，过问一位陌生女士的衣着，这人未免太多管闲事。可下一瞬她又觉得他长得有点熟悉，声音更熟悉，像是不久前才在哪里见过。

可到底是哪儿呢？

男人将她的琢磨之色收入眼中，明白了什么。他勾唇，轻轻道："孙小姐好，鄙人沈沨，很高兴认识你。"

孙廷雅反应三秒，沉痛地捂住额头。沈沨冷冷一笑，甩手就走，孙廷雅连忙抓住他胳膊，"事情不是你想的那样……"

沈沨道："呵。"

"这是个误会，真的！"

沈沣一把挣脱她的魔爪，对愣在原地的几人使了个眼色，他们连忙跟他一起进去了。

经过保安时，沈沣冷声吩咐："不许她进来！"

孙廷雅看着他们扬长而去的背影，简直目瞪口呆。

晕！这是本宫的酒店！

等孙廷雅终于混进去，已经看不到沈沣了。大厅内衣香鬓影、觥筹交错，周安琪见到她很惊喜，孙廷雅打过招呼后，就顺手端过一杯香槟，站在一角不说话。

沈沣生气她可以理解，毕竟都经历过生死了，她居然还是记不住他的脸。可他脾气也太大了，她有病他又不是不知道，还跟个残疾人计较。她越想越抑郁，亏她还那么诚恳地想要解释！

孙廷雅个子高又长得漂亮，偶尔有人好奇地打量她，但也仅此而已。海盛集团根基在上海，她几乎不在北京名媛圈走动，这些人不认识她很正常。

水晶杯触感冰凉，她看着里面清澈的液体，很有一饮而尽的冲动。但医生交代，最近她都要戒烟酒，为了小命着想，也只好忍住了。

轻叹口气，她将目光落到厅内的宾客身上。周安琪这几年开起了影视公司，以制片人的身份混迹在娱乐圈，今天的舞会也来了不少明星，其中最大牌的当属十七岁出道、迄今成名已十年、有"国民玉女"之称的女星宋菲儿。

女人一袭海蓝色的Elie Saab高定礼服，纱质长裙如梦似幻，让她美得仿佛一幅画。几个贵公子围在旁边，宋菲儿虽然在应酬，笑容却并不热络，更添了几分可远观不可亵玩的气质。

孙廷雅看着她这样，再想起那晚在季思餐厅，宋菲儿那位眼睛挺漂亮的金主，淡淡一笑。

正准备去换杯能喝的果汁，一个短发圆脸的女孩却凑过来搭讪，"呃，你是谁带来的客人啊？"

孙廷雅想了想，诚实道："我是周小姐的客人。"

女孩有点意外，"你是周小姐亲自发请柬的客人？我还以为你跟我一样，是陪人来的……"毕竟她孤零零站着，都没人过来跟她讲话。

这种场合，贵公子们总会带个女伴，这一位大概也是哪家纨绔的新欢吧。孙廷雅不说话，女孩有点赧然，"不好意思啊，打扰了。"

真是个冒失的性格，长得却很可爱，孙廷雅对漂亮的小女生总有股怜爱之心，温声道："没关系。"

她随和的态度让女孩松了口气，她像终于找到同伴似的，飞快道："我朋友有点事儿，我一个人不知道该干什么……"

孙廷雅顺着她的视线望去，"你的朋友，难道就是宋菲儿身边的某位先生？"

女孩撇撇嘴，默认了。

两人安静了一会儿，女孩为了缓和气氛，露出个笑容，"哎，你看那边，是沈沣哦！"

孙廷雅回头，果然是刚才把她堵在外面的男人。

女孩道："真没想到，可以在这里见到沈沣，你认识他吧？就是宜熙的表哥，我还关注着他微博呢……"

北京城贵公子这么多，沈沣算是其中最有名的一个。这也是拜他那位红得发紫的表妹宜熙所赐，沈沣几年前跟她一起被拍到，照片曝光后以超高颜值征服了群众，网友纷纷感慨这年头居然还有这么帅的富二代。有那么大半年的时间，他的关注度几乎赶得上一个二线明星。不过后来因为没有话题，渐渐也就冷了下去，但这不妨碍群众记住了他的脸。

孙廷雅道："嗯，我知道他是宜熙的表哥。"

女孩道："其实我真挺喜欢他的，他微博上一些发言很有意思，而且还长得帅。不过听说他已经结婚了，不知道太太是谁，真有点嫉妒……"

她说完也觉得自己好笑，捂住嘴望向孙廷雅，却发现对方根本没有在听，而是静静望着沈沣。

男人被围在中间，似乎人人都想跟他打招呼，他也含笑跟他们握手。他站在光芒璀璨的水晶灯下，看起来和高原旷野上那个男人一点都不一样了，孙廷雅几乎无法想象他背着她在大雪里跋涉的样子。

沈沣当然察觉了孙廷雅的视线，不过他没有搭理的意思。本以为她会继续高冷不在乎，谁知女人放下香槟杯，在身旁女孩诧异的眼神里，朝自己走来了。

"沈先生好。"

孙廷雅笑道，全不顾他周围正在客套的生意伙伴。沈沣凝视孙廷雅伸出来的手，配合地跟她握了握，孙廷雅道："我有几句话想跟你说，可以吗？"

旁边的男人对视一眼，都有些惊讶。这是哪里冒出来的愣头青，是打算勾搭沈公么？可她也太没眼力见了，居然当众打断他和别人的谈话。

沈沣顿了顿，"好啊。"

他一开口，那几个人立刻知趣地走远几步，假装还有别的事，只是眼神始终没有离开他们。

沈沣道："你想说什么？"

"刚才的事，跟你道个歉。"孙廷雅道，"没记住你是我不对，毕竟你可是我的救命恩人，只是我的病吧，它不受我控制你懂吗？而你恰恰又处于我最难记的那拨，所以……"

沈沣皱眉。他最近看了一些关于脸盲症的资料，当然明白她的意思。也就是说，在她的眼中，他的脸比一般人还要难分辨？

孙廷雅道："对我来说，乔珊已经是比较难记的类型了，而你，比她还难记……"

沈沣不说话。

她难得这么主动老实，他却半点都高兴不起来，反而有点烦躁。不知缘由的烦躁。

宋菲儿提着裙子走过来，笑语嫣然，"沈先生，您怎么也来了？"

沈沣和孙廷雅都看向她，宋菲儿却像完全没有孙廷雅这个人似的，只看着沈沣，"前几天和宜老师一起做活动，还跟她聊起了您，没想到这么巧，今晚就遇上了。"

沈沣道："哦，你跟宜熙聊起我？"

宋菲儿笑容清澈如水。沈沣余光瞥到孙廷雅，她捏着手包立在旁边，看起来并不介意被宋菲儿打断对话，反而饶有兴致地打量起她的裙子来。

他笑起来，"宋小姐想喝一杯吗？就当感谢你照顾舍妹。"

宋菲儿道："宜老师照顾我还差不多。这一杯当然要喝，但是得我敬沈先生您。"

她说完，这才把目光转到孙廷雅身上，眼神温和而亲切，"这位小姐是……"

孙廷雅道："不是谁，路人甲。"

宋菲儿道："那我和沈先生先失陪了，你不介意吧？"

孙廷雅做了个"请"的手势。

宋菲儿转身想走，却不料裙摆太长，她不小心踩到，眼看就要摔倒。沈沣离得最近，本能地接住她，宋菲儿惊魂未定，两手紧抱着他胳膊，半晌才抬头一笑，可谓千娇百媚，"谢谢沈先生。"

这个笑容仿佛一道白光，在孙廷雅脑海点亮。她看着几乎是相拥而立的两人，又记起了那天晚上，季思餐厅的花园里，宋菲儿和她那位金主。

漂亮的桃花眼，风流多情的行事作风，还有个常年住在国外的太太……

"哇哦。"她轻轻道。

原来，宋菲儿的神秘男友，就是沈沣啊。

"原来他们俩这么熟。"旁边有女人低声议论，"你说，宋菲儿不会是沈公子带进来的吧？他今晚的女伴？"

孙廷雅抿唇，眉眼间第一次有了冷意。

餐桌前，沈沣端给宋菲儿一杯香槟，"怎么，你现在不怕曝光了？"

身为公众人物，宋菲儿一直很小心，生怕被人知道她和有妇之夫在一起，影响形象。

宋菲儿咬唇笑，"你不觉得很有意思吗？明明我们熟得不能再熟了，却在大家面前装得一本正经，我挑剧本时最喜欢这种戏码了。"

她这么说，沈沣思路却跑到另一个地方。和宋菲儿不算，他和孙廷雅才是，一直在重复这样的戏码。

目光下意识寻找，脸色蓦地一变，因为那个人不知何时走到了出口处，似乎打算离开。他眉头紧蹙，忽然意识到自己犯了个错误。

宋菲儿问："不是要喝酒吗，你在看哪里？"

沈沣道："你自己喝吧，我还有事，先走了。"

说完，也不管宋菲儿什么反应，追着那个在转角处一闪而逝的身影而去。

"孙廷雅，孙廷雅你站住，我让你站住！"

他们已经到了酒店外面，孙廷雅不耐转身，"沈先生，还有什么事吗？追着我出来，不用陪您的女朋友了？"

沈沣微愣，"你知道了？"

孙廷雅双手抱臂，冷淡睇他。

"你生气了？"

孙廷雅反问："我不该生气？"

沈沣其实很想开个玩笑，但他知道现在不是时候，直奔重点，"宋菲儿不是我带来的。"

孙廷雅闻言，脸色稍缓。

果然，沈沣心道。他不会自作多情地认为，孙廷雅生气是吃醋。这桩婚姻从一开始就有默契，各玩各的没什么，但台面上必须过得去。今晚是孙廷雅好友的结婚纪念日舞会，他如果带着情人出席，就太不给她颜面，也太不给孙家颜面了。

孙廷雅轻哼，"看来你还知道规矩，那我就放心了。"

沈沣淡淡一笑，孙廷雅道："不过你什么时候换了这位啊，之前那跳芭蕾舞的小姐呢？"

沈沣心不在焉，"早掰了。"

"这样啊，我还挺喜欢她的身段的。"

看这遗憾的，到底是我女朋友还是你女朋友？

沈沣决定跳开这个话题，"话说清楚了，现在可以回去了吗？"

"不回去。我本来就准备走了，不是因为你。"

话音方落，一辆车从旁边开过，轮胎压过地上的积水，不偏不倚溅到孙廷雅身上。

她愣愣地看着裙子上的泥点，"我……"

她穿了一身白，这么一弄跟只斑点狗似的，说不出的狼狈。沈沣想笑，触及她视线立刻忍住，轻咳一声，"我在这酒店有个长包房，不然先上去，我让人去买干净衣服。"

事已至此，孙廷雅只好同意。不过她皱眉道："你在我这里有个长包房，你怎么想的？"

她这么一说，沈沣也觉得自己有点奇怪，明明夫妻感情不好，却还在老婆的酒店长包了个房间。

他耸耸肩，"有家分公司在附近，住这里比较方便。再说了，照顾自己太太的生意，难道不应该？"

孙廷雅白他一眼。

沈沣的套房在第十七层，孙廷雅一进去就觉得，他应该是经常在这里住。柜子里摆着皮鞋，衣架上挂着外套，床头还放了新鲜的郁金香，她凑近闻了闻，笑道："真香。"

沈沣拿了浴袍和毛巾给她，"去洗个澡吧，我打电话给助理，衣服一会儿就送到。"

孙廷雅脱掉高跟鞋，脚踝雪白、小腿纤细，踩在木质地板上有种难言的性感。她道："让他多选几件，万一款式太丑我可是不穿的。"

沈沣道："脏成这样就别挑了。"

孙廷雅不满，"那他知道我的尺寸么？对了，你知道我的尺寸么？"

她眼神暧昧，有隐隐的挑逗。沈沣对上她的目光，然后视线下滑，在胸口和腰线长久流连，含笑回道："现在不就知道了吗？"

孙廷雅调戏不成，耸耸肩进了浴室。他给助理打电话，报出目测得来的数据后，轻舒口气，仰面躺在床上。

水声隐隐传来，想到她就在一墙之隔的地方洗澡，他忽然有点焦躁。抬手松了松领带，目光触及床头的郁金香，他想起一个月前，自己也是拿着同样一束花，推掉会议专程去接她出院。可惜当他到时，她已经办好手续离开了。

他扑了个空，只在事后得到一条轻描淡写的短信，仿佛是对这十几天经历的总结。

门铃声打断了他的思绪，本以为是助理，打开门却愣住了，"妈？"

沈夫人程品君端庄地点点头，不待儿子反应就走进去，"我来参加周小姐的舞会，听说你也在，就上来看看。在等人吗？"

她站住，目光落在客厅中央，那里躺着双高跟鞋，像是被人随意蹬下来的。

沈沣追上来，"妈，我……"

程品君看着沈沣，不说话。

在舞会上她就听说，沈沣在门口和一个女人拉拉扯扯，进来后又跟个女明星喝酒聊天。她到处找不到人，到前台一问，才知他居然领着人上楼了。

事情超过她的容忍底线，所以即使还有很多人要应酬，也不得不上来了。

深吸口气，她严厉道："沈沣，你知道你在做什么吗？"

沈沣道："我……"

"你跟廷雅闹成这样，妈也没资格说什么，毕竟当初是我逼你结婚的，算我自作自受。但你总要顾及自己的形象，尤其现在公司那么多事交到你手上，你难道希望把笑话传得满世界都是吗？妈不喜欢你在外面拈花惹草，如果怎么讲你都不听、硬要如此的话，至少别把事情闹得太难看。给自己，也给你妻子留点余地。"

沈沣道："妈，您误会了。我没有……"

"不用解释。我不管你是在跟谁鬼混，开房开到岳父的地盘，实在太不像话！如果这样的话，还不如离婚算了，反正我看孙小姐对你也没意思，这场婚姻根本就是个错误！"

沈沣听到最后一句，没来由地心头一堵，解释的话全哽在喉咙里。

程品君越说越生气，正想再教训几句，却听到一个声音传来，"沈沣，电吹风在哪儿啊？我找不到。"

她厌烦地"啧"了一声，"什么乱七八糟的人都往屋里带。"

"我问你话呢。还有梳子，我员工是不是在帮我出气啊，你这儿怎么什么都没有……"

程品君不想见儿子的情人，甩手就要走。她的动作惊醒了沈沣，被母亲误会了没什么，要是让她把这个消息带给父亲，搞不好他还得以将近三十的高龄感受一把家法！

救命！

他连忙挡在她面前，"妈你真的误会了，我没有鬼混也没有带乱七八糟的女人来岳父家！廷雅！我今晚就跟廷雅在一起！"

程品君满脸匪夷所思，"你当我是三岁小孩子吗？还是你脑子出问题了，以为可以把我当你姥姥那样糊弄？滚开！"

"妈！真的是廷雅！您听不出她的声音吗？别走！孙廷雅，你快点出来！我要被你害死了！"

他抱住老妈不撒手，程品君不知儿子着什么魔了，被烦得只想摆脱。两个人正在纠缠，终于听到有人困惑地问道："你们……在干什么？沈沣，这是你客人？"

沈沣如蒙大赦，"谢天谢地，你总算出来了！"

程品君这么近距离听到那人说话，表情猛地一变，待看清来人，彻底愣在那里。

孙廷雅一身雪白浴袍，长发湿湿的，随意披在身后。她手里还握着条毛巾，刚刚应该是在擦头发。

程品君诧异道："廷雅？怎么是你？"

孙廷雅也有点愣，半晌才道："呃，是我。"

沈沣一看她的表情，就知道是什么情况，立刻提醒道："'妈'听说我在这里，上来看看……"

孙廷雅恍然道："啊，妈妈！是您啊！真没想到，会在这儿见到您！"

程品君看看她又看看沈沣，不确定道："所以，今晚跟你在一起的女人，真是廷雅？"

沈沣讨好一笑，"是啊，除了她还能有谁呢？妈，其实我一直很乖的，您都误会我了！"

程品君没理儿子的花言巧语，又看回了孙廷雅，"你什么时候回国的，为什么不告诉我们？你们……一直在一起？"

孙廷雅道："也没回来多久，因为还有一些重要的工作，就先隐瞒了。至于沈沣，我们是偶然遇到的……"

程品君觉得世界变化太快，有点反应不过来。

对于这个常年赖在国外的儿媳妇，她当然是心存不满的，只是她的教养让她不能做一个恶形恶状的长辈，更何况自己儿子也不是什么好东西。心灰意懒时她甚至想着，他们爱怎么样就怎么样吧，分居一辈子都随意，反正年轻人的事她也管不了。

可现在，孙廷雅秘密回国，谁都不告诉却住在沈沣这里，看来两人感情并不是她以为的那么淡漠。还是说，这对小夫妻不知什么时候已经看对眼了？

"妈？"

程品君回过神来，进门后第一次露出笑容，她拍拍孙廷雅的手，和颜悦色道："要是早知道你在，我就不来打扰了，免得扫了你们小两口的兴致。"

兴致？他们的什么兴致？

孙廷雅看看自己的打扮，恍然惊觉妈妈应该是想岔了什么……

程品君道："既然都回来了，什么时候有空，跟沈沣回家一趟。他爸爸和爷爷前阵子还念叨你呢！"

她说完盯着孙廷雅，虽然含着笑容，却隐隐有股压力。孙廷雅对这位婆婆还是心存感激的，毕竟她这么不靠谱的儿媳妇，婆婆但凡脾气坏一点，就得闹得不可开交。

想到这儿，她笑道："好，改天我一定回去。"

程品君满意地点点头，"行吧，我还得回舞会上去，礼还没亲手交给周小姐呢。你们好好玩儿。"

两人一起将她送出去，等关上门，孙廷雅抚住胸口，一副受到惊吓的样子，"搞什么，你妈怎么会来？"

"你问我，我去问谁？我在这边住了这么久，她一次都没来过，偏被你撞上了。"

孙廷雅道："怪我咯？"

沈沣正想点头，却发现她浴袍带子没系好，襟口微微敞开。从他的角度，正好撞上内里的美妙风光。

他身子一僵。

和刚才故意的调戏不同，这是完全没有防备的，他甚至看到水珠缓缓滑过她雪腻的肌肤……

孙廷雅察觉他神色有异，视线下滑就发现了原因。抬手按住衣襟，她扬眉，眼神危险，"你往哪里看？"

他轻咳一声，尴尬地别过头。脸颊有点发烫，他都不知道自己什么时候变这么纯情了，居然因为这种事情尴尬！

孙廷雅还盯着他，窘迫之下，他一言不发拿过被她扔在桌上的毛巾，对着她的头就是一丢。

孙廷雅被蒙了个严实，等手忙脚乱拿下毛巾，眼前已经不见人影了。她又好气又好笑，还有些糊涂，半晌才道："搞什么，脑子出问题了？病得不轻……"

经过这晚，孙廷雅回国的消息算是捅出去了。很快，各路好友都打来电话问候，她的母上大人也催她赶紧回家。不过孙廷雅没有空，因为《高阳公主》经过几个月的筹备，终于要正式开机了。

发布会那天，孙廷雅没有到现场。这也是事先说好的，她的身份继续保密，不参与宣传工作。剧组要先在北京拍一个月，才会转战横店，孙廷雅一直通过邮件跟导演联络，直到开拍一周后才去了片场。

是在首都电影制片厂搭的内景，今天主要拍高阳公主和唐太宗，饰演太宗的是实力派男演员姜岩，他和宋菲儿对坐在华丽的大殿里，一遍又一遍地重复同一场戏。

场记对孙廷雅说："挺无聊的吧？拍电影就是这样，看多了也没劲。"

孙廷雅笑笑，等演员休息时，她才在工作人员的陪伴下过去打招呼。

"宋老师，这位是咱们的编剧，格林老师！"

宋菲儿看到孙廷雅，先是一惊，听清介绍后眉头皱紧，慢慢道："你……就是编剧？"

统筹代为答道："对啊，不仅是编剧，还是原著作者。可惜上次聚会您没来，不然当时就认识了！"

宋菲儿盯着她看了一会儿，弯唇笑了，"原来是格林老师，久仰，久仰。"

"宋老师客气了，我才是真的久仰。"

两人握了手，宋菲儿对统筹说："虽然那次聚会没见到，但前阵子在另一个朋友的舞会上，我和格林老师见过的。看来我们还挺有缘分。"

统筹感兴趣道："真的啊？那确实很有缘了。不过想想也是，要是没有缘分，宋老师能演格林老师的女主角吗？这可是格林老师笔下最受称赞的角色啊！"

宋菲儿笑容一滞，"哦，是吗？不过好可惜，我之前都没有看过小说，孤陋寡闻了。"

她语气有点古怪，孙廷雅看着她的表情，明白了。

当初《高阳公主》选角时，孙廷雅并不看好宋菲儿，她觉得宋菲儿外表太过清纯，而她笔下的高阳却是一朵明媚娇妍的盛唐牡丹。她更倾向于让另一位容貌娇艳的女星夏心童出演，奈何投资方为宋菲儿说话，几番角逐下来，最终还是孙廷雅退让了。

这只是正常的角色商讨,几乎每部戏都会发生,演员就算知道也不一定会有什么芥蒂。不过现在看来,宋菲儿的度量没有孙廷雅以为的那么大。

孙廷雅含笑道:"本来就是游戏之作,没看过也不奇怪。能和宋老师有现在的缘分,已经是我天大的荣幸,不敢奢求更多。"

宋菲儿眉头微蹙。这女人的话看似恭敬,她却总觉得绵里藏针。那晚在周小姐的舞会上,她跟人打听过,并没有人认识她,看来她虽然去了,却不是什么有来头的人物。既然如此,她还是别跟她计较,否则才是太给她脸面,也失了自己的身份。

宋菲儿的助理走过来,附耳说了句什么,宋菲儿顿时面露惊喜,"真的?"

助理点头,压低声音道:"真的,待会儿陆文亲自来接您。"

宋菲儿掩饰住笑容,转头对众人说:"好了,我还要去补妆,就不奉陪了。格林老师,改天有机会再聊聊戏吧。"

宋菲儿穿着华丽的戏服离开,助理和工作人员簇拥着她,孙廷雅看着浩浩荡荡的人群,没有说话。

她们声音虽小,但离得太近,她也听到了一鳞半爪。

陆文。如果没记错的话,这是沈沨的助理。

所以,今晚沈沨要约宋菲儿吃饭?

手机在包里振动,她跟身边人做了个手势,走到外面安静处,这才按下接听键,"喂?"

"为什么不接电话?"那端,林奕声音带笑,恰到好处地带出一丝委屈,"我最近一直在反省,是不是做错了什么,所以格林老师都不理我了。"

孙廷雅养病期间,一切电子产品都尽量隔绝了,后来又把手机泡了水池,几天后才把卡补回来。不过她确实知道林奕给她打过电话,只是懒得回复。

"我生病了。"孙廷雅道。

林奕一愣,立刻道:"什么病?很严重?"

"嗯,很严重,差点连命都没了。"

林奕似乎有点着急,"我就说你看起来身体不好,不能去西藏那种危险的地方。现在好了,出事了吧?"

孙廷雅含笑不语,林奕察觉自己失态了,顿了几秒才问道:"那现在怎么样了?"

"挺好,已经活蹦乱跳了。"

"噢。"

孙廷雅挑眉,"怎么,听到我活蹦乱跳,失望了?"

"没有,我是觉得自己犯傻。你如果不好,又怎么会出现在片场呢。"

孙廷雅这次是真的愣了,林奕道:"你回头看看。"

洒满阳光的大树下，男人身穿白T恤和蓝色牛仔裤，手机放在耳边，冲她歪着嘴笑了起来。他眼神明亮，阳光映照在里面，像是星星在闪烁。

孙廷雅失笑，"统筹说今天没你的戏。"

"没我的戏，我就不能过来看看了？"林奕走近，伸了个懒腰，"唉，说明格林老师是真不关心我，否则稍微打听一下，就知道只要我不用离组赶通告，有姜老师的戏时都会来旁观。"

"姜老师？为什么看他？"

"学习啊！"林奕道，"好不容易和他老人家一个剧组，我不跟他学习，难道等之后去找宋菲儿老师学习吗？"

孙廷雅用手指他，"啊，你敢这么说宋老师？我看你是不想混了。"

宋菲儿早年饱受演技诟病，这两年稍微好了点，但对于她和她的粉丝来说，这依然是个不能提的话题。而无论是名气还是资历，宋菲儿都远在林奕之上，所以哪怕林奕比她还大一岁，在她面前也得讲足谦卑姿态。

"你会去告我的状吗？"林奕眨巴着眼睛。孙廷雅不语，林奕一把搂住她的肩膀，一副哥俩好的样子，"我看你跟她好像也有过节，咱们是一条阵线啊！"

孙廷雅目光落在他手上，林奕笑嘻嘻装看不懂，她只好伸出两根指头捏住他的手，从自己肩上摘掉。明明没使什么力，林奕却表现像被钳子夹住一样，哀叫连连，"格林老师，别这么无情嘛！好好好，我松开，我松开就是了！"

孙廷雅道："你们演员，都这么爱给自己加戏吗？"

"还好还好，敬业的演员才主动加戏呢。"林奕扬扬下巴，有点得意的样子。

满嘴歪理，孙廷雅懒得说他。林奕扑哧一笑，诚恳道："其实吧，我刚在门口看到了，宋老师跟你之间很有火花啊，气氛诡异。"

孙廷雅眼睫微动。看到了？那为什么不进来，反而跑出去给她打电话？

林奕解释："我最近也因为点事儿得罪了她，要是让她看到我们俩一起，会更生气的。"

微风吹动树叶，簌簌作响。林奕仰头望着天空，忽然道："你还想看拍戏吗？不看的话，我们出去玩吧。"

"你不是要看姜老师吗？"

林奕轻笑，"和姜老师比起来，当然还是格林老师更重要。"

他像偶像剧男主角那样朝她放电，孙廷雅想了想，"好啊，我今天晚上还没着落呢，你陪我去吃饭吧。"

"行！那去我家吧，我做川菜给你吃。之前有部戏我演一个大厨，专门花了两个月学做菜！"

孙廷雅含笑睨他，林奕一愣，反应过来自己的提议太暧昧。但天地良心，这次他可没动坏心思！

他轻咳一声，"不是，你别误会，我纯粹是本着分享美食的心情。真的。"

孙廷雅忍笑，"我不想吃川菜，我想吃法国菜。我知道一家法国餐厅很不错，陪我去好吗？"

"在哪里，方便吗？要是被拍到……"

林奕还在顾虑，孙廷雅却一步步走近。林奕声音越来越低，视线不由自主追随着她的动作，却见女人指尖落上他脖颈，羽毛般轻轻抚过。

他猛地吞咽了一下，喉结滚动。

孙廷雅笑意盈盈，重复道："陪我去，好吗？"

宋菲儿端起红酒杯，浅浅饮了一口，"我还以为，你不打算见我了。"

餐桌对面，沈沣切着牛排，悠悠道："你都亲自给陆文打电话了，我怎么能不见？"

宋菲儿脸上挂着笑，心却往下一沉。最近这阵子，沈沣对她越来越冷淡，今天还是她再三相约，才有这个晚餐。可是听他现在的口吻，隐隐责备她有点黏太紧的意思。

想到助理带回来的消息，她压抑住忐忑，状似无意道："我听说，你太太回国了？"

沈沣捏着餐刀的手一顿，"你从哪儿听说的？"

宋菲儿道："那么紧张干什么？我认识的朋友也不少，总会有人提起嘛。"

沈沣淡淡瞥她，将一块肉放到嘴里，"嗯，她回国了。"

"哦，太太回国了，某人就得回家当好先生了，是不是？"宋菲儿故意拖长声音，"要是因为这个，你不方便见我，那我也无话可说。"

她说着调侃的话，眼神却带出一丝失落，又因为强装无事，就让这一丝失落越发打动人。

沈沣笑笑，饶有兴致道："怎么，吃醋了？还是这么容易就认输了？我以为宋小姐是谁都不怕的。"

宋菲儿道："人家是你名正言顺的太太，我算什么？不敢吃醋，更不敢争，只希望沈先生多为我考虑一二，别让尊夫人知道我的存在，免得她给我好看。"

沈沣眸色一闪，片刻后自嘲地笑了，"想太多。她知道了你的存在，也没兴趣对你怎么样。"

宋菲儿误解了他笑的含义，以为他在说自己连他老婆的眼都入不了，瞬间心头火起。可她不敢发作，只能压抑着脾气闷头吃饭，沈沣也不知为何不再说话，这顿饭后面的时间竟一直沉默。

等到晚餐结束，宋菲儿才算调整好状态。今晚的机会来之不易，要是不珍惜，等过阵子去了横店拍戏，就连面都见不到了！

她上前挽住沈沣胳膊，他低头看她，宋菲儿俏皮地眨眨眼睛，沈沣一笑，任由她继续挽着。

两人往餐厅外面走，沈沣心不在焉，竟在拐角处和另一边来的女人撞到了一起。他没怎么样，但对方大概是走得太快，又或是穿了高跟鞋的关系，居然一个不稳朝后倒去，幸好旁边的男人接住了她，才没有摔倒在地。

"沈沣！"宋菲儿扶着他，"你没事儿吧？"

他摆手，朝对面看去，却在看清人脸时愣住了。

孙廷雅站在那里，皱眉揉着肩膀。她身后有个男人，半拥半抱着她，关切地问道："没事儿吧？"

孙廷雅摇头，"没事，你呢？我没撞痛你吧？"

"林奕，格林老师？你们怎么在这里？"

两人同时回头，看清眼前状况也是吃了一惊。孙廷雅看看沈沣再看看宋菲儿，扑哧一笑，"真是冤家路窄啊。"

宋菲儿道："什么？"

这人怎么回事儿，就算她们有芥蒂，也别这么直白说出来的吧？

"宋老师别误会，我不是说你。"孙廷雅解释，"我是说我和沈先生，嗯，冤家路窄……"

她这么一提，宋菲儿立刻想起那晚的舞会，对啊，这个女人和沈沣是认识的！

沈沣轻轻一哼，"没错，冤家路窄。"

他说着，却发现刚刚一番折腾，她几缕头发缠到了一起。脑中忽然闪过那夜在贡曲村，他帮她扎头发却不小心扯到，被她冷冷训斥了。唇畔逸出笑意，他下意识过去想帮她整理，身子还没动，林奕却已经自然伸手，帮她把头发理开了。

孙廷雅冲他一笑，"谢谢。"

林奕道："你头发太长了，还好我刚才注意，不然扯下几根来可赔不起。"

两人对话亲密，沈沣双唇抿到一起。宋菲儿觑他一眼，笑道："林奕，原来你和格林老师关系这么好啊？她不会是你的秘密女友吧？要让你的粉丝知道，可是要心碎一片哦……"

林奕道："宋老师别取笑我了。我跟格林老师就是一起吃个饭，聊聊剧本，倒是您……我还没请教这位先生尊姓大名呢！"

宋菲儿神色一凝，沈沣却已经上前，主动朝他伸出手，"你好，鄙人沈沣。"

不止宋菲儿，连林奕都有点意外。他根本是拿话将宋菲儿，没想过对方会真的自我介绍，毕竟他也耳闻过宋菲儿那位神秘金主的事情。

他愣了几秒，才握住沈沣的手，笑道："你好，我是林奕。"

"之前听菲儿提起过林先生，也看过你的作品，林先生年纪轻轻就有现在的成就，将来一定前途无量。"

　　明明两人没差几岁，沈沣却全然是长辈鼓励晚辈的口吻，林奕感觉一阵威压下来，沉默片刻后还是配合地笑笑，"多谢沈先生夸奖。"

　　沈沣转向孙廷雅，"格林老师？"

　　宋菲儿不想让他们俩对话，接口道："对啊，这位就是我新电影的编剧格林小姐，也是位作家。你们不是认识吗，不会不知道吧？"

　　沈沣道："我确实不知道。"

　　"真的？"宋菲儿眼睛一亮，"不过也不奇怪，格林老师一直很神秘，成名这么多年，一张照片都没外传过。也许不熟的人，都没资格知道她这个秘密吧。"

　　孙廷雅觉得自己有点听不下去了。

　　这个宋菲儿是不是宫斗戏拍太多，以至于口才都练出来了？什么叫谈笑间杀人于无形？她如果真在勾搭沈沣，多半就得被她这番话灭个彻底啦！

　　不过身为隐藏版中宫皇后，她并不想继续这场戏，挽住林奕胳膊强行喊卡，"沈先生，宋老师，我们还要去吃饭，就不打扰了。下次有机会再聚吧。"

　　他们想走，沈沣却道："等一下。"

　　孙廷雅回头，沈沣眼神中隐隐有着挣扎，似乎在和自己较什么劲儿。但最终，他看着她道："你回家之后，给我打个电话。"

　　宋菲儿和林奕表情一变。

　　孙廷雅皱眉，"什么？"

　　"有点事要和你商量，很重要。"

　　孙廷雅扁嘴，做了个OK的手势。沈沣点点头，不待他们离开，先带着宋菲儿走了。

　　等到两人身影消失，林奕才道："那位就是宋菲儿的男朋友吧？看起来是个大人物，宋菲儿为了笼络住他应该没少下功夫。"

　　他语气里带点嘲弄，孙廷雅没接茬。他笑着碰碰她肩膀，"哎，你怎么会认识他的？你们什么关系？"

　　孙廷雅反问："你觉得呢？"

　　"我觉得，你们没关系最好。"林奕道，"那可不是什么好人。你知道吗？他有老婆的。明明有家室还在外面乱来，真是可怜他的太太。"

　　孙廷雅轻叹口气，"是吗？那你可以给我打点钱了。"

　　林奕没反应过来，孙廷雅看着他，淡淡道："毕竟，我就是那位可怜的太太。"

　　这句话说完，是长久的沉默。

　　林奕眉头紧皱，有点茫然地看着孙廷雅，仿佛她说了什么难以理解的话。然后很快，男人脸上的茫然退去，眼神变得锐利，不可置信地逼视着她。孙廷雅云淡风轻地笑着，只是用眼神肯定，一切都是真的。他听到的没有错，理解的也没有错。

他终于确信。

男人板着脸站了好一会儿，才双手插兜，烦躁地啧了一声，"搞什么啊？我还以为你对我有意思……"

"我确实对你有意思啊。"孙廷雅笑，"不然你以为，随便什么人都可以跟我吃晚饭吗？"

这话又是个刺激。林奕点点头，又点点头。孙廷雅还没明白什么意思，他却忽然凑近。拜他一米八五的身高所赐，即使孙廷雅穿了高跟鞋，他依然可以轻轻松松俯视她。

男人的脸离得很近，四目相对，他的语气第一次这么危险，隐隐有点咬牙切齿，"你对我有意思，还敢告诉我你结婚了？"

孙廷雅不慌不乱，伸手抚了抚他的T恤领口，仿佛那里有需要整理的领带，"就是对你有意思，所以才要告诉你……"

林奕反应一瞬，明白了。

她有意跟他发展超出朋友界限的关系，所以在一切开始前，才要摆明车马，让他明白她是什么情况。

他嘲讽道："你倒是光明磊落。"

"谢谢夸奖。"她装作听不懂的样子。

远方又有客人进来，隐隐听到说笑的声音。孙廷雅道："其实吧，我与我先生互不干扰、各得其乐，和我在一起，不用有任何道德上的负担……"

"打住，打住打住。"他道，"这消息太大，让我消化一会儿，免得待会儿吃不下饭。"

孙廷雅失笑，"你还准备和我一起吃饭？"

林奕冷哼，率先朝里走去，"吃，为什么不吃？但这顿饭，你付钱。"

孙廷雅回到公寓还不到十点，她想起和沈沣的约定，打了个电话过去，"有什么事，您老人家快说吧。"

沈沣没有回答，反而问："今晚那位林先生，是你的新男朋友？"

孙廷雅道："新男朋友，你见过我的旧男朋友？"

她调侃他，可事实上他真的见过。大半年以前，他去英国出差，顺路去剑桥给她送东西，当时他坐在车里，远远看到她和一个金发碧眼的男人坐在湖边，正甜甜蜜蜜地喂鸭子。他觉得不便上前打扰，正犹豫间就看到她捏住男人下巴，含笑吻了上去。

他有点烦躁，"不想说就算了。"

脾气还挺大。孙廷雅盈盈一笑，"不是，顶多算……新的消遣？"

他没料到是这个答案，忍不住追问："真的？"

　　"真的，我们可比不上您和宋菲儿老师情比金坚。"孙廷雅耸肩，"今晚的饭吃完，还不知道有没有下一顿呢。"

　　他捏着手机，心情有些复杂。孙廷雅问："对了，你找我到底要商量什么？"

　　他迟迟不回答，孙廷雅狐疑道："你不会根本没事儿吧？耍我？"

　　"有，当然有。"沈沣道，"我想告诉你，家里又催我带你回去，这次是爷爷亲自打的电话。所以，你到底什么时候有空？"

　　"我说了，除了今天，接下来一周我都没空。"

　　前方的庄园式别墅越来越近，孙廷雅捏了捏脖子，摆出上战场的阵势，"我回国这么久，只见了你家人，连自己家门都没进，真是中国好媳妇。"

　　沈沣道："你没回家，难道不是因为你家在上海？"

　　孙廷雅白他一眼，似乎不满他否认自己的奉献。沈沣把车开进大门，望着前方等候的用人，"哎，你记得住人吗？待会别要我救场啊。"

　　孙廷雅拿起手机摇了摇，相册里全是沈家长辈的照片。她道："放心，我可是一个知道提前做功课的girl。"

　　车子停下，用人过来拉开车门，笑道："少爷，少夫人，你们可算回来了，沈先生都等着急了！"

　　这是沈沣爷爷沈秉衡的房子，沈先生当然是指他。老爷子虽然年过七十，却并不服老，不许用人称呼他沈老先生。也因为这个，沈沣的父亲沈钊在这里被称为小沈先生，而沈沣以前被叫作沈公子，孙廷雅过来时为了和她组CP，就改叫少爷、少夫人了。

　　沈沣原本还有点担心，孙廷雅的性格会不擅长应酬长辈，然而当他们进入客厅后，他随意一瞥，发现不知何时，她脸上已切换成"贤良淑德"的微笑。沈秉衡坐在沙发上，她走过去微微弯腰，声音无比甜美，"爷爷，好久不见，您看起来容光焕发，越来越年轻了啊！"

　　沈沣："……"

　　沈秉衡被哄得眉开眼笑，握着她的手道："好孩子，回来就好回来就好，爷爷一直很想你啊！"他瞪一眼沈沣，"还愣着做什么，帮你媳妇儿拿东西啊！这么沉，你怎么也不知道帮忙拎一拎！"

　　沈沣这才明白，为什么下车时孙廷雅那么坚持，一定要亲手提礼物进来……

　　抱着"是在下输了"的心情，他接过孙廷雅手里的大包小件，转交到用人手里，这才在她旁边坐下。

　　除了沈秉衡，沈钊和程品君也在，今天恰好是他们每周回来看父亲的日子，也算赶巧了。早在商议婚事阶段，孙廷雅就见过他们一家人，沈老爷子儒雅博学却有些固执，听说脾气不太好，但对她这个孙媳妇一直挺温和。沈先生成熟稳重，说起话来很风趣，也很有才华，孙廷雅和沈沣结婚时，他亲自画了幅水墨山水图给他们，现在还挂在两人的婚房。

客厅里济济一堂，沈秉衡打量孙廷雅，笑道："听品君说，小雅你回国挺久了？"

孙廷雅道："是，有一两个月吧。"

沈钊惊讶，"一两个月，那还真是挺久了。"

程品君削着苹果，"对啊，要不是上次我去找阿沣，还被蒙在鼓里呢！"

沈秉衡想了想，"那小雅，你这阵子都在做什么？听说你在英国的书也念完了，回来是准备找什么工作吗，还是进你爸爸的公司上班？"

孙廷雅抿唇，没有立刻回答。程品君扫她一眼，笑道："爸，人家小两口兴许就是想过过二人世界，所以才瞒着的。我们这些老人家还是别去打扰的好，要给孩子空间啊！"

她话里暗藏的意思，让一直担心两人关系的沈秉衡心情愉快，哈哈一笑，"好好好，给他们空间。我们这些老人家啊，还是少插手为好。"

沈沣和孙廷雅下意识对视，又同时移开视线。不同的是，沈沣唇边有隐隐的笑容。

这么聊了一会儿，沈秉衡有点累了，沈钊陪他去休息。程品君想着难得这么热闹，决定亲自下厨，孙廷雅也跟进去，表示可以帮忙。

平时避而不见是一回事，但既然都登门拜访了，她也希望尽到小辈的礼数。

沈沣好奇道："你还会做菜？"

孙廷雅宽容道："鄙人精通八大菜系，完全可以去我家酒店里担任首席大厨。"

程品君在旁边听到，被她逗笑了，"那好，鱼和鸡就交给你了，我们等着欣赏你的手艺。"

孙廷雅接过这个重任，随即使唤沈沣，"去剥蒜。"

沈沣微微一愣，但还是乖乖去了，孙廷雅洗干净手回来，他恰好把几瓣白白胖胖的蒜给她。

"这样？"

孙廷雅检查完，满意道："是的，再多剥几个。"

他们这一来一回无比自然，程品君看得惊讶，半真半假道："真是娶了媳妇忘了娘，我做菜时让你打下手，某些人是怎么说的？'君子远庖厨'。怎么，现在你就不是君子了？"

沈沣被打趣得有点尴尬，孙廷雅道："我和您都在干活，他要是不做事，晚饭就没得吃了！"

程品君点头，"说得对，应该把他爸也叫过来！"

沈钊不知道自己差点被儿子拖累，还在楼上伺候父亲。婆媳两人占据着宽敞的厨房，忙得风生水起。沈沣接受着她们的使唤，一会儿洗菜一会儿递碗，倒是也没闲着。

偶尔抬头，看到对面的两个女人，心中竟升腾起融融暖意。这样的人间烟火，他之前没有想过，有朝一日能与她共同分享。

程品君见孙廷雅果然手法娴熟，笑道："小熙的丈夫也很会做菜，我总说她有口福，现在看来，阿沣的口福也不浅。"

孙廷雅道："宜熙一个女演员，总是要节食，伴侣会做菜不见得是好事。"

程品君一笑，"也是。"

她往锅里丢下一把小葱，状似无意道："不过说到小熙，阿沣啊，你妹妹的孩子都一岁了，你身为哥哥，可别落后太多哦。"

她还是笑着，看都没看孙廷雅，孙廷雅却觉得有股压力隐隐传来。

程品君的红焖兔肉做好了，她亲自把菜端出去，沈沣趁机对孙廷雅道："我妈的话，你不用放在心上。"

孙廷雅道："嗯，什么？"

"就是，她不是真的要逼你生孩子，只是用这句话表明态度。"

孙廷雅扭头看他，沈沣道："她想让我们明白，长辈对我们抱有期待，两地分居这种事……不可以再发生。"

孙廷雅沉默片刻，莞尔一笑，"我听得懂。你忘了我是写小说的吗？理解力是关键啊。不过，妈妈这次可能要失望了。她想让我们长期住在一起？这也太可怕了。"

她说完，接着去弄她的鱼，没注意沈沣陡然变化的脸色。

孙廷雅做的第一道菜是"松鼠鳜鱼"，将鱼放入油锅炸至漂亮的金黄色后，她把它捞出放在盘里，装上鱼头拼成松鼠形。

女人做得兴致勃勃，仿佛眼前这道没什么稀奇的菜，都比他更能提起她的兴趣。

将最后的汤汁浇上后，厨房里顿时鲜香四溢。她小心夹起一块，道："你要不要尝尝？我很久没做过了，不知道发挥得怎么样，你帮我试试吧。"

她笑着，红唇嫣然。外面是沉沉的夜色，厨房的灯光映照在她脸上，让她的眼睛格外明亮。像什么呢？哦，是西藏的星空。那天晚上，他坐在手术室外等她脱险，窗外雪停了云散了，天上的星星就是这样美丽。

没有丝毫征兆，他忽然揽过她的腰，两人身子瞬间贴近。孙廷雅猝不及防，手一松筷子落到地上，发出"啪"的声音。她困惑道："你干什……"

最后一个字被堵在了喉咙里。因为他低头，吻上了她的唇。

鼻尖萦绕着食物的香气，鲜美、诱人，一如她的滋味。

这个吻本来只是浅尝辄止，可感受着唇上的柔软触觉，他竟忍不住想要更加深入，连呼吸都变得急促。

脑中有千百个念头闪过，但最终，却是她伸手按上他的胸膛，不容拒绝地推开了他。

"你……干什么！"

孙廷雅满脸诧异，隐隐有着惊怒。在她对面，沈沣眉头微蹙，他看着她，目光的焦距却没有落在她脸上。他似乎也被自己的行为惊到了，有种不知身在何处的茫然。

灯光白晃晃打在头顶，让人发晕。

"咳……"

忽然响起的声音惊醒了他们，程品君站在厨房门口，神情意外中带点尴尬。不知道她看到了多少，总之，女人清了清嗓子，掩去唇畔笑意，"那什么，菜做好了就盛出来，我先去请爸爸下楼。"

她转身离开，留下对立的两人。

这么一闹，孙廷雅冷静了点。她随意擦了下嘴，重复道："你干什么？"

沈沣目光落在她手上，刚才那个动作实在有点刺眼。他沉默许久，若无其事地笑了，"抱歉，这个光照得你太好看，一时没把持住。"

孙廷雅冷着脸盯他片刻，像遇到什么荒谬的事般笑了，"没把持住……沈先生，声明一句，我这个人最讨厌强迫。而且我认为，人和动物的区别，就是明白什么时候应该把持住。"

她没有说更多，但语气里的寒意足以表明一切。

撂下这句话，孙廷雅端起鱼盘，头也不回地出了厨房。沈沣看着她的背影，抬手按住眼睛，长长吐出口气。

他知道自己有点不对劲。

不清楚从什么时候开始的，但他知道自己不对劲。面对孙廷雅时，不能再像之前那样漠不关心，他总会时不时就想起她，好奇她现在在做什么，操心她的身体恢复得如何。其实爷爷并没有催他带她回来，今天这次见面，是他胡乱找借口骗来的。

如果说之前，一切还如雾里看花，他身在其中、不明前路，那刚才这个吻，就像清风吹散迷蒙。

他终于知道，自己哪里不对劲了。

《高阳公主》开拍三周后，终于放出第一批剧照。本来就是热门IP改编，再加上当红主演、恢宏场景和精美服化，瞬间引爆话题，登上当天各大娱乐新闻和微博热门。而此时，首影厂的内景戏也拍得差不多了，不日就要转战横店。

剧组离开北京前，孙廷雅又去探了次班。

林奕今天有戏，一身盛唐贵公子的打扮，月白圆领袍衬得他面如冠玉。这是自上次餐厅分别后，两人的第一次见面，林奕一切如常，当着众人面还是笑着与她打招呼，调侃"格林老师又变漂亮了"。

不过当两人在空荡荡的休息室撞上时，情况就不太一样了。

下午的阳光透窗而入，林奕坐在椅子上，正在看剧本。听到身后的动静，他随意扫了一眼，正对上推门而入的孙廷雅。他表情不变，像什么都没看到似的扭回了头。

孙廷雅不以为意，在旁边坐下，也拿出剧本翻了起来。林奕等了一会儿，发现她真的在认真阅读后，忍不住轻哼，"你倒沉得住气。"

孙廷雅道："你不理我，当我不存在，我能怎么办？只好看点别的分散注意了。"

她眨眨眼睛，可怜巴巴的样子。林奕告诉自己，这女人不过是在做戏，可心里某处还是控制不住一软。

真要命！

休息室里安静了好一会儿，才又听到林奕的轻咳声。

男人撑着头，衣袖下滑，露出半截结实的小臂。左手手指修长，飞快翻着剧本，教导主任般指指点点，"看看你写的东西，什么乱七八糟的。高阳公主和房遗爱身为夫妻，却各有情人，甚至还给对方打掩护。"他一脸嫌弃，"我说，你大学写这书时就预料到了将来？你在写自传？"

孙廷雅长叹口气，"我发觉，在听说我结婚了之后，你对我的态度粗暴了许多。这也是一种歧视么？针对已婚妇女的。"

林奕翻白眼，"你耍了我两个多月，我没动手就是绅士了。"

这话说得好像他对她多情深似海似的，明明开始也只是想玩玩。孙廷雅不跟幼稚的男人计较，好脾气地随他吐槽。

林奕看到她的表情，心里越发不痛快。脑中又浮现出那个男人的样子，他忽然想起一件事，忍不住道："不过我倒是好奇了，你既然有那么一位丈夫，自己的出身应该也很不错吧？当初和宋菲儿团队的博弈，怎么会输了呢？"

看来她高估了剧组消息的保密程度，原来连林奕都知道她曾对宋菲儿不满意，也难怪对方记这个仇。

孙廷雅简单道："我写书的事情，家里人不知道。"

林奕"哦"了一声，"明白了。富家小姐的把戏，玩神秘。"

孙廷雅听出他的调侃，没有说什么。她不想对他详细解释，事实上，身份保密是一方面，另一方面，她只想当个编剧，对制片不感兴趣，也没有投资的欲望。况且现在的市场，光有钱也拍不出一部好电影，要拉出一个靠谱的班底很不容易，而现在这个班底的核心人物，坚持选择宋菲儿。

那就同意了呗，反正宋菲儿经过这几年的磨炼，演技提升不少，也不是不能用。

休息室的门再次被推开，两人同时抬头，看到了长发黑裙、靓丽动人的宋菲儿。

林奕先站起来，"宋老师，您怎么来了？今天没你的戏啊……"

宋菲儿没理她，径直走到孙廷雅面前，"孙小姐？"

孙廷雅微讶，"你知道我？"按理说，剧组的人是不知道她真实姓名的。

宋菲儿点点头，轻笑，"原来真的是你。"

话音方落，她猛地扬手，一巴掌狠狠打上孙廷雅的面颊！

"啪——"

"宋菲儿！"

林奕又惊又怒，上前一把攥住她的手腕。宋菲儿使劲挣扎，却被他往后一推，摔在了地上。

她怒目而视，"林奕，你搞清楚，你帮着这个女人得罪我，就不怕后果？"

林奕不为所动，"宋老师，您在片场对编剧大打出手，才要当心后果！"

说完，他转身看向孙廷雅，眼中流露出关切，小心翼翼地碰碰她的脸颊，"痛吗？"

孙廷雅没理他，默不作声走到宋菲儿面前，居高临下打量片刻，眉头皱了起来。她朝宋菲儿伸出手，似乎要拉她起来。宋菲儿见状眼中流露出不屑，被她打了竟还主动服软，真够没骨气的。

她把手放到孙廷雅掌中，由她扶了起来，谁知刚站好就又感觉一阵大力传来，身子不受控制朝后仰去。

"啊——"

这次才是结结实实地摔倒，比刚才力道更大，痛得她轻呼出声。

孙廷雅轻轻笑道："林奕，你怎么能对女孩子动手呢？要动手，也应该我来才是。"

林奕没忍住，扑哧一声笑了出来。

自打成名，宋菲儿还从没被人这么对待过，她不可置信道："你疯了？"

孙廷雅还是笑着，在她旁边蹲下，手一伸捏住她下巴。女人扬起唇角，又轻佻又冷漠地问道："宋老师，宋小姐，请问，我哪里得罪您了？"

这个动作太过屈辱，宋菲儿想挣脱，可一动下颌处就钻心地疼。她忍不住道："你……你放手！放开！"

孙廷雅笑道："这样好，打耳光还要留印子，影响您上戏。我可是很体贴的。"

宋菲儿疼得眼泪都出来了，面前的女人面如寒霜，似乎她不说出个究竟就不罢休。她终于明白自己看走了眼，咬牙道："我是来恭喜的，祝贺你……上位成功。希望等他厌倦的时候，你不要被甩得……太难看！"

孙廷雅道："被甩？"沉吟一瞬，她恍然大悟，"你被沈沣甩了？"

宋菲儿被这句话刺中，脸色铁青。

前天晚上，她和沈沣见了面，本以为是离开北京前的浪漫相聚，谁知沈沣却笑着递给她一个信封，道："菲儿，这是最后一次，以后，我们就不要再见面了。"

她像被泼了一盆冷水，从头到脚都凉透了。

信封里是沈沣送她的分手礼物，一套海淀区的高级公寓，他们之前在那里住过几次，现在转到了她名下。难怪大家都说，无论在不在一起，沈公子都是个慷慨的情人。然而那些东西她不在乎，出道这么多年，她缺什么也不会缺钱。

她在乎的是她的事业。有一个向往已久的珠宝代言，托他的面子打开门路，谈得七七八八了，今早对方负责人却打来电话，说已经定下别的女星，希望下次有机会合作。

她终于丧失冷静。

一些本来被强行无视的事都浮上脑海，这段时间他在和一位姓孙的小姐联系，还打电话到国外给她订礼物。

她想，自己大概就是被这位孙小姐踢出局的。

孙廷雅道："你被沈沣甩了，关我什么事？还来找我的麻烦……"

她不屑冷笑，见宋菲儿眼睛都要红了，终于大发慈悲地松开她。宋菲儿第一个动作就是去摸下颌，一碰便倒抽口凉气，借着门上的倒影一看，原本雪白的肌肤红肿一片，隐隐还有点青。

孙廷雅耸肩，"不好意思，看来还是留印子了。"

宋菲儿站起来，盯着她冷笑点头，"很好，看来以前是我小瞧了格林老师，你比我想象的，还要有本事。"

"知道我有本事，那就安分一点。"孙廷雅道，"看在咱俩共事一场的分儿上，我好心提点你一句。沈沣的历任女友里，有的是比你漂亮家世好的，既然她们都没能留住他的心，你被甩掉又有什么意外？你跑来招惹我，只会连最后的退路都断掉。"

她说完，就要和林奕离开，宋菲儿气得胸口起伏，终于忍不住道："既然如此，你又凭什么高高在上？你跟我们有什么不同吗？"

孙廷雅回眸，轻轻一笑，"我和你们，当然是不同的。"

看着前方被侍者引来的女人，沈沣理了理领带，露出个被八卦周刊热情称赞的迷人笑容。

这是他相熟的法国餐厅，在他的邀请之下，孙廷雅答应今天与他共进晚餐。选在靠窗的位置，餐厅里没有多少人，只听到悠扬的小提琴演奏。

侍者拉开椅子，孙廷雅身穿Chanel的小裙子，款款坐了下来。沈沣看着她，诚恳道："没想到你来了，我还担心约不出你呢。"

孙廷雅随口问："为什么约不出？"

沈沣挑眉，有点意外。

自从那晚在厨房的一吻，两人似乎就陷入冷战，不仅当晚匆匆分别，这几天更是连个电话都没有。

他以为，她还在生气。

孙廷雅看他神情，明白了，"哦，你说那个啊。放心，我还没那么小气。早忘了。"

她语气不像作伪，沈沣先是松了口气，可紧接着又意识到另一个问题。她不为那件事生气，是不是也意味着，她根本没把那放在心上，包括和她接吻的人？

这认知让他挫败，好在经过那么多次打击，他也有心理准备了，还是自然地笑道："那就好。我之前还想呢，你如果一直生气，我就只好登门负荆请罪了。"

"油嘴滑舌。"孙廷雅评价，"收起这套对付别人吧。好了，你找我出来有什么事吗？不会单纯陪你吃饭吧？"

沈沣道："有事，不过现在说？"他计划等吃完饭的。

孙廷雅道："现在说。"

女王大人的命令不可违，他无奈，只好将一个东西放到桌上，轻轻推了过去。那是个黑色丝绒的盒子，打开一看，里面躺着一条钻石项链。非常华丽的风格，主钻是一颗梨形蓝宝石，被几十颗小钻环绕衬托。晶莹剔透、光泽诱人，远远望去，仿佛星辰映照大海。

孙廷雅抬起头，"这是？"

沈沣笑道："结婚一周年纪念日，我还没送你礼物。今晚补上。"

孙廷雅有点意外，取出项链打量片刻，道："你应该提前说的，那样我也可以准备礼物了。"

"没关系，本来纪念日就该先生送太太礼物。"

孙廷雅抚摸着冰凉的宝石，抿唇一笑。沈沣柔声道："我帮你戴上？"

其实这条项链太过隆重，不适合今晚的场合，但她还是点点头，"好啊。"

她今晚恰好没有戴首饰，脖颈细长如天鹅。沈沣站到她身后，细致地把项链扣好，再替她理顺长发。

女人面容被钻石照耀，有种夺人心魄的美。他看得晃神，下意识握住她的手，"我看到图纸时就想，你戴上它肯定很好看，果然。"

有礼物收，还有绅士的恭维，孙廷雅觉得这趟没白来。她想抽出手，他却没有松开，两人目光对视，他眸中带笑，隐隐有某种光芒跳跃。

沈沣觉得她神情不太对，不确定道："你真的不生气了？还是说，我有别的地方得罪了你？"

孙廷雅看了看他，耸肩，"我不迁怒，所以，你没哪里得罪我。"

这话大有深意，他刚想追问，她的手机却响了。她做了个手势，捏着手袋走到了僻静处。

"喂？"

电话那头，林奕悠悠道："你在和你老公吃饭？"

"对啊，不是跟你说了嘛，今晚他约我。"

林奕道："哦，那你预备跟他告状吗？告诉他，他的情人把你当成了小三……不对，是小四，找上门来大打出手？"

"你打电话过来，就是为了调侃我？"

林奕听出不对，立刻换了语气，"别生气，我不是调侃，我是想给你出主意！我觉得吧，你应该告诉他，总得让他知道自己的女人搞砸了什么事儿啊！"

孙廷雅轻笑，林奕听出意思，"你不赞同？"

当然不赞同。

下午她对宋菲儿说，她和她们是不同的，这个不同不是指她是妻子她们是小三，而是她不用俯仰于一个男人，不用巴望着从这个男人身上得到点什么。她们压根儿不在一个游戏圈。

孙廷雅平静道："林奕，我想收拾什么人时，并不需要找男人哭诉。"

那边许久没有声音。

孙廷雅挂断了电话，抬头看向前方。

面前是一面装饰精致的墙，透过反光可以看到她的脸颊。被林奕这么一提，下午的事又浮上心头，她已经很多年没被人这么冒犯过了，这回当然不会轻易了结。但要怎么做是她的事，不用跟任何人交代。

孙廷雅冲着反光里的自己冷淡一笑，转身往回走。

还没走近座位，就看到那边不知何时来了一对青年男女，二十三四的样子，打扮不俗，正和沈沣聊天。她脚步未顿，越靠近声音也越发清晰，"一天到晚往外跑，家里事儿半点不管，前阵子伯父还跟我聊呢，说是要管教你！"

男人笑着告饶，"我错了，我错了还不行嘛！不过三哥你别老是教训我啊，你自己还不是总在外面玩？可不能严以律人、宽以律己。"

孙廷雅扑哧一笑。这愣头青还真敢说，也不怕沈沣生气。

果然，沈沣眉毛一扬，"你跟我比？你真心的？"

男人撇撇嘴，没有接话。他旁边的是他的新女朋友，小姑娘化着精致的烟熏妆，一双大眼四处乱瞟，正对上缓步而来的孙廷雅，以及她脖子上光芒璀璨的项链。

她还在发愣，孙廷雅已经自然地在对面坐下。男人看看她再看看沈沣，顿时像抓住什么把柄似的，笑道："咳咳，三哥说得有理，我这样的确实没必要一天到晚往外跑。得像三哥这样，家里有人管，日子苦啊，这才有乱跑的意义！"

男人摸摸下巴，"不过三哥最近品位变了啊，这位姐姐看着，不太一样，很不一样。"

他的女伴笑道："哪不一样啊？"

"哪儿都不一样。气质容貌比起从前诸位，有过之而无不及，也难怪三哥肯千金博佳人一笑！"

他们一唱一和，沈沣连太阳穴都突突生疼。不敢去看孙廷雅的表情，他抢在他说出更要命的话前，生硬道："介绍一下，这位是我太太，孙廷雅。"

两人一愣，对视一眼后，男人如梦初醒般拍拍脑门，赔笑道："嫂子好嫂子好，您看我这眼神儿，怎么能连嫂子都认不出呢？该罚，该罚！您别见怪啊！"

孙廷雅两手交叠托着下巴，唇畔含一丝笑，悠悠道："不见怪。我就是有点好奇，你刚才说品位变了，不知道沈沣之前的品位是什么样的啊？"

男人傻眼。他就是不服气想刺儿沈沣几句，可没打算真破坏他的夫妻关系！也怪他不长记性，之前明明就听说沈太太回国了，怎么说话前不过过脑子呢！不过，谁又能想到这个看起来一点都不眼熟的女人她不是贵妃是皇后啊！

眼看沈沣眼神都要杀人了，他急中生智，抓住女友的手道："嫂子，我胡说八道的，您别跟小孩子计较啊！那什么，我俩还有事，就先走了，改天再登门拜访！"

他们逃之夭夭，连饭都不打算吃了。孙廷雅望着两人的背影，摇头叹道："你这都交什么朋友。"

"一个纨绔子弟，最会胡说八道，你别理他。"沈沣说着，松了松领带。

孙廷雅道："纨绔子弟，你不是吗？"

沈沣眉眼微动，"你觉得我是？"

孙廷雅抿一口酒，拖长了声音，"你嘛，比他们还是要好很多的。"

这句话如同清风，让他本有些烦躁的神情瞬间变得柔和，唇畔也有了笑意。他站起来，亲自给她倒酒，孙廷雅接过，饮了一口才问："所以，你之前带过女朋友来这里吃饭？"

沈沣微愣，"没有。你怎么会这么想？"

孙廷雅点头，没有就好。如果他在约过宋菲儿的地方约她，那她就得重新考虑考虑，是否要迁怒一下了。

离得近了，沈沣将她的面容看得更清楚，眼神也随之一变，"你脸怎么了？"

大概是扑了粉的关系，看起来不太明显，但还是能辨认出，是手指的红印。

她被人打了？

他脸上的震惊如此明显，让孙廷雅本能皱眉，"一点小事儿，我自己会处理。"

她的语气明显不愿多聊，沈沣也就没有再问下去，只在用餐中途她去洗手间时，拨通了个电话。

餐厅的光照在他脸上，男人声音平稳，隐隐有一丝波澜兴起，"陆文，你去查一下，孙小姐今天都做了些什么，有没有……跟人起争执的可能。"

蒋卫端着一杯茶过来，笑道："格林老师，尝尝这个。这可是上好的雨前龙井，我最喜欢了！"

孙廷雅笑着接过，"蒋导您太客气了，希望我现在过来没打扰您。"

这里是剧组的休息室，今天难得收工早，蒋卫本来还在剪片子，却因为孙廷雅不得不中断工作。

蒋卫哈哈一笑，"没关系没关系，我知道格林老师是无事不登三宝殿，既然来了，肯定有重要的事情。"

他说着，用眼神询问孙廷雅。对方微微一笑，"您猜得没错，我确实有重要的事情。"

蒋卫"哦"了一声，笑容不变。因为之前一起探讨剧本，蒋卫和孙廷雅关系不错，两人聊起天来时常有一拍即合之感。也因此，他愿意给这个女人多一点时间，听听她对电影又有什么高见。

孙廷雅道："针对《高阳公主》目前的演员，我有一些意见。"

蒋卫微愣，眼中浮现茫然，"你指的是……"

孙廷雅迎上他的目光，"我不希望宋菲儿继续担任女一号。我要换掉她。"

休息室里安静了许久。

蒋卫眉头高高挑起，愕然地望着她。在这种目光下，孙廷雅依然淡定，甚至还轻轻朝他点了点头。

蒋卫终于反应过来，沉默一瞬后，笑着摆摆手，"你在开玩笑。电影都开拍一个月了，现在说换人，你一定在开玩笑……"

"蒋导，我没有开玩笑。"孙廷雅正色道，"我要换掉她。我不接受宋菲儿演我的高阳。她失去资格了。"

蒋卫目瞪口呆。孙廷雅黑眸沉静，完全是心意已定的模样，他终于爆发，"你知不知道自己在说什么？不满意早干吗去了，现在跟我讲她没资格！你以为宋菲儿是那种不入流的小明星吗？由得你说换就换！"

蒋卫生气有他的道理。宋菲儿是拍知名大导演的电影出道的，在圈子里混了这么多年，有名气有人脉有地位，不是随随便便就能欺负的。如果开拍前孙廷雅坚持不用她，可能还没那么大影响，可现在戏拍了钱花了剧照通稿什么的都发出去了，她才说要换人，不仅剧组伤筋动骨，恐怕在整个娱乐圈都会成为大新闻！

孙廷雅道："我知道，我知道她有来历。本来我不想过分干涉剧组，所以前期妥协了，但现在形势有变，我和宋菲儿绝不能在一起共事。这是我的电影，我不可能走，那就只能她走了。"

她的语气让蒋卫发出声冷笑，"你的电影？你搞清楚，你只是个编剧。这是投资方的电影，是我的电影，唯独不是你的电影！"

"那就让它成为我的电影。"孙廷雅神色不变，"剧组所有损失由我全权负责，再追加两千万的投资，怎么样？"

蒋卫愣在那里。

孙廷雅语气如此轻松，就好像这么多的钱对她来说根本不算什么。通过之前的接触，他其实能看出来她家世不错，但怎么也没想到会不错到这个程度。

他想驳斥她痴人说梦，张张嘴却又哽在了喉咙里。半晌，终于咬牙道："这不是钱的事，这是我的事业，这是电影是艺术，不能这么折腾的！你懂不懂？"

蒋卫今年刚满三十岁，在导演里算年轻的，能执导《高阳公主》这种上亿投资的大制作，对他来说也是难得的际遇，整个职业生涯都会被此影响。所以他一直很拼命，上周还累得差点胃出血住院。如果在拍了这么久之后，突然换掉宋菲儿这个电影的灵魂人物，他实在担心整部片子都这么砸了。

"我懂。我就是为了您着想，才觉得应该换掉宋菲儿。"孙廷雅身子微微前倾，与他对视，"导演，您每天都在片场，眼睁睁地看着他们演戏。您真的觉得宋菲儿适合这个角色吗？她能演好吗？"

在她的目光下，蒋卫沉默了。

其实在选角时，他和孙廷雅是站在一边的。单从外表来看，宋菲儿就不适合这个角色，她的演技这两年虽然提升不少，却还没有到能够驾驭这种与自身气质截然相反的角色的程度。况且高阳是个非常复杂的人物，内心戏多到可怕，稍有不慎这电影就全毁了。

从现在的拍摄情况来看，他确实不满意宋菲儿的表现。

屋子里又是长久的安静。灯光照在地上，拉出歪斜的影子，蒋卫终于捂住脸长叹口气，疲惫道："我同不同意有用吗？我不是出钱的人，拍板说话也轮不到我，如果制片方不同意，你有钱也塞不进剧组的。"

"那就是我要搞定的事了。"孙廷雅轻笑，"我尊重您，所以提前跟您知会一声，您只要同意，接下来安心等结果就好。"

蒋卫轻哼一声，像在嘲笑，又像是抱怨。孙廷雅觉得目的已经达成，差不多可以离开了，他的手机却响了起来。

蒋卫一看到名字就脸色一变，朝孙廷雅做了个手势，示意她先别走。然后他走到窗边，按下了接听键。

"嗯，是。我刚在剪片子……拍得，拍得还成吧，挺顺利……嗯，您说……啊，什么？"

他猛地回头，诧异地望向孙廷雅，目光简直是惊骇。孙廷雅被看得莫名其妙，无所适从地摸了摸脸。

又说了几句，蒋卫挂断电话，大步走过来，"提前通知我？呵，你这叫提前通知我？"

他冷笑连连，孙廷雅举起双手，"别这样，先告诉我发生什么事了。"

"你还装？刚刚制片方打来电话，说看了送过去的拍摄资料，很不满意现在的效果，要重新考虑高阳公主这个角色！"

孙廷雅诧异地睁大眼，蒋卫道："你敢说，这不是你做的？"

他看起来气得不轻，也难怪，这种当面一套背地一套确实惹人厌烦。孙廷雅看着他，冷静道："可是，我真的什么都没做。"都还没来得及做。

蒋卫愣住。孙廷雅坐回沙发，撑头望向前方，目露思索，"不是我，还有谁会去对付宋菲儿，又有这个能耐对付她呢……"

办公室里，沈沣签完最后一份文件，这才抬头看向陆文，"说吧。"

年轻俊秀的助理微微颔首，"腾达影业的白先生刚才打来电话，说已经通知了蒋卫导演，剧组一切工作暂停，他们会重新选择女一号。"

沈沣轻笑，"白世晖有抱怨吗？"

陆文笑道："他哪儿敢抱怨啊，当初本来就是您想捧宋小姐，才通过他们给这部电影投了资，否则这个项目都不一定能开机。现在您只不过要换掉女一号，补上亏损还要追加两千万，他们有什么不肯的？"

陆文说得好听，但沈沣知道，白世晖只是不敢抱怨罢了。就没见过这么想起一出是一出的投资人，只会给手下人找麻烦！

他其实很少这么不靠谱，想想也有点理亏，但目光瞥到手上的婚戒，那点歉意就消失无踪了。

昨天陆文告诉她，孙廷雅到《高阳公主》剧组探班的下午，宋菲儿也去了。两人在差不多的时间去了休息室，然后里面就传出争执声，等出来时，神情都不太对。

所以，孙廷雅脸上的伤是宋菲儿打的。

他听到这个消息后，坐在办公室喝完了一杯酒，还是觉得不能这么算了。他的太太，海盛孙家的大小姐，怎么能白白被人打一巴掌？

简直笑话！

"让开！我叫你们让开！沈沣在哪里？我要见他！"

外面传来喧哗声，不用猜都知道是谁，沈沣手指按着嘴唇，逸出丝笑，"让她进来。"

宋菲儿踩着高跟鞋，气势汹汹冲进办公室，陆文知趣地退出去，只留他们两个在里面。宋菲儿看着沈沣俊美多情的侧颜，原本想大吵大闹的欲望消退，只余面无表情。

沈沣问："你来找我，有什么事吗？"

宋菲儿轻轻一笑，"明知故问。沈先生把我从待了一个月的剧组赶出来，总要告诉我为什么吧？"

"你不知道？"

"我不知道。"

宋菲儿说这话时，声音里有轻微的沙哑，仿佛又回到两个小时以前，她接到自己被踢出剧组的消息。

几乎让她崩溃的消息。

她入行起点高，可这几年事业却不断走下坡路，电影票房不好，为了挽回人气，她不得不打破自己"不拍电视剧"的原则，接拍了一部古装偶像剧。那部戏确实给她带来很多粉丝，她却以此为耻，只想借这股力重回电影圈。这次的《高阳公主》她寄予厚望，付出了那么多心血，可没想到将这希望毁于一旦的，竟是最想不到的那个人。

沈沣离开办公桌走到她面前，轻叹口气，"既然你不知道，那我问你。你和你们那位编剧……格林小姐，你和她发生争执了？"

宋菲儿仿佛听到什么很好笑的事，嘲讽道："果然。果然是因为她。"

深吸口气，她盯着沈沣，厉声道："我不过是跟她吵了一架，你就要把我赶出剧组，你想过我的颜面我的事业吗？难道我跟你在一起这么长时间，就半点情分都没有？是，我打了她，可你以为那个贱人就没有打我吗？"

"她打了你？"沈沣挑眉，"也是，她的脾气，向来是不肯吃亏的。"

宋菲儿一口气没上来，身子摇摇欲坠。沈沣发现自己重点偏了，轻咳一声，道："听着菲儿，你为什么跟我在一起，我想我们都心里有数。过去我喜欢你，你要什么我都尽力满足，就算是分手，也并不打算让你难堪。只是，你实在不该去招惹她。"

最后一句，隐隐带出一丝冷。

宋菲儿被说得一静。沈沣话里的意思让她产生误解，也生出了希望，她牵住他衣袖轻声道："我承认，我最开始和你在一起，目的确实不纯粹……但你要说我半点真心都没有，那你就是冤枉我了。沈沣，你以为我不喜欢你吗？我如果不喜欢你，为什么那么生气？为什么像傻瓜似的去找那个女人麻烦？"

沈沣抽回衣袖，礼貌道："那是你的事。"

宋菲儿看着空荡荡的手，沉默许久，点头笑道："旧爱不如新欢，是我没看清形势。我认了。"

"她不是我什么新欢。"沈沣摇摇头，"你确实没看清楚形势，到现在都没看清。你偷接了我的电话对吗？你知道她姓孙，那你知不知道她叫什么名字？"

宋菲儿愣住，茫然地看着他。沈沣的眼神温柔而冷漠，"她叫孙廷雅，是我结婚一年多的太太。你打任何人都不要紧，但我的妻子，不是你可以冒犯的。明白吗？"

他说完，转身回到办公桌前。宋菲儿浑身僵硬地站在原地，两眼瞪着地板，许久才脱力般蹲了下来。

脑中又闪过那天下午，那个女人含笑回头。

她说，我和你们，当然是不同的。

她终于知道，自己成了怎样的蠢货。

接下来半个月，娱乐圈最大的新闻莫过于"宋菲儿意外受伤，《高阳公主》将换人重拍"。外界对此议论纷纷，说什么的都有，流传最广的甚至认为宋菲儿其实是得罪了投资方，受伤住院不过是个幌子，用来掩盖她被人换角的真相。

不过宋菲儿团队很快出面澄清。一方面表达对剧组的歉意，因为自己不能履行合约，给所有工作人员都添了麻烦；另一方面感激即将接替她出演的女演员，无论是谁，多亏她帮自己解了这个燃眉之急。

公关文写得大方得体，即使外界还心存猜疑，议论一阵也只能散了。

4S店里，周安琪坐在驾驶座上，甩甩头发摘下了墨镜。她每年都要换一部车，今年相中了这款宝蓝色的玛莎拉蒂，刚刚试驾了一圈，感觉非常好。

爱不释手地又打量了一会儿，她这才回过头，对身边的人道："你这回的事儿闹得可真够大的，早知道还不如交给我拍呢，哪至于出这么多幺蛾子！"

副驾驶座上，孙廷雅耸肩，"是啊，我现在也后悔了。"

孙廷雅的亲友里，只有周安琪从一开始就知道她在写小说，还当过《高阳》的第一批读者。后来周安琪当了制片人，也动过心思要拍这部作品，不过那时候孙廷雅没兴趣，周安琪也对这种需要使劲砸钱的宫廷题材信心不足，聊来聊去还是算了。等孙廷雅意向发生改变时，恰好蒋卫导演找上了门，两人谈得非常投机，这个项目也就交到了他手上。

如果当初真的让周安琪拍，确实能省很多事儿。

不过现在说这些也晚了，周安琪想了想，安慰道："但换个角度来看，这也不失为一种宣传手段。你看，这么折腾了一通，谁不知道今年有部在拍的电影叫《高阳公主》？宋菲儿受伤的消息真是帮你们屠尽版面。"

孙廷雅轻笑。是啊，宣传是宣传到了，就是代价有点高昂。这么一大笔宣发费，还真是让人瞠目结舌。

她摇摇头，决定换个话题，"宋菲儿已经是过去式，不谈她了。夏心童昨天来试镜了，我和导演都很满意。"

周安琪眼睛一亮，"是吗？恭喜恭喜。"

早在第一次选角时，夏心童就是孙廷雅心中高阳的最佳人选，可惜当时有宋菲儿这个挡路石，夏心童的档期也不是很合适，最终只停留在接洽阶段。这次再打电话过去，那边愉快表示，夏小姐很有合作意向，随时可以过来试镜。

周安琪道："夏心童和宋菲儿这两年因为竞争，闹过点不愉快，现在能把宋菲儿碗里的东西抢过去，夏心童肯定很乐意，合作热情直接提高三个度。"

孙廷雅对这些女星的钩心斗角不感兴趣，周安琪见状眼珠子一转，"不过，怎么不找你小姑子来演呢？宜熙虽然也是清纯的长相，但她和宋菲儿可不一样，人家在二十岁时就成功演绎了一代女皇武则天，妥妥实力派！"

孙廷雅白她一眼，"你也知道她和宋菲儿不一样。她现在咖位那么高，随便请得动？"

"你不行，就让你老公去请啊。自家哥哥的面子，总是要给的。"

孙廷雅撑着头，懒洋洋道："说到重点了，你今天就在这里等着我吧？"

周安琪趴在方向盘上笑，"没有。我就是觉得你们这事儿挺巧的，这都能撞上，哈哈哈！要不是确定沈沣之前不知道你另一重身份，我都要怀疑他是故意的了！"

孙廷雅闻言，弯起了唇角。她也是最近才得知，原来腾达影业背后的出资人就是沈沣。某种程度来说，他们两个确实很有缘分，西藏碰上了，这里又碰上了。

她轻笑道："他要捧自己的情人，却选中了老婆的剧本，所以说世事无常啊。"

周安琪听她的语气，心里有点没底，坐起来道："不过，宋菲儿是他赶出剧组的吧？看在他这么乖觉的份儿上，你就别跟他计较了。至少他还知道规矩，老婆和情人是不能在一个屋檐下工作的，这是大忌！"

两人打趣几句，打开了车门。周安琪这种级别的客户，在哪里都是重点服务对象，店员早就在外面等候，见状立刻上前道："怎么样，周小姐满意这款车吗？如果不喜欢，我们还有别的型号。"

"不用了，就这辆吧。"周安琪随意道，"哦，还有上个月看的那款法拉利，我帮我先生预定的，到底什么时候能送到？"

"很快。车子一运回来，我们会立刻给您打电话。"

她满意地点点头，转头瞥到孙廷雅，笑问："你回国还没买车吧？要不也选一辆。我送你，就当是今年的生日礼物了。"

孙廷雅点点头，似乎真在考虑。店员笑容不变，只是不露痕迹地离她近了一些，"这位小姐喜欢什么牌子呢？要是没有主意，我们可以为您推荐。"

他说得好听，可这家店也就只有法拉利和玛莎拉蒂两个牌子，孙廷雅在大厅转了圈，目光落到最中央的红色跑车上。

"那个是？"她问。

店员笑容顿时放大，"这是LaFerrari，法拉利一三年推出的限量款超跑，用来取代之前的Enzo。这款车采用了最先进的技术，设计也非常帅气，全世界只有四百九十九台。"

烈焰红的车身，停在明亮的大厅里，看起来果然十分拉风。周安琪乐了，"不是吧，这么宰我？你要选这台，我可得掂量掂量钱包了。"

孙廷雅白她一眼，"谁要你送。"

她双手抱臂盯着跑车，像想起什么有趣的事般，轻轻笑了，"这是我要买来送给别人的，当然得我自己花钱。"

沈沣觉得很奇怪。

按理说，事情过去这么久了，以孙廷雅的能耐，怎么也该知道是自己帮她赶走了宋菲儿。那她为什么一点反应都没有呢？

他做好了各种准备，比如她找他谈到这件事，他要怎么回答。可事实居然是，她毫无反应？

他觉得很失落。要讨好老婆真是太难了，他纵横情场多年，从没觉得事情这么棘手。

今天上午有重要会议，他前一晚就住在公司附近，早上一边打电话一边走出家门，却被眼前的景象震住了。

花团锦簇的庭院前，赫然停着辆烈焰红的跑车，这个时间小区里没什么人，只有两个邻居家的小男生围在旁边，神情激动地打量。阳光照到车身上，折射出炫目的光，简直要晃花他们的眼睛。

沈沣认识这款车，两年前的日内瓦车展上，他是见到它的第一批人之一。当时他还跟礼然调侃，说这种车最适合开出去泡小姑娘，一泡一个准。

可问题是，它怎么会出现在这里？自己什么时候买的？一点印象都没有啊！

小男生见主人来了，立刻结伴跑远。陆文走了过来，神情复杂地看着他。沈沣道："这什么情况？"

陆文顿了顿，"这是……您太太寄给您的礼物……"

沈沣没反应过来，过了几秒才说："什么？我太太寄给我的……什么？"

他的表情简直要裂了一般，陆文将手里的信封递了过去。沈沣深吸口气，接过来顺手撕开封口，取出里面的东西。

一把车钥匙。

这台法拉利超跑的钥匙。

沈沣闭了闭眼睛，觉得自己大概是没有睡醒。

孙廷雅送了他一台跑车？还是快递过来的？这套路太过熟悉，略一回忆就想起来，他以往送那些小女友礼物时，就是这么干的……

陆文没有发现老板脸色难看，而是专注地看看跑车，神情有点迷幻。只见过老板给别人送礼物，还是头一回看到情况反过来，真有些不适应。但那些都不重要，这可是LaFerrari啊，他梦寐以求的神车！沈太太居然这么大手笔！她还缺小白脸吗？上过大学、月薪三万那种！

他忍不住羡慕道："Boss，您太太对您真好，这车可难买了，她肯定费了很多心……"

他的话被沈沣猛地抬手打断，男人面无表情地取出手机，拨通了那个号码。

那边接得很快，她大概在吃早餐，声音还有点含糊，"喂？怎么这么早打电话过来？"

他冷静道："你送到我家门口的东西，什么意思？"

孙廷雅笑起来，"啊，你收到啦？喜欢吗？那款车评价不错哦，我在剧组听到一些小明星聊天，他们都夸它拉风！"

沈沣努力控制，声音里还是带上一丝不可置信，"小明星觉得拉风，你就买来送给我？"他其实还想问，你把我当什么人了，但觉得这话太过怨妇，硬生生忍了下来。

"当然不是了。"她嗔道，"这笔钱本来是用来打发宋菲儿的，既然你帮我办了，那就给你买台车好了。看在你这么懂事的份儿上。"

他一口气上不来，简直是无言以对。那边传来收拾东西的声音，孙廷雅飞快道："我不跟你说了，待会儿约了导演见面。最近真是忙疯了，这片子砸进去这么多钱，要是回头票房赔了，我可没脸见人！"

手机传来忙音，他沉默地站了好一会儿，才转头看向一脸小心翼翼的助理，"你去安排，今晚我要和我太太一起吃饭。"

陆文："哦，好、好的。就你们二位吗？"

"对，就我们两个。"他顿了顿，声音压低，隐隐有点咬牙切齿，"还有，你订好位置后，把这台车也开过去。就停在外面，等着她过来！"

雪白的桌布上绣了碎花，花瓶是白底绿釉的，用清水供着一枝百合。这是一处普通的居民住宅，十八层，餐桌旁就是晶莹的落地窗，透过它可以看到满城灯火璀璨。

孙廷雅忙了一天，舒展下疲劳的筋骨，懒洋洋道："我们最近见面的次数有点多啊。"

在她对面，沈沣身穿淡蓝色衬衣，腕表是百达翡丽的新款。他看起来温文而从容，半点没有白天气急败坏的迹象，听到孙廷雅的话，挑眉一笑，"怎么，不想见我？"

"不想见你，我就不出来了。"孙廷雅说着，侧眸打量四周，"这又是什么地方？"

"一家私房菜小馆，我朋友开的。"

孙廷雅扑哧一笑。沈沣目露询问，她摆摆手，"没什么，我就是想起来，当初你带我去季思餐厅时，也有差不多的对话。"

她这么说，沈沣也有印象了。那时候他和孙廷雅刚订婚，为了接下来的婚礼筹备单独见了次面，他就把地点定在了那儿。当时他没想到，孙廷雅会因此和季思成为朋友，更没想到，一年后他会带着情人在那里与她重逢。

不是个好地方。他摇摇头，决定将它赶出脑海。

"沈公子，沈先生，今日找我又有何贵干呢？"孙廷雅笑问。

沈沣朝她勾勾手，两人挨近一点，他轻声道："为什么每一次，你都要这么问我？难道没事我就不能找你？"

孙廷雅不语，沈沣忽而一笑，"有事儿。但这次听我的，吃完了再说。"

仿佛为了呼应他的话，一个中年男人端着菜过来，笑着招呼："弟妹，来，快尝尝我的手艺。你们结婚这么久了，我总让沈沣带你过来，他说你在国外，没时间光顾我这小店，把我给急的！今儿个可算盼到真神了，这顿我请，想吃什么只管说话！"

沈沣懒洋洋道："我说老何，我请我老婆吃饭，你凑什么热闹啊？一边儿去！"

老何瞪他，"这可是你头回带女孩子过来，让我表现一下怎么了？还能给你抢了不成？小气！"他转头笑道："我这个弟弟啊就是这样，越紧张的东西越喜欢藏着，弟妹你以后可得多担待啊！"

沈沣笑着任他调侃，仿佛没听出里面的暧昧。

这个老何，年纪比沈沣大十来岁，一身江湖气，手臂上还有长长的刺青，看起来相当有故事。这样一个人，沈沣却跟他称兄道弟，孙廷雅想起在西藏时他的种种表现，若有所思地笑了。

她的这位丈夫，也是个不按常理出牌的人啊。

老何的手艺很好，明明都是家常菜，他却做得滋味无穷。孙廷雅最喜欢那道鱼片粥，米熬得融融的，含到嘴里就化了，鱼肉的鲜香全浸到里面，好吃得连舌头都想吞下去。

孙廷雅忍不住感慨，"你朋友里爱做菜的人有点多啊，手艺还都这么好！"

沈沣假装思索，"好像是的，大概人以群分？毕竟连我太太都是厨艺高手。"

他恭维得这样自然，她受用地笑笑，"看来哪天我也得开辟个副业了。毕竟拍电影这么麻烦，不如做菜好玩儿。"

"很累吗？"他顺着问道，"我总听宜熙抱怨，在剧组的日子如何不是人过的，你身体扛得住？"

"我还好，演员比较辛苦。改天一定要敬宜熙一杯。"

他笑，"说得我都想尝试一下。"

"你？当演员吗？"

她满脸戏谑，他瞪她一眼，"开个影视公司。"

这倒是个不错的想法，孙廷雅若有所思。沈沣道："之前一直没兴趣，但现在忽然觉得，也许我真的应该尝试一下。毕竟我的表妹、表妹夫还有姑妈都在娱乐圈，腕儿还一个比一个大，现在又加了个你。不得不承认，我们家大概是和娱乐圈有缘。"

孙廷雅点头，"是有缘。这样得天独厚的资源不好好利用，实在有违商人本性。"

"商人……是，我是商人，不比你们文化人。"他笑着叹口气，"所以大作家，我买了一套你的书，想拜读一下，不知道可以吗？"

"你要读我的书？"孙廷雅有点意外，"可以啊，你想看就看，别跟我讨论就是了。"

"为什么？"他扬眉，"我还打算读完后，跟作者本人谈谈心得体会呢！"

孙廷雅托腮，"怎么说呢，写作这种事情是很私人的。我可以跟读者讨论情节，但和现实中认识的人聊，总有点……羞耻？嗯，反正怪怪的。"

她说完就忍不住笑起来，他没想到作家还有这种感受，新鲜之余也觉得有些好玩，"因为这个，你才没告诉家里人你在写书？"

孙廷雅点头，"最开始是因为这个，后来……就懒得说了。"

"所以除了我，别人都不知道？"他眼神忽变，"那这岂不是我们两个的秘密了？"

他黑眸深邃，有调侃以外的东西。孙廷雅瞅他片刻，淡笑道："不会啊，安琪也知道。"

一顿饭吃得心满意足，离开时孙廷雅问老何要了名片，许诺有时间一定再来。走出单元楼就看到停在外面的跑车，孙廷雅惊讶扬眉，来的时候还没有呢！

她笑问："你开出来了啊？"

他果然很喜欢。她就知道自己没选错，这种骚包拉风的款式，最适合沈沣这种花花公子！

她看起来还挺高兴，仿佛欣慰自己的礼物被物尽其用，沈沣之前还存了万分之一的幻想，现在终于确定，孙廷雅买这台车绝不是为了气他。

她真的就像她说的那样，想要奖赏他。

他忽然道："想坐坐吗？我带你去兜一圈。"

花了这么多钱买的车，当然要坐一坐，孙廷雅从善如流，沈沣开着它汇入北京城的车流。夜风拂面，孙廷雅觉得心情也越来越放松，靠在窗边哼起了歌儿。

沈沣见她这样，索性越开越远，上了高速又下了高速，一路风驰电掣，最后才将车停在一处水库旁。这里景色很美，树木苍翠，鸟鸣啁啾，他上周才来钓过鱼。

他不知在哪里按了两下，跑车顶棚慢慢打开，就像帷幕被拉开一般，夜空一点点呈现在她面前。今晚北京天气难得地好，居然能看到闪烁的星光，镶嵌在缎子般的夜幕上。

沈沣将座椅放下，两人平躺着仰望天空。微风吹动近旁树枝，簌簌地响，这一刻的时间仿佛被无限拉长了。

那样静好。

过了很久，孙廷雅才翻了个身，喃喃道："这样躺着看星星真舒服，很多年没有过了。"

沈沣偏头看她，从这个角度，他与她仿佛同床共枕，"你上次是和谁一起看的？"

孙廷雅微愣，继而轻轻一笑，"上次……和我的好朋友。那次是期末考结束后，我们一起去露营，晚上就躺在山坡上，喝酒唱歌、聊天说话……那晚的星空，我这辈子都记得。"

"那你们关系应该很好啊，她来参加我们的婚礼了吗？"

孙廷雅这次沉默了很久，才淡淡道："没有，我们很久没见了，以后……也不会再见了。"

看这情形，自己应该不小心戳中了她的伤心事，他掩饰地咳嗽一声，转移了话题，"那个，其实我找你出来，是有两件事想说。宋菲儿和你的争执，我欠你一句抱歉。是我没处理好，才让她闹到你面前去了，我很愧疚。"

孙廷雅道："事情已经过去，我连跑车都送你了，就说明不怪罪你。别提了。"

"这就是我要说的第二件事。这台车我不能收。"

孙廷雅抬眸，静静看着他。沈沣忽然有点紧张，但有些事准备了一晚上，必须要说清楚。再这么含糊下去，他早晚会被她气死的！

深吸口气，他道："听着廷雅，我不知道你以前是怎么和别的男人相处的，但我希望你对我不要这样。我把宋菲儿赶出剧组，不是想要你感激我，更不是想收什么礼物，而是因为她惹你生气了。我不希望你生气。

"我们认识两年，真正熟悉起来也就是这两个月，虽然短暂，经历的事却比一些十几年的朋友还多。以前我们互不干扰，那是不了解彼此，但现在我觉得，也许可以做出点改变。毕竟，我们已经是夫妻了。"

他望着她的眼睛，微笑道："孙廷雅，我很喜欢你。你愿意考虑我的提议吗？"

他讲完之后，等了很久都没有听到回答。孙廷雅一手撑着头，连表情都没有变一下，静静看着他。

眼看他目露不解，她终于弯唇一笑，"嗯，你喜欢我，所以呢？"

这句话出来，车内的气氛陡变。

沈沣脸上的笑容消失，面无表情地看着她。孙廷雅眼中透着股了然，他生出个猜测，忍不住道："你早就知道？"

她耸耸肩，"我又不傻。"

她看出来了。她当然看出来了。

好歹也曾有过那么多追求者，沈沣的殷勤是那样熟悉，还有他不时流露出的好感，都太明显了。

"你现在说这些，是要我接宋菲儿的班吗？"

他皱眉，"你胡说什么？你和宋菲儿不……"

"不什么？不一样？"孙廷雅轻笑，"可你仔细想一想，你追求我的手段，和对她还有从前那些女人有区别吗？给她拍电影，送我钻石项链……"

他脸色猛地一变。

孙廷雅道："你让我不要像对待别的男人那样待你，可自己却没做到，但这些都不要紧。我只想问，如果我答应了你，我们开展一段关系，等彼此都厌倦之后，你想过我们要怎么相处吗？"

他眼睁大，似乎不知如何回答。孙廷雅摇头，"你看，你从来就没有想过。"

她坐起来，望向前方的郁郁丛林，"你喜欢我，只是一时兴起，是把持不住。但我上次就告诉你了，作为一个男人，应该知道什么时候要把持住。"

他们不是契约婚姻，没有像偶像剧那样，约好差不多什么时候会离婚。相反，两人一直有个默契，等彼此岁数都差不多了，如果还没有把这段关系搞崩，就双双收心，回归家庭。到时候，他们就能像他们的父母那样，像世间千千万万夫妻那样，过最正常最大众的生活。

但那是在遥远的将来，不是今晚，不是在这狭窄的车厢里。

沈沣盯着她，一句话都说不出来。原来早在他第一次吻她时，她就洞穿了他的心意，可她没有把这当一回事儿。她将他的喜欢视若无物。

孙廷雅道："回去吧。今晚的事儿就当没发生过，好吗？"

她重新系好安全带，一副完事儿想走人的姿态，沈沣却冷不丁道："你说这些，其实只是因为，你一点都不喜欢我吧？"

他语气冷静，黑眸在夜色中反射出幽幽的光，"但凡你也对我有一丝好感，都不会是这个反应。"

她像听到什么好玩的事儿，含笑打量沈沣，男人表现得很镇定，她却清楚看出他眼中的受伤。

"沈沣，你从来没有爱过谁吧？"

他不料她有此问，顿时愣在那里。半晌才铁青着脸，咬牙道："你什么意思？"

"没有什么意思，只是……"

她叹口气，透过车窗望向远方。认识这么久，女人的眼神第一次流露出哀伤，浓重刻骨，仿佛回忆起了非常久远的事，带着无法释怀的深沉情感。

"我只是觉得，从来没有爱过谁……这样真好。我很羡慕你。"

或许是投资方交代了什么，孙廷雅虽然明面上仍旧只是个编剧，在剧组的话语权却提升不少。她也比之前上心多了，就像她跟沈沣讲的，砸了这么多钱，还把宋菲儿踢出了剧组，如果回头电影扑街，估计就得被所有人看笑话了。

十月底，停工大半个月的《高阳公主》再次开机，涉及宋菲儿的镜头全部重拍，由夏心童顶替。

作为这两年风头很盛的女星，夏心童容貌娇艳、气场十足，最适合御姐类的角色。孙廷雅还记得初次见面那天，她一身红裙款款而来，坐下后摘掉墨镜，朝他们嫣然一笑，当真是灿若玫瑰。

夏心童的演技其实并不比宋菲儿好多少，但有外形上的天然优势，出来的效果就好了一大截。她也很用功，经常找导演和孙廷雅探讨剧本，提出的种种观点都看得出是认真钻研过人物的。

他们在首影厂又待了大半个月，拍完内景戏后转战横店，孙廷雅跟随剧组一起过去了。现在大家都混得很熟，会彼此开玩笑，拍大夜戏的话轮流请众人吃消夜，轮到孙廷雅那天她叫了一家大酒楼的外卖，被群众调侃为土豪。

夏心童一边吃一边抱怨，"格林老师要逼疯我啦！女明星得节食啊，这一根鸡腿下去，我今天的仨小时全白跑了！"

孙廷雅笑眯眯道："没关系没关系，反正你现在演的是盛唐美人，丰满一点更适合角色。"

她和绝大多数工作人员都成了朋友，反倒是之前最熟的那个，现在却最生疏。

自从那天的电话后，她和林奕再没有超出工作范围的交谈，就连聊剧本都有导演在场。孙廷雅忙于工作，也没有主动找过他，直到某天两人在酒店的走廊遇上。

林奕打扮得很普通，衣服是明星私服常见的黑灰两色，还戴着鸭舌帽，看起来似乎是打算出去逛逛。相比起来，孙廷雅就靓丽多了，Valentino的大衣裙搭配Prada高跟鞋，身姿窈窕而修长，时尚得可以直接去巴黎看秀。

两人目光对上，林奕还没有反应，孙廷雅先莞尔一笑，"林老师好。"

林奕顿了顿，还是没跟她虚与委蛇，径直朝电梯走去。孙廷雅忍着笑，不紧不慢跟过去，果然，电梯门还没来得及关上，她身子一闪就进去了。

两人都没有按楼层。沉默片刻后，孙廷雅问："我哪里得罪你了吗？"

林奕目视前方，"没有。"

"那为什么林老师突然就对我不理不睬了？"

林奕用余光瞥她，冷淡道："大小姐翻手为云、覆手为雨，在下实在有点害怕。"

这样直白的嘲讽，孙廷雅点头，"哦，原来你觉得我对宋菲儿太狠了啊。"

她手插到口袋里，长叹口气，"那就没办法了。你同情宋菲儿，我就不能和你当小伙伴了。"

她按下一楼的键，一副打算逃离他身边的样子。林奕冷哼："我可没工夫同情那个女人。"

"那你是为什么？"

林奕看着她，抿了抿唇，眼中有暗光闪过，"我只是忽然觉得，我们其实是两个世界的人，不应该凑到一起。"

电梯门打开，两人还看着对方。孙廷雅忍了会儿，还是扑哧一声笑出来，林奕眉毛危险地挑起，"你什么意思？"

孙廷雅连忙解释，"对不起对不起，我就是觉得……'不是一个世界的人'，这种词儿从一个男人嘴里说出来有点……有点好笑！这难道不是少女们的口头禅吗？"

他脸色很黑，孙廷雅道："而且你什么时候这么没自信了？像你这么年轻有前途的男演员，目标就应该是成为天王巨星，建立娱乐帝国，然后，走上人生巅峰！"

他翻个白眼，随意地把帽檐往下一压，握住了她的手。孙廷雅被拽了出去，明知故问："你干什么？"

他口气很差，"还不走，电梯门要关了！"

现在是晚上八点，天已经黑透，街上没什么人。出了酒店林奕就松开了孙廷雅，两人并肩走在路上，孙廷雅见他不打算发火了，这才道："你们男人喜怒无常起来原来也这么可怕，就为这个，晾我一个月。"

林奕道："你想想自己当时的口吻，再想想剧组最近的天翻地覆，我重新审视咱俩的关系不是很正常吗？"

"那你现在审视出结果了？"

林奕两手插兜，没有回答这个问题，而是道："我本来想呢，你和你先生都结婚了，多少也该有点感情。现在看这个架势，倒是不确定了。"

"哦，怎么说？"

"他给你惹这么多麻烦，以大小姐的脾气，应该很难看上他吧？"

孙廷雅本想回一句调侃，却忽然想起那天晚上，夜色中沈沣有点受伤的眼神。心里某个地方拧了一下，她道："还好吧，这件事也不能完全怪他。"

林奕瞅了瞅她，没说话。

一辆卡车经过他们，轰隆的马达声格外刺耳。林奕忽然道："你说我不理你，我整天忙着重拍，哪儿有工夫理你？"男人摇头叹息，"说到底还是你的错。如果不换掉宋菲儿，我的工作量也不会增加这么多。"

孙廷雅不可置信，"你有什么资格说这个？李明峻还一句话没讲呢！"

李明峻是这部电影的男主角，饰演僧人辩机，也是和高阳公主对手戏最多的人。

林奕无语，"李明峻和夏心童是老同学，他们俩搭档，他当然不好意思有意见。"

孙廷雅想了想，忽然笑起来，"不过李明峻真挺帅的，尤其是光头穿僧袍的样子，十足的禁欲系美男。我跟你讲，我青春期时，一度特别想找个和尚谈恋爱！"

林奕沉默片刻，假笑道："所以，这就是您的创作灵感来源？"

"你大可以鄙视我，但你不信去打听一下，想睡和尚的少女一定不在少数。信我！"

她一本正经，林奕被说得迟疑了。他曾演过和尚，记忆里，似乎真有粉丝把那点少得可怜的戏份找出来，剪了个视频，还得到了群众广泛的追捧……他抬头想再说几句，孙廷雅却已经走到前面，听到身后动静，她转身朝他笑道："磨蹭什么，快点跟上啊！"

长发飘飘、笑颜明媚，他一瞬间居然看得失了神。

横店虽然只是个镇，但托影视工业的福，这里随随便便一家小店都挂着各路明星和老板的合影。林奕来的次数多，做起了临时导游，"看到拐角处那家手工羽绒服店了吗？它在横店相当有名，冬天拍戏冷，许多演员都会在当地做几件防寒服，以这一家做的最保暖最实用。黎成朗去年被拍到和宜熙牵手逛乌镇，当时他穿的黑色羽绒服就是在这里做的。"

黎成朗就是宜熙的丈夫，包揽多个国际大奖的实力派演员，孙廷雅一听来了兴趣，"这么厉害，那我也要去做一件！"

林奕看看她身上的Valentino，"你确定……要这里的衣服？"

孙廷雅抛一个媚眼过去，"确定。都是私人定制，你可不要瞧不起国货！"

店老板是个红光满面的老太太，一见客人就热情地招呼，孙廷雅本以为她不认识林奕，没想到说了几句话，老人家忽然兴奋道："哎呀，你是那个演电视的！那个古装剧，你演将军是吧！"

她说的是林奕今年的热播剧《青云路》，他笑着点头，"对，我就是那个演将军的。"

老太太一拍手，"我可喜欢你那个剧了！小伙子长得真精神！今天这生意给你们打八折！跟阿姨拍张照就好！"

孙廷雅目光落到对面墙上，果然是"知名制衣店"，在此留下足迹的明星简直可以用堆计算。黎成朗、宜熙、夏心童、宋菲儿、名导覃卫东等，孙廷雅瞥了瞥林奕，笑道："恭喜哦，你也要被挂上墙了。"

林奕白她一眼，"还想不想要你的折扣了？"

孙廷雅帮他们拍完了照，老太太取出软尺，笑问："是姑娘做还是小伙子做？"

"姑娘做。"林奕答道。老太太说："好，那把外套脱一下，我们量量尺寸。"

孙廷雅大衣里面只有一条裙子，修身的款式，身体线条暴露无遗。林奕静静看着她，女人张开双臂，任由老太太测量。软尺量完肩部，往下绕过胸前，圈成一个圆圈，在背后合上。她的裙子是黑色的，只有那处的一道白如此明显，让那起伏也越发诱人。

他终于觉得不自在，轻咳一声别开了目光。

孙廷雅唇角一弯。

不得不说，他害羞的样子，实在有点可爱。

量完之后，老太太开了张单子，孙廷雅接过后自然地放到林奕手中，"到时候你来帮我取。"

他默了瞬，"好。"

孙廷雅笑容放大，"然后现在，帮我把钱也付了吧。"

林奕唇角不自觉弯起，他取出钱包，抽出一沓子粉红钞票递过去，然后扬了扬单子，"和好礼物？"

孙廷雅点头，"和好礼物。"

这一晚孙廷雅睡得很好。她做了个关于兔子和狐狸的梦，很可爱很有伊索寓言的韵味，在梦里她还在想着，也许可以用这当素材写个童话。可惜念头还没闪完就被电话吵醒，是她聘的临时助理，女孩子在那端声音严肃，"醒了吗？醒了就开电脑，我发网址给你！"

她还有点迷糊，"什么网址？不是，现在什么情况？"

"你的新闻，已经上了微博热搜。"助理认真道，"我们最好立刻着手处理，否则今天各大晚报的娱乐版头条，就要被你攻占了！"

孙廷雅瞬间清醒。按照指示打开电脑、登录QQ，再点进她发过来的链接，立刻轻轻吸了口气。

电脑屏幕上，是一组偷拍照片，顶端硕大的标题，配合鲜红的感叹号，格外触目惊心。

《林奕神秘女友曝光，牵手夜游甜蜜无限！》

照片是远距离拍摄，清晰度不高，夜晚空荡荡的街上，林奕和她并肩走着。中途她走到前面，转身跟他说话，他静静望着她，这一幕配上橘黄色的路灯灯光，反倒比前面那些靠很近的照片更惹人遐想。还有一张是两人站在酒店外面，林奕的手还拉着她的，这应该就是标题"牵手"的由来。不得不说，这些人放照片的顺序很有讲究，这么一看，简直像两人逛完街直接去酒店开房似的！

"偷拍你们的是业内知名狗仔，姓袁，他们团队这些年爆出过很多艺人的猛料，其中不乏大腕巨星。远的不说，夏心童当初和台湾小天王蔡杰宏的深夜幽会照就是他拍的，还有黎成朗和宜熙公开恋情，他也出了一分力！总之，你这次是撞上大人物了！"

孙廷雅等助理解释完，才道："这么厉害？可他功夫不到家啊，我的脸都没拍清楚。糊成这样，你能认出我也是挺厉害的……"

助理没想到Boss居然这么淡定，诧异道："你就不担心吗？"

"担心啊，还是有一点担心的。"

　　孙廷雅说着，扫了眼下面的评论。林奕今年风头正盛，他的新闻自然备受关注，网上早就闹哄哄吵成一团，除了林奕的粉丝"意粉"在为偶像辩解，路人全是抱着看热闹的态度，纷纷说感谢一大早就有八卦提神。

　　她沉吟。这事儿确实有点出乎意料，但还好，没有到不能处理的地步。她挂断助理电话，转而拨通周安琪的号码，简单讲述了情况后，道："想办法帮我压一压，网上传传就算了，报纸和电视新闻必须控制住。"

　　周安琪轻哼，"你的事儿我可以处理，但干吗非要找我，你可以去请教你老公嘛，他在这方面肯定相当有经验！"

　　孙廷雅不料她有此一说，眉头高高挑起，"请教我老公，怎么处理我的婚外情？"

　　周安琪在那边忍俊不禁，门铃却忽然响了起来，孙廷雅打开一看，林奕两手插兜，略显随意地站在外面。

　　孙廷雅挂断电话，林奕打量她的神色，试探道："你看到新闻了？"

　　孙廷雅点头，林奕长舒口气，"很好很好，既然你已经知道，我就不用自己讲了。"

　　他绕过她进了房间，孙廷雅关上门，抱臂道："你难道不该表示下歉意吗？我可是被你害的。"

　　林奕想了想，矜持道："这个可不能怪我。你跟我一起时就该想到，毕竟当红小鲜肉的热度是不容小瞧的。"

　　狗仔爆料时透露，他们团队跟拍林奕已经四个月，好不容易才捞到这次的料。此种毅力，孙廷雅看完后也只能表示佩服，顺便庆幸上次一起去吃饭没有落下证据。

　　林奕坐在沙发上，悠闲地跷着腿打量孙廷雅。女人穿着黑色睡裙，赤足踩在地毯上，头发有些凌乱，看来是刚起床还没来得及收拾。

　　想到开门时看到她在打电话，林奕问："对了，你在跟朋友商量吗？我的团队稍后会进行公关，我来是想问问，有什么需要我们注意的吗？"

　　"我朋友会设法压一压新闻，尽量不上报纸和电视，你们要是有路子也可以走。至于别的，不要曝光我的身份，没了。"

　　林奕挑眉，"这么好说话？"

　　孙廷雅轻笑，"分人。对你好说话，对有些人，就不一定了。"

　　林奕觉得这口吻很熟悉，略一回忆就想起来，她去西藏前他们聊微信，他说过类似的话语。

　　轻轻一笑，他伸手摸了摸她凌乱的头发，道："好，多谢大小姐恩典。"

　　孙廷雅打开他的手，嗔道："别乱碰女孩子的发型。"

　　"恋情曝光事件"闹了一个上午，林奕团队终于出面澄清，说林奕最近一直专心在横店拍戏，照片中的女人是剧组的工作人员，这只是正常的朋友同行，根本没有大家以为的那些事情。

这个解释一出来，粉丝顿时松了口气，高呼就知道我们奕奕是被陷害的！路人却嗤之以鼻。

虽然绝大多数人都不信，但这种绯闻只要当事人不承认，消息不进一步扩散，都是传一阵就算了。如果女方也是明星，可能起的反响还会大一点，但既然只是个不认识的人，大家也就没那么激动。

眼看风波即将平息，不料有人在天涯爆料，说那个所谓的工作人员其实就是《高阳公主》的编剧，也就是小说《高阳》的作者格林小姐！

顿时一石激起千层浪，群众的八卦热情又被唤醒了！

"居然是编剧！她和林奕关系这么好？感觉发现了一条接近偶像的新途径，大家再见，我去写小说了！"

"听说林奕是编剧亲自挑选的呢，这不会就是传说中的'潜规则'吧？靠睡上位？"

"呵呵，楼上也真瞧得起那位编剧，一个帮人打工的角色，还妄想睡男明星？林奕睡她还差不多。"

"甭管谁睡谁，反正就是勾搭成奸啦！啧啧啧，果然是贵圈真乱，我都没眼看了……"

孙廷雅看到这里，知道想要阻止这件事登上报纸已经不可能了。电影演员和编剧夜晚同游、传出绯闻，还是很有报道价值的，尤其这个编剧也算小有名气。连周安琪都安慰道："我尽量保证你的正面照不流出去，至于别的，你就当帮电影做宣传了吧。剧组广大同仁会感激你的。"

出钱出力就算了，现在还要牺牲自己帮电影博版面，孙廷雅觉得自己简直开创编剧界的敬业先河。助理原想找出那个爆料的人，但剧组工作人员那么多，她的身份说是保密，难保不会有人忍不住去发帖。而且那人也很小心，没有登录，IP是代理的，孙廷雅想了想还是没有继续追究。毕竟他只说了那么一句话，照片都没贴一张，没必要在上面浪费太多精力。

外界闹得沸沸扬扬，剧组的工作还在照常进行。大家都像没听说这件事儿似的，见到林奕和孙廷雅一切如常，只有某天下午，夏心童和孙廷雅聊剧本时话锋一转，笑道："哎，格林老师您和林奕，不会是真的吧？"

大概是夏心童演了自己的女主角，孙廷雅对她的感觉还不错，两人相处了这么久，说起话来也不像之前那么谨慎。闻言她没有直接否认，而是道："你觉得呢？"

夏心童用剧本掩着嘴，咻咻地笑，"我觉得，你们俩挺默契的，看起来是比我们要熟悉些……"

孙廷雅淡笑，目光都没移一下，继续在剧本上做批注。夏心童忍了片刻，还是没忍住，追问道："究竟是不是嘛？你告诉我，我不会乱讲的。谈个恋爱而已，很正常啊……"

太八卦了。

孙廷雅无奈抬头，"宝贝儿，咱们认真看剧本，回头电影票房要是过了十亿，你想知道什么我都告诉你。"

夏心童面无表情，"十亿，格林老师你的许诺也太没有诚意了。"

孙廷雅耸肩。

沉默了会儿，夏心童忽然道："对了，跟你说个事儿，宜熙之前跟我打电话，说人已经在横店，待会儿会过来探班。"

孙廷雅扬眉，"宜熙？"

夏心童眨眨眼睛，故意摆出一副炫耀的姿态，"对啊宜熙，我和她是好朋友哦！啊，你喜欢宜熙吗？要是喜欢，我用她的私密自拍换你和林奕的八卦怎么样？"

孙廷雅当然知道夏心童和宜熙关系好，这两人的闺密情在娱乐圈不是秘密，但类似的炒作太多了，她也不确定哪些朋友是真的，哪些又是假的。

最近的新闻闹得那么热，宜熙突然来探班，究竟是看夏心童，还是……

像是为了呼应她的想法，休息室外忽然传来骚动。两人出去一看，发现剧组不知何时已经停下了拍摄，工作人员全聚在一起，围着一个身材窈窕的女人。

她穿着白色大衣，长发披散，背对着她们站立。旁边的人专注地盯着她，脸上是激动和热情的笑。不知说了什么，她也轻轻笑了，声音清澈如潺潺溪流。

孙廷雅走过去，"宜老师？"

她闻声回头。虽然已经在不同场合见过许多次，但近距离看到这张脸，孙廷雅还是觉得赏心悦目。女人长着标准的鹅蛋脸和丹凤眼，肌肤白净、眸光灵动。她很美，是那种第一眼就能惊艳别人的美。拍戏现场不乏俊男美女，可她只是静静站在那里，就有一种让人移不开眼的力量。

宜熙点头道："童童，格林老师。"

"小熙，你怎么来得这么快！"夏心童冲过去，给了她一个大大的熊抱，"好久不见，我想死你了！"

宜熙的女神气场被破坏殆尽，面无表情推开她，朝孙廷雅道："好久不见。"

统筹看出端倪，"咦，宜老师和格林老师认识吗？"

"嗯，见过几次面。"孙廷雅道。

宜熙笑笑，没有否认这个说法。夏心童道："怎么没看到小冰啊，你出来都不带助理的吗？不安全啊大明星。"

宜熙说："小冰家里有事，我给她放假了。"

"那也不该一个人，保镖总有吧？"

"她不是一个人。"沈沨忽然出现，揽过宜熙肩膀，懒洋洋道，"这不有我陪着嘛？夏小姐就别操老妈子的心了。"

他一露面，大家都有点惊讶，蒋卫之前在别的场合见过他，笑道："沈先生，您怎么有空来这里？"

沈沣道："给妹妹当司机，顺便，视察下剧组。"

最后一句有点莫名其妙，见导演面露不解，宜熙解释："你们应该不知道，这部戏他也有投资，所以听到我要来探班，就说一起过来……"

沈沣是投资人？

蒋卫这次是真诧异了。早听说腾达影业能投拍这部电影是背后有人投资，却没料到会是沈沣，他够大手笔的啊，第一次涉足电影圈就是这种上亿大制作。

念头刚转完，他的态度就变了。宜熙的话不可能有假，所以这真的是他们的幕后老板，他顿时进入工作状态，上前自我介绍，"沈先生好，我是这部电影的导演，蒋卫。"

沈沣和他握了手，目光转向孙廷雅。蒋卫笑道："这位是编剧，也是原著小说的作者，格林老师……沈先生和她认识吗？"

他边问边打量两人的神情。经过上次的事，他笃定孙廷雅和投资方有牵扯，只是不确定究竟是和腾达的高层，还是这位神秘的投资人。

沈沣看她几秒，淡淡道："嗯，见过几次面。"

这如出一辙的口吻，让孙廷雅轻轻一笑。

他们握完手后，其余工作人员也上前问好，孙廷雅站在远处旁观，男人目不斜视，非常专心地应酬着。

"怎么都聚在这里，今天下午不开工了吗？"

林奕慵懒带笑的声音传来，他打扮休闲，由助理陪着走进片场，看到眼前的情形就微微一愣。蒋卫招手，"快过来，这位是沈沣沈先生，咱们电影的投资人。"

林奕没动，手插在兜里，表情有些微妙。沈沣脸上的笑容也敛去了，低头理了理腕表的带子。

"林奕？"蒋卫疑惑地又叫了一声。

孙廷雅也看着他们，有那么一瞬间，她觉得林奕侧眸看了看自己。不过下一秒，他便换上个笑容，上前朝沈沣伸出了手，"沈先生好，我是林奕。"

沈沣顿了顿，倾身与他握手，也微微笑道："沈沣。"

虽然来人了，该拍的戏还是得拍。蒋卫见宜熙和沈沣都没有要走的意思，吩咐人给他们搬来了椅子，自己重新开始工作。

宜熙望着监视器旁那个窈窕的背影，弯唇笑道："要不是有你提前告诉，我到了片场一看，肯定会吓一跳的。大名鼎鼎的格林小姐居然是我嫂子，简直不要太惊喜。我大学时就是她的书迷了呢！"

沈沣不语，宜熙眼珠一转，"不过说真的，我不知道你过来干什么。她和林奕的绯闻是真的吗？如果是真的，你来搅合一通多尴尬啊。"

沈沣皮笑肉不笑，"你倒是很站在她的角度考虑。"

宜熙耸肩，"没办法，我这个人是最讲究公平的，冲你以往的表现，早就失去捉奸资格了。这一次，我要挺我喜欢的作者。"

一句话，说得沈沣心头发堵，郁郁地别开了头。

那晚的事还历历在目，他对她表白，她却笑着问他是不是从来没有爱过谁。这句话翻译一下，大概就是"我认为你根本不懂什么叫作爱"。面对此种轻视，沈沣理所当然觉得恼怒，但更让他恼怒的是，他发现自己竟无法反驳。

他的确交往过很多的女朋友，可要说为了谁魂牵梦绕、无法自拔，却一个都找不出来。爱情对于他来说，活在书本上，活在电影里，却独独不在身边。也因为对此毫无期待，才会早早接受家里的安排，和没有丝毫感情的她结婚。

当时他没料到，有朝一日会因为这个，在她这里遭受重创。

这一个月以来，他每次想起这件事，都觉得烦躁。想与她争论，又觉得她说的其实是对的，反反复复，纠结不已。

这种心情在看到那条新闻时达到顶峰。

他怎么也想不到，她再次出现在他面前，居然是因为和别的男人的绯闻。

事情出来那天晚上，他盯着报纸看了很久。陆文没认出上面那个面容模糊的女人就是他老板娘，还笑着问Boss这是关心起这部电影了？

他沉默许久，淡淡一笑，"对啊，我现在很关心这部电影。"

想到这儿，沈沣的目光落在前方。监视器旁边，孙廷雅正和林奕说着话，两人都神情轻松。不知男人讲了句什么，她白他一眼，顺手卷起剧本在他胳膊上打了一下。

沈沣抿紧了唇。

为什么过来？他也不知道。

他只是觉得，如果看着她风流潇洒，自己却躲在一旁什么都不做，无论如何也不能甘心。

他这边心情复杂，片场却出了岔子。现在拍的是高阳公主和僧人辩机的对手戏，高阳公主虽然嫁人了，婚姻却形同虚设。她无法忘记辩机，终于按捺不住找到了他，诉说情意。

这是场重头戏，孙廷雅昨晚还和导演熬夜加班，修改了部分内容。然而夏心童大概是对之前的版本印象太深，居然说错了两次台词，第三次词儿倒是对了，感觉却偏了老远。

蒋卫有点着急。这是沈沣第一次来剧组看拍戏的情况，他不希望给他留下不断NG的印象。余光瞥到孙廷雅，他忽然道："格林老师，要不你去给心童示范一下？"

孙廷雅惊讶，"我？导演你搞错了吧，我可不是演员……"

"你是编剧，对剧本最熟，示范一下也没问题。而且咱们昨天聊这段时，动作和走位你不是也有自己的想法吗？既然心童演不出想要的感觉，索性你来演给她看。"蒋卫道，"我记得你说过，大学时演过舞台剧，那就算是演员了，不用害怕！"

孙廷雅啼笑皆非。她是演过舞台剧，但离专业演员的程度实在差得远。平时给演员说说戏就罢了，现在居然要现场示范？

见她眉头微蹙，李明峻道："格林老师，不然你就试试吧，反正这么耗着也拍不出什么来。让心童看看，兴许你就刺激了她的灵感呢。"

夏心童也道："对啊格林老师，演给我看看吧！就当给我个方向参考。"

孙廷雅看着他们半晌，终于妥协道："好吧，我和李明峻顺一遍台词，再把动作走位过一遍。我只能做到这样啊，什么情绪演技的，你们可别指望！"

蒋卫道："不不，不要李明峻。林奕，你去当一下辩机，明峻你跟心童一起看看这段，你刚才演得也不是很对。"

这次大家才是货真价实地愣住。

蒋导是故意的吧？让格林老师和林奕对戏，还是这么暧昧的情节，他不知道外面关于这两人的绯闻满天飞吗？

蒋卫眉头一竖，"想什么呢！都是为了工作，给我专心点儿！林奕你有问题吗？记得住辩机的词儿吗？"

林奕耸耸肩，语气很随意，"我没问题啊。"

孙廷雅沉默片刻，也笑道："好啊，我也没问题。"

虽然导演看起来非常严肃，大家还是控制不住八卦之心，都从不断NG的失落情绪中恢复过来，兴奋地望着场地中央。

感受着四面八方的灼灼目光，孙廷雅忍不住暗吸口气。如果不是还有点舞台剧表演经验，她是绝不会答应这种要求的，毕竟如果是个什么都不懂的新人，被这么多双眼睛盯着，别说演戏了，估计说两句台词就得腿软。

一切就绪，现场也安静下来，夏心童兴致勃勃地帮他们打板，"1、2、3，action！"

蒲团佛像、古画翠竹，这里是辩机居住的禅房，孙廷雅和林奕置身其中。两人都没拿剧本，林奕站在门边，前方是面对他站立的孙廷雅。按照剧情，这里是辩机回房，看到了在里面等他的高阳公主。

两人对视片刻，林奕轻声道："公主前来小寺礼佛，应提前命人知会，贫僧等也好于山门前恭迎。"

孙廷雅道："我不想见别人，我只想见你。"

林奕闻言沉默良久，才嗫叹道："公主，您如此行事，让驸马都尉情何以堪？"

这句话说完，大家就关注起孙廷雅的反应。只见她眼睛睁大，像是完全没有想到这个问题，又像是不理解他为什么会在这时提起驸马。

这个表现和夏心童的诠释完全不同。夏心童是抵触而厌烦的，她知道自己不该背着丈夫见别的男人，但她一意孤行。可孙廷雅脸上却是茫然。她给人的感觉，是她从未想过，驸马也能成为她与辩机之间的障碍。

这样天真，这样傲慢。她不在意的人，即使占据着她丈夫的身份，也不能得到她一个正眼的对待。

她上前，揪住他衣袖，有点急切道："上次你与我说，等我出降，有了驸马都尉，就不会再记得你。可是禅师，有了驸马都尉也没用，我还是想着你。这半年来，我一直在想你。"

林奕不语，孙廷雅继续道："既然你的办法不管用，那就得听我的。以后我来找你，你不许再避开我。"

他平静挣开她的手，"公主，您该回了。房驸马在等您。"

她想也不想便道："我不要他了。"

她的语气那样笃定，仿佛这样的大事也不过自己一句话就能决定。她的态度让人相信，这便是皇帝用举国权势娇宠出的盛世公主，"我要换掉他，让你，做我的驸马都尉。"

到这里，大家都明白了，两人最大的区别便是夏心童太过在意驸马。而按照剧本，高阳公主是个天真高傲得有些残忍的人，她的心里只有辩机，房遗爱不过是个摆设。

她拉过他的手放到脸上，两人目光交缠，她忽然想起昨天晚上，他们一起聊剧本，他骗她说脸上有东西，也这么摸了一下。

女人眼中的情意不自觉带出一丝真切，她微微一笑，"你总说，心中有佛。他虽是我夫君，可我心中没有他。我心中有你，你便是我的佛。"

这句话说完，她略微偏头，目光恰好落到前方人群。沈沣双手插兜立在那里，他的面庞对她来说还是难以辨认，但双眸却如此清晰。两人目光遥遥对上，片刻后，他眼神暗淡，有自嘲缓缓淌过。

她表情猛地一愣。

林奕等了片刻，见她还没说后面的台词，退去淡漠抗拒的神情，轻声道："怎么了？忘词了吗？"

孙廷雅："嗯，忘词了。"

他的手还在她脸上，拇指轻轻摩挲，声音带笑，"没关系没关系，你已经很厉害了。"

四周安静片刻，蒋卫带头鼓掌，"好好好，感谢格林老师的示范。挺好的，除了最后，前面都挺好的……"

他是夸张了。论演技的自然程度，夏心童当然碾压孙廷雅，不过她刚才的示范至少给大家指明了路子，夏心童也反应过来自己之前用力的方向错了。

工作人员上来给林奕补妆，夏心童也跟孙廷雅讨论起了细节，大家又各忙各的。宜熙走到沈沣旁边，感慨道："演得确实不错啊。作为一个外行来讲，已经可以用出色来形容了。"

沈沣没理她，宜熙打量他的神色，问道："在想什么？"

沈沣面无表情，冷冷道："没什么，我就是在思考，不然撤资算了。反正这个电影也没什么拍的必要。"

第一次探班，就用这种戏码迎接他，如此胆大包天的剧组，他简直想把他们告上法庭了！

当天晚上，沈沣和宜熙请大家吃饭。剧组大多是年轻人，也不想去什么太正经的地方，收工后找了镇上一家烧烤店，喝酒聚餐。因为有明星在，沈沣索性包了场，几十个工作人员占满整个院子，他、宜熙以及几位主演则坐在屋内的包厢里。

空气里都是烤肉的香味。孙廷雅也在，蒋卫因为要加班剪片子，将招待投资方的重任交给了她。想着导演郑重其事的样子，她有点无奈地摇了摇头。

"来，格林老师，我敬你一杯！"夏心童道，"感谢您下午的指导。不过我还是想问，你真的不考虑转行吗？那段戏演得有模有样，非常有天分啊！"

孙廷雅道："适可而止啊，再夸就过头了。"

夏心童扑哧一笑，眉目飞扬、娇艳动人，"好好好，我不说了。干了这杯？"

喝完之后，孙廷雅轻吸口气，探身去拿啤酒。谁知刚碰到瓶子，另一只手也覆了过来，指尖恰好落在她手背。孙廷雅抬眸，对面沈沣也有点意外，与她对视后平静地收回手，示意她先拿。

啤酒倒进玻璃杯里，孙廷雅摸着沁凉的杯壁，沉吟不语。

下午那场戏，演的时候不觉得，现在回忆起来，当着沈沣的面确实有些古怪。还有他当时的眼神，不似从前懒散随性，竟透着股穿透人心的力量，让她也控制不住失神了。

"吃这个吗？"

林奕就坐她旁边，将两串烤好的羊肉放到盘子里，孙廷雅侧眸看了看他，接过来道："吃啊。"

夏心童手背支着下巴，调侃道："这么贴心呀？林老师都不说给我烤点东西，别忘了你还是我夫君呢！"

她这话只是顺口调侃，毕竟孙廷雅和他的绯闻大家都知道。本以为林奕会当没听见，谁知男人想了想，微笑道："让明峻给你烤吧，毕竟咱们这种夫妻，当还不如不当。"

夏心童忍俊不禁，刚想说点什么，却发现桌上气氛不太对。沈沣、宜熙还有孙廷雅都默不作声，她和李明峻对视，皆从对方眼中看到了困惑。

片刻后，孙廷雅把酒杯放到林奕面前，淡淡道："喝酒吧。"

林奕看看她，点头一笑，"好。"端起杯子一饮而尽。

虽然不知道为什么，但这一出之后，桌上原本热闹的气氛忽然冷了下来，直到夏心童和宜熙聊到客串的事儿。

按夏心童的意思，宜熙既然都来了，索性演个小角色吧。这提议让李明峻眼睛一亮。以宜熙的名气，如果愿意在片子里露个脸，绝对能为《高阳公主》带来更多话题。

宜熙答应得很爽快，"好啊。免得你总说，都是你给我当女配，我没给你当过女配。格林老师，有什么我可以演的角色吗？高阳公主的宫女？"

孙廷雅勾唇，"倒是有一个。"

大家都看着她，孙廷雅道："高阳公主的生母。导演打算让她在回忆里出现几个镜头，原本就想找个明星来客串，如果你不介意……"

"好，就她了！"宜熙一拍桌子，满脸慈爱道，"宝贝女儿，阿娘来给你保驾护航啦！"

夏心童无奈道："你就找不出别的角色了吗？"

孙廷雅诚恳道："确实没了，总不能真让宜熙给你演宫女吧？"

夏心童郁闷地拿起一串藕片，咬了两口。沈沣道："你这算什么？之前她去客串黎成朗的电影，都在里面演了回黎成朗的继母，我觉得她大概是对当妈有瘾。"

大家笑喷，夏心童更是乐得不行。宜熙佯装生气，起身要打他，沈沣闪身躲避，包厢里闹成一团。

夏心童看着看着，忽然感慨："真好，我们很久没这么聚在一起了，尤其今晚明峻也在，感觉真像回到了大学。"怕大家不明白，她解释道："我、小熙还有明峻，我们三个是大学同班同学。唉，想想也七八年了，当初咱们都一文不名的时候，怎么也没想到真的会有今天。"

宜熙轻哼，"那是你，我一直相信我会大红大紫。"

夏心童不和她计较，托腮长叹口气，"我的大学时代，真想回去重新读四年啊……哎，格林老师，我们几个都是影视学院的，应该差不多，你呢？你们那种正常的大学好玩吗？"

她的大学……

孙廷雅抿唇。脑中闪过很多画面，她和雨璇每天清晨一起去操场跑步，总有男生过来围观，低声说那就是历史系的两大才女；考前一起复习，在图书馆里从早泡到晚，因为害怕吵到别人，编了一整套沟通用的手势；她们还开玩笑说，不如索性嫁给对方的哥哥，这样即使毕业了也能继续住在一起……

她轻轻一笑，"很好啊。特别特别美好。"

沈沣觉得孙廷雅不太对。

自从说完那句话，她就一直在喝酒，而且不是啤酒是白酒。后来大家也发现了，开始劝她少喝一点，她却忽然站起来，道："我……出去一下。"

虽然口齿还清楚，然而眼中的醉意，谁都看得出来。

夏心童犹豫片刻，还是道："林奕，要不你去看一下？这大晚上的，她一个女人，我担心……"

林奕有一瞬间想站起来，可目光落到斜对面的沈沣，又顿住了。他淡淡道："是啊，我也有点担心。"

沈沣放下酒杯，起身道："我去看看吧。"

他走得很快，丢下一屋子的人。安静片刻后，夏心童把竹签往桌上一丢，扬眉道："到底什么情况啊？怎么感觉我漏掉了很多剧情。"

沈沣在烧烤店外几百米的地方找到了孙廷雅。

她站在空荡的街边，撑着树弯腰不动，沈沣本以为她在吐，可是走近了才发现，她只是怔怔出神，别的什么都没有。

听到身边的动静，她回过头，瞅他几秒后笑道："沈沣。"

"真难得，您还认得出我。"

孙廷雅道："我为什么认不出你？因为我醉了吗？没有。真的，我酒量特别好。这么一点点，不可能醉的。"

她说起话来，沈沣才发现她确实喝多了，换作平时她不可能这么多话。女人面颊酡红、眼神迷蒙，他从没见过她这样，只觉得新鲜，忍不住就笑了，"我没说你醉，只是您这半瞎的眼睛，清醒时也认不出几个人。过来一点。"

两人往路边退，孙廷雅不服气道："谁说的，我也是能认出很多人的！夏心童，我就是喜欢她的脸，才坚持要用她……还有、还有林奕，那么帅，光看几眼照片，我就记住了……"

他神情一凝，连语气都变了，"你记得住林奕？"

孙廷雅白他，"废话。"

沉沉夜色里，沈沣面无表情，他握着她的手，很有扭头就走的冲动。之前因为她的脸盲，两人闹出那么多笑话，现在她告诉他，只需要看几眼照片，她就记住了林奕？

开什么玩笑！

她身子摇摇欲坠，终于站立不住，在路边的台阶坐下。沈沣本想拉她起来，然而转念一想，也跟着坐下来，就坐在旁边，长臂一揽将她搂到了怀里。

孙廷雅没有抗拒，嘟囔道："你为什么会过来？是因为……我的绯闻吗？"

"如果我说是，你会不高兴吗？"他顿了顿，"我没跟你讲一声就来了剧组，你生气吗？"

"没有。"她摇头，"就……有点意外吧。但你是投资人，有权过来。"

"那你下午……"

他其实想过，她同意和林奕搭那场戏，有没有可能是做给他看的。他不知道自己盼着什么答案，是或不是，似乎都让人不那么愉快。

孙廷雅疑惑一瞬，明白了。她拍拍他的脸，哧哧一笑，"傻子，当时我在工作，哪儿有心情跟你斗气……"

她还是这样，一句话就能挑动他的肝火。沈沣深吸口气，忍不住问出这段时间一直萦绕心头的话，"你之前说，我从来没有爱过别人。所以，你现在和那个男演员是什么情况？你爱他吗？"

孙廷雅望着他，有点迷茫的样子。她眼神清澈，竟像是卸下一切防备，比平时更容易攻破。他放轻了声音，语气里有自己都不知道的小心翼翼，"如果不是他，那别人呢？你……爱过别人吗？"

两人对视，整整五秒后，她双眼一闭，趴到他怀中睡着了。

沈沣腰背挺直，静静坐了好一会儿，才认命般抱住了她。男人咬牙道："早晚会被你气死。"

有音乐声忽然响起，是她的手机。沈沣看看沉睡的女人，拿过来按了接听键，"喂？"

那边愣了一下，"你是？"

他这才发现自己太心不在焉，连名字都没看。屏幕上跳动着"妈妈"两个字，他脸色一变，"妈，是我，沈沣。"

"沈沣？你和小雅在一起？"邹静语气听起来很惊讶，和那晚的程品君如出一辙。

沈沣道："对，我们在一起。她睡着了，您有什么事儿告诉我吧，不急的话我明早转告她。"

邹静沉默好一会儿，才道："好吧，你跟她说，她爸爸今晚急病住院了。如果她还想认这个父亲，还想要这个家，就赶紧回来。"她顿了顿，声音里还是带出了恼怒，"要是错过了这次，以后就都不用回来了。"

孙廷雅是被人叫醒的。

身下是柔软的皮质座椅，她皱了皱眉头，才反应过来自己在车里。沈沣坐在驾驶座上，微微探过身子，这一幕让她想起刚到当雄那晚，他也是这么把她叫醒。

宿醉未醒，她含糊地笑起来，"这是哪里？"

"上海。"

孙廷雅这次是真皱眉了，她坐直身子看着沈沣，诧异道："上海？你带我来上海？"

沈沣手放在方向盘上，指尖轻轻点了一下，"你睡着时，妈打来了电话，说爸生病住院了，让你回家。哦，我指的是你爸。"

孙廷雅愣住。这时她才发现，汽车停在一家私立医院外面，很熟悉，她小时候几乎每次生病，爸爸都会亲自开车带她来这里。

所以现在，是他生病了？

脑海里控制不住闪过两人最后一次见面，她婚后不久，跟他说自己要去英国继续读书。当时他正在书房里练字，听完后半点表情都没有，直到写完那幅大字才顺手抄起砚台，看也不看朝她砸来。

那样沉重的石头，在她脚边摔得支离破碎，墨汁泼了她一身。

他冷冷道："爱去哪儿去哪儿，你死在外面也不要找我给你收尸！"

孙廷雅深吸口气，望着前方道："开车，回横店。明早还要开工。"

沈沣听她这么讲，并没有意外。

这一路过来，几个小时的时间，足够他去思考一些东西。孙廷雅和家人关系不好，他其实一直隐隐有所耳闻，但此前从未放在心上，毕竟他们这种家庭，情况复杂一些再正常不过。但是今晚邹静的电话让他清楚意识到，孙廷雅只与父亲有着矛盾，且非常严重，几乎不可调和。

"你确定？"他问。

孙廷雅忽然发怒，"让你开车听不懂吗？谁准你带我过来的？你有什么权力带我过来？"

女人疾言厉色，眼中全是怒火，沈沣并不慌乱，语气和缓，"我和你们家人都不熟，严格来说其实还是半个外人。但刚才，你母亲对着我都直言不讳，说你如果这次不回去，就再也不要回去了。你认为，是什么让她这么失态？"

孙廷雅面色猛地一变。

沈沣轻叹口气，握住她的手，似乎想通过这种方式给她力量，"去看看吧，我陪着你。如果不去，我怕你有朝一日会后悔。"

现在是凌晨五点，医院里最安静的时间，这层楼却并不安宁。医生和护士站在走廊上，白色的身影随处可见，孙廷雅和沈沣一路往前，终于在病房门口看到了熟悉的面庞。

是个三十来岁的男人，容貌英挺、气质沉稳，他原本正和医生低声交谈，抬起头发现静立前方的孙廷雅，表情立变，"小雅？"

孙廷雅道："哥，是我。"

孙廷琛长叹口气，大步上前抱住她，"太好了，你要是不来，我明天都要亲自去找你了！"

孙廷雅动了动唇，想说什么又忍住了。孙廷琛见状心知肚明，主动道："爸心脏病发作，连夜送来抢救……放心，已经脱离危险了，只是还需要观察几天。你来得正好，他刚恢复意识，妈在里面陪着呢。"

他示意孙廷雅进去，她却没有动，只抬眸问道："很凶险吗？"

孙廷琛正色道："很凶险。"

孙廷雅薄唇紧抿。孙廷琛这才注意到旁边的沈沣，也是吃了一惊，沈沣朝他颔首示意，两个男人都没有多说什么。

邹静坐在病床边，柔声跟孙立恒说着话，医生说他现在最好还是休息，她想劝他闭上眼睛，可孙立恒不知怎么回事儿，就是不肯乖乖睡觉。她正焦急，却发现病房的门被推开，孙廷雅穿着一身防菌服进来了。

她下意识站起来，这动静也让孙立恒望了过去。因为病痛，男人素来锐利的目光也带了丝迷茫，半晌，才终于明白自己看到了什么。

"回来了？"他缓缓开口，语气有点冷。

孙廷雅走过去，脸上没什么表情，"嗯，我回来了。"

邹静听着他们的对话，太阳穴突突地跳。她实在没想到，这种情况下父女俩见面还是这个样子！她甚至开始后悔，不该这么强硬把小雅叫回来，立恒刚做完手术，如果见到她又动怒了怎么办？至少不该现在进来。

孙廷雅望着病床上的人，虽然哥哥那么说了，她却没有太直观的概念。直到这一刻，看到他虚弱地躺在那里，身上插满了管子，从来老鹰般不容侵犯的威严消失无踪。这样的他，和那个暴怒着让她死在外面的父亲仿佛不是一个人。

孙廷雅弯下腰，握住他的手，重复道："爸爸，我回来了。"

孙立恒凝视她许久，终于疲惫地闭上眼睛，声音沙哑，"回来了就好。"

孙立恒需要在ICU里观察七十二小时，孙廷雅跟剧组请了假，在医院守了一整天。到了晚上，邹静让她和沈沣回去休息。沈沣刚想拒绝，邹静就道："我看你一整天都没怎么歇过，再熬下去身体得吃不消了。跟小雅一起回去吧，吃点东西洗个澡，这边有廷琛和他媳妇儿照看着。"

她和颜悦色，从凌晨到现在，沈沣的表现让她非常满意。之前就听北京那边的朋友说过，小雅自从回国就和沈家老三待在一起，她本来还不信，现在看来，小两口的关系确实和以前不一样了。

目光落到孙廷雅身上，她忍住叹息的欲望，轻声道："去吧，好好睡一觉，明早再过来。"

沈沣手松松搭在孙廷雅肩头，笑道："妈您放心，我会照顾好廷雅的。"

孙家的老房子离医院大概两小时车程，沈沣婚前来过一次，但时间太久已经不记得路了。这次换了孙廷雅开车，一路行过蜿蜒的盘山公路，才看到草木掩映的庄园式别墅。

家里只有常年帮佣的张阿姨，一看到孙廷雅眼眶就红了，"小雅啊，你总算肯回来了！你知不知道这两年你不回家，先生和太太多想你？还有我，阿姨每天都想你哟！"

孙廷雅和她拥抱，笑着道："我也想你啊。"

张阿姨看到沈沣，胡乱擦了擦眼泪，"沈先生也来了啊，太好了，真是太好了。快进来，都饿了吧？我给你们做点吃的！"

他们确实饿了，却吃不下太油腻的东西，张阿姨最后下了锅肉丝面，用雪白的大瓷碗盛着，上面卧了青菜和煎蛋。孙廷雅吃了一口就满足叹息，"果然还是熟悉的味道。张阿姨您不知道，我在英国时特别想念您做的面，今天总算吃上了！"

张阿姨被哄得心花怒放，又给她拿了碟小菜，这才换好衣服离开。偌大的房子里只剩孙廷雅和沈沣两个，他想起白天医院的情况，试探道："你和你爸，这算和解了？"

孙廷雅夹起一根青菜，没有说话。看起来像是，但她知道这不是真的和解。她和爸爸之间的问题依然存在，只是这种情况下，两人都选择了软弱，选择了暂时不去面对。

她吃下这根青菜，看向一直观察着她的男人，"沈沣，我知道你在好奇什么。"

他还来不及有所表态，便听她补充道："但是，无论你有多么想知道，都不要再问了。这不关你的事，我也不想说。"

他沉默片刻，耸耸肩道："好的，我知道了。"

吃完饭两人都要洗澡，孙廷雅带沈沣到楼上她的卧室。上一次过来，沈沣只是在楼下吃了顿饭，并没有荣幸参观这里。这是孙廷雅从小住到大的房间，个人痕迹非常重，客厅墙上绘着泼墨山水图，他本以为是贴的壁纸，仔细一看才发现是直接画上去的。笔法纯熟、气势磅礴，瞧着像是名家之作，然而右下角却留着鲜红的印鉴，只有一个"雅"字。

这个人，是把墙壁当画布了啊。

书架和床头摆放着照片，从几岁到二十几岁都有，沈沣拿起其中最大的一张，发现是她、邹静、孙廷琛以及孙立恒的合影。

"看什么？"

他回过头，"看看有没有我的照片。"

孙廷雅扬眉，他说："怎么？身为你的丈夫，没资格在你房间里摆张照片？"

孙廷雅把睡衣扔给他，"身为我的丈夫，你有资格在我的浴室里洗澡，自己进去吧。"

大概是家里人考虑周到，孙廷雅虽然很久没回来住，浴室里的洗漱用品却放着全新的。沐浴露是淡淡的玫瑰香，他看着紧闭的百叶窗，巨大的按摩浴缸，脑子里很轻易就想象出，十几年来这里面可能出现的场景。

也许，她还会躺在浴缸里喝红酒，雪白的泡沫覆盖在她的胸前、腿上……

他猛地摇了摇头，一捧冷水浇上了脸颊。

不能再想下去了！

他出来后，发现孙廷雅也已经洗完澡，正坐在床边吹头发。他印象里，女人洗澡都需要很长时间，不由得惊讶道："这么快？你在哪儿洗的？"

孙廷雅回眸，"隔壁我哥房间。"她顿了顿，"是你太慢了吧，怎么用了这么久？"

他面色微变，掩饰地咳嗽一声，走过来接过电吹风。

孙廷雅没有和他抢，任由他帮自己吹起了头发，"我刚把隔壁收拾了一下，你今晚睡我哥的床吧，放心，东西都换了新的。"

沈沣眸光一闪。他握着她的长发，满手润泽触感，斟酌片刻后道："我倒是不介意住他的房间，但是，你觉得你家人发现我们现在还是分房睡，会是什么想法？"

这倒是个问题，孙廷雅陷入思索。沈沣顺势道："所以，我就住你这里。又不是没有一起睡过，想那么多。"

这话还真是容易引起误解，孙廷雅轻轻一笑。暖风吹拂在脸上，她觉得很舒服，过了会儿才说："这次的事，谢谢你。"

沈沣唇角扬起，"我还以为，等不到这声谢了呢。"

孙廷雅道："谢谢你昨晚带我过来，也谢谢你今天一直陪着，更要谢谢……你答应不再询问。"

最后一句让他笑容一顿，不过很快就重新笑道："光说可不够诚意，没有别的吗？"

"别的，你想要什么？"

他假装沉吟，"比如，以身相许？"

这句话说完，他不待孙廷雅反应，便握着她的肩膀把她推倒在床上。黑缎子般的长发披散开来，铺在水蓝色的床单上，像躺在海面。她肌肤雪白，抬眸望着前方的男人。

沈沣站在床前，作势解睡衣的扣子，坏笑道："俗话说，滴水之恩，涌泉相报。我救了你这么多次，这要求不过分吧？"

孙廷雅一手撑着床，稍微支起点身子，她略一沉吟，莞尔道："不过分，确实不过分。"

话音方落，她便用脚勾住他的腿，用力一收。沈沣猝不及防，失去平衡朝前栽去，恰好倒在她身上。

"你……怎么每次都这样！"他暴躁抬头，瞪着她道。

孙廷雅笑容满面，"不是要以身相许吗？我这是在满足你。"

他看着她的笑颜，只觉心头一软。虽然平时总被她气得肝火郁结，但比起憔悴低落的她，他还是喜欢她神采飞扬的样子。

他忍不住低头，在她眉心落下一吻，"这样就对了。别怕，无论发生什么，都有我陪着你……"

Chapter.03
机会

孙廷雅在上海留了大半个月。

《高阳公主》拍摄过半，一切都已步入正轨，她在不在没太大差别，实在有事儿电话也能联系。她每天在家熬鸡汤和各种药膳，带到医院和家里人一起吃，邹静为她的厨艺惊诧，在她的印象里，孙廷雅并不会做菜。

"那都是多早以前的事儿了。"孙廷雅道，"现在，请叫我一代食神。"

孙立恒虽然没有说什么，但看得出他很欣慰，除了最开始限制进食那几天，孙廷雅做的菜都尽量多吃，非常给面子。

沈沣回了北京两趟，处理一些必须到场的公事，然后又飞回上海。孙廷雅十次去医院，他竟有五次是陪着一起的，最后连向来寡言的孙廷琛都私下对孙廷雅说："你和妹夫处得不错啊，我对他刮目相看了。"

对于此种夸奖，孙廷雅只是笑笑，没有更多的表示。

这天轮到孙廷琛在医院照看，孙廷雅前一天太累，睡了个懒觉，直到九点才被电话吵醒。她胡乱摸过手机，含糊道："喂？"

"喂，廷雅吗？是我，郁小穗。"

熟悉的名字钻入耳中，她猛地清醒，摘下眼罩道："小穗？是你？"

那边笑了，"对啊是我，真是太好了，这个号码是对的。我已经打错两个了！"

孙廷雅抿唇，"你找我有什么事吗？"

"嗯，今天丽君结婚啊，你在上海吗？如果在的话，过来一趟好不好？我们都挺想你的。"

孙廷雅没有立刻答应，郁小穗道："毕业时不是说好了吗？以后无论谁结婚，咱们寝室都要聚齐的。虽然……但我们三个总得见见吧？"

孙廷雅知道被她咽下去的话是什么，捏着手机长久不语。郁小穗也伤感起来，半晌才道："总之，地址我发你手机，有时间就来吧。我会在门口等你的。"

挂断电话，孙廷雅坐在床上不动。这些年，许多事情她都很少想起了，但此刻耳畔回响着熟悉的声音，仿佛又带她回到了那天上午。阳光明媚，图书馆前的喷水池边，她们四个穿着学士服，笑着约定将来不管谁先结婚，其余三个都要当伴娘。

沈沣敲了敲门，推开一半道："醒了？张阿姨做了早饭，起来吃吧。"

孙廷雅被惊醒般，盯着他看了会儿，豁然起身走进衣帽间，"不吃了。"

沈沣听见里面的动静，知道她在挑选衣服，"要出去？"

"嗯。"

"什么事儿啊这么急，饭也不吃。"

他随口问道，没想到居然得到了答复，她说，"我大学室友今天结婚，我去参加婚礼。"

沈沣扬眉，"同学的婚礼？挺好啊，我陪你一起去吧。"

"不用了，我自己去。"

沈沣就知道会被拒绝，无奈地叹口气，谁知孙廷雅换好裙子从里面出来，却又改口道："不，你陪我去吧。"

沈沣乐了，"这么反复无常？"

孙廷雅淡淡一笑，没有搭话。

婚礼在一家酒店举行，孙廷雅到时已经十一点。郁小穗今天是伴娘，陪着新娘在门口接待客人，孙廷雅刚走过去她就惊喜道："廷雅！"

陈丽君也看到了她，不顾还穿着碍事的婚纱，几步上前抱住了她，"廷雅，你来了……"

孙廷雅迟疑一瞬，伸臂搂住了她，笑道："室长你结婚我当然要来。怎么都不提前通知我呢？要不是接到小穗的电话，差点就错过了。"

"以前的号码打不通，他们说你在国外念书，不知道怎么找……让我看看，你怎么变这么瘦了？身体不好吗？"陈丽君说着，摸了摸她的脸。她眼中满是怜爱，就好像彼此还在当年，她是充满母性照顾大家的室长，孙廷雅她们三个都得每天在后面恳求上贡，才能有人帮忙签到打卡提热水。

郁小穗瞥到旁边的沈沣，神情一变，"你是，你是那个……"

孙廷雅道："这是沈沣，我丈夫。"

"沈沣！对！我认识你！"郁小穗眼睛发光，"你是宜熙的表哥对吧？等等，廷雅你说他是你丈夫？"

不止郁小穗，连陈丽君都面露惊讶，毕竟宜熙的名字对她们来说都不陌生。孙廷雅笑道："对啊，他是宜熙的表哥，所以我现在也是宜熙的表嫂了。你们要签名吗？要的话我回头帮你们要。"

沈沣上前和她们握手，彬彬有礼道："两位小姐好，我是沈沣，感谢你们过去对廷雅的照顾，辛苦了。"

最后三个字故意咬重，仿佛在暗示照顾孙廷雅是件很可怕的事。

他外表英俊、气质出众，又是这样和颜悦色，郁小穗竟被弄得一怔，反应过来后脸颊腾地一下红了。

陈丽君倒是镇定，笑道："廷雅的老公啊，和我们寝室的姑娘在一起，都得请客吃饭的。你漏掉了重要环节，改天得补上。"

沈沣挑眉，一双桃花眼脉脉生情，"一定，一定。"

陈丽君引沈沣去宾客签名处，郁小穗抓住孙廷雅的手，懊恼地掐了一下，"可恶可恶可恶！他们说你结婚了我还不信，这种大事居然瞒着我们！"

孙廷雅结婚时因为情况特殊，宾客名单由孙立恒全权决定，根本没有邀请大学时的朋友。她其实一直有愧疚，今天带沈沣过来，也是想稍微弥补自己的失信。

"对不起啦，我跟你道歉，你要怎么罚我都可以。好吗？"

郁小穗沉默许久，看着她认真道："你们的婚礼，宜熙参加了对吧？我没去成，感觉错过了和女神近距离接触的绝佳机会！"

孙廷雅扑哧一笑，亲昵地贴了贴她的脸，"别生气，下次有机会，一定让你见到宜熙。"

婚礼在中午十二点准时开始，在全场宾客的见证下，陈丽君挽着丈夫的手，笑着穿过鲜花拱门。孙廷雅经郁小穗提醒，才认出陈丽君的丈夫居然就是她大学时的男友，两人这么多年分分合合，最终还是走到了一起。

沈沣见她有些感慨的样子，问："怎么，羡慕？"

"能和最初的爱人一直在一起，难道不值得羡慕？"孙廷雅反问。

沈沣不知怎么回答，孙廷雅恍然惊觉他是个没经验的人，淡淡一笑换了话题，"不过丽君一直是我们中最有韧性的那个，有今天的结果也不意外。她应得的。"

她说得动情。的确，看着好友在漫天花雨中拥吻少女时期的爱人，看着他把钻戒戴上她的手指，仿佛一场多年前的电影终于等到了结尾。孙廷雅庆幸的是风和日暖、花好月圆。

陈丽君大学时交友广泛，今天现场来了很多老同学，席间难免交流到彼此近况。陈丽君在一家外企上班，已经做到了主管；小穗毕业后继续深造，读完博士回到母校任教，做了从小就想当的大学老师。至于其他人，也在不同的领域各展所长，多年不见，大家都有了自己的生活。

陈丽君一圈酒敬下来已经醉醺醺了，这会儿看着大厅里的盛况，又是兴奋又是伤感，扶着额头道："可惜雨璇不在，不然，今天就真的圆满了……"

雨璇。

果然，还是提到了雨璇。

孙廷雅捏着酒杯，忍住瞬间涌上的心痛。席上也安静了一会儿，才有男人笑着叹口气，"是啊雨璇，当年可是我女神啊，到现在依然是。"

"才华和美貌并存，这么多年我也就见到那么一位！"

有人抗议，"你把廷雅放哪儿去了？要说才华和美貌，只有廷雅能和雨璇一较高低。"

孙廷雅听着大家调侃，没有说话。大学时她们寝室关系很好，但即使是四个女生也还是能分出派别，丽君和小穗走得更近，她则和雨璇形影不离。后来陈丽君调侃，这样分是有依据的，毕竟孙廷雅和陈雨璇两人那是历史系乃至整个文法学院有名的才女兼美女，和她们走在一起需要相当大的心理承受力。

沈沣听得好奇，小声问道："雨璇是谁？"

郁小穗解释："我们三个的大学室友，全名叫陈雨璇，几年前……车祸去世了。"

沈沣面色一变。

虽然是谈论死者，但因为时间太久，悲伤淡去，留下的都是怀念，大家也忍不住开起了玩笑。陈丽君喝下一杯酒，对孙廷雅道："说真的，当初我一直怀疑，你和雨璇到底是不是一对……咱们院，再加上别的学院，那么多追你们的男生，居然没一个成功的，全折戟沉沙！而你们俩呢，一直亲亲密密到毕业，难怪会有那种传闻出来……"

孙廷雅微笑，"我也希望我们俩是一对。"

大家越聊越起劲，最后说到了毕业当晚那场群架。起因是大家吃散伙饭时，有小流氓对陈雨璇说些不干不净的话，孙廷雅喝高了，连解释都懒得听就一脚踹到那人肚子上。接下来就是一团混战，现场打成一片，最后大家连句告别都来不及说，就各自逃走了。

郁小穗道："我记得有人帮你们！你和雨璇，都跟一个男的跑走了！丢下我在苦海挣扎！我一直想问来着，那男的是谁？"

孙廷雅还来不及回答，就见服务员走了过来，低声道："陈小姐，外面有一位先生找您。"

"谁啊？"陈丽君问。

"不知道，他让我转告您，就说是陈雨璇小姐的朋友。"

陈丽君面色一变，旁边郁小穗直接倒抽一口冷气。其余人隔得远没听清，好奇地问怎么了，她们没有回答，而是起身就往外走。

陈丽君走了两步忽然回头，"廷雅，你也来啊！快！"

孙廷雅抬头，仓皇地应了一声，"哦，好、好啊。"

门口果然站着个男人，身材高大挺拔，穿着剪裁合身的手工西装。他背对着门站立，听到身后的动静，这才慢慢转过身。眉目英挺、目光锐利，薄薄的唇抿在一起，很寡言淡漠的样子。

陈丽君试探道："你好？"

男人没有看别人，专注地凝视着陈丽君，道："你好，我是陈雨璇的哥哥，陈少峰。"

"雨璇的哥哥？"陈丽君惊讶道，"您……您怎么会来这里？"

陈少峰道："你是陈丽君小姐吗？雨璇为你准备了一份结婚礼物，我来代她转交。"

陈丽君没料到是这个答案，一瞬间差点以为雨璇没有死。可是很快她反应过来，礼物肯定是生前准备的，那她是从什么时候开始考虑这件事的？

像是看穿她的想法，陈少峰道："东西是她毕业时就准备好的，本打算亲手交给你们……"

后面的话没有说完，他沉默一瞬，将手上的礼物递了过来。也是这时陈丽君才发现，原来他一直握着个长条的锦盒。打开一看，里面是一幅卷轴，她忽然预料到什么，颤抖着手去解丝带。

呈现在面前的是一幅踏雪寻梅图，白茫茫的雪地唯有几点嫣红格外醒目，笔法流畅、自在写意。左下角则是她的题字，简简单单两句话："只因误识林和靖，惹得诗人说到今。"

雨璇的国画水平很高，甚至比廷雅都高，毕业时陈丽君曾开玩笑说让她送她一幅，等将来她红了就可以高价转卖。当时雨璇没答应，原来，她回家后就为她画了一幅……

陈丽君看了许久，才轻轻一笑，眼泪倏地滑落，"她知道我喜欢梅花。"

"丽君有礼物，那……我也有吗？"郁小穗又是期待又是紧张地看着陈少峰。男人微微点头，她脸色立变，"那你提前给我……不不，算了，等我结婚时你再带给我，好吗？"

陈少峰不说话，大概是默认。陈丽君擦干眼泪，露出个笑容，"陈先生，既然都来了，进去吃点东西吧？我也想敬您一杯，谢谢您……谢谢您给我带来这么重要的东西。"

陈少峰摇头，"我还有工作，就不久留了。祝陈小姐新婚快乐，百年好合。"

陈丽君还想再劝，然而撞上陈少峰高山积雪般的神情，也就把话咽回了肚子里。眼看他转身离开，陈丽君和郁小穗沉默许久，同时叹了口气。转身想回大厅，孙廷雅却没有动，她们困惑地看过去。孙廷雅垂着头，长发挡在脸侧，让人无法窥见她的表情，"你们先进去吧。我想去趟洗手间，待会儿……待会儿再回去。"

走廊上没什么人，孙廷雅目标明确地走到洗手台前，拧开了水龙头。也就是这时她才发现，自己居然一直在发抖。像是犯了毒瘾的病人，两只手控制不住地颤抖，冷水流过苍白的皮肤。

她抬头，镜中是同样苍白的女人面容。她不知道刚才落入他眼中的是不是这个样子，如果是，那真的太失态了。不过也许，他根本就没有注意到她，毕竟从头到尾，他的目光不曾在她脸上停留片刻。

她努力去回忆他刚才的样子，几年不见，他好像并没有太大变化，眉目一样英俊，神情还是那样冷漠。可有些地方又不一样了。退去青涩冲动，现在的他沉稳、淡然，举手投足都是自信从容。他终于成了他当年想成为的那种人。

她轻轻一笑，仿佛又看到了那天晚上，大学毕业吃散伙饭那晚。他来接雨璇回家，最后却在群架里将她们两个救走，三个人在街上一口气跑了五分钟，她终于扛不住瘫坐在地。他胳膊还流着血，是刚才帮她挡椅子时划的，不过他一眼都没有多看，好像这点伤根本没什么大不了。

他只是盯着她，好一会儿才冷淡开口，"孙廷雅？"

她醉得口齿都不清楚了，还沉浸在打架的兴奋中，仰脸大声道："是，我是孙廷雅！怎么样？单挑还是一起上！"

他被吼得眉头紧皱，片刻后抬手按了按额角，很忍耐的样子，"雨璇说你是大家闺秀，大家闺秀……"

后来她总会想，他对她的第一印象一定糟透了。

不知道在里面站了多久，孙廷雅终于抬手关了水，转身出了洗手间。然而刚走到走廊，就因眼前所见愣在原地。

男人站在高大的盆栽旁，正沉默地抽着烟。听见这边的动静，他平静抬眸，这一回没有刻意忽略，他的目光不偏不倚地落在她脸上。

孙廷雅僵了好一会儿，才道："阿峰……陈先生。"

他顿了顿，又吸了一口烟才掐灭它，淡淡道："孙小姐。"

"你不是走了吗？怎么……怎么又回来了？"

陈少峰道："刚才太匆忙，忘了跟你打招呼。"

是太匆忙吗？她以为他们现在，根本没有打招呼的必要。

走廊里沉默半晌，陈少峰问："好久不见，你过得好吗？"

她微微一笑，"挺好的啊。我结婚了，还去了英国念书，剑桥，你知道的，我喜欢那里。"

他点点头，像是在认可她的话。孙廷雅问："你呢？这几年，过得怎么样？"

他看着她，黑眸沉沉不辨情绪，许久才道："很好。"

这两个字让她心口一堵，笑容却加深了，"那就好。我丈夫也在里面，他陪我一起来的。抱歉，我要进去了。"

他又等了一会儿，才微微侧身，示意她自便。她一步步走近，经过他的身边，再一步步走远。他一直沉默，就像五年前，她带着行李离开他们的房子，那时候他也是这样，没有挽留，一句话都没有说。

"雨璇……"他忽然开口，两个字便让她停下脚步，"她给你准备的结婚礼物，你要看吗？"

她盯着前方许久，终于在眼泪落下前扬了扬唇，笑道："不用了。"

回家的路上，孙廷雅一直没说话。

沈沣开着车，路上不时打量她，等车在家门口停好，他过去帮她开门，她却心神不宁地一脚踩空，顿时崴了脚。

他一把接住她前倾的身子，见她痛得眉头紧皱，忍不住斥道："想什么呢？

穿那么高的鞋还不看着点路！"

她抬头，眼中居然有隐隐水光，他被这委屈的眼神搞得一愣，语气瞬间放轻，"很、很痛？别哭啊，我抱你进去，再检查下伤口……"

他说着，将她打横抱起，孙廷雅没有挣扎，两手松松勾住他脖子，脸颊甚至贴到他肩上。沈沣从未见她这么柔顺，简直是小心翼翼，像捧着尊瓷器般将她抱到了客厅，却不料里面竟然有人。

邹静和孙廷琛坐在沙发上，本来正在谈话，听见动静望过来，却看到女儿和女婿这样亲昵的样子。邹静先是意外，然后露出了笑容，"阿沣，你和小雅出去了？"

这还是岳母大人第一次这样称呼他，沈沣只觉受宠若惊，"对，小雅的大学同学结婚，我们一起去观礼了。"

不知道是不是错觉，邹静听到"大学同学"仿佛皱了皱眉，不过下一瞬她就笑道："哦，那她这是怎么了？不会走路，要你抱？"

她语气调侃，沈沣道："妈您别开玩笑了，廷雅扭了脚，我带她上去搽药呢。"

邹静笑着摇摇头，"好，去吧去吧。她书桌抽屉里有急救箱，你看看能不能用，不能的话去问张阿姨，她那里也有。"

等关上卧室的门，沈沣一边找药一边道："完了，我觉得照现在两边长辈对咱俩关系的认知，恐怕不久的将来就会期待我们生个孩子给他们玩了。"

孙廷雅坐在床上，右边脚踝处已经肿了，他将药油倒在掌心，搓热之后握上去，用力地揉按。孙廷雅应该很疼，但她一个字都没说，他忍不住想起在西藏那次，她帮他上药，轻柔的气息吹拂到他的后脖颈。

正心猿意马，却听到她在头顶轻轻问："你最近，还是在追我吗？"

他微愣。

也就是这时，他才发现自己的不对劲。按理说他已经被拒绝过一次了，就不该再这么殷勤，除非不打算死心。可自从在横店见面，他做什么都没有经过太多考虑，心里怎么想，就怎么做了。

他想对她好，就继续对她好了。

他沉默好一会儿，才耸耸肩，"不知道，大概是吧。"

她看着他，女人肌肤雪白、眸如点漆。他觉得她今晚很不一样，直到这一刻才发觉，她眼中是满满的疲惫。

她说："沈沣，你不要追我了。"

她的脚还放在他膝上，掌心贴着他的肌肤，滚烫的触感尚未消散，可她却看着他，说出了这样的话。

"那晚你问我，有没有爱过谁，我现在告诉你，有。我曾经爱过别人。"

他薄唇紧抿。原来那句话她听到了，原来她只是不想回答，才干脆睡去。

"你爱过别人，到现在还是忘不掉，所以你拒绝我？"

他没有察觉，自己声音里竟有轻微的颤意。孙廷雅盯他片刻，眼神一软，抬手碰了碰他的眉毛，"我忘不忘得掉他不重要，反正我们这辈子都不可能在一起了。但是，这和我拒绝你没有太大关系。我拒绝你，是因为我对你没有那方面的感觉，一点点都没有。所以，不要再在我身上白费功夫了。"

窗户半开，微风吹动风铃，发出叮当的声音。沈沣觉得自己该走了，继续留下来简直是自取其辱，可另一股力量却操纵了他，从嗓子眼里挤出一句话，"既然你这么讨厌我，当初……为什么跟我结婚？"

孙廷雅这次沉默很久，才淡淡一笑，仿佛叹息，"大家都说，沈家三公子风流潇洒，从不为任何女人停留。我以为和你在一起，不会有这方面的困扰……"

沈沣当天晚上就回了北京，第二天一大早，孙廷雅也驱车离开上海，返回横店。

剧组热情欢迎她回归，同时跟她报备这段时间的进展。宜熙客串了高阳公主的生母，一身琉璃白齐胸襦裙，绾着流云髻，站在桃林间含笑回头，用李明峻的原话就是"简直美得吓人"。

夏心童对此冷哼，"知道你暗恋宜熙多年，死心吧，人家已经是孩子的妈了。你的搭档是我，honey。"

高阳公主和辩机的床戏也完成了，分成三次拍摄，孙廷雅看了素材，有她想要的那种无限隐忍后爆发又因为禁忌所以越发火花四射的效果，满意地点了个赞。

天气越来越冷，剧组拍戏也越发艰苦，即使是厚厚的戏服也无法御寒，大家就每天在片场变着花样煮汤。孙廷雅最喜欢镇上小店做的辣丸子汤，能一口气喝掉两碗，无所顾忌的样子羡慕得夏心童眼睛都红了。

这天又是拍大夜戏，中场休息时场务给每个人都盛了碗鱼片粥，孙廷雅只吃了两口就不动了，坐在椅子上不知在想什么。林奕从后面走过来，一只手扶在椅背上，弯腰道："怎么了，没胃口？"

孙廷雅没有理他，缩了缩肩膀，很怕冷的样子。他拉过她的手，发现指尖冰凉，道："也不知道多穿点，或者学学夏老师，喝不了粥也捧着，当暖水袋使。"

她轻轻"嗯"了一声，林奕见她脸色苍白，终于收了玩笑心思，低声问："病了？"

孙廷雅示意他凑近，附耳咬唇道："生理期，肚子疼。"

他一愣。女人裹在大衣里，长发披散，虽然脸色不好却还是笑着，眼神带点戏谑。

他有些尴尬，掩饰地轻咳一声。孙廷雅以为他要走开了，谁知男人站了片刻，又蹲下身子，将她的手拢到掌心。

他替她暖着手，微微仰头，黑眸里是温柔的光，"这样有没有好一点？要是实在不舒服，我送你回酒店休息。"

孙廷雅弯唇，笑得慵懒，"真乖，这样就好多啦。"

林奕忍不住瞪她。

过了会儿，他玩着她的手指，状似无意道："你最近好像有心事。"

"有吗？"

"嗯，不太开心的样子。"

孙廷雅有些意外。她自认为已经表现得很自然了，没想到林奕倒是敏锐，这都能看出来。想了想，道："我爸爸不是病了嘛，有时候挂念着这个，心情就好不起来了。"

"他没大碍了吧？"

"没大碍了。"

林奕点点头，片场人来人往，他忽然提议，"不然找个时间，我们去看场电影吧。当是换换心情。"

孙廷雅莞尔，"你想看什么？"

"随便啊，最近上了什么？《真爱错位》吧，里面有我老同学，也该去捧捧场。"

孙廷雅知道这部片子，当下最火爆的电影，上映一周票房就超过了五亿。她爽快道："行，去给你朋友捧场。不过回头咱们电影上映，也能这么赚就好了。"

林奕一笑，"希望吧。说起来，这两年明达已经拍了好几部大卖的片子，在新崛起的电影公司里挺出彩。"

他口中的明达，指的不是明达集团，而是明达影业。这是由周安琪和席文隽一起搞出来的子公司，专攻电影制作，《真爱错位》就是他们的作品。孙廷雅早就觉得，周安琪这个制片人当得实在成功，远的不提，去年公司就有一部电影票房超过了十亿。

孙廷雅偏头，"怎么，你想跟他们合作？"

"有机会当然希望了。之前和周小姐在酒会上遇到过，留了电话给她，不过大概没有合适的角色吧，也没有后续。"

孙廷雅略一沉吟，"好，我知道了。"

林奕似乎愣一下，"你知道什么了？"

孙廷雅摸摸他的脸，像在对待疼爱的弟弟，"你不是想跟明达合作嘛？我知道了。"

林奕看着她，不作声。

"聊什么呢？"夏心童忽然出现，笑着问道。

林奕没有回答，孙廷雅自然道："聊电影啊。这两年电影市场真是火爆，我国广大人民群众相当有钱啊。"

"可不是！"一说到专业领域，夏心童立即附和，"市场太热，谁都想来分一杯羹，连沈沣那种花花公子都不例外。你说他安安静静搞他的房地产不好吗？"

她刚说完就反应过来，试探地去看孙廷雅的表情，却见她神色如常。她有点失望，那晚聚餐时，孙廷雅和沈沣先后离开，然后两人居然就一去不回了。她这阵子一直很好奇，想知道他们究竟什么情况，偏偏宜熙还不肯告诉她，两手一摊，"我的秘密随便跟你讲，但别人的事儿我不能乱说。这是原则。"

林奕忽然起身离开，夏心童疑惑地看了看，见他走到副导旁边开始谈话，也就收回了视线。她撇撇嘴，继续刚才的话题，"不过说起沈沣，他最近还挺有存在感的。"

因为几年前与宜熙一起被偷拍，还传出"包养绯闻"，沈沣一度红了那么阵子，不过后来就冷了下去。但最近，他又一次活跃在公众视野，原因很简单，他和宜熙一起出席某时尚活动，有记者开玩笑般问他，自己家里有那么几位出色的演员，他又长得这么帅，有没有兴趣进军娱乐圈。面对镜头，男人微微一笑，表示自己早已进军娱乐圈，正在拍摄的电影《高阳公主》就是他参与投资的，在不久的将来，也许还会成立独立的影视制作公司。

虽然这个消息在业内已经有不少人知道，但他这么一承认，算彻底将身份公开，不再是之前担任神秘投资人的玩法。

孙廷雅当然也听说了这件事，耸肩道："人家钱都花了，你还能拦着他担这个名声？承认了挺好啊，又给电影增加了话题。"

"有道理。"夏心童轻轻一笑，"而且开影视公司，这确实是个勾搭漂亮妹子的好办法，沈公子够煞费苦心的。"

孙廷雅想起那天晚上在老何的餐厅，他半认真半开玩笑地说打算涉足影视制作行业。她端过鱼片粥又喝了一口，很好，还是温热的，"别这么说，他不一定就是为了玩。既然那么郑重其事地公布了，我倒觉得他是想正经做点事情。"

沈沣坐在KTV包厢里，对面是几位影视圈的大佬，大家今晚都喝了不少，现在全醉醺醺的。在中国谈生意就是这样，无论在哪儿开始，最后总会换到这种地方折腾，他作为新人想打入圈子，必要的应酬便不能落下。

沈沣靠在沙发上，望向正在唱歌的女人。刚刚介绍时，他们告诉他那是新近走红的小花旦，叫殷蔷，因为一部古装偶像剧而风头正盛。沈沣觉得意外，原来现在的演员不仅会演戏，歌声也这么甜美。

殷蔷唱完后，笑着坐回沈沣身边。她人如其名，果真如蔷薇般热烈明艳，拉着沈沣的袖子问："好久没唱，感觉都跑调了，沈公子不会笑我吧？"

沈沣搂住她的肩，假装正经道："殷小姐真不考虑出唱片？以你的歌喉，完全可以转行当歌手了。"

殷蔷抿唇一笑，眼角眉梢都是喜悦。这些应酬她向来是心存抵触的，只是为了在圈子里出头，有时候不得不做出牺牲。但今晚不一样，她居然坐到了沈沣身边，这样年轻英俊的男人，甚至比她搭过戏的一些男明星还迷人。

最关键的是，他还拥有着能让她一步登天的能力……

她心跳加速，不自觉依偎近了些，脸颊几乎贴在他肩上。旁边夏策影视的老总见状，调侃道："看起来，沈公子和咱们小蔷很投缘啊。"

殷蔷脸一红，沈沣捏捏她下巴，笑道："对啊，很投缘。"

夏策老总暗自发笑。原本听说沈沣上个月时常去到上海，探望太太病重的父亲，夫妻俩关系大为缓和，他还担心今晚这种场合他会太过收敛，扫了大家的兴。不过，果然男人都是一个样儿，在家和老婆如何恩爱，出来了还是风花雪月不误。

大家玩到凌晨一点，终于歪七扭八出了会所，沈沣醉得不轻，殷蔷一直尽心扶着他。两人上了同一辆车，殷蔷替他擦拭额头，道："你住哪儿啊？先送你回家吧，我看你很难受的样子……"

沈沣醉眼迷蒙，勾起唇角道："送我回家？殷小姐这么晚了送我回家，就不害怕吗？"

殷蔷上了他的车就是种暗示，这会儿却故意道："外面都说沈公子风流成性，我可不相信。我送您回去，您一定会当一个正人君子的，对不对？"

她不过是欲擒故纵，可沈沣听到这话，脸色却微妙地变了。他盯着她，很久才轻轻一笑，摸摸她的脸，"说得对，宝贝儿，我是正人君子，所以，先送你回家吧。"

殷蔷始料未及，顿时愣在那里。

沈沣和她分开点距离，伸手盖住眼睛，长舒口气。眼前似乎又闪过那一天，她神色冷淡地说，"大家都说，沈家三公子风流潇洒，从不为任何女人停留。我以为和你在一起，不会有这方面的困扰……"

他不知道自己在执拗些什么，明明那个人都把话说到这份儿上，他也该收起自己不合时宜的心思，回到从前潇洒随性的生活。可心底深处却有股力量，让他觉得不甘，想要证明自己不是她说的那样。

他送殷蔷回了她的公寓，再穿过小半个北京城回到自己住处，等第二天醒来已经是下午两点。陆文用备用钥匙开了公寓的门，将一份报纸递到他面前，严肃道："Boss，出事了。"

他宿醉未醒，皱着眉头接过来，直接瞄到第一段的内容，"人气女星殷蔷昨夜被跟拍，与男子夜店缠绵深夜同车，记者经过调查发现，此人正是沈氏地产现任CEO、著名演员宜熙的表哥，沈沣！"

沈沣觉得这大概就是报应。他真在外面玩时，一切风平浪静，从未闹出大的乱子，反倒是这次悬崖勒马，竟传得满城风雨。

拜殷蔷眼下的人气所赐，加上"宜熙表哥"身份带来的噱头，这件事很快传遍网络。而在这个过程里，沈沣英俊的外表无疑给事件添了把火，他各种角度的照片又一次被贴得到处都是，网友们戏称这是最帅富二代，殷蔷抱到金大腿了，

高阳公主

改编自小说《高阳》

导演：蒋卫

编剧：格林小姐（孙廷雅）

投资人：沈沣

演员表：

高阳－夏心童

辩机－李明峻

房遗爱－林奕

唐太宗－姜岩

特别出演 宜熙

搞不好将来还能当宜熙的嫂子呢！

可惜这只是开头，当沈沨已婚的消息爆出来，一桩绯闻立刻有朝丑闻发展的趋势。

殷蕾走红不久，脑残粉众多，黑子也不计其数。女明星这个时期最容易招致舆论暴力，本来大家还苦于没有发泄口，如今逮到这么大的道德缺陷，顿时像发现了宝矿般蜂拥而上。

沈沨没有去关注网上的骂战，也没有理睬殷蕾经纪人的危机公关，新闻出来的当天晚上，程品君就踩着高跟鞋进了他办公室，毫不客气地把报纸摔到他脸上。

沈沨被砸得有点疼，伸手接住落下来的报纸。

程品君满脸怒容，"本来我看你最近的表现，还以为你懂事了收敛了，谁知竟越来越不像话！都闹上报纸了，让我怎么和你岳父岳母交代？"

沈沨沉默好一会儿，才道："妈，对不起，这次是我没处理好。"

"你爸也看到了，很生气，还好我们瞒住了你爷爷，否则你就等着挨打吧！"

沈沨苦笑一声。

程品君骂完，气也稍微消了，见沈沨好像确实沉浸在悔恨中，表情比以往诚恳许多，口气略缓，"给廷雅打电话了吗？"

沈沨一顿。程品君看出门道，立刻又要生气，"你还不打电话？闹出这种丑事，不赶紧跟老婆解释，等着别人去她那儿挑拨离间吗？"

沈沨不动，程品君简直是恨铁不成钢，索性拿过他的手机，按下孙廷雅的号码，再塞到他手中，"给我好好说。"

沈沨木着身子，任由母亲动作。电话"嘟"了几声就被接起，她在那边客气道："喂，沈沨？"

他道："是我。你……在做什么？"

"还能做什么？在片场看他们拍戏。"

"那你，看到新闻了吗？"

那边顿了顿，道，"嗯，看到了。你和殷蕾小姐是吧？"

"对，我和殷蕾。你没什么想问我的吗？"

程品君听不下去了，也不管儿子什么反应，抬手抽过手机，笑道："喂，小雅？我是妈妈。"

"啊，妈妈，您也在啊。"

"对，我也在。就因为那些假新闻，我刚把沈沨臭骂了一顿。他实在是太不小心，明知道那些媒体就会胡编乱造，应酬时也不注意一点。现在传成这样，影响多不好！"

孙廷雅语气温和，"妈您也说了，都是媒体胡编乱造，就别怪沈沨了。我不当真，您也不用当真。"

程品君没想到她这么通情达理，有些惊喜，"你这么想就再好不过了。我啊就怕你误会，别的都不打紧，你们小两口的甜蜜和谐最重要。"

"您放心，我不会误会的，您也别为这种小事儿气坏了身子。"

沈沣看着程品君越来越放松的神情，猜也能猜到孙廷雅在那端说了些什么。他告诉自己不要在意，可有股气却怎么也压不住，终于长臂一伸，将手机从母亲手中抢了回来。

他冷声道："你不介意？"

"沈沣……"

"即使事情闹得尽人皆知，大家都在看你的笑话，你也不介意？"

孙廷雅不作声，程品君一脸"你是不是疯了"的表情。沈沣走到窗边，用只有他和电话里的人能听到的声音说："也对，毕竟我不是你那个难舍难忘的前任，我又在外面乱搞，你恐怕还松了口气……"

十二月底，电影《高阳公主》终于全部杀青，结束了波折不断的拍摄。剧组众人痛痛快快吃了杀青饭，然后各奔东西，孙廷雅回到北京先闷头睡了一天，这才精心打扮约出林奕，在酒店的咖啡厅见面。

"明达有一部筹备中的爱情电影，女主角已经签下了周佩佩，但男主还没定。目前竞争得很厉害，你知道，周佩佩是小花旦里的票房女王，各家都想安排小生跟她搭戏。我已经跟周安琪打过招呼了，你后天去试镜。"

林奕听她说完，不紧不慢地喝了口咖啡，这才道："你是给了我一个试镜的机会，还是这部电影就是我的了？"

孙廷弯唇，"让我想想，只要你别表现得太差劲，这部电影应该就是你的。"

林奕沉默一瞬，忽然站了起来。孙廷雅还没回过神，他已经走到她身后，手落在她肩头。男人指节有力，揉捏了好几下，才偏头笑道："我这个表现，格林老师满意吗？"

孙廷雅失笑，继而懒洋洋地撑着头，宠溺道："还不错，如果能把之前欠下的电影补上，那就更好了。"

工作日的下午五点，电影院还没有多少人，孙廷雅买完票，两人在播放厅黑下来后才进场，一路走到最后一排。林奕戴着鸭舌帽和黑色口罩，孙廷雅担心他看不清路摔倒，想回头叮嘱一声，他却扶住了她的腰。

"小心。"男人低声道，荧幕的白光照在他脸上，漂亮的眼睛里是真切的关怀。

《真爱错位》已经下映，他们看的是一部冷门的文艺片，整个厅就七八个人，后面几排全空着。林奕看起来挺满意，两人坐下后，孙廷雅把爆米花递给他，笑道："感谢你舍命陪君子。"

在北京看电影和在横店看电影可不一样，林奕确实是豁出去了，不过他更惊讶孙廷雅的行为，"你就不怕咱们再被拍到吗？你家里……"

他说完就想起之前闹得沸沸扬扬的新闻，沈沣和殷蔷搅在了一起，孙廷雅不会是故意报复吧？

孙廷雅猜到了他的想法，嗔他一眼，"想什么呢，我当然不希望被拍。但我想和你一起看电影，如果都这么小心了还被抓包，那就是命中注定了。"

她拿起两颗爆米花，用目光询问他要不要吃。林奕回味着"命中注定"四个字，笑着张开嘴，孙廷雅倾身喂了进去。

电影节奏很慢，充斥着文艺片最爱用的长镜头，开场半个小时前排就有三个观众离场，孙廷雅却看得很起劲。旁边林奕也一言不发，孙廷雅偶然用余光瞥他，男人非常专注地望着大荧幕。

她起了逗弄的心思，凑过去勾勾他下巴，"这么认真啊？"

林奕微惊，握住她作乱的手指，"嗯，我没跟你说过吗？徐华导演是我偶像，他的每部作品我看了十遍以上，这一部之后也是要反复看的。"

孙廷雅扬眉，林奕见她有些惊讶的样子，摊手道："小姐，我是个专业的演员。"

"是，专业演员。看出来了。"孙廷雅道，"说起来我还有点好奇，你为什么会来演戏？有什么契机吗？"

"这些问题网上没资料吗？还需要我告诉你。"

"我想听你亲口说。"

"好，亲口说。"他像个耐心很好的男朋友，满足女友的每一个要求，"我呢，年少时不学无术所以没考上大学，十八岁孤身一人跑来北京，因为别的特长，也因为长得帅，误打误撞进了电影学院，一路走到今天。这些事儿我没有撒谎，百度百科上写的都是真的。"

孙廷雅道："那你演戏也不是自愿的了，我还以为是什么从小的理想呢。"

"一开始不是，但现在却很想把这当成一项事业去做。毕竟，我能做好的事情实在不多。"

她偏头，"干吗说这么气馁的话。我一直觉得你演技挺好，网上总说小鲜肉都是花架子，但我当初会选你，可不全是看脸。"

林奕盯她片刻，倾身靠近一点，"这种夸奖，对我来说实在是太宝贵了。"

孙廷雅微笑，"所以，后天的试镜加油，不要给我丢人……"

他将她一缕头发别到耳后，低声道："其实我之前就想问，你是怎么跟周小姐介绍我的？"

"我跟她说，你是我的好朋友。她明白的。"

林奕顿了顿，扬唇笑了。他的脸一半被白光照耀，一半隐在黑暗里，孙廷雅刚觉得这一幕特别帅，他就低下头，吻上了她的唇。

很软，很烫，他的吻一如他的人，有热烈的阳光气息。攻城略地、步步紧逼，唇齿间满是探索的欲望。

孙廷雅背抵着椅子，他一手握住她肩膀，亲吻的同时将她往后面压。她有点喘不过气，但她没有挣扎，任由他捧住自己的脸，加深了这个吻。

不知过了多久，两人终于分开，都气喘吁吁。孙廷雅拇指在他唇上摩挲，轻笑道："之前在片场看到你和夏心童接吻，当时我就想，你的技术一定很棒。"

林奕眼神有点迷蒙，哑声道："那现在感受过了，和你想的一样吗？"

她没有直接回答，而是与他鼻尖相触，两人呼吸交缠，她轻轻道："以后你再拍吻戏，一定不要告诉我。不然我怕我会生气……"

周安琪坐在皮质软椅上，已经等了大半个小时。

宽敞明亮的衣帽间内，女人背对她立在镜子前，她身上的礼服是Lanvin的红色抹胸开衩长裙，那颜色浓烈纯粹，越发衬得她肌肤皓洁如雪。从周安琪的角度，可以看到镜中女人天鹅般细长的脖颈，她没有戴项链，只有垂下的流苏形钻石耳环，是恰到好处的点缀。

周安琪长舒口气，笑着拍手道："美得很美得很！你这个样子可以直接去走秀了，绝对艳压群芳！"

孙廷雅回首，睥睨道："我这么贵的模特，他们请得起吗？"

真够狂的。周安琪懒得和她计较，完事儿了就好，走过去替她理了理长发，道："看你这么郑重，我要重新估计情况了，你对沈沣还挺上心啊。"

孙廷雅微微偏头，对着镜子观察自己的唇色，"这毕竟是很正式的场合，我又不是不知道分寸。"

周安琪想想也是。今天是沈沣三十岁生日，沈家为此举行了盛大的酒会，邀请各界名流赴宴。孙廷雅作为沈沣的太太，是这个酒会第二重要的人物，认真装扮自己也合情合理。

不过，周安琪双手抱臂，有些不满道："你顾忌他的面子，他却把花边新闻闹得满世界都是，真够不懂事的。"

孙廷雅闻言动作一顿。

身为孙廷雅的好闺密，周安琪之前一直对沈沣的表现挺满意，虽然在外面玩，却没出过什么大乱子，是个遵守游戏规则的人。可这次他和殷蕾的绯闻实在是传播甚广，她身处娱乐圈，听到的风言风语就更多了。

"如果不是知道你们俩处得不错，我都要怀疑沈沣是故意的了，故意让你难堪。"周安琪道。

孙廷雅摸着耳坠，眼神淡静中暗藏思量，片刻后她道："想什么呢，他怎么可能是故意的。我们都被拍过，只是他运气不好，被曝光了身份而已。"

周安琪不以为然，孙廷雅看她片刻，红唇一扬，"比起这个，我更在意林奕的试镜结果怎么样？你打算用他吗？”

周安琪嗔道：“你真要我无条件捧你的情人？总得让我斟酌斟酌吧，这个项目可是很抢手的。”

孙廷雅眼神戏谑，周安琪坚持了会儿，发现拿乔拿不下去了，摊手道：“他各项条件都不错，就算没你推荐也有几分竞争力，既然现在孙小姐成了他的靠山，当然是扶摇直上了……”

孙廷雅拍拍她的肩，千言万语汇成一句话，“改天让他请你吃饭。”

作为沈氏集团继承人、沈氏地产现任CEO，沈沣的三十岁生日在业内备受瞩目，鉴于他最近还处在外界关注的风口浪尖上，举办生日酒会的酒店动用了相当高级别的安保，以保证前来赴宴的贵宾们不被媒体打扰。

酒会刚开始不久，正主还没现身，几个二世祖凑一起，有一搭没一搭地聊着。都是圈子里的熟人，他们对沈沣最近的遭遇都有所耳闻，一个年轻男人端着杯鸡尾酒，笑道：“你们说，今晚沈家老三的老婆会到场吗？”

对于沈沣那位久不露面的太太，朋友们都心存好奇，听说她一直在国外读书，前阵子才返回国内。如今外界消息传成这样了，她会不会生丈夫的气，不愿出席他的生日会？

旁边的男人回道：“应该会吧。今晚这么大的场合，不来有点夸张啊。”

男人的小女友听到他们的对话，耸耸肩道：“我觉得肯定会。那位沈太太但凡聪明一点，都会赶紧在这种场合隆重亮相，表明自己不可动摇的正室地位。”

这话把大家逗笑了。男人捏捏她的脸，摇头道：“小傻瓜，那可是海盛孙家的大小姐，还正室……你以为她是你吗？”

女孩面色一变，有点无措地站在那里。

男人道：“以她的出身，耍脾气不来完全有可能。至于来了，也是给沈家面子，而不是怕地位不稳……”

入口处忽然传来声音，大家应声望去，只见沈沣身穿银灰色手工西服，缓步进入大厅。他旁边跟着个身量高挑的女人，红裙如火、乌发高绾，她肌肤白皙，眼眸像星辰，含着浅浅的笑意。女人挽着沈沣，虽然表情温和，却自是有股悠然高傲。

几个男人看得静了会儿，才说：“这就是沈老三的太太？我去，有这么好看的老婆，还找什么小明星啊……”

“少来了，你老婆也挺漂亮，你还不是一样在外面乱搞。”

“胡扯，我老婆可没有她漂亮！”

他们你一句我一句，唯有最先开口的男人仰脖饮下鸡尾酒，失望地叹口气，“戏没看成，这趟白来了。”

连续向好几位世交家的长辈问完好，沈沣和孙廷雅终于可以喘口气，两人走到大厅稍微靠边的地方，孙廷雅将手抽出来，沈沣望着空荡荡的臂弯，沉默一瞬，"我还以为你不会来。"

孙廷雅道："为什么不来？我不记得我们有离婚的打算。"

她的意思是，只要没离婚，该尽的责任都不会推辞。然而落到沈沣耳中却变了味道，他抬手松了松领带，没有说话。

自从那通电话之后，两人将近一个月没联系，就连今晚的生日会都是程品君打电话跟她说的。他们分头到达，在酒店门口会合，一句话没讲就一起进来了。他回想片刻前的经过，感觉他们真像一对配合无间的搭档。

搭档。这个定位从前让他觉得轻松，现在却只有自嘲和无力。

他忍了又忍，还是讥诮道："那如果你哪天想要离婚了，记得提前通知我。"

孙廷雅看着沈沣，一瞬间不知该说点什么。周安琪的话还回荡在耳边，其实她也有过怀疑，沈沣会不会是故意的。因为被自己拒绝，所以破罐子破摔，索性把事情闹大让彼此都难堪。

如果真的是这样，那她实在有些失望。

"沈沣，我来是想跟你表明态度，我还是希望可以和你好好相处的。但如果你不能调整好心态，那我们短期内真的不适合再见面了。"孙廷雅开口，语气难得一见地染上了厌倦。

顿了顿，她又补充道："还有，我告诉你我的过去，不是让你拿来攻击我。"

沈沣愣住。

虽然很短暂，但他相信自己没看错，她脸上有脆弱一闪而过。电光石火间，他想起了那天在电话里，他无所顾忌地提起她的"前任"。可事实上，这应该是她心中不容随意碰触的伤口……

孙廷雅转身欲走，他蓦地一慌，一把抓住她的手腕。孙廷雅没有回头，他道："等一下。你等一下……"

他想要解释，可到底说点什么，一时竟想不出来。

"嗯，我来得不凑巧吗？"一个清淡的嗓音忽然响起，打破了两人的僵局。

沈沣回头，不远处站了个年岁相仿的女人，一身白色斜肩长裙，长发披散。她容貌秀雅，隐隐有股清冷的气质，见沈沣回头，朝他扬了扬唇，"好久不见，沈三哥。"

是陆瑾予。

她出身书香世家，家中长辈从事教育行业，她从小便是圈子里有名的才女。大概也因为这个，她性子高傲，寻常人很难接近，后来因为一次偶然和沈沣成为朋友，这么多年下来一直保持着不错的交情。

两年前她启程环游世界去了，沈沣都不知道她原来已经回京。

沈沣松开孙廷雅，平复了下情绪才朝她露出笑容，"瑾予，没想到你也回来了。"他介绍道，"我发小，陆瑾予。我……太太，孙廷雅。"

陆瑾予这才看向孙廷雅，虽然笑着，眼中却有着掂量，仿佛在审视她值不值得自己打交道。孙廷雅面色不变，只勾起唇角，淡淡迎上她的目光。

陆瑾予神情一顿，片刻后朝她伸出手，"幸会，孙小姐。"

孙廷雅没有对她的称呼表示异议，与她握了手，"幸会，陆小姐。"

沈沣道："你回国应该说一声，一点风声都没听到。什么时候到的？"

"没多久，也就昨天吧。"陆瑾予道，"知道你今天过生日，所以没有说，打算给你一个惊喜。"

不得不说，一个清高冷傲的美人一脸平静地说着"给你一个惊喜"这种话，的确是有些戳人的。孙廷雅笑了下，并不说话，沈沣默了一瞬，才道："是吗？那谢谢了。"

三人陷入沉默，越来越多的宾客入场，音乐声悠扬悦耳。片刻后沈沣道："你是一个人来的吗？要不要借这个机会和过去的朋友打声招呼？"

"我当然不是一个人来的。"陆瑾予说着，恰好一个男人走到旁边，她挽住他手臂，微笑道，"介绍一下，这是我好朋友，也是我今晚的男伴，陈少峰。"

沈沣看向他，只见男人身材高大、容貌冷峻，和陆瑾予站在一起竟有种奇妙地和谐。

他笑道："陈先生好。"

陈少峰与他握手，也露出笑容，"沈先生，生日快乐。"

"多谢。"虽然心有旁骛，沈沣还是本能地应酬，"陈先生一表人才，敢问在哪儿高就？"

陈少峰道："高就不敢，在L.E做事。"

L.E，那是陆瑾予父亲的公司。老爷子搞了大半辈子教育，却在几年前转移事业重心，放弃家族学校中的校长职位，搞起了风险投资。

陆瑾予道："少峰可是我爸爸的得力干将，今天是被我拽来的，你面子很大。"

沈沣笑而不语，陈少峰目光落到旁边，沈沣这才想起还没有引见孙廷雅给他认识，转过头却微微一愣。

孙廷雅目光低垂、双唇紧抿，脸色竟有点苍白。沈沣忍不住问："怎么了？"

孙廷雅摇头，"没什么，就是里面有点闷。"

"那要出去透透气吗？"

孙廷雅来不及回答，就听到现场音乐一变，宾客到得差不多，轮到沈沣上台致感谢词了。他眉头一皱，孙廷雅却轻轻笑了，主动握住他的手，"走吧，我陪你上去。"

沈沣有点意外，孙廷雅眼神温柔。她很少这样看他，让他压根儿没工夫多想，只想把握住这一瞬的温柔。

他反握住她的手，"好，我们上去。"

孙廷雅挽着沈沣胳膊，缓步朝台上走去。陆瑾予和陈少峰都站在那里没动，孙廷雅没有去看他们，也就不知道那个人的目光是否追随着她，从台下到台上。

致辞结束后，舞会也正式开始，沈沨作为寿星，和太太为大家跳第一支舞。万众瞩目下，他风度翩翩朝孙廷雅弯下腰，而孙廷雅也很配合，微笑着将手放入他的掌心。

红裙旋转摇曳，两人在舞池中脚步翩跹，随后别的客人也相继入内，入目所见皆是衣香鬓影。

沈沨手放在她腰上，丝绸冰凉顺滑，他低声道："对不起。"

孙廷雅眼睫轻扬，沈沨道："我不该在电话里那么讲。你说得对，就算再生气，我也不该去戳你的伤口……"

两人转了个圈，孙廷雅目视前方，淡淡道："好，我原谅你。"

她这么宽容，沈沨松了口气，同时也心情复杂。片刻前她脆弱的表情仿佛一盆凉水，让他瞬间清醒，意识到自己最近多么失态。结婚时他们是有约定有默契的，如今她没有破坏规则，是自己越界了。

他没有资格生气。

理智上越清楚，那种无力的感觉就越浓重，他不知道该接着说点什么，恰好陆瑾予和陈少峰舞到了旁边。

陆瑾予道："三哥的发言稿是谁写的？还是陆文吗？他的水平真是五年如一日，半点没有长进。"

沈沨随口道："陆大小姐的评语，我会替你转达的。"

陆瑾予弯唇。陈少峰道："我之前也从事过两年房地产，一直听闻沈氏地产的大名，沈先生不愧是业界翘楚。"

"那是父辈的功业，和我没有太大关系，陈先生的称赞受之有愧。"

陈少峰微微一笑，"沈先生过谦了。听说您打算涉足影视行业，想来是要做一番属于自己的事业吧。"

陆瑾予道："对哦，你跑去拍电影了。是改编的那部小说《高阳》吧？怎么挑中它了？"

沈沨问："你知道这本书？"

"知道，也看过。就那样吧，外界的称赞有些过了，它才是真的受之有愧。"

沈沨握着孙廷雅的手，下意识反驳，"是吗？我倒觉得很好。"

陆瑾予似笑非笑，"哦，什么时候起，沈公子也懂文学了？"

她语带轻蔑，沈沨反倒从容了，客客气气道："我的确不懂，但如果不是真有过人之处，想来黄老也不会为它写序推荐，你说是吧？"

沈沨口中的黄老是陆瑾予的国学老师，也是在业内享有赞誉的历史和文学大师。闻言她脸色一变，想反驳却又不敢乱说话冒犯到老师，最终冷淡道："老师的心思，有时候是比较难捉摸的。"

陈少峰忽然道："你们说的是格林小姐写的《高阳》吗？我也喜欢这本书，

很早以前就读过。"

陆瑾予一愣，下意识问："很早，多早？"

陈少峰回忆一瞬，淡淡一笑，"嗯，大概它还在写的时候，我就开始看了。"

不知道是不是错觉，沈沣看到陈少峰说完这话，目光朝孙廷雅飘来。而他怀中的女人背脊也猛地一僵，差点踩到他的脚。

乐声变化，换了一支新曲子，宾客们玩得开心，都开始交换舞伴。沈沣眼看这大势，本能地不想跟陈少峰交换舞伴，还没想好怎么自然提出，孙廷雅就松开他，生硬道："抱歉，这里真的太闷了，我要出去透透气。"

她说完，也不管大家什么反应，转身便走。沈沣看着她的背影，有心跟上去，却被一股力量阻止，最终只是走到餐桌旁端起了一杯酒。

没多久，陆瑾予也跟了过来，冷冷抱怨，"就会拆我的台。"

她在说刚才关于《高阳》的争执，沈沣道："那是我的电影，我当然得说好话。"

陆瑾予不以为然，顺手拿过一杯香槟，"刚不方便提，不过我才回国就听到您老人家桃色新闻满天飞，既然结了婚还是老样子，当初何必匆匆忙忙进这牢笼？"

沈沣耸肩，"那时候，我可不觉得这是牢笼。"

"那时候不是，那现在呢？"

"现在……"沈沣沉默片刻，轻笑道，"现在我明白，原来这世上有些牢笼，是你想进也进不了的。"

陆瑾予一愣。

沈沣捏着酒杯，状似无意地问道："那个陈少峰，是你男朋友？"

"目前还不是。"

沈沣挑眉，"目前？"

陆瑾予点头，"我爸爸很看好他，也不反对我和他来往。你知道的，他只有我一个女儿，公司里因此一直流传，说他有意效仿明达的周伯父，给独生女招一个赘婿。"

周安琪的丈夫家世普通，当年答应了入赘，这门婚事才终于谈妥。所以那个陈少峰，也是贫寒出身么？

沈沣饮一口酒，"挺好的。有女婿帮忙，陆家的生意更稳妥。"

陆瑾予扑哧一笑，"你还真信啊？周伯父那是少数，我爸爸确实喜欢他，但还没到招女婿的程度。而且，我也没有嫁给他的想法。"

"你不想嫁他，那你想嫁谁？"

陆瑾予没有回答，沈沣也不过随口一提，目光下一瞬就在大厅内搜索，"你男伴呢？去哪儿了？"

"说是去洗手间了。"陆瑾予道，"不过我猜他是找借口敷衍。他不爱跳舞，陪我跳完这支已经是极限了。"

沈沨轻轻"哦"了一声，没有说话。

孙廷雅站在大厅外面的花园里。现在是一月，她却裸露着整个肩膀，连件皮毛坎肩都没有搭。这样冷的天，让她想起那年冬天，她和雨璇合租，下雪的时候陈少峰也过来，三个人在公寓里煮火锅。

雨璇和陈少峰都很会做菜，她却十指不沾阳春水，他们干活儿时她就在旁边打下手。她自认为殷勤周到，他却板着脸嫌她碍事。那时候他们已经挺熟了，她总觉得他这人脾气太差，对待女孩子一点绅士风度都没有。

面对驱逐，她表现得像个寸土不让的边防将士，坚持不肯走。结果推攘时不小心撞到他身上，口红端端在衬衣领子处留了个印子。他看着香艳的口红印，愣了好一会儿才抬起头，对面女孩一脸"要吵架随意，我已经准备好了"的大无畏表情。他终于无奈地叹口气，把一片生菜塞到她嘴里，"小兔乖，去看电视玩儿，待会儿给你吃胡萝卜。"

那天她穿了件印着小兔子的卫衣，闻言捂着嘴里的青菜，脸颊不受控制地红了。

记忆里的温暖让她弯起唇角，有男人走到旁边，沉声道："你穿太少了，当心着凉。"

孙廷雅侧眸，看到了陈少峰线条坚毅的下颌。

她轻舒口气，问道："你想做什么？"

孙廷雅转过身，夜色很好地掩饰了她的表情，唯有那双眼睛，沉静平和，将惊涛骇浪都隐藏其下，"上一次就当是偶然，但是今晚，你不知道这是我丈夫的生日酒会吗？你不知道我会出现在这里吗？"

陈少峰沉默片刻，"我知道。"

"你知道。"孙廷雅点点头，"那你来到这里，是想做什么？"

陈少峰良久不语，久到孙廷雅失去耐性，提着裙子要离开，才听到男人道："因为我想见你。"

她驻足。陈少峰重复道："我来这里，是因为我想见你。"

孙廷雅闭上眼睛，觉得有些站立不住。

其实已经猜到了。他不是多此一举的人，刚才在舞会上的种种表现都告诉了她，他一定有所目的。

陈少峰语气平淡中隐带痛意，"我上个月回了趟老家，去看了我们当初种的那棵树。那时候我和雨璇都觉得它活不下来，没想到这么多年过去，居然长得比我都高了。"

他说的树，孙廷雅想起来，是大四那年，她送给他们的树苗。当时她要求他们，一定要栽在自家院子里，等将来她过去玩，就可以看到了。

原来，它已经长得那么大了。

　　孙廷雅想起小时候读的一篇文章，其中有一句是这样写的："庭有枇杷树，吾妻死之年所手植也，今已亭亭如盖矣。"后来她和他聊起，总说那是她看过的最悲伤的句子。

　　原来有一天，她也会遭遇同样的事。生离和死别，究竟谁更无可奈何？

　　他眼眸幽深，像沉沉的夜，她忽然觉得很累，经过他往大厅方向走去。谁知他竟突然伸手，一把握住她的手腕。

　　男人掌心滚烫，让孙廷雅几乎战栗。

　　她不可置信地回头，陈少峰下颌紧绷，望着前方一言不发。她终于忍无可忍，"陈少峰，你到底想做什么？当初是你说的，我们这辈子都不要再见面。我答应了你的要求，远走他乡，可你为什么……为什么还要出现在我面前？"

　　她的话仿佛一记重击，让他的脸瞬间失了血色。可他还是没有松手。额头一点冰凉落下，不知何时居然下雪了，孙廷雅冷声道："也许我需要重申一次，我已经结婚了，我丈夫就在里面。"

　　他终于看向她，眼神居然很温和，就好像她说了什么傻话。过去每一次她因为冲动坏了事儿，他都是这样纵容地看着她。

　　"可是，他并不爱你。"

　　她不知道说什么，多年未有过的软弱席卷而上，让她只想逃避。可他的手犹如铁箍，竟让她挣脱不了，她一边去掰他的手指，一边无意义地重复，"你放手……放开我……"

　　"放开她。"

　　这声音很轻，却犹如平地一声雷，让两人同时回头。沈沣如一株挺拔的松树般立在花园边缘，细雪纷飞，而他静静看着他们两人。

　　孙廷雅再次挣扎，这回陈少峰没有坚持，顺势松开了她。

　　沈沣走过来，他看都没看陈少峰，径直握住孙廷雅的手。女人指尖冰凉，他轻声道："你穿太少了。"

　　一样的话语，然而他下一个动作却是脱下西服外套，披在她肩头。他展臂将她揽入怀中，以一个近似于占有的姿势。

　　男人看着陈少峰，唇畔带着笑，眼眸却比冬日的霜雪还要冰冷，"有件事要跟陈先生纠正一下。廷雅的丈夫很爱他，比你以为的还要爱得多。"

　　这句话出来，陈少峰面色微变，连孙廷雅都抬眸望去。沈沣摸摸她的脸，温柔道："我说过了，你和陈先生是老朋友，见见面很正常，为什么要出来呢？这里这么冷，你要是冻病了，不仅我心疼，爸妈也会担心的。"

　　孙廷雅不语，沈沣调侃道："他们回头要是怪我不会照顾人，你可得帮我说话。"

　　他眼中满满的全是爱意，陈少峰深吸口气，道："抱歉，是我打扰了。"

　　沈沣客气颔首："陈先生慢走。"

他直接下逐客令。陈少峰最后看了眼孙廷雅，她靠在沈沣怀中，长发遮住了脸颊，什么都看不清楚。

他再不迟疑，转身离开了花园。

他一走，气氛立刻有了微妙的变化。沈沣还是搂着孙廷雅，过了会儿才道："进去吧。"

他有很多问题想问，却不知怎么开口，更怕自己会在激动下说出什么不该说的。拳头攥紧了又松开，最终还是只讲了这么一句无关痛痒的话。

孙廷雅低着头往前走，沈沣跟在后面，很快发现她的方向不是大厅，而是另一条通向外面的走廊。

"你要去哪里？"他问。

孙廷雅没有回答，沈沣一把握住她的胳膊，不可置信道："你要走？因为他在这里，所以你要走？"

孙廷雅回头，眼眸漆黑，很平静，却有说不出的伤痛。这情绪如利剑般刺中了他，两人对视良久，他松开手，很淡地笑了，"好，你想走就走吧。反正我也没有阻拦你的资格。"

街上人来人往，孙廷雅默不作声地行走其中，不时引来行人侧目。毕竟这样冷的天，她却穿着礼服长裙，还披着件男人的外套。此情此景让孙廷雅回忆起当初，她二十三岁那年的冬天，也曾衣着隆重地从舞会上离开。

当时她和雨璇在同一家公司，两人一起被派去日本出差，因为各种事情折腾了大半个月都不能回去。那晚又是一场酒会，她觉得无聊透顶，日本那边的大老板还不知死活地灌她和雨璇喝酒。最后她终于脱身，走到外面想醒醒酒，却接到陈少峰的电话。

她看到号码就抿了抿唇，接起来道："真难得，你还知道给我打电话。我还以为你忙到想不起我了。"

他没理这调侃，平静道："在做什么？"

"应酬，正在表演千杯不醉。"

她的酒量一直让陈少峰惊讶，说长这么大第一次见到这么能喝的女孩子。孙廷雅总觉得这话藏着讽刺，过去都不爱搭理，此刻却主动说出了口。

陈少峰轻轻一笑，"那你好好演，让那些日本人长长见识。"

孙廷雅被气得一噎。冷风吹上面颊，她的醉意稍稍散去，心中却陡然生出沮丧。或许在他看来，她就是无法无天的野蛮女，即使孤身在异国被男人灌酒也没什么大不了的，不需要担心。

她心烦意乱，觉得还不如回去接着喝，刚想挂了电话，他却在那端轻声唤道："小雅。"

他从没这么叫过她，孙廷雅一时有点蒙。还没反应过来，他已经含笑道："你回头看看。"

心中有个猜测浮上来，她却不敢相信。转身一看，男人一身纯黑西装，站在喷水池前。夜色如墨，他的眉眼被包裹在闪烁的微光中，越发英俊迷人。

她愣愣看了好一会儿，等他走到跟前，才问："你是来看雨璇的吗？"

他摇头，"我是来看你的。"

她觉得自己一定幻听了，结结巴巴道："什、什么意思？"

陈少峰低头，她踩着高跟鞋，恰好矮他半个头。他很轻松地直视她的眼睛，从来都冷漠疏离的男人眉眼微弯，浮现出真切的温柔。

他说："看来是醉了。那就别喝了，跟我回家吧。"

那就是他们的开始了吧。

孙廷雅忍不住微笑。这些年她总是克制着自己，不去回忆，不要多想。就让那些往事都像风中的纸片，飘飘散散飞远，就当这段生命从来没有存在过。唯有这样，她才能活得轻松一些。

如果他当时没有出现就好了。

如果他再不出现就好了。

刺耳的喇叭声响起，还有行人的尖叫，孙廷雅悚然一惊，没弄明白发生了什么，就被一股巨大的力量拉着朝右摔去！

肩头的外套飞出，手掌擦在地上，疼痛让她眼中瞬间有了湿意。茫然地看过去，才发现因为失魂落魄，她刚才竟走到了一辆行驶的汽车前方。

周遭人声喧哗，汽车停在路边，司机探出头骂道："有病吗？走路不长眼睛啊？找死别拖累我！"骂完升上车窗，一轰油门开走了。

孙廷雅慢半拍地收回视线，才发现自己压着的居然是沈沣，他也跟着她离开了酒会！

两人都坐在地上，他一手抱着她，脸上全是震怒，"你不要命了？刚才要不是我动作快，你就被车撞了知不知道！"

大雪纷飞，他的神情是那样冰冷，孙廷雅看着这样的沈沣，却想起了贡曲村那晚。也是同样的雪夜，他背着奄奄一息的她，跋涉在无边草原。

是从什么时候开始的？当她有危险时，他总是在旁边，奋不顾身，拯救她一次又一次。

沈沣骂完还不解气，想再补几句，女人却忽然依偎到了他的胸口。她像是怕冷一般，两手攥住他的衬衣，脸颊在肩头轻蹭，似乎想往他怀抱的更深处钻去。

沈沣有点知所措，手迟疑地停在半空，"喂，你怎么……"

他没有问完，因为听到了她压抑的呜咽声，胸口也感觉到一阵湿润。

他浑身僵硬地坐了好一会儿，两手终于落到她肩头。他抱着她，像哄孩子般安慰道："没事了，乖。别难过，有我陪着你，都过去了……"

这里是市中心的高档小区，绿化做得非常完善，一大片翠湖躺在其中，空气比别处都要湿润些。孙廷雅和沈沣的婚房就在这里，购置了两年多，却几乎没来住过。即便如此，每半个月都会有专人负责打理，所以当沈沣发现他们就在小区附近时，便决定带孙廷雅过来歇一歇。

开门时两人遇到了点麻烦。锁是密码的，沈沣试过自己的生日后又试了孙廷雅的，发现都不对。正一筹莫展，孙廷雅道："我觉得，我们俩的婚房，密码应该是结婚纪念日。"

沈沣眼睛一亮，他想起来了，当初确实是设的这个。然而手指刚落到键盘上，就又顿住了。他沉默很久，还是回头望向孙廷雅，她两手一摊，"别问我。我也不记得我们是几号结的婚了。"

沈沣闭眼，无奈拨通陆文的电话，"你还记得，我的结婚纪念日是哪天吗？"

对面陆文也很茫然，大晚上被老板问到这种问题。然而他向来是个称职的助理，连资料都不用翻就说出了答案，"十二月十一号，怎么了？"

沈沣被他的迅速刺激到，一言不发地挂了电话，决定明天和他好好聊聊。

两人进了房子，这是套宽敞的复式公寓，装潢雅致，阳台上养着大片的绿植。沈沣的目光却落到客厅的墙上，那里挂着他们的婚纱照。

这是两年以前，他和孙廷雅在领证前夕拍的。照片上女人容貌美艳、身段曼妙，被他揽住了腰肢。她唇角扬起，微微带笑，沈沣却总觉得那笑有点漫不经心。不过正常，拍照那天他也一直在想公司的事。

孙廷雅在沙发上坐下，沈沣翻出医药箱，给她处理伤口。她掌心磨破了皮，还有小石子钻进去，孙廷雅忍不住道："我们碰到一起时，好像很容易受伤。"

她刚说完，忽然想起上一次，她就是在他为她处理脚伤时拒绝了他，后面的话立刻说不出口了。她去看沈沣的表情，他就像什么都没察觉似的，自然地帮她贴好创可贴，"这两天注意一下，别碰水。"

他收拾好箱子，孙廷雅疲惫地揉了揉太阳穴，"有吃的吗？我好饿。"

这么久没人气儿的地方，不闹鬼就不错了，还要吃的。沈沣都懒得去看冰箱，猜也知道里面空空荡荡，他给公寓管家打了电话，很快他们送来了夜宵，是应孙廷雅要求的烤红薯和橘子汁。她掰开一个最大的，一股白气冒出来，诱人的香味扑面而来。

她咬了一口，含糊道："安琪总跟我说，红薯的味道就是北京的味道，她小时候特喜欢背着爸妈去路边买这个吃，闹肚子也不管。"

沈沣吃着另一个，给周安琪点了个赞，"她说得没错。"

屋子里开了暖气，胃里装着热乎乎的红薯，两人都不再像刚才那样冻得浑身发抖，舒舒服服躺在沙发上。沈沣看孙廷雅神色正常，试探道："那个陈少峰，就是你的初恋吧。"

孙廷雅果然没有再失态，捧着橘子汁平静道："不是。"

沈沣诧异，孙廷雅耸耸肩，"我初恋在高中，他是……第二恋。"

虽然是第二段，但应该是最刻骨铭心的一段吧。沈沣想起花园里的所见，短促一笑，"我看他好像还爱着你的样子。专程找上门来，大概也是想要挽回……"

孙廷雅思索一瞬，笑着摇头，"不可能的。"

她轻叹口气，"我们这辈子都不可能再在一起了。我明白，他也明白。他今天晚上，大概只是……只是一时冲动。"

往事留下的印记太深，所以当他得知她的婚姻并不幸福，也会为她难过，甚至觉得自己要为此负上责任。可事实上，他们早就没有关系了。

沈沣看着她的表情，忽然问道："他不爱你，那你呢？你还爱他吗？"

孙廷雅脸色微变。她凝视着沈沣，似乎在思索怎么措辞。然而不等开口，沈沣就又道："算了，不要说。"

他站起来，走到落地窗前，长长舒出口气。孙廷雅还坐在沙发上，目光追随着他，沈沣察觉到了，回过身朝她淡淡一笑，"反正，那也不重要。"

她爱不爱他都不重要。重要的是，经过这一晚，他彻底看明白了自己的心。

撞见她和陈少峰站在一起时，奋力将她从汽车前救下时，还有她扑到他怀中无助哭泣时，他都像一个冷静旁观的观众，只需一眼，就洞穿自己那点无可救药的心思。

无论她是否爱着他，他知道，他已经爱上她了。

孙廷雅第二天醒来，正好是早上十点。

她裹着被子坐起来，一回头就看到墙上的照片，又是她和沈沣的婚纱照。她反应了好一会儿，才想起自己昨晚睡在了哪里。

真是个装修坏毛病，婚纱照跟驱鬼符一样，贴得到处都是。

昨晚她和沈沣分房睡，她住主卧，他睡对面的次卧。孙廷雅看了看时间，觉得沈沣肯定去上班了，于是踩着拖鞋走到楼下。

厨房里小火煨着粥，咕噜咕噜往外冒着热气，沈沣坐在桌前看着报纸，听到她下楼的声音，抬头微微一笑，"醒了？"

孙廷雅有点愣，"你还没走？"

"我为什么要走？"他收起报纸，绅士地帮她拉开椅子。孙廷雅坐下，他道："妈妈说你早上喜欢喝粥，我照着做了，不过太复杂的不会，所以是白粥。你吃甜的吗？"

他指了指桌上，那里放着个小白碟子，里面是清香的桂花糖。不过孙廷雅的注意力不在这上面，"粥是你自己做的？"

"嗯，我也只能做这个了，别嫌弃。"

他给她盛了一碗，孙廷雅用瓷勺舀了舀，米粒雪白绵软。对面沈沣也端起一碗，他似乎是等着她起床，所以现在才吃。

孙廷雅问："你不用上班吗？"

"今天是我三十岁的第一天，不想看那些烦人的报表，给自己放假，做点有意义的事儿。"

他口中有意义的事儿，就是一大早等在这儿陪她喝粥？

孙廷雅不语，沈沣笑道："次仁一个月前到了北京，各项检查都做完，下周就要动手术。昨天礼然给我打电话，说他很想见见我们，要去吗？"

孙廷雅有点意外。次仁，真是个久远的名字，算起来西藏之行已经是半年前的事了。作为第二大投资人，"天使的心"定期给她发送相关信息，她知道已经有两批孩童成功进行了手术。所以，次仁是被排到第三批入京的队伍里了？

不过，孙廷雅喝一口粥，"你请假是为了这个？"

沈沣扬眉，"不然能为了什么？"

孙廷雅掩饰地舀了勺桂花糖，放到粥碗里搅拌，淡淡一笑，"没什么。好啊，一起去看看他。"

东辰医院为了这个医疗计划专门拨出了人手和场地，孙廷雅一进入那层楼，就被迎面而来的女医生拉住了手，"Kelly小姐，您终于来了！孩子们一直念叨您呢！"

女医生满脸喜悦，孙廷雅却没有答话。沈沣见状心知肚明，一边跟她打招呼，一边不露痕迹地提醒，"甄莉医生，听说你们最近总是加班，辛苦了。"

孙廷雅笑起来，"甄医生，好久不见。"

甄莉还像半年前那么单纯热情，半点没怀疑孙廷雅是不是把自己给忘记了。她得知他们是来看次仁的，于是主动领他们过去，病房在走廊的尽头，一推开门孙廷雅就看到了熟悉的小脸。眼眸乌黑，头发短短，穿着蓝白相间的睡衣半躺在床上。

是次仁。

他正在玩一个魔方，眼睛亮亮的，好像这东西非常新奇有趣。偶然抬头瞥到门边的人，他顿时呆住，几秒后才激动道："沈叔叔，孙阿姨，是你们吗？"

孙廷雅走进去，笑着将带给他的礼物放到床头，"是我。怎么样，身体有哪儿不舒服吗？"

次仁连连摇头，小脸黑里透红，看起来激动得不行。旁边的床上趴着个小女孩，也是这个医疗计划的病人，攥着被子怯生生道："次仁，这个……就是你说的孙阿姨吗？"

甄莉说孩子们念叨她，孙廷雅还以为是夸张，谁知竟是真的。次仁在住院时总是跟别的小病人夸耀，当初那个去接他治病的孙阿姨多么温柔多么善良，搞得所有孩子们对这位传说中的孙阿姨虽身不能至，仍心向往之。不一会儿，就有好几个病房的孩子过来打招呼，父母们则再次向沈沣表示感谢，一时热闹得不行。

等大家都达到目的离开，沈沣看次仁眼巴巴的样子，提议道："难得来一趟，我们带次仁去附近转转吧，吃点东西。"

孙廷雅打量四周，"彭杰呢？"

甄莉告诉她，彭杰应该在附近打工。他来的时候虽然带了些钱，但在北京这种地方实在不经用。他说医院照顾次仁已经是大发慈悲，不能连他花钱也问他们要，所以次仁情况稳定时他就去做点体力活赚钱。

孙廷雅想到他当初的偏执还有些担心，甄莉道："没事儿，彭杰真的不一样了，来北京一个月从没找过麻烦。我们有时候也会带孩子去附近转转，别耽搁太久就行。"

既然如此，孙廷雅也就答应了，他们给次仁换上外套和鞋子，两人牵着小男孩出了医院。不敢走太远，只好在附近寻找去处，正犹豫不决，次仁指着其中一个牌子问："那个……是什么？"

孙廷雅一看，是一家港式茶餐厅的广告牌，上面是鲜香诱人的鲜虾云吞面。她笑问："你想吃这个？"

次仁眨巴着眼睛，不敢点头。沈沣一把抱起他，"好，咱们就去吃这个。"

坐好后服务员送上菜单，孙廷雅让次仁点，可是他不认识字，孙廷雅就给他读出来，再解释那是什么。次仁以前从没吃过海鲜，对别的很多东西也一知半解，看什么都新鲜，孙廷雅索性不选了，豪气干云地点了一大堆，打算让孩子尝个鲜。

沈沣笑道："你对小孩子还挺有耐心。"

孙廷雅道："我还好吧，你比较让人惊讶。"

她想起在班戈时，乔珊看到他被小孩子围着，感慨地说看着是个花花公子，没想到居然隐藏了好爸爸属性，要对他刮目相看了。

沈沣闻言有些得意。对面次仁和孙廷雅并排坐着，他看了两人片刻，忽地一笑，"你觉不觉得，咱们特别像夫妻俩带着孩子出来玩儿……"

孙廷雅一愣，略一思忖，觉得还真有些像。以往对这种暧昧的话题她都不喜欢，今天却并不觉得讨厌，托腮笑道："可惜次仁心脏不好，不然可以带他去游乐园。"

她说着摸摸次仁的头发。男孩有点紧张，却又兴奋地咧开了嘴，很喜欢她的亲昵。

沈沣见状忍不住开始想象，如果他们真的有了孩子，会是什么情况。儿子还是女儿？他其实都喜欢，只要是她生的，怎样都好。不过如果实在要选，还是女儿吧，像她一样聪明漂亮，嗯，还有高冷。这样等孩子长大，他也不用担心她早早被坏小子拐走，毕竟她妈妈这么难追……

想到她素日作风，他又开始担心，听说现在的女人越来越不喜欢生孩子。以她的性格，不会是丁克一族吧？

"沈沣，想什么呢？"孙廷雅道，"东西上来了。"

他看着满满一桌的菜，暗叹口气，觉得自己实在想得有点远。不管她将来想不想生孩子，至少目前，她没打算给他生孩子。

不过……他夹起一块虾饺，放到次仁的碗里，微微一笑。他已经想清楚了，她说他从来没有真的爱过谁，但他觉得他对她是爱，和对别的女人都不一样的爱。那么，他就顺应自己的心意，让她也爱上他。

他知道她心里或许有别人，但没关系，他纵横商场多年，最不怕的就是和别人争。无论是陈少峰还是那个林奕，他都不担心，而且他觉得自己还是占了优势的，毕竟她已经是他妻子，无论如何都比别的男人更方便出击。

这么一整理思绪，他只觉得浑身轻松，一扫之前的纠结烦躁。对面次仁咬着菠萝包，大眼睛滴溜溜地转，"沈叔叔和孙阿姨，你们是夫妻对吗？"

沈沣笑道："是啊，你懂什么是夫妻？"

次仁点头，"我懂啊。像我爸爸妈妈那样，就是夫妻。"

"你爸爸妈妈……我们可不能跟他们比。"孙廷雅轻笑道。

彭杰和梅朵，是因为爱而结合。万年的雪山，无边的草原，都是他们爱情的见证。他们的感情那样深刻，深刻到即使梅朵死了，彭杰也依然当她还活着，没有一天停止过对她的思念。

两人陪次仁吃了半个小时，他饱得不行，但剩下的菜还很多。次仁不愿意浪费，于是孙廷雅让服务员打包，带回去跟其他小朋友们分着吃。

送回次仁后，孙廷雅想回酒店，沈沣却道："昨晚我陪你，今天轮到你还回来，陪我喝酒吧。"

孙廷雅想拒绝，然而沈沣不等她说出口，就眨眨眼睛道："今早妈还打电话骂我，居然一句话不说就从酒会上跑了，留下他们帮我收拾烂摊子。"

言下之意，就是我为了你挨骂了，现在轮到你报答回来。孙廷雅沉默一瞬，无奈道："好吧。"

她以为沈沣要带他去酒吧，没想到两人还是回了他们的婚房。打开门后孙廷雅看到原本空荡荡的桌上摆满了酒，红的白的都有，她知道是沈沣吩咐人送过来的，笑道："动作很快嘛。"

红酒是上好的Lafite，沈沣一边开瓶一边道："这还是我们婚礼上用的酒，有印象吗？当时咱们一起挑的。"

"没印象了。"孙廷雅道。

玻璃杯里倒了红酒，微微倾斜，红色的液体仿佛果冻般诱人。孙廷雅喝了一口，道："这味道倒是很熟悉。"

沈沣也饮了一口，随意道："这房子怎么样？我昨晚认真看了，觉得真是不错，之前居然空了这么久。"

虽然是他们俩的婚房，但地段、户型都是程品君选的，两人当时对婚礼都没有多少想法，这种事上更是做了甩手掌柜。孙廷雅之前来过两次，不过参观时并没有走心，早忘得差不多了。经沈沣一提，她这才重新打量起这套属于他们的房子。

房间的整体色调偏素净，很宽敞也很舒适，不过最引人注目的还是那个硕大的阳台。差不多有五十平方米，露天的，上面摆放着几组雪白的沙发，角落里还有个圆形的大浴池。也就是说住在这里，不仅可以躺在沙发上看夜景，甚至可以一边洗澡一边看星星。

孙廷雅被这个设计折服了，兴致勃勃地躺到沙发上，沈沣也坐到了旁边。这是二十九层的高楼，举目望去可以看到靛蓝的夜空，还有远方的高楼大厦，玻璃的墙面在夜色中透出璀璨的灯光，简直像是被琼楼玉宇环绕。

孙廷雅白天看了次仁，心情很不错，喝起酒来也没个顾忌，很快就干掉了两瓶红的。她不过瘾，又换成白的，沈沣失笑，"你也太能喝了吧？没见过你这么能喝的女人。"

孙廷雅听到这话动作一顿，沈沣困惑道："怎么了？"

孙廷雅道："没什么。"就是曾经也有人说过一样的话。

沈沣没有纠结这个问题，他只是想着她下午的话。见女人喝完两杯白酒，开始变得醉醺醺的，他倾身试着搂她肩膀，她没有挣扎，他松了口气，道："你很羡慕彭杰和梅朵？"

"羡慕？他们那么惨，我为什么要羡慕他们……"

"那你下午跟次仁说，我们不能和他的爸爸妈妈比。"

孙廷雅长舒口气，趴在他肩膀上道："我只是觉得，他们那样才算是真正的夫妻……"

"真正的夫妻？我们难道不是？"他眼眸幽深，"我们可是领了证的。"

孙廷雅笑了。她捏捏他下巴，好像他说了什么傻话，"梅朵和彭杰是真正的夫妻，安琪和席文隽大概也能算，但我们……我们怎么能算啊？萧伯纳说过'真正的婚姻全是在天上缔结的'。我们只是凡人，为了逃避这个、逃避那个被迫在一起，根本侮辱了婚姻的真谛。"

他的心好像停摆了。她脸颊微红、眼神迷蒙，他知道她又喝多了，但唯有如此说出的才是真心话。所以打从心里，她就觉得他们的结合太过儿戏，她当这是契约、是任务，唯独不是真的婚姻。

孙廷雅又喝了一口酒，苦恼地捂住头，"我不能喝了，再喝又要头疼了，明天还得工作……"

他掰过她的肩膀，认真地看着她，"我喜欢你，我爱你，我们这也不能算真正的婚姻吗？我还不能算你真正的丈夫吗？"

孙廷雅茫然地看着他，像是没反应过来。他深吸口气，露出个笑容，"听不明白吗？那我换个方式告诉你。"

他低头，重重吻上她的唇。

不像他们第一次接吻的轻柔，这一次他吻得有些急躁，甚至带着股狠意。孙廷雅试着推了一下，却被他更用力地钳制住。他握着她肩膀将她推到沙发上，膝盖屈起跪在她的身体两侧。她终于不再挣扎，手圈住了他的脖子。头顶是璀璨星空，他就这样将她按在身下，深深地吻着。

他觉得脑子很乱，有很多过去的画面一闪而过。他们的初遇，地中海的婚礼，西藏的重逢，还有星空下他对她的心动。他是爱她的，他想要告诉她，可是他怕她不信。他怕她认为他不过是一时兴起。

这个吻持续了很久，等到两人分开，孙廷雅脸都红透了。沈沣不会自作多情地认为她是害羞了，多半是憋气憋的。他胸口剧烈起伏，伸手想摸摸她的脸，然而一动却觉得自己不太对劲。

视线往下一看，西裤那里起伏如此明显，她也察觉了，两眼迷离地盯着那一处。沈沣被这个眼神刺激，心跳猛地加速，呼吸也跟着乱了。

他后知后觉地意识到，这是他们的婚房，她是他的妻子。而有些事，他们早就该做了……

他的手轻微颤抖起来，重新握住她的肩膀。她像是明白他想做什么，弯唇妩媚一笑，仿佛邀请。火热的唇落在她脸颊，他含住她耳垂，一声声叫她的名字，"小雅，小雅……"

她身子扭动，像一条美丽的蛇，逼得他几乎疯狂。眼看吻就要落到她胸口，小腹却一阵剧痛传来，有什么东西狠狠踹了上去。他闷哼一声，身子控制不住地往外翻，重重摔在沙发旁的地上。

他伏在那里一动不动，而将他踢下来的女人完成睡梦中的自我保护，圆满地舒了口气，抱着枕头睡去了。

沈沣看着地板上的花纹，感受着小腹处的剧痛，两眼一闭，满脑子只有一个想法：这女人！

林奕坐在办公室里，跷着二郎腿，有一搭没一搭地翻着剧本。还有半个月就要进组了，公司最近开了部大制作电影，男女主都是一线大咖，以他当红偶像的身份，也只能混到个男三的角色。

他的经纪人坐在对面，一个微胖的中年女人，林奕是她这两年唯一带出头的艺人，所以她看他的眼神总是充满怜爱，像对待自己精心打造的艺术品，"《空城》你还是得好好拍，虽然戏份不多，但跟黎成朗、范思钧合作的机会可不是每年都能有，就当向前辈学习了。然后三月份《西雅图恋人》开机，这是你第一次担任电影的男主角，女主角还是周佩佩，千万要把握住机会。剧本发你邮箱了吧？好好看，别觉得爆米花电影就不需要用功，能不能顺利打入电影圈全看这一仗了。"

啰唆。林奕伸个懒腰，"知道了，我又不傻。"

他的脾气经纪人早已习惯，她心思又转到别的地方，试探道："你和那位……格林小姐，最近有联系吗？"

林奕似笑非笑，"干吗？"

"不干吗，就是想提醒你，还是要注意分寸。上次被偷拍的事情，可不能再发生了，毕竟她可是有夫之妇……"

嫌难听啊。林奕笑容懒洋洋的，隐隐透着股冷，"她帮我拿下《西雅图恋人》的合约时，你怎么不说这话？"

经纪人被堵得一噎。

公司虽然没有明文限制，但他这种刚走红的小生，基本是不允许谈恋爱的。不说别的，通告塞得那么满，他也没有时间。然而对他和那位女编剧的来往，她只在最开始反对了一下，等到林奕告诉她对方的真实身份，她立刻闭上了嘴。

本来只是存着点希望，毕竟在圈子里有个靠山能走的捷径太多。没想到那位小姐还真的很大手笔，竟帮着林奕击败一众男星，拿下了《西雅图恋人》这个热门项目！

不过虽然目的是这样，林奕的口吻却让她有些不快，淡淡道："路是你自己选的，我可没逼着你去勾搭富家女。"

林奕脸色一冷。

他手搭在椅子扶手上，身子微微前倾，望着她道："你觉得，我是为了片约才和她来往？"

经纪人一笑，"我不管你是为了什么，总之，不要让公众知道你们有'来往'。这是我对你唯一的要求。"

办公室里安静了。经纪人看向电脑，习惯性关注各大网站的首页，让她惊讶的是，居然还真有意料之外的东西。她扬起眉毛，对林奕道："过来看看吧。"

林奕不解，但还是走到她身后。经纪人指指其中一组照片，"这个，是你那位秘密情人吗？"

打从几年前和宜熙一起被偷拍，沈沣就一直享有一定名气，最近因为和殷蔷的绯闻，又成为话题人物。不得不说，如今果然是个看脸的世界，换成别的富二代，这种新闻十天半个月也就没人搭理了，然而沈沣却凭借其超高颜值征服了一众女性网友，微博粉丝暴涨几十万，俨然成了半个公众人物。

也因此，当他和年轻女人携子同游的偷拍被发上网络，立刻一跃成了热门话题。

是一组医院附近的照片，他抱着个男孩，旁边是个高挑长发的女人。单纯这样也许还不能说明什么，可是紧跟着又出现两人各牵男孩一只手，领着他往前走的画面。

这不是一家三口是什么？

网友们High了。都知道沈沣结婚没两年，不可能跟老婆生出这么大的儿子，那么这孩子只能是私生子了！沈公子最近真是连续给女粉们暴击，先是已婚，现在连孩子都有了，还能不能愉快地YY《霸道总裁爱上我》了？

当然，大家也没有忘记殷蔷，有人嘲讽道："话说小蔷薇这是上位失败了吧？啧啧啧，原配斗不过就算了，原来想当个小三也不行哇！沈公子一世风流，不晓得殷小主的绿头牌排到第几去了哈哈哈！"

群众纷纷附和，大有把殷蔷拖出来鞭尸的趋势。可是很快，另一种声音也冒了出来，"对现在网友的三观绝望了，沈沨这种四处出轨的渣男居然也有粉？我也是呵呵了！"

"殷蔷和沈沨有没有奸情还不确定，但照片上这个可是货真价实的第三者啊！你们捧原配就算了，确定要跪舔这种女人？"

"要我说，沈沨也是瞎，殷蔷别的不说，至少脸比这女的漂亮多了！这一次我站小蔷薇，没啥，本颜狗任性！"

后面这种声音越来越大，俨然有成为主流的趋势，而作为话题的中心，沈沨正站在阳台上，对面是沉默不语的孙廷雅。

他们还没有离开公寓，就发生了这种事。孙廷雅盘腿坐在沙发上，头顶是蓝天白云，她的手指在电脑触摸屏上飞速滑动，刷着网上关于这件事的评论。

良久，孙廷雅终于抬头，沈沨见她神色冷凝，并不作声。一方面，按照他对她的了解，她是不会为这种事生气的；可另一方面，他又觉得自己对她的了解实在有限，也就不那么确定了。

孙廷雅道："胡说八道。"

沈沨眉头一跳，开始思考怎么劝她。孙廷雅光脚踩在地上，将电脑往旁边一丢，"那个殷蔷长得比我好看？我看这些人才是真瞎，还好意思说你！"

沈沨眨眨眼，这才明白她的怒点在哪里。这次没有上次好运，她的脸也被照了进去，又因为是白天，清晰度还算凑合，能看出大致的五官。然而这种偷拍怎么能跟殷蔷光鲜亮丽的沙龙照相比？她被踩长相实在太正常了。

他有点无语，随意坐到沙发上。昨晚两人还在这里纠缠，可惜最后他被她一脚踹了下去。她这次是真喝大了，今早起来什么都不记得，他试探了一下，她的记忆就停在喝下两杯白酒之前。他也不知道自己应不应该松口气，索性不去想，照常给两人做了粥，她嫌单调，主动做了个沙拉。可惜还没吃完，陆文就传来了这个消息，打扰了两人的早午饭。

孙廷雅气得很认真，具体表现在她想起了被冷落的沙拉，端过来吃了好大一口。沈沨看孙廷雅用力咀嚼的样子，觉得她这一面实在少见。见玻璃碗里还有块西红柿，他伸手拈起来，放到了嘴里。

孙廷雅道："你还敢跟我抢吃的？"

沈沨看着她明亮的眼睛，忍不住笑了。说那些话的人确实没长眼睛，她可比殷蔷漂亮多了。

"你吃了我的粥，我吃你口沙拉怎么了？小气。"他道。

孙廷雅见他又耍起了无赖，没好气地别过头。转念一想，女人弯起唇角，戏谑道："不过，这次我们不是因为和明星同行被拍，那些狗仔就是跟的你。佩服佩服，您收拾收拾可以出道了。"

沈沣没理她的调侃，道："你不介意长相被曝出去？"

"我又没做亏心事，怕什么被曝长相？"孙廷雅说，"而且，我当年还是上海滩名媛的时候，就上过报纸的好吗？"

沈沣点头，"那就好。"

孙廷雅斜睨他，等着他的解释。沈沣道："刚才陆文打电话给我，说从后面那些发言的数量和内容重复率来看，不可能是网友自发的，明显有人操纵。咱们被水军围攻了。"

孙廷雅其实也看出来了，但她更好奇是谁，"殷蔷吗？"

沈沣点头，孙廷雅提高声音，"还真是她？"

"那些评论全是站在她那边的，是她很惊讶？"

"就是因为评论全站她，我才不敢相信啊，做这么明显，脑子呢？"

她一脸费解，沈沣被逗笑了，刚才陆文告诉他时，他也是这个想法。看这情况，不像是殷蔷团队的手笔，更像是她本人气不过之前的事，自作主张。

孙廷雅听他这么说，托腮道："这么沉不住气，以后在圈子里的路很难走啊，是吧沈公子？"

她话里藏着暗示，沈沣知道她的脾气，"放心，殷蔷那边我会解决。现在，咱们先把眼下的事处理了。"

他站了起来，孙廷雅懒得动，只好仰头看他，"你打算怎么做？"

沈沣居高临下，伸出手捏捏她下巴。昨晚被她这么捏过后，他就特别想还回去。沉吟片刻，他没有正面回答，反而道："你别问了。一点点小事，就交给我吧。"

当天下午，"沈沣私生子事件"有了进展，且是全新的、突破性的、惊爆众人眼球的巨大进展！

@八卦夜未眠V：*绝世猛料！原来那个和沈沣一起被拍的女人，根本不是什么小三，就是他的老婆！明媒正娶的老婆！*

"八卦夜未眠"是微博上著名的营销号，拥有几百万粉丝，这个消息一放出来，立刻被网友转载评论，群众一片哗然！

似乎怕大家不信，他还附了一张照片。女人身穿黑色大衣裙，站在伦敦塔桥前含笑回头，微风拂动她的长发，远方的泰晤士河水反射着阳光。

这张照片拍得很美，但对群众来说，更重要的意义是可以拿去和偷拍照对比。不需要多说，立刻就判断出是同一个人，哪怕是眼神差一点的，光看两边同样长到臀部的头发，也不得不承认这个事实。

大家被这神转折惊呆了，满屏都是"剧情转得太快就像龙卷风"，等几个小时后，各大营销号都开始深扒这位横空出世的沈太太，气氛就更加热烈了！

海盛集团的大小姐，鼎鼎大名的海盛酒店就是她家的产业之一，不仅如此，还是名校毕业、留学剑桥，大学时拿过选美比赛的冠军，一米七二的身高在模特里也毫不逊色！

"这是活体白富美啊！原来这个世界真的有人活得跟偶像剧一样！"

"虽然知道他早就结婚了，但'沈太太'三个字还是刺痛了我的心。"

"别拿殷蔷和她比了，一个小明星还想跟人家货真价实的千金小姐叫板。而且论长相沈太太也一点不比殷蔷差，人家还不靠脸吃饭。"

"我决定了，今晚去海盛开个房，躺在那里，感觉离我们沣沣更近了呢！"

"楼上带我一个！我也去！"

被群众扬言要攻占的海盛酒店里，孙廷雅有一个长包房，此刻她半躺在飘窗上看网上的进展，觉得整个人都不好了。

她以为沈沣的处理，就是解释下昨天是夫妻同行，顺便清理掉那些不好的评论。但她万万没想到，他居然选择了这么张扬的办法。

看这架势，他是打算让全世界都知道她是他老婆吗？

《高阳公主》剧组当然也看到了新闻，经过几个月的拍摄，大家都混得很熟了，所以面对这样的猛料，群众热情地在微信群里给出了反馈。

"格林老师您真是深藏不露啊深藏不露……说实在的，这得算微服私访吧？"

"感觉错过了抱大腿的好时机，现在很后悔。格林老师您最近有空吗？我们约出来聊聊文学与艺术吧！"

"我也有一些事关中国电影未来的问题要和格林老师探讨，咱不如搞个大party吧，方便群众请教！"

大家插科打诨，却默契地没有把话题延伸到沈沣身上。他和孙廷雅明明是夫妻，上次跑来探班却装作不认识，再加上孙廷雅和林奕的绯闻，虽然不知道什么情况，但别乱说话总是对的，毕竟谁也不想冒冒失失得罪这么一尊大佛。

唯有夏心童无所顾忌，拍戏间隙也发来语音吐槽，"我可算明白你和沈沣当时那诡异的气氛是怎么回事儿了。够可以的啊，瞒得这么深，在拍电影吗？难怪宜熙不肯跟我说，原来你是她的嫂子！"

孙廷雅被各方消息轰炸得有点头疼，应酬之余又叮嘱他们不要透露她就是格林小姐，得到肯定答复后，这才望向窗外长舒口气。

她的确不介意长相被曝出去，但也没打算这样招摇高调。沈沣在新闻热度最高时爆出她的资料，相当于用自己的名气为她包装炒作，硬生生将她也搞成了半个公众人物。

而这个结果，远远超出了她的预期。

想到这儿，她拉开手机通讯录往下翻，"沈沣"两个字一跃入视野，脑中就下意识闪过他的脸。

孙廷雅抿了抿唇。

她应该生气的，这样的自作主张从来都最让她抵触，尤其她大概还能猜到他这么做的目的。可是很奇怪，她并不是很想为这件事发火，不想斥责他，更不想听他为此跟自己道歉。

指尖在屏幕上停了好一会儿，最终还是没有按下那个号码。

她不打电话，另一边沈沣却正握着手机，靠在办公椅上听人喋喋不休。

电话那端是他发小，男人从开始就笑个不停，语气相当可恶，"三哥，您什么时候生的啊？动作真够快的！改明儿弟弟登门拜访，把我侄儿的出生礼、满月礼、周岁礼统统补上。您别担心，我就不是赖账的人！"

"滚一边儿去！"沈沣笑斥。今天一整天他就没有闲着，各路亲朋好友都打过来询问。最可怕的是他妈，好像真担心他在外面有个私生子，语气严厉逼问了好一阵子。沈沣就差没赌咒发誓，才终于让母亲大人相信自己尚且后继无人这个事实。

挂断这个电话，他活动了下脖子，重新看向手机屏幕。他其实一直在等着，就算和别人通话时也做好了准备，应对随时可能找上门的质问。然而从事情发生到现在，已经过去好几个小时了，那个人却一直很安静。

难道说，对于自己的行为，孙廷雅一点都不生气？

沈沣挑挑眉毛，有点费解的样子。然而下一秒，一个猜测就浮上脑海：她不会是气得太狠，干脆不理他了吧？

他越想越觉得这个可能性很大，再难忍耐，主动给她打了过去。电话响五声后那边接了起来，没有被拉黑，真是可喜可贺。

"喂，廷雅？"

"嗯。"

"在做什么？"

她淡淡道："看书。"

这态度让沈沣眉头一跳。他略一沉吟，聪明地没有提白天的网络大战，反而语气自然道："那你吃晚饭了吗？我知道个地方，粤菜做得相当不错，我来接你？"

"没胃口，不想吃。"

果然是生气了……

沈沣早有准备，这会儿也不气馁，再接再厉，"妈让我们这周回家吃饭。她很想你，爸和爷爷也说想见你了。"

"再看吧，我不一定有时间。"

几番交谈下来，孙廷雅始终不冷不热，沈沣终于暗叹口气，决定换个时间再行考虑。正准备挂断电话，她却冷不丁开口，叫住了他，"沈沣。"

"嗯？"他立刻应道。

她在那边沉默，像是在克制着什么，过了好几秒才道："下不为例。"

她说得含糊，他却立刻明白是什么意思。

唇角忍不住弯起来，他担心她在那边察觉，连忙轻咳一声。尽量让自己语气变得严肃，他对着手机，一本正经地重复，"嗯，下不为例。"

这出轰轰烈烈的"私生子事件"就这么过去了，因为不想让外界打扰到孩子的安静，影响接下来的手术，沈沣对外只说那是朋友的小孩，他们帮忙照顾一下而已。

年关越来越近，北京也下了好几场雪。这天早上起床，发现外面又是细雪纷飞，花园里的植物被覆盖上一层积雪，银装素裹，看上去非常可爱。

因为怕被认出来，孙廷雅最近没有住在海盛，而是换去了另一家酒店。她有点怕冷，从衣帽间里选了件最厚的羽绒服穿上，这才决定出去散散步。酒店外的街上人不多，她手插在兜里，没走两步就觉得不太对劲。

斜后方有辆黑色SUV，一直不远不近地跟着她。用余光一瞥，两边窗户上居然贴着黑膜，从她的角度根本看不到里面的情况。

她不动声色，正准备往街道里侧绕去，那辆车却突然加速，在她旁边猛地停下来。后面车门打开，有人从里面探出半个身子，一把攥住她的手臂。

孙廷雅想也没想就抬腿踢去。那人不料她这么敏锐，下意识往后闪避，孙廷雅目光冰寒，欺身上前，右手如刀般朝他脖子劈过去，夹杂着呼呼风声——

"停！停停停！是我！"

孙廷雅动作顿在半空中，前方是举起双手的林奕。他看着近在咫尺的女人，做了个受惊吓的怪样子，"女侠饶命，是小人冒犯了。"

孙廷雅收回手。她表情还没有缓过来，口气也有些差，"你干什么？"

林奕龇牙道："我来找你啊。"

找她？孙廷雅念头一转，已经明白刚才是什么情况。林奕摸着胸口，长舒口气，"你真是太可怕了。我本来想开个小玩笑，没想到差点把自己给玩了。"

孙廷雅淡淡道："下次别开这种玩笑。"

林奕耸肩一笑。他今天穿了件黑外套，戴着白色围巾，这打扮很显年轻，再配上周遭的皑皑白雪，简直像漫画里走出来的美少年。

孙廷雅还在打量，美少年却摸着下巴观察起了她，"你这个衣服……"

孙廷雅今天穿的是在横店定做的那件羽绒服，他送给她的"和好礼物"，没想到这么巧，恰恰让他看到了。林奕看女人头上还戴着顶白帽子，越发觉得她这个样子真是又少见又可爱，忍不住想去摘她的帽子。

孙廷雅打开他的手，"不长记性是不是？让你别乱碰。"

这口气，真像读书时被坏男生招惹了的女孩子。

林奕扬唇笑起来，眼神明亮，仿佛冬日的阳光，"知道了。不过你确定要站在外面和我说话？小心被围观哦……"

林奕的助理在前面驾驶，他跟孙廷雅一起坐在后面。孙廷雅道："大明星居然有空来找我，你不应该忙着拍戏吗。"

"过两天进组，今天恰好有半天假，想着我们很久没见，所以来看看。怎么，不乐意见我？"

孙廷雅轻笑，"我是觉得你胆子很大。现在这种情况过来，也不怕被狗仔拍到。"

孙廷雅这段时间也算半个名人，虽然可能性不大，但保不准就有缺新闻缺疯了的记者来跟她。林奕假装思考，继而眨眨眼睛道："说得有道理。不然你还是下去吧，咱们有缘再聚。"

孙廷雅用鞋尖踢他，林奕夸张地叫了声痛，笑着攥住她冰凉的手，哈了口热气。男人做着贴心的动作，却又朝她翻了个白眼，语气不耐，"想那么多。我都不担心，你担心些什么？"

车上暖融融的，孙廷雅感受着男人掌心的温度，唇畔浮起笑意。林奕抚摸着她的肌肤，想着刚才就是这只手朝他劈过来，忍不住道："没想到你身手这么好，失敬，失敬。"

孙廷雅道："你演过将军，却连我一脚都接不住，我也想说一声失敬，失敬。"

被鄙视了，林奕却毫不在意，依旧笑眯眯的，"下手这么狠，以为我是狗仔吗？"

"后来觉得是狗仔，但我第一个想法，是绑架。"

这么有危机意识？他扬眉，"我要以为你被绑架过了。"

他不过是戏谑，谁知孙廷雅竟点了点头，"算是吧。小学时有次乱跑，结果被人给盯上了。幸亏运气好，否则你就见不到我了。"

他这才想起来，她是富家千金，从小就面临此类危险。之所以身手这么好，大概也是为了防备这种情况吧。

他笑容淡了点，转头望向前方。孙廷雅没有察觉，把手放回了口袋，"他往哪儿开啊？你预备带我去干什么？"

林奕道："好玩的地方，去了就知道了。"

所谓好玩的地方，是北京郊区一个度假山庄，江南水乡的建筑风格，白墙黑瓦连绵起伏。屋子后面栽种了一大片梅林，红白相间，远远望去似烟霞云雾。微风吹过，花瓣纷飞，夹杂着漫天细雪，当真是碎琼乱玉。

孙廷雅站在林中，转头对林奕道："你开了两个小时的车，就带我来看这个？"

"踏雪访梅，对你这种文艺女青年来说，难道不是件很风雅的事儿？"

孙廷雅失笑。这里的梅花确实开得很好，算起来今冬她还没有认真赏过梅，今天能看到这样的景色，实在是意外之喜。

心里认可了，嘴上却没有说，她和他一起顺着林间小道散起了步。鼻尖萦绕着清冽的梅香，孙廷雅神经逐渐放松，林奕握住她的手时，她也自然地回握了。

男人视线下垂，落在两人交握的手上。抬眸一看，女人唇畔含笑、表情柔和，就好像和他在一起是件很愉快的事。

眼中有意味不明的光闪过，他手上的力气加大，唇边也露出丝淡淡的笑容。

很快，两人走到梅林尽头。一离开狭窄的小径，眼前豁然开朗，青山环绕，当中是一片巨大的湖泊，这个天气已经结成厚厚的冰，在阳光下如同一面光滑的镜子。

孙廷雅不料还有这种惊喜等着她，林奕道："你在《高阳公主》里写过，高阳和辩机在冰湖上牵手，看剧本时我就觉得，你应该很喜欢这一幕。"

所以，梅林不是重点，这个才是此行真正的目的？

孙廷雅笑了，"不愧是拍过偶像剧的人，招数很多嘛。"

冰很结实，完全可以在上面玩乐。湖边大石旁准备了冰鞋，两人换上后，孙廷雅率先踩上去，回身道："你会滑吗？"

"你在开玩笑？我是东北人。"

他跟着走上冰面，没两步却仿佛失去平衡般，身子左右摇晃起来。孙廷雅连忙攥住他的手，还没来得及问一句，林奕就得意地挑挑眉毛，"怕我摔倒啊？"

孙廷雅知道被骗了，没好气地白他一眼，狠狠拽他一把。林奕顺势往前滑，他的手没有松开，孙廷雅被他拉着，也开始在冰上滑行。

雪花还在飘飞，远处是烟霞般美丽的梅林，周遭除了他们再没别人，天地一片寂静。孙廷雅和林奕有时候分开，有时候牵着手，孙廷雅自认为滑冰技术还是不错的，但林奕这时候就表现出一个雪国少年的专业素养，无论从哪个方面都碾压了孙廷雅，尤其当他做一些高难度的转弯时，她居然差点跟不上，被他半拖半抱带着往前。

不知过了多久，两人都出了一身汗，不约而同放缓脚步。孙廷雅长舒口气，"很久没这么玩过了。最近心烦意乱，果然还是应该出来运动运动。"

她的帽子摘了下来，长发披散，在雪白的背景里非常扎眼。他伸手握住一把，看它像水一样从掌心滑过，"心烦意乱，为什么心烦意乱？"

孙廷雅不回答。林奕心念一转，语气随意道："因为新闻吗？你的新闻我看了，照片拍得不错，比咱们俩那回拍得好多了。"

"咱们俩被拍那回连脸都没有，你也可以比较？"孙廷雅斜睨他，"不过，有吓一跳吗？比如以为我偷偷摸摸已经有了个儿子。"

"老实说，有一点。"

孙廷雅挑眉，林奕道："毕竟之前没有丝毫心理准备，你就跑出个丈夫。"

一片花瓣摇摇晃晃，被风从梅林带过来，嫣红如血，正好落在她头发上。孙廷雅没有说话，林奕帮她摘下来，再随手弹开，"你们两个，关系好像不错。"

"嗯，是还不错。"

林奕的手放在口袋里，不自觉攥成了拳头，"既然如此，为什么又会……搞成这个样子？"

他问的话题其实已经越界了，之前他不会问的。他是那么聪明的人，很清楚孙廷雅划下的那条线在哪里。

孙廷雅看他，脸上的笑容敛去。她似乎不怎么想理他，然而片刻后还是回答了，"我们结婚是为了应付家里，一直互不干扰。不过今年出了点意外，我们因为一些事熟悉了起来，然后，关系也还可以……"

也还可以。

他想着照片上那仿佛一家三口般的画面，以及之后明显出自沈沣手笔的网络营销，微微一笑，不再说话。

当晚两人没有回市区，林奕包下山庄一栋单独的小楼，告诉她这里的温泉也很不错，一定要尝试一下。庄子里养了动物也种着菜，晚饭就是用这些纯天然无公害的食材做的，口味很好，然而两人都没什么胃口，随意尝了点就放下了筷子。

他们决定去泡温泉，换好衣服后孙廷雅用皮筋绑头发，林奕就站在她身后，看她有点费劲的样子，自然道："我帮你。"

他伸手想接过皮筋，可让他意外的是，孙廷雅顿了顿，朝他笑道："不用了，我自己来。"

他一愣，她已经提步朝前走去，他也就没能把那句"要不要一起泡"的调笑说出口。

孙廷雅浸在温暖的泉水里，闭上了眼睛。

她觉得自己有点不对劲。林奕提出那个要求时，她第一个想到的居然是沈沣，上一个帮她扎头发的男人。他说他喜欢她，她原本是不当回事儿的，可经过这么多事情，她发现自己已经很难再像之前那样云淡风轻了。

她烦躁地往下一沉，泉水没过头顶，好几秒后才浮上来。放在岸边的手机突然响了，隔着密封袋一看，"沈沣"两个字在屏幕上跳跃。

她犹豫片刻，还是接了起来，"喂？"

电话那端，沈沣没有作声。

他今晚出来谈生意，合作方嫌市区里玩腻了，提出到郊区一处度假山庄吃饭。酒过三巡菜过五味，里面开始嬉笑怒骂，他被吵得有点头疼，找了借口出来透气，忽然就很想听听她的声音。

她那边很安静，也不知道她在做些什么，或许又在看书吧。他有点好奇，想知道她睡前都喜欢看些什么。

"沈沣？"孙廷雅又叫了一声。

他回过神来，随口道："没什么，就是闲着没事儿，所以给你打个电话。"

"哦。"

孙廷雅觉得头有点晕，不知是水温太高，还是里面太闷了。沈沣听出她声音不对，"你怎么了？"

孙廷雅道："我有点不舒服……"

沈沣脸色一变，"不舒服？你在做什么？"

"我在泡温泉，但现在有点头晕。算了，我先出去吧……"

她说完，从水池中上来，然而刚走两步就双腿一软，重重摔倒在地。沈沣在那边只听到一声闷响，下意识想到她在西藏的命悬一线，连音调都变了，"廷雅？孙廷雅？你到底怎么了！"

手机里什么声音都没有，他深吸口气，也不管里面都坐着谁了，转身就往外走。谁知刚绕过两条走廊，就听到前面传来女人的尖叫，"快来人帮忙啊！这里……有人在温泉里晕倒了！"

温泉。

他猛地回过头，不敢相信会这么巧。然而脚步已经先做出了反应，他朝那个方向奔去，很快就看到汤池外的长椅上躺着个女人，旁边是满脸焦急的服务员。

女人身上胡乱裹了条浴巾，长发披散、双目紧闭，赫然是孙廷雅！

"对不起，这是我太太。她怎么了？"

服务员一愣，然后像看到救星般道："先生，快！我抱不动您太太，您快把她送去医务室吧！"

沈沣蹲下来，触手是滑腻的肌肤，很烫，让他的心又狠狠跳了一下。他抿紧双唇，正准备抱起她往外走，孙廷雅却慢慢睁开了眼睛。

"沈……沈沣？"

他看着她，声音还有点不稳，"是，你醒了？刚刚怎么回事儿？"

孙廷雅虚弱一笑，"温泉啦，我泡晕了……别担心，以前也有过……"

她慢慢坐起来，谁知身子一坐直，浴巾就危险地往下掉。沈沣看到一片耀眼的白色，控制地移开目光，取过浴袍递了过去。

孙廷雅低头整理自己，服务员见她没事儿了，又叮嘱了几句才离开。沈沣想起刚才，那股惊惧的感觉还没消散，语气就不太好，"跑这么远来玩，都不说一声，出点事儿谁知道？"

他想了想，又道："你应该不是自己过来的，谁陪着你吗？周安琪？"

孙廷雅抿唇，忽然就不太想说自己和谁在一起。她不接话，另一个声音却响了起来，"廷雅。"

林奕站在走廊不远处，脸上挂着笑容。他从来没有叫过孙廷雅的名字，她也没有跟他说过，但海盛孙家大小姐的名字不是秘密，只要他想打听，自然会知道。

他看着孙廷雅，温柔道："你泡好了吗？泡好了就回去吧。"

沈沣看看他，再看看孙廷雅，表情一点点变了。他像是忽然想明白什么似的，淡淡道："原来，你是和他一起来的。"

林奕恍若不觉，缓步走过来，从容一笑，"沈先生，好巧。"

"是很巧。"沈沣说着，站了起来。

离得近了，林奕才发现孙廷雅脸色不太对，微蹙眉头，"你怎么了？"

"小毛病，已经没事了。"孙廷雅淡淡道。

沈沣冷不丁道："你既然陪着她，怎么不知道照顾好她？心脏病人泡温泉要格外注意，你不懂？"

林奕一愣。沈沣了然点头，"看来，你不知道她有心脏病。"

林奕眉头狠狠一跳，脸上的笑容却变大了。他在长椅前弯下腰，望着孙廷雅道："对不起，是我疏忽了。我抱你回去，然后我们找医生来看看，好不好？"

孙廷雅白净的脸上没什么表情，"不用，我自己能走。"

"听话，你是病人。"林奕摸摸她的脸，眉眼温柔。

话音方落，沈沣忽然发作，拽过林奕扬手便是一拳。他打得极重，正中林奕脸颊，男人猝不及防，趔趔趄趄后退好几步，差点摔倒在地。

等回过神来，他又惊又怒，手指在唇边一擦，看着那抹血痕冷笑一声。对面沈沣也是面如寒霜，两人都没打算就这么罢休，同时上前攥住对方领子。

"沈沣！林奕！你们干什么！"

这声音如同惊雷，让他们不约而同住手。然而剑拔弩张的气氛并未消失，两人定定望着对方，胸口剧烈起伏。

孙廷雅眼大睁，不可置信道："你们还是小孩子吗？打架？都给我松开！"

两人不动，好一会儿，林奕先松了手。他在沈沣领口拍了两下，嘲讽一笑，走到孙廷雅旁边。她见他左颊红痕醒目，知道这下麻烦了，林奕马上要进组拍戏，怎么可以伤在脸上！

心中的愤怒，还有隐隐的失望，让她扭头对沈沣道："你有什么资格打他？不知所谓！"

沈沣面无表情。她看林奕的眼神那样关切，对上他却只有愤怒，他知道自己输了。这样的情况下，他先动手，就已经在她心里落了下风。

胸口冰凉得如同外面的积雪，他反倒笑起来，"你说得对，我没有资格。"

孙廷雅冷声道："你不用讽刺。沈沣，如果你真的不满我和别人来往，那不如打我好了。我想做什么，从来都是自己决定，你没必要迁怒。"

他攥紧拳头，手背青筋暴起。孙廷雅站起来，拉着林奕往外走。沈沣站在原地没有动，她就绕过了他，等走到走廊尽头时用余光往回看，发现他还是那个姿势，定定地看着自己。

桃花眼里的风流笑意没了，满是落寞和伤心。走廊的灯光照在他身上，那样耀眼璀璨，他却像是被丢弃了一样。

两人回到住处，医生为林奕简单处理后，孙廷雅道："我们还是应该回市区。这一拳打得挺重，可能伤到视网膜或者别的地方，必须做个全面检查。"

林奕坐在沙发上，仰脸对着她笑，"看你这么担心，我就觉得这一拳挨得还是挺值的。"

孙廷雅没搭话。林奕拉过她的手，让她在旁边坐下，"别忙了，我的身体我自己知道，明天回去再查也来得及。"

孙廷雅沉默片刻，"对不起。我为沈沣刚才的行为，跟你道歉。"

"你替他跟我道歉？"林奕轻笑，"那你还是别道歉的好。"

他把玩她细长的手指，"俗话说，杀父之仇，夺妻之恨。我既然和你在一起，挨这一拳也算不冤枉，应得的。"

孙廷雅抽回手，"我说过，我和他之间互不干扰。"

"但他明显不是这么想的，不是吗？"

孙廷雅抿唇。林奕见状眸色加深，长臂一伸，搭在她后面的沙发靠背上。他没有继续刚才的话题，转而道："我不想走，主要因为接下来工作排得很满，这次分开，再见面就不知是什么时候了。"

他凝视着她，诉说不忍别离，孙廷雅却回得不咸不淡，"听说你下部戏要和黎成朗、范思钧合作，恭喜。"

"比起这个，我更想感谢你，让我拿到了《西雅图恋人》。"

"不客气，你应得的。"

"是吗？"他挑眉，"一部电影的男主角，这么轻易就送我了？我最近一直在想，自己的报酬是不是没付够……"

孙廷雅睫毛轻扬，他已不露痕迹欺近。手放在原处，一点点朝她俯下身子，呈一个半包围的趋势。她不动，长发微湿垂在肩头，沐浴露的香味那样淡。他们用的是同一瓶沐浴露，他忽然产生个错觉，仿佛两人刚刚是一起洗澡的……

孙廷雅看着近在咫尺的男人。他的眼睛很漂亮，像六月的湖面，倒映着很多东西，浮光掠影般难以捉摸。她喜欢这双眼睛，喜欢这个男人，希望他成为她闲暇时的乐趣，陪她消磨乏味无趣的人生。

但此刻，也是在这双眼里，她看到了她最不想看到的东西。

好像就在不久以前，那个人也这样看过她。星光照耀着他们，而他对她说："我喜欢你，我爱你，我们这也不能算真正的婚姻吗？"

她抬手，按上了他的嘴唇。

"林奕，不要这样。"

男人安静好一会儿，才往后退了一点。脸上的柔情没了，他面无表情，隐隐夹杂着一丝冷，"为什么？你给我机会，不就是为了这样吗？"

两人长久以来的默契被他挑明，屋内温度骤降，适才的暧昧一扫而空。

林奕看着孙廷雅，觉得自己的心就像四面漏风的屋子，刮得他暗暗生疼。他没有说过，她也没有说过，但两人都心知肚明，他们的关系归根结底就是这样，同沈沣和宋菲儿并没多大差别。

他原本是乐于接受的，不主动强求，但当这个女人是他所中意的类型，又能为他带来事业的辅助时，他不介意和她谈一场没有结果的恋爱。

可究竟从什么时候开始，他对这个现状竟不满足了？

他启唇，轻轻道："因为他吗？"你拒绝我，是因为他吗？

孙廷雅不答反问："林奕，你喜欢我吗？"

他像是被刺了一下，眉头本能皱起。可是她那么镇定，他看她许久，终于道："是，我喜欢你。"

因为喜欢你，所以奢求更多，所以进退失据。

孙廷雅惆怅一笑，"前阵子，也有个人说喜欢我。"

她换了个姿势，左手支着脸颊，声音里带着沉沉思绪，"可是对我来说，感情是件很麻烦的事儿。我只想要简单明了的关系，丈夫、恋人、玩伴，这些角色最好不要重叠。然而这段时间以来，相同的麻烦却接踵而至，让我有些不知该怎么应对了。"

林奕轻声重复，"麻烦。"

孙廷雅点头，"你一直很聪明，我原本以为，我们之间不会闹出这些问题。"

他沉默。孙廷雅轻叹口气，仿佛瞬间厌倦了般，"你走吧。《西雅图恋人》还是你的，不会有变化，但我们之间……到此为止吧。"

他没想到她这么果决，几乎是愣在那里，片刻后才意识到她没有说笑。看着她脸上疏离冷漠的表情，他的心蓦地一慌，顷刻涌起强烈的冲动。他想要放弃《西雅图恋人》，放弃目前这毫无出路的关系，换取一个平等追求她的机会。

然而这些话还没说出口，就被她阻止了。

孙廷雅直视他眼眸，"刚才，你是故意当着沈沣的面那样对我的吧？林奕，我不喜欢这样。"

他与她对视良久，长舒口气，笑了起来，"明白了。我明白了。"

难怪从进屋开始，她的态度就一直很冷淡。他以为是因为沈沣，没想到确实是因为沈沣，却不是他以为的那样。

他忍不住嘲讽，"其实，对那个人，你也没有自己以为的那么坚决，不是吗？"

孙廷雅深吸口气，一言不发。

他站起来，连衣服都没换就径直往外走，到门口时他驻足回头，最后一次看她。

女人一身雪白浴袍，静静地坐在沙发上。他猛地想起在KTV的第一眼，阴暗的包厢里，她一身黑裙，也是这样慵懒地坐着。彩色灯光照在她身上，她的笑容有些模糊，然而他却觉得她是那样性感美丽，让他忍不住想要靠近。

如果那时候，他没有上前……

他忽然道："我不该带你来这里。那片冰湖没有意义。毕竟，你不是高阳，而我，更不是辩机。"

在她的故事里，高阳和辩机深爱着对方，但他们不是那样。一个用心不纯，一个云淡风轻。他早该想清楚。

孙廷雅点头，"对，我们不是。"

他自嘲一笑，转身走出房间，步伐果决，仿佛毫不留恋。

孙廷雅看着空空荡荡的房间，安静地坐了许久，终于拿起手机。她不知道自己想做什么，只是无意识地翻着，最近一通电话来自沈沣，她在温泉里时他打过来的。孙廷雅惊讶地发现通话居然持续了整整四十分钟，一小时前才终于结束。

她看着那个数字，似乎能想到当时的他是怎样惊慌失措，以至于连电话都忘了挂断。

闭上眼睛，她重重倒在沙发上，忽然就觉得身心俱疲。

很快就是春节，孙廷雅不想回上海，跟家里说自己要留在北京。嫁出去的女儿就是这点好，大过年不回娘家也有理由可找，邹静误以为她终于想通，决定履行下为人媳妇的职责，叮嘱几句就同意了。

本打算窝在酒店看看春晚吃顿饺子就算了，没想到大年三十那天周安琪却找上了门，气势汹汹地表示要跟她一起过年。

她眼眶有点红，衣着也很平常，不像以往，但凡逢年过节一定会精心打扮一番。孙廷雅想了想，问："吵架啦？老公不要就算了，连爸爸也不要了？"

周安琪恨恨道："不要了。都是混蛋，让他们闹去吧！"

孙廷雅于是明白了。席文隽和周老先生一直有点矛盾，入赘女婿就是这点不好，和老婆娘家总容易起摩擦。周老先生将公司的事交给女婿，却又在许多方面信不过他，席文隽脾气虽然温和，却又不是软弱可欺，周安琪夹在当中免不了左右为难。看来今天是闹得有点大，把她气得离家出走了。

作为同样有家不回的人，孙廷雅没立场劝周安琪别任性，知道一旦开口就会被她顶回来。于是她自然接受了这个同伴，两人一起过年。

可是周安琪要求还挺多，不想住酒店，说两个女人在酒店过年太凄惨，孙廷雅道："不然去你的公寓？之前我养病住的那套房子就挺不错。"

周安琪摇头，"我所有住处他们都知道，会找上来的。我才不要被他们找到。"

孙廷雅没辙了，周安琪眼珠一转，凑到她跟前道："我记得，你在北京也是有房产的呀！咱们去你那儿吧！"

一直以来，孙廷雅和周安琪相处就是在比谁更无赖，这半年周安琪一路给孙廷雅收拾烂摊子，如今终于到了索要报酬的时候。孙廷雅经过短暂的抗争，输给了刚和老公吵完架的女人，同意去她和沈沣的新房过年。

两人开车过去，经过一家大型超市，周安琪停下来，说去买点食材。孙廷雅也没意见，两人进了超市，推着购物车在货架间挑选起来。

　　四周全是采购年货的人们，超市里播放着"新年好"的歌曲，音乐声、说笑声、孩子打闹声混杂在一起，这样热烈的气氛，让孙廷雅想起有一年，她和陈少峰也这么做过。那次雨璇不在，日企的老板简直丧心病狂，大年三十把她派出国出差。她气得让雨璇撂挑子不干，雨璇却答应了出差的安排，朝她笑道："我还等着升职加薪呢。亲爱的，你就和我哥好好玩吧，少了我这个电灯泡不更开心？"

　　那时候她和陈少峰刚在一起没多久，被雨璇调侃还有点不好意思，导致晚上去超市都闷声不说话。陈少峰察觉了，但他向来话少，哪怕面对女朋友也是如此。经过零食区域时，他停下来问她，"汽锅鸡你吃吗？我可以做这个。"

　　这是地道的云南菜，陈少峰是云南大理人，孙廷雅从没去过那里，一直觉得很新奇。有时候碰上电视里重播《还珠格格》，她就学着紫薇说话，"尔康，尔康怎么办？我看不到啊，我看不到家家有水、户户有花的大理！尔康！"

　　她双手朝前胡乱地摸着，假装自己是双目失明的紫薇。他低头看着文件，被她这样逗还能保持冷漠，淡淡道："看不到就看不到吧，你们应该是没有缘分。"气得她张牙舞爪扑上去，作势要挠他。

　　想到这个，她就有些生气，轻哼一声别过头。陈少峰若有所思，"不喜欢？不喜欢就算了。"他推着车往前走，孙廷雅没想到他连劝都不劝一句，在后面看着他，觉得自己的拳头又蠢蠢欲动了。

　　她几步跟上去，谁知前面不知被谁泼了一地饮料，她一不留神恰好踩到上面，重重摔倒在地。动静太大，周围的人都看过来，陈少峰也诧异回头。她又羞又窘，大过年的居然这么丢人，好在她从小被精心训练，无论多么狼狈都要保持镇定，冷静地扶住货架，艰难地想站起来。

　　陈少峰走到旁边，她没有理他，只想赶紧从这个窘境中逃走。他半蹲下身子，面无表情地看她，孙廷雅见他这样严肃，那委屈就止都止不住。他一定也觉得她丢人了，是的，他就是这种半点绅士风度都没有的男人！

　　疼痛没有让她想哭，他的眼神却如针般刺进她心里，瞬间连眼圈都红了。

　　陈少峰轻叹口气，将她打横抱起。她身高一米七二，那时候也没有现在这么瘦，他却抱得轻轻松松。孙廷雅发现围观群众更多了，顿时紧张道："你干什么？"

　　陈少峰淡淡道："我觉得让你自己走路太危险，还是我来吧。"

　　他打算一直抱着她？那还买什么东西！她满头雾水，然而她到底低估了陈少峰，他把她放到购物车里，孙廷雅一双长腿搭在车前的边框上，屁股正好挨着底部。她只在偶像剧里看到过这一招，没想到陈少峰居然做得出来，吓得她都有些蒙了。陈少峰见她没有反抗，把一个又大又圆的汽锅放到她怀里，孙廷雅用两只手抱着，他拍拍她的头，像在叮嘱顽劣的小女儿，"乖，好好拿着，回家给你做好吃的。"

有小女孩捂嘴笑起来，孙廷雅眼大睁，双颊控制不住地红了。

周安琪道："廷雅，吃这个吗？"

她回过头，发现周安琪拿着一包调料，包装纸上赫然写着"云南汽锅鸡"五个大字。她顿了顿，摇头道："我不爱吃云南菜。"

周安琪"哦"了一声，把东西放了回去。

两人离开这个区域，周安琪见孙廷雅默不作声，以为她还是不想去婚房，劝道："你也别不开心，下回你再要包养谁，我还替你压新闻拉资源，姐姐我说话算数。"

孙廷雅不理她，周安琪一笑，"哎，说起来，你和林奕为啥掰了啊？我就知道你们分了，原因还不清楚，难道是林奕在床上表现不好，大小姐不满意了？"

"他床上的表现，我是无缘得知。"孙廷雅淡淡道。

周安琪看她的眼神像见鬼了，"我去，不是吧？花那么多钱，居然一次都没睡过，你脑子进水啦！"

孙廷雅耸肩，"谁知道呢，大概有钱任性吧。"

周安琪冷笑，"废话，你把他塞到我的电影里，你花的是我的钱！"

孙廷雅厚着脸皮不为所动，周安琪念头一转，忽然道："我说，不会是因为沈沣吧？您这是要金盆洗手，退出江湖了？"

孙廷雅皱眉，"关他什么事？"

"少来，最近朋友们都说呢，你们俩不太正常。他生日那晚，你们是一起溜走了吧？够浪漫啊。第二天还带孩子出去玩儿，啧啧啧，您下次要还有这个兴致，也替我带下儿子吧？我快被那小魔王烦透了……"

"安琪。"孙廷雅打断她，"别说了。"

周安琪一愣，打量着她不再开口。

孙廷雅深吸口气，推着购物车往前走。

自从那天在度假山庄分开，已经过去大半个月，她和沈沣一直没联系过。孙廷雅想起来都觉得无奈，这半年她和沈沣的关系突飞猛进，冷战频率也突飞猛进。一切正如她所预料，但凡动了别的心思，夫妻关系就难以纯粹，还不如从前的搭档来得轻松自在。

她想起沈沣孤独地站在走廊上，想起他眼中的落寞与哀伤，觉得心里某处也变得酸涩，忍不住攥紧了购物车的扶手。

回去的路上，周安琪见气氛沉闷，笑道："咱们有年头没一起过年了吧？"

孙廷雅说："上一回还是十八岁。你跑来上海，住我家白吃白喝大半个月。"

"今晚我们煮个火锅，我做几个京菜，你来俩本帮菜，咱们好好热闹热闹！啊对了对了，我这里有张名片，是之前文慧推荐的，嗯哼，可以叫脱衣舞男。每一个身材都非常好，一米八以上的身高配八块腹肌，国籍任选！要吗？"

孙廷雅接过，扫了一眼，矜持道："可以考虑。"

两人开车到公寓楼下，周安琪抱着大包小包，正准备往里走，却不料前方忽然出现个身影。那人身穿银灰色手工西装，面容清隽、挺拔颀长，朝周安琪笑道："老婆。"

周安琪站住，拧着眉头好一会儿才道："你怎么找到这儿的？"

席文隽声音温柔，像春天里化冻的第一股泉水，"猜的。"他朝孙廷雅点点头，"廷雅，麻烦你照顾安琪了。"

孙廷雅回道："不客气。"

周安琪道："我照顾她还差不多。行了，你回去吧，别来烦我。我都跟廷雅约好了，今晚一起过年，你回家跟老头子继续掐吧。"

席文隽轻叹口气，"好了，我知道错了，你别生气好不好？爸见你跑了也很后悔，你要是真不回去，我们俩是受了惩罚，但妈呢？她多无辜啊。"

孙廷雅每次看到周安琪和席文隽相处，就发自内心地钦佩席文隽。周安琪并不是脾气大的女生，但在席文隽面前就跟个不懂事的小女孩一样，非常傲慢任性。席文隽对待这样的她也很适应，从不发火，不过孙廷雅觉得他也没资格发火，周安琪这脾气就是被他惯出来的。

周安琪冷着脸，似乎并不打算关怀一下自己无辜的妈妈，席文隽并不气馁，轻咳一声，旁边瞬间蹿出个小豆丁。穿着白色羽绒服配着白帽子，再搭上条白围巾，裹得圆乎乎胖滚滚，跟个雪娃娃似的。他几步冲上来抱住周安琪的腿，扬着一张可爱的小脸问："妈妈！我和爸爸来接你回家，你为什么不回去呀？是宝宝做错了什么吗？"

周安琪万万没想到，席文隽居然发动了儿子这个救兵。看着那浑小子眨巴着大眼睛，装出一脸乖巧的样子，她很想骂一句，然而心里某处软成一团，话到嘴边就变成了，"怎么打扮成这样，爸爸给你选的衣服吗？太丑了。"

小豆丁点点头，深以为然，"我也觉得太丑了，那妈妈带我回家，我们重新选一套衣服好不好？"

席文隽道："我下车时，妈妈说已经做了你最爱吃的清蒸鲈鱼，晚了就凉了。"

一大一小双重夹击，周安琪终于屈服，回头看向孙廷雅。她早在席文隽出现时就预料到这个结果，耸耸肩道："慢走，买这么多东西就让我自己吃吧。"

周安琪一笑，"明天我派人来接你，咱们一起打牌，这次肯定不放你鸽子。"

他们一家三口离开，孙廷雅独自抱着大包小包进去，还好公寓管家见到上来帮忙。男人年轻英俊，替她提着东西，还绅士地为女士按好电梯。孙廷雅莞尔一笑，"多谢。"

管家颔首道："沈太太客气了。"

孙廷雅有点佩服这些服务人员了。她一共就来过这边几次，他们居然就记住了她的脸，身为一个脸盲症患者，她对这种能力实在有些眼红。

房子一个多月没住人，还是非常干净，客厅里有新鲜的花束，是紫色的风信子，摆在茶几上看起来十分雅致。大概白天又有人来打扫过，孙廷雅放下东西，径直走到阳台上。

华灯初上，夜幕中的北京城越发美丽，她站在雪白雕花的栏杆前，托腮欣赏周遭风景。计划中的姐妹狂欢夜没了，火锅她也不是很想做，捏着名片犹豫要不要把脱衣舞男这个项目落实了。

头顶一声巨响，她抬头，这才发现居然已经开始放烟花了。一朵又一朵，各种不同的图案，在靛蓝的夜幕中绽放。远方传来笑声，隐隐还有孩子的欢呼，她不知道是楼上还是楼下，只觉得非常热闹。

他们的热闹。

她看着空荡荡的阳台，忽然就有点难过。不该过来的，住在酒店里人人都孤单，也就不觉得了，但在这种房子里，听着别人合家团圆，她却形单影只，居然也忍不住可怜起自己。

周安琪快到家了吧？希望她遇上堵车走不了，叫她丢下她自己跑回去逍遥，不过就算真的堵车，也有丈夫和孩子陪她。爸爸身体好得差不多了，现在大概正和妈妈、哥哥在一起，不晓得会不会想起她。还有沈沣……

孙廷雅长叹口气，微微笑了。沈沣这时候应该也和家人在一起吧，今年的拜年短信大潮还没开始，不知道一会儿他会不会也给自己群发一条，或者干脆一声不吭。

如果他发了，自己要不要回一条呢……

身后传来响声，她回头，惊讶地发现客厅通往阳台的玻璃门处不知何时站了个人。白毛衣搭配牛仔裤，他打扮得非常居家，两只手各拎了一个塑料袋，里面放着蔬菜、肉还有啤酒。就好像他一直住在这里，只是抽空出去买了个菜。

又一朵烟花在头顶绽放，硕大无比，仿佛要把他们包裹其中。

沈沣看着孙廷雅，黑眸倒映着漫天璀璨，也让他的惊喜像烟花般光彩绚烂。手指一松，塑料袋一边提手散开，里面的东西差点掉到地上。他一愣，重新把袋子提好，对着她镇定一笑，"你来了。"

孙廷雅是个相信缘分的人，就好像她一直认为她和陈少峰没有缘分。再多的热烈过往都不作数，命运要他们分开，他们就必须分开，半点办法都没有。可现在，她和沈沣在这样特殊的日子里不期而遇，脑海里竟陡然冒出个想法：第几次了？这大半年以来，他们实在很有缘。

看着他手里的东西，再联想屋子里反常的整洁，她问："你一直住在这里？"

沈沣眼中的光芒一点点散去。惊喜之后，他像是忽然想起什么似的，敛了眉眼、薄唇微抿，放下东西简单道："下午过来的。"

　　孙廷雅被他的态度提醒，陡然想起两人还在冷战。最初的愤怒之后，她很快就不再生他的气了，反倒对他最后的眼神耿耿于怀。她明白他为什么打林奕，那个原因让她觉得受了干涉，也让她心情复杂难辨。

　　不想在今天再闹得不愉快，她微微一笑，仿佛什么都没察觉似的，"还以为就我一个人不回家，原来你也无处可去。既然如此，我们搭伙吃年夜饭吧。"

　　沈沣看了看她，没有反对。

　　她翻看沈沣买的食材，在最底下发现了一包火锅底料，顿时明白他本来打算做什么了。她说呢，之前还只会做粥的男人，突然买了这么多东西回来，难不成还能炒出几个菜？

　　她将东西都搬去厨房，洗干净手后准备大干一场，沈沣跟过来，见她湿着手挽袖子，默不作声地走过去，替她将袖口一层一层折起来。

　　孙廷雅朝他一笑，"谢谢。"

　　沈沣双手插兜，忽然问："你为什么过来？"

　　孙廷雅切着藕，细长的一条被刮干净皮，用清水洗过之后，比她的手臂还要白净。因为下刀快，没有牵连出细细的丝，她刀工过人，每一片都相同薄厚，叠在案板上如同一字排开的硬币。她头也不抬，问："那你呢？为什么过来？"

　　沈沣双手插兜，忽地一笑，"反正，咱们俩的原因总不会是一样的。"

　　她动作一顿，继而若无其事地切下去。

　　他站在那里看着她。厨房亮如白昼，她系着红白格子的围裙，在案前认认真真地切着菜。这一幕有点像上回在沈家老宅，她和程品君一起下厨，但那不是在他们俩的家中。现在的两人，像极了一对头回一起过年的新婚夫妻。

　　电视里放着春节联欢晚会，阳台中央摆着张圆桌，上面的锅子里正咕噜噜冒着泡。汤汁红艳艳热辣辣，肉菜在里面一烫，立刻发出诱人的香味，随着白气四散弥漫。

　　孙廷雅把肥牛放到碗里，满足地吸了口气。一模一样的地方，只是多了个人，这里就立刻热闹起来，冷风吹在脸上也不觉刺痛，因为胃里暖融融的。

　　她看向对面，沈沣正在烫一片羊肉，手臂伸长将筷子放到锅里，袅袅白雾里表情有些模糊。孙廷雅想了想，说："你要不要试下芝麻油啊？我觉得蘸这个吃火锅真的很好吃。"

　　她说着，夹起一片牛肉，在自己碗里滚过一圈后，夹到他跟前，"吃一块，就一块，尝尝味道嘛！"

　　他有点愣。她离得很近，长指纤纤捏住乌黑的木筷，尾端凑到他唇边。牛肉的气味很香，他脑子里却只有一个想法：这好像，是她第一次喂他吃东西。

　　见他张嘴吃了，孙廷雅问："怎么样？"

　　他心不在焉地"嗯"了一声，因为根本没有去分辨食物的味道。她专注地看着自己，睫毛纤长，下面的眼眸乌黑，涟漪般荡漾开一圈圈笑意。这让他又想起那天在山庄，她和林奕一起离开，那样决绝，头也不回，仿佛他根本就不存在。

火锅吃得差不多后，孙廷雅对阳台进行了新的探索。那个修在角落的圆形浴池，她上次来就非常喜欢，因为太大，简直像个小型游泳池。雪白的瓷壁，雕刻着栩栩如生的花纹，在里面泡澡不仅露天，趴在边沿就可以从二十九层的高楼俯视四野，相当刺激。

孙廷雅现在当然不打算泡澡，她脱了鞋子坐在池边，将脚放进去。水是恒温的，她有一下没一下地踢着，手机接二连三地响起来，是短信提示音，拜年大潮终于来了。孙廷雅拿起来翻看，亲朋好友、工作伙伴，群发的单独的，塞满了整个信箱。旁边沈沣也差不多，他悠闲地坐在池边，没有学孙廷雅泡脚，而是拿着手机，挑重要的回复了。

偶一回头，发现她口袋里掉出个东西，被风吹到自己手边。拿起来一看，原来是张名片，名称是个俱乐部，没有地址，只附了一串手机号。

他问："这是什么？"

孙廷雅看清后就笑起来，沈沣扬眉，眼中有不解。孙廷雅越想越觉得有趣，撑着头笑个不停，他终于不耐烦，两指夹着名片作势要把它丢到水里。孙廷雅连忙阻止，抢过来放入包里，笑道："这个啊，本来是我今晚的娱乐项目。文慧推荐给安琪，安琪又推荐给了我。"

说来说去，还是没有重点。沈沣道："我要重新评估了，你们作家的表达能力原来也这么够呛。"

专业被侮辱，孙廷雅立刻说："脱衣舞啦。据说是八国猛男、任君挑选，在江湖上口碑那叫一个好。"

他愕然，完全没想到是这么个东西。见孙廷雅珍而重之地收起来，他又是无语又觉得好笑，冷声道："这么寂寞，那为什么不找个人陪你？那个林奕，这种日子跑哪儿去了，他不陪你过年吗？"

他明摆着找碴儿，孙廷雅耸肩道："我们结束了。"

他始料未及，顿时愣在那里，好一会儿才皱起眉头，"你说什么？"

孙廷雅知道他听清了，没有重复，起身想要离开。他不吭声，却一把抓住她的胳膊，将人扯进了怀里。她被他牢牢箍住腰肢，他居高临下地看着她，问："为什么？"

孙廷雅一双眼睛黑白分明，静静地与他对视，沈沣凑近，唇差一点就要落上她的鼻尖。呼吸轻柔抚摸，像是吹拂到面上的蒲公英，有一种想停留却还是不得不远离的无能为力。

他说："你为了他，那样指责我，现在却说结束就结束了？"

说出来了。忍了一个晚上，他还是说出来了。

因为太过不甘、太过愤慨，以至于语气里不由得带上了控诉。这些日子以来，最让他难以接受的，便是她在他和别的男人之间，选择了后者。

孙廷雅仿佛叹了口气，"所以呢？你希望我和他继续在一起吗？"

他一滞，孙廷雅继续道："我不是为了他指责你，我只是……不喜欢你打他。"

听起来没什么区别，沈沣却知道当中的不同。他们虽然是夫妻，但一直有约定，如非必要互不干涉。如今他打了她的男友，在她看来是一种明明白白的越界。

还是这样。她居然还是这样。明明两个人都经历了那么多，明明他都表白了一次又一次，她却连一个稍微近些的位置都不肯分给他。她始终当他是形同虚设的丈夫，像一尊精美的花瓶，放在门口展示给世人，独独没有进入房子里面的机会。

因为太生气，他反倒笑了，碰碰她漂亮的眉毛，轻声道："听着，我不是以你丈夫的身份打他，而是以你追求者的身份。我们是争风吃醋。"

他说着深情的话，表情却仿佛破釜沉舟，似乎这之后就会被人视若洪水猛兽。孙廷雅看着这样的他，又想起了那一天，他落寞孤单的眼神，站在走廊里像个被丢弃的孩子。

心口某处狠狠抽痛了一下，她忽然想要逃避，推开他站起来就往下走。谁知浴池边的路太窄，她又不小心绊到了他的腿，竟朝右栽倒，直接摔到了池子里！

巨大的水声，扬起的水花足有半米高，沈沣怔怔地看着前方，有些没反应过来。孙廷雅几秒后才站起来，浑身湿透，长发湿淋淋地贴在身上，她睁大眼睛看着他，完全没想到自己也有今天，结结实实地愣在了那里。

片刻后，沈沣终于憋不住，扑哧一声笑了起来。

孙廷雅恼羞成怒，"笑什么？有什么好笑的！"

她气得要爬出来，沈沣却跳了下去，温热的池水漫过他的腰，他长臂一伸把女人搂到怀里。她的衣服全贴在身上，哪怕池水是热的，冷风一刮还是冷得不行。沈沣拿过池边的毯子，直接把她裹了起来，两人躲在里面，如同处于一个不受打扰的小世界。

他低头，与她额头相触，道："别生气，我没有笑你……真的没有。"

她瞪他，他与她对视片刻，像是终于下了什么决心一样，抬起她的下巴，自然地吻了上去。

这一次孙廷雅没有拒绝。他的手搂住她的腰，两人肢体交缠、唇齿相依，仿佛结伴而生的藤蔓。

头顶的烟花又开始放了，他们站在水池的中央，长久地亲吻着对方。

等到终于分开，他长长喘了口气，眼睛亮得吓人，"给我个机会。小雅，给我个机会，好不好？"

孙廷雅觉得有些眩晕。

也许是缺氧，又或者是心跳得太快，她想起了大学那年马拉松。那一次本来是雨璇要参加，坚持下来的人有三千块奖金，雨璇经济条件不好，总是想出各种办法赚钱。可是临近比赛她却受伤了，住进了医院，孙廷雅于是决定替她跑。所有人都劝她不要参加，因为她的身体状况，先天心弱的人不宜过度劳累。可她那时候一腔热血，对大家的关心置若罔闻，换了双舒服的运动鞋就上场了。

那天的路是那样长，上海的街道再熟悉不过，两旁栽种着高大的法国梧桐，枝叶茂密像一把巨大的伞。是盛夏的时节，小学生们穿着校服成群结队地从另一边过去，手里拿着各色棒冰。他们叽叽喳喳地笑着，她却觉得越来越扛不住，四肢仿佛灌了铅，只想扑倒在地上再也不起来。

到一半的时候，闻讯而来的雨璇终于追上了她，她还穿着病服，脸色雪白，拉住她的手道："你这个疯子！来参加这种比赛，你不要命了？"她顺势靠在雨璇身上，气喘吁吁，"让我歇一下……我快累瘫了，快让我歇一下……"

她现在也很累，好想歇一下。人生的路太长太难走，饶是她倔强坚韧，也希望有一个人拉住她的手，容她停靠休憩。

孙廷雅闭上眼，轻轻把脸颊贴上沈沣的肩膀。

这样明显的暗示，他只觉得心跳瞬间加速，几乎不敢相信。她的身子在他的怀中，湿漉漉、颤巍巍，因为冷，所以在微微发抖。他觉得自己的心也跟着抖，就像一件盼了太久的事情，久到他都快放弃，它却忽然成真。

他不敢相信自己有这么好运。

像是求证，又像是本能，他捧住她的脸，霜雪般皎洁的面庞，眼眸是两泓清泉，倒映着他小小的影子。他不知道她眼里的是水还是泪，只知道自己在那样充满依恋的目光里，所有的不安忐忑都化作喜悦，难以言喻的喜悦。

烟火一簇接一簇地飞上夜空，开出漫天繁华绚烂。他低低叹息一声，重重吻了下去。

孙廷雅闭着眼睛，感受着来自男人的力量。温水没过她的身体，竟像是越来越烫，每一寸肌肤都烧了起来。她脑海中闪过很多画面，纷乱的、零碎的，来自早被她强行封锁的那段时光。太遥远了，仿佛前世。

他的身体那样炙热，她终于把那些记忆都抛弃，只是抱着他。

紧紧地抱着他。

孙廷雅醒来时，正是半夜两点。

腰上横着条手臂，将她牢牢箍到怀里，肌肤相贴的触感如此明显。孙廷雅抬头，看到了沈沣沉睡的侧脸。

他们一共折腾了两次。第一次在水里，他抱着她起起伏伏，那样混乱急躁，她差点以为自己要被呛死。结束之后她手足发颤，他用毯子裹着她回了屋，刚在床上躺好，滚烫的大手又伸了进来。

孙廷雅现在开始相信，自从追求自己后，他就没有女人了，否则不可能这么精力旺盛。不过她也好不到哪儿去，用安琪的话说，和林奕磨叽那么久却一次都没睡过，她都断顿了……

卧室里的灯很明亮，她躺在圆形的大床上，感觉自己像是海上的小舟。他在这种时候作风很强势，她一度想拿回主动权，却被他攥住双手按在脑袋两侧。他咬住她的耳朵，声音沙哑，因为太激动，眼睛都有些红了。

"小雅……我的小雅……"

一声又一声，那样缠绵，她忍不住呻吟，调子低哑而性感，让他差点连魂儿都丢了……

她伸手碰他的下巴。她记得，最后那一瞬他抿紧了双唇，下颌绷成一条线。那样清晰，像是用画笔精心描就，她在他身下早已意乱情迷，脑子里像是煮着锅粥，沸腾之后咕噜噜冒着泡，烧得她理智全无，恨不得在上面狠狠挠出道血痕。

"醒了？"

沈沣睁开眼，眸中的红色还未褪完，能看出情动的余韵。孙廷雅没有回答，慵懒地躺在他的臂弯里，像一只餍足的猫。

他握住她的手，一根手指一根手指地亲完，最后唇落在她手背的肌肤上。他看着她，哑声道："对不起，我后面有点失控，力气太大了……"

这是在道歉还是在求表扬？孙廷雅轻轻哼了声，鼻音很重，他心神一荡，她已经抽回手，轻笑着摸摸他的脸。

"真是小看你了……"

刚刚叫了太久，她的声音也是哑的。他实在太喜欢她那时候的腔调，一声闷哼就让他热血沸腾。他甚至逼迫她叫他的名字——沈沣，沈沣，她一边喊一边看他，眼神迷蒙又专注，仿佛全世界只有他。

听懂了她话里的称赞，他忍不住笑起来，口中热气哈到她的脖颈，"这才哪儿跟哪儿啊，你小看我的地方还多着呢……"

他轻咬她的脖子，孙廷雅以为他又打算来一次，谁知片刻后他却停下了。男人平复了许久，抬头望着她道："你答应我了，对吗？"

孙廷雅没有说话。

卧室右边是一面巨大的落地窗，因为太高而没有拉窗帘的必要，这会儿透过它往外看，只见夜色中点点飞絮，竟是又下起了雪。

孙廷雅推开沈沣，起身下床。她未着寸缕，玉一般的背和笔直长腿就这么坦然地暴露在空气中。沈沣在后面望着她，却没有牵动半丝情欲，一颗心如雪花般飘忽不定。

床头搭着件白衬衣，是他随手丢在这儿的，孙廷雅拿过来就穿上了。他身材高大，她虽然高却很瘦，所以衣服穿上显得松松垮垮的。不过这样正好，下端堪堪遮住腰臀，像一条略短的裙子。

她走到窗前，抱臂认真看了会儿雪。沈沣也穿上了件黑色睡袍，他一直没有说话，床头只开了盏小灯，橘黄色的暖光覆盖大半边房间，为他们镀上一层柔和的色彩。

"你还是不放弃吗？"她问。

沈沣脸色微变，像是某种担忧终于实现，好一会儿才说："你什么意思？"

孙廷雅转过身，颊边嫣红已经褪尽，又是如雪似玉的一张小脸。两人对视许久，他忽然唇角一挑，有点邪气地笑起来，"你睡了我，不打算对我负责任？"

孙廷雅沉默好一会儿，"我小时候很喜欢一棵树，是外婆家院子里的，很高很大，夏天还会开花。我忘了它是什么品种，只记得那时候我很喜欢它，一定要把它带回家。爸爸被我磨得没办法，只好让人把它移植到家里的花园，就在我房间的窗边。我开心了一阵子，可之后没两个月，就觉得厌烦了，还嫌它挡住了阳光，开始琢磨把它挪走……"

她轻叹口气，像在嘲笑自己的善变，黑眸凝视着他道："你想要我，我就给你。即使这样，你还是不放弃吗？"

沈沣像是被气到了。他冷笑两声，起身走到她面前，一把捏住她的下巴，"你觉得，我只是想要你的身体？"

孙廷雅没有反抗。他两根手指贴着她下颌肌肤，滑腻柔软的触觉，她这样柔顺，眼中甚有伤感和无奈，他的神情于是一点点软下去，闭了闭眼睛，道："对我来说，你不是一棵树，或者什么别的供玩乐的东西。你是我的妻子，是我活了三十年唯一爱过的女人。我想要完整的你，而不仅仅是一次欢愉。我以为你明白的。"

孙廷雅轻声道："可是，我没办法给你完整的自己。"

他深吸口气，露出个满不在乎的笑容，"我知道，你心里有别人，也没那么爱我，但至少，你不讨厌我，对吗？你好好想想，也许你还有一点点喜欢我，不然以你的性格，怎么会和我这样？"

孙廷雅脑袋里空茫茫的，像是白雪飘飞的旷野，寻不到明确的方向。她喜欢沈沣吗？当然是喜欢的。她对他有感情，和他对她一样的感情，只是彼此的程度差距太大。之前他吊儿郎当，她当他的表白是笑话，后来他认真了，她又觉得一切过于沉重，畏惧着不愿靠近。

她早就不敢爱任何人了。

沈沣说："我不要求你立刻像我对你这样，我只想要一个机会。我们夫妻一场，给我个机会都不行吗？你也别觉得这样对我不公平。毕竟，事情是我要求的，就算将来真不开心，那也是我自找的。"

他开了个玩笑，她却笑不出来。他与她对视许久，忽然拉过她的手，放到自己脸上，轻声说："这张脸，你之前不是一直记不住吗？现在呢？闭上眼睛好好想一想，能想起我的样子吗？"

眼前一片漆黑，她当真在脑海中描摹起来。他的眉毛，长而浓密，笑起来很飞扬，所谓扬眉入鬓便是那样；那双桃花眼总是风流而多情，但也会沉满哀伤，让她心痛；还有他的唇，热情地吻过她，也说过动听的情话……

"小雅，任何事情都是可以改变的。你能记住我的脸，我也能让你忘掉别人，专心爱上我。"

她睁开眼，脑中的面庞和眼前的面庞重叠，当真是一般无二。窗外雪越下越大，她又想起了那一晚的贡曲，他背着她从死地重返人间。那么这一次，他是不是也能带她一起，彻底摆脱那些沉重的往事？

她握住他的手，轻声道："好，我答应你。"

昨夜下了场雪。老人家都说瑞雪兆丰年，正月初一的雪是件吉利事，所以当孙廷雅和沈沣回到沈家老宅时，毫不意外地看到沈秉衡心情愉快。

房子里开着地暖，让这里温暖如春，桌上、柜子上都摆放着鲜花，室内萦绕着清幽的香气。沈钊和程品君也在这里，他们每年都会回来陪沈秉衡过年，程品君身穿黑色家居服，盘着发，非常优雅美丽。她嗔沈沣一眼，"大年三十儿都不知道回家，今天反倒回来了？我看你真是越大越不懂事。"

她说完转头朝孙廷雅微笑，"不过看在你把小雅带来的份儿上，就姑且原谅你这次吧。"

沈沣揽着孙廷雅的肩膀，"我的错。本来小雅也说要回家，不过我想着没跟她单独过过年，就躲懒不肯走。妈您教训的是，以后再也不敢了。"

孙廷雅脱下大衣，沈沣自然地接过，再交给用人去挂。两人配合默契，落到程品君眼中倒让她一怔，没有再说什么。

沈秉衡对孙廷雅向来温和，拉着她询问近况，吃饭时也让她坐在自己旁边。午饭是些不怎么麻烦的家常菜，这回孙廷雅和程品君都没怎么动手，只考虑昨晚沈沣没回家，又专门包了饺子。

雪白的皮又圆又薄，馅儿是猪肉搅拌了香菇，再滴上香油，闻着就觉得好吃。沈沣也过来帮忙，孙廷雅惊讶地发现他居然包得有模有样，完全是个高手。

沈沣很得意，"从小被我妈训练出来的，就这个，拿出去待客都没问题。"

孙廷雅和程品君对视一眼，很有默契地同时放下筷子，程品君说："既然如此，就交给你了。我和小雅看电视去了。"

孙廷雅拍拍他的肩膀，"辛苦了。"然后挽住程品君的胳膊当真走了。

沈沣被她们弄得哭笑不得，到底还是把饺子包完，只是吃饭时反复跟沈秉衡邀功，就差没以三十高龄再要一份红包。

饭后沈秉衡要练字，沈沣自然地跟过去，没想到沈秉衡大手一挥，让孙廷雅为他研墨。

墨是上好的徽墨，在玉似的砚台里辗转研磨，流淌出浓稠的墨汁。沈秉衡见她手法娴熟，随口问起，孙廷雅说："小时候，也服侍过外公练字。"

沈沣知道她外公已在几年前去世，握住她的手捏了捏。孙廷雅偏头一笑，像在调侃他太多心，自己可没这么敏感脆弱。

沈秉衡写完一张，对孙廷雅说："过来看看。"

雪白的玉版宣上，是骨力遒劲的四个大字。沈秉衡习柳体，字也写得爽利挺秀、结体严紧，有魏碑斩钉截铁之势。

"'一团和气'。"孙廷雅念道，微微一笑，"寓意挺好。"

沈秉衡说："送给你。希望你和沈沣以后能夫妻和睦，爷爷这个老头子也就安心了。"

孙廷雅收下了字，也明白老人没说出口的话，原来有些事他并不是不在意，只是愿意给自己和沈沣机会。

沈家的宅子很大，孙廷雅每次过来都没好好看过，这回被沈沣领着终于能够四处参观一下。他的房间在二楼，十三岁之前都是在这里住，后来父母自立门户，他才跟着搬了出去。不过房间一直保留着，简洁大方的装潢风格，以黑色为主色调。孙廷雅看到对面墙上还贴着张NBA球星的海报，似笑非笑地睨他，沈沣耸肩，"住这里时我还是小孩子呢。"

确实是小孩子的房间。书柜里还有小学和初中的教材，保存得很完整，抽屉放着全套文具，也是男孩子喜欢的样式，没有半点花里胡哨的图案。孙廷雅站在书桌前，看得有些入神。

沈沣忽地一笑，"以前我也想过，将来要带女朋友回来参观，没想到越过中间步骤，直接带老婆来了。"

孙廷雅说："你没带女人回来过？"

"当然没有。我们家什么家风？随随便便把女人领回来，爷爷非打断我的腿不可。"

孙廷雅挑眉，"那爷爷要是知道你在外面的丰功伟绩，我看你的腿也保不住。"

说得像你比我好多少似的。沈沣心里这么想着，却拉过孙廷雅的手，让她陪自己躺到床上。沈秉衡岁数大了就格外念旧，这床单还是沈沣小时候用过的，每到新年就洗干净铺上，仿佛旧日时光从未逝去，他还是承欢长辈膝下的小小少年。

孙廷雅偏头看沈沣，他攥着她的手，唇边有隐秘的笑意。孙廷雅说："干什么？"

"嘘……"沈沣食指竖起，轻声道，"我刚刚想起来，其实只差一点，我就把女朋友领回来了……"

孙廷雅睁大眼，没想到这男人居然在这种时候坦白不清白历史。沈沣说："是我十几岁时暗恋的女生，皮肤白、头发长，长得那叫一漂亮。当时是班上的语文课代表，每次带着大家背诗，我就光顾着盯她看了……"

孙廷雅戏谑道："你这形容的真不是我？"

沈沣说："我也是刚刚才发现，原来我的品位那么早就注定了。孙廷雅同学，看来我栽在你手上是有历史根源的。"

她懒得理他的贫嘴，问："既然是暗恋，后来怎么在一起的？"

"她不是成绩好嘛，我请教她学习，就把她带回家一起写作业。她不肯到我房间，只待在客厅里，然后我就跟她表白了。不过很可惜，人家一心向上、好好学习，对我根本没意思……"

孙廷雅道："所以，你根本没和她在一起过，也好意思说是女朋友？"

沈沣不满，"怎么说话呢？那可是我初恋。"

孙廷雅嘲讽，"我要是她，也不答应你。第一次带女孩子回家，就想进卧室，这得多危险啊？缺心眼儿才跟你在一起。"

沈沣眼一眯，忽然翻身压到她身上，"那你现在在做什么？跟我回家，还躺到了我床上……"

孙廷雅笑着不说话。沈沣低下头，嘴唇轻轻擦过她的，那样软，像柔嫩的花瓣，"说真的，光是看你躺在这里，我就觉得很兴奋……"

房间里满是他少年时的痕迹，头一回被亲友以外的女人进入。红唇长发、曼妙身段，每一处都和周遭格格不入，却又出奇和谐。他甚至回忆起了人生第一次性幻想……

孙廷雅挑起他的下巴，两人深深对视，她声音沙哑绵软，"爸妈在楼下呢。晚点，晚点再兴奋……"

下午时周安琪打来电话，让孙廷雅过去打牌。

大概是天性喜欢热闹，周安琪酷爱组局，每次都是朋友中负责呼朋引伴的那个。孙廷雅觉得她会当制片人也有一定的道理，毕竟这种性格实在太适合做这种事。

她在密云有栋别墅，大年初一的下午，一堆年轻人不去串门走亲戚，聚一屋打起了麻将。都是圈子里的朋友，平时吃喝玩乐惯了，彼此熟悉，在牌桌上也斗嘴斗得不亦乐乎。

不过孙廷雅跟他们不熟悉。她是被周安琪亲自接过去的，昨天放鸽子的行为让自认义薄云天的周安琪很内疚，一定要补偿道歉。孙廷雅觉得既然是补偿，当然要输点钱给自己才能算，谁承想上桌半小时，她就把现金全输光了。同桌的年轻男人见状笑道："三嫂这是不熟悉北京麻将的打法？不然咱们陪您打上海麻将，反正我都行。"

他们不认识她，却认识沈沣，孙廷雅在这里的头衔便是沈沣的老婆。她也习惯了，但这个男人态度尤其亲密，好像两人十分熟识似的。她打出去一张"八条"，问："我们见过吗？"

"三嫂忘记了？我是陆琉予，上次在Baptiste的餐厅，我撞上您和三哥一块儿吃饭。"

哦，那次啊，她想起来了。当时她刚被宋菲儿打了，沈沣恰好约她吃法国菜，就在餐桌上她还在计划着，要怎么报那一箭之仇。

不过孙廷雅的注意放到了另一个地方，"陆琉予？陆瑾予小姐是你什么人？"

陆琉予惊讶，"您认识她？那是我姐姐。"

孙廷雅"哦"了一声。

沈沣本来在外面和人谈事情，这会儿终于进来，见状笑问："赢了他们多少？"

孙廷雅摊手，"输光了。怎么着，接济我点？不然我只好刷卡了。"

沈沣大笑，"你居然输了？难得难得，我还以为你做什么都稳赢呢！"

周安琪坐在孙廷雅对面，诚恳道："亲生的老公。看在他这么可恶的份儿上，你必须把他的钱都输光才解气。"

牌桌上第四个人是个男的，金丝眼镜衣冠楚楚，也是沈沣的发小。沈沣推推他，说："来来来，让个位置。我和我老婆一桌，一起跟你们打。"

陆琉予戏谑，"三哥这是要帮三嫂找回场子？不过大家都没搞夫妻档，凭什么你们搞特殊！"

"你想搞也得有啊。连女朋友都吹了的人，就别管我们夫不夫妻档了。"

单身狗陆琉予被伤害，沈沣趁机又催了一声，男人推推眼镜，无奈起身，"好好好，让你就是了。"

周安琪说："反正他们俩一起输，我们收钱还快。"

他们这么一闹，房间里的人牌也不打了，都跑来看热闹，居然还有人吹起了口哨。孙廷雅本来打得兴致缺缺，输了钱也不在乎，被这么一弄忽然斗志昂然。她打起精神看牌，反倒是沈沣一直懒洋洋地笑着，周安琪打量两人，眼睛一转笑起来，"唉，小雅现在都不跟我一个阵营了，真是难过。"

孙廷雅道："傻孩子，打牌时咱俩就没一个阵营过。"

"我不管，之前让你陪我去马尔代夫你也不去。我在那边还遇到那谁了呢，就是要送你海岛的那位，他让我向你问好。"

孙廷雅没接茬，沈沣却问："送她海岛？"

周安琪咬唇闷笑，孙廷雅若无其事地点头，"一个朋友，马尔代夫本地人，当初我去那边度假，招待了我一阵子。最后说要送我一座岛。"

陆琉予挑眉笑起来，"要送岛啊，那就是追求者了。三嫂魅力真是覆盖世界，服！"

沈沣淡淡道："送了又怎么样？过一百多年就沉了，那边的岛不值得稀罕。"

陆琉予和周安琪笑个不停。孙廷雅朝沈沣看去，发现他真的是满脸冷清，忍不住猜测起来：不是吧，这就生气了？脾气有点大啊……

沈沣对上她的目光，面色不变，轻描淡写地打出一张牌，"九万。"

"杠。"孙廷雅说着拣过来，再摸了张牌，面色一变。顿了顿，推倒牌阵，露出个假笑，"胡了。清一色，关三家，杠上开花。给钱吧各位。"

群众大哗，掌声雷动。陆琉予本来撑着头，下巴一下从手心滑出去，"不是吧，这么邪性？"

　　周安琪也愣了，半晌憋出一句，"我天，不是吧……"

　　沈沣这才重新笑起来，朝孙廷雅眨眨眼睛，"忘了说，我们两个可是侠盗夫妻，专门劫富济贫的。"

　　这天的牌打得周安琪和陆琉予痛不欲生，孙廷雅从第一局自摸开始，就仿佛打通了任督二脉，一路大杀四方。沈沣比她差点，但也赢了不少，他懒得把钱放抽屉里，一到手就满场派钱，粉红钞票散落了一地。

　　到最后陆琉予受不了了，盯着沈沣说："三哥，你出千了吧？你绝对出千了！不带这么玩儿的，弟弟我身家单薄，你这是要帮我散尽千金啊！"

　　"愿赌服输，怎么还耍上赖了？"沈沣叼着根烟，没有点火，只是含在嘴里，"我这么光明磊落的人，像会出千的吗？你这是在侮辱我的人格！"

　　孙廷雅愉快地哼起了歌儿，周安琪翻个白眼，"你们也真会往自己脸上贴金。什么侠盗夫妻，我看根本是蛇鼠一窝！四条。"

　　"胡了！"孙廷雅拣过牌，满不在乎地一笑，"甭管是什么，能赢你的钱我就开心，这趟没白来！"

　　牌局到凌晨一点才结束，大家懒得回家，各自在别墅里找房间睡了。孙廷雅熬夜熬习惯了，不觉得怎么样，周安琪却很紧张。她拿着镜子端详自己，嘴里嘀咕道："要命要命，女人上了年纪不能熬夜，多少护肤品都救不回来的！"

　　孙廷雅很无语，"你组的局，现在嫌我们玩太疯？"

　　周安琪看向她，孙廷雅穿了条黑色羊绒裙子，V形领子，露出玲珑的锁骨。周安琪随意扯了一下，发现锁骨内侧果然有深深浅浅的红痕，花朵般绽放在白腻的肌肤上。

　　孙廷雅道："干什么？"

　　"不错嘛，我还以为你昨晚独守空闺，谁知道是声色犬马去了。打了那个俱乐部的电话？不过那里一直号称做正经生意，只跳舞不管别的，你使用美色诱惑了？"

　　孙廷雅笑而不语。周安琪合上小镜子，似笑非笑，"不是脱衣舞男，那么，是和沈沣咯？"

　　周安琪向来心细，孙廷雅和沈沣的不对劲早就看在眼里，不过她不会在众人面前提，现在只剩闺密俩，才不紧不慢问起。

　　孙廷雅明白她的意思，自己当年和陈少峰的事没有瞒她，周安琪大概是朋友里最清楚内情的一个了。鞋尖踩在厚厚的丝绒地毯上，星星点点的白色碎花，让她想起昨夜的飞雪，"他挺喜欢我的，我也……还算喜欢他。所以我想试试。"

　　周安琪不说话，孙廷雅问："你不赞成吗？"

　　"我为什么不赞成？"周安琪说，眼神温软，"我觉得挺好。不为别的，你和他在一起很开心。就冲这份儿开心，都可以试一试。"

　　开心吗？孙廷雅有些惊讶。仔细想想，这一天她的心情确实很愉快。沈沣是个出色的情人，懂得怎样的恭维与对待能让一个女人眉开眼笑。

她和沈沣的房间在走廊尽头，推开窗户能看到花园里郁郁葱葱的树木。孙廷雅回去时沈沣已经睡了，她换上睡裙刚想上床，就被他攥住手腕扯到了怀里。孙廷雅笑，"你装睡？"

"等你老半天，再不回来就真睡了。"

床很暖，他的怀抱更暖，手臂长而有力，放在脖子下给她当枕头。可惜孙廷雅觉得不舒服，挣扎着换了个姿势，趴到他的胸口盯着他，一根指头在下颌处划过，"哎，你到底出没出老千？"

沈沣一脸"你居然也怀疑我"的受伤，孙廷雅不为所动，他于是叹口气，"没有。"

"那你怎么办到的？别以为我看不出来，好些牌你是故意喂我的，你怎么知道我要什么？"

"那还不简单，记牌呗。"

孙廷雅挑眉，沈沣说："看看桌上有哪些，再观察一下你们各自打的牌，大概就能猜到你要什么了。"

"奸猾！"孙廷雅戳他额头。

"哪儿比得过您啊。"沈沣握住她的手指，再顺势把整只手都攥到掌中，"不过我倒是奇了怪了，您平时这算无遗策的，麻将却打得很一般啊。技术够呛……"

"本来就不会打。我也想记牌，可惜我的记性……"她耸耸肩，"你忘记我脸盲了？有这种病的人，记忆力基本也不怎么好，这是附加礼物。"

她说完叹了口气，好像真的在无奈。沈沣很少见她在某件事上束手无策，笑着摸摸她的头发，"小可怜，别气馁，以后有什么我帮你记。"

小，可，怜？

她眉毛危险地扬起，口气却很平静，"你可怜我？"

他在她唇上落下一吻，辗转厮磨良久，才气息不稳地抬起头，手顺势探进她睡裙，"不，是你可怜我。好姑娘，你就可怜可怜我吧……"

大年初二，两人又赖床到中午，吃完周安琪精心准备的午饭，才驱车离开别墅。周安琪送她出门时眼里满是调侃，孙廷雅知道她在暗示什么，自己在她家里作客，和老公拖到快中午还高卧不起，傻子都知道昨晚折腾什么去了。

不过孙廷雅很淡定。她和周安琪可是从初吻到初夜都深入交流过的关系，这点小事简直不足挂齿。

大街上人比昨天多了些，店铺也重新开始营业，一派生气勃勃。沈沣开着车，孙廷雅以为他要带她回家，谁知汽车拐来拐去，最后在一家大型家居城前停下。

孙廷雅问："来这儿做什么？"

"我们的房子，那些东西该换换吧？"沈沣说，"都是妈和装修公司挑的，长住的话，还是要有些自己的喜好在。"

孙廷雅撑着头，沈沣凑近，含笑问："你不会还打算回酒店吧？我很喜欢那套房子，地段好，格局也不错，咱们搬过去住吧。"

孙廷雅有时候也觉得，他们之间之所以缺少点夫妻的感觉，一个重要原因便是两人甚至都不住在一个屋檐下。哪怕身处同一个城市，也还要约出来才能见面，比大多数情侣都不如。现在沈沣想搬到一起，她虽然意外，却觉得这个想法很正常，可以采纳。

既然决定换，那就索性换个痛快。孙廷雅买起东西来从不手软，沙发、地毯、壁纸、窗帘，每一样她都有意见。沈沣即便是提议者，也被这阵仗惊住，家居城的店员笑道："先生和太太是布置新房吧？那是得好好挑选。对女人来说，只有这套房子是任我们发挥的疆场，在这里，无论是谁都得听我们的！"

店员看人不太准，以孙廷雅的身家，可以任她发挥的房子大概有很多。然而她站在明亮的水晶灯下，认真搭配窗帘和地毯颜色，侧颜安静、肌肤如玉，如同一个寻常的美丽主妇。沈沣忽然就看走了神。

孙廷雅最后表示，卧室的床她也不喜欢，要沈沣和她一起去看床。前面都安静旁观的沈沣这时却有意见了，"我觉得那张床挺好，不用换。"

孙廷雅正在试一张地中海风格的白杨木床，蓝白灰三色相间的床单，配上雪白的床头，清新浪漫，确实让人联想到白云大海。她坐在上面，感受床垫的弹性，最后干脆躺下来，"为什么？那张床和我家里的太像了，没新意，我看腻了。"

沈沣在旁边躺下，偏头看她。四目相对，他们眼中只有彼此，好像又回到了昨夜，"但是那张床有纪念意义，我不同意换掉。"

纪念意义？

孙廷雅反应一瞬，没好气地在他额头弹了下，"不正经。"

斟酌半天，床到底还是没换，两人回家不久，孙廷雅放在酒店的东西也先后送到。硕大的箱子一个接一个打开，里面全是她的衣服，各大品牌的新款、丝绸薄纱、材质各异，安静地躺在里面，因为来不及穿，其中大半连吊牌都没摘。帮忙整理的是两个年轻女孩，每开一个箱子就忍不住轻轻抽气，那架势，好像手下的是潘多拉的魔盒，充满了蛊惑人心的力量。

衣帽间藏在主卧室里，雪白的欧式双开门，金属门把，一打开就是一条铺着地毯的通道。里面很大，几乎能抵得上大半个卧室，两侧白灯如昼，照耀着空荡荡的衣橱，尽头则是一个鞋架，从地板延伸到天花板，一共有十几层，等待女主人的填充。

孙廷雅此前从没进过这里，此刻才满意一笑，"谁设计的这房子？给他个好评。"

工作人员帮她把衣服挂好，衣帽间也只用掉三分之一的空间，鞋架更是只放了三层。孙廷雅站在中间沉思，沈沣从后面搂住她，咬着耳朵笑，"明天我也把东西搬过来，老婆大人愿意给我让出点位置吗？我的衣服不多，占不了多少地方……"

孙廷雅侧眸，明亮如星，"好的呀。"

沈沣一愣，她的普通话里居然带出了点上海口音。孙廷雅向来潇洒性感，这样的吴侬软语本该和她很不搭调，可女人抿唇轻笑，竟有股让人移不开眼的娇慵。

孙廷雅也察觉了，有点意外地挑眉，"跑调了。真难得，我普通话一级乙等呢，差一点就够去央视当主持人了。"

"哟，那你很厉害呀。我都没考过普通话呢。"沈沣说着碰碰她的额头，闷笑道，"挺好听的，再说一句试试？"

居然调侃上她了。孙廷雅从善如流，当真拉住他领带，含情脉脉道："小册老，侬活腻了哇！"

从大年三十到正月十五，周围朋友断断续续都去祭祖了，孙家一直习惯清明扫墓，倒是不需要孙廷雅为此赶回上海。但是初十那天，沈沣却说他们家要去祭祖，让孙廷雅跟着一起。

环境优美的公墓，因种植着松柏，即使是冬天山上也一片青绿，草木茂密、生机勃勃，和成排的白色墓碑形成鲜明对比。昨晚刚下过雪，空气里浸润着丝丝寒意，冻得人鼻头隐隐生疼。

程品君放上鲜花贡品，笑着说："妈，还没见过您孙媳妇儿吧？这是小雅，阿沣的媳妇儿，您在天上可得庇佑着他们小两口，把日子过得和和美美的！"

孙廷雅在墓碑前跪下，很认真地烧香磕头，袅袅青烟里她的神情虔诚而沉静。程品君有些意外，现在的年轻人越来越不喜欢守老规矩，之前顾家的儿媳妇头回去扫墓，居然不乐意下跪烧香，最后顾老爷子脸都冷了，她才不情不愿地磕了个头。这么想着，她就有点安慰地笑了，孙廷雅虽然前两年行事略荒唐，最近表现得却实在不错。

孙廷雅上完香后，沈沣低声说："你好严肃。"

这种场合，难道不应该严肃？孙廷雅用眼神问他。

沈沣耸肩，"我奶奶性子开朗热情，喜欢笑，也喜欢看别人笑，你表情喜庆点更讨她欢心。"

孙廷雅直觉他在耍自己，沈沣摸摸她的脸，叹道："我知道，丑媳妇儿见公婆总有点紧张，更何况现在见的是列祖列宗。你放心，我不会嘲笑你的。"

他说完，当真笑着上去点燃了一炷香。男人笑得眉眼弯弯，非常好看，简直称得上风流倜傥。孙廷雅眉头挑得老高，觉得他根本走错了地方，不该来给祖先扫墓，应该去夜店泡小妹妹。

眼看沈沣跟奶奶聊起了天，孙廷雅往后退了点。她没有说，这么严肃不止是因为场合，还因为她想到了雨璇。这么多年过去，她一直没有再见过她，甚至连她葬在哪里都不知道。读书时丽君总说，她和雨璇这么志趣相投，是上辈子修来的缘分，应该当亲生姐妹。但其实她们不是一开始就投契，最初的时候，雨璇应该很讨厌她。

她们是文法学院，女生多，漂亮女生也多，但雨璇的美丽在其中依然很扎眼。那会儿她在年级上很有名，既是公认的系花，又总获得年级第一的成绩，男生们都说这就是传说中的"美貌与智慧并存"。

可另一方面，雨璇太傲慢，也不爱跟人打交道。她是大理白族人，父母双亡、家境贫寒，一直拿着高额的助学金。因为打扮得体、谈吐文雅，并没有让人觉出穷酸气，直到某次系里老师在回复她关于助学金的邮件时，不小心点成了群发，这才成为众人皆知的秘密。女生们嫉妒她，背地里叫她"贫穷贵公主"，言辞里满是讽刺与恶意。

与之相对应的，孙廷雅却是真正的公主。大家都知道她是海盛孙家的人，成绩优异，长得也不错。虽然比不上雨璇那种让人惊艳的美，但是当一个女孩足够有钱足够时尚足够有品位，这点容貌上的差距也就不算什么了。

她们本来不住一个寝室，大一下学期雨璇和原来的寝室闹翻，恰好她们寝室有女生去了荷兰留学，老师就把雨璇调了过来。

她搬东西那天没有人帮忙。郁小穗和陈丽君都在迟疑观望，孙廷雅在床上玩电脑，整个寝室就听到她忙碌的声音。过了会儿隔壁寝室的女生过来找孙廷雅，因为晚上是其中一个人的生日，在海盛订了酒席，调侃说一定要大小姐为她保驾护航。

她们也看到了雨璇，故意不搭理她，一群人热热闹闹，陈雨璇神情淡定，继续整理自己的床铺。等到快出门时，孙廷雅却忽然回头，问她："哎，我们去吃饭，你要不要一起？"

过生日的女孩眉头立刻拧成了疙瘩，她笑着说："小雅你说什么呢？我和……陈雨璇同学又不熟，就不麻烦她了吧。"

孙廷雅没理她，还是盯着陈雨璇。她转头看她，长发如云、肌肤皎洁，眼中竟藏着淡淡的讥讽，似乎在笑话她此刻的行为。

她凉凉道："不用。我晚上还有事，就不打扰你们了。"

下山后孙廷雅就有些沉默。沈家人要回老宅，沈沣不跟他们一起。他顺着高速开了会儿，笑着问孙廷雅："今天我一个哥们儿新店开张，跟我去捧个场吗？"

沈沣口中的哥们儿，是当年跟他一起玩赛车的队友。沈沣离队后他们还继续玩着，转眼这么多年过去，大家先后退役，其中跟沈沣最要好的兄弟开了家粤菜馆，生意做得很不错，今天是海淀区分店开张的日子。

大堂内坐着五六个长手长脚的男人，本来正插科打诨、拍腿大笑，听到动静都望过来。当中的男人率先起身，他长得高大俊朗，笑起来有股英气，径直给沈沣来了个拥抱，勒住他脖子道："你小子有空啦？知道来看我啦？看爷爷我怎么收拾你！"

沈沨挣开他，骂道："跟个怨妇一样，爷爷我取向正常，没工夫搭理你。"

男人嘻嘻一笑，转而对孙廷雅说："嫂子好，我是阮浩，久仰久仰。"

孙廷雅觉得他的口吻有点奇怪，似乎隐藏了某种兴致勃勃的情绪，看自己的眼神也充满探究。不过她没有多问，微笑道："你好，我是孙廷雅。"

其余的男人也都是当年车队的赛车手，沈沨和他们一一打了招呼，他们又轮流给孙廷雅问好。明明都是热血冲动的性子，却在她面前表现得一个比一个绅士，孙廷雅觉得自己像接见外宾的领袖，依次跟他们握手。她这么想着，谁知最后一个单眼皮娃娃脸的男人抓住她的手，真的无比虔诚道："首长好首长好，首长一路过来辛苦了。"

众人大笑，孙廷雅也绷不住笑了，"嗯，同志们也辛苦了。"

餐厅不算很大，但装修挺不错，细节处可见雅致。沈沨随口夸赞，阮浩得意道："当然了，这回我可是有军师的！比朝阳的总店装修得好多了！"

他们推门而入，包厢内坐着个女人，身穿白色大衣，长发披散，闻声回头，冲他们淡淡一笑，"三哥。"

沈沨有些意外，"瑾予，你也在？"

陆瑾予语气慵懒，"怎么，我不可以来？"

沈沨反应过来了，阮浩口中的军师应该就是她。陆瑾予和沈沨打小交好，当年他玩赛车，陆瑾予还去当过观众。他介绍说这是我妹妹，一群男人见她漂亮，坏笑着忽悠她当啦啦队，可惜陆大小姐高冷一瞥，大家就摸摸鼻子，讪笑着撤退了。

她和阮浩也算老朋友，帮忙设计装修很正常，来照顾他的生意更正常。

陆瑾予也看到了孙廷雅，手放在口袋里，笑容有几分隐隐的矜持，"孙小姐好。"

孙廷雅也是笑，"好久不见，陆小姐。"

阮浩说："哎哟我真受不了你们文化人，这么客气做什么？瑾予，嫂子，还有老沈，都坐都坐，我准备了丰盛的午餐，你们正好替我尝尝。"

孙廷雅扬眉，"老沈？"

"你不知道？当时在队里，数他岁数最大，所以我们就叫他老沈。我最嫩，我是小阮。"

孙廷雅瞥一眼沈沨，眼睫似蝴蝶轻颤，她戏谑道："老沈。"

沈沨微笑，"嗯，小孙。"

阮浩准备的午餐果然丰盛，一系列著名的粤菜都被摆上了桌，太爷鸡、护国菜、潮州烧鹰鹅、猴脑汤等，最后甚至上了一道脆皮烤乳猪。幸好在座能吃的人不少，否则这顿就有的剩了。

沈沨亲手帮她盛了碗汤，孙廷雅还没有道谢，对面就有人抗议，"老沈，别在兄弟面前秀恩爱好吗？我还单身呢！"

"虐狗不道德！怎么也是水里来土里去的关系，照顾点我们的心情好吗？"

沈沣点燃支烟，懒洋洋一笑，"之前不是一个个都嚷着要见我老婆吗？现在见到了，又受不了了？正好让你们看个明白，我俩待一起就是这么个情况，要不乐意瞧，下回千万别凑过来。"

阮浩拍桌，"无耻！太无耻了！"

孙廷雅本来胃口不大，今天中午却吃了好一些，最后沈沣都忍不住问："你很饿？"

阮浩很欣慰，"看来嫂子很满意，我得给大厨加工资。"

陆瑾予说："也不一定。我看孙小姐好像有心事，我心情不好时，也喜欢吃东西发泄的。"

沈沣和阮浩一愣，孙廷雅放下瓷勺，淡淡道："是大厨手艺好，你应该给他们加工资。"

中途沈沣出去上洗手间，回来时却在走廊看到了陆瑾予。她站在拐角处，身侧是一尊硕大的青花瓷瓶，衬得她窈窕纤细，头顶的橘黄小灯抖落淡淡光晕，她白衣胜雪，似皎皎木兰临风而立。

沈沣问："找我有事儿？"

陆瑾予走了两步，两人距离更近。她皮肤原来很白，可惜这两年环游世界，晒成了健康的小麦色，"这么久没见，有许多话想跟你聊。上回你过生日匆匆忙忙的，什么都没来得及说。"

沈沣问："在这儿聊？"

陆瑾予没理他的疑问，自顾自说："我小时候觉得你真讨厌，一会儿喜欢这个，一会儿喜欢那个，从来没个常性。那时候你跟楚楚谈恋爱，她可是我的大学室友，你居然都敢下手。最后把人家女孩子心伤透了，现在还在加拿大不愿意回国。"

沈沣举起双手，"我错了姑奶奶。为这事儿我都请了你十几顿饭了，你预备敲诈一辈子么？还有啊，你在这里说说就算了，可别让我老婆听到。宁拆十座庙，不坏一门婚，小丫头可要守江湖规矩啊。"

陆瑾予抬眸，有点挑衅，"你就这么怕她？"

沈沣想了想，学着某部电影的主角说："这个世界上没有怕老婆的男人，只有尊重老婆的男人。"

陆瑾予嗤笑，"明明两个月前还花边新闻满天飞，现在倒装起好丈夫了？三哥，不是妹妹小瞧你，我可不信你真能金盆洗手，乖乖陪某个女人过日子。"

她目光明亮，难得地咄咄逼人。大学时她参加辩论赛，沈沣去旁观过，当她铆足了劲儿要攻击某个人时，就是这个神情。

他皱了皱眉头，随口说："你不信没关系，反正三哥也不和你过日子。"

陆瑾予半晌没说话。

　　沈沣目光越过她看向后面，孙廷雅不知何时出来了，踩着高跟鞋款款走近，偏头笑问："聊什么呢？"

　　沈沣说："没什么，跟妹妹交流点婚姻感悟。"

　　孙廷雅道："你都有婚姻感悟了？"

　　沈沣觉得她实在有点过分，在外人面前拆他的台。陆瑾予忽然说："三哥是得教教我，搞不好明天我就去领证了，没点准备可不行。"

　　沈沣笑，"你领证，和谁啊？你有男朋友吗？"

　　"你没听说吗？"陆瑾予说，"陈少峰啊。他现在是我男朋友了，下次见面可得对人客气一点。"

　　回家后孙廷雅觉得很累。她站在衣帽间里换衣服，赤脚踩在地毯上，这地毯她后来又换过了，雪白的羊绒，和衣帽间整体色调一致。毛很长，可以覆盖住半个脚背，松软得像踩在棉花里。灯光白晃晃的，照得她有些头晕，镜子里的人影也看不清了。

　　沈沣走到她身后，他也没有穿鞋，显得悄无声息的。孙廷雅反应过来时他已自然伸手，替她拉下了裙子拉链。玲珑的锁骨，起伏的身段，都被镜子映照出来。他的唇落在她脖颈后方，目光却越过她望向镜中，一片旖旎景致。

　　眸色一点点加深，他忽然将她转身，抱起来就抵到了墙上。孙廷雅觉得背很凉，伸手摸到了镜子，光滑的，却又有股磁力般，紧紧吸附着她。沈沣盯着她看了许久，眼眸幽深墨黑，浮动着破碎的灯光。

　　他低头，吻如蝴蝶般轻轻落下。那样缠绵，那样漫长，以至于孙廷雅开始觉得难受。像是小时候游泳溺水，沉在蓝莹莹的池水中，她不知道该做什么，旁边有人过来救她，她立刻像遇到浮木般紧紧抱住，怎么也不肯撒手。

　　衣帽间里那样安静，他的西服整齐地挂在对面衣橱，黑色、灰色、银灰色，由深到浅，逐渐变化。是她亲手布置的，她观察颜色时他就在旁边看着，闷笑说看来你真的有强迫症。

　　他头上有汗淌下，顺着光洁的额头缓缓滑落，眉骨有些突出，堪堪接住那滴汗，湮没到眉毛里无处寻觅。她忍不住伸手碰触，说："你不开心吗？如果你不开心，我……"

　　他忽然狠狠撞了一下，让她后面的话全变成破碎的呻吟，沈沣咬住她的耳垂，呼吸炙热，每个字都像是要钻到她心里去，"我没有不开心。我现在，很开心……"

　　没想到这天的行程又被拍到了，新闻以《沈沣携妻出席好友新店开业活动》为题，将他们的照片贴了上去。孙廷雅觉得很好笑，沈沣现在还真是个人物了，走哪儿都有人拍，难怪那天宜熙吐槽说现在和他上街，都不知道狗仔跟的是谁了。

　　正月十五那天，孙廷雅还是回了趟上海。

沈沣有要紧的工作，要去美国出差半个月，他走之前故意唉声叹气，一副不愿和孙廷雅分开的样子。她拍拍他的脸，一本正经地说："这样也好。最近天天腻在一起，我也看够你的脸了，是时候分开一阵子，增加婚姻生活的新鲜感。"如此冷静，气得沈沣大呼她无情无义。

孙立恒已经完全康复，孙廷琛和妻子霍衿悠最近一直住在家里，邹静原本已经觉得很热闹，没想到孙廷雅也回来了，着实给了她一个惊喜。心情愉快之下，她甚至主动下厨做了两道菜，比不上张阿姨的手艺，却也让儿女们满口称赞，席间一片欢乐。

霍衿悠美貌优雅，是国际知名的大提琴家，当年孙廷琛在演奏会上对她一见钟情，主动发起追求。青年才俊配名媛淑女，这一直是圈子里的风流佳话、美满姻缘，堪当模范夫妻表率。

不过当孙廷雅这么说起时，霍衿悠却微微一笑，"我看你和妹夫也挺好的，何必羡慕我们？"

孙廷雅含笑不语，孙立恒却说："我也觉得沈沣不错。"

碗里的芙蓉虾金黄脆嫩，让孙廷雅想到了那天在阮浩的餐厅，好像也有这道菜。她夹起一块却不吃，轻声说："是吗？那当初我想和他结婚，您还要反对。"

沈沣原来并不在孙立恒的考虑范围，他有几个看好的战友儿子，希望孙廷雅在中间挑一个。实在不行，还有一些世交家的晚辈，每一个都仪表堂堂、出类拔萃。可孙廷雅通通不接受。她孤身去了北京，在周家人的介绍下认识了程品君，阴错阳差和沈沣走到了一起。

孙立恒眉头一皱，淡淡道："你看人的眼光，我信不过。"

这下，连霍衿悠都听出不对了。她有点不安地想着，上回公公因为生病，和小姑的关系好不容易缓和，这是又要闹起来吗？

孙廷雅没有闹。她站起身，朝众人微微一笑，"我有点累，上去歇一会儿，晚点再下来。"

她走后，餐厅里安静了一会儿，邹静放下汤碗，声音染上疲惫，"你就不能少说几句？"

孙立恒捏着筷子，不作声。

孙廷雅站在楼梯上，背靠着墙一动不动。

她想往上走，双腿却觉得没力气，最后顺着墙滑下坐到了台阶上。记忆里有一天她也在这里坐过，从傍晚到凌晨，窗外光亮一丝丝收拢，夜色黑沉浓重，像是墨汁泼上宣纸，而她始终一动不动，仿佛化身雕塑。

那一天，孙立恒知道了她和陈少峰的事。

其实也不是那会儿才知道，他们隐隐猜出她在外面有男朋友，二十多岁的女孩，长得漂亮家世又好，身边追求者当然不会少。但那一次，孙立恒头回得知了孙廷雅的认真。

他当时轻轻笑了，仿佛她说了什么很可笑的话，"结婚？你趁早打消这个念头。我看你岁数也差不多了，别总在外面瞎胡闹，让你妈妈给你介绍几个男孩子处着，我们看着也放心。"

如同最烂俗的偶像剧剧情，孙廷雅却笑不出来，因为这次发生在了她身上。

她和孙立恒爆发了一场剧烈的争吵，负气在楼梯上坐了整整一个晚上，而后拨通周安琪的电话。

周安琪当时刚和席文隽结婚不久，她像一个抗战多年终于取得胜利的老兵般，在电话那头语重心长道："一切反动派，都是纸老虎！别看老爷子嘴上说得决绝，你真倔起来他也没办法！别害怕，我就是你的前进之师！"

孙廷雅被鼓舞了，决定效仿革命前辈的经验，彻底从家里搬出去。妈妈很无奈，哥哥也劝不动她，从小就是这样，只要她决定做什么事，谁都阻拦不了。他们总说她是继承了爸爸的脾气，一意孤行、唯我独尊。

可是她没想到，真论起手段，孙立恒比她狠多了。

陈少峰当时在一家房地产公司做了两年，因为业绩优秀，翻了年就能升职。这是他努力很久的成果，可是就在迎来胜利的前夕，他却被开除了。

孙廷雅是去公司找他时听说的。前台小妹告诉她陈少峰已经离职，她冷静地道了谢，离开公司却飞跑起来。

大街上人来人往，她穿行在其中，脑子里一直想着陈少峰。她不知道他现在怎么样，前台小妹说他已经离开大半天，可是自己没有收到他的电话，那么，他现在究竟在哪里？

她漫无目的，最后还是去了他家。她和雨璇合租，他就在同一小区租了房子，三个人离得很近，经常早上一起吃饭再出门。她有他家的钥匙，本来是用雨璇的，两人在一起后没多久他就专门给她配了一把，在吃夜宵时随手递给了她。他那样云淡风轻，可她还是在他眼中看到了局促，于是凑过去笑道："别害怕，我不会夜袭你的。"

她打开防盗门，开锁时很轻很小心，生怕惊动了什么。门口没有他的鞋子，她想着果然没有回来吗，走进去却看到他坐在沙发上。

还穿着早上出门时的衣服，西装外套脱下放在旁边，里面是她送的生日礼物，银灰色的衬衫，袖口挽起露出结实的小臂。这件衬衫并不贵，因为知道他会费心还自己礼物，所以她选了个比较大众的牌子。

陈少峰安静地坐在那里抽烟。他神情很平静，没有孙廷雅以为的颓丧或者愤怒，可看着袅袅白烟里那张英俊的脸，她却觉得心口一阵阵生疼。

陈少峰发现了她，眉头微微一扬，一截烟灰落下，在西裤上散成粉末。他问："你怎么来了？"

孙廷雅走过去，"回来得这么早，今天不用加班吗？"

他顿了顿，微笑道："是啊，今天下班早。"

她忍了好一会儿，还是没忍住，"我都知道了。对不起，是我害的你，我害你被公司开除……"

她靠在他怀中，轻声说着抱歉。他两手停在半空中，好一会儿才落到她肩头，温声道："胡说什么呢？不关你的事。是我自己不喜欢这份工作，想换新的。"

"你不用安慰我了。是他做的，我爸爸就喜欢做这种事情，我早该想到……"

他不再出声，她有些忐忑地抬头。陈少峰多重视这份工作，她太清楚了，多少个夜晚为它加班加点，差点熬到胃出血。可是却被她搞砸了。

陈少峰看出她的心思，无奈地揉揉她的头发，"你在想什么？工作而已，没有了就找新的，不是什么大事。但你不一样。小雅，如果这就是和你在一起的代价，老天也太便宜我了。"

她犹自不安，因为心里清楚，爸爸的干预不会这么简单就结束。陈少峰看她片刻，神情里也闪过一丝忧色，但很快变成笑容，"别担心了。我接下来准备去华兴地产，他们总经理见过我，对我非常看好，之前还说要挖角呢。不过我也有些犹豫，这两年做下来，对房地产其实不怎么感兴趣。我是学金融的，做点和本行相关的工作应该会更好……"

他很少说这么长的句子，也很少这么耐心地解释某件事，几乎是絮絮叨叨了。孙廷雅忽然打断他的话，重新扑到他怀中，"你别怕。不管发生什么，我都不会离开你的。只要你不赶我走，我就永远陪着你！"

他顿住，半晌低低一笑，"赶你，我怎么舍得……"

他捧着她的脸，很认真地端详她，精致的五官，白皙的肌肤，这无疑是张美丽的脸，可是第一次见面时他完全没有想到，有朝一日她会在他心中占据这么重的分量。

他凝视着她，轻声道："小雅，我爱你。"

这是他第一次跟她说这三个字。窗外是缓缓滑落的夕阳，橘黄色的光芒映照在他脸上，男人的神情是从没有过的温暖柔和。他看着她，眼眸乌黑、眼神专注，仿佛这世上即使有再多再美的景色，他关心的，他在乎的，永远只有一个她。

孙廷雅怔怔地与他对视良久，忽地一笑，忍了许久的眼泪终于滑落。两手搂着他的脖子，她在他下巴亲了一下，说："我也爱你。"

Chapter.04
玉碎

　　新年过后，娱乐圈又热闹起来。去年最受关注的电影《高阳公主》经过几个月的后期制作，终于公布了档期，将于四月三十日举行首映礼，次日，也就是五月一日登陆全国各大院线。

　　因为是大制作，正式宣传期提前一个月就开始了，综艺、访谈、杂志、点映，主演们为了电影恨不得自己有分身术。除了远在西雅图拍摄新片的林奕无法到场，其余人都累得不行，在微信群里大呼："每到这时候，我就恨不得回去接着连轴拍戏！"

　　他们做牛做马的时候，孙廷雅的日子也不怎么好过。她和片方早有合同，不用参与各种宣传活动，但身为一个作家，她也有自己的创作任务，比如，筹备了大半年的新书。

　　这个悬疑惊悚的故事已经构思许久，为了它孙廷雅甚至去了趟雪域高原，差点搭上一条命。反复推了好几次大纲后，她终于在乔珊的威逼利诱下正式动笔，开始写第一章。

　　然而大概是从未尝试过这种题材，她写得非常不顺，接二连三地毙了好几次稿子，最后在极端烦躁下，对着电脑一根接一根地抽烟。

　　沈沣回来时，看到的就是这一幕。

　　女人赤脚坐在椅子上，前方是书桌，上面摆着个银白色的MacBook。她戴着副黑框眼镜，长发不像往常那样披着，而是往后梳成一个大马尾，没有刘海，露出光洁的额头。

　　沈沣知道孙廷雅有五百多度近视，但她平时基本戴隐形，这还是他第一次看她戴框架眼镜，更别说扎这种清汤寡水的马尾。他站在门口有点看愣了，半晌扑哧一声笑了出来。

　　孙廷雅发现了他，眉头一挑，"你回来了？"

　　"这是什么造型？"他走进去，"我还以为自己看错了，这是我那个永远走在时尚前沿的老婆？这么朴素，我要以为是哪里的女大学生了，学霸那种。"

　　"你见过学霸这个德行？"她说着，晃了晃指间的香烟。

　　书房里烟雾袅袅，确实有点呛人，沈沣问："怎么抽这么多？你在干吗？"

说完就感觉有点微妙，没想到有朝一日，居然是自己嫌弃起二手烟。

"写稿子。写不出来，所以抽烟。"

沈沣一看，屏幕上果然显示出一个word文档，"你的新书？"

孙廷雅点头。沈沣叹口气，伸手捞过她的下巴，"小可怜，来，有什么问题跟老公说。我帮你解决。"

孙廷雅没好气地白他一眼，随手合上电脑。折腾了一个下午，她有些累了，索性掐灭了烟，问："晚上吃什么？我想吃Baptiste家的牛排，你让他们送外卖吧。"

她指的是之前他带她去的那家法国餐厅，那家店基本不外送，但自己开口也不是不可以。不过……

沈沣说："那家餐厅离咱家俩小时车程，你确定要吃？"

孙廷雅点头，"我要吃。不管他们用什么办法，总之今天晚上要把牛排送过来。五分熟，不许老不许嫩不许凉，办不到你就睡地板吧。"

表情冷静、态度决绝，沈沣默了整整五秒，终于确定她大概是真遇到大瓶颈了……

电话打到了老友手机，终于说动他安排人送外卖过来。挂断电话时沈沣想，要是放到古代，孙廷雅一定是要求无度的妖妃毒后，而自己如果有幸成为君王，搞不好真能为她干出烽火戏诸侯、千里送荔枝的事儿。

那晚，他们吃上了大费周折送来的牛排，为了配得上它尊贵的身份，沈沣又开了一瓶当初婚宴剩下的红酒。他和孙廷雅一边吃一边喝，最后孙廷雅长腿一伸坐在地上，脸贴着冰凉的茶几，叹息道："每到这个时候，我就恨不得跑我哥的公司去，当个端茶送水的办公室小妹。只要别让我写稿，干什么都好……"

他觉得她这个样子很有趣，"这么痛苦？那你当初为什么做这行？"

"当然是因为喜欢了，哦，还因为我才华横溢，天生适合做这个。但，干一行，恨一行，你不懂？尤其是卡文时的崩溃，真是你想也想不到的。"

诉苦还不忘自夸，沈沣实在很难燃起同情，但对于她的话，他还是很能产生共鸣，"明白。我偶尔年底看报表时，也很想撂挑子不干了。"

孙廷雅懒懒一哼，拿手指点他，"叛逆Boy。"

她还戴着眼镜，因为抵着茶几，镜框被往上推了一点，脱离了鼻梁。沈沣探身摘下来，孙廷雅下意识地眯起眼睛，"你做什么？"

以往偶尔会觉得她眼神迷蒙，充满了诱人的魅力，但此刻这迷蒙可是真迷蒙。沈沣捏着细长的眼镜腿，轻轻转了一下，扬唇一笑，"我很好奇，你们作家每次写书，都这么……惊天动地？"

"并不是。当年我写《高阳》就挺顺，开头一万字只用了一个下午加一个晚上就写完了，可谓一气呵成。"吃饱喝足，孙廷雅心情好了点，也有兴趣给外行做点科普。

"那这次为什么这么艰难？"

"因为我在寻求突破呗。就像你每次泡一个新类型的妹子，总要比之前多下点功夫。"

聊天就聊天，居然还捎带上他了。沈沣神色不变，"说得对，我追你确实多下了很多功夫。"

孙廷雅扑哧一声，被他的机智逗笑了。他俯下身，在她唇上落下一吻，顺带捏了下她鼻尖，"既然要泡新妹子，那就加油吧，我的大作家。"

沈沣和孙廷雅现在只要待在北京，基本都会回他们的房子，相处时间比以前多了许多。然而同居果然是考验关系的一大利器，短短一个月，沈沣觉得自己对孙廷雅的认识比之前两年都要增加得多……得多。

已经见识过她写作瓶颈时的暴躁，然而那只是开始，接下来几天，孙廷雅的情况愈演愈烈。最后变成了沈沣关冰箱门的声音稍微大了点，她都会飞来个眼刀：别吵！

简直疯魔！

早在几个月前，沈沣就让陆文帮他买了孙廷雅的全套作品。她的书不多，一共四本，包括最负盛名的《高阳》。不过自打离开大学，他就很少阅读，更别说看小说了。试着打开过两次，最终都打着哈欠放弃。

不过现在亲眼看到她的创作过程，他又燃起了兴趣，决定继续这个了解老婆的任务。像绝大多理科男一样，沈沣历史一塌糊涂，文学素养非常抱歉，但他抱着既然要征服山峰，就从最高的那座开始的念头，毅然决然打开了《高阳》……

于是接下来的日子，他如果在家，就是孙廷雅在楼上书房写稿，他在客厅看小说，家里呈现一种非常古怪的气氛。沈沣读得并不快，偶尔有不明白的地方也没有去问她，因为记得她说过，和熟悉的人讨论自己的作品，会有一种"羞耻感"……

所以直到三天后，孙廷雅才发现，沈沣居然在看自己的书。

起因是孙廷雅觉得书房没有码字的感觉，决定移到阳台上来。四月份的京城已经转暖，她坐在沙发上，腿上放着笔记本电脑，啪嗒啪嗒地打字。沈沣在对面看着，她的手很漂亮，五指白皙修长，没有做美甲，剔透而干净。打字时并不看键盘，十指灵活敲击，像是一支舞蹈，看得他眼花缭乱。

这么欣赏了会儿，他随手拿出《高阳》，翻到上次的地方开始看。对面孙廷雅在按下几个字母键后，抬起了头，"你在看什么？"

沈沣扬了扬封面，"你不认识？"

孙廷雅的头发这会儿没有扎成马尾了，略显凌乱地披在肩上。她穿了条白色长裙，因为长时间被压在身下，下摆处有点皱。不过她完全没管这个，盯着沈沣手里的东西，诧异道："我认识。我问的是，你怎么会看这个？"

沈沣耸肩，"之前不是说过吗？我预备拜读完您的大作。"

孙廷雅努力回忆，似乎他确实说过，但自己当时肯定没当回事儿。而且这难道不是追求时才会玩的小手段吗？现在还看什么看！

她又抽出支烟，点燃后深深吸了一口。沈沣见她眉头紧皱，像是除了惊讶，还有别的心事，"你怎么了？写个小说而已，搞得跟打架一样。"

"稿子被毙了，头疼。"

她说着随手理了下头发，没想到立刻落下好几根。沈沣放下书走过去，握住她手腕看，掌心几根乌黑的发丝，因为长，差点就垂到地下。他皱眉，"别乱抓。"

孙廷雅不以为然，沈沣摇头，"不是都说女人对头发很爱惜吗？之前我弄掉几根，你眼神跟杀人似的。"

"之前我日子逍遥，才会有心情去管头发，现在，who cares！"

沈沣抽走她的烟，孙廷雅眼露不满，他随即递给她一杯冰水。孙廷雅看看烟又看看水，沈沣笑得和气，眼中却有坚持，她于是默不作声地喝了两口。因为不施脂粉，唇色也是淡淡的，染上水泽有种果冻般的柔软。

沈沣说："谁毙了你的稿子？"

"我经纪人，就乔珊，你也见过的。她当了我两年经纪人，可算等到我开始写书，毙起稿来毫不手软，我怀疑是在打击报复。"

沈沣低笑，"原来当你经纪人就能把你折磨成这样，我对这个职位心生向往了。"

居然还有心情打趣她，孙廷雅白他一眼，没好气又喝了一大口。沈沣轻叹口气，不知从哪儿找出把梳子，按着她肩膀给她梳起了头发。

孙廷雅没料到他这个举动，脖子顿时有点僵。他动作很小心，先把纠缠在一起的发丝理开，然后从头顶到发梢，一气呵成地梳下来。

等终于弄好，他拍拍她的头，满意道："Good girl，这样就漂亮了。"

孙廷雅不说话。他面露狐疑，她微微侧头，躲开他的手，"你干什么？"

"给你梳头发啊，看不明白？"

她抿唇，"动作挺熟练的。"

他用梳子点点她额头，戏谑道："嫉妒了？放心，我就算给别人梳头，那也只是练手，最后还是要用到你身上。"

孙廷雅夺过梳子。沈沣看着空荡荡的掌心，唇角弧度更深，"这么贾宝玉的事，对一个人做就够了。"

"解释这么多，我又不在乎你是不是给别人梳过头。"

"你不在乎，我在乎总行了吧？"沈沣说着，拉过她的手，"好了，我看你状态不是很好，不然稿子先放一放，我们出去走走吧。"

"走走？去哪里？"

"随便去哪里，反正别在屋里闷着。"

孙廷雅不肯动，转身抱过电脑刷起了网页，以行动表示拒绝。沈沣毫不气馁，准备强行带她出门，谁知孙廷雅忽然"咦"了一声。

他问："怎么了？"

"这个帖子，你过来看看……"

沈沣走到后面，微弯身子朝屏幕看去。孙廷雅开着一个网页，他一眼就瞥到了标题：《<高阳公主>点映大获成功，原著作者、神秘女作家格林小姐真容八年来首次曝光！》

下面配了张照片，女人大概二十七八岁，长发披散、容貌秀雅，隐隐还有股清冷气质。

很熟悉的一张脸，却不是孙廷雅。

夜幕降临，客厅里的灯全打开，虽然只有两个人，却硬是营造出了一种开集体会议的感觉。

乔珊把报纸扔到桌上，神情里满是嘲讽，"真是够了，这种假新闻居然也能上报纸，现在媒体为博眼球简直连脸都不要了。"

孙廷雅扯过报纸。照片上陆瑾予侧颜沉静，她旁边是蒋卫导演，两人似乎正在交谈。从网上爆料到晚报出炉，中间不过几个小时，这次媒体的反应倒是迅速。

乔珊见她不急不躁，双手抱臂，"你看吧，我早让你别遮遮掩掩的，又不是什么见不得人的事儿。现在好了吧，就要被人冒名顶替了！"

"冒名顶替？也好，如果她能帮我把新书写了，我不介意让她顶替。"

乔珊被气笑了，"真这么淡定？"

"你都说了，一个误会而已，我为什么不淡定？"

孙廷雅说着，又想起了下午，乔珊得知新闻，千里迢迢从北京城另一边赶过来，履行她身为经纪人的责任。这样郑重其事，让孙廷雅感动得差点给她涨佣金，然而就像她所说，这次的事确实只是个误会。

起因是昨晚在北京的《高阳公主》点映会，受邀参加的媒体在现场发现了一个气质容貌都相当出色的女人，她坐在第三排正中间的位置，结束后蒋卫导演亲自过去攀谈，言笑晏晏、仿佛旧识。记者立刻拍下照片，回去一打听才知道果然有来头，这女人姓陆，出身京城书香世家，读大学时曾出版过诗集，还是著名历史文学大师黄彬礼的学生。而这个黄彬礼就更有趣了，当年《高阳》第一次出版，曾请到他为其作序推荐！

记者将这些线索综合到一起，大胆得出一个猜测：这位神秘女子就是《高阳公主》的原著作者，格林小姐！

说实在的，孙廷雅听完乔珊的分析，都觉得记者的怀疑有理有据，换作是她搞不好也会这么想。实在是太过凑巧……

沈沣本来在房间打电话，这会儿走出来，说："我问过瑾予了，她也没想到会出这种新闻，不过她说会设法澄清，让我们不用担心。"

乔珊现在唯一欣慰的就是，沈沣认识那位陆小姐，这样解决起来就方便多了。她露出笑容，转头却发现孙廷雅唇角勾起，要笑不笑地瞅着沈沣。

"怎么了？"她问。

孙廷雅脑海中闪过沈沣生日那晚，陆瑾予对于《高阳》以及她的评价，舒展下手臂，淡淡道："没什么。我就是觉得，你在这里生气，搞不好被错认的人……也在生气呢。"

作为著有数本畅销书的作家，格林小姐本来就享有一定知名度，然而毕竟居于幕后，不能和台前的名人相比，第一次上热搜也是因为《高阳公主》确认翻拍。不过从电影开机至今发生的一系列波折，特别是她和林奕的绯闻，都让这个原本算不上主流的女作家吸引了越来越多的关注，以至于如今，关于她的新闻也能在网上引发一定程度的讨论。

尤其，那个所谓的"作家真容"还那么漂亮。

不到半天，陆瑾予的家世履历就被扒了出来，格林小姐的粉丝都很兴奋，因为女神果然是美貌与智慧并存，非但如此，她还系出名门，简直浑身上下都闪烁着光环。

可惜没等他们兴奋太久，陆瑾予方面就做出了澄清，称这个新闻不过是子虚乌有，陆小姐日程繁忙，从没写过什么小说，会去参加点映只是受了朋友邀请。与此同时，格林小姐的经纪人乔女士也发表了声明，称目前流传的所谓照片都是假的，作家本人非常注重隐私，也请各位关注她的作品，不要涉及生活。

两条消息被转发得全网皆知，群众大呼失望。

大家叹息过后，不情不愿地收起八卦之心，眼看这件事就要这么虎头蛇尾地结束，一个新的猛料却被挖掘而出。

陆家和沈家世代相交，身为两家的年轻一辈，陆瑾予和沈沣相识多年，也就是传说中的青梅竹马。不仅如此，两人私交也相当好，当年沈沣做赛车手时，陆瑾予还多次去现场为他加油！

沈沣玩赛车这段经历早被粉丝团扒了个遍，网上也有许多他赛车的照片流传，然而无论是哪一张，都没有最近这张引发的轰动大。

照片上，沈沣穿着白色赛车服大步走入赛场，陆瑾予站在旁边，手中拿着他的头盔。两人都看着对方，他满脸笑容，她唇边也有淡淡的笑意，阳光照在他们身上，活生生一出郎才女貌！

网友们炸了！八卦魂死灰复燃，热情简直无法抵挡！

"卧槽配对感好强！这真不是一对吗？我觉得两人肯定有猫腻！至少曾经有！"

"沈沣可是《高阳公主》的投资人啊，会不会陆瑾予的澄清是假的？她确实是原作者，沈沣拍了她的书，只是因为一些……咳咳的原因，不好做得太招摇？"

"楼上还帮这对狗男女遮掩，不就是小三勾引有妇之夫嘛！难怪不敢承认，换作是我也不敢认！"

"我开始同情沈沣他老婆了，有钱有势长得美顶屁用，老公还不是成天在外面招蜂引蝶。留不住丈夫心的女人，惨，一个大写的惨！"

诸如此类的言论肆虐网络，虽然给几个当事人都造成了不太好的影响，却无形中增加了《高阳公主》的关注度，更是让四月三十号的全国首映礼变成了万众瞩目的焦点——因为根据之前的消息，沈沣会出席当天的活动。

客厅里，孙廷雅坐在沙发上，腿上盖着条毯子。沈沣已经换好衣服，纯黑修身燕尾服，衬得他腰窄腿长，端的是风度翩翩。他走到孙廷雅面前，弯腰拉过她的手，说："真的不用我在家陪你吗？首映礼我去不去也没什么关系，反正去了也只会被逼问一些无聊的问题。"

孙廷雅吸吸鼻子，摇头笑道："没事儿，我就是有点感冒，还没到要人守着的程度。你还是去吧，现在这个当口你要是缺席，就会被人说心虚了。"

她这么一说，沈沣脸色微变，迟疑一瞬还是故意笑道："你没有误会吧？你要是误会了，我今晚就哪儿也不去了。我的历史确实不太光彩，但和瑾予这段绝对是敌人栽赃陷害，我们是清白的！"

孙廷雅托腮，因为老打喷嚏，鼻尖有一点红，她状似无意道："说起来，我确实有些好奇，按理你和陆小姐认识这么多年，她长得也挺漂亮，为什么没有试着交往一下呢？"

沈沣眉头紧皱，半晌才说："小雅，你要知道，我和瑾予几岁就认识了，后来成为好朋友。虽说现在的'哥哥妹妹'大都不太正经，但我确实是拿她当妹妹的。说实话，光是让我脑补一下和她在一起，都有种乱伦的感觉……"

孙廷雅"哦"了一声，没有再说什么。

沈沣看她一会儿，忽然从口袋里取出个丝绒小盒。孙廷雅疑惑眨眼，他把它打开，孙廷雅惊讶挑眉，"这是……我们的婚戒？"

确实是他们的婚戒。结婚戒指不像订婚戒指，向来做得比较朴素，两个简单的铂金圆环，内侧镌刻着两人的姓氏首字母。比较有趣的是，他们首字母都是S，刻上去就成了"S&S"。孙廷雅记得当时她还想，这样也好，不用追究到底谁排在前面，毕竟她对于屈居丈夫后面这种事还是很有意见的。

孙廷雅不习惯戴戒指，沈沣也差不多，所以这大半年来他们都忘了这事儿，孙廷雅甚至记不清她把戒指放哪儿了。

"我上次回家，在抽屉里看到了这个，妈帮我们收起来了。我觉得既然结婚了，还是应该把它戴好，这是信物，对吗？"

他执起她的手，绅士地弯下腰，将戒指缓缓套上她的无名指。她还穿着睡衣，腿上放着两张纸巾，一副卧病在床的懒散样子，他却是全套正装、英俊倜傥，眼睛映照着灯光，明亮得像星星。

戴好之后，他亲了亲她的手背，说："你放心，我会让所有人都知道，我爱的人只有一个，那就是我的妻子。那些流言都会不攻自破的。"

他与她的手交握，戒指碰撞着戒指，象征着世间最亲密的关系。

见孙廷雅愣着不说话，沈沣随意一笑，就打算离开。他本没指望她给出什么回应。

孙廷雅坐在沙发上一动不动。她看着戒指，忽然想起婚礼那天，她穿着洁白的婚纱站在爱琴海边，鲜花簇拥、宾客如云，而他也是这样，笑着将婚戒套上她的手指。

那时候，她还记不清他的脸。

"等一下。"

她忽然出声。他诧异回头，孙廷雅掀开毛毯站起来，缓步走到他面前。沈沣问："怎么了？"

"让司机再等一个小时，我要化妆换衣服。"

沈沣一愣，几乎不可置信，"你……"

孙廷雅淡淡一笑，"没错，我要和你一起去。"

四月三十日晚，备受瞩目的古装历史大戏《高阳公主》在北京举行了盛大的首映礼，导演蒋卫，主演夏心童、李明峻、林奕、姜岩等均出席了此次活动，同时还邀请了周佩佩、胡宇峥等明星到场，为电影宣传造势。众星云集，现场媒体更是兴奋，然而让人颇觉微妙的是，大家现在最想见的却不是这些平时呼风唤雨的大腕儿，而是两个长期居于幕后、本不该受到外界关注的人——投资方沈沣，以及编剧格林小姐。

也怪最近的新闻炒得实在太热，比起追着主演穷追猛打，企图在他们话语间发现点花边小料，当然是现成的丑闻更有吸引力。况且沈沣目前的知名度，已经不逊于很多明星。

人同此心，于是大家又开始担忧，沈沣肯定也猜到了现场的情况，如果他为了避风头，躲着不出现怎么办？

有这个想法的不只是媒体。

夏心童走完红毯，和尽头的林奕汇合，两人站在拍照区，含笑朝前方挥手。镁光灯不断闪烁，夏心童笑容不变，从齿缝里挤出问句，"我说，今晚格林老师到底来不来，你知道吗？"

林奕也在笑，不过他今晚的形象比较冷峻持重，笑容弧度不大，"我怎么知道，你自己问啊。"

"你跟格林老师那么熟，会不知道？"

林奕忽然瞥她一眼，继而淡淡道："现在不熟了。"

夏心童一愣。

有记者发现了他们的窃窃私语，立刻问道："心童和林奕在聊什么啊？不会有什么八卦吧，跟大家分享一下啊。"

夏心童笑着说："我们能有什么八卦？各位消息多门路多，我还想问问你们有没有八卦分享呢！"

记者说："你就别糊弄我们了。哎，你们几位主演肯定见到过编剧的吧，广大群众都很好奇啊，那位格林小姐到底长什么样儿？真的是美女作家吗？"

夏心童说："美不美我不知道，毕竟再美也不如我美。不过有件事倒是可以说说，外面爆出来的照片全是假的，她真不长那样儿。"

这是再次证明陆瑾予不是格林小姐了，记者们并不知足，继续旁敲侧击，可惜夏心童兵来将挡、水来土掩，几个来回下来半点有用的料都没挖到。

正当大家有点恼火时，一辆车在红毯前停下，黑色车门被司机打开，身材挺拔的英俊男子走了下来。

记者们眼前一亮，沈沣！没想到他真的来了！

一时间，举相机的举相机，准备问题的准备问题，就等着他走上红毯便发动攻击。然而让人意外的是，沈沣顿了两秒，却绕到汽车另一边，亲自拉开车门，非常绅士地微弯下腰，朝里面伸出了手。

有女人的手伸了出来，纤长白皙，轻轻放到他掌心。沈沣微微一笑，将手握紧了，他替她挡住门框，女人拖曳着长裙，缓缓从车内走出，站到了众人面前。

大家都愣了。过了两秒才反应过来，这是沈沣那位出身名门的太太。我天，原来他不仅自己来了，还带上了老婆！今晚是要放大招啊！

群情激动，现场一时竟起了喧哗，不过沈沣和孙廷雅仿佛没有听到，依然笑容自若，并肩走上了红毯。沈沣身穿黑色燕尾服，一如既往地风流倜傥。和他的中规中矩比起来，孙廷雅的装扮就让人惊艳多了。这是她第一次以沈太太的身份在上百家媒体前露面，造型也完全配得上这个场合。

一袭深蓝色曳地长裙，背部一个深深的V字，一路到达腰间，胸前的领也开得很低，露出大片皎洁的肌肤，然而这个设计半点不显暴露，反在优雅中透出性感。裙子上用银线绣着繁复的花纹，细碎钻石散落其上，折射出耀眼的光芒。有人认出那是Zuhair Murad的星空系列，穿在她身上，果然如同将满天星辰裁剪为衣，美得让人想起希腊神话里的女神。

孙廷雅挽着沈沣，款款走过长长的红毯。她的笑容很有分寸，既不过分热情，也不显得冷淡。女人青丝如瀑、眼波流转，有股神秘的冷艳气息，一时间魅力竟压过了今晚的女主角、向来以娇艳容貌为外界称道的夏心童！

等他们终于走到采访区，主持人也反应过来，她强忍激动，笑着问："沈先生好，沈太太好，没想到今晚能看到你们一起出现。沈太太好漂亮，是专程来支持丈夫的电影吗？"

孙廷雅与沈沣对视一眼，弯唇一笑，"算是吧。"

主持人看出有门道，不过她是主办方请来的，当然不会像记者那样穷追猛打，又挑了个不痛不痒的问题，"太太特意来捧场，沈先生可要好好感谢她呀！"

沈沨与孙廷雅十指交扣，他略一沉吟，对着镜头扬眉一笑，"我确实很想感谢我太太，但这部电影其实也算是她的作品，她来撑场子很正常，算不上给我面子。"

最后这句话韵味悠长，直到两人进场入座，大家都还浮想联翩。

众人猜个不停，孙廷雅却很淡定，她和沈沨坐在第二排的位置，看着台上正在进行的活动。导演和几位主演先后上场，同现场进行各种互动，作为电影放映前的预热。

沈沨一直握着孙廷雅的手。他到现在还觉得奇妙，孙廷雅居然会陪她一起，想到主持人的问题，他低声问："你是来支持我的吗？"

孙廷雅瞥他，故意说："不，我是来支持自己的电影。"

沈沨愉悦地笑起来，惹得前排观众好奇回头。他将孙廷雅的手握得更紧，又在手背亲了一下，"这样的话，你不该以我妻子的身份过来啊，格林老师……"

最后四个字压低了，却还是招来孙廷雅的白眼，他顿了顿，"你想好了吗？真的要公布……哎，你之前坚持不公布身份，是有什么原因吗？"

孙廷雅还没回答，身边忽然有人坐下。沈沨回头一看，眉头立刻皱紧，"你怎么来了？"

明亮灯光里，陆瑾予身穿淡蓝色小礼服，非常优雅美丽。她不满道："你这是什么口气？我当然是来参加首映礼的。"

"外面的新闻你不知道？这个时候还跑过来，嫌我们被抹黑得不够惨？"

陆瑾予轻蔑一笑，"君子坦荡荡，小人长戚戚。我又没做亏心事，为什么不敢来？"

沈沨有点无奈。陆瑾予的性子就是这样，别人越不让她做什么，她越要做什么，典型的吃软不吃硬。

陆瑾予说："不过，你别以为是我想来。要不是老师打电话给我，我才没空再看一遍这电影。"

"老师？"

"就是你说的黄老。因为给原著小说作了序，片方这次也送了票给他，不过他老人家没工夫也没兴趣，就把票给了我。沈三哥，我只是谨遵师命。"

沈沨无言，孙廷雅探身一笑，"你是替黄老来的？那多谢了。"

她客气温和，一如之前每次见面，沈沨却下意识觉得危险。他插嘴道："看起来，黄老确实挺喜欢《高阳》这本书，哪怕自己不想来也没有拂了片方的面子，派了你这个代表。"

孙廷雅扑哧一笑，觉得沈沨真是哪壶不开提哪壶。

陆瑾予脸色有些不好看，沈沨回过神来，却没工夫安慰受刺激的女人，台上主持人叫了他的名字，热情地请他上台跟大家打个招呼。

沈沨离开了，剩下两个女人隔着个空椅子而坐。有人注意到这奇妙的组合，开始不断将目光投射过来，满是看到八卦猛料的兴奋与期待。

孙廷雅说："所以，你看过电影了，觉得怎么样？"

陆瑾予顿了顿，"凑合吧，一部普通商业片，水准和原著小说挺持平的。"

孙廷雅微微一笑。陆瑾予看着她的脸，觉得心里一阵不舒服。

虽然告诉自己没必要跟那些吃饱没事儿干的网友计较，但最近的骂战她还是忍不住关注了。因为被打为"小三"，网友对她的言辞非常刻薄，还经常有人在骂她的同时捧孙廷雅，说她才是正室范儿，所有妖孽通通滚开。

陆瑾予觉得很可笑。如今这个年代，还有人追求做什么所谓的"正室"，她的男人如果不能对她忠贞不贰，就根本没有站在她身边的资格。孙廷雅白得了这么好的出身，原来也是个没骨气的，老公闹成这样居然也忍了下来，今天还巴巴地跟着沈沣出来，显摆自己沈太太的身份。

真是可怜又可笑！

带着点奚落的心情，她说："我觉得，还是应该跟你解释一下，我不是那个什么格林小姐。"

"我知道。"孙廷雅笑，"你对这本书评价这么低，如果是作者本人，也自谦过头了。"

陆瑾予直觉她话里藏着讽刺，却挑不出错，孙廷雅又问："黄老不喜欢诗吗？"

陆瑾予皱眉，"什么意思？"

"没什么，我只是忽然想到，当年陆小姐出诗集，黄老好像没有为你作序推荐。"孙廷雅淡淡道。

陆瑾予眉头一跳，心中暗藏的不甘和嫉妒几乎被她彻底挑明，薄唇紧抿，半晌才从鼻子里轻轻哼了一声。

孙廷雅望着台上的沈沣，又想起他的问题。为什么不公布身份，其实没什么特别的原因，只是习惯了。当初做了这个决定，这么多年都过来了，如今也不会因为一部电影就改变。毕竟对她来说，这个理由并不充分。

她摩挲着婚戒，轻轻一笑。不过现在，她的想法发生了改变。

沈沣正在台上笑着应付媒体，在开始的过渡后，大家都试图把话题往最近的绯闻上引。有记者笑着说："沈先生，那位格林小姐真这么神秘吗？今天可是首映礼啊，都不肯让大家见一面！"

沈沣往台下某个方向望去，陆瑾予与他目光对上，下意识觉得他在看自己，那么专注，背脊竟猛地一紧。

不过下一瞬她就反应过来，他看的不是她。偏头一看，身旁座位空空，孙廷雅不知何时已悄然离开。

沈沣说："有件事最近闹得沸沸扬扬，我知道大家都很好奇，能写出这种好作品的作者本人，究竟长什么样子。但是钱钟书先生曾说过，你喜欢吃鸡蛋，并不一定要认识下蛋的母鸡，格林小姐之前一直信奉这个理念，所以不想公布身份。"

记者们听出他的暗示，有点不确定地抬头。

"不过正如我们的记者朋友所说，今天是首映礼，两个小时前她终于松口，愿意站到台前，让想认识她的朋友见见她……其实大家已经见过她了，今晚她一直在现场。"

有媒体注意到陆瑾予，不由得眼睛一亮，想着不是吧，这是要坦白了？

陆瑾予心没来由地一跳。沈沣的话，加上旁边空荡荡的位置，让她脑中模模糊糊浮起个猜测，却不敢相信那是真的。

舞台的追灯打到边缘，正好照到一个长发飘飘、裙摆曳地的女人。她款款朝沈沣走去，步履优雅，一如之前在万众瞩目中走过红毯。男人上前握住她的手，两人相视而笑，默契尽在不言中。

沈沣带她回到舞台中央。男人清了清嗓子，脸上带着故意露出的苦恼和无奈，仿佛会有这个结果全是被逼出来的，"给大家介绍一下，这位是我的太太，也是《高阳公主》的编剧和原著作者，格林小姐。"

台下安静了好几秒。

大厅里坐了上百人，熙熙攘攘，却没有一个人说话。大家愣愣地看着舞台上的夫妻俩，完全呆在了那里。

"咳……咳咳！"

不知哪里传来的咳嗽声如同警铃，将众人从呆滞中唤醒，记者们彼此对视，都从对方眼中看到了兴奋。这回不需要主持人串场，他们自发主动、满脸热情、潮水般往前涌去，喧哗声越来越响亮，到最后简直像是在喊话！

"沈先生，您的意思是，您太太就是编剧，就是那位神秘女作家？"

"这是您为太太拍摄的电影吗？你选择投资这部片子，是不是看在太太的面子上？"

"为什么选择隐瞒？今天决定公布身份，是否与前阵子的绯闻有关？"

孙廷雅握着话筒，左手随意往下一压，大家下意识收声。她略一沉吟，挑了最尖锐的一个问题回答，"为什么选择隐瞒？因为想要清静，想给自己减少麻烦。可惜最近的经验告诉我，这个举动非但不能减少麻烦，反而惹出了许多不必要且非常可笑的猜疑。"

"您口中的猜疑，是指陆瑾予小姐……"

孙廷雅自然点头，"陆小姐不仅是我先生的朋友，与我也认识。我和沈沣勉强还算半个娱乐圈的人，但她同这个圈子完全没有关系，我很抱歉将她牵扯进来。这也是我决定公开身份的一个原因。"

听起来像是在为陆瑾予说话，可在场众人都清楚，她只是在表明沈沣和陆瑾予之间没有暧昧。

沈沣揽住她纤细的腰肢，明明自己有话筒，却偏要凑到孙廷雅手中的话筒前，说："至于我选中这部小说投资，是否看在我太太的面子上，说出来大家也许不会相信，我原来并不知道廷雅就是格林小姐。她的笔名对我乃至两边父母长辈都是保密的，我只知道她在写小说。如果不是这部电影，也许还要被保密更久。"他轻笑一声，"我觉得这是很神奇的缘分，如同我们当初遇见。我很喜欢这个巧合。"

他凝视着孙廷雅，眼中写满情意，她也回以一笑。

这番恩爱秀下来，大家都不知道还能说什么，孙廷雅明显也清楚，仪态万千地准备下台。

眼看就要走了，忽然有个女记者冷不丁问："您真的是格林小姐吗？这会不会只是一个危机公关？为了应付最近的丑闻……"

大家都看过去，孙廷雅也盯着她，不说话。女记者见她神情严肃，以为自己踩中雷点了，脸上依然淡定，心中却不免忐忑。旁边的记者都激动起来，如果孙廷雅当众发火，就又多了可写的点！

孙廷雅忽地一笑，像是听到什么非常滑稽的事，耸耸肩说："Come on，我一直以为，作家被诬陷代笔已经是极限了，你们不会真觉得我能完全窃取另一个人的身份吧？问问我的书商，问问剧组工作人员，就知道格林小姐到底是谁了。"

这回应有理有据，令人信服。女记者也觉得自己问了蠢问题，有点尴尬地低下头。

孙廷雅功成身退，沈沨以很小的弧度朝她伸出手，她察觉了，忍着笑轻轻拍了一下。是个庆祝胜利的击掌。

下台时无意间瞥到了观众席。陆瑾予坐在那里，背脊挺直、身姿端庄，然而明晃晃的灯光下，她的小脸有点僵硬，又因为唇色偏红，远远望去，竟像是戴了层石灰做的面具。

非常古怪。

首映礼上的情况没有等太久，就被现场观众和媒体传到了网上。本来就有一帮粉丝关注着这场盛会，在得知这个消息后顿时鸡血上头，网上噼里啪啦又炸成一片！

"简直神展开！孙廷雅就是格林小姐？你逗我？"

"这已经是第二次了。为什么沈沨的外遇对象总是他老婆？我已经受不起更多的打脸。"

"我的小绿女神，当年爱上《高阳》时，我万万没想到，第一次看到你的真容居然是在娱乐八卦版块。"

"等会儿，之前和林奕闹绯闻的是格林小姐，也就是说，沈沨他老婆大晚上和男明星牵手同游？还开房？"

"啧啧啧，豪门啊，果然是豪门。我们还去同情人家被老公背叛，结果根本是各玩儿各的，是在下输了！"

话题偏到这里，很快被人不满反驳。既有不希望偶像和有夫之妇扯到一起的林奕粉丝，也有沈沣和格林小姐的拥趸，当然，还有今晚新鲜出炉的两人CP粉……

"林奕早就澄清，和格林小姐只是朋友，楼上造谣！"

"说各玩儿各的是眼瞎吗？沈沣看格林的眼神，满满的全是爱啊，这能作假？林奕他们是演员，沈沣和格林可不是！"

不怪大家激动，毕竟这桩新闻经过好几天的发酵期，如今正是外界关注的巅峰。在这个当口爆出这种惊天大转折，使整个走向充满了戏剧性，比一开始就宣布孙廷雅是格林小姐带来的震撼感要大太多。

孙廷雅站在卧室的弧形落地窗前，她已经换下华丽的晚礼服，穿了条简单的黑色睡裙，一边欣赏繁华夜景，一边和周安琪打电话。女人在那边表示很气愤，这样历史性的时刻自己居然没有在场见证，言辞里满是对孙廷雅的指责，太不够义气了，都不提前通知她！

孙廷雅说："我也是事到临头了才决定过去，时间紧迫，没办法提前通知你。"

"干吗，急着去帮老公站台？以前没发现，你挺贤惠嘛。"

孙廷雅顿了顿，"对啊，我就是这么贤惠。"

居然恬不知耻地承认了。

周安琪被弄得一愣，孙廷雅愉快地笑起来，周安琪默了片刻，居然没有找回场子，而是说："好吧，这次就让你。"

玻璃窗剔透晶莹，映照着满城灯光，仿佛水晶球里的繁华世界。孙廷雅靠在上面，脸贴着冰凉的玻璃，电话那边周安琪的声音变得温柔，"我和文隽最近一直想休年假，什么时候你和沈沣也有空了，我们四个一起出去玩吧。去欧洲，或者南美，再远点去南极也行，来一场四人旅行。"

那是她们少女时的约定，将来彼此都有了男朋友，一定要四个人出去玩一趟。可惜因为一些原因，这么多年一直没能成行。

孙廷雅薄唇轻抿，慢慢带出个笑，很浅，却真切，"好啊。"

沈沣进来时，孙廷雅站在窗边看风景，他从后面搂住她的腰，含糊道："电话打完了？"

孙廷雅回头，与他的目光对上，"嗯。"

沈沣将下巴放上她肩膀，孙廷雅穿着平底鞋，他做这个姿势就不那么容易。温热的呼吸拂到她的脖子，有点痒，孙廷雅伸出一根指头去推他，可惜男人不为所动。

"是周安琪吧？她说什么了？"沈沣问。

"抱怨我没通知她去现场。"

沈沣闷笑，"我刚也接到几个哥们儿的电话，说有好节目也不通知他们，还得现在去网上找视频……"

"之前不来给我们站台撑场子，现在想看热闹？晚了。"

沈沣煞有介事地点头，"对，晚了。"

两人相视一笑，仿佛又回到在台上时，那样默契的一刻。沈沣将她搂得更紧，声音里带着欣喜的叹息，"我很高兴，你今晚愿意陪着我。"

她转身，勾住沈沣脖子，"不客气。"

房间里安静了一会儿，温馨的气氛在两人间流淌。沈沣说："爸妈都还没收到消息，不过估计明天就得打电话问了，咱们最近恐怕得少出门，让这个新闻快些过去。"

孙廷雅问："见不得人？"

"如果你不乐意，我还有另一个方案。"沈沣早有准备，说，"我刚才忽然想起来，咱俩好像欠着一次旅行。我们的蜜月，可到现在都还没度呢。"

当初在希腊举行完婚礼，两人本该直接出发去度蜜月，不过他们都没这个兴趣，第二天就各奔东西。孙廷雅飞去阿根廷见老朋友，至于沈沣，孙廷雅也不知道他去了哪里。

孙廷雅扑哧一笑，沈沣问："怎么了？"

"没什么，就是……你和安琪挺心有灵犀的。"

沈沣不明白，孙廷雅并不解释，反而坐到沙发上拿起了手机。网上自然全在热议这件事，格林小姐的微博下也炸了锅，各路观光团都跑来打卡，最新一条微博的评论数居然达到三万，也是破了孙廷雅的记录。

不过沈沣更厉害，他已经五万了。

鉴于她到现在都没在微博上表示点什么，还有人抱着万分之一的怀疑，质问发布会上的事究竟是不是真的。孙廷雅想了想，让沈沣坐到自己旁边，咔嚓拍了张照片。沈沣始料未及，下意识说："你干什么？"

孙廷雅检查了一下，觉得还不错，点开了微博。沈沣见状明白了，"你要发上去？等等，不修个图吗？"

孙廷雅满脸嫌弃，"修图？你不会还要求把脸修小吧？"

沈沣无言以对，只好眼睁睁地看着孙廷雅把照片上传。灯光昏黄的房间，两人都穿着随意的家居服，坐在黑色小沙发上，背后是晶莹的玻璃窗，透过右上角的一小块，能看到更远处满城灯火璀璨。

@格林小姐V：你们要的自拍。旁边的人是附赠的，不用在乎。

五月一日，《高阳公主》正式登陆全国各大院线。作为热门IP改编的电影，原本就有大量观众基础，加上当红的主演、得力的发行方，首日就拿下五千万票房。票房走势喜人，所有人心情都很好，玩笑开个没完。但大家也明白，首日票房代表的是各大主创粉丝的购买力，最终成绩如何，还是要看电影在路人间的口碑。

随着上映时间的推移，越来越多的关注点放在了电影本身，让人庆幸的是，虽然没有获得多么夸张的称赞，但大多数评价都还不错。整部片子结构完整、层次分明，高阳公主与辩机的爱情处理得深刻复杂、令人动容。身为电影的灵魂人物，夏心童的演绎也没有辜负期待，高傲、痴情、决绝、冷漠，她诠释的高阳是那样美丽，就像最娇艳的牡丹花，在盛世大唐的宫殿里迎风绽放，每一片花瓣都写满了她的喜悦和哀伤。

至于剧本，也得到了一些专业人士的认可。作为首次担任电影编剧的新人来说，孙廷雅的表现算得上可圈可点，没有犯原作者改编自己作品常犯的难以取舍、当局者迷的错误，大刀阔斧地调整了整个故事的结构，砍掉许多没有必要的枝干，又增加了主角之间的纠缠脉络、矛盾冲突，使它更合适电影的拍摄。

总的来说，这是一次较为成功的文学作品影视化尝试，离经典还很远，但也担得起一声"不错"。鉴于目前国内电影市场商业烂片层出不穷，《高阳公主》在其中就显得相当出彩，所以当它的票房首周突破两亿，大家都觉得意料之中，甚至还有点少了。

"正常情况来说，首周票房占电影总票房的百分之四十，这样看的话，除非后期出个什么意外，否则这片子最终票房应该徘徊在五亿左右，没跑了。"

花园里，周安琪把一杯白葡萄酒递给孙廷雅，随口说道。她们旁边分别是席文隽和沈沨，中间隔着个不大不小的烤架，炭木烧得很旺，铁丝架上放满各种肉和蔬菜，白烟袅袅，香味被风吹得四散，让人垂涎欲滴。四人旅行没能付诸实践，短期内实在没法儿找出大家都有空的时候，周安琪退而求其次，搞了个四人聚餐，在她家花园里BBQ。

以《高阳公主》的投资来看，票房三亿是及格，五亿就是优秀了，所以孙廷雅笑着举起酒杯，"借你吉言。"

周安琪耸肩，"你们两个够可以啊，第一次投资电影就搞得有声有色，再过两年就能来抢我的饭碗了。"

沈沨身穿Polo衫和牛仔裤，席地而坐，他看起来很年轻也很随意，甚至有点大学男生的阳光，闻言学着孙廷雅举杯，认真道："借您吉言。"

周安琪按了按额头，决定不和他计较。孙廷雅舒展手臂，偏头笑道："出来逛逛也好，最近都在家里宅着，久了真让人烦躁。"

"看来一夜成名后的生活，不怎么轻松啊。"周安琪戏谑，"你不会出门都必须戴帽子和墨镜了吧？"

孙廷雅白她，"哪有那么夸张。"

经过这阵子的消化，外界对这件事已经完全接受，最开心的当然是格林小姐的粉丝。当初爆出是陆瑾予，他们就激动于她是个美貌高雅的大家闺秀，如今换成孙廷雅，各方面条件没有丝毫降低不说，甚至在外表上还要更好一点。那晚的红毯照被营销号轮得到处都是，路人纷纷感慨她的美丽——从这个角度，周安琪说孙廷雅一夜成名也没错，至少经过那一晚，相当大一部分网友都记住了她的脸。

至于双方长辈亲友，他们在首映礼次日就知道了这件事，对于孙廷雅不声不响成了个著名作家，大家虽然称赞惊喜，但也仅此而已。家族里牛人辈出，比起那些三十出头就打下亿万家业的堂兄表姐，这个成绩也算不得什么。当然，为表支持，还是纷纷买了她的书，于是孙廷雅就陷入她最不希望的境地——她无法想象，下次家族聚会，话题会不会变成她小说里的情节……

她叹口气，"现在只能把一切交给时间，我就安静地等着过气。"

席文隽忍不住一笑，"这话让公司里的艺人听到，估计要嫉妒到睡不着了。"

沈沣夹了片牛肉，放到孙廷雅盘子里，"尝尝看，我亲手烤的。"

周安琪不满，"肉是我放的，油是我刷的，连酱料都是我端过来的，凭什么说是你烤的？"

"面是我翻的。"沈沣镇定自若，"你一定要追究，那么大厨是我，你顶多算打杂的小工。"

闺密的男人竟如此不客气，周安琪回头，"你没什么要说的吗？"

孙廷雅把肉放到嘴里，"他最近难得做菜欲望很强，我不能打击，要小心呵护。嗯，好吃，再给我一片。"

沈沣得意一笑，又给孙廷雅夹了块里脊。

居然在自己面前秀上恩爱了！

作为婚姻幸福的典范，周安琪从来都是虐狗的那个，没想到有朝一日会被人上门踢馆。她憋着口气想怎么反击，席文隽却夹起块肉递到她唇边。

男人面庞白净，鼻梁上架了副无框眼镜，越发显得气质温文、容貌清俊。他声音带笑，像在哄他们的儿子，说："乖，吃东西了。"

女佣正好过来送新切的牛肉，看到这一幕，至今没有男朋友的小姑娘觉得受到了双重暴击……

晚上回家后，孙廷雅卸完妆，坐在梳妆台前做护肤。沈沣站在后面看她，往常他从没有耐心看女人做这个，也就不知道过程居然如此复杂，弄了半个小时还没有完。

他感慨道："我必须说一句，你们女人果然很辛苦，佩服佩服。"

孙廷雅道："知道就好。所以我出门，有两样东西是绝对不能丢的，一个是电脑，还有就是我的化妆包。"

他失笑。孙廷雅摇摇头，故作忧伤，"也是现在岁数大了，所以步骤越来越多。没办法，怕老，特别怕老。"

他摩挲下巴，"我倒觉得，变老也没那么可怕。咱们俩一起老，想想还挺有趣的。"

孙廷雅不作声，做完最后一道护肤，走到床边坐下。沈沣说："周安琪的儿子长得挺像她，但性格比他们俩都闹腾，也不知随了谁了。"

下午BBQ到一半，保姆带着周皓嘉回来了，刚满五岁的小男孩，乳名叫宝宝，却完全是个惹不起的小魔王。出门时才换了新衣服，小半天不见居然又脏了，据说是非要去爬树，拦都拦不住，最后蹭了一身。周安琪笑得不行，也不让保姆给孩子换衣服，反而拽到怀里，塞给他一只装满烤肉的小碗，"来，妈妈请你的！吃饱了才有力气接着爬！"

小男孩大呼妈妈万岁，乌溜溜的大眼睛像宝石，嘴唇也红红的。烤肉都被细心地剪成了小块，为了防备他被噎着，可惜这番苦心全白费了，小男生用勺子送了一大勺到嘴里，开心地嚼着，哪怕被烫得呼哧呼哧喘气也不撒手。

想到这里，孙廷雅忍不住露出笑容，"我觉得他和安琪很像啊，安琪十几岁时，就是这么闹腾。挺可爱的。"

话音未落，沈沣已从后面抱住她，炙热的吻相继落到她后脖颈。孙廷雅穿着件米色的丝绸睡衣，被他一扯就滑落下去，露出一截雪白的肩头。他的吻蔓延到那里，两只手也灵巧地解开她的腰带。

孙廷雅被推倒在床上，他压着她，重新吻上了她的唇。很深入，充满了掠夺与征服的意味，孙廷雅很快发现他身体的变化。四目相对，男人并不窘迫，修长的眸子流露出戏谑。下身贴着她，让那一处的感知越发明显，男人笑得带出一丝邪气，甚至有意无意顶了她两下。

她张嘴想说话，他的舌头却趁机钻进去。他用了十分的技巧，她嘤咛一声，身体瞬间软了下来。

两人的纠缠越发深入，她觉得脑子越来越混乱，眼看已经箭在弦上，她抓住最后一丝清明说："等、等一下……"

沈沣头埋在她胸口，好一会儿才抬起来。她往床头柜瞟，他知道她指的是什么，除了事发突然的第一晚，她是在第二天补吃的避孕药，之后每一次两人都提前做好了安全措施，现在她也是这么想的。

沈沣低头，嘴唇擦过她的，那样软，有甜蜜的芬芳，"小雅，我们不用那个怎么样？"

孙廷雅微愣。他声音沙哑，里面有尚未平息的情潮，以及，一丝隐隐的向往，"我也觉得皓嘉很可爱，之前的次仁也很讨人喜欢。所以我有些好奇，如果我跟你生个孩子，会是什么样的……小雅，你不好奇吗？"

灯光晕黄，勾勒着他英俊的面庞，那双黑眸也如同包裹在一团柔光中。太过迷人，竟让孙廷雅觉得心漏掉一拍。

可是，孩子……

她摸摸他的鬓发，"Honey，你不觉得太快了吗？"

沈沨头靠在她肩膀上，孙廷雅推他，男人闷闷的样子让她生出不好的猜测。念头刚转过来，就听到他说："Damn it！我就知道会被拒绝！"

孙廷雅忍不住笑起来，"知道你还提。"

"我想着最近运气这么好，万一今晚也见鬼了呢？忍不住就试了一下。"

这么折腾了一通，两人都没有继续下去的兴致，沈沨把孙廷雅搂在怀中，说："亲爱的，回答我个问题。你是暂时不想生，还是以后都不打算生？"

身为一个接触高知女性众多的男士，他当然知道现在的女人对生孩子越来越不感冒，认为人生除了孕育后代，还有更重要的价值。就连表妹宜熙，和丈夫恩爱成那样，也在生完一胎后表示，绝不可能生第二个，"我可是要成为传奇女星的人，哪儿有工夫一胎接一胎生个不停，戏还拍不拍了？！"

孙廷雅的个性比宜熙不受拘束多了，所以他一直很好奇，她在这个问题上的态度是怎样的。

他完全是征询意见的口吻，似乎并没有任何倾向，可孙廷雅却看出了他眼中暗藏的担忧。鬼使神差地，她道："如果我说，我的人生规划里不包括生孩子呢？"

沈沨沉默片刻，才微笑着说："那我们接下来就有场硬仗要对付了。"

他们是家族联姻，双方长辈之所以逼婚，当然也是盼着抱孙子的。如果他们压根儿就不准备生，要解决的问题确实还不小。

孙廷雅道："你没有意见吗？"

沈沨顿了顿，"还好。你不想生就不生，我总不能逼你。"

孙廷雅看着他，目光明净如清澈的溪水，又像是能照穿人心的X射线。沈沨绷了几秒，无奈道："好吧，我确实有点失望，但，这件事你说了算。"

他在她额头亲了亲，喟叹道："如果我们还是当初那样，结婚只是为了交差，为了完成任务，没有孩子我会不高兴。但，现在对我来说，你是最重要的，别的不过锦上添花。有很好，没有我也能接受。"

孙廷雅趴在他怀中，仰头与他对视。他眼神专注，她在里面看到两个小小的自己，唇边笑容一点点放大，"你运气很好。不想生孩子的是乔珊，我对做妈妈没这么抗拒。"

沈沨闻言并没有特别喜悦，轻轻笑了笑，一口咬上她鼻尖，"考验我？"

"不，玩弄你。"她勾住他脖子，戏谑地眨眨眼睛。

想了想，又说："现在对我来说太早了，还没做好心理准备，而且今年工作排得很满，也没有时间。等明年吧，到时候我们再商量。"

他重新把她压倒，笑着说："好，都好。你什么时候排出档期了，通知我就行。现在，我们先把没做完的事做了吧……"

周安琪得知了那晚的事，笑着说："不错嘛，沈沨表现得挺好啊。如果因为女人不肯生孩子就生气，这种男人也没有留着的必要。怀胎十月和分娩之痛都是我们承受，所以我们想什么时候生就什么时候生，不想生就不生，那种觉得结了婚就必须给他传宗接代的男人繁殖癌无误，早踹早好。"

孙廷雅觉得，在这件事上自己反倒比周安琪要求低。她明白如今的大环境，要不要孩子依然是夫妻间很重要的一个问题，因为这个分开的例子也层出不穷。所以她惊讶于沈沣的态度。无论他是真那么想，还是当时这么一说，然后暗自期待她将来改变心意。她只知道，他说那番话的表情，她很喜欢。

她的丈夫或许风流多情，却是个真正的绅士。

孙廷雅独自走在街上，想到这里淡淡一笑。她觉得有点累，很想找个地方坐一坐，前方有家小电影院，门口挂着几张《高阳公主》的海报。孙廷雅进去买了票，因为已经上映了半个多月，加上地处偏僻，又是工作日下午，影院里人很少，她觉得正好，毕竟她也是新晋网红girl。

其实关于孩子，很早以前，她也和陈少峰讨论过。那天本来只是一件很小的事情，他嫌她做事不够仔细，继续下去将来一定会捅出大娄子。而她生理期快到了，脾气暴躁，毫不客气地顶了回去。两人一个下午没有说话，到晚饭时他主动求和，强行把她抱到怀中，"好了，怎么脾气这么大，我又不是在骂你……"

她气鼓鼓道："这样还不叫骂？"

"当然不是，我只是担心，你这么粗心下去，将来把我们的孩子弄丢了怎么办？"

她脸色一变，重点完全偏了，"孩、孩子……"

他也察觉自己失言，神情有点尴尬，轻轻咳嗽一声，目光不敢再落到她身上。孙廷雅两颊发红，半晌撞开他，头也不回地走了，"神经病，谁要跟你生孩子！"

一不留神，她踩空台阶，差点摔倒在地。孙廷雅扶着墙，轻轻吸了口气，嘲笑自己的笨拙。电影已经开始了，整个大厅只有最后一排坐了个男人，她从后面的门进去，很偶然地一瞥，正好看到他的脸。

男人身穿黑色西服，很安静地望着前方。播放厅里只有大荧幕的白光，上演着歌舞升平、盛世繁华，他的面庞被光芒照耀，身子却隐匿在黑暗中，像是披戴着永生永世的孤独，又仿佛溺水的人终于找到机会，浮出水面求得片刻喘息。

孙廷雅一动不动地站在那里，没有往前走，也没有退出去。时间太长，他终于察觉异常，回头一看，身子顿时僵住。

荧幕上，年幼的高阳与辩机重逢，她冲过去抱住他，那样开心，"禅师，我们终于又见面了。你知道吗？我差点以为，这辈子都见不到你了。"

黑暗中，两人长久注视着对方。明明中间只隔了几张椅子、一条过道，她却觉得仿佛横亘了多年时光、生死茫茫。

下午的咖啡厅很安静，现场演奏的钢琴曲悠扬悦耳，空气里有咖啡豆香醇的味道，让人想到挥之不去的往事情怀，浓重，苦涩。

孙廷雅和陈少峰坐在一处隔间里，她用小镊子夹起方糖，放到咖啡里，泛起一圈圈细小的涟漪。他坐在对面，神情平静，"没想到会在这里遇见你。"

"我来看自己的电影，多正常。反倒是你，工作日不用上班吗？"

他说："前阵子刚忙完，今天给自己放假。"

她"哦"了一声，端起咖啡喝了一口。糖放多了，苦涩里夹杂着甜腻，很古怪的滋味，她却面不改色地咽了下去。

陈少峰说："上次的事，我要和你道歉。那晚我有些失态。"

他提到那晚，孙廷雅并不想回忆的那晚，寒夜里细雪纷飞，他紧紧攥着她的手，不让她离开。

"没关系，我当时也太激动了。"

他唇角微弯，像在笑，又好像没有，"还没祝贺你，电影拍得不错。"

她微笑，"谢谢。"

也许这样才是正常的。没有哭天抢地，没有彼此怨恨，他们就像两个多年不见的老朋友，坐下来喝一杯咖啡，平静地谈谈近况，仿佛那些过往都已烟消云散。

可孙廷雅仍旧控制不住地想起很久以前，《高阳》还在网上连载，她打印出来逼他看。理科男怎么也进不了状态，最后她生气了，抢回来说："真是不识货。我告诉你，这小说在网上可红了，也许将来还会拍成电影，有本事你到时候也别看！"

他顺水推舟，"既然如此，我就先不看了，给电影留一些惊喜。我保证，只要你拍了，我一定去捧场。"

她忽然站起来，低着头说："我去趟洗手间。"

没有等他回答，她已经走了出去，不是洗手间的方向，而是出了咖啡厅大门。微风吹拂到脸上，钢琴曲听不到了，取而代之的是大街上的熙熙攘攘，这声音让她觉得安全，仿佛重新回到人间。

她站在咖啡厅门口，无意识地望着前方，车子一辆接一辆开过去，红的、白的、灰的，还有黑色的……她数了一遍又一遍，脑子里像在思考，又像是什么都没有。

不知过了多久，身后的门被推开，陈少峰走了出来，手里拿着她的风衣。他说："抱歉，忽然有点公事。"

她接过风衣，沉默地穿上。他的车就停在路边，两人朝那个方向走去，她却在思考怎样告别。她不打算让他送自己。

一辆车在前方停下，动静太大，仿佛被逼停的。下一秒车门打开，走下来一个男人，容貌俊雅、修长挺拔，那张脸非常熟悉。孙廷雅还没回过神，又下来个身穿白衣的女人。她拉住男人的胳膊，急切地说着什么。离得太远了，她听不清。

陈少峰眉头微蹙，"席文隽？"

他记得席文隽是因为在生意场上见过几次，但同时他也知道，这是孙廷雅好朋友的丈夫。

他望向那女人，从他的角度看不清她的脸，"那是周小姐吗？"

女人忽然抱住席文隽，头靠在他胸口，像是在哭泣。

孙廷雅看着他们，轻声说："不是。"

陈少峰不说话了。

席文隽没有让女人抱太久，一言不发地挣开了她，似乎担心被人看到，他朝四周打量。眼看他朝这个方向过来，孙廷雅下意识抓住陈少峰，躲到了旁边的隐蔽处。

两人都蹲着，她仍盯着前方，陈少峰很安静，唯有呼吸声一下接一下，钻入她的耳中。她忽然反应过来，自己正拉着他的手。

身子猛地一僵。

他的手还像过去一样，瘦长、干净，骨节分明，拥有徒手攀岩的强大力道，却顺从地被她握着。

孙廷雅心漏掉一拍，想松开，它却突然翻转，转而将她攥在掌中。孙廷雅微惊，抬头望去，陈少峰没有看她，冷静道："他们要走了。"

席文隽和女人果然已经重新上车，陈少峰一见汽车发动，就拉着孙廷雅往外走。他腿长步子大，好在孙廷雅也习惯快走，跟上他半点不觉吃力。记得以前每晚散步，都是她和他远远走在前面，剩下雨璇在后面慢悠悠地跟着，懒得和这两人折腾。

他开了自己的车，让孙廷雅坐到副驾驶座，然后发动引擎跟了上去。孙廷雅一动不动，他看她两眼，终于说："安全带。"

她抓住黑色的带子，没有立刻系，"你做什么？"

前面的车朝右拐，他打了下方向盘，黑色的雷克萨斯也跟着右转。孙廷雅还看着他，陈少峰薄唇轻抿，淡淡道："如果你不想，我们可以下个路口调头。"

孙廷雅靠着椅背，"咔嗒"一声，按上了安全带的扣子。

他看透了她的心思。她当然想知道这是怎么回事，就算他不载她，她自己也会拦辆车跟上去。

孙廷雅目光透过挡风玻璃，远远落到前方的车上，白色法拉利，她认识这辆车，是周安琪亲自给他选的。她为沈沣挑选超跑那天，周安琪还跟店员问起过。

那个女人究竟是谁？前女友，普通朋友，还是，她最不希望的那样……

走神间，他们已经到了一条安静的街道上，法拉利停下，孙廷雅目不转睛地看着，却只有那个女人下车。她在路边站好，孙廷雅这才发现她长得挺漂亮，纤细美丽，有江南女子的柔婉风情。微风拂动女人的长发，她默默看着法拉利，直到它消失在视线尽头。

"还要跟吗？"陈少峰问。

孙廷雅摇摇头，取出手机远远对着女人拍了张照，陈少峰见状，忽然说：

"要找私家侦探？"

她以为自己听错了，他尾调上扬，藏着缕若有若无的笑意。他在跟她开玩笑。

手一抖，手机落了下去，砸在地毯上几乎没发出什么声音。她弯腰想捡，却被安全带束缚，等胡乱解开后再次俯下身，他也探过来，伸手去捡她脚边的手机。

两人肩膀碰到一起，她的指尖距离屏幕就几寸，却怎么也无法继续下去。头微微左转，与他的目光撞上，他也在看她，眼眸乌黑，像很深很深的夜，一道微光从里面闪过，让她想起多年前看过的星空。

她像是被蛊惑了，怔怔地与他对视。他捧住她的脸，低头想要吻她，悦耳的音乐声却忽然响起，在狭窄的空间里清晰得仿佛一道惊雷。

手机在地毯上振动，屏幕闪烁着"沈沨"两个字。

他沉默着坐回去，孙廷雅几秒后才捡起手机，按下接听键，"喂？"

"喂，你在哪里？"

孙廷雅道："在街上，怎么了？"

"你晚上回家吗？我这边还有个会就结束了，你要是回家，我待会儿开车来接你。"

"不用。下班高峰期那么堵，有接我的工夫，早到家了。"

"我这不是想你了嘛。沈太太，你要是继续这么没情调下去，你老公可是会忍不住红杏出墙的！"

她勉强一笑，"那你出墙吧，我在外面等着。"

他哈哈大笑，"好，那晚上见。"

"晚上见。"

挂断电话，她把手机放回包里，"我要走了。"

他没有阻拦。她打开车门出去，直到门被重重关上，他才忽然叫她，"廷雅。"

她驻足，没有回头。

"注意安全。"他看着她，轻声说。

沈沨觉得孙廷雅有点奇怪。脸色不太好，晚饭也没怎么吃，他问起来，她说要减肥，倒让他一怔，"你都瘦成这样了还减？"

"减肥是女人一生的功课，永远不会停的。"

他想想好像确实是这样，却还是给她盛了碗汤，硬是哄她喝了下去，"以我直男的审美来看，你还是应该再胖一点，那样气色也会更好。"

两人一起上床休息，因为她看起来很累，所以他只是简单地吻了一下，什么都没有做。睡到半夜他忽然惊醒，弧形玻璃窗巨大明净，外面正淅淅沥沥地下着雨，从他的方向望去，天地之间一片迷蒙。

他坐起来一点，打量起孙廷雅的睡颜。她眉头微微皱着，很早以前他就发现了她这个习惯，即使是睡觉也放松不下来，像是被无数梦魇缠身。

事实上，孙廷雅确实在做梦。

很混乱，也很跳脱。一会儿是大学里的专业课，她趴在最前排，明目张胆地打瞌睡，雨璇在旁边无奈皱眉；后来画面又变了，是刚工作时的小公寓，她和陈少峰挤在厨房里，他从后面握着她的手，耐心教她怎么切菜；最后这些都消失，她和沈沣躺在西藏的星空下，他回头看她，他是那么好看，她惊讶于以前怎么会觉得他长得一般。

沈沣见孙廷雅眉头皱得更紧，伸手在那处抚了一下，然后勾唇笑了，因为自己的无聊。

"阿风……"她忽然喊道。

他一愣，想起同样的事以前也发生过。在班戈县医院，她趴在他肩头沉睡，然后叫了一个人的名字。

现在他已经知道，她叫的既不是阿风，也不是阿沣，而是，阿峰。

她睁开眼，有点迷茫地看着他，"沈沣？"

大概是觉得有点冷，她像小孩一样缩紧身子，他将她搂到怀里，问："怎么，做噩梦了？"

"不是。我……梦到你了。"

他笑容很淡，声音里有和平时不同的东西，但她脑子太迷糊，没有察觉。

"是吗？梦到我什么了？"

"梦到……我们一起看星星，在西藏的时候……"

他抚摸她的长发，"可是，我们没有在西藏看过星星。"

"所以说是梦啊。"她在他怀里换了个位置，含糊一笑。

雨声潺潺，两人安静相拥，过了会儿她又想睡了，说："沈沣……"

他打断她，"这样连名带姓，听起来可不像在叫老公。"

她微愣。一直以来，她都是这么叫他，脑中闪过长辈对他的称呼，半晌才说："Chris？"

沈沣低声笑起来，她不语，表情在黑暗中看不分明。他在她额头亲了一下，态度自然，好像刚才那句话只是一时兴起，没有任何别的意思，"叫三哥吧。"

孙廷雅推开他，转身自顾自睡了。许久，才冒出一句，"想得美。"

孙廷雅第二天就开始查席文隽。

周安琪和他从认识到现在，十来年的时间，孙廷雅几乎见证了全过程。她明白席文隽对周安琪的意义，所以对这件事格外慎重，谁都没告诉。

她把照片发给了信任的私家侦探，让他凭借那张极其模糊的偷拍分辨女人的身份，本以为这需要一定的时间，没想到不过三天，那边就发来了回复。

"叶雨欣，二十四岁，苏州人，原明达百货员工，一个月前离职。"

除此之外，还有一张照片，和孙廷雅提供的偷拍比起来，这张照片无论是拍摄角度还是清晰度，都要好多了。她看完沉默地抽完一支烟，起身就去了明达百货的公司楼下。

明达百货是明达集团一个重要的子公司，也是席文隽这几年主管的业务，孙廷雅到之前给席文隽打了个电话。她私下几乎从不跟他联系，所以接到电话，席文隽很惊讶，问："廷雅，有什么事吗？"

"找你帮个小忙，有空吗？我在安琪最喜欢的那家咖啡厅等你。"

席文隽过来时，孙廷雅已经点好咖啡，他笑着说："抱歉，遇到一点事儿耽搁了几分钟。这单我请。"

"我找你帮忙，当然是我请，就别跟我抢了。"

席文隽点点头，"也好。有什么事儿说吧，只要我力所能及，一定不推辞。"

孙廷雅打量他，不得不说，席文隽无论是长相还是气度，都不输给她那些出身显赫的哥哥们。而且他也没有寒门子弟惯有的敏感和过分自尊自傲，入赘在许多人眼中是件很丢面子的事，他却坦然自若，既不为此窘迫，也没有半分谄媚。

她之前一直觉得，安琪选中他，眼光当真很好。

喝了口咖啡，她说："放心，我既然找你，就肯定是你能办到的。其实也很简单，我想跟你打听个人。"

"谁？"

孙廷雅盯着他，不放过他脸上任何一个表情的变化，"叶雨欣，这个名字，你熟悉吗？"

袅袅白气里，席文隽神色如常，"还好，比较熟悉。她之前是公司的员工，不过现在已经辞职了。"

"为什么辞职？"

"谁知道呢。年轻小姑娘都没常性，跳槽很正常。"

他的笑容那样温和，如果不是那张照片，也许她真的就信了……

孙廷雅冷冷一笑，"是吗？看到这个，你还要这么说吗？"

席文隽眉头一跳。

孙廷雅把一个东西扔到了桌上，是一张照片。深夜的公寓楼下，路灯遥遥散发着光芒，一男一女站在昏暗的灯光里。他们在接吻。

孙廷雅说："如果我的脸盲症没有加剧，这个男人是你没错吧？至于这个女人……呵，现在我再问一次，叶雨欣和你，究竟什么关系？"

她的目光锐利如刀，席文隽温文的表情仿佛被抹去，薄唇抿成一条线，一句话都说不出来。

包厢门此时被推开，两人同时望去，周安琪一身宝石蓝连衣裙，站在门口看着他们。

孙廷雅站起来，"安琪，你……你怎么来了？"

"店员说你俩都在，我还不信，你们怎么会凑一块去？"周安琪走进来，顺手将包放到桌上。孙廷雅心跳加速，因为那个Hermès的包包不偏不倚，正好压在那张照片上。

席文隽不说话，周安琪浅笑吟吟。看起来，她并没有听到两人刚才的对话，也没有怀疑什么。

孙廷雅沉默一瞬，耸肩道："干什么，我们见面要跟你提前报备？"

"人家好奇嘛。"周安琪眨眨眼睛，"不过这店员考虑真不周到，居然直接就告诉我了，万一你俩是背着我在这里搞点什么，岂不露馅儿了？"

席文隽轻咳一声，孙廷雅淡淡一笑，"放心，我就算以前对席先生有兴趣，现在也没了。"

周安琪不明所以，笑容里带了点疑惑。席文隽说："安琪，我和廷雅有重要的事要谈，你不介意的话，去外面等等好吗？"

他看着孙廷雅，眼中有隐隐的请求。女人捏着冰凉的咖啡勺，在深褐色的液体里搅拌一下，说："是，我和席先生有事商量。"

一个是亲密丈夫，一个是至交好友，这两人却说要关上门谈事情，还请她回避。换作别人也许会多想，但周安琪向来尊重伴侣和朋友的独立空间，点头说："好吧，我在外面等你们。"

她伸手去拎包，谁知动作大了点，下面压着的照片也被带得飞了出去。三人目光都不由自主追随着它，只见那薄薄的纸片飘飘摇摇，最后落在周安琪脚边。她弯腰想捡，目光却先撞上里面的内容。

"安琪……"孙廷雅有些慌乱。

她看着周安琪蹲下身子，看着她捡起照片，看着她一动不动地盯着它，许久，终于面无表情地抬起头。

"这就是你们商量的事？"她问。

包厢里一片寂静，仿佛死了一般。

沈沣赶到约定地点时，已是下班高峰期。孙廷雅站在路边，一见到他的车就跑过来，"谢天谢地，你终于来了。"

"到底怎么回事，周安琪怎么会不见了？"沈沣问。

"发生了点事情，她……她情绪很不好，我们来不及拦，她就上车走远了……"

沈沣道："你们？"

孙廷雅顿了顿，"我和席文隽。"

沈沣看着她，表情有点微妙。孙廷雅反应过来，斥道："你胡思乱想些什么！"

"我没有胡思乱想，是你的话太容易引人误会。"沈沣说，"周安琪和席文隽吵架了？"

"比吵架严重得多。我现在真的担心，如果她激动之下做出点什么……"

她又忍不住回忆起那一刻。安琪看到了那张照片，没有暴怒，也没有痛哭，她是那么冷静，脸上连一丝多余的表情都没有。她甚至思路清晰地质问他们。

孙廷雅了解周安琪，知道越是这样，她的状态就越危险。

"席文隽已经到处去找了，我们也找找看吧，我刚才列了她可能会去的地方，照顺序去吧……对了，让你的朋友也留意一下，有消息就打电话。"

这样大张旗鼓，沈沣手指在方向盘敲了一下，"席文隽出轨了？"

孙廷雅回头看他，沈沣说："猜的。"除此之外，恐怕只有周家有人得绝症才能闹到这个地步。

"你猜得挺准。"孙廷雅闭上眼睛，疲惫地按了按额头。

沈沣开着车，转过两个路口，孙廷雅忽然说："你拜托朋友时，找个好点的借口，别让大家都猜出来了。"她还不知道安琪怎么打算，无论如何，得给她留下余地……

沈沣点头，"我明白。"

两人整整找了四个小时，却一无所获。夜色包裹住整个北京城，车水马龙、灯火繁华，他们却没有任何欣赏的心情。最后孙廷雅累得不行，靠在椅子上睡着了，沈沣把车停在路边，抽出一支烟想点，瞥到旁边的人又把盒子塞了回去。

她没有说，但他知道她很难过，为了她的朋友。想起她这段时间的异常，所以，就是在为这件事心烦？

他拨开她一缕长发，低声说："为什么不告诉我？总不至于，我一点忙都帮不上吧……"

见她缩着肩膀，他脱下外套给她盖上，却听到她的手机在响。

没有开铃声，只有嗡嗡的振动声，很轻微。屏幕上显示着一串数字，他不知为何有了个预感，鬼使神差地按下接听键。

他沉默，那边也没有声音，足足过了三秒，才听到男人说："廷雅。"

沈沣手指握紧了手机。

那属于陈少峰的声音说："我和周安琪在一起，她喝多了，状态很糟糕……席文隽的事，你已经告诉她了？"

还是没得到回复，陈少峰皱紧眉头，"廷雅，你在听……"

"你们在哪里？"沈沣打断他。

旁边有车开过，灯光透过挡风玻璃照在他脸上，明明灭灭。

陈少峰平静地报了地址，沈沣说："好，我们马上过来。"

孙廷雅醒来时，发现沈沣已经带她换了个地方，正在解安全带。见她醒了，说："下车。"

"这是哪里？"

"周安琪在这里。"

孙廷雅瞬间清醒。

虽然是半夜，这条街却还是很热闹，前方不远就是一家大型夜店，随处可见醉醺醺的男男女女。沈沣顺着提示走过去，很快发现了目标，"那边。"

陈少峰穿着衬衣西裤，明明在这种地方，却还像随时准备去参加董事会议一样。他挽着个披头散发的女人，她连站都站不稳，几乎是被他用臂弯捞住。但即使如此，陈少峰也没有与她有更多身体接触，一只手捏着她肩膀，两人隔开一点距离，以免她完全靠到自己怀里。

孙廷雅没想到陈少峰也在，脚步一个迟疑，反倒是沈沣自然地走过去，"麻烦你了。安琪，你怎么样？"

周安琪抬头，长发下小脸酡红，眼眸如星写满了迷离，朝他含糊一笑，"你、你是谁？为什么认识我？这里是哪里……我要去喝酒！放手，我要喝酒！"

她开始使劲挣扎，孙廷雅连忙上去抱住她，"安琪，安琪是我啊！我是小雅！你清醒一点！"

周安琪看着她，皱着眉头想了很久，大概是认出来了，开心地眯起眼睛，"小雅，你……你来了啊？我就知道你会找到我！太好了，我还给你留了一杯酒。来，陪我喝，我们要不醉不归……"

她兴奋地挥舞着双臂，腿却软成一团泥，直直朝前栽去。孙廷雅根本抱不动她，高跟鞋一歪，两人一起摔倒在地。周安琪石头般压在她身上，孙廷雅眼冒金星，痛得连话都说不出来。

沈沣和陈少峰不料这变故，同时上前一步，又同时看向对方。片刻后，陈少峰走过去扶起周安琪，沈沣蹲下来问孙廷雅："怎么样，伤到哪儿没？"

孙廷雅摇摇头，再次过去抱住周安琪，"安琪，安琪你听我说，我舅舅前阵子给我送来了一批自家产的红酒，对，就是波尔多那家红酒庄，你最喜欢的。我给你留了几瓶最好的，我们现在就回去，喝个痛快好不好？"

她的声音像在哄小孩子，捧着她的脸期待地盯着她，周安琪被蛊惑了，迟钝地点点头。

孙廷雅目的达成，赶紧让沈沣帮忙，一起把周安琪弄上车。然后她对陈少峰说："今晚，谢谢你了。"

"我是偶然碰到，希望能帮上忙。"

沈沣笑着说："帮上大忙了。改天我请客，再好好感谢您。"

孙廷雅站在夜色中，绿色长裙被风吹拂，像一棵沉默伫立的树。陈少峰用余光瞥到她，淡淡一笑，"小事一桩，不用麻烦了。"

回去的路上周安琪很折腾，一会儿唱歌，一会儿抓着孙廷雅说话，中间还试图挤开沈沣亲自开车。两人被折腾得手忙脚乱，不过这样正好，他们没了交谈的机会，把全部注意都放到醉醺醺的女人身上。

孙廷雅看她的样子，实在心疼，"都说了，要喝酒找我，为什么要跑去那里？你孤零零一个人，万一出点事怎么办！"

她不过自言自语，没想到周安琪居然回答了，"为什么去那里，你不知道吗？我最……最喜欢那家的鸡尾酒了！当初，我和文隽第一次喝酒，就是在那里……"

她说完，自己先呆了一下，然后抱着头缩成了一团。孙廷雅忙问："怎么了？你怎么了？"

"头痛，我的头好痛……停车，我要下车！快点停车！"

正好已经到公寓楼下，沈沣刚把车停好，周安琪就冲出去，蹲在花圃前吐了起来。孙廷雅拿了纸巾和水过去，轻轻替她拍着背，见她好一点了，将她半搂半抱着，也不管是否会弄脏自己的衣服，柔声哄道："没事了。别怕，我在这里，都会过去的……"

周安琪回过头，大概是吐过，她好像清醒了一点，轻声说："是这里。"

"什么？"

周安琪微微一笑，眼眶通红。

几个月前，大年三十那天，他就是等在这里，笑着叫她老婆，要接她回家。

周安琪低着头，从孙廷雅手中取过矿泉水，一连漱了两次口。然后五指插入发根，将满头乱发往后一拂，"说说吧，你都知道些什么。"

她眼神平静，孙廷雅却心头一颤。她知道，这不是汲取了勇气后坚强面对，而是一种麻木。就好像许多年前，她和席文隽看不到彼此的未来，周老先生又被气到病倒，那时候周老夫人找到她，一件件给她分析事情的利弊，周安琪就是这样沉默倾听。

因为太累了。累到不想继续逃避，累到不愿再自欺欺人，索性放弃一切武器和抵抗，手无寸铁地面对天翻地覆的人生，任凭宰割。

孙廷雅过了片刻，才说："那女人叫叶雨欣，本来是明达百货的员工，现在已经辞职。我会调查她是因为偶然在街上，看到了席文隽和她同行……"

"同行，他们做了些什么？"

"开同一辆车，中间两人下来，叶雨欣抱着席文隽哭……"

周安琪面无表情，随意往地上一坐，手里还拿着矿泉水瓶子。孙廷雅也陪着她坐下，两个一身名牌、时尚美丽的女人就这么席地而坐，不远处则是站在车旁，沉默陪伴的沈沣。

周安琪说："其实我一直没有告诉你，他和我爸爸……这两年矛盾很大，我们俩的关系也被影响了。知道我为什么想来场四人旅行吗？因为觉得不安了，想做点什么来缓解我们之间的问题……没想到，还是没能来得及。"

孙廷雅说："安琪，有一点我必须提醒你。我调查席文隽是一周前的事，而这张照片的拍摄时间是一个月以前，你知道这意味着什么吗？"

周安琪不语，孙廷雅说："之前就有人盯上席文隽了。这照片是私家侦探通过他们的渠道搞到手的，也许根本就是有人察觉我在调查他，特意送到我面前。"

"你想说，他可能是被人算计了？"

席文隽这些年混迹商场，树下的敌人不少，如果有人容不下他，想用这个方法把他从周家赶走，那也是有可能的。

周安琪忽地一笑，"那又如何呢？照片是真的，他们接吻也是真的，或许，还有更多我们没看到的……总不至于，做这些事的时候，他都被下了药吧？"

她靠在孙廷雅身上，轻轻叹了口气，"我困了。小雅，什么都别说了，我真的好累……"

周安琪睡着了。沈沣把她抱上楼，在客房的床上放下，孙廷雅为她盖好被子。女人睡得很熟，身子微微蜷缩，像个没有安全感的小孩子。

孙廷雅不愿再看，转身出去给自己倒了杯水，大口喝完后，长长呼出口气。

沈沣在身后说："你也别太生气……"

"我不是生气，是失望。"孙廷雅回头，"我没想到会弄成这样。之前那么多年，安琪和……席文隽一直是朋友里最幸福的一对。就连我，当年也是支持他的……"

她看起来真的很受打击，像是多年相信的东西一朝破碎。他忽然想起那通电话，陈少峰知道席文隽的事情，他为什么会知道？

"沈沣？"

他微微一笑，摸摸她的头，"别想了。你也忙了一天，早些休息吧。明天多半还有的是折腾。"

他离开客厅，孙廷雅静立半响，拿出了手机。通话记录里有一个陌生的号码，显示通话时长一分三十九秒，而那个时间，恰好是她在车上睡着的时候。

孙廷雅盯着屏幕看了几秒，删除了这个记录。

席文隽是第二天一早找过来的。

他脸色苍白、形容憔悴，竟像是一夜没睡，一见孙廷雅就问："安琪呢？安琪在这里对不对？"

孙廷雅挡着门不让他进去，席文隽怒道："廷雅，你不明白情况！让我见她，我一定要亲口跟她解释！"

"解释什么？解释你怎么背叛妻子，解释你怎么和别的女人鬼混？席文隽，你根本不配再出现在安琪面前。"

"孙廷雅！"

沈沣冷冷道："你少冲她吼。席文隽，这是我家，你对我太太放尊重点。"

三人在门口僵持，谁也不肯退让，终于听到周安琪说："让他进来吧。"

孙廷雅道："安琪，你……"

周安琪肯定点头，"让他进来。"

她和席文隽进了书房，门关上后，她平静道："有什么话就说吧，我给你的时间不多。"

席文隽看着她，"你还好吗？我昨晚一直很担心，你去哪里了……"

"这不关你的事。"

席文隽艰难道："安琪，事情不是你想的那样。我没有爱过别人，从头到尾，我的心里只有你一个……"

周安琪弯唇，眼中流露出嘲讽。席文隽读懂了她的意思，声音一滞，"我和她，是个意外……"

他讲不下去了。来之前有满腹话想说，可到嘴边才觉得一切是如此苍白。还能说什么呢？那天他们吵架了，他心情很不好，又喝了酒，遇到了公司的下属，然后，就发生了后面的事？自己想想都觉得可耻。

"是她算计你的吗？"周安琪忽然问。

席文隽眸色微变。

他一直觉得叶雨欣不单纯，从孙廷雅拿出那张照片来看，自己的想法果然没错。但他这些年树敌太多，一时根本无从查起，况且就算知道是谁在背后搞鬼，也于事无补。最重要的从来就不是那个。

他握住周安琪的手，近乎恳求地望着她，"安琪，我错了。事情发生后我就知道错了。你给我一次机会，原谅我，好吗？"

周安琪有点恍惚。他一向有自己的风度，不愿说女人的坏话，哪怕是存有祸心的女人。她忽然想起来，最初打动她的就是这点，那个温和绅士的实习生，即使被同组的女生诬陷也不气恼，一言不发地担下所有责任，再独自将她捅的窟窿补好。

眼前的人长久不语，席文隽的心也一直悬在空中，在他几乎要承受不住时，却听到她问："你们上床了吗？"

日光透过纱帘，照到两人脸上，刺得他们连眼睛都睁不开。

席文隽没有回答。

周安琪轻轻一笑，语气决绝，仿佛切金断玉，"席文隽，我们离婚吧。"

周安琪的决定在圈子里掀起了轩然巨波。

正如孙廷雅所说，这对夫妻一直是朋友间的恩爱模范，有人羡慕，同样也有人嫉妒。如今忽然传出要离婚，席文隽出轨的事也随之流传出去，光孙廷雅都在不同场合听到名媛们含笑讽刺，"所以说，这世上哪有什么永恒不变的'真爱'？周安琪当年为了个男人折腾成那样，现在全变成打到自己脸上的巴掌，也不知她疼不疼。"

周安琪需要散心，孙廷雅和她一起飞去日本泡温泉，北海道的明媚春夜里，她问："你真的考虑好了吗？"

周安琪说："昨天我妈来看我，跟我谈了很久。她也这么问我，不过和你不同的是，她想劝我放弃。她说席文隽不过是走错了一次路，男人总免不了犯这种错，我吓唬吓唬他，给他点教训就好了，别真想着离婚。"

孙廷雅道："阿姨这么说？"

周安琪弯唇，"对啊，她还说，我就算不考虑别的，也要想想皓嘉。他才五岁，这么小就没了爸爸，对以后的成长不好。"

"好像，也有点道理。那你怎么想？"

周安琪长舒口气，"廷雅，还记得十几岁时，我们俩都迷恋赌石吗？花了好多钱在上面，最后终于被我撞上块真正的美玉。我把它打成了玉佩，当作勋章每天戴着，连我爸送的生日礼物都没这待遇。可是后来，它不小心碰到了墙上，裂了条很小的缝，然后……"

"你就把它摔碎了。"孙廷雅接口。

周安琪轻笑，"对我来说，席文隽就是那块美玉。曾经很完美，代表了我所有努力和抗争的成果，代表了我的美好青春。但是现在，这块玉碎了，我不会徒劳地把它拼凑起来，我要换一块新的。

"至于皓嘉……我很清楚，这个坎在我心里这辈子都过不去，勉强和席文隽继续在一起，我们都不会快乐。一对彼此怨恨的父母，就能帮助孩子健康成长了？"

她会这么选择，孙廷雅其实并不意外。这个世界上有很多的女人，为了各种原因对命运妥协，忍受伴侣的背叛和不忠，忍受不够完美的婚姻，但周安琪不愿这样。她如果是会妥协的人，当初根本就和席文隽走不到一起。

温泉池里白雾袅绕，周安琪忽然笑起来，"我刚反应过来，我这是在追平蕾蕾姐的记录上迈出一步了吧？我领先了。"

蕾蕾是孙廷雅的远房表姐，如今刚满四十岁，却已经离过三次婚。孙廷雅她们都挺嫉妒她，因为她丈夫一个比一个帅，前阵子刚和第四任探险家未婚夫去了南极。姐妹聚会时大家总是调侃，必须得出来个人平了她的记录。

孙廷雅也笑了，"那真是恭喜你了。"

两人笑了好一会儿，才慢慢停下。周安琪靠在孙廷雅肩头，望着璀璨的星空，"告诉你个秘密。那天在你家，他来找我，求我原谅他，那一刻我才发现，原来即使结婚这么多年，我还是很爱他……很好笑对不对？之前我一度以为婚姻磨光了我的热情，可是原来，我依然爱他。"

"难过吗？"

周安琪摇摇头，声音低微犹如梦呓，"不，就是有些遗憾。"

那样深爱的人，最终却不能与他白头偕老。

太遗憾了。

孙廷雅和周安琪在日本待了半个月。

两人仿佛回到了少女时期，不管工作不理杂事，连电话卡都拔掉换成当地的，好好给自己放了个假。

北海道风光明媚，她们每天清晨都骑车去很远的公园。头发扎成爽利的马尾，穿着运动服，露出一截漂亮的脚踝。骑到兴起时，还会各自松开一边把手，探身拉对方的手，一边唱歌一边蹬着踏板朝前飞驰。明媚阳光、朝气蓬勃，不像将近三十的女人，更像女大学生。

周安琪带孙廷雅去定制浴衣，明亮的鹅黄色棉布，上面绣着大朵大朵绚烂的花朵。孙廷雅很少穿这样活泼的颜色，更别说长发也被盘成发髻，簪上粉粉的绢花。她觉得古怪，周安琪却很喜欢，连说了好几声"卡哇伊"。

她们也去泡夜店。周安琪说自己要赶紧酝酿情绪，准备迎接人生第二春，孙廷雅深以为然。两人衣着火辣、身材性感，在舞池里贴面热舞，惹得全场掌声、口哨声雷动。等结束后，自然有男人来搭讪，周安琪喝着酒不说话，孙廷雅于是准备帮她回绝，谁知她却勾住了她的脖子。周安琪笑容妩媚，用英语对男人们说："不好意思，我不能答应你们的邀请，因为我已经有女朋友了。"

说完，她吻上孙廷雅的唇。四周安静一瞬，继而响起比刚才热烈十倍的尖叫声……

一趟日本之行玩得忘乎所以，等孙廷雅接到沈沣的电话，才恍然想起，哦对，自己还有老公。

沈沣明显也清楚，含蓄表示，"我是替乔珊问的，你准备什么时候回来写稿? 她都追债上门了。"

"她啊，你替我打出去就行。对待催稿的编辑不用客气。"

装得如此霸气，明明在工作上，乔珊才是施虐的那个。沈沣没有拆穿她，笑了两声，"还有，我看到你发在朋友圈的照片了。"

他指她和周安琪的"热吻照"，昏暗的舞池边，两个女人纠缠在一起，吻得火花四射。孙廷雅勾唇一笑，"好看吗? 我们俩都很投入哦。"

"好看，简直是大饱眼福。"

孙廷雅一愣，忽然想到什么，往身后一看。庭园中芳草萋萋，一只小猫在角落里打盹，很安静，并没有人藏在暗处，等着给她一个措手不及。

沈沣察觉了，问："怎么了?"

"没什么，就是……"孙廷雅说，"我本来以为，你会偷偷跟到日本来。"

"你希望我过来?"沈沣有点惊讶。

孙廷雅没有回答，沈沣说："我以为，这是闺密时间，我不应该打扰。"

这确实是闺密时间，沈沣过来也不合时宜，毕竟周安琪刚受了情伤，绝不适合看到好友夫妻恩爱。她明白的，只是刚才一个恍惚，想到了一些久远的往事。

"小雅。"

孙廷雅应道："嗯?"

"我很想你。"

小猫忽然蹿过来，在她脚边喵喵地叫着，小脑袋在腿上轻蹭。孙廷雅握住手机，轻声道："知道了，我很快就回来。"她顿了顿，"我也想你。"

周安琪去日本前就签好了离婚协议书，等回国后这边总算有了新进展，之前席文隽一直不同意离婚，现在不但同意了，还自愿放弃一切财产，净身出户。他这些年在明达担任重要职务，名下资产不少，但这些他都不要了，只提了一个要求，想要周皓嘉的抚养权。

周安琪当然不可能同意，即使这是席文隽唯一的要求，也拒绝得毫不留情。两人在这个问题上难以达成共识，签字的事又拖了下来，不过周安琪很冷静，半个月的假期让她调整好了自己，终于能以高傲体面的姿态来面对曾经的爱人。

孙廷雅不解，"席文隽怎么会这么天真？他拿钱走还现实点，要孩子？安琪疯了才会答应。"

"我倒有点理解他的想法。"沈沨说。

孙廷雅不懂，沈沨耸耸肩，"他大概觉得，孩子是个纽带。有儿子在身边，周安琪就会经常去探望，两人也许还有机会复合……"

他轻叹口气，"他还是很爱周安琪的，可惜了。"

孙廷雅冷哼一声，"早知今日，何必当初。"

周安琪继续自己的离婚大业，孙廷雅也没有闲着。在她出国这段时间，《高阳公主》结束了一个月的放映，以5.3亿的成绩圆满收官，一如周安琪当初的估计。

片方举行了盛大的庆功仪式，上百家媒体受邀到场，沈沨和孙廷雅也出席了。这次两人没有像首映礼当晚那样盛装打扮，孙廷雅穿了条黑白相间的Chanel小裙子，沈沨则是黑色西服，非常低调地进场了。他们没有上台，明星主创们在上面妙语连珠，他们就坐在台下含笑鼓掌，安心当好一个观众。

不过没想到，都已经这么努力地做背景板了，还是成了当晚的微博话题。

起因是一张现场抓拍，沈沨和孙廷雅在观众席上相邻而坐，沈沨侧头凝视孙廷雅，眼神专注，孙廷雅却心无旁骛看着台上，红唇轻抿、面无表情，非常淡漠的样子。这照片信息量太大，不免引得大家浮想联翩。

"'你站在桥上看风景，看风景的人在楼上看你'，沈沨这眼神，真是深情款款哟，感觉以后的霸道总裁文都有代入原型了！"

"我要纠正之前的判断。看这架势，不是孙廷雅留不住丈夫的心，而是沈公子求而不得……搞半天这桩家族联姻，是女方看不上男方。"

孙廷雅看着网上的评论，只觉得啼笑皆非，她问沈沨："这什么时候的事儿？我压根儿没发觉你看我了！"

沈沨在对面翻着一份文件，漫不经心道："我也不记得。可能刚好回头看了一眼，就被拍到了。"

他们坐在书房里，高大的书架上密密麻麻地摆满各种书籍，沈沨一身休闲款毛衣，随意地坐在书桌前。他神色淡淡，好像全部心思都放在了文件上，对她的话题并不感兴趣。

孙廷雅忽然有点不安，微微一笑，说："对了，你的影视公司，想好叫什么名字了吗？"

庆功会当晚，沈沣唯一回答的问题，就是关于自己的影视公司。早在半年前他就说有意进军影视圈，筹备了这么长时间，终于万事俱备，很快公司就能正式跟大家见面。不过在众人问及公司名字时，他笑着说暂时保密。

孙廷雅觉得他之所以故弄玄虚，多半是还没想好，"如果需要，本文豪可以给你赐名。别怕贵，给你个夫妻友情价。"

沈沣叹口气，从书桌后绕出来，拽住女人胳膊将她推到门口。孙廷雅诧异地看着他，沈沣冷静道："亲爱的，我还要工作。你先出去玩儿，好吗？"

孙廷雅被他关到门外，几乎有点蒙了。无论是和之前哪一任男友在一起，她都没有被这么对待过。这感觉，就好像她是个黏人的小女人，会妨碍他做正事似的……

书房里，沈沣沉默地站了会儿，拉开书桌抽屉，从里面取出一张宣纸，展平在桌上铺好，上面是龙飞凤舞的四个大字。遥想一个月前，他亲自回家，郑重其事地求了爷爷一个下午，他才终于答应为自己的新公司题字。

"风雅世纪。"

修长的手指抚过这几个字，他轻声念道，有点烦躁地闭上眼睛。

取这个名字，本来是想给她一个惊喜，这里面嵌入了他们两人的名字，很适合作为他们共同的事业。可是如今，他却不知道这个名字是否合适了。

也许，她看到这四个字，想起的并不是自己。

脑中又闪过那张照片，如果不是它，他不会发现，原来两人的相处落到外人眼中，是这个样子的。还有网上那些评论，旁观者清，或许别人的眼睛才是看得最透彻的。他是越陷越深的那个，而她，哪怕过了这么久，也依然和从前一样，冷静淡漠，旁观者般面对这一切。

沈沣忽然觉得很疲惫，那个名字也无比刺眼，让他再不想面对。

将宣纸揉成一团，丢到废纸篓里，他整个过程面无表情、毫不留恋，就像它从没存在过。

沈秉衡的七十八岁大寿，沈家人几乎都出席了。因老爷子不喜张扬，故而没有在外面大肆操办，只在沈家老宅摆了几桌，邀请一些世交家的朋友和晚辈过来，济济一堂也算热闹。

孙廷雅这晚又见到了宜熙，还有她的丈夫黎成朗。身为国内超一线男星，黎成朗英俊儒雅、风度翩翩。他已经年满四十，但岁月无损他的魅力，反而给他增添了一种年轻男人没有的韵味。孙廷雅忍不住想起网上评价他的话，"像黎成朗这种人，是可以帅到八十岁的。"

他和孙廷雅握手，在称呼上闹起了尴尬。按辈分他该叫孙廷雅嫂子，可他确实比孙廷雅大了太多，宜熙在旁边捂嘴偷笑，一脸看好戏的表情。最后黎成朗微微一笑，说："格林老师，我这么称呼你可以吗？"

"叫我廷雅就好了，黎老师。"孙廷雅笑道。

这对夫妻不愧是可以靠脸吃饭的人，哪怕在场的全是出类拔萃的人中龙凤，他们在当中也十分显眼。

孙廷雅这么说，沈沣轻哼，"那是因为姑妈不在。"

沈沣的姑妈，也就是沈秉衡长女、宜熙的妈妈，她也是一名演员，不过早已息影十来年。她的成就极高，几乎到了当世无人能及的程度，是中国影坛最具传奇性的女影星。孙廷雅就算不是她的影迷，也半被动半主动地看完了她的全部作品。说实在的，当初决定和沈沣结婚时，她心情一度很微妙，因为要和活的传奇成为一家人了……

不过这位传奇和亲人关系微妙，尤其是和她的女儿，闹出过各种母女不合的绯闻。孙廷雅轻轻一笑，"有能耐，你到宜熙面前说这话。"

沈沣眼一眯，"将我？等着，这就去！说什么也不能让你看扁了。"

他作势要去找宜熙，孙廷雅站着不动，半点没有拦他的意思。最后沈沣玩不下去了，把人拽到怀里，拧了下她的鼻尖，"不安好心，想看我被妹妹打？"

孙廷雅拂开他的手，"你自己上去找打，关我什么事？"

他们俩腻腻歪歪，有人看不下去了，陆琇予夸张地搓了搓脸，转头说："姐，你和三哥三嫂见面，他们也是这个样子么？哇，这恩爱程度，简直要赶超安琪姐他们……"

他说到这里卡了一下，突然想起周安琪正经历婚变。陆瑾予双手抱臂，弯唇凉凉一笑，"三哥，算妹妹求你了。Get a room，别跟这儿伤我们的眼睛。"

虽然语气有些刻薄，但她应该是在开玩笑，以她和沈沣的关系，这么调侃也不算出格。问题是她话里把孙廷雅也带进去了，连陆琇予都觉出不妥，略微担心地瞥了孙廷雅一眼。

沈沣眉头微蹙，想说点什么，陆琇予却抢道："姐，你别这么羡慕嫉妒恨好不好？你又不是没男朋友，我才是货真价实的单身狗！"

他说完还做作地叹息一声，自以为这个气氛调节得很成功，谁知对面沈沣和孙廷雅却同时沉默。片刻后，沈沣松了松领带，淡淡道："我去看看爷爷。"他提步出了偏厅。

孙廷雅过了片刻，也走了出去。陆琇予还不知问题出在自己身上，恼道："你也真是的，跟人家孙小姐又不熟，讲话就不能注意点？"

陆瑾予这回是货真价实地笑了，把一个橙子丢给他，拍拍弟弟的脑袋，"赏你的，吃吧。"

晚宴是请五星级酒店的大厨到家里做的，汤鲜味美，配上陈年佳酿，宾主尽欢。结束后沈秉衡有些累了，晚辈们赶在他离开前轮流送上礼物，老爷子端坐在红木椅上，挨个做出点评。他德高望重，并不会特意照顾大家的情绪，谁挑的不好了，当即嫌弃回去，比如陆琉予精心准备的欧洲十日游豪华套票，他就摇头道："当初沈沣和小雅结婚，已经够折腾我了，现在你还想让我再去一次？"

陆瑾予见弟弟垂头丧气，也不安慰，笑着送上自己的礼物。檀木盒子打开，雪白丝绒上躺着一块白玉镇纸，那丝绒已经很白了，可镇纸却比它还白，放在上面更显莹润剔透、光华内敛。尾部雕刻着栩栩如生的海棠花，美得仿佛一件艺术品。

陆瑾予说："上个月得了块美玉，不敢自己留下，知道爷爷喜欢练字，就让师傅雕刻成了镇纸。不知它有没有这个荣幸，能在爷爷的书桌占一席之地？"

东西好，嘴还甜，沈秉衡果然被哄得开心，点头笑道："爷爷正愁之前的镇纸用得不顺手，陆家丫头送的正好！"

大家默默为陆瑾予点了个赞，心道她不愧担了这么多年的才女名声，送的礼物真是又有格调又中老爷子心思。

孙廷雅就站在陆瑾予旁边，她完了就该轮到她送礼物，眼看大家都望着她，孙廷雅顿了顿，才将手中的盒子放到桌上。沈秉衡打开一看，纯黑丝绒上躺着块羊脂美玉，做成尺状，上面雕刻着祥云纹络，居然也是一方镇纸！

此情此景，真是比撞衫还尴尬，大家面面相觑，都不知说什么好。最后还是沈秉衡哈哈一笑，"你们倒是心有灵犀。"

陆瑾予将一缕头发别到耳后，朝孙廷雅投去含笑一瞥，"是啊，我们还真是心有灵犀。"

孙廷雅微笑，什么也没说。认真来讲，她的礼物并不比陆瑾予的差，但送在后面，就落了下乘。真没想到会发生这种事，自己最近实在有点背。

沈沣捏捏她的手，孙廷雅回头，男人却不看她，清了清嗓子，笑道："到我了吧？我的礼物不像小雅、瑾予那么别致，您可千万别嫌弃。"

他递过一个文件夹，沈秉衡一脸"你小子又要折腾什么"的表情，在看清内容后却微微一惊，半晌才说："'天使的心'？"

沈沣说："这是由我发起，礼然以及东辰医院合作的一个慈善项目，专门救治西藏地区的先天性心脏病儿童。我记得爷爷您说过，年轻时去过西藏，在那里遭遇了危险，多亏当地一家人相救才保住了性命。那家的孩子也有心脏病，可惜没等到医治的机会就……这个项目，是为了那个在天堂的孩子而设，希望以后像他一样的孩子都能够得到医治，健康快乐地长大。"

随着他的叙述，沈秉衡脸色不断变化。沈沣继续说："项目是去年七月启动的，就在您生日当天，如今过了整整一年，终于可以给您验收。"

沈秉衡终于欣慰一笑，他拍拍沈沣的手，用从没有过的温和语气说："好，很好。你很有心。"

他对沈沣向来不假辞色，这个表示就说明确实非常满意。大家发出欢呼，陆琉予笑着说："恭喜三哥一举夺魁！我说您之前那么安静，原来是等着放大招啊！"

陆瑾予也摇头，"还以为我的礼物已经够投爷爷所好了，没想到竟还是棋差一招，不服不行啊。"

孙廷雅忽然想起来，在西藏时自己曾问过沈沣，为什么会大费周折搞这个慈善活动。当时沈沣说，因为有个计划。原来，这就是他的计划。

沈秉衡把文件往后翻，看到了几张大合照，都是顺利动完手术的孩子们。沈沣指着其中一个说："这孩子叫次仁，他在里面可是最特殊的，当初为了说服他爸爸相信我们，小雅差点搭上一条命。"

沈秉衡一愣，"小雅？"

"对，差点忘说了。这个项目启动时，小雅和我一起在西藏，她也是除了我以外最大的出资人。"他冲孙廷雅温柔一笑，"因为次仁的父亲太顽固，当初我都打算放弃他了，是小雅说服我，每个孩子的生命都一样宝贵。我们一起努力，寻找契机，这才改变了他的心意。"

这话出来，不止沈秉衡，房间里的其余人也颇受触动。平心而论，大家多多少少都会做做慈善，却基本是出些钱就算了，从没有像孙廷雅这样，亲自跑到第一线去，还这么执着坚韧。

沈秉衡拉住她的手，有点责怪道："你这孩子，刚才怎么不说呢？"

孙廷雅还没回答，沈沣就说："她的性格就是这样，做了什么都不喜欢邀功。就像那个镇纸，是她亲手雕刻的，花了两个月的时间，可您要是不问，她也不打算讲。"

沈秉衡惊讶，"你亲手做的？你还会做这个？"

孙廷雅微笑道："大学时有一阵很感兴趣，就跟着师傅学了两年，但手艺一般。就像这镇纸，如果交给专业的工匠，他们能雕出更精美更复杂的花纹，但我不行，只好躲懒选了简单的祥云纹。"

沈秉衡沉默片刻，眼中流露出感动，"已经很好了。你送的两份礼物都很有心，是爷爷今年收到的，最好的生日礼物。"

这评价实在太高，宜熙扑哧一笑，"原来今晚最厉害的不是表哥，而是嫂子啊。"

陆瑾予拳头攥紧，半晌面无表情地别过头，不想看到孙廷雅脸上刺眼的笑容。

看完大家的礼物，沈秉衡去休息了，晚辈们坐在客厅聊天。沈沣嘲讽宜熙，"说真的，你片酬是不是不够花？给爷爷的礼物居然用女儿的画来凑数，也太省了吧。"

宜熙冷哼，"你懂什么？那可是我闺女一笔一笔、亲自画的她太外公！千金难求，外公不知道多喜欢。"

沈沣觉得宜熙真是不要脸了，才两岁的孩子，画的那叫什么？连大概样子都认不出来，也好意思说是太外公！

宜熙挽着丈夫的胳膊，"不服啊？你自己也生一个啊，以后就能这么压榨你孩子了。说实话啊，今晚你们如果不送那个什么镇纸啊慈善的，直接告诉爷爷嫂子怀孕了，他照样高兴，照样是他今年收到的最好的生日礼物！"

黎成朗拍拍妻子的脑袋，让她靠在自己的肩头，温声道："没大没小。"

宜熙眼珠子骨碌碌一转，"哦，我忘记了。嫂子打算生孩子吗？要暂时没打算，当我没说。"

沈沣道："劳您记挂，我们有打算。具体细节就不跟您汇报了。"

宜熙一拍手，"哇，居然有计划！很好很好，我已经开始期待起我的侄儿侄女了！"

孙廷雅忽然起身，说了声"抱歉"就往外走去。三人一愣，沈沣起身跟过去，在回廊处追上了孙廷雅。

"怎么了？"

孙廷雅靠在墙边，笑道："没怎么，就是有点累了，我们回家吧。"

"回家？可我们事先说好，今晚要住这里的。"

孙廷雅顿了顿，"哦，我忘了。好吧，那我想上楼了。"

"等等，先别走。"他从后面抱住她，笑着说，"小熙说的你听到了？其实也有道理。要是赶得及，咱们明年把这个喜讯当生日礼物送给爷爷，一定还能拔得头筹。"

孙廷雅沉默一瞬，"原来这是个竞赛？你们每年都比谁送的礼物爷爷更喜欢？"

"哄老人家高兴嘛，可不得尽点心。"

孙廷雅不语，沈沣误解了，"我可没有催你的意思。不过，反正在计划中，你提前考虑考虑？"

走廊的地板是漂亮的大理石，纹络深浅不一，孙廷雅穿着银色高跟鞋踩在上面，她忽然觉得这一幕有点熟悉，好像结婚那天，她的婚鞋也是这个颜色，踩着雪白台阶一步步走向他。

她"嗯"了一声，"到时候再说吧。"

沈沣忽然觉出不对。她还是微笑着，想做出若无其事的样子，但也许是她的演技太差，又或者是如今的他对她太过了解，竟一眼就洞穿那看似淡定的表情下，隐藏的退缩和犹疑。

他的笑容一点点收敛，半晌，重复道："到底怎么了？"

孙廷雅觉得头有点疼，大概是病了，自己这些日子总是很容易焦躁。不该今天晚上谈的，她并没有打算现在说这个，可是他正看着她，眼神锐利得像一柄刀……

孙廷雅深吸口气，"我不知道。我只是忽然有点怀疑，我们……真的适合生孩子吗？"

沈沣安静了很久，才说："什么意思？我以为，这件事我们早就谈好了。"

一旦开了头，继续下去也就容易了，孙廷雅望着远方的沉沉夜色，假装没有察觉男人压抑的气场，"我昨天去看安琪，见到了皓嘉。他看起来和几个月前不太一样，安静了许多，也不闹腾了。席文隽已经搬出去了大半个月，我想他是猜出了什么，你知道的，小孩子的感觉其实很敏锐……我当时觉得很荒唐，因为过去这么多年，我从没想到有一天，皓嘉也需要面对这些东西。安琪十八岁喜欢上席文隽，二十二岁嫁给他，结婚到现在整整七年，他们一起经历的东西比我们多十倍。那样深厚的感情，居然还是逃不掉分开的结局……"

她转过身，唇瓣嫣红、面色苍白，黑眸比夜色更深沉。沈沣面无表情，替她把没说完的话说下去，"你觉得，我们的感情还不如周安琪和席文隽，他们都没能走到最后，我们的希望就更渺茫了，是吗？"

孙廷雅沉默一瞬，"我只是希望，在这件事上更慎重一点。你也不希望多出一个皓嘉那样的孩子，对吗？"

夏日的风很暖，带着让人烦躁的灼热，沈沣看着孙廷雅，一言不发。他知道，这是她的真心话，她在很耐心地给他解释。但就是因为这份真心，他才越发失望。

那种疲惫的感觉又来了。无论如何，都不能打动她的无能为力。两人相处愈久，他越发觉得，所有的恩爱甜蜜都仿佛一场烟花，无论多么盛大多么热烈，都会消失无踪。她的心永远封锁在繁华过后的孤寂长夜。那是她独享的天地，他无法参与。

也许，只有那个人可以。

孙廷雅看到沈沣忽然笑了，不是见惯了的温柔纵容，反而荡漾着无法忽视的凉意，"说那么多，归根结底，只是你不相信我。"

她脸色微变。沈沣继续说："我有点好奇，如果你不是和我，而是跟另一个人在一起，也会有这种担心吗？也会因为害怕有朝一日分开，就不跟他有进一步的发展？又或者，你也不是不相信我，只是不相信自己。因为你不能真的爱上我，像你爱陈少峰那样……"

她一巴掌打到他脸上。

没有用力，他甚至没有觉出疼，可这个动作却像一盆冷水，瞬间将他从失控的边缘拉回。沈沣默然看着前方，孙廷雅双眼大睁，嘴唇倔强地抿到一起。

他闭了闭眼睛，知道自己失态了。

孙廷雅后退了一步，然后又退了一步。她摇摇头，像是自己做了什么天大的蠢事，笑着说："早知道你这么介意，我当初就不该答应你。"

孙廷雅当晚没有留在沈家。她提前离开，沈沣随后去道别，大家只当他们还有别的事，却不知两人根本没有一起。沈沣叫出几个朋友，在酒吧组了个大局，孙廷雅则回了自己在海盛的长包房，连澡也没洗就蒙头大睡。

这一睡就睡了几十个小时。她浑身无力，不想起床更不想见人，房间里准备了各种精美的小点心，饿得狠了就随便找点吃了，然后回去接着睡。窗帘是厚重的墨绿色，遮天蔽日、难辨晨昏，她甚至不知道现在什么时候，只觉得长夜漫漫始终无法过去。

最后还是周安琪赶过来，掀开被子对她说："你家经理给我打电话，拜托我来看看你死了没有。"

孙廷雅迷迷糊糊，周安琪探手摸她额头，"没发烧啊。你这是饿的，还是真病了？"

孙廷雅说："别管我了，让我再睡一会儿……"

"还睡！到底怎么回事儿？不回家又跑这里猫着，还玩起了自虐，你和沈沣吵架了？"

孙廷雅闭眼不语，周安琪知道自己猜对了，有点啼笑皆非，"瞧这事儿闹的，要离婚的是我，你能不能别瞎跟风？好的不学净学坏的。"

她强行把孙廷雅拖起来，餐桌上摆着她叫来的吃的，一品官燕、海鲜捞饭，还有一碗煮得融融的鸡丝粥。她把瓷勺塞到孙廷雅手里，说："挑吧，这三样随便选一种，反正你得给我吃下去。"

孙廷雅捏着勺子默了片刻，说："我去洗把脸。"

洗完脸也漱过口，她终于开始吃饭。周安琪在对面看着，也不催促，孙廷雅不紧不慢地吃了小半碗鸡丝粥，这才轻叹口气，冲她疲惫一笑，"我觉得，我做了个错误的决定。"

周安琪安静地等待后文。

"以前看书时，上面说过，如果没有完全从一段感情里走出来，就不该开始另一段。我觉得说得很对，我不该忘记。"

事实上，她一直都明白，所以之前选择男友时都和对方有默契。她能轻松抽身，他们也能。

但沈沣不同。他太认真，她一开始就犹豫这个，但他让她相信他，他说愿意帮着她一点点走出来。她以为他真的不会介意，可是她忘了，只要动了真心，怎么可能不介意……

"一开始，我很生气他拿陈少峰刺激我，因为我根本就没有那个意思。可是紧跟着，我发现更让我难过的是，原来不知从什么时候开始，他也被我拖到这个僵局里。我忘不掉的过去，也变成了他的枷锁……"

而他，原本可以活得自在潇洒。

周安琪听懂了。她沉默许久，拖过没被动过的官燕，舀了一口却没吃，又把勺丢回了瓷盅里，"有件事，我一直想问你。"

孙廷雅看着她。

周安琪深吸口气，"廷雅，你真的那么爱陈少峰吗？即使过了这么多年，即使彼此都不再是当初的样子，你还是爱他吗？爱到……不能给自己一个重新开始的机会。"

孙廷雅唇瓣轻颤，周安琪握住她的手，很用力很用力地握住，她眼神那样专注，仿佛想穿透她的眸子，望进她的心里去，"你好好想想，你到底是放不下他，还是放不下当年？放不下……你的执念。"

周安琪离开了，孙廷雅一个人坐在原处，怔怔出神。汤羹已经凉透，满桌美味再不能享用，像每一次的盛宴散场，都是如此苍凉。

她终于起身，缓步走到客厅。手在墙上随意一拍，白灯如昼，驱散满室黑暗，这才发现原本空荡荡的沙发上竟坐着个人，他眼神坚毅、背脊挺直，沉稳若高山。

孙廷雅愣了愣，"爸。"

孙立恒回过头，打量她一瞬，"我来北京出差，听说你病了，所以来看看。"

孙廷雅在他对面坐下，孙立恒问："你和沈沣怎么回事？"

孙廷雅觉得烦躁。

每一个来的人都在问这个，好像全关心起了她的婚姻，周安琪就算了，但孙立恒……如果可以，她希望他一辈子都别插手她的感情问题。

大概察觉到她的抗拒，孙立恒沉默片刻，"我不是想干预你，只是提醒一句，沈沣是你挑的，家里也都随你去了。既然当初对他满意，结了婚就好好过日子，整天折腾来折腾去，大家都累。"

他高高在上的指责让她轻笑出声，"我自己挑的人不止他一个，您上次可没这么好说话。"

又是长久的沉默。

孙立恒摘下眼镜，捏了捏鼻梁，"我知道，你一直恨我。你觉得是我拆散了你和陈少峰，还觉得，是我害死了那个叫陈雨璇的女孩……"

孙廷雅猛地站起来。

她气得肩膀都在发抖，眼眶通红，像是被刺中死穴的小兽，死死瞪着孙立恒。

雨璇！

他怎么敢在她面前提起雨璇！

孙立恒脸色也有点发白。他攥紧了拳头，眼神闪躲，像是有些不敢与她对视。就是这一瞬，如同苍鹰收起了利爪，威严不容侵犯的父亲竟也流露出老态和软弱。她想起大半年前，她在医院看到他，那时的他就是这样，让她生出无限愧疚和痛悔。

闭上眼睛，她忽然卸下一切武装，疲惫无限，"不，您没有害死她。是我，害死了她。"她悲凉地笑了，"您顶多算是帮凶，我……才是真正的凶手。"

"廷雅！"

孙廷雅笑着说："我是凶手，所以我会有报应的。我一直在等我的报应。"

孙廷雅走在街上。孙立恒还在酒店，她不想和他同处一室，索性自己出来。原来外面已经是黑夜，七月的北京那样热，她想起那天晚上也是这样，她孤身一人奔跑在上海的街头。

那时候，她已经和爸爸闹翻整整一年。这一年里，少峰的工作总是不顺利，一开始计划的去别的地产公司也好，转行做金融也罢，通通成了空话，他找不到适合自己的工作，连她也被公司开除。最后他们没办法，只能做那种又苦又累、工资还很低的初级小文员，交完房租连生活都成问题，不得不搬到了更便宜的街区。

可两个人都没有抱怨。这是自己的选择，哪怕现实如大火灼烧，也能握着彼此的手一起应对。他们甚至决定，既然上海不好待，那就去别的地方好了，孙立恒的手总不能覆盖全中国。

但他们没有想到，这把火也烧到了雨璇身上。

雨璇付出极大心血地工作，连除夕夜都飞去日本加班，就为了能在两年后得到那个梦寐以求的职位。可是和陈少峰一样，她也在心愿实现的前夕收到消息，自己被公司开除了。

那天的场景她不敢去回想。大家都明白是怎么回事，心知肚明谁在幕后推动，雨璇带着行李回来，一直默默收拾不说话。她心里忐忑，试着去拉她的手，却被猛地甩开。

她吓了一跳，雨璇的眼神从来没有那么冷，她讽刺道："够了没有？这场闹剧要持续到什么时候？"

她愣住。雨璇脸上笑容潋滟，她这样笑时总是很美，却也如尖刀般闪烁着冰寒的冷光，"小雅，你是我的朋友，所以我一直忍着没说，但是差不多了吧？你和我哥哥根本没有可能。看看你们住的地方，看看你们现在的样子，真的有必要把自己搞得这么凄惨吗？放自己一条生路不好吗？"

她说不出话。雨璇的每句话都狠狠扎在她心上，她的嘴唇都白了。

陈少峰想阻止她，陈雨璇却忽然调转枪口，厉声道："她糊涂，不撞南墙不回头，是因为她随时可以回头，你又凭什么？你到底明不明白，你们不是一个世界的人，就算你拼了命往上爬想证明自己，也没有可能！她是千金大小姐，你高攀不起，不要再癞蛤蟆想吃天鹅肉了！"

"陈雨璇！"

"你现在还要跟她走，你要逃去哪里？我们千里迢迢来上海，不是为了像条丧家犬一样活着！你要爸妈死不瞑目吗！"

"哐当！"陈少峰扬手一扫，一盏台灯砸到地上，发出惊天动地的声音。

然后就是安静。

像是一幕大戏到了高潮，却被强行掐断。房间里静得能听到呼吸的声音，孙廷雅站在那里，几乎不敢看他们。她理解雨璇的每一个字，她和少峰都那么不容易。无父无母的孤儿，一步步在这座城市站稳脚跟，不像她，生来就在富贵锦绣堆里。

她从没想过自己会成为他们的负累。

陈雨璇顿了半晌，忽然一笑，像终于看透什么，丢下一句"冥顽不灵"就冲出了家门。

陈少峰没有动，浑身僵硬若石雕。他从来没有对雨璇发过脾气，他们是相依为命的兄妹，是彼此最亲近的人，他原本连对她大声说话都舍不得。

孙廷雅蹲下来，看到地上的琉璃碎片。这台灯是她们从宿舍带出来的，大二时她和雨璇一起去家具城挑选，之后陪了她们整整三年。雨璇还曾经调侃，这是她们多年友情最好的见证。可是现在，它却变成了碎片，晶莹剔透，闪烁着刺眼的光。像他们支离破碎的人生。

她忽然站起来，头也不回地跑了出去。外面是沉沉黑夜，她不知道雨璇往哪个方向去了，但她确定自己要找到她。他们住的地方太偏僻，四野寂静，连路灯的光都透出荒凉。她终于看到了雨璇，蹲在马路中央，长长的头发垂下来，像是在哭泣。

她走过去，拉住她的手。雨璇抬起头，眼眶通红、满脸憔悴，她这才发现她瘦了好多，原来这一年饱受折磨的不止她和陈少峰，雨璇早就跟他们一起在烈火里熬着了。

她不知道还能说什么，只是不断重复，"对不起，是我对不起你……"

雨璇摇摇头，"你没有对不起我，是我，不配当你的朋友。"

她不明白，陈雨璇轻轻一笑，"小雅，其实我一直都在嫉妒你。嫉妒你比我家世好，嫉妒你比我幸运，嫉妒你明明处处不如我，却注定比我拥有更光明的未来。我就这样日日夜夜嫉妒着你，连做梦都在仇视你，可即使如此，我还是和你当了五年的朋友。很可怕吧？我也觉得自己很可怕。"

她完全傻住了。陈雨璇擦干眼泪，又冷静又残忍地说："你说我自私也好，冷血也罢，在我心里，除了哥哥别人都不重要。我不想看着他继续陷下去，所以算我求求你，离我，也离开他吧……我求你放过他！"

两人手还握在一起，像彼此最亲密时那样，可耳边却回荡着这样决绝的话语。孙廷雅瞪着雨璇，像是不敢相信她居然这样对自己。

"廷雅！雨璇！闪开！"

陈少峰的声音忽然传来，那样尖锐，充满了慌张和愤怒。两人还没反应过来，就被刺眼的白光照耀，一辆卡车从拐角而来，横冲直撞，像是失控了一般。

两人被这个变故弄得措手不及，呆在那里完全无法动弹，而不过短短几秒钟，卡车就已经近在咫尺。千钧一发之际，雨璇忽然扬手，奋力将孙廷雅往后推去！

她跌跌撞撞地后退，身体离开卡车前进的轨迹，雨璇却还站在原地。

后来的很多年，这一幕不断在孙廷雅脑中回放，像是电影的慢镜头。墨汁泼洒般的夜，雨璇苍白的脸色，黑眸中的惊慌和担忧。明明她才是危险的那个，却还在担心着她。

然后这些东西一点点消失，孙廷雅摔倒在地上，仰脸望着星子寥落的天空。

而卡车，重重地撞了上去。

Chapter.05
结局

孙廷雅脚步慢慢停下。

她觉得没力气，扶住了旁边的墙。不知何时，她走到了一条略冷清的街道，身侧是一家小花店，这会儿却没有开门。她热出一身的汗，木然地望着地上，那里散落着几支玫瑰，不知是谁丢弃的，那样浓烈的颜色，让她想起那个夜晚。雨璇的血一点点流淌过来，温热的，浓稠的，染红她的指尖，染红她的整个世界。

安琪问她为什么不能放下，她怎么能放下？那是她的罪孽，这辈子最深的罪孽。她的好朋友，为了救她死了，就在她面前。她没资格怪罪任何人，是她的错，都是她的错。

孙廷雅捂住脸，无声地哭泣。她哭得那么用力，她已经很多年没这么哭过了，歇斯底里、用尽全力，像是要把这些年的隐忍痛苦都哭出来。但其实她根本没资格哭。

过了很久，也可能只是片刻，一个人出现在她面前。没有任何多余的动作，只是安静地站着，孙廷雅却慢慢停了下来。

她抬起头。触目所及是男人瘦长的手，雪白的衬衣，领口解开一颗扣子。再往上，她看到陈少峰熟悉的脸。黑的眼，高的鼻，嘴唇苍白，一如当初。

她恍惚间以为，两人又回到了那个噩梦般的夜晚。空气里是挥之不去的血液气息。

她梦游般站起来。

她不知道他为什么出现在这里，但心中的话再也隐藏不住，如果这世上有一个人可以倾听，那么一定是他。只能是他。

"你知道吗？六年了，整整六年，我连一次都没有梦到过雨璇。我不知道是不是该庆幸，因为如果真的见了面，我恐怕也不知道说什么。但有时候我也会想，她一定是不肯原谅我，一定是在天上也恨着我，所以……才会连梦里也不愿意见我……"

陈少峰闭眼，半晌才道："不是的。她没有恨你，那晚的事也不是你的错。"

孙廷雅笑，像在嘲笑他居然说这种傻话。陈少峰忽然动了怒，握着她的肩膀沉声道："是真的。之前我也总是怪罪自己，觉得是我害死了她。但廷雅，我现在想明白了，那晚的事是个意外，我们任何人都不需要背负罪孽。这不是雨璇希望看到的。"

他终于还是把她搂到怀里。男人声音沙哑，充满了抚慰人心的力量，"直到最后一刻，雨璇都在保护你。你是她的朋友，她不会恨你……"

孙廷雅下意识想挣扎，可他的话像是魔咒，让她使不出一点力气。天上星子寥落，又令她想起那个晚上。他说雨璇不恨她，他说一切不是她的错，可这样她真的就能原谅自己了吗？

小腹忽然一阵剧痛，她身子一软，不受控制地往下滑。陈少峰慌乱地抱紧她，"廷雅，廷雅你怎么了？"

孙廷雅脸色苍白，手指徒劳地攥住他衣襟纽扣。她努力想要睁大眼，可眼前景物还是一点点模糊，终于她晕了过去。

孙廷雅醒来时，发现自己躺在医院里。

床单雪白，身上盖着轻薄的被子，她花了几秒才回忆起晕倒前发生了什么。陈少峰就坐在旁边，见她醒了也不说话，墙上的钟嗒嗒地走着，现在是凌晨五点，天光大亮前最后一段时间。

孙廷雅问："我怎么了？"

"你晕倒了，我带你来了医院。"

她当然知道这是医院。她想知道的是，自己为什么会晕倒。

这个问题还没说出口，胃里先一阵恶心，忍不住弯腰干呕。陈少峰伸手轻拍她的背，孙廷雅只觉得越来越难受，从未有过的感觉，茫然不解间，一个怀疑猛地闪过脑海。

她身子僵住。

陈少峰拍背的动作缓缓停下，手轻柔地落在她肩头，"医生说，你的情绪太不稳定，对孩子不好。以后别这样了。"

她怔怔抬头。

震惊太大，孙廷雅几乎不知该做什么反应。她和沈沣一直有做措施，原以为不会出问题，可事实却是，她已经怀孕八周，昨晚之所以腹痛晕倒，不过是受刺激太深。

护士知道她醒了，进来做了简单的检查，说："还好，小朋友很健康，别担心。不过现在刚两个月，胎儿还不够稳定，要多注意一点。尤其是孩子爸爸，可别再让你太太像昨晚那样激动了。"

她并没认出孙廷雅，以为他们是闹矛盾的夫妻。陈少峰道了谢，回头看到孙廷雅拥着被子，躺在那里出神。

他坐回去，沉默地陪着。

好一会儿，孙廷雅说："你走吧。"

陈少峰说："我陪你到天亮，然后我再走。"

她不作声，仿佛是同意了，然而几分钟后，却说："雨璇出事前，对我说的最后一句话是，求我放过你……"

陈少峰脸色一变。

"她说，不想看着你继续陷下去，求我离开她，也离开你……"她轻轻一笑，"你说她不怪我，说她从来没有恨过我，也许你是对的。但阿峰，无论她心里怎么想，这句话我永远不会忘记。我们这辈子，没可能的。"

手指紧紧攥成拳头，他握得那么用力，指甲几乎陷进皮肉里。他明白，他当然明白。从雨璇出事那天起，许多事情就注定了，永远无法改变。

孙廷雅听到他起身的声音，听到他打开了门，皮鞋踩在地板上，很轻很软，却又如同沉闷的鼓声，敲打在心头。

她一直没有动，直到他忽然顿住，轻声说："廷雅。"

她回过头。

陈少峰站在门口，一手握着把手，与她对视。半晌他忽地一笑，"还没恭喜你，要当妈妈了。"

夏季的天总是亮得很早，城市一点点苏醒，街上是川流不息的车辆。孙廷雅坐在出租车上，意外地觉得有点冷，手放在了平坦的小腹上。

她到现在都觉得不真实。对于当妈妈，她虽然并不排斥，但也从没期待过。记得安琪生下皓嘉时，她在医院陪着，安琪看她逗孩子逗得开心，笑着说："喜欢就自己生一个啊。嗯，生个女儿，咱们正好结儿女亲家。"

她耸耸肩，"等什么时候，陈少峰学得像文隽那么温柔体贴，我就生。现在，免谈。"

匆匆一晃，这么多年过去，安琪和席文隽已经分开，她也终于有了自己的孩子，身边的人却早不是当初那个。

拿出手机，和沈沣的最近一次通话是五天前，自从新年过后，这是两人头回这么长时间不联系。她犹豫着想按下，却又被另一股力量阻止，迟迟没有动作。

和沈沣的争吵表面是因为孩子，但她明白，真正的问题并不出在这里。她担心不能长久，担心会步安琪后尘，所以不愿有进一步的发展。却没想到，命运给了她一个措手不及，接下来要往哪里转，一时竟茫然了。

师傅透过反光镜看到，笑问："姑娘，要给家里人打电话吗？我看您从医院出来，病了吧？是得通知家人一下。"

北方的出租车司机都这么爱唠嗑，孙廷雅勉强一笑，"是啊，给家里人。"

"您怎么了啊？哪儿不舒服？"

"我……怀孕了。"

"怀孕？哎哟那是好事儿啊，赶紧告诉孩子爸爸，让他也开心开心！"

见她迟疑，师傅面露不解。孙廷雅说："我不知道，应不应该说……"

她没有讲下去。以她的性格，本不习惯跟陌生人倾诉，如果不是心里实在太乱，连刚才的话都不会有。

她沉默，师傅就理解歪了，"孩子来得不合适啊……无论如何，还是得跟孩子爸爸说一声。他应该知道。"他顿了顿，"我知道，现在你们年轻人都不喜欢生孩子，但既然都有了，也别冲动。也许这就是天意呢？命里注定你们有这个缘分，应该珍惜。"

"命里注定？"

"对。你和孩子，还有孩子的爸爸，这是你们的缘分。"

车窗打开一点，风灌进来吹乱她的头发。他说到孩子爸爸，让人心情复杂的四个字。孙廷雅忽然想起昨晚，失去意识前最后一瞬，闪过她脑海的不是陈少峰，甚至不是雨璇，而是……沈沣。

她以为自己再也醒不过来，那样慌乱茫然，像是回到了贡曲那一夜，她性命垂危。她甚至想着，如果这时候出事，还不如那晚他根本不要救自己。

至少，那时的他不会为她难过。

司机还在劝着，孙廷雅握紧手机，说："师傅，麻烦您掉头，送我去另一个地方。"

她到了沈沣的公司，前台小妹没认出她，公事公办地问道："请问有预约吗？"

她摇头，"没有。"

旁边的人扯了下小妹，笑着说："沈太太，沈总正在办公室，我带您过去吧。"

小妹这才反应过来，眼前的女士就是和自家Boss闹出各种新闻的正牌夫人，忙打起精神给她引路。陆文就在办公室外面，见到孙廷雅也有些意外，"沈太太，您怎么来了？"

"沈沣呢？"

"沈总在里面，他马上有个重要会议，您等……"

"我的事比较重要。"

孙廷雅说完，直接推开门进去。里面很宽敞，沈沣坐在长方桌后，正对着电脑看着什么。听到声响抬起头，他的目光一瞬间锐利如刀，冷冷地刮过孙廷雅身上，让她有片刻的怔忪。然而很快，他恢复如常，平静地朝她点了下头，仿佛刚才只是她的错觉。

"有事吗？"他问。

她看着沈沣。他脸色看起来不太好，眼睛下方有淡淡的青色，像是好几天没有休息。睫毛很黑很长，她以前常说他眼睛太漂亮，尤其是睫毛，长得像女孩子。

她越看，一颗心绷得越紧。很多年了，她已经很多年没这么紧张过，脑子里肆虐的，是路上和司机的交谈。

也许他说的是对的。因为她不敢做选择，上天就帮着她选择；她不敢往前，命运推着她往前。这是她和他的缘分，她也确定自己心里有他。既然如此，她该试着往前，把两人的距离缩短。

深吸口气，她说："有，我有事想告诉你。"

沈沣道："正好，我也有事想告诉你。"

孙廷雅一愣，"什么？"

沈沣站起来，一手合上笔记本电脑，绕过桌子走到窗前。他本就比孙廷雅高，她又穿着平底鞋，必须微微抬头才能与他的眼睛对上。男人眸色淡淡，"刚才妈给我打电话，问起我们的事，大概是听到外面的风言风语，知道我们又闹矛盾了。"

这不意外，连孙立恒都听说了，程品君知道很正常。

"你怎么说的？"孙廷雅问。

"我吗？实话实说。"

孙廷雅皱眉，沈沣补充，"她还想找你，被我拦着了。我告诉她，我们俩本来就是被迫在一起，这几年来回折腾也是被他们害的。所以，我们分开也许是件好事，至少她不用再操心儿子和儿媳常年分居。"

弧形玻璃窗晶莹剔透，他站在那里，竟像是站在半空，有一种难以触摸的遥远。

孙廷雅慢慢道："你到底什么意思？"

沈沣面无表情地低头，整理袖扣。男人手腕骨节突出，戴着银色的腕表，那是她亲自给他选的，很配他今天的衣服。

沈沣系好扣子，这才重新抬头，"我的意思是，这桩婚姻既然从开始就是错误，也不用勉强维持下去。我们的约定取消。你自由了，接下来想去哪里、想做什么，都随你心意。"

孙廷雅觉得头晕，狠狠咬了下嘴唇，才让自己保持清醒。脑中有很多的猜测，她抓住最清晰的那个，微笑着说："你还在生气吗？因为那天，我……打了你？我当时情绪不太稳定，不是故意……"

"不，我没有生气。我哪有资格生气？"他笑着说，"追求你时，我把话说得多漂亮，只求你给我一个机会。你没有骗过我，你把一切都告诉我了，所以你不欠我什么。是我不该提起他，明知道他是你的死穴嘛。"

到最后，他语气里还是忍不住带出嘲讽。

陆文在此时把门打开，犹豫道："沈总，视讯会议已经准备就绪，各国投资人都到了……"

没人回答，陆文略一斟酌，"我去安排，沈总身体不舒服，会议推迟十分钟……"

他带上门出去。半晌，沈沣按了按眉心，"廷雅，之前是我太天真，低估了你和陈先生之间的感情，可笑地以为能够介入其中。现在我清醒了，明白我有多么不自量力，所以，我退出。你可以继续缅怀你们的爱情，我不会再打扰。"

孙廷雅觉得自己该离开了，他很忙，有些话现在说也不合时宜。然而脚怎么也移动不了，她望着他，脸上是自己都没有察觉的微薄期望，"可是，我跟他是不可能的。而且我对你……"

"够了。"

"我对你是有感情的！沈沣，你感觉不到吗？"

沈沣自嘲一笑，"你对我有感情，却怎么也比不过他。无论他在不在你身边，你都不可能放下。"

孙廷雅哑然。沈沣轻叹口气，"好不容易我决定从这摊浑水里出来，你别再给我希望了。算我求你，放过我吧。"

放过我吧。

这四个字如同一把刀，狠狠地扎入孙廷雅的胸口，又像一个挥之不去的诅咒，让她几乎无法呼吸。她不可置信地望着沈沣，男人的神情是厌倦到极点的淡漠，她忽然想到她和爸爸说的话，她在等自己的报应。原来，这就是她的报应。

犯下过那样的错，她居然奢望可以走出来，居然奢望可以获得新的幸福。陈少峰说雨璇没有恨过她，是她太蠢才会相信。

她根本没有重新开始的机会。

手在发抖，头也开始痛，她强迫自己露出微笑，"明白了。我这就走。还有，那晚的事，对不起……"

她想离开，却脚下一软，差点摔倒在地。他下意识扶住她，手掌握着她的胳膊，两人都是一样地凉。孙廷雅回头，四目相对，他这才发现她眼眶居然红了。

他怔住。孙廷雅倔强地抿唇，将他的手推开，头也不回地往外走。

女人脚步声越来越远，也许是他的错觉，竟从里面听出了隐忍的痛苦。

办公室里只剩他一个，沈沣浑身僵硬地站着。不知站了多久，终于回到书桌前，重新打开电脑。

解锁屏幕后，页面上出现几张照片，是昨晚有人发到他邮箱的，而他就对着它们，沉默地坐了一个晚上。

深夜的街头，男人和女人紧紧相拥，他看不清他们的脸，却能够想象他们是怎样的悲喜交加。就像曾见过的那样，只有在那个男人面前，只有提到那个男人的名字，她才会显露软弱，才会流露出伤感。他们是那样旁若无人，自成一个只属于彼此的世界。

他曾无数次想把她从那个世界拽出来，但现在，他放弃了。

沈沣和陆瑾予约在公司楼下见面。

七月的夜晚，空气里都是挥之不去的炎热。女人身穿琉璃白连衣裙，长发披散，只在左耳戴了枚偏华丽的流苏耳环。肤白眼亮、窈窕高挑，立在路边似亭亭箭荷。

看到沈沨她没有动，等他走到自己面前，才抬腕看了下表，"架子真够大的，都让我等了……四分钟了。"

沈沨淡淡道："有点事耽搁了。"

今晚是他约陆瑾予见面，正好她在附近和朋友喝下午茶，就直接过来找他。陆瑾予握着手袋，指甲是漂亮的粉色，搭在黑色皮革上，像莹润的玉石，"好吧，原谅你了。"

沈沨开了辆烈焰红的超跑，陆瑾予认出这是鼎鼎大名的LaFerrari，扑哧一笑，"还真是你的品位。"

"别人送的。"沈沨随口说，为她拉开车门，"请吧。"

一路风驰电掣。

跑车顶棚打开，陆瑾予长发被吹得凌乱，她却毫不在乎地笑着，怡然地欣赏窗外夜景。两人都没有说话，沈沨握着方向盘，眼眸乌黑沉静，把车越开越野，马达的呼啸声几乎震耳欲聋。

最后他终于把车停在一个小公园边，问："还好吗？"

陆瑾予伸个懒腰，并没有被刚才的时速吓到，"在国外时，我也半夜飚过车。和路上认识的旅伴一起，开着他的吉普车，一路唱歌喝酒，最后还光脚在草原上跳舞，别提多疯狂了。"

沈沨说："听起来，不怎么像你。"

"你很了解我吗？"陆瑾予侧头看他，"我有很多面，恐怕你连见都没见过呢！"

沈沨沉默一瞬，笑着说："说的也是，我确实不一定了解你。"

陆瑾予打量他神色，换了个话题，"说吧，发生什么事了？你突然找我，总不会就为了让我陪你飙车吧。"

"你觉得，我找你能有什么事？"

陆瑾予故作随意，"我怎么会知道。"

沈沨手指轻叩方向盘，"今天早上，廷雅来见了我，我们两个谈了谈。"

陆瑾予的心提了起来，预料到后面的内容很重要，她连声音都有点不一样了，"你们……谈了些什么？"

"总结一下就是，我们决定分开了。"

绷紧的肩背松下来，她像是回到了小时候，因为想得到爷爷的称赞，于是花了三个月的时间苦练国画。等她终于把作品展示给大家看，人人都赞不绝口，爷爷也说她是晚辈里最有天分的孩子，甚至把自己的画笔送给了她。

现在，她也得到了想要的画笔。

察觉到自己沉默太久，沈沨已经回头看她，她压抑住心头喜悦，咕哝道：

"你们的家务事，跟我说做什么……"

"这不是你要的结果吗？我以为，你会很期待听到这个消息。"沈沣淡淡道。

夜风燥热，兜头而来，让人出了一身的汗。

陆瑾予过了好一会儿才说："三哥，你什么意思？我听不明白。"

"瑾予，我跟你不喜欢遮遮掩掩。那几张照片是你发的吧？是不是隔得太久，所以你忘记了，那家侦探社还是当年你调查你爸爸出轨时，我给你介绍的。现在你让他们来盯我太太？"

他语气嘲讽，陆瑾予大脑有一瞬的空白。她真的忘了，调查父亲还是高中时的事，他当时确实给她介绍过侦探社，但是不是这家一时竟无法确定。难道，真的是那些人告诉了他？

她心头一慌，沈沣眼眉冷凝，她下意识辩解，"我没有盯孙廷雅，我盯的是陈少峰。我怀疑他劈腿，所以派人跟踪，会拍到孙廷雅只是个意外！"

果然。

沈沣原本还抱了万分之一的希望，是自己想多了，但……居然是真的。那些照片，真的是瑾予的手笔。

他的神情竟比刚才还要冷了三分，陆瑾予猛地意识到，就算沈沣认出了侦探社，但这一行是有保密协议的，不可能泄露客户信息。

她惊道："你诈我？"

沈沣道："不这样，我怎么会知道我信任的朋友，背着我都做了些什么好事。"

陆瑾予这才想起来，自己暴露了什么。她还想坚持刚才的借口，不承认自己一直在跟踪孙廷雅，沈沣却说："其实我一直有察觉，你不喜欢我结婚，当初连婚礼都没参加就去环游世界了。当然，你更不喜欢廷雅。不过之前我没有想太多，直到你表现得越来越明显……瑾予，我其实不太明白，你做这些是为什么？你和廷雅有任何矛盾吗？或者我得罪了你，所以你见不得我过得顺心？"

顿了顿，他逸出丝笑，"总不至于，你其实一直都喜欢我吧？"

陆瑾予像是被针刺了般，猛地抬头，目光与他撞上。唇瓣轻颤，她想矢口否认，可喉咙仿佛被掐住了，竟发不出一丝声音。

沈沣看着她，重复说："你喜欢我。"

这一回，用的是肯定语气。

陆瑾予忽然就冷静了。她深吸口气，镇定地点了点头，"对，我喜欢你。"

沈沣从没想过，有一天会从她口中听到这几个字。眼前的女人是他从小看到大的妹妹，是他为数不多放在心上的朋友，可原来，她一直藏着这么大的秘密。

他语气软下来，"什么时候的事儿？你从来……从来没有说过。"

什么时候？陆瑾予轻笑。她也不知道自己是什么时候喜欢上沈沣的，或许在彼此都还是孩子时，对这个英俊体贴的哥哥，她的心情就不一样了。但他实在不是好男友的人选，短短数年间，她看着他换了一个又一个女友，其中甚至有自己的好友。她觉得他真是过分，她们真是可怜，她不愿意也沦为其中之一，她跟那些女人，应该是不同的。

于是她说服了自己，他这么花心的人，根本就配不上她。既然他要玩要闹，自己就看着好了，看看还有多少女人遭殃。

直到他结婚，她依然是这个想法，不过为了眼不见心不烦，她还是避开了婚礼。但她没想到，当自己结束环球旅行，见到他的新婚妻子，却发现一切都不一样了。

"为什么？"她低声说。

沈沣没听清楚，眉头皱紧。她继续说："你不是谁都不喜欢吗？那么多的女人，没有一个留住你的心。楚楚说，你这种是天生浪子。既然如此，为什么不坚持到底？为什么遇到她，你就改变了？"

沈沣面无表情。

这是她的困惑，也是她的怨念。原来她爱的人也会改变，原来风流浪子也能变得一往情深。可他情深的对象不是她。后悔日夜啃咬着她的心，她恨自己没有做过努力。她宁愿他从没改变！

沈沣忽然解开安全带，开门下了车。陆瑾予脸色一变，也跟了出去，挡在他前面，"你生气了？是，我给你发了照片，我希望你和孙廷雅分开，但我从没骗过你！那些照片都是真的，你们吵架冷战的时候，孙廷雅去见了陈少峰。他们两个相拥而泣，你知道有多感人吗？她根本就不爱你！"

沈沣问："你早知道孙廷雅和陈少峰的事？总不至于，你和陈少峰在一起，也是因为我们吧？"

陆瑾予一愣，迟疑不答。沈沣冷笑点头，"瑾予，我真是要感谢你。感谢你为了我，这么煞费苦心。"

他挥开她的手，像拂掉什么讨厌的东西，语气里是掩饰不住的失望，"我以为，我们这么多年感情，你总是希望我过得好的，却没想到……你说得对，我根本不了解你。我认识的陆瑾予清高冷傲，有自己的原则，不是一门心思介入别人家庭的第三者！"

他的话像耳光，狠狠打在她脸上，捅破最难堪、她最不愿面对的真相。陆瑾予双眼大睁，眼眶瞬间红了，不敢相信他居然用这么严重的话来指责自己。

在她近乎质问的目光中，沈沣眼神渐渐变了，像是看到了犯错的妹妹，失望中隐隐有着痛惜，"我说错了吗？你好好想想，你做的事情，难道不是第三者？"

陆瑾予脸色由红变白，最后连一丝血色都没有，难看得诡异。

两人对峙良久，沈沣闭上眼睛，自嘲地笑了，"不过如你所愿，我放弃了我深爱的女人。而她，也许是我这辈子，唯一爱过的女人。"

他回到车上，没有理睬陆瑾予，一踩油门就开走了。陆瑾予听着越来越远的引擎声，孤零零站在原地，不动也不说话。不远处有人看到刚才的情形，以为他们是吵架的情侣，她被男友丢下了，同情地指指点点。

她仿佛毫无知觉，脑中挥之不去的是最后，沈沣冷淡而厌弃的神情。

她知道，自己不仅失去了一个喜欢的男人，也许，还失去了一个本可以相伴一生的朋友。

她闭上眼睛，忍了许久的眼泪，终于还是落了下来。

沈沣一路将油门踩到底，两手紧紧攥住方向盘，唯有如此，才不会控制不住发抖。两侧高楼街道飞速滑过，他的LaFerrari像一道红色的闪电，余光偶尔一瞥，能看到旁边司机羡慕的眼神。这让他想起那天早上，陆文把车送到他面前时，眼里掩饰不住的，也是这种神情。

他说，这是您太太寄给您的礼物。

到了如今，两人剩下的联系，也只有这些身外之物了。

他回了他们的婚房，公寓一周没住人，一切都跟他们离开前一模一样。桌上放着她的电脑，他记得出发去老宅给爷爷贺寿前，她还争分夺秒地敲着大纲，他催她，她就抛来一个不耐烦的白眼，"灵感必须立刻记下来，否则我会忘的。不要妨碍作家的创作！"

现在电脑被丢在这里，也不知道那位作家，是不是还记得她的创作。

他没有开灯，就这么走了进去。清冷的月光透窗而入，洒了他一身如水银辉，他坐在沙发上，给自己点燃一支烟，慢慢地抽着。

渐渐地，眼睛适应了黑暗。他看着熟悉的房间，不过是少了一个人，却仿佛瞬间变得空荡，再无丝毫人气。

烟灰落下一截，在西裤上散成粉末，他忽然想到什么，起身拉开电视柜下的抽屉。第一个没有，他又拉开第二个，终于在一堆光盘中看到了想找的东西。

封面是他和她的婚纱照，他记得，婚礼那天录了很多影像资料，后来宜熙拖着黎成朗一起，像剪电影般剪出了四个小时的精华版。

把光盘送给他时，她笑着说："喏，将来哪天想缅怀你和嫂子的大喜之日，就看看本人的大作吧。"

把光盘放到播放机里，他坐回沙发，用遥控器打开了电视。

这场婚礼，身为主角的沈沣和孙廷雅都没有太上心，但沈家和孙家都是名门大户，长子长女的联姻当然办得盛大隆重。婚礼地点选在美丽的希腊，爱琴海边，因为新娘子喜欢欧洲，也因为那个时候，地中海附近气候依然舒适。海天一色，蔚蓝澄澈如剔透的宝石，一幢幢洁白的小房子沐浴在阳光中，仿佛置身童话世界。

孙廷雅的婚纱是Dior定制，两人为此专门飞了趟法国，选了最梦幻的刺绣鱼尾裙，裙摆长达两米，头纱则长达四米，华丽非常，工匠们花了近千个小时才制作完成。当婚礼上，孙廷雅一身洁白款款而出时，连向来冷静的程品君都涌出了眼泪。

沈沣坐在黑暗里，看着屏幕上闪过的一幕幕。那天的很多事他都忘了，原来爱琴海边的景色这么美，原来她的婚纱是这个样子的，原来身为新娘，她一整天都没有真心地笑过。

时间仿佛失去了意义，天边不知何时有了微弱的光芒，黑夜即将结束，新的一天又要开始。他却全无察觉，眼中只有她的轻颦浅笑。

他看到自己掀开了她的头纱，看到他低头亲吻她的唇，看到她微笑着将捧花扔向人群，看着大家簇拥着他们俩，在碧海蓝天间欢呼大笑，心却一点点滑向无底的深渊。

小时候练字，爷爷书房里的典籍都被他抄过，还记得其中有句是这么说的，"欲念之人，犹如执炬。逆风而行，必有烧手之患。"阳光照耀着书桌，宣纸雪白，他握着毛笔，一笔一画地写着，心中却并不明白它的意思。

过了这么多年，在这个即将迎来晨曦的房间，看着她美丽而淡漠的侧脸，他却忽然懂了。

是他太过勉强。如果一开始他妄念不生，也就不会有后面的失望。是他想要的太多，才会伤了自己，也伤了她。

是他错了。

屏幕上的画面忽然定住，停在孙廷雅身穿婚纱、应声回头的一幕。她眼眸如水，直直望向某个方向，竟让他产生个错觉，她透过屏幕，看到了自己。

心跳陡然加速，还没等反应过来，画面忽然黑掉。两秒后再出现，却是他此刻身处的客厅，灯光朦胧昏黄，她身穿红色长裙，微笑着坐在沙发上。

他完全愣住。

她好像也有点没进入状态，过了两秒，才朝镜头挥了挥手，"Hi，有没有很惊讶？是的，这张光盘被我重新刻过了，后面这段是我准备的彩蛋。"

他渐渐回过神。屏幕上显示的是他们的婚房，也就是说，这段视频是他们一起搬进来后录的。沙发上的抱枕还是冬天时的，看起来，应该发生在新年过后不久。

果然，孙廷雅说："现在坐在电视前的是沈沣吧？希望你是沈沣，否则的话请自觉把电视关掉，这不是你该看的东西。相信我，不要以为可以在我眼皮子底下偷看到什么八卦，你会付出代价的。"

这样高冷傲慢，哪怕心有挂碍，他还是忍不住笑了。

顿了顿，孙廷雅整理好裙摆，继续说："OK，现在是正主了。你是不是很奇怪，我在家里，你又在哪儿？嗯，录这个视频时，你正在楼上睡觉，我是偷溜下来的。这两天我一直在想，应该为我们的关系做点什么，新年那晚你的告白我很感动，所以想回一份礼。我也有话要跟你说。

"刚才我重新把整张光盘看了一遍，不得不说，虽然我们都做了甩手掌柜，但这个婚礼办得真是不错。我觉得很庆幸，这样重要的一天没有因为我们的懈怠搞砸，等到我们很老很老的时候，还能翻出来回忆，还能告诉我们的孩子，爸妈妈就是这么在一起的。"

她说完愣了一下，然后轻轻"哇"了一声，"不得了，我说了孩子，希望你没被吓到。你喜欢孩子吧？乔珊之前夸过你，说以你对小朋友的耐心，肯定会是个好爸爸。不过，我不确定自己是不是个好妈妈，我脾气太大了……"

她揉了揉头发，仿佛想借此理顺自己的思绪，"其实，我没想过你会这么对我。像之前说的，我选择你当结婚对象，是因为听了外面的传言，沈公子风流成性，谁嫁给他谁倒霉。对当时的我来说，只想要一段足够简单的婚姻关系，和丈夫井水不犯河水是最好的选择。

"但是你改变了我的想法。这些年，也有一些追求我的人，其中不乏做出惊人之举的，但无论他们多好，我只会选择那种绝不动真心的对象。大家相伴着走一段路，差不多时就分开，干脆利落，恋情里只有快乐，没有痛苦。可你让我愿意试着改变，重新开始一段关系。不是那种注定走不到结局的，而是两个人一起，朝彼此的将来走去。

"我不知道我能不能坚持到底，也不知道你能够坚持多久，但就算没走到最终，我也不后悔这个决定。如果说有什么希望的话，那就是……你也不要后悔。"

她沉默，像是忽然伤感起来，片刻后才说："我把这个东西放在这里，等到下一个新年，我们还在一起的话，这就是我给你的新年礼物。当然，要是在这期间你发现了它，也看到了最后，那就是老天的安排。证明我们是有缘分的。"

她微微一笑，神情是从未有过的如水温婉，凝视着他说："无论是哪个结果，我都盼着它早点到来。"

画面结束，他还僵坐在沙发上，无法动弹。

他没有想过，她会给自己准备这个东西。原来在那么早的时候，她就酝酿着一个计划，一个埋在彼此将来的惊喜。

这些日子，他失望难过，认为自己无论做什么都是无用功。可此刻回想这半年来的桩桩件件，她努力融入他的家庭，她陪他出席首映礼，她花两个月为爷爷准备礼物。她一直有为这段关系努力，而不是他以为的无动于衷。

她真的想过与他共度一生。

脑中又闪过那天在办公室，她发红的眼眶，还有离去时强忍痛苦的步伐。她说，这些年的恋情只有快乐，没有痛苦。可他让她改变。她选择了他，也就赋予了他让她痛苦的权力。

然后，他就真的让她痛苦了。

他豁然起身，打开门冲了出去。

LaFerrari在马路上奔驰，副驾驶座放着他亲自挑选的鲜花，当初在婚礼上，她的捧花就是这种。一路上他都在想待会儿要怎么说，心中积攒了很多的话语，他甚至不知道从哪里开始。唯一确定的是，他要告诉她，他没有后悔。追求她，尝试跟她在一起，哪怕在后面遇到一些不开心的事，但他从没有后悔。

他带着忐忑与期待赶到海盛，却发现她的长包房空空荡荡。服务员昨天刚来打扫过，里面整洁得连半点居住的痕迹都没留下，他在客厅中央站了许久，终于在茶几上看到一枚戒指。

素净的铂金圆环，内侧镌刻着S&S。

他们的婚戒。

她把它留在了这里。

沈沣将婚戒握在掌中，心蓦地慌乱，用手机拨打她的号码，对方一遍遍提示"您所拨打的用户已关机"，机械而冰凉的语气，让他胸中的火焰一点点熄灭。

身后的门忽然打开，他回头一看，发现是周安琪。女人见到他也有些意外，回过神来扭头就走，沈沣几步追上，一把拽住她的手腕，"安琪，你等一下。廷雅在哪里？"

周安琪冷声说："我不知道廷雅在哪里，你问错人了。"

她这个态度，沈沣反而确定了，"我们之间有误会。你告诉我她在哪儿，我有话要当面跟她解释！"

周安琪嘲讽一笑，"你不是要跟她分开吗，现在又找她做什么？你知不知道我昨天接到廷雅时，她是什么状况……"

手更用力地攥着戒指，他沉默半晌，才说："所以，我需要跟她解释。"

周安琪不语。他加重了语气，"这件事很重要。安琪，你难道真的希望我们就这么分开吗？"

周安琪眼睫轻颤，像是想到了什么，默然许久，终于说："她不在北京。"

沈沣一愣，"不在北京，那她去哪儿了？"

回了上海，还是，更远的地方……

"她去见一个人了。一个这些年，早就该见的人。"

周安琪走到窗前，清晨的阳光照在她身上，像蒙了层薄纱，透着股不真实。沈沣眉头紧皱，忽然有种预感，周安琪有极重要的话要说。

关系到他，关系到廷雅，更关系到他们的将来。

"陈雨璇，你知道她吗？她是陈少峰的妹妹，也是，廷雅非常非常要好的朋友……"

雨从清晨开始下，淅淅沥沥，顺着黑色瓦片滚落，砸在青石板上溅起漂亮的水花。孙廷雅穿着白色丝绸小衣，搭配墨绿色长裙，赤足坐在窗边，头倚着窗框，望着外面默默出神。

这是她来到大理的第二天。

昨天深夜的飞机到这里，一出机场就被扑面而来的风吹得长发乱飞。炎热的七月底，全国大多数地方都已经不适合出门，这座古老的小城却依然凉爽，空气里是雨水湿润的气息。她坐在出租车里，望着两排不断闪过的房屋，白墙黑瓦、小巧精致，有种江南水乡的宁静与诗意。她想起很多年前，大学室友们聊到各自的家乡，雨璇抱着枕头，用难得一见的骄傲语气说："我的家乡，那可是个非常美丽的地方。"

真的是很美丽。孙廷雅抬手接住雨滴，怅然一笑。

这是开在古城外的一家客栈，距离城门只有三分钟路程，昨晚在出租车司机的推荐下，她住到了这里。客栈并没有刻意修得古色古香，就是普通当地民居的样子，两栋白色的三层小楼，雕花栏杆、飞檐翘角，搭配上黑色屋顶，竟透出股宏伟壮观。院子里支起了紫藤花架，大概是高原气候不同，又或者店主养得精心，这个季节还开着花。一串又一串，泼泼洒洒，瀑布般撞开满院热闹繁茂。

客栈老板是个四十多岁的女人，热情周到，因为生活顺心，看上去也比实际年龄年轻。她见孙廷雅下来，热情地打招呼，"姑娘要出去玩啦？现在下雨呢，等雨停了再走吧。"

孙廷雅找了把椅子坐下，随口问："这雨要下到什么时候啊？"

"这个不清楚。您来得不赶巧，这两天一直下雨，希望晚一点会停吧。"老板娘说着，好像有点理亏，身为本地人却没能让每一个游客都称心如意，于是又说："反正也闲着，我跟您介绍下吧。我们大理有四绝，下关风，上关花，苍山雪，洱海月，这个您听过吗？"

孙廷雅托腮，"很久以前，有人跟我说过。"

"您朋友来玩过啊？那他肯定告诉过你，除了这几样，大理还有好多景点也是不能错过的。您要是需要，我儿子可以当导游，等雨停了带着您到处参观。杨杰，快过来。"

老板娘的儿子今年刚十九岁，孙廷雅知道他在邻里间很有名，因为他考进了北京有名的美术学院，是大家夸赞的"大画家"，最近只是回来过暑假。

手长脚长的年轻男生，笑容干净明亮，却在看到孙廷雅时脸微微一红。昨晚是他领孙廷雅上的楼，女人容貌姣好、气质神秘，他放下东西后她笑着朝他道了声晚安，眼角眉梢是男生从未见过的惑人风情。

听到妈妈的招呼，他慢吞吞地走过去。老板娘笑着说："这位小姐要在大理玩，怎么着，你来当这个护花骑士？"

杨杰犹疑地望着孙廷雅，不确定这是不是她的意思。孙廷雅朝他歪了歪头，也笑了，"那就拜托你了，小骑士。"

下午雨小了一点，杨杰就陪着孙廷雅出去。两人打着同一把伞，他周到地将伞面朝她那边偏，自己左边肩膀暴露在外面。不过他并不在乎，就这么点雨，如果不是陪女士出来，他压根儿是不打伞的。

杨杰本以为孙廷雅会去诸如崇圣寺三塔或者天龙八部影视城之类的景点，没想到她只是让自己陪她在街道上乱逛，还不是古城而是新城。女人不像在客栈时轻松随意，一路沉默不语，眉眼笼罩在蒙蒙细雨中，竟像是有化不开的哀愁。

后来她饿了，他终于找到表现的机会，带她去了一家当地有名的小吃店。男生一边用热水烫筷子，一边笑着说："这是饵丝，云南的特色小吃。不如米线有名，但味道一点都不比它差，你一定要尝一尝。"

孙廷雅望着外面的街景，想起进来时看到的门牌号，忽然问："这家店是不是开挺多年了？"

"你怎么知道？确实很多年了。我还在读小学时这里就开着，到现在生意还是这么好。"

孙廷雅轻笑，"你读小学，我应该已经在读大学了吧。"

男生一愣，闷头开始吃饭，暗暗唾弃自己真是不会讲话，暴露什么年龄！

孙廷雅夹起一筷子饵丝，慢慢放到嘴里，果然像杨杰说的，味道鲜美、柔韧留香。热气一团团冒上来，熏到她的眼睛，没有丝毫征兆，一滴泪涌了出来。杨杰忙问："怎么了？"

孙廷雅捂着眼睛，片刻后，捏着片圆圆的透明薄膜，"没事，隐形眼镜掉出来了。"

杨杰这才松了口气，可没等他说点什么，孙廷雅已经拎着包起身，头也不回地走出饭馆。杨杰错愕两秒，忙付了钱追上去，"小姐，你等等！等等我啊！"

孙廷雅大步走在蒙蒙细雨中。她想起很多年前，她和雨璇、少峰一起看电视，是重播了一遍又一遍的《还珠格格》，主角们千里大逃亡时，心心念念要去的地方叫大理。他们理想中的世外桃源。

那时候她抱着雨璇，笑着跟她说："早晚有一天，我也要去那里。到时候你们可得好好招呼我！"

雨璇就拍拍她的头，"好啊，我等着你。"

他们约定得那样好，像一张反复涂抹上色的图画，每一抹绚烂都是曾许下的诺言。谁料命运从中生生斩断，纸片飘飞、满地狼藉，海誓山盟都成了笑谈。

雨璇死后，这里就成为她再不触碰的禁区。这些年，她走过一个又一个国家，去了一座又一座城市，却始终不敢涉足这里。

大概是因为心里清楚，即使来到这里，走在他们描述的街道，吃着他们吃过的小店，身边却已没有那最重要的两个人。

一如此刻。

杨杰心里发怵，这位女客人真有些古怪，看来他猜得没错，她确实藏了许多心事。搞不好是失恋后跑来疗伤的，这种例子不是很多嘛，前阵子还有个女孩被男朋友甩了，跑到大理说要跳洱海呢。

然而即使这样怀疑，他也没有对她心生抵触，反而觉得这种不可捉摸给她增加了更多的魅力，以至于回到客栈后，孙廷雅和老板娘闲聊，他就在柜台后不时偷瞄她。

孙廷雅察觉了，上楼时状似无意地绕过去，一把抽过他面前的白纸。杨杰吓了一跳，孙廷雅看着画纸，片刻后说："画得不错。"

雪白的纸张上，是一幅铅笔素描。女人长发披散，侧颜沉静美丽，望着窗外沉默不语，仿佛在思念远方的故人。

孙廷雅说："不过，我的下巴要再小一点，你把我画胖了。"

她这么自然地认定他画的是自己，杨杰窘迫之下想反驳，撞上她眼睛又噎住，最后嗫嚅说："知道了，我等下会改改……"

"我也学过画画，借我笔和几张纸吧，就当是你偷看我的费用。"她笑着眨眨眼。

杨杰闷声不语，将自己的笔和画纸全递了过去。

孙廷雅接过笔，又抽出两张纸，"谢谢，用不了那么多。"

房间里很安静，书桌上只开了个台灯，她握着铅笔，埋首在白纸上认真勾勒。

孙廷雅有个姑姑是中央美院的教授，手把手教她画画，完全不顾她根本对此没兴趣。丽君曾夸她多才多艺，不愧是大家闺秀，她当时无奈地叹口气，说不是他们家教多严，只是长辈个个有出息，谁都想来传授一二，硬生生被逼成了这样。

不过虽然学的时候痛苦，长大后却觉得挺好。比如现在，除了文字，她还可以用画笔排遣情绪。

不知道过了多久，大概一个小时，或者两个小时，她终于抬头，将画纸拿了起来。上面是一个女孩，同样长发披散，坐在椅子上看一本书。她对这一幕印象非常深刻，那晚雨璇熬夜复习功课，她在床上看着，觉得她这样实在太美，就用相机拍了下来，后来还洗出照片，郑重其事地摆在书桌上。

孙廷雅看了好一会儿，拿过另一张干净的画纸，笔尖重新落了上去。她还有些心神不宁，脑子里是一些混乱的往事，等反应过来才发现自己正在画谁。

纸张上只勾勒出简单的脸部轮廓，如果继续下去，应该是男人浓黑的眉。他的鼻梁很高，嘴唇薄削，按照书上的说法，这是薄情的面相。刚认识时她觉得书上说的真有道理，后来又觉得简直鬼话连篇，不过现在，她已经无法判断对错了。

又画了几笔，她忽然将它丢下，撑着头疲惫地舒了口气。

在经过漫长的脸盲期后，她以为自己已经对那张脸很熟悉，没想到真付诸笔端时，才发现居然那么困难。

他的五官又陷入团团迷雾中，始终不能浮现出清晰的模样。她没办法再画下去。

胸口忽然一阵恶心，她冲到洗手间，趴在马桶边吐得昏天黑地。

这是她第一次出现这么严重的孕吐。双颊通红，眼泪也涌了出来，空荡荡的房间只有她压抑痛苦的声音。当她终于握着杯子漱口时，手都在轻微颤抖。

镜中映出她的脸，疲惫虚弱，她看了半晌，深深吸了口气。

这两天她都让自己不要去回想，可身体在提醒她，有些事情确确实实发生过。她的身体里有一个小孩子，而孩子的父亲远在千里之外。

　　手抚摸着小腹，她又忆起那一天，在他的办公室。当她终于迟疑着相信陈少峰的话，相信雨璇从没有恨过她时，他却对她说了那四个字。他让她放过他，雨璇也让她放过陈少峰，那一刻，她忽然就觉得自己这么多年的逃避太过徒劳。如果不能解开这个结，她永远不能拥有新的生活，她将永远活在那个改变一切的深夜。

　　所以，她来到了这里，见她的雨璇。她有很多话想说，不管她是否能听到，她都想亲口跟她道歉。

　　然后，等待她的审判。

　　重新走到书桌前，眼前是雨璇美丽的脸，她在认真看着书，完全没有注意到她。孙廷雅对着画稿良久，却拿过没有画完的另一张，抬手关掉了台灯。

　　外面的雨又下大了，滴答滴答地敲击着屋顶。以往这种天气总是看书的好时候，可惜这里没有书，只好在心里一篇篇回忆看过的文章。

　　《小团圆》里说，雨声潺潺，像住在溪边。宁愿天天下雨，以为你是因为下雨不来。那是九莉卑微的爱情，也是张爱玲的心声。以前她不明白，那么骄傲的女人，为什么在爱情里会这么放低自己。不过这一刻，在这深夜的古城，她竟和那位几十年前的女作家心灵相通了。

　　即使被放弃，即使被推开，可在这寂无人声的深夜，她依然愿意枕着他的画像入睡。仿佛唯有如此，才能在梦中得到片刻安宁。

　　可惜她更明白的是，无论下不下雨，她等的人都不会来。

　　第二天天气晴好，杨杰和几个朋友一起，在古城入口处摆摊给游客画素描。现在是暑假，有许多大学生过来玩儿，年轻人都喜欢这些调调，一天也能赚不少。不过他有点心不在焉，时不时抬头张望，终于在两个小时后，看到那个盼望已久的身影。

　　孙廷雅穿着孔雀蓝的长裙，长发如瀑，美丽的模样引得路人纷纷侧目。她也看到了杨杰，走过来打招呼，杨杰这会儿又腼腆起来，"你昨天说要游古城，老不见人，我还以为你不来了。"

　　"起晚了。最近怎么也睡不够，真愁人。"

　　她转身想走，杨杰却叫住了她，男孩有点紧张的样子，深吸口气，从画夹里取出张纸，"这个，昨晚我修改了……"

　　是昨天被孙廷雅点评过的那张素描，她的下巴已经改小了，大概是画得用心，看上去竟有七分相似。孙廷雅看了好一会儿，才问："送我的？"

　　杨杰点头，"是……"

　　她笑眯眯道："那就谢谢了。"

　　她转身就走，不再理睬心情复杂的男孩。孔雀蓝的裙裾下是白色球鞋，有点古怪的搭配，她穿着却非常好看。

　　古城里人流如注、熙熙攘攘，她漫无目的地绕了两圈，觉得有些累，于是停下了脚步。抬手拂了拂头发,却瞥到光秃秃的无名指,那枚婚戒在手上待了还不到三个月,就被她取了下来,仿佛割舍。

起风了,她没留神,手一松,画像被卷着带走。她想追,刚跑了两步胸口就一阵恶心,忙捂着嘴蹲到路边,痛苦地干呕。身边有人注意到,弯腰询问,她闭眼摆手,示意自己没事。

几分钟后,她终于缓过来,捂着额头长长舒了口气。

这个身体状况实在太糟。她越来越担心,自己会被迫中断行程,提前回北京去。

她蹲着身子,所以没有看到身后半米处,沈沣戴着墨镜,面无表情地经过。

他是昨天傍晚到的大理,周安琪说只知道孙廷雅来了这儿,具体住在哪里她也不清楚。孙廷雅的手机打不通,他觉得周安琪肯定有办法联络她,但既然她不愿意,他也没有勉强。

他没想到自己有朝一日会做这样的事。只身飞到一座陌生的城市,挤在熙熙攘攘的人流中,连目的地都没有,却想要寻找一个人。

粉墙黛瓦、青砖流水,凉风吹拂着面颊,他的脚步越走越慢,终于停了下来。透过墨镜望着前方,微不可察地皱了皱眉。

再小的城也是座城,身处其中才发现自己的渺小。已经是第二天了。他不知道孙廷雅会在这里待多久,也许,直到她离开,他都不能见她一面……

有什么东西被风带着,从后面飘到肩头。他转过身,发现脚边躺着一张纸,像是画了什么东西。

他本可以不理睬,却被一股奇异的力量驱使,俯身捡了起来。翻过一看,雪白的纸张上,是女人沉静美丽的侧颜,长发披散,望着窗外沉默不语,仿佛在思念远方的故人。

这张脸,实在是太过熟悉。

沈沣表情立变,猛地摘下墨镜,朝四周张望。脚步也顺着画纸飞来的方向走去,因为急切,甚至有几分凌乱。他的目光在每个角落搜寻,精巧有趣的石子路,女孩子们嘻嘻哈哈在上面拍照;拐角处有中年男人在卖伞,撑开能看到上面雅致的花纹;小溪潺潺流过,声音叮咚清脆,每一下都打在他心上。

没有。

没有他要找的。

他气喘吁吁地停下,额角连汗都出来了,前方是一条人工溪,水车洒下清凉的水雾,他长长舒出口气。

忽然又起了阵风,他手上力气一松,画纸被带走,飘飘摇摇,在蓝天下像是白色的蝴蝶。

孙廷雅一路顺着找,一直走到小溪的水车旁,依然没看到被吹走的素描。她有些懊恼,毕竟是人家送的礼物,而且那幅画她还挺喜欢的,没想到这么快就弄没了。

她摸摸肚子，"都怪你，害妈妈丢东西了……"

话一说完，她自己先愣了。

之前虽然知道，但对她来说，孩子始终是个有些模糊的存在。她没有跟他说过话，更没有自称过"妈妈"。

咀嚼着这两个字，心中有股暖流淌过，空气也因为它染上温度。她微微一笑，低头说："你在抗议吗？因为我带你跑这么远，所以不高兴了？可是亲爱的，妈妈有些事情，必须要做……"

没有回应。

她沉默片刻，笑容淡了一点，"还是说，你想见你爸爸？妈妈也有点想他，不知道他在做什么，是不是还在生气……"

她的声音低下去。

如果不是这次分别，她也许不会知道，原来自己也会这么思念沈沣。昨夜冷雨潇潇，她安静沉睡，梦里又回到了那个烟花绚烂的新年，她独自站在露台中央，而他忽然出现，为她驱散整个冬夜的严寒。

那样真实，醒来才发现自己是笑着的。醒来才发现，自己那么想念。

脑中闪过那幅没有完成的画，胸口某处钝钝地疼。只可惜，无论她想不想念，他都决定放弃她了。

古城里的风时静时起，黑发被扬起，拂上面颊，视线也被遮挡。她伸手去握头发，一张画纸却飘到眼前。

仓促一瞥，她认出是自己丢失的那幅，又是惊讶又是喜悦，下意识伸手抓住。然而握住画纸的同时，她也看到追随它而来的男人，眉眼英俊，每一处都是那样熟悉。

本该在千里之外的沈沣，站在了她面前。

风还在吹，孙廷雅却失去了反应，只是定定地望着他。沈沣眼中有很多情绪闪过，像寂夜里的光，划过黛紫幽蓝，有瞬间的光彩绚烂，最后却又一丝丝收拢，隐入黑暗。

他什么都没说，走到她面前，伸手拂过她的长发。

她猛地惊醒，后退半步，"你……你怎么会在这里？"

手中是长发丝缎般的感觉，这样真实，提醒他一切都不是梦。他真的找到她了。

"我追着画过来的。原来真是你的，画得很不错。"

她这才想起手中的画稿，它被风带走后，是落到他手中了吗？她有些不可置信，这样的事……

"真巧，对不对？"他微微一笑，握住她的手。

这样小的古城，小到几个小时就能走完所有街道；这样大的古城，大到有些人终其一生，都无法在里面相遇。

而他们，在古城清风，在一幅画的引导下，见到了彼此。

玉般冷凝的触感，被他攥在掌中，他轻轻皱眉，"这么凉，脸色也不好，病了？"

他注意到这句话说完，孙廷雅神情微变，躲避般别过头。他犹自疑惑，她已经抽出手，"你为什么会来这里？"

好像没什么区别的问题，他却听懂了，停顿两秒，"我问了安琪，她说你在大理。她还……告诉了我一些事。"

沈沣说："如果她不讲，陈雨璇的事，你打算瞒我一辈子吗？"

孙廷雅遽然回头，目光如冰似雪，冷冷地将他罩住。沈沣看到这样的她，又想到昨天清晨，周安琪在晨光中向他讲述的往事。

他从没想过，原来她和陈少峰之间不单是一段恋情，还隔着一个人的生死。那才是最重的枷锁，将她困在其中，这么多年都不得解脱。

他终于明白之前许多次，她语焉不详的话是什么意思。

原来，这就是那个死在她面前的朋友。

他神色不变，"你看，你总是这样。你的过去，你的伤口，你把它藏得那样严实，谁都不许提一下。可是廷雅，这样是不行的。这解决不了问题。"

她的脸已经惨白一片，衬得双瞳夜般漆黑，她看起来是那么虚弱，却倔强地抿紧了唇，"你千里迢迢过来，就是为了说这个？"

"我还想跟你道歉。我知道，那天我说了伤害你的话，但是廷雅，这不全是我的责任。我想要走进你的心，你也同意给我这个机会，但也许连你自己都没发现，你还是封闭着它。我别说靠近，连窥探一下的资格都没有。"

她想反驳，却知道他说的是对的。如果他愿意，轻而易举就能调查清楚她的过去，但他没有那么做。他选择陪伴与等待，无论她曾发生过什么，他等她愿意告诉他的那一天。可她让他失望了，她什么都不肯说，她的伤口成为不能触碰的禁区，让他们一步步走到了今天这种地步。

眼眶有些发热，喉头一股腥甜，她觉得恶心，胃里也翻江倒海。她强忍着不露出端倪，一步步后退，他脸上终于闪过无奈的痛楚，"小雅，陈雨璇如果在天有灵，不会希望看到你活得这么痛苦。"

这句话像一盆冰水，兜头淋下来，孙廷雅陡然惊觉，自己来到这里是因为什么。她默然片刻，扬唇一笑，"你们都这么说，说她原谅了我，可我感觉到的不是这样。"

沈沣想说什么，孙廷雅却打断了他，"其实，你那天的话有道理，我现在的状态根本不适合开始一段认真的关系。之前是我一时糊涂，利用了你，想借着你走出来。但这对你不公平。我不想再伤害你一次。"

拳头攥紧，沈沣目光陡然锐利，"你以为你离开我，就没有伤害我？"

孙廷雅别过头，不去看他的眼睛，"我不知道。但这次分手，是你提的。"

孙廷雅回到客栈，觉得筋疲力尽，倒在床上就睡着了。醒过来时正是黄昏，夕阳透过窗户照进来，半间屋子都沐浴在橘色的暖光中。她将手放在额头，闪过脑海的第一个问题是，沈沨现在去了哪里，是不是已经坐飞机回了北京。

安琪怀皓嘉时跟她说过，孕妇的情绪总是古怪而敏感，她不知道自己是不是也犯病了。看到沈沨那一瞬，她心里是高兴的，可之后却发生了变化。她并不打算对他隐瞒这个孩子的存在，却也不想现在告诉他，她希望他离开，让她安静做完自己的事。

她几乎一整天没吃东西，居然也不觉得饿。洗了个澡，换上条纯白的长裙，对着镜子端详良久，还是拿出粉底给自己细细上了层粉，补了腮红。

这样看起来，总算不像个了无生气的空壳了。

下楼时天已经黑透，明月初升，挂在树梢头。她去跟老板娘打招呼，老板娘担忧地说："看你睡了一下午，我本来想叫你吃饭，又怕打扰你。怎么回事儿，是不是病了？不舒服就去看医生，可别拖着。"

杨杰也满脸关切的样子，孙廷雅微笑，说自己没事儿。老板娘笑叹口气，"你就不该一个人来，让男朋友陪着多好，生病了也有人照顾。"

孙廷雅一愣，"我没有男朋友。"

杨杰抬眸看过来，老板娘不信，"你这么漂亮，怎么会没有男朋友？"

"真的没有。"

老板娘想想也是，如果有男友，也不会孤零零跑到这种地方了。正说着，又有人从楼梯上下来，孙廷雅随意一瞥，看清男人的脸顿时愣住。

老板娘笑道："沈先生，您休息好啦，晚上想去哪里玩啊？"

沈沨神情自然，走过来含笑问："没想好呢，老板娘有建议吗？"

老板娘偏头一笑，竟流露出几分风情，"沈先生想要的话，当然有。"

她瞥见孙廷雅表情，于是介绍道："哦，这位是刚住进来的房客，姓沈，就住在您旁边。沈先生，这位是您隔壁的孙小姐。啊，你们俩都是北京过来的，兴许还能结个伴呢！"

孙廷雅一声不吭，提步朝外走去，老板娘一愣，有点尴尬地朝沈沨笑笑。是她欠考虑了，孙小姐一个单身女人，出门在外是得多留个心眼，不想和沈先生结伴也正常。

她说："沈先生，不然让杨杰给您当导游吧，夜游大理也是个不错的选择，尤其今晚月色还好。"

沈沨笑笑，"是不错，多谢了。"

他也往外走去，丝毫没有让杨杰陪的意思，高大的身影很快融入无边夜色。

青石板铺成的小路，因为夜里的湿气，散发出一股幽冷。孙廷雅踩在上面，每一步都很轻，裙摆扫过脚踝，有点痒，她目视前方，说："你为什么不走？"

身后三步远的地方，沈沣双手插兜，淡淡道："我是来找你的，达到目的以前，我不会走。"

孙廷雅觉得眩晕，大概是没吃饭导致的低血糖，一个晃神的工夫，沈沣已经上前握住她的手，"老板娘说得对，你不该一个人，得有人陪着照顾你。"

孙廷雅忍无可忍，"你让我放过你，我放过了。为什么你还要跟着我，让我安静一会儿，不可以吗？"

沈沣沉默一瞬，嘴唇微弯，柔声道："可以。陪我去个地方，如果到时候你还要我走，我就走。"

天上明月高悬，月色皎洁如水，照耀着这座高原上的小城。青石板路弯弯曲曲，她被他牵着，走过一条又一条巷子，到最后自己都不知道在哪里。她的裙摆擦过他的裤子，两人的步伐那样一致，到最后她累了，不自觉挽住他胳膊，仿佛依赖，仿佛支撑。

终于，他们停在一幢房子前。是典型的大理当地民居，黑的瓦，白的墙，在夜色中泛着幽深的光。她看着高大的院门，从心底蔓延出恐惧，像一口望不见底的井，转眼就要将她溺毙其中。

"这是……什么地方？"她声音颤抖。

沈沣不知从哪里取出把钥匙，打开铜环上的锁，"进来吧。"

"我问你这是什么地方！"

沈沣望着她，眼神一派温和，"你要找的地方。"

孙廷雅像是在梦游，每一步都走得那么不真实。她进了院子，不是她以为的破败荒凉，石板间的杂草除过了，一栋二层小楼，门窗完好，就像不久前还有人来过，就像这里的主人从不曾离开。

孙廷雅目光落到院子中央，一棵高大的松树，枝叶茂密、苍翠欲滴，立在那里，如同一座沉默的墓碑。那一晚，衣香鬓影、觥筹交错，陈少峰在细雪纷飞里对她说，他们当年种下的那棵树，已经比他还高了。

庭有枇杷树，吾妻死之年所手植也，今已亭亭如盖矣。

今已亭亭如盖矣。

孙廷雅后退两步，正好靠上沈沣的胸膛。仿佛知道她此刻的脆弱，他伸手扶她的肩，她却像受了刺激似的，猛地避开。她抬头看他，眼眶通红，"为什么？"

"你来大理，不就是想见陈雨璇吗？今晚出来，也是想找他们的房子，对吗？那我带你过来，是按照你的心意。"

她整个人都在发抖，面上却冰如寒霜，这里是那样森冷，仿佛一座巨大的坟墓。她牙关紧咬，扭头就往外冲，却被沈沣一把抓住，"你要逃到哪里去？你能逃一辈子吗？孙廷雅，陈雨璇死了，她六年前就死了，你也要陪着她一起死吗！"

"闭嘴！你闭嘴！你知道什么，害死她的人又不是你！你什么都不知道！"

"是，我不知道！我只知道，陈雨璇如果看到你活成这样，肯定后悔用自己的命换了你！"

她抓过他的手，想也不想就咬下去，她用的力气极大，沈沣痛得闷哼一声，却没有挣扎。很快，嘴里有了腥甜的味道，鲜血染红她的唇，她怔怔抬头，银白月色里，她看到他瞳孔中的自己，满嘴鲜红，像是从血泊里爬出来的。

耳畔轰然炸响，孙廷雅只觉天旋地转，身子一软倒在沈沣怀里。

意识被一点点拽进黑暗，最后看到的一幕，是沈沣惊慌失措的脸。

"小雅！小雅你怎么了！"

孙廷雅做了个梦。

之所以清楚知道是在做梦，因为她又回到了大学。安静的图书馆里，同学们都在认真看书，一张张脸青葱水嫩，她却透过窗户倒影看到自己，是二十九岁的成年女人模样。

她觉得茫然，不明白自己为什么会在这里，书架间却忽然出现一个人。

女孩穿着蓝色连衣裙，长发如瀑，捏着本书，遥遥朝她做了个手势。

时间好像放慢了，天地万物都变得无声，孙廷雅睁大眼睛，近乎贪婪地望着她。不敢眨眼，不敢错过一秒，生怕下一瞬她就会消失，这来之不易的相见机会就会失去。

这是隔了这么多年，陈雨璇第一次出现在她的梦中。

似乎见她不动，陈雨璇又做了遍手势。她忽然反应过来，为什么这一幕那么熟悉，很多年前，两人在图书馆备战期末时就是这样。她记得，当时为了交谈不吵到别人，她们还编了一套手势，用得不亦乐乎。

她现在的动作，意思是……

下一瞬，图书馆忽然消失，她又回到小院里。沈沣不见了，空荡的院中只剩下她一个，孤零零地站在那里。她觉得慌了，在院子里走了好几步，四下寻觅。一阵风吹来，迷住了眼睛，当她再睁开时，看到了一个人。

依然是蓝色连衣裙，乌黑长发，安静地站在松树前。她看上去很年轻，眉目如画、眼眸如星，依然是当年模样。

她叫她："小雅。"

孙廷雅眼眶一热，几乎瞬间涌出泪来。

她有很多话想说。她的歉意，她的愧悔，她想告诉她，如果重来一次，她宁愿死的人是自己。可嗓子仿佛被堵住，她一个字都说不出来，只能徒劳地望着她。许久许久，终于哑声道："对不起……"

陈雨璇微微一笑，像是在嘲笑她犯傻。其实她比孙廷雅要小，但两人相处时，她总是更成熟理智的那个，就连最后，也像姐姐一样保护着她。

她往后退，一步步地远离她。孙廷雅心一慌，想追上去，脚步却无法移动。她眼睁睁看她越走越远，顷刻间，仿佛山崩地裂，全世界兵荒马乱，她猛地睁开眼。

头顶是如钩弯月，她靠在男人怀中，他正焦灼地打着电话。月光映照着白墙，空气里有淡淡的花香，透着露水的湿润。

这里是烟火人间，刚才的一切不过是场梦。

"沈沣。"

他猛地停住，低头看她，"你……你醒了？"

她的脸颊贴在他肩膀上，闭着眼睛，"对不起，吓到你了。"

他默了片刻，低头吻上她头发，"是我要说对不起，我不该逼你……"

她的声音如同梦呓，"我刚才，梦到雨璇了。"

他不作声，只是抱着她的手用力了些。孙廷雅说："过了这么多年，我终于梦到她了。她看起来和过去没什么变化，还是那么漂亮，我发现自己居然有点嫉妒。她永远停留在二十三岁的好年华，我却渐渐老了。"

她轻叹口气，"你既然知道她的房子，肯定也查到她葬在哪里了吧。告诉我，我想见她，我一定要见她……"

沈沣轻声说："你不是已经见到她了吗？"

孙廷雅怔住。

"陈少峰告诉我，是陈雨璇自己的意思，送她回家，骨灰葬在那棵松树下。我带你过来，就是让你见她……"

孙廷雅攥紧拳头，才控制住自己没有发抖，"你说，她在这里……"

"对。她在这里。"

孙廷雅慢慢起身，望着庭院中央。冷月如霜、青松无言，这是雨璇的埋骨之地，就是在这里，她终于和她在梦中重逢。

沈沣说："小雅，放下吧。她原谅你了，放下吧。"

孙廷雅闭上眼睛。她以为自己会哭，但竟然没有。她只是问："你去找陈少峰了？"

"是。房子的钥匙，就是他给我的。"他把钥匙放到她掌心，再反手握紧，"他也希望你放下。"

手中是冰凉的金属，硌得生疼。夜风吹拂面颊，像是轻柔的拥抱，来自遥远的前世。

她弯起唇角，轻轻笑了。

多年后，她终于来到家家有水、户户有花的大理。这一次，曾经最重要的两个人，都在她身边。

沈沣还在看着她，孙廷雅目光落到他手上，那处咬痕血迹未干，触目惊心。她拉过他的手，放在颊边，"痛吗？"

"还好。"他温声道。

她没有问他为什么不躲，若有若无地吻上伤口，他说："我们走吧，医院那边已经联系好了，你真的需要检查一下。好吗？"

孙廷雅点头，走了一步却发现脚步虚软，她看看沈沨，自然地抬起手臂。他一愣，没料到她会这么主动，唇畔浮现一丝笑意，蹲下身子，将她背了起来。

两人走在青石板路上，月亮悬在头顶，他们像在追逐月色。她忽然想到贡曲村那晚，他也是这样背着她，在雪夜里跋涉。

带着她死里逃生。

"像不像西藏那次？"他笑着说，"那晚可把我累得够呛，事后发誓再也不要背你。"

"那你怎么又背了？"

"我发过的誓多了去了，全遵守就没法儿活了。"

他又流露出惫懒模样，她发现自己居然很想念这样的他。抱住他脖子，她忽然说："那天在你办公室，你说的话伤到我了。"

沈沨脚步一顿。孙廷雅口吻平淡，却有深刻的感情隐藏其中，"我去找你，是有很重要的事想说。但你说的话，伤到我了。"

他沉默半晌，"我知道，对不起。"

她亲亲他耳朵，"没关系，我原谅你。"

他始料未及，这样的亲昵，即使是两人感情好时，她也很少做过。耳朵一点点染上红色，最后简直变得滚烫，孙廷雅扑哧一笑，"不是吧，你还会害羞？"

他恼羞成怒，放下她就要走，孙廷雅连忙抱住他胳膊，"等等，你不想知道，那天我要告诉你的是什么事吗？"

前方已经传来汽车声，是来接他们的，两辆黑车，一辆白车，声势浩大。孙廷雅仿若未觉，拉过他的手，放到自己小腹。

他顺着她的动作，先是一愣，下一秒，眼中猛地迸射出光芒。错愕，惊喜，不可置信，太多情绪闪过，最后化作一张僵硬的、没有表情的脸。

大掌覆盖住那处，他与她对视，声音低哑，"什么意思？"

这样惶恐的他，几乎取悦了孙廷雅。她按住他的手，轻轻一笑，忍了许久的眼泪还是落了下来，"恭喜你，要当爸爸了。"

沈沨没有说话。他慢慢走近，展臂抱住她，脸埋入她颈间。良久良久，有温热的液体落下。

孙廷雅唇畔含笑，望着小路尽头。那处院子已经看不见了，眼前是雨璇站在书架间，朝她做着手势，那个意思全世界只有她们能懂。

她对她说，再见。

前尘往事终于挥别，她庆幸没有死在过不去的昨日。

孙廷雅回到客栈，已经是两天后。

老板娘在院子里玩手机，现在网络营销越来越普遍，她也给客栈搞了个微博，正使唤杨杰教自己该怎么弄。紫藤花泼泼洒洒，从架子垂落到地上，在阳光下反射着莹莹的光。听到有人推门，她抬头一看，惊喜道："孙小姐，你回来啦？"

孙廷雅扶着门框，笑着点了下头，"嗯，老板娘好。"

她云淡风轻，别人却不是这样。自从那晚离开客栈，这两天孙廷雅就不见踪影，偏偏东西都没拿走，也没办理退房，担忧之下，老板娘差点都想报警了。

"我就怕你出什么事儿，打手机也没人接，可急坏了。你去哪儿了，怎么也不说一声呢！"

她眉头紧蹙，是真有些生气。孙廷雅看她这样，反倒觉得温暖，没想到萍水相逢的人会对自己这么关心，"我身体不太舒服，在医院住了两天，忘了跟您说。真是不好意思。"

老板娘脸色一变，旁边杨杰抢先问出来，"住院，你病了吗？什么病啊？现在还要紧吗？"

孙廷雅道："不是什么大问题，已经好得差不多了。"

杨杰仍不放心，老板娘看孙廷雅的脸色，虽然依旧苍白，眼睛却比几天前有神采多了，心情也仿佛很愉悦。原本笼罩在她身上的阴郁，忽然间就消散无踪。

老板娘松了口气，"那就好，我看你和沈先生前后脚出去，他也没回来，还以为……"

"嗯？"

老板娘眼睛一亮，"对了，既然你回来了，那你知道沈先生在哪儿吗？就是那晚我介绍给你的那位先生，他这两天也找不见人……"

两人一起失踪，害得她差点以为，沈先生真把她怎么样了！

杨杰扯扯她的袖子，"妈，孙小姐都说这几天在医院了，怎么可能知道沈先生在哪儿。别打扰人家了，她病刚好呢……"

老板娘一想也是，歉疚道："是我太着急了。算了，您回房好好休息吧。"

孙廷雅一笑，"没关系，其实我……"

"怎么杵在这儿，不进去？"身后传来声音，沈沣走进来，手里还拎着个塑料袋。

杨杰和老板娘同时一愣，孙廷雅偏头笑道："在和老板娘聊天。"

"哦，聊什么？"

"聊你啊。"

沈沣挑眉一笑，"聊我？"

"咱们无缘无故失踪，老板娘以为你是坏人，绑了我躲起来了。"

沈沣上下扫量孙廷雅一圈，似乎觉得这想法很可笑，摇了摇头。

杨杰看着孙廷雅，她一边说话一边走了两步，却没注意脚下的石头，踩到后"咔嚓"一声，身子晃了晃。杨杰心一慌，下意识想扶她，却发现有人动作比她更快，沈沣倾身上前，已经将她搂到怀里。

他的手环住她的腰，眉头紧蹙，"当心一点！"

孙廷雅道："你太夸张了。"

她这么说，沈沣却像没听到，手揽着没松。孙廷雅试着挣，他还瞪了她一眼，也就由他去了。

杨杰目光怔怔地落在沈沣的手上，仿佛不可置信，那模样居然有点可怜。

老板娘也盯着他们，表情已从刚才的疑惑转化为了然，"你们……难道……"

孙廷雅道："刚才没来得及说，这几天在医院，都是沈先生照顾我。"

还真是这样！

老板娘有点激动，自己牵线搭桥居然还凑成了一对，不过她毕竟见多识广，很快回过神来，笑问："那你们是回来拿东西的？准备马上回北京？"

孙廷雅和沈沣对视，轻轻一笑，"不啊，我们还会再住几天。"

等回到房间，孙廷雅说："你故意的？"

沈沣说："心疼你的追求者了？我是为了那孩子好，何必把目光盯在注定不属于自己的东西上。"

他果然也注意到杨杰了！

孙廷雅啼笑皆非，"所以，你就在人前那个样子？那么浮夸？"

"你如果表现好一点，我也没机会浮夸。"

孙廷雅被气到，他却走近，一只胳膊拥住了她。目光下滑，落到她依然平坦的小腹，眼睛里浮现出一丝异样。

已经过去两天，他依然觉得很不真实，就在这里，有一个孩子。

他和她的孩子。

"觉得怎么样？"他低声问。

孙廷雅听出他平静语气下的紧张，心蓦地一软，也不跟他计较了，"别担心，我很好。他也很好。"

他的手抚了上去，隔着薄薄的衣服，感受那一层温热。他亲亲她的额头，说："那就好。"

这样温柔的口吻，孙廷雅想到了那天晚上，她被沈沣带去了医院。

她的情况没有想象中严重，当时会晕倒，情绪的原因更大。所以一开始还担心这边医疗水平不够，确定没大碍后反倒不急着奔波，放松下来休养。

对孙廷雅怀孕的事，沈沣非常紧张，也有点崩溃。孙廷雅对此表示理解，毕竟是计划外的变故，她最初得知也觉得措手不及。

沈沣没敢解释，他后怕不是因为这个，而是想到如果自己没跟过来，是不是就没机会得知这个孩子的存在了。谢天谢地，孙廷雅没有气性大到直接跑回英国。

按沈沣的本意，情况稳定后就带孙廷雅飞回北京，联系私人医生做一次全面检查。不过孙廷雅不乐意，"我从来没到云南旅游过，很多地方都想去，丽江、泸沽湖还有香格里拉。就这么匆匆忙忙地离开，太不甘心。"

沈沣不为所动，孙廷雅想了想，又道："医生说了，准妈妈要保持心情愉悦。我现在想去香格里拉玩，你不让我去，我会不开心的。"

这理由太强有力，沈沣想到孙廷雅最近情绪波动的情况，终于无奈屈服。但香格里拉还是不能去，那边海拔太高，两人经过协商，把丽江和泸沽湖也放弃了，变成在大理多留几天。

接下来几天，大理都是风和日暖，孙廷雅和沈沣每天睡到自然醒，然后结伴出去玩儿。"上关花，下关风，苍山雪，洱海月"，这座古老的小城到处都有惊喜，值得他们慢慢探索。

孙廷雅带沈沣去吃那家开了十几年的小吃店，点了招牌的饵丝，孙廷雅给他讲这家店的来历，说："上回我没吃完就走了，真是个糟糕的食客。这回我们谁都不许剩！"

她这么发誓，吃到一半却又开始反胃，沈沣在旁边笑话她，慢悠悠吃完了自己的。不料女人大大方方地把碗推过来，温柔地拍拍他的脸，"这里的也交给你了，乖。"

"……"

他们也乘船游洱海，是当地专为游客开的豪华游船，船身庞大，一共有四层，停靠在码头边，上面站满了游客。大家都在拍照欢笑，孙廷雅说："像不像一出战争片的末尾？滚滚红尘……"

兵荒马乱，人人都想坐船离开，他们也不过是这苍茫世界的渺小存在。

他们还重新游了古城。两个人手牵着手，走过长街小巷，古城的一砖一瓦还是那样，却又显出不一样的温柔。长街拐角处有几个老奶奶，拿着彩线问女孩子要不要编头发，长发如瀑，缠绕着彩色丝线，看起来别有种风情。很多女生心动了，跑过去编了，还有人在旁边围观。沈沣也看了一会儿，对孙廷雅说："你不去吗？头发留得这么长，编出来一定比她们都好看。"

孙廷雅弯唇笑，"不去。"

他不死心，捏捏她手心，"去吧，我想看你这个样子。"

孙廷雅不答话，沈沣以为这是拒绝了，谁知等到前一个女孩编完，她却慢悠悠走了过去。老奶奶见了她，连声夸她头发漂亮，旁边也有人附和，甚至拿出手机拍照。

孙廷雅坐下后，对老奶奶说："我不要这种很多根的小辫子，您能帮我把头发编成一根大辫子吗？松一点，彩线缠在中间。"

老奶奶普通话不好，艰难理解了一会儿，笑着说可以。黝黑的手握住她的长发，果真帮她编了条辫子，松松散散、几分慵懒，丝线是乌黑中绚丽的点缀。

孙廷雅今天的打扮颇为传统，白上衣配蓝色长裙，裙摆处用金线刺着大朵大朵的花纹，头发再这么编到一起，颇具民族风情。她低着头，眼神沉静、唇畔含笑，沈沣站在那里看她，觉得这一幕真是安静美好。

孙廷雅察觉他的目光，微微抬眸，两人对视，她扬唇一笑。

等编好后，孙廷雅站起来，沈沣自然地握住她的手，两人往外走了一点。他饶有兴致地打量她的头发，"就这么追求特殊？辫子都不肯跟别人一样。"

不时有女孩子经过，几乎都是满头彩色小辫，就连短发的几个也不例外。孙廷雅把长辫子放到胸前，慵懒道："我是为了你着想。"

沈沣挑眉，孙廷雅摇头感慨，"那种辫子在本地叫寡妇辫，死了丈夫的女人才编的。你真想让我弄那个？"

沈沣一愣，孙廷雅手指绕着发丝，偏头欣赏前方白色的城墙。他唇畔逸出丝笑，将她半拥到怀中，"你什么时候迷信起这些了？"

他语带调侃，孙廷雅手指放在他下巴上，轻轻捏了一下，"就跟你不想当鳏夫一样，我也不想年纪轻轻就当寡妇，太凄惨。"

他反应一瞬，想起来自己什么时候说过这话，是他背着她在大雪里跋涉那夜。他有些惊讶，"那么久的事，你还记得？"

孙廷雅意有所指，"我记得的东西，可是很多的。"

"请问……"

一个声音打断了他们，回头一看，两个游客打扮的女孩站在不远处，目不转睛地盯着他们。她们的表情有点奇怪，脸颊微红、双眼发光，似乎非常激动。

沈沣心里"咯噔"一下，左边的女生已经喊出来，"沈沣，你是沈沣对吧！"

尖锐的声音引得众人纷纷侧目，大家静默一瞬，意识到她们说的"沈沣"是谁，交头接耳议论起来。

孙廷雅也愣了，可没等她做什么，女生已经转向她，"还有你，你是……格林小姐！"

杨杰在前台刷着微博。他这几天心情都很低落，偏偏妈妈并不理解他，还催他快点把客栈的微博弄好。他对着电脑整理刚拍的客栈照片，一一修图加上滤镜，最后编辑文字、点击发送，终于长舒口气。

老板娘路过听到，忍不住道："差不多行了，你不会真对那位孙小姐有意思吧？"

杨杰不料自己的心思早被母亲看穿，脸瞬间涨得通红，下意识否认，"我没有！"

"没有就好，人家都有主了，还是你老妈我撮合的。你可别瞎掺和。"

杨杰不服气，嘀咕道："什么主啊，那位沈先生吗？孙小姐和他充其量也就是个艳遇……"

老板娘觉得他说的也有道理，在这种旅游胜地开客栈，类似的事她也见多了听多了，这俩人现在好得不行，每天出双入对，等回了北京会不会联系都不一定。不过她不能顺着杨杰的话，对孙廷雅热情是一回事儿，儿子为她害相思病是另一回事儿，不良苗头要及时掐断！

她一巴掌拍上杨杰脑袋，"那也跟你没关系！微博弄好了吗？整天想东想西，交代你的事就不知道做！"

"弄好了！"杨杰怒道。老板娘探头去看，电脑正显示着微博首页，花花绿绿，她随意刷新一下，顺着看了起来。

杨杰盯着大门，想着几个小时前，他看到孙廷雅和沈沣一起出门。孙小姐挽着沈先生的胳膊，见到他还打了个招呼，两人是那样亲昵，亲昵到他开始后悔。原来孙小姐并不是那么难以接近，自己当时如果不犹豫，更主动一点，现在是不是就不一样了……

不过，杨杰皱眉，不知道是不是错觉，他这两天越想越觉得，这两个人都很眼熟，好像以前在哪里见过……

"杨杰！杨杰杨杰！"

"嗯？"他心不在焉，随口回道。

"快看这个！你快来看这个！"

杨杰被催了几声，不情不愿地看向屏幕。是一条微博，他本来还莫名其妙，看清内容后顿时一愣。

老板娘问："他们说的沈沣和孙廷雅……就是咱们认识的那个吗？"

孙廷雅和沈沣这阵子远离尘嚣，然而外界关于他们的讨论并未断过。也不知哪里走漏了风声，圈内圈外都在说他们婚姻出现危机，十有八九要吹了。这消息很快就闹得满城风雨，大家联想之前《高阳公主》庆功会上，孙廷雅和沈沣那张信息量巨大的抓拍，顿时觉得这料有几分可信，加之一直没看到当事人出来辟谣，更有愈演愈烈的趋势。

就在此时，一条微博忽然出现，立刻吸引八卦群众的眼球："在大理古城碰到沈沣和他老婆了！是他们吧？是吧是吧！天哪，简直不敢相信自己的好运！"

下面配了一张照片，风景宜人的古城街道，孙廷雅坐在木凳上，老奶奶站在后面替她编着辫子，她含笑看着前方的沈沣。沈沣也在笑，手插在兜里，两人眼中只有对方，看起来像是有个外界不能闯入的屏障。

毫不意外的，评论区立刻热闹了。

那个博主只有几百粉丝，这条微博却被转出了一万多条，很快，"沈沣孙廷雅""沈沣格林小姐"以及"沈沣大理"都被刷上了热门话题……

杨杰和老板娘正在发蒙，门口闪进两个身影。沈沣牵着孙廷雅，两人像被什么追赶似的，几乎是有点狼狈地跑了进来。

沈沣回身就关上木门，孙廷雅还是照片上的打扮，只是辫子有点松了。两人靠在门板上喘着气，对视半晌，扑哧一声同时笑了。

沈沣问："没事吧？我说了别跑，你没听到？"

孙廷雅笑个不停，"你的粉丝太可怕了，不跑我怕被吃掉……不过，你居然真的有粉丝！我以为大家都是跟风说着玩呢！她们粉你什么啊！"

"我本来就有粉丝。我几年前就有贴吧和后援会了，谢谢。"沈沨冷静道。

嘚瑟！她还有百万书迷呢，现在还多了颜粉！

孙廷雅转过身，发现老板娘和杨杰正看着他们，表情非常震惊。没有理睬他们的想法，她微一点头，率先朝楼上走去。

杨杰大脑一点点恢复运转，两人的对话还在耳边，他终于明白自己为什么觉得他们眼熟。之前在网上看到过，还有室友的女朋友，非常喜欢他们俩，曾强行带他们去看了《高阳公主》，并一路科普投资人和原著作者的八卦。

所以，这两个人并不是艳遇，而是……夫妻？

确定客栈住进来两个名人，老板娘很兴奋，整个下午都在网上搜他们的资料，还盘算着是不是要个签名，完全不管自己垂头丧气的儿子。她忙前忙后时，沈沨在房间里，接到了一个人的电话。

是陆瑾予。

自从那晚分别，两人再没有联系。记忆里，他从未对她发过那样大的脾气，他本以为以她的个性，不会再联系自己。

电话接通后，两人沉默，最后还是陆瑾予先开口，"恭喜啊。"

她大概是看到了新闻，知道他又和孙廷雅在一起了。沈沨没接茬，又是一阵沉默，陆瑾予忽然轻轻一笑，"知道你不想见我，放心，我这就是来跟你告别的。我要走了。"

之前因为环游世界，陆瑾予就曾离开国内两年，刚回来没多久，又决定出去，这回却是前往法国读书。圈子里本来还在传她和陆老先生的得力下属陈少峰在一起了，这样一来倒是破除了谣言。

沈沨虽然远在大理，但消息并不闭塞，之前已经听说了，"挺好的，我一直觉得，你适合多读读书。"

"我姑妈在那边定居很多年，一直希望我过去，巴黎的环境也适合我。所以这次去了，应该就会留下了……"

她要在巴黎定居，也就是说，他们以后很难再见了。

曾经青梅竹马，在北京城里相伴长大的两人，自此将天各一方，人生轨迹也再难相交。

陆瑾予轻声道："三哥，对不起。你别生我的气了。"

她向他服软。那样清高自傲的她，生平第一次向他认错服软。沈沨深吸口气，"我早就不生你的气了。我没能发现你的心思，没有照顾好你，是我的错。那晚，我不应该那样说你……我不是个好哥哥，你也不要怪我。"

陆瑾予哽咽一笑，"你知道吗？其实我一点也不喜欢叫你三哥，我从来就没把你当成过哥哥，可稀里糊涂地，也喊了这么多年。也许冥冥之中早就注定，我们是没有缘分的。是我明白得太晚。"

这一刻，那个夜晚的争执决绝仿佛终于远去，两人又回到了从前。可其实彼此都明白，他们是再也回不去了。

电话那端传来广播声，提示飞往法国的航班开始登机，原来她是在机场给他打电话的。陆瑾予说："我要走了，替我跟孙小姐也说一声，之前的事不好意思了。不过她也不是好欺负的，除了最后那次，之前都被她找回场子了，我其实不欠她多少。"

沈沣不知道她和孙廷雅还曾暗中过招，但想想也不意外，只是那些事，两个女人不约而同地瞒住了他。

他说："我会的。你一路当心，到了记得告诉我们。"

陆瑾予又陷入沉默。风中有丁香花的味道，他想起少年时，她刚学习插花，有次他去找她，隔着半个大厅，看到她捧着束紫色的丁香，本来正专注挑选，却在听到他的声音后蓦然回头，在璀璨灯光里展颜一笑。

她终于开口："三哥，你那么爱她，希望她也爱你。这一次，我是真心的。"

沈沣坐在椅子上，许久没有动一下。透过窗户望向遥远的天际，一条淡淡的白线，陆瑾予此刻应该已经坐上前往巴黎的飞机，两人下次见面不知是什么时候。

他忽然站起来，往外走去。他和孙廷雅这几天一直住在一起，但他的房间也没有退，几个小时前她说有些累想休息，他担心吵到她，所以回了自己的房间。可是这一刻，他很想见到她。

推开房门，首先映入眼帘的是床头的郁金香，那是他早晨亲自去古城里买来的，明亮的橘色，装在琉璃花瓶里，给这满目素雅也增添了一抹绚丽。他往里一点，却没看到意料之中的人，床上空空荡荡，她没有在这里。

沈沣一愣，把房间各处都看了一遍，还是没找到孙廷雅。这几天两人几乎形影不离，她从未这样消失过，他心头蓦地生出慌乱。就像回到了那一天，他满怀期待赶去海盛，想向她表白心迹，等待他的却是人去楼空。

他转身就往楼下去，一边走还一边到处看。没有，二楼没有，一楼大厅也没有，只有几个房客坐在角落，轻声说笑。阳光照着院子里的水泥地，折起几段白光，晃得他眼晕。

沈沣站在庭院中央，闭上了眼睛。

这段时间，他们一直过得很开心，藏在这世外桃源一样的地方，没人认识他们，也没有人打扰。两人就像一对最寻常的夫妻，心无芥蒂，结伴游山玩水。但其实他明白，还有许多问题没解决，只是她不提，他也就不提。这样的平静太过美好，他不忍也不愿打破。

今天他们被认了出来，还在网上引起轩然大波，他看见新闻就隐隐想到，这样的状态继续不了多久，这地方也待不了多久。

她究竟去哪儿了？只是在附近随便走走，还是……

他攥紧拳头，即使再不愿意，那个想法还是浮上脑海。

"你在找什么？"

风吹动紫藤花，簌簌作响，一个含笑的声音也传入耳中。他猛地转头，紫藤架下，孙廷雅还穿着之前的白衣蓝裙，安静地坐在那里。面前摆着块画板，沈沣认出那是杨杰的东西，她右手握笔，好像前一秒还在绘画。因为被垂落的紫藤花遮挡，他刚才竟没发现。

看见他的神情，孙廷雅微微一笑，"干吗这么看我？"

沈沣沉默片刻，慢慢走过去，"不是说睡觉吗？怎么这么快就起来了。"

孙廷雅顿了顿，轻声道："安琪离婚了。"

沈沣表情一变。

她本来确实在睡觉，只可惜梦中被周安琪的电话叫醒。周安琪告诉她，就在刚才，她和席文隽正式办妥离婚手续，席文隽净身出户，孩子也归了女方。他们这么多年的故事，终于还是走到了结局。

周安琪倒是很轻松，笑道："现在这样是最好的。不用担心，我应付得来。"

孙廷雅知道，周安琪足够坚强，知道该怎样选择。和席文隽分开固然让她痛苦，但就像毒刺，只有拔掉才能痊愈。否则就会像自己，多年困于心魔，不得解脱。

"不过，我们还是得走了。大理很美，但现在是安琪最困难的时候，我得回去陪着她。"

孙廷雅这样说，沈沣沉默听着，半晌，忽地一笑，好像自己做了什么很可笑的事。孙廷雅不明就里，他揉揉鼻子，笑着说："我刚才，还以为你偷偷走掉了。"

孙廷雅眼睫轻颤，片刻后，放下画笔，"我不会偷偷走掉。"

"没关系，就算你偷偷走掉，我也能找到你，像那天在古城那样。"沈沣说，"小雅，你的期待没有错，我们一直很有缘分。"

他握住她的手，直视她道："你留给我的视频，放在结婚纪录片最后的彩蛋，我看到了。"

隔着垂落的紫藤花，他一双眼睛漆黑明亮，让她想起那个寒冷的冬夜，她捧着杯热可可缩在沙发上，认认真真地看完了他们的婚礼全程。因为心情太过美好，于是录下了那个视频，计划着将来有一天能被他看到。

所以，他真的看到了吗？

眼眶有些发热，她刚想低头遮掩，他的手就伸了过来。他用一只手遮住她的眼睛，掌心干燥，有清晰的纹路，另一只手将一个东西套上她手指。当她再次睁眼，只见左手无名指上，一点银光闪烁。

是她放在酒店的婚戒。原来，他带过来了。

他拉过她的手，放到唇边轻吻，"这是沈太太的东西，现在，物归原主。"

他说着宣布主权的话，眼中却藏着忐忑，似乎害怕她会拒绝。也许连他自己都不知道，他原来是这样患得患失。

孙廷雅想起初见时那个意气飞扬的男人，心头某处被触动，酸酸涩涩，却又有暖意流淌而过。

她忽然一笑，说："你知道吗？你找到我之前，我一个人在大理，当时我以为，来到这个特殊的地方，我的心里一定只有雨璇和……陈少峰。但没想到，我那两天想得最多的人，除了他们，还有一个。"

孙廷雅取下画板的夹子，将上面的画纸递过去，是一幅素描。沈沣下意识以为是自己在古城捡到的那张，看清了才发现上面的人不是她，而是他。

他愣住，"这是……"

"我画的。怎么样，很像吧？"她表情得意，她很少会露出这样的神情，竟有些孩子气。

确实很像，男人五官俊逸，一双眼修长多情，他几乎第一眼就认了出来。可正因为这个，才更让他心情复杂，"你为什么画这个？"

"想画，就画了。也不是今天临时起意，遇到你之前我就在画，不过当时遇到点麻烦，暂时搁下了。刚刚想起来，接着试了一下，这次很顺利。"

她的目光落到那幅素描上，眼神也变得深邃，"往事不可追，这个道理其实我早就明白。这么多年，安琪一直希望我想清楚，我抓住不放的究竟是对陈少峰的感情，还是对雨璇的愧疚。这次在大理，我想我终于有了答案。

"我曾经最大的愿望，是和陈少峰长相厮守，但那已经不可能。我们分开太久，阻碍的东西太多，我已经不能也不想再回到从前。我现在的心愿和他没有关系。"

沈沣觉得自己的心开始绷紧，隐隐有了个预感，她想说的是什么。陆瑾予的话还回荡在耳边，他其实并没期待这么快能有结果。他以为，继续像之前那样，耐心等待下去，总有一天她能忘掉旧人。

总有一天，她能像他对她那样，全心全意。

他声音轻颤，"你知道你在说什么吗？"

孙廷雅唇畔含笑，闭上了眼睛。两只手放到他脸上，一点点抚摸，就好像一个小时前，她坐在紫藤花架下，一笔一笔勾勒他的面庞。

这张脸她原本是记不住的，这个人她原本也是不在意的，可是他那样坚持那样执拗，以不容拒绝的姿态进入她的世界，将自己一点点刻进她的生命。

脑中闪过许多往事，雨璇的笑容，少峰的叹息，沈沣在漫天烟花下将她拥入怀中。这些东西依次行经她的生命，好在如今的她，已经清楚真正重要的是什么。

有句话她从没说过，但这一刻，她很想告诉他。

她睁开眼睛，朝他粲然一笑。刹那间，他仿佛又看到两年前，那个美丽的女人一身白裙，款款朝他走来。

孙廷雅说："我知道。我爱你。"

番外
我们的纪念日

12月11日，沈沣和孙廷雅的结婚三周年纪念日，举行了盛大的party。

地点选在沈家老宅，提前一个月就开始筹备，整栋庄园被装饰一新，鲜花是从欧洲、南美洲等地空运来的，国内顶尖花艺团队进行花艺布置，又重金聘来法国米其林三星主厨为晚宴准备菜品。作为party的操办人，沈沣广发请帖，邀请各路亲朋好友，大半个北京城的社交圈都被惊动。

对此，群众表达了自己的疑惑："沈三公子搞什么，这是打算再结一次婚吗？"

的确，如此隆重的排场，让人不禁想起三年前，他与孙廷雅在地中海的世纪婚礼。当时所有人都以为这又是一场家族联姻，没想到后续的发展却让群众大跌眼镜。

几个月前，沈沣和孙廷雅返京，那会儿他们在大理的亲密游玩照已经传得到处都是，一举击碎之前的婚变传闻。然而沈沣似乎还嫌不够，很快又抛下一枚重磅炸弹——孙廷雅已经怀孕，两人将在明年年初迎来家庭新成员。

消息公布那晚，不仅圈子里一片哗然，两人微博再次炸锅，无数粉丝跑去留言。女友粉哭天抢地，CP粉狂欢起舞，还有各路明星转发祝福，到了深夜还热闹得不行。

这还没完，那之后两人又多次被拍到，要么是一起看话剧，要么是双双赴宴，甚至还有夫妻携手逛超市这样的日常戏码。不同于从前的遮遮挡挡，这次他们都表现得很自然，甚至有次发现偷拍的镜头，沈沣还笑着挥挥手，转头就亲了孙廷雅一下。

大家看出来了，这就是一颗想秀恩爱的心啊！

想到这里，群众忍不住猜测，难道这次的纪念日晚宴，沈公子如此兴师动众、铺张浪费，是嫌之前秀得不过瘾，要集中地、深入地、由里到外地秀一次吗？！

这也太过分了吧！

"说真的，管管你家那位吧。差不多得了，再这么玩下去，要激起民愤了。"周安琪把玩着一捧绣球花，这么说道。

在她对面，孙廷雅坐在梳妆台前，正对着镜子化妆，听到好友的话，扬唇一笑。现在是上午九点，party要晚上才开始，安琪专门过来陪她准备。其实她并不太想办这个party，她已经怀孕七个月，如非必要连人都不想见，更何况她从小就对这种仪式感很强的节目不感冒。但沈沣很坚持，孙廷雅不明白，他就一本正经道："这是咱们在一起后，一起度过的第一个结婚纪念日，当然要隆重。"

他们结婚三年，第一年一直形同陌路，去年纪念日时，又赶上和沈沣冷战，她关在横店拍《高阳公主》，自己都把这事儿给忘了。

这个理由一出来，孙廷雅也就不再说什么，由得沈沣去折腾。此刻，她也不打算拆丈夫的台，淡淡道："群众受不了，就去找他本人算账，家属不接受投诉。"

周安琪听出她话里暗藏的维护，挑了挑眉。

孙廷雅涂好口红，转过身。她还穿着宽松的家居服，白色长裙垂到脚踝，周安琪第一次见就觉得像教会修女，不能理解孙廷雅的品位怎么会堕落成这样，直到听说这裙子是沈沣送的。

男人振振有词，"这样够保暖，孕妇可不能受凉！"

周安琪不禁想到数月前，她告诉了沈沣孙廷雅的去向，当时她是不希望好友像自己一样，与深爱的人错过，可没想到，沈沣真的把人带了回来。

不但如此，两人还完全解开了心结。

孙廷雅情况不稳定，这段时间暂停了一切工作，静心休养。沈沣虽然还上班，但也很少去公司，大多数时间都陪在她身边，还亲自研究起了营养搭配，每天给她做饭。大概是保养得当，孙廷雅确实长胖了一些，但由于原来太瘦，现在也不显丰腴，只是刚达到正常人的标准，体态依然婀娜。而且因为气色变好，肤白眼亮，比从前还要光彩照人。

周安琪视线从她面庞下滑，落到腹部，宽松的裙子也难掩那处的隆起。她终于一笑，"别害怕，如果有人找沈三哥寻仇，我会保护他的。"

孙廷雅闻言，也扬眉一笑，"多谢，不过我的男人，我自己会保护。"

周安琪大笑出声。

房门恰好此时打开，沈沣打量里面的情况，笑问："我来得不凑巧？"

"凑巧凑巧，您什么时候来都巧。"周安琪说，"我们这些人啊，就是沈公子您的陪衬，快进来吧。"

沈沣举手，做投降状，"可别，我没得罪您吧？周小姐这么说，实在是折煞在下了。"

做作的样子惹来周安琪白眼，沈沣走到孙廷雅身边，她端坐在椅子上，他一手放在椅背，也不说话，就这么盯着她。孙廷雅终于抬眼，"有事？"

"没事就不能来找你了？"

孙廷雅也抛了个白眼过去，沈沣一连被两个女人嫌弃，却仿佛目的终于达到，心满意足道："早晨起床时不是说想吃上海老师傅做的蟹黄小笼吗？我让人准备了，刚做好，还热腾腾的，给你送过来？"

"谢谢，不过不用了。今晚要穿礼服，我已经快塞不进去了。"

沈沣挑眉，"原来你还记着这个啊。我看某些人这几个月的表现，还以为她已经将身材置之度外了。"

度过最初吃啥啥恶心的阶段，孙廷雅的胃口变得出奇地好，每天总有大量的时间在琢磨吃什么。作为一个习惯了严格控制身材的人，这几个月，可谓人生最放纵时期，完全被口腹之欲操纵。这也是沈沣开始研究营养搭配的原因，难得有为老婆大人鞍前马后的机会，不抓住还是人？

不过，他表现得殷勤，却总是忍不住调侃她。孙廷雅眼神淡淡，他的视线落到她肚子上，忍不住伸手摸上去。隔着薄薄的裙子，能感觉到她的体温，间或传来一阵跳动，那是属于另一个生命的。与他们血脉相连的生命。

沈沣还记得，第一次感受到他的存在时，自己的激动与欣喜。

心忽然变得很柔软，他弯腰亲了亲她额角，"别担心，你就算胖了，也是最好看的。今晚一定能艳压群芳。"

孙廷雅："那就承您吉言了，压不了你负责。"

两人这边腻歪够了，才想起周安琪一直在旁边看着，女人已经淡定了，道："挺好的，你们保持这个状态，今晚再被拍到，狗仔会感谢你们全家的。最好像上次那样再来个主动献吻。"

她指的是沈沣冲着偷拍镜头亲孙廷雅的事。其实那一次，是他们俩一起去看宜熙的话剧演出，宜熙出道八年，在电影圈、电视圈斩获无数成就后，终于把魔爪伸向了话剧圈。她接受了著名话剧大师辜幸安的邀请，担任他导演的话剧《如月之恒》的女主角。《如月之恒》是辜幸安最出名的作品，创作于1987年，三十年来累计演出超过五百场，可谓经久不衰，此前池媛、范思钧都曾担任过该剧女主角。有前辈光辉在，宜熙自然压力巨大，况且话剧圈本来就是三个圈子里格调最高的，她头回出演这种经典剧目女一号，不得不十二万分认真，空出了半年的时间，先是排练，然后从八月到十一月这三个月间，在全国各大城市剧院进行巡演。

孙廷雅和沈沣去捧场的，就是在北京的首演。孙廷雅对宜熙的决定很佩服，话剧比起电影电视剧，要小众得多了，也不赚钱，在整个娱乐圈都如此浮躁、急功近利的情形下，她却暂停一切花半年时间去演话剧，难怪连她的粉丝都有些担忧。

不过最后的演出很成功，孙廷雅看着宜熙在舞台上醉生梦死，短短两个小时，却演绎了一生的爱恨。当猩红的帷幕落下时，全场掌声雷动，她也跟着鼓掌。

沈沣瞥她，"哭了？"

孙廷雅轻拭眼角，神色自若，"哭了。怎么，不可以？"

"当然可以，就是孙小姐现在变这么感性，让我很不习惯啊。"

怀孕之后，她确实变得感性许多，有时看电影也会被触动落泪，但孙廷雅并不窘迫。她斜睨男人一眼，"这是荷尔蒙的影响，我控制不了，沈先生如果不喜欢，就只能委屈您忍忍了。"

两人说话间，四面不断有飘过来的目光，甚至还有白光闪烁。因为是首演，来捧场的圈内人很多，孙廷雅入场时就注意到前排有几个话剧界的大咖。然而即使有这么多名人在，他们俩依然引人注目，中场休息时就有人盯着他们指指点点，现在演完了，终于忍不住偷拍了。

不过，孙廷雅想，这些人也真够不专业的，偷拍连闪光灯都不关，小心被赶出去。而且，放着台上的宜熙不拍，拍他们做什么？

她拿过手包，想要离场，沈沨却抓住她的手。孙廷雅诧异，沈沨笑眯眯地凑近，在她面颊亲了一下，低声说："喜欢，你流眼泪的样子，我当然喜欢。不能更喜欢了……"

尾音上扬，带出旖旎春色，让人想起之前的某个夜晚，某些夜晚……

白光闪个不停，伴随着咔嚓咔嚓声，可以想象拍照人的兴奋。孙廷雅与男人对视，心想自己大概又要上热搜了，值得庆幸的是，这回她打扮得还挺好看的。

沈沨过来，除了进贡蟹黄小笼，还是要告诉孙廷雅，她请的造型师到了。是她常用的那位，在业内赫赫有名，给众多当红明星都做过公开活动的造型设计。孙廷雅头发散开，青丝如瀑披散，发型师笑着说："沈太太想要什么风格的发型呢？让我看看今晚的礼服吧，我好根据服饰来设计。"

"你的头发好像又长了。"沈沨握住一缕青丝，满手沁凉丝滑，"其实我一直好奇，你为什么把头发留这么长，应该有些年没剪过了吧？"

长发飘飘固然很美，但女人头发这么长的也是少数，他第一次见她就注意到了。

孙廷雅脸色微变，没有立刻回答。沈沨扬眉，周安琪已经抢先道："好啦，现在你真的可以出去了，姑娘们要梳头发换裙子了。"

他有些疑惑，然而孙廷雅的沉默、周安琪的急迫，莫名得让他觉得熟悉。好像过去一年，他时常被这种感觉环绕。

男人沉默一瞬，淡淡一笑，"好啊，那我出去了。"

沈沨起身离开，还体贴地带上门，房间里只剩下两人和造型团队，他们正犹豫是否现在开始，孙廷雅已经问："为什么让他走？"

造型师理智地沉默，周安琪说："不让他走，难道你要告诉他吗？"

孙廷雅望着前方，不语。时间隔得太久，她已经快想不起来了，到底是哪个夜晚，她和陈少峰在一起。那之前她都是短发，因为太久没去剪，终于长到一个不长不短的尴尬境地。她对着镜子满心纠结，思考是继续留长呢，还是明天翘班出去剪掉。

她嘀嘀咕咕好一阵，陈少峰一直没说话，直到她都开始计划翘班的详细事宜，他才对着电脑，轻描淡写道："别剪了。"

她不确定地回头，"你说什么？"

两人当时还不熟，甚至之前才吵过架，她也只是为了见雨璇，才跑来他们租的房子里蹭饭。陈少峰从未对她的事发表过任何看法，所以孙廷雅几乎以为自己幻听了。

陈少峰从电脑前抬头，也看向了她，灯光下，男人五官英挺，眉峰凌厉。他没有笑，孙廷雅却觉得他乌黑的眼眸中，有类似温柔的情绪。

"我说，别剪了。留起来吧，我想看你长头发的样子。"

脸颊有点发烫，大概是被灯照的，孙廷雅愣了好一会儿，才说："有病，你想看关我什么事……"

嘴上这么说，她却真的放弃了剪头发的计划，甚至在两人分开后的那么多年，一直如此。

这一切周安琪心知肚明，才会有刚才的阻拦，她担心这件事会打破她和沈沣来之不易的幸福。孙廷雅起身走到窗边，花园里匠人正在忙碌，为晚上的party做准备。这是沈沣为她准备的礼物，而因为他的热情，本来不爱过纪念日的她也对这个晚上期待了起来。

孙廷雅回身，朝周安琪轻轻一笑，"对啊，如果你不赶他走，我就告诉他了。"

晚上七点，夜幕降临，沈家庄园灯光璀璨。花园已经被布置完毕，万朵绣球花铺满草坪，其间以粉白玫瑰装点，还有高贵的蝴蝶兰，如云堆积，如梦似幻。听说上百位花艺师同时工作了十二个小时，才完成整个庄园的花艺布置。

花园中心是个临时搭出来的玻璃房子，很大，可以容纳上百人，被花海簇拥在中间。因为通了暖气，明明是寒冷的冬夜，也温暖如春。这就是今天的宴客场所，里面几十张白色小长桌次列摆放，上面是晚宴的菜品，旁边则是壮观的香槟塔，宾客都到得差不多了，花房里衣香鬓影、觥筹交错。

虽然早有心理准备，大家还是被现场的奢华梦幻惊住，有公子哥轻笑，"说起来，沈三当初订婚也是在家里的花园吧？那会儿的阵仗都不如这个大。"

"当时怎么能跟现在比？你们又不是不知道，三哥和三嫂如今可腻歪着呢，三嫂都怀孕了，又是三周年纪念，三哥做出千金买一笑、烽火戏诸侯的事儿，不稀奇。"

大家嘴上说笑，心头却都有些感慨。对他们这个圈子的人来说，结婚更多还是利益交换，就像沈沣和孙廷雅当初那样。没想到，这两人轰轰烈烈地折腾了那么久，最后居然能有这样的结果。

两情相悦，这实在是太难得的事了。

作为被群众感慨的对象，沈沣正笑着和宾客应酬。今晚来的人很多，不少还和沈家有生意上的往来，他这个男主人不得不早早出来招呼。和几位世交家的伯父聊完后，他转头看到两人，笑道："爸，妈。"

虽然公事忙碌，沈钊和程品君也来参加了party，对于他和孙廷雅的发展，两位长辈都很欣慰，尤其是程品君，本来都不抱期待了，没想到儿子儿媳去了趟云南，回来连孙子都有了！这段时间，她非常关心孙廷雅的身体，亲自给她煲汤，还陪她去医院，可谓嘘寒问暖。至于沈秉衡，虽然受不了吵闹，提前避开了，但从老爷子慷慨提供老宅给他们当场地来看，也是很高兴能看到小两口甜蜜恩爱。

果然，程品君一上来就说："打扮得很帅气嘛，不输结婚那天了。"

沈钊也道："恭喜。今晚你是主角，我就不教训你了。"

沈沨笑着和父母拥抱，"谢谢谢谢。二位能来，今天这晚宴总算圆满了。荣幸之至。"

程品君笑睨儿子一眼，"小雅呢？"

"她还在休息，要晚一点才到。"

他淡淡一笑，眼中似乎有着黯然，不知今晚，她会做什么发型。

深吸口气，抬腕看了看时间，party马上要正式开始，孙廷雅这个女主角也该露面了。这样想着，门口就传来一阵喧哗，他的心也猛地一跳，望了过去。

缀满绣球花的玻璃门打开，孙廷雅一身琉璃白曳地长裙，在周安琪的陪伴下入场。裙子是抹胸款，露出她漂亮的脖颈和锁骨，因为腰腹处特意做过调整，完美修饰了她的身材，一眼望去几乎看不出怀了孕。然而，大家的注意力都不在裙子，所有人目光出奇统一，全盯着孙廷雅的头发！

明亮的灯光下，孙廷雅一头利落的短发，扬唇而笑。因为剪得短，耳朵也露在外面，戴着枚长流苏耳环，底端缀着细碎钻石，行动时轻轻晃动。璀璨光芒中，女人眼眸乌黑、红唇嫣然，有一种帅气的妩媚。

她居然把头发剪了！还剪得这么短！

孙廷雅的长发一直很出名，被称为圈内一景，因此眼前的画面就更让人震惊。反应过来后，陆琉予鼓掌高喊："三嫂今晚真是明艳照人啊！没白来，真是没白来！"

大家齐声附和，本来让女主人开心就是宾客的本分，更何况孙廷雅的新造型确实让人眼前一亮。孙廷雅笑容不变，又往前走了几步，被一个身影挡住。

沈沨一身纯黑西服，站在她面前。男人眸色沉沉，视线从她的脸，移到她的头发，然后再回到脸上。他定定与她对视，因为目光太灼热，旁边陆琉予调侃："哟，这才分开多久啊，三哥就跟要吃人似的。知道你们恩爱，也照顾照顾广大群众好不好？"

孙廷雅握住沈沨的手，转头笑道："你明明也带了女朋友，之前在朋友圈狂秀恩爱时，怎么不说照顾照顾广大群众？"

陆琉予新交了女朋友，确实如胶似漆，大家闻言都笑了。陆琉予龇牙咧嘴，一副无法反驳的样子，让旁边的小女友也忍不住攘了攘他。孙廷雅趁机拉着沈沣，从容开溜。

等避开人群，她说："好了，这里可以好好说话了。想问什么？"

沈沣过了几秒，才道："你的头发……"

"哦，这个啊，我早想这么做了。一个发型用太多年实在有些腻，正好今天场合合适，换个发型，也换换心情。"

他不知道她换了什么心情，但他的心情实在有些复杂，"……真的？就因为这个？"

孙廷雅确实早想剪头发，但选在今晚，却没那么简单。女人想了想，轻声说："当然，还有别的原因。"

他心一紧，她笑着凑近，小声道："书上说，准妈妈的头发太长，会跟宝宝抢营养，所以剪掉比较好……"

沈沣沉默许久，也笑了，"不得了不得了，孙小姐现在连这种伪科学都信了，下一步是不是就要在朋友圈发养生小广告了？"

孙廷雅拿手指点点他，"什么伪科学，不许侮辱我身为预备役母亲的责任心！"

这么大顶帽子扣下来，沈沣笑着认错。他握住孙廷雅的手，有点凉，他用两只手拢住，像最近每次外出，他都是这么帮她暖手。四目相对，她唇畔是盈盈笑意，他只觉得心头仿佛被什么东西填满，全世界的安宁与满足。

男人抬手，碰了碰她的头发，慢慢道："其实，你不用紧张，我不会乱吃醋的。"

孙廷雅一顿。沈沣唇畔笑容逸出，仿佛上学时候，那些阴谋得逞的坏男生，"真的，我本来还想告诉你，这些事也不用瞒我。随便猜也猜到了，周安琪真不嫌累……"

周安琪正和男士谈笑风生，浑然不知自己被人背后说了坏话。

孙廷雅盯了男人好一会儿，说："你猜到了？"

"嗯。"

"你不介意？"

"需要介意吗？"他反问。

在那个紫藤架下，他们就把一切都说清楚了，她得到了释然，他也不会再介意。

孙廷雅点点头，"所以，你故意的？"

她说这句话时，牙关忍不住用力，竟从语气里透出股咬牙切齿……

孙廷雅确实很生气。沈沣一整天不见人影，她本来真的以为，他猜到了什么，然后生气了……

"这是为了惩罚你，对我没有信心。"他笑着挑眉，模样简直可恶得不行。

孙廷雅扭头就走，沈沣早有准备，胳膊一伸，就搂住了她。男人将她抱在怀中，附耳道："不过，我的确没想到，你会为我做到这个地步……"

他的手下滑，抚上她的肚子，"宝宝，你看妈妈多喜欢爸爸，为了他，把这么多年的头发都剪掉了……有没有很高兴啊？"

孙廷雅想说，谁为你剪头发了，却听沈沣补充："爸爸很高兴。"

他声音很轻，却又带着某种悸动，仿佛夙愿终于达成。

孙廷雅心头一颤。眼前又闪过这几个月，他就是这样伏在她的肚子上，倾听里面的声音，和他们的宝宝说话。

窗外明月清风，身边是爱人和孩子，她的生命从未如此圆满。

半晌，她的手覆上他的手，掌心温热，一如她的声音，"我也很高兴。"

鲜花美酒，舞会乐队，整场party气氛很好，大家都玩得很尽兴。孙廷雅更是许久没这么high，虽然不能喝酒，但她端着杯果汁，对敬酒来者不拒，最后群众纷纷高呼，三嫂太占便宜了，不能和她喝！

到了跳舞环节，按规矩是她和沈沣开舞，因为孙廷雅的情况，大家本以为得略过了，没想到她居然拉着沈沣进了舞池。标准舞步走不了，两人牵着手，在中间晃晃悠悠，居然也踩对了节拍，虽然彼此都笑得直不起腰。

一曲结束，掌声如雷，群众也彻底嗨了，相继滑入舞池。陆琁予搂着小女友跳到旁边，笑道："三哥，你得负责任，这里有个人已经被你弄疯了。"

他怀中的女朋友双眼发光，兴奋地说："太棒了，沈先生，你办的这个party真的太棒了！我生日时他给我办的那是什么呀，连今晚的一半都比不上！"

陆琁予说："还有这个责任，你也得负，无形中给弟弟们增加很大压力啊！"

沈沣勾唇，似乎有些好奇，"你真的很喜欢？"

女生点头，"当然啦，这么梦幻的party，谁不喜欢？沈太太也很喜欢吧？"

孙廷雅沉默一瞬，微笑，"当然，我很喜欢。"

沈沣似笑非笑，"是吗？"

孙廷雅知道他看出自己言不由衷。怎么说，party确实很奢华很盛大，不过她没想到，沈沣最后选择的风格居然如此……少女？

因为沈沣全权负责，孙廷雅此前没有过问。他是个很懂得投其所好的人，孙廷雅本以为，他会做个更符合她一贯品位的party。

想到这儿，孙廷雅矜持道："嗯，挺童话的。"

沈沣道："你的感觉没错，我和设计师讨论时就强调了，要梦幻的、甜美的，最好像童话故事一样，小女生最喜欢的那种。"

孙廷雅叹口气，"我明白了，你这也是故意的。"

"对，我故意的，你就说喜不喜欢吧。"

"看在这是你送我的周年纪念礼物的份上，好吧，我喜欢。"

她自觉非常给面子非常善解人意，简直是模范妻子，沈沣却摇了摇头，"礼物？不，这不是我的礼物。"

旁边陆琉予回过味儿来，喷笑道："三哥，亏我刚才还夸你，敢情三嫂不喜欢这种啊！自作主张，幸好你们已经结婚了，否则就这情况，还真不好说。三嫂，您当初怎么就答应嫁给他了？！"

小女友怕他乱说话引得孙廷雅大喜日子不开心，忙道："你少捣乱。沈先生这么懂浪漫，当初求婚也一定很费心思，沈太太答应有什么好奇怪的？"

孙廷雅淡笑。她和沈沣是相亲认识，后面的一切都按部就班，他的确和她求过婚，是在订婚典礼上，一切都提前写在了流程表上，毫无惊喜，不过是走个过场。

别的夫妻间非常重要的一环。

她看向沈沣，男人大概也想到了这里，眼中别有意味，"对哦，你当初怎么就嫁给我了？"

得了便宜还卖乖，这人还没完了！

孙廷雅没好气，男人又道："如果，现在再给你一次机会，你还会愿意吗？"

孙廷雅一愣，却见他从口袋里取出个暗蓝丝绒盒子，打开后里面躺着枚钻石戒指，华丽的八爪镶，在灯光下璀璨耀眼。

她不可置信地睁大眼。沈沣的动作就像某个暗示，现场乐曲忽地一变，小提琴手与大提琴手配合，奏出一支新曲。跳舞的人纷纷停下，诧异地望过来，沈沣笑着说："这个，才是我的礼物。"

然后，他面朝孙廷雅，单膝跪下。

一切仿佛变慢了，他下跪的动作也变慢了，戒指被托在掌心，仿佛星星被他摘了下来，送到她的面前。

众人发出惊呼，陆琉予的女朋友离得最近，叫完立刻捂住了嘴。和她一样的还有别的女孩，大家意识到发生了什么，全兴奋地望着他们。

沈沣看着孙廷雅，唇畔还是笑容，眼中却透出紧张。他的话说得很流利，甚至有点快，仿佛已经在心里演练了无数遍，"小雅，到今天，我们就结婚三年了。其实已经算挺长的一段时间，但最近我时常在想，如果我们相遇得再早一点，又会是怎样。如果我们两家也像你和安琪那样，是世交，我和你从小就认识，那一定会是件很有趣的事。但很可惜，我们相遇时，你已经长大了。你是我见过最坚强的女人，也是我见过最执拗的女人，过去的许多事没能与你一起经历，这是我长久以来的遗憾。

"好在，现在我也想明白了，没有那些，你不是现在的你，我不是现在的我，也许我们根本走不到一起。

"但我还是准备了这样的party，因为我想告诉你，无论你多么强大、多么勇敢，在我心里，你永远是需要我认真呵护、小心对待的小女孩。我也希望你可以做一个无忧无虑的小女孩，有我陪伴你长大，陪伴你老去……

"前一样已经做不到了，但是还好，后面的我还可以努力。所以，你愿意给我机会吗？"

孙廷雅僵立不动。

外面是无边花海，月色下仿佛起伏的波涛，在这栋童话般的玻璃房子里，沈沣手捧戒指，仰头望着她。他的眼睛里也落满星辰，那样明亮，仿佛在仰望生命中最重要的光。

他说："孙廷雅小姐，你愿意嫁给我吗？"

孙廷雅看到了宾客的期待，父母的惊讶，所有人大气都不敢喘，等着她的回答。她知道，今夜一过，这件事又会成为新闻，造成轰动。然而下一秒，这些都不见了，她眼前闪过许多画面，他们的初见，那时候，她只是想找一个人，帮她逃离窒息的牢笼。他们的结合是阴错阳差，但现在他问她，如果再给她一次机会，还愿不愿意嫁他。

不考虑家族长辈、利益交换，不去管纷繁复杂的世事，只听从自己的心，她还愿意吗？

他等了太久，已经有些忐忑，原来时至今日，他还是会忐忑。她也有很多话想对他说，但这一刻，只有一句是最重要的。

她眼中有泪，唇畔却是笑容，很轻，却坚定道："我愿意。"

番外
爱是天时地利的迷信

周安琪是在朋友婚礼上遇到郑臻的。

美丽的南太平洋小岛，碧海蓝天、沙滩洁白，宾客们全是从地球的另一边飞过来，含笑向两位新人道贺。现场摆放了一个很大的香槟塔，剔透壮观，像座冰雕般在阳光下闪烁着晶莹的光。周安琪前一晚没睡好，老觉得头疼，走到旁边时一不留神就要摔倒。她下意识伸手想扶一扶，两秒后才反应过来，自己这一按下去，恐怕就是推金山倒玉柱，香槟塔轰然坍塌，婚礼也要被自己毁一半。

千钧一发之际，一只手横空伸过来，轻巧而自然地握住她的。是男人的手，干净修长，暗金色袖扣低调矜贵。阳光透过水晶杯，映照在他的皮肤上，竟透出几分苍白。

周安琪听到男人懒洋洋的声音，"怎么着，要砸场子？冲新郎还是新娘啊？"

周安琪头还没抬起来，唇角先上扬了。她微微笑着，说："都不是。我是冲你这个伴郎来的。"

她抬眸，对上一张英俊倜傥的脸。

这就是郑臻了。

细算起来，她和郑臻已经认识了二十几年。他们两家是世交，打小就混在一起，小学一个学校，初中一个年级，到了高中，老爷子想送周安琪去英国读女校，周安琪誓死不从，还是留在了北京，干脆跟郑臻一个班了。

后来郑臻总说："其实你是为了我吧？为了跟我双宿双栖，所以不惜违抗伯父，真是情深似海……"

他最喜欢胡说八道，口头上的厉害谁都比不过，偏偏周安琪也是个不服输的性子，两人几乎是从小吵到大。每回两家聚会，哥哥妹妹们最热衷的节目就是看他们斗嘴，两人都爱看闲书，知识面广，斗嘴也是引经据典，往往一场架吵下来，围观群众也吃完几桶爆米花，比看了场电影还满足。

后来郑臻去了美国，堂妹还很失望，有次除夕对着满屋子的人故作深沉地叹口气，"现在过年都听不到堂姐和十三哥的论战，这年味儿啊，是越来越淡了！"笑得众人纷纷喷了酒，周安琪也哭笑不得。

婚礼当晚，主人家安排了沙滩舞会，周安琪没有去。她一个人沿着海边散步，夜风扬起长裙，她觉得有点冷，将肩头丝巾裹得更紧，找了个地方坐下来。

海水是沉沉的黑色，更远处的天有一线微光，是漂亮的青黛色。周安琪想起席文隽书房的一尊花瓶，也是这样的颜色，冬天时她总会亲自去花园里折几支白梅，插在里面以供赏玩。

海浪拍打着沙滩礁石，轰隆，轰隆，声声入耳。她觉得烦躁，一切都是那么吵嚷，让人难以忍受。

有人在旁边坐下，问："怎么不去跳舞？"

周安琪头也不回，"你呢，为什么不去？"

郑臻悠然道："舞伴不在，我跟谁跳去？"

周安琪终于看向他。郑臻已经脱了西装外套，只穿着件白衬衣，领口处解开两颗扣子，透着股洒脱随性。

周安琪问："怎么事先没听说你要来？"

郑臻大三那年就去了美国，在哥伦比亚大学继续学业，毕业后长居纽约，只是偶尔回国公办及探亲。所以两人虽然曾经好得可以穿同一条裤子，这么多年过去也生疏不少，就好比这次的婚礼，周安琪今天以前完全不知道，原来郑臻也会出席。

郑臻说："你不也是临时决定来的吗？彼此彼此。"

周安琪说："知道的还挺多。"

"可不，背着四处打听您呢，知道你要来，这才千里赴会。讲真，我这一趟完全是为了见你。"

周安琪终于笑起来。

他们已经很久没这么胡说八道过了。这感觉，像是回到了很久以前，彼此都还年轻气盛，手中握着大把大把的好时光。

郑臻不同意，"我现在也还年轻着呢，你老气横秋可别带上我。"

周安琪耸肩，"我都是孩子他妈了，可不得老气横秋。"

"是啊，已经是妈妈了。"郑臻坏笑，"你那儿子，简直太闹腾，很有乃母风范啊。"

"你怎么知道皓嘉闹腾？"

郑臻似乎愣了下，才说："小公子盛名远播，在下远在美国也如雷贯耳。"

远方遥遥传来音乐声，举目望去，隐约可见灯火璀璨。是舞会进入了高潮，今天大家都喝了不少，可以想象里面high成什么样儿。郑臻忽然拉着周安琪站起来，她面露不解，他笑着说："这么久没见，咱们也跳支舞吧。"

周安琪还在迟疑，他已朝她弯腰伸出了手，她不愿扫他的兴，于是答应了。一手放在他肩上，另一只手和他握在一起，两人站在沙滩上，听不清乐声，索性用海浪声当节拍，慢悠悠地跳了起来。

天边不知何时出现轮月亮，抖落如水清辉，照得海面银光闪耀。海上生明月，这样美的景色，她却猛地想起来，十三岁那年初次学跳华尔兹，身边的舞伴就是他。

她下意识看过去，却发现他也在看她，两人目光撞了个正着。她起了促狭心思，勾着他脖子凌空一跳，他始料未及，却本能地托住她腰肢，裙裾翻飞，两人一起转了个漂亮的圈。

落地后，她展颜笑道："不愧是老搭档，默契！要换了另一个人，我可不敢说跳就跳。"

月色里，她的笑容那样美丽。今天一整天她都是淡淡的，直到这一刻，才终于焕发出和从前如出一辙的勃勃生机。

他上前，展臂将她拥入怀中。

她有点惊讶，但也没当回事儿，哥俩好似的拍拍他肩膀，"怎么了？"

"安琪，跟你说个事儿。"

"嗯？"

郑臻说："我要回国了。"

周安琪再次见到郑臻，是在姥爷的生日晚宴上。

屋子里挤满了人，都是熟悉的亲朋好友，她站在角落里打电话，挂断后才发现表妹不知何时站到了旁边。她们俩向来不对付，周安琪这会儿也有点不耐烦，问："有事？"

"表姐，怎么就你一个人啊，皓嘉呢？这种日子，也不把孩子带上，让老爷子见见外孙。"

"皓嘉病了，我刚跟医生通过电话，改天再带他过来。"

表妹笑着说："原来如此，那是得好好照顾。皓嘉真是可怜见的，被你和……分开的事影响得不轻，都不爱说话了。以前觉得他顽皮胡闹，可现在真安静下来，也让人心里怪不是滋味儿。所以说父母难当啊，一不小心孩子就无辜受伤害了……"

周安琪忍了忍，才没有翻个白眼。她和表妹较了二十几年劲儿，自己处处占据上风，她估计憋足了气。如今终于等到自己离婚，完美人生出现裂缝，总算有了反击的方向。

其实何止她，周安琪心知肚明，圈子里的名媛贵妇都在看她的笑话。笑她识人不明，当初为了个男人差点跟家里闹翻，却还是逃不过被背叛的下场。

她不想跟她吵。皓嘉昨晚发烧，她在医院守了个通宵，今天也是从早忙到现在，三十几个小时没合眼，她只觉得疲惫。

表妹胜利地喝了口香槟，笑着朝前面挥手，"十三哥？你怎么来了！"

郑臻走近，两手插兜随意道："来给爷爷贺寿。"

"之前听说你回国发展了，我还不信，没想到是真的。你居然舍得在美国打下的大好江山！"

郑臻笑笑，看向周安琪，"没睡好吗？脸色这么差。"

表妹故意叹气，"表姐最近太累了，我也觉得她憔悴许多。"

郑臻摸摸下巴，饶有兴致道："不过，你这个样子，倒是有点弱柳扶风、我见犹怜的味道……心动了心动了。"

周安琪白他，表妹说："你就知道夸表姐，我呢？这么多年不见，也不夸夸我是不是变漂亮了。"

郑臻还真的打量起她来，片刻后说："妹妹，世事难两全，你拥有心灵美就够了。像你姐姐这种花瓶美人也没什么好，我们都懂得欣赏你平庸外表下那颗金子般的心，千万不要自卑。"

他一本正经，表妹被说得发蒙，样子居然有点傻。周安琪这次没有忍耐，愉快地笑了起来。

表妹咬紧下唇，恼怒地一跺脚，走了。

周安琪说："嘴还是这么贱，小心她泼你一脸酒。"

郑臻说："我瞅好了的，她杯子里没东西，不然你以为我敢说？"

周遭依然人声鼎沸，她刚才觉得烦躁，但是他出现了，一切就透着股人间烟火的亲切。周安琪说："谢了。"

她当然知道，他那么对表妹是在帮她出气。

郑臻说："哟，长大了，知道说谢谢了。以前可没这么懂事。"

周安琪一拳揍上他胸口。郑臻夸张地叫了声痛，举手投降。周安琪看他片刻，问："真的回来了？"

"嗯。"

"以后都不走了？"

"至少五年内，我都是常驻北京。"

他在美国的事业很成功，表妹惊讶很正常，连周安琪也想不明白，他怎么会说回国就回国。

"你这算什么？富贵不还乡，如锦衣夜行？"

郑臻大笑，"你把我想得太肤浅了。我回来，当然是有重要的原因。"

周安琪望着他。郑臻捏住她下巴，像个旧时代的轻薄公子哥儿似的，说："给爷笑一个。笑得好看，爷就告诉你。"

周安琪还真露齿一笑，然后低下头，狠狠咬上他的大拇指。

仿佛回到了读书时代，她和郑臻又同处一个城市，可以不时厮混。但还是有区别的，两人如今都忙于工作，不像当年几乎天天都能见面。周安琪很少主动联络郑臻，基本都是他打电话过来，问："周末有空吗？听说五道口有家馆子不错，咱去试试吧。"

他离开北京近十年，许多地方都变样了，连吃饭都不知去哪里好，便干脆以外地人自居，要求周安琪尽地主之谊，带他走街串巷找好吃的。周安琪觉得他脸皮实在太厚，读书时打群架还自称"三环十三少"，现在倒装起不熟了。

周安琪花了点时间去适应。他们毕竟分开太久，要完全重拾往日情怀也不容易，她没办法真像小时候那样对待他。郑臻倒是很自然，嬉笑怒骂，随性潇洒，对周安琪偶尔的不自在也视若无睹。

有次两人去看电影，周安琪不小心睡着了，醒来才发现电影已经散场，自己就这么在他肩头靠了一个多小时。她有点尴尬，说："你怎么不叫我啊？"

郑臻活动了下肩膀，随口说："又不是第一次，我早习惯了。"

以前确实也有过这种情况。高中时周安琪喜欢熬夜，不是复习功课，而是看各种小说，导致白天总处于睡眠不足的状态。有次班上放电影，大晚上的灯全关了，只有荧幕上的白光和音乐声。这环境实在太舒适，周安琪没能抵挡住诱惑，于是渐渐地，同学们的注意力都不在电影上了，全盯着教室中央泰然自若的郑臻，以及趴在他肩头呼呼大睡的周安琪。门口的班主任目光灼灼，两人却恍如未觉，周安琪甚至抱住郑臻胳膊，在他肩窝处撒娇般蹭了一下。

那次之后，周安琪就成了全校皆知的"郑臻女朋友"，说他们俩当着七班灭绝师太的面谈情说爱，胆大到横扫光明顶。这头衔还很难甩掉，直到郑臻出国好几年、周安琪已经跟席文隽结婚，还曾在街上遇到高中校友，笑着叫她："哎，这不是老郑的女朋友嘛！嫂子嫂子，我们都很仰慕你！"

想到这里，她忍不住笑了，有些东西也在血液里复苏。那是属于他们的羁绊，那样深刻，本不是轻易就能丢弃。

两人的往来很快被家里人知道，某天下午茶时，周夫人试探道："你和小臻……什么情况？"

周安琪觉得有趣，十几年前两家长辈就怀疑他们早恋，没想到年近三十，还要接受这种拷问。周安琪说："还能什么情况？妈，你不会现在还盼着我俩成吧？"

"要我说，你俩是挺配的，家里都知根知底，你们也要好。唉，要是当年你跟他结婚，何至于……"

母亲说到这里顿住，因为看到她的表情。周安琪端起英国骨瓷的杯子，红茶已经有些凉了，她喝了一大口。

从一开始，父母就不支持她和席文隽在一起，因为席文隽家世普通，也因为大家几乎都默认她和郑臻会走到一起。世交家的晚辈，打小看着长大，和公司的基层员工，之前连名字都没听说过，二者落差太大，父母非常震怒。

但他们不知道，所有人里，其实郑臻是最早知道她喜欢席文隽的。比席文隽本人都早。

周安琪一直记得那天是周六，她去清华找郑臻吃饭。两人大学不再是一个学校，但好在周安琪就在隔壁，不妨碍他们继续勾搭成奸。郑臻起得晚，周安琪在楼下等了好一会儿，他才终于下来。周安琪说："故意的吧你？就为了让大家看到，有大美女等着跟你约会？"

郑臻哈哈一笑，"可不。为了让大家看清楚，今天等我的不是昨天那个，免得堕了我在江湖上的名声。"

两人去了学校附近的小馆子，郑臻点了一大桌的菜，周安琪皱眉，"吃得完嘛你？"

"熬了两个通宵做课题，我快四十个小时水米没打牙了，现在可以吃下一头牛。"

周安琪心疼了，立刻让老板娘又加了个鸡公煲，煮了锅荷叶莲子粥，"那你先别急，喝点粥垫垫底再吃别的，不然小心伤胃。"

郑臻一口干掉半杯啤酒，在周安琪无语的眼神中哂然一笑，"矫情。还是说你吧，找我有什么事儿？别看我，你这个表情还用多问，肯定找我有事儿。有大事儿。"

周安琪咬唇，还没开口脸先红了。郑臻一愣，没想到会收到这个反应，周安琪深吸口气，说："阿臻，我喜欢上一个人了。"

她没敢看郑臻，隔了几秒才听到他问："……所以？"

"我有点不知道怎么办。我们之前一直是好朋友，他好像也只把我当朋友，我担心如果贸然告诉他，他对我没那个意思，就连朋友都没得做了。以后见面多尴尬！"

他这次沉默得更久，她困惑地看过去，他喝完剩下半杯啤酒，说："你不告诉他，怎么会知道他是怎么想的。也许，他对你也……"

"真的吗？你真这么觉得？"她目光灼灼，像两簇火焰，那样明亮灼热，几乎让他不敢直视。

拳头攥紧又松开，他忽然说："不，你不用说。安琪，我有话想……"

手机铃声忽然响起，她那时还在用诺基亚，上万块的8800，是那年最热门的手机，郑臻买来作为送她的入学礼物。周安琪看到屏幕上那串号码就绽开笑容，明明没有接通却还是压低了声音，"他！他给我打电话了！"

郑臻仿佛没反应过来，问："谁？"

"席文隽啊，就是……我喜欢的人。你也见过的，上次在我爸爸公司，长得很清秀很好看的那个！"

小饭馆里人声鼎沸，隔壁桌点了烤鱼，送上来后铁板咕噜咕噜冒着热泡。白气飘散过来，浮动在两人之间，像一团大雾，让他的神情也变得模糊不清。

"是他啊。"他重复了一遍，"原来是他。"

郑臻点燃一支烟，他手指修长，夹着香烟细白的梗子，居然也半点不逊色周安琪不知道他什么时候开始抽烟的，他也无意解释，冲她挑眉一笑，说："接吧。"

周安琪停好车后，绕过去拉开副驾驶座的门，笑道："小嘉，下来吧。"

周皓嘉穿着藏蓝色羽绒服，搭配白围巾和白帽子，裹得跟个球一样。入冬以后他就总是感冒，周安琪为此头痛不已，不得不放弃美观，将保暖放在第一位。这孩子不像以前那么活泼，闷声闷气不爱讲话，她和他相处都有点小心翼翼。

"好了，自己进去吧。妈妈晚饭后来接你。"

今天是席文隽每个月见孩子的日子，周皓嘉站在餐厅门口，抬头问："你不陪我进去吗？"

"妈妈在这里看着你。别害怕，一进去就见到爸爸了。乖。"

周皓嘉低着头没动。

周安琪知道他在期盼什么，但她不想答应。皓嘉一直不愿接受她和席文隽已经离婚的事实，如果他们再同时出现，这样的场景会给孩子幻想，认为两人还有复合的机会。就算真要三个人同桌吃饭，也得等他再大一点。

冷风刮在脸上，像薄薄的刀片，带来尖锐的刺痛。周安琪用围巾捂了捂皓嘉的脸，不想再让他在这里受冻，可男孩像只倔强的小牛，她不敢强迫，正左右为难，却听到有人喊："小嘉。"

周皓嘉眼睛一亮，"爸爸！"

席文隽穿着驼色大衣，几步走过来将他抱到怀里。周皓嘉勾住他的脖子，说："爸爸，我好想你……"

席文隽将儿子抱起来，这才看向周安琪。他们离婚已经小半年，席文隽离开了北京，选择去上海发展，他本就很有能力，加上这么多年的人脉积累，在那边发展得也不错。但无论多忙，每个月这一天都会飞回来，和皓嘉见面。

周安琪戴上墨镜，她今天的口红是Dior999，传说中最正的红色，在寒风中有股高不可攀的冷艳。她说："我还有事，孩子交给你了。"

皓嘉眼睛大而水润，看着她仿佛盈盈欲流，让人心一阵发软。席文隽似乎想说点什么，但最后只轻声叮嘱："开车当心。"

这就是他的好处，不会说不合时宜的话，不会在这种情况下让她心烦。周安琪握着方向盘，皮革柔软细腻，前方不远就是个岔路，只要几分钟，她就会汇入漫长车海，无法掉头折返。

余光瞥到副驾驶座，一个蓝色小盒子躺在真皮座椅上。她记得出门前皓嘉特意把它找了出来，是送给席文隽的礼物吗？

她回到餐厅，推开门时一股暖意扑面而来。席文隽和皓嘉坐在餐厅右侧靠窗，她双手插兜走过去，正好听到席文隽问："你是故意的吗？以后不许这样了，妈妈会担心的。"

皓嘉下巴放在桌上，周安琪只能看到他的后脑勺，他这里长得太像席文隽，发顶有两个旋儿，以前廷雅还调侃，光是这个后脑勺就能看出是谁的儿子。

"我害怕。我害怕妈妈也不要我……我生病了，她就会多陪陪我。"

男孩的声音小而轻，仿佛梦呓，却狠狠踩在她心上，眼眶瞬间酸得想要落泪。席文隽说："那你也不能故意让自己生病。你知道你这样，妈妈多难过吗？"

"是你让妈妈难过，不是我。"

席文隽顿住，周皓嘉抬头看他，语气里有不易察觉的哭腔，"我知道的。他们不想告诉我，但是我知道。你做错事了对吗？你伤害了妈妈，所以你们才会分开……"

席文隽失了声音。

手心有薄薄的汗，大概是暖气开得太足，身体一阵冷一阵热，让人像踩在云端般不真实。他没有这样质问过他，但有什么好惊讶的，自己早有预料，这一天终究会到来。他走错的路，欠下的债，兜兜转转都会再度出现，寻求一个交代。

可到底要怎么说。他不知道怎么说。

"小姐，请问您……"

席文隽遽然抬头，周安琪雪白的大衣利箭般刺入他眼中，两人同时看清了对方。她转身就走，他没有丝毫考虑，飞快追了出去。他终于在门口抓住了她，女人手腕还是那样纤细，轻轻松松就攥在掌中。她挣扎了一下，发现不行后咬牙道："松手！"

她以前也这么跟他说过。协商离婚那几个月，两人无数次不欢而散，他请求她再给自己一个机会，那时候她就是这样，眼中满是厌弃失望。

他知道自己伤透了她。他曾发过誓，绝不重蹈覆辙。

怔怔松开手，两人大口大口喘着气。她看着近在咫尺的男人，觉得一切都发生得太过仓促，恍惚得如在梦中。

远处传来瓷杯打碎的声音。他们同时回头，周皓嘉站在座位前望着他们，小嘴一扁，终于还是哭了出来。

傍晚时开始下雪，纷纷扬扬如碎琼乱玉，到了晚上街道两侧已经全被积雪覆盖，银装素裹，分外妖娆。这是今冬北京的第一场雪，公司的女孩子们都在欢呼初雪，让郑臻想起周安琪，她也最喜欢雪，每次下雪最开心的就是她，两人打雪仗的习惯一直保留到了成年。

他不急着回家，晚饭后将车开到高中校园附近，顺着散起了步。在纽约这些年，他时常会想起北京，这里的街道，这里的人，对他来说都是如此熟悉，哪怕是隔着整个太平洋和漫长时光，记忆的每个细节也清晰可见。高中时男生偷偷喝酒，他是当中量最好的那个，曾一顿饭放倒了隔壁班家里开酒厂的小公子，江湖人称"两斤的量"。周安琪被他带动，也学着他喝，还偷拿了她爸爸好几瓶珍藏的红酒。但其实她一点都不喜欢喝酒，觉得还不如可乐有味道，他看她端着玻璃杯，小心翼翼地抿一口到嘴里，舌头粉红柔软，红酒果冻般被她卷在里面，玩得不亦乐乎。双眸明亮如皓月流光，她冲着他笑，他却像是酒意瞬间上头，出了一身的汗，别过眼不敢多看。

雪片飞扬，他轻叹口气。前方一阵剧烈的刹车声，他望过去，一辆黑色轿车横在路边，司机探出头问："没事儿吧？你怎么突然冲出来，伤到哪儿没有？"

被询问的女人没说话，他已经几步上前，握住她的手，"你怎么在这里？还好吗？"

周安琪歪了歪头，乱发糊在脸上，唯有一双眼睛泛着水泽，带着几分模糊醉意，"是你啊……"

司机见他们认识，缩回去就将车开走了。周安琪觉得头很晕，也不知道自己此刻在哪里，他的手握着她，很用力，掌心泛着微微的暖意。这感觉像是某种依靠，令她忍不住想要靠近，令她忍不住轻轻颤抖。

他以为她冷，脱下大衣就披到她身上。这举动没经过半分考虑迟疑，所以当寒风穿过仅存的衣物丝丝入骨时，他才觉得有点扛不住。周安琪咻咻闷笑，郑臻还想硬撑，她却举着大衣依偎进他怀中，把两人都裹了进去。

有路人经过，以为他们是亲昵的情侣，笑着指指点点。他拉着她往人更少的路边走去，周安琪醉得不轻，走路都摇摇晃晃，郑臻半搂半抱着她，问："发生什么了？喝这么多，还一个人在街上乱晃，想上社会新闻？"

他声音里真有几分怒意。这样的雪夜，她一个女人孤身在外，谁知道会遇上什么。想到这里，就很想戳着她脑袋狠狠骂一顿。

周安琪说："没什么，我就是……觉得自己很愚蠢。"

他的手放在她肩头，顿住了。她闭上眼睛，自嘲一笑，"我……不知道该做点什么，只好喝酒。多喝一点，喝得昏天黑地，就不会再记得……自己做过的蠢事……"

"你做什么蠢事了，我怎不知道？"

"你难道不这么觉得？"她抬头看他，月色凉薄，照在她脸上透出凄清荒凉，像是冬夜里路边蒙了层霜的柔嫩花蕊，惹人怜惜，"你从来没问过我，甚至提都没提过一次，是怕伤害到我吗？不用怕，我知道自己有多可笑。我的婚姻一团糟，生活也一团糟，我让皓嘉难过，我不是个好妈妈……"

他握住她肩膀的手用力，"你没有错。那些事都不是你的错。"

她闭上眼睛，眼泪濡湿睫毛。她是那样难过，肩头簌簌颤抖，双手凉得像冰，而他曾希望的，不过是她能过得开心。

大衣从肩头滑落，满地积雪洁白，大衣却是沉沉的黑色，铺在脚边让他们如临深渊。前方便是千丈悬崖、万劫不复，可她在他怀中，世上的事就都不再值得惧怕。他早该明白。

他抱紧她，声音低沉，如同在诉说一个承诺，"如果真的有人错了，那也不是你。"

周安琪第二天醒来，发现自己在郑臻公寓。

这套房子还是他大学时买的，周安琪陪他一起选的户型，宽敞的复式公寓，旋转楼梯，露台很宽敞，雪白的欧式雕花弧形栏杆。开发商是沈氏地产，周家和沈家略有交情，周小姐亲自过来看房子，殷勤招待不说，还硬给打了个七折。郑臻白捡个大便宜，周安琪让他请客感谢，他吊儿郎当地说："一顿饭哪儿够啊。不然这样，我给你留个专属房间，以后这也是你的房子了。"

周安琪抱臂，迎上他的挑衅，"好啊，那房产证也要写上我名字，否则跟你没完。"

房产证当然没写她的名字，不过周安琪一直有这里的钥匙，郑臻出国后她还来过几次，吩咐人打理收拾。

原来郑臻回国后住到了这里，他不嫌麻烦吗？这里离公司那么远，他明明可以像沈沣那样，在公司附近再买套房子。

"醒了？"郑臻端着早餐出来，"醒了就洗把脸吃饭吧。"

周安琪问："你怎么把我弄到这儿了？"

"昨晚的事还记得吗？"

周安琪想了想，"记不清了。我好像喝了很多酒，耍酒疯了？"

他盯着她看了会儿，笑了，"放心，没耍酒疯。不过我要重新审视了，原来你喝醉的样子，还挺可爱的。"

她不知为何涌上股奇怪的感觉，轻咳一声，"你心情不错。"

"还可以。"

"发生什么了？"

郑臻顿了顿，说："想通了一些事。本来觉得可以慢慢来，现在却觉得不能拖下去，要快刀斩乱麻。"

她想问是什么事，又下意识觉得他不会回答，端过咖啡想喝，却被他伸手夺了过去。男人坐在椅子上，懒洋洋道："先刷牙。起床就吃东西，脏不脏。"

他开车送周安琪去公司，早已过了上班时间，助理手机打不通，正担心是不是出事了，却看到boss踩着高跟鞋风风火火地走进来。她松了口气，周安琪说："我手机没电了，拿上充电线和文件，到我办公室谈。"

忙了两个小时终于搞定上午的工作，周安琪扶着头歇口气，昨晚喝那么多，多亏郑臻准备了醒酒药，今早才没有头疼。助理捏着份文件，黑色塑料硬壳抵在办公桌上，她拖长了声音，"夜不归宿哦？"

周安琪每天都会换衣服，今天却还穿着昨天的大衣，她早知助理会看出端倪，耸耸肩道："是啊，和郑十三少风流快活去了。"

"真的？"助理双眼放光。

周安琪没想到她会当真，哭笑不得，"想什么呢？我喝多了，在他家借住了一晚。Susan，我们是革命情谊，你这个思想可要不得。"

助理不以为然，周安琪好奇追问，她说："您没看网上说吗？男女之间哪可能有什么纯友谊，除非一方特别丑。你们这郎才女貌、天作之合的，我才不信没点什么呢……"

周安琪被说得一愣，又想起一大早，郑臻端着早餐站在长桌前。他头发极黑，眉目清俊磊落，衬衣袖子挽起来一边，露出结实的小臂，阳光穿过落地窗，臂上细小的绒毛被镀上层暖金色。他朝她挑眉轻笑，像是很多年前那个十七岁的少年，背着书包走进教室，随手丢给她几样新鲜的进口零食，从未被时光改变。

周安琪回过神来，朝Susan淡淡一笑，"我和他是不一样的。"

下午有人送了花过来，极大一捧白色风信子，清香袭人，穿过整个公司送进了总经理办公室。周安琪抽出卡片一看，最下方署着"郑臻"两个字，他约她晚上一起吃饭。Susan扑哧一笑，周安琪白她一眼，关上门给郑臻打了电话，"喂，你玩什么？"

郑臻那边好像很忙，有人用英语和德语说着什么，他低声交代了两句，这才走到一边哈哈一笑，"收到花了？上面不是写了嘛，请你吃饭啊。"

郑臻虽然在许多场合也能装成绅士，但本质上他并不喜欢这套，即使去国外待了十年也一样。尤其是对周安琪，他送过她各种礼物，却极少这么给她送过花，更别说送花的理由只是约顿晚餐了。

周安琪沉默，郑臻好像叹了口气，说："看你不开心，逗逗你。我搞砸了？"

这句话如同安抚，她下意识松了口气，却又不明白自己为什么要紧张。她说："下次送郁金香。我喜欢郁金香。"

他笑，"是吗？但我喜欢风信子。"

晚上吃饭的地方是家法国餐厅，有现场钢琴曲演奏，叮咚悦耳似清涧溪流。周安琪脱了大衣，里面是白色修身连衣裙，她坐在一株绿植旁，灯光照耀着枝叶，衣裙也映上淡淡的绿，像一朵百合，身子是细长的梗子，脸庞雪白，如花苞绽放。

她和郑臻聊到工作，郑臻说："其实我一直没想到，你居然跑去做了影视制作人，当年还说想当芭蕾舞者，跑偏得有点远啊。"

"那都是哪年的旧闻了。我十五岁就知道自己资质不够，没可能在舞蹈上有什么大成就，不得另寻出路啊？"

舞蹈这种东西谁都能练，但要成为行业佼佼者，对身体的先天条件要求极高，有时候，天分甚至比后天努力更重要。周安琪很遗憾地没有此种天赋。郑臻想到十几岁的少女，穿着洁白的芭蕾舞裙，在舞蹈教室里旋转、跳跃。灯光明亮，四面都是镜子，让她如同置身琉璃世界。教室靠走廊的墙上有一长排玻璃窗，从后门延伸到前门，他也从后门走到了前门，目光始终定格在窗户上，透过玻璃凝视着她。镜子里映照出少女窈窕纤长的身体，她抬腿放上栏杆，弯腰的同时瞧见他推门进来，瞬间笑颜如花，"哎，来给我送夜宵啦？真乖。正好我跳得不耐烦了。"

郑臻喝了口红酒，"每天的点心夜宵从不落下，白天鹅吃成了胖鸭子，当然飞不起来。"

周安琪恨恨瞪他，郑臻晃了晃红酒杯，回以一笑。周安琪耸耸鼻子，"算啦，我现在的工作也挺好，能时常见到娱乐圈的帅哥美女们，养眼哦。而且制作电影，我跟你讲，本人志存高远，一心要打造一部传世之作，《肖申克的救赎》那种，你等着看吧。"

郑臻煞有介事地点头，"好，我等着看。"

他越这样，周安琪就越觉得这人在讽刺，好在很快有人过来，两人才免于剑拔弩张。是著名女星周佩佩，周安琪之前曾与她有过合作，女明星身穿Chanel的撞色小裙子，长发披散，举手投足都透着股难言的魅力与气场。她含笑道："周小姐，没想到会在这儿遇上。"

周安琪说："周小姐来见朋友吗？我好像看到熟人了哦……"

她说着瞥了瞥不远处，那里坐着个英俊的男人，正翻着菜单与侍者交谈。周佩佩说："周小姐别打趣我了，你自己还不是……佳人有约？"

"两位周小姐，打嘴仗可以别捎上我吗？"郑臻打了个响指，成功吸引两个女人的注意，他看向周佩佩，"好了，该跟谁吃饭就跟谁吃饭，赶紧回去吧。你在这儿我都不好动筷子。"

"法国餐厅哪儿来的筷子？"周佩佩抛个白眼给他，"行吧郑十三少，我不打扰你们啦。哦，上次聊的事儿我考虑好了，晚点给我来个电话。有机会一起逛街。"最后一句是说给周安琪的。

她离开后，周安琪捏着餐刀，在牛排上划拉了一下，"你和周佩佩挺熟啊。"

听口吻就知道了，自己和周佩佩合作了一部电影，论熟稔程度却输给了她和郑臻。搞不好周佩佩过来打招呼都是因为他。

"嗯，之前因为一点意外认识了，挺聊得来的。"

心里有古怪的感觉弥漫，像是十几岁时舞蹈班圣诞演出，她拼死拼活终于拿到跳白天鹅的机会。班上还有个女生，家境贫寒却天赋惊人，她每次看到她舒展身体，都有种惶然失落，仿佛下一秒，属于她的东西就会失去。她害怕失去。

她强行挥散它，笑眯眯道："不错嘛，回国才几个月，就交了这么高水准的女朋友。周佩佩可不是那种需要傍金主的小明星，郑十三少挺有魅力呀。"

郑臻餐刀停在盘子上，重复说："女朋友？"

"女性朋友。"周安琪纠正，"不过说到这个，我都忘了问你，怎么样啊现在，有女朋友吗？有的话改天带出来见见。"

郑臻擦了擦嘴，将餐巾随手往桌上一扔，不说话。周安琪打量他神情，说："你别觉得我多管闲事，只是你这么大把年纪还没个着落，伯母得着急了。"

"伯母着急，那你呢？"

周安琪一愣，"什么？"

"你着急吗？"郑臻噙一丝笑，眼神却很冷静，"急着催我找个人结婚，你好把当年的份子钱还上。"

周安琪下意识想点头，撞上他的目光又迟疑了。两人对视，他忽然别开眼，落地窗外是繁华夜景，车水马龙，霓虹闪烁，这座城市的夜晚也是如此美丽。透过这浮华表象，他仿佛看到了一个明丽娇艳的少女，众星拱月，冲他扬唇而笑。

他凝视远方，有点深情，又有点无奈地说："我有喜欢的人了。"

周安琪始料未及，怔怔地看着他。郑臻回过头，重复说："我一直喜欢着一个人，只是她不知道。过去我以为，不打扰是我能给她的最好的礼物，后来才发现，这样并没有让她获得幸福。所以我改主意了。安琪，你不用为我担心，我知道自己想要的是什么。"

她过了好一会儿才问："你要追回她？"顿了顿，"那个人，我认识吗？"

郑臻取出一支烟含到嘴里，因为餐厅不允许吸烟，所以并没有点燃。他咬着过滤嘴，唇畔逸出丝笑，目光落到她眉间颊畔，那样轻柔，仿佛情人的抚摸。

临近年关，公司的事总是格外多，周安琪每天忙得脚不沾地，郑臻几次约她吃饭，都以没时间推脱了。终于到了小年夜，周家连同交好的几家人聚在一起热闹热闹，周安琪也被爸妈严令出席，她给皓嘉好好打扮了一番，牵着他去了酒店。

灯火通明，觥筹交错，整个厅都被包了下来，周皓嘉一出场就受到亲朋好友的热情围观。逗孩子向来是年节一大娱乐节目，以前周皓嘉活泼好动，面对种种调戏都机智应对，如今却跟个闷葫芦似的。大家想逗他多说几句，他就往妈妈身后一躲，小脸一埋，假装自己不存在。

周安琪瞧着心酸，郑臻却从人群中出来，歪头笑道："小魔头，怎么蔫头耷脑的，谁虐待你了吗？"

周皓嘉探出个脑袋，有点惊讶，"是你？"

周安琪皱眉，"你们认识？"

"我们当然认识。"郑臻说，"你忘了？他还是个小婴儿时，我就抱过他了。"

"我不是说这个。"

因为时间不凑巧，周安琪之前和郑臻见面，都没有带上儿子，所以理论上来说，郑臻还没有见过长大后的周皓嘉，可听两人交谈却明显不是那样。

郑臻半蹲下身子，"我有礼物要送给你。"

他伸出右手，五根手指干净修长，在周皓嘉眼前晃了两下。周安琪还没看清，就见他手指翻飞，在半空停住，夹着枚晶莹剔透的珠子送到周皓嘉眼前。

周皓嘉一呆，然后露出又惊又喜的笑容，"啊，你找到了？你在哪里找到的？"

"秘密。"郑臻笑眯眯道，"想要吗？想要的话就自己来拿。"

众目睽睽下，周皓嘉迟疑片刻，还是扑了出来，两手一起握住郑臻的。郑臻笑着将他抱起，往空中一丢，皓嘉开心地咯咯直笑，郑臻说："这么轻，跟个姑娘一样，让你妈妈多喂你点吃的！"

等皓嘉拿着珠子和小朋友们去玩了，周安琪才问："你什么时候见的小嘉，还有你给他的是什么？"

"之前皓嘉生病住院，我去医院看过他，当时你不在。"郑臻说，"至于那个珠子，是他爸爸送他的礼物，一整套的，他弄丢了其中一颗，一直很难过。"

周安琪有点愣。不是因为他提起席文隽，而是她对此一点都不知情，她甚至不知道席文隽送过皓嘉这个东西。

郑臻眼里有宽慰，"他不告诉你，是不想你为此不开心，这是孩子的体贴。"

周安琪默然，掩饰地别过头，"那你呢，怎么找到那东西的？"

"没找到，不过皓嘉给我看过照片，我找人做了个一模一样的。"食指竖到唇边，他轻轻嘘了一声，"可别让他知道。"

周安琪："……何必这么麻烦。你告诉我，我自己去办就好。"

郑臻悠然道："你的儿子，怎么能说麻烦。"

周安琪不再说话，刚才围观了郑臻逗周皓嘉的亲友回过神来，纷纷打趣，"十三哥不得了啊，对付孩子这么有一套，不知道的还以为你经验丰富呢！老实交代，是不是在国外藏了十个八个私生子？"

"什么呀，这纯粹是血缘决定一切。十三哥和安琪打得火热，安琪的儿子当然也喜欢他了，咱们啊没得比……"

大家戏谑不停，郑臻始终泰然自若，唇畔噙一丝若有若无的笑。对面周安琪听了片刻，忽然轻笑一声，"胡说八道。"

她端起酒杯，是十年陈绍兴花雕，澄黄清亮，甘香醇厚。她举了举杯，不待众人反应，就仰脖一饮而尽，"少打趣我，有能耐的，酒桌上说话。"

女王气场溢于言表，群众被点燃，迅速忘掉刚才的话题，进入拼酒环节。

一顿饭吃得热闹。

忙碌了一整年，好不容易聚到一起，不免聊到彼此近况。周安琪有个侄女快满十八岁，正充满热情地筹划自己的成年舞会，周安琪一想到连侄女都十八了就觉得岁月可怕，群众还偏要把话题往她身上引，"不知道怎么办？问你姑姑啊，她可打小就是吃喝玩乐的一把好手，当年的成年舞会办得轰轰烈烈，至今无人超越。"

侄女期待地看过来，周安琪撑着头，因为喝了酒，颊畔绯红。她的成年舞会，隔了这么多年早记不清了，不过有一点印象深刻，便是那天晚上，她的舞伴是郑臻。

其实她本来是想找别人的。当时距离她在小餐馆跟郑臻倾诉心迹刚一个月，她各种踌躇，始终没有跟席文隽表白。郑臻对此漠不关心，直到舞会当晚才说："既然想找的人没找到，就死心跟我跳吧，别摆苦瓜脸。"

她被他气得不行，她当然想找席文隽，但成年舞会上的舞伴，这邀请暗示意味太重，她根本说不出口。而且谁都觉得郑臻是她顺理成章的舞伴，更是让她举步维艰。懊恼之下，她攘了郑臻一把，叹息："你怎么不生个病之类的呢，摔伤腿也行，我就可以顺理成章让席文隽来救场了。"

重色轻友到这个地步，郑臻被激怒，丢下她就走到舞池边缘。她这才觉得说得有点过分，但郑臻也很奇怪，以前两个人斗嘴，比这更损的话她也说过，从不见他发脾气。

她想过去道歉，手机却在手袋里振动，她一看到短信内容就睁大了眼睛。郑臻靠在柱子边冷眼看她，手里是一杯香槟，她不顾他的脸色凑过去，兴奋地说："席文隽，是席文隽啊！他问我有没有时间，让我出去门口一趟！你说我要不要去？去了要说什么？"

"他也摔了腿吗？为什么要你出去，让他自己进来。"

她卡住，片刻后选择为心上人站台，"也许，他是有什么话要跟我说呢。这里人这么多，众目睽睽下不方便，出去就能单独相处了……"

他冷淡一笑。她觉得他今晚实在有点讨厌，但她不想跟他吵，收好手机就要离开。他却又叫住了她。头顶是璀璨的水晶吊灯，她水蓝色的长裙曳地，颊畔是长长的钻石耳坠，伴随着回头的动作轻轻摇晃，碎光点点。他身穿纯黑燕尾服，靠在大理石圆柱上，凝视她半晌。她笑靥如花，眼中满是期待和快乐，这样的表情，是他所不能带来的。他轻轻一笑，像是终于下定决心般，一口喝干了香槟。

"外面下了雨，出去时别摔了。"他说。

暖气烘烤着她的脸，热得发烫，指尖却透着股冷。周安琪目光越过侄女，和对面的郑臻直直撞上，他居然也在看着她，眼眸如三月的湖面。往事似浮光掠影，却搅乱一池春水，她觉得自己无法维持平静。

就是那一晚。

她和席文隽的开始，就在那一晚。

对面顾家四哥感慨，"时间过得真快。我印象里，总觉得Vivian还是个黄毛丫头，居然也亭亭玉立了。"

侄女做个鬼脸，顾四笑着勾住郑臻肩膀，"前几天和老郑喝酒，还聊起当年。我是浑浑噩噩好多年，白长了岁数，如今想来，后悔的事一抓一大把。不像他，一路头脑清醒，目标明确，如今事业做得那么大，把咱们全给比下去了。"

郑臻不答话，顾四凑近，"哎我说，你就没什么悔不当初的往事吗？别想蒙我，你的人生不可能总是正确。"

周安琪忽然慌乱起来，本能地不希望郑臻开口，还好这时候周皓嘉跑过来，拉住她的手欲言又止。周安琪心乱如麻，问："怎么了？"

"妈妈，我……我可以出去一会儿吗？"

"出去，去哪儿？"

周皓嘉不肯说，周安琪眉头皱起来，他终于怯生生道："妈妈对不起……只是，我刚才很想爸爸，就给他打了电话……他说他就在外面，问我……问我想不想见见他。"

这话不仅周安琪听到了，桌上的人也听到了。周安琪和席文隽当年的恋情，圈子里几乎无人不知，所以也都明白这场面有多微妙。

她不开口，周皓嘉小嘴一扁，要哭不哭的样子，分外可怜。在场面变得越来越尴尬前，郑臻忽地开口，"去吧。让保姆陪着，半个小时必须回来。待会儿还得给姥姥姥爷敬酒。"

周皓嘉重重点头，欢快地跑走了。大家眼看着郑臻就这么安排了周安琪的儿子，好像他是孩子的什么人似的，心情都有点复杂。老实说，虽然总开他们的玩笑，但到了如今，谁也不觉得这对真的能成。耽搁了这么多年，彼此还是朋友，大概真的是没有夫妻缘分。

所以，郑臻刚才的口吻，也只是他和周安琪太熟了吧……

周安琪静了一瞬，"不行，我得去看看。他感冒刚好，外面太冷了，别又冻病了。"

"坐下。"

周安琪回头，郑臻朝她温柔一笑，"皓嘉有保姆和他爸爸照顾，没事的。坐下吃菜，你喝那么多酒，得吃点东西压压。"

她觉得他眼中有很多东西，她像是明白，又像是不明白。那晚的法国餐厅，他的目光是温柔的锁链，一根一根落在她身上，让人生出无法挣脱的惶恐。他说他一直喜欢着一个人，可她其实不想知道，那个人究竟是谁……

她深吸口气，微笑着说："我没事。你们吃吧，我去去就回。"

他看着她，眼睛那样黑，像是不可置信。她笑容不变，勇敢地与他对视，哪怕桌下的右手已经微微颤抖。他的目光终于一寸寸冷下去，就像十八岁生日那晚，他靠在大理石的圆柱旁，看着她转身朝另一个男人走去。

他沉默地低下头，她忍不住舒出口气，像是从一场惊心动魄的战争中生还。

她转身想走，他却蓦地逸出轻笑，将她瞬间钉在当场。

"悔不当初的事,有啊。"

桌上的人早已被他们诡异的气场弄傻,听到这里更是警铃大作。顾四指了指自己,不确定他是不是在回答他的问题。

郑臻像是没察觉,右手捏着筷子,银筷头夹起一粒虾仁。他没有吃,手一松,虾仁又落回雪白的盘子里。

他抬起头,微笑着看向周安琪。周安琪回头望去,一瞬间仿佛时光倒流,她看到了目送她远去的少年。

"我最后悔的事,是你十八岁生日那晚,没有拉住你。我后悔没有告诉你,不要去见他,这个世界上,不会有男人比我更爱你……"

也许是回去的路上受了冻,周安琪当晚就生了病,卧床不起,整个新年都是迷糊过去的。她住在父母的房子里,她的房间还和结婚前一模一样,床是从小睡到大那张,她裹在丝滑的被褥中,只想睡到天昏地暗。

最难受的时候,妈妈好像来了床前,摸着她的头发,轻声说着什么。她很想听清楚,可脑子里像是在煮粥,乱成一团,耳朵也嗡嗡作响,什么都听不清。她只能感觉到,妈妈很难过,她亲吻她的头发,难过得眼泪都落下了。

稍微好转一点,廷雅的电话也打了进来,"什么情况?我现在不方便出远门,不过听外面的描述,我真觉得有必要过来一趟。"

廷雅怀孕已经八个月,搬回上海的娘家休养,她也不想麻烦她。在被子里翻了个身,问:"外面怎么描述的?"

孙廷雅顿了顿,"还能怎样,圈子里已经传遍了,郑臻当众表白,绝世大情圣……你们在演偶像剧吗,《我可能不会爱你》?"

她抱着被子笑,孙廷雅叹口气,"我真的很后悔那天晚上没有去赴宴,错过这场大戏,这辈子都要抱憾了。"

"我知道,你们都在看我的笑话。去年没看够,今年接着看,整个新年的话题都被我承包了……"

孙廷雅沉默,周安琪手背放上眼睛,知道自己说错话了。廷雅是好意,她不该迁怒到她的身上。不过她不想解释,她觉得好累好累,一点力气都提不起来。

"安琪,这次的事没人笑话你。"孙廷雅说,"郑臻他说爱你,其实,我很感动……"

她不回答,廷雅继续说:"他也藏得够深的,这么多年我们愣是都没瞧出来。安琪,你……怎么想的?"

天花板上有浮凸的雕纹,花瓣雅致,叶子细长,一朵、两朵、三朵……她无意识地数着,想到十几年前,她就是躺在这张床上,盯着这幅画面,和郑臻打电话打到三更半夜。

书上说,世间好物不坚牢,彩云易散琉璃脆。她的二十九年人生,搞砸的东西太多太多，唯有与他的友情始终如一。她曾以为，至少这一点永远不会改变。

为什么要变呢。

挂断电话后，她又陷入昏睡，这次醒来已经是黄昏。厚重的丝绒窗帘拉开一条缝，灿灿金光穿透而来，在地板上投射出一条长长的光影。她听到开门的声音，以为是家庭医生来检查，然而下一秒，就察觉不对。

熟悉的脚步声，不需要回头，也知道是谁。

他在床沿坐下，床垫陷下去一块。男人声音低沉，难辨情绪，"不接受我的表白，也不用自残抗议吧。"

她抬起头。他坐在明与暗的交界处，身体大部分都陷在黑暗中，唯有脸上一线光芒，照得左边眼眸也熠熠生辉。

她别开眼，不敢再看。

男人大手抚过她的头。她有一头缎子似的长发，披下来后也能显出几分娴静文雅，读书时班上男生揪女生头发都跳过了她，害怕暴脾气的周大小姐怒而报复。只有他，没事儿就去招惹两下，然后看她拽着发丝跟自己瞪眼。

他淡淡一笑，长发从指间滑落，铺在丝绸被子上。锦被下女人浑身僵硬，他轻舒口气，"别那么紧张。如果你实在不喜欢，我回美国就是了。"

她眼睫轻颤，他说："本来就是为了你回来，你要是希望我走，那我就走。"

他弯下腰，直视着她，"安琪，你希望我走吗？"

又是这样的眼神，明亮，充满侵略与征服，这是一个男人看女人的眼神，而不是之前那种，挚友间的朗月清风。

周安琪回忆这几个月，惊觉端倪早在相处的点点滴滴，他确实是带着目的而来。

"你走吧。"她轻声道。

郑臻额角跳了一下。

周安琪却像是打开了话匣子，自顾自道："其实我真的没想到。尽管那晚在餐厅，你那样暗示，我还是跟自己说，是我想多了……你不该说出来的。和席文隽这一段，已经耗尽了我的力气，我不想再开始新的关系了。尤其，还是和你……"

男人逸出丝笑，"我怎么了？"

她看着他，那样无奈，"你不明白吗？"

他明白。他当然明白。这十几年来，他就是太明白！

郑臻深吸口气，忽然扣住她的手腕。她的手原本放在枕边，被他这样按着，居高临下地俯视，像是要压下来似的。周安琪心头一阵战栗，他目光幽深，咬牙道："我当过你的朋友，这辈子就只能当你的朋友，是吗？"

她说不出话，苍白的脸上，一双黑瞳是脆弱的裂痕。他看着看着，眼神一点点软下来，低下头，嘴唇羽毛般轻轻擦过她的眉心，"可是安琪，你扪心自问，你真的只当我是朋友吗？"

周安琪闭上眼，头一回这么恨他们多年来培养的默契。

她在他眼中，竟无所遁形。

这小半个月人事不知的大病，那些混沌的梦魇，他总是不断出现其中。原来不知从何时起，她的感觉也渐渐变了，所以当他挑破那一层窗户纸时，她才会如此惊慌失措。

郑臻看着她，眼中有隐隐的紧张。周安琪一点点抽出手，掀被从床上下来，郑臻有些意外，想去扶她，周安琪却摇了摇头。

赤足走到桌边，给自己倒了杯水，她侧对着他，慢慢喝完。身上是象牙色吊带睡裙，她头发乱糟糟的，其实已经是年近三十的成熟女性，可落入他眼中，却还像当初那个莽撞的小女孩。

周安琪说："我和席文隽……办离婚手续那天，从民政局出来，他曾问我，是不是特别恨他。当时我没有回答。你知道的，我最不喜欢闹崩之后，再说别人的坏话。但现在，我可以告诉你，我确实恨他。一直到现在，我依然恨他。"

郑臻脸色一变，周安琪回过头，笑着说："我恨他背叛了婚礼上的誓言，恨他毁了我们这么多年的回忆，恨他让我在十几年之后，后悔当年的决定。后悔当年为了他，奋不顾身……"

她凝视着郑臻，眼中仿佛有很多话，但最后，只说出那么一句，"阿臻，我不希望有一天，我也恨上你。"

郑臻放在膝上的拳头猛地握紧。

他走到周安琪面前，长久地对视，他的目光那样锐利，她却始终不闪不避。终于，他轻声说："明白了。"

他点了点头，重复道："我明白了。"

明明是很平淡的语气，她却听出刻骨的伤痛。胸口像是被捅了一刀，痛得喘不过气，她咬紧牙关一声不吭，眼睁睁地看他转身，朝外走去。

跨出门时，他似乎停顿了一下，但最后，还是大步离开。

那个挺拔的背影消失在视野，她瞬间脱力，顺着滑到地上。

满室金光泼洒，光影跳动，而她跌坐在那里，仿佛再也站不起来。

廷雅得知这天的情况，沉默许久，才说："你不该那么讲。"

她不语，廷雅轻叹口气，"爱一个人这么多年，是件很辛苦的事，尤其还得不到回应。我不能做到，我觉得你也不能，但郑臻做到了……他做到了我们都做不到的事，默默爱了你这么多年，你却那样说他。他一定是觉得，你居然怀疑他有朝一日会背叛，受伤害了……"

他受伤了吗？周安琪想到郑臻最后的眼神，下意识地抬手按住胸口，这些日子她常常这样，像生了病的人，心口闷得发慌。

也许她真的可以更温柔一点，但就像廷雅说的，郑臻的坚持是太多人无法做到的。她希望他放弃，那么无论怎么做，最终都会伤到他。

就这样吧。

长痛不如短痛。她无法给他想要的，就将他远远推开，也许只有在远离她的地方，他才能找到属于他的自在快活。

很快，她听到消息，郑臻要回美国了。这在她的意料之中，所以还能平静地喝咖啡，不过爸妈大概被她那场病吓到了，对此绝口不提。周安琪有时候觉得，真是难为他们了，她和郑臻的事，两家父母早凭借各路传闻搞得一清二楚，都觉世事难料。有回在画展上遇到郑臻妈妈，那位从小看着她长大的阿姨目露惋惜，叹了好几口气，最后也只是拍拍她的手，说："照顾好自己。"

日子仿佛无惊无扰，就这么过下去，只是没有了那个人，每一天都忽然变得乏味起来。她告诉自己，这才该是常态，生活总是平淡的。就像一条江，即使曾有波澜壮阔，转过那个弯，等待她的，还是和缓不惊的流水。

正月结束，高中的微信群忽然热闹起来，原来老同学们为了庆祝集体迈入三字头，决定举行一场史无前例的同学会，在北京的都会出席，甚至还有人从国外赶回来。

周安琪给组织活动的班长打了电话，对方一听她露了点口风，立刻说："安琪，你可不许说来不了！你家郑臻昨晚才跟我说，他这趟没法儿来，你们两个人，总得派个代表吧！"

"郑臻……他不去吗？"周安琪问。

"是啊，你不知道？他跟我说，有重要的事，恰好在同学会前一晚要飞美国。哎，你说他这腕儿也真够大的，数十年如一日地难约，什么了不得的事儿啊，一天工夫都抽不出？"

周安琪眼睫低垂。她不知道他在忙些什么，也不知道他究竟什么时候离开，朋友们都很谨慎，从不在她面前多说，她也不会主动去问。

前一天走吗？

她淡淡一笑，"既然不凑巧，那也没办法，好在有我当代表，你们就别生他的气了。"

同学会那天，周安琪醒得很早。她躺在被子里，看着窗外的一线蓝天，冒出的第一个想法是，他已经不在这座城市了。

这种感觉真是奇妙。明明才半年，她却已经习惯他的陪伴，仿佛中间许多年的分别都不曾发生，他们还是那对亲密无间的青梅竹马，偶然转过某个街角，就能与对方不期而遇。

皓嘉扒着门框，冒个小脑袋。周安琪笑着招手，让他过来，皓嘉犹豫片刻，背着小手挪到床前。这姿势太可爱，周安琪捏捏他的脸，"怎么啦，要妈妈陪你玩吗？可是妈妈今天没有空哦，晚上回来给你带好吃的。"

"不是。礼物，妈妈，我有礼物要送给你……"

皓嘉说着，拿出个蓝色的小盒子。周安琪认出，这就是那次她送皓嘉去见席文隽，他落在车上的东西。

所以，不是给席文隽的礼物，是给她的？

她打开盒子，黑色丝绒上，躺着块通透温润的白玉。周安琪诧异道："这个是？"

她也玩玉，当然看得出皓嘉送的这块成色极佳。那么问题来了，他怎么送得出这种礼物？谁帮他买的！

"郑叔叔说，妈妈以前有过一块很喜欢的玉佩，可是不小心弄坏了，你因为这个还伤心了好一阵子。这是我们一起给你做的，郑叔叔说和那个很像，是不是很好看？"皓嘉眨巴着眼睛，满脸的期待讨好。

她曾经的玉佩。周安琪愕然一瞬，猛地想起来，是她十几岁时，赌石得来的美玉，她把它打成玉佩，一度爱不释手。

她拿起玉佩，借着透窗而来的晨光打量。是的，没有错，连花纹都和曾经那个一模一样，拼接而成的玉兰花。她后知后觉地想起来，当年设计玉佩时，图纸是她和他一起画的。

周皓嘉抱住她的腿，轻轻说："妈妈，是宝宝错了。郑叔叔说，你和爸爸分开，已经很难过了，我应该乖一点，可是我没有听……以后，我再也不故意生病了，我会乖乖听话，所以妈妈，你也不要生病好不好？宝宝送了你这个，以后，妈妈就不要难过了……"

他仰着小脸，眼眶微红，像只可怜的小动物。周安琪俯身一把将他抱住，话还没出口，眼泪先落了下来。

"妈妈不难过……宝宝陪着妈妈，我就一点都不难过了……"

周安琪参加同学会迟了一点，连连道歉，班长笑着说："来了就好，我还当你放我们鸽子，之前都是拿话骗我呢！"

见面地点选在高中校园，今天是周末，除了凄惨的高三考生在补课，校园里并没有什么人。同学们多年没见，许多差点连名字也想不起来，好在边走边聊了二十分钟后，十几年前的记忆纷纷复苏，气氛也越发热闹。

"老了老了，我本来还觉得自己风华正茂，见到你们才发现，真是老了！"

"会讲话不会，什么叫看见我们觉得自己老了？我还是未婚少女好吗！"

"你这个未婚少女，看起来还不如安琪水嫩呢，人可连孩子都生完了。好好学学，人家是怎么保养的！"

"说到安琪，老郑怎么没来啊？这有安琪没郑臻，总感觉缺了点儿什么。当年王老师可都说了，你俩就像那圆规的两个角，谁也离不开谁，然后吧，全校都等着看你们啥时候能画出一个完整的圆……"

周安琪抬手，将一缕头发别到耳后，轻轻一笑。这是多久前的玩笑了，现在听起来，简直像发生在上辈子。她望着熟悉的校园，人工河前是一栋红砖砌成的楼房，雅致的民国范儿，这是他们当年待了三年的地方，现在交给高一学生在用，大周末的空无一人。

爬山虎蔓延半面墙，楼前的杏花开了，花瓣纷纷扬扬，渐欲迷人眼。

她放慢脚步，逐渐跟大队人马分开。独自走到杏树下，抬起手，一片花瓣端端落在掌心。她看着它，想起十七岁那年，她每晚都会站在二楼阳台上，一边背书，一边看落英缤纷。

那时候，郑臻总是陪在她旁边。

他现在在哪儿啊？昨晚的飞机，那应该快到了吧。天气预报说，今天纽约会下雪，不知道他衣服穿得够不够，会不会觉得冷……

"喂。"

上方传来喊声，周安琪猛地抬头。二楼阳台上，男人高大挺拔，身穿黑色风衣，居高临下，朝她哂然一笑。

郑臻："上来吗？我看到咱们以前的教室了。"

周安琪没有动。

好一会儿，她才问："你没有走？"

"纽约下雪，航班延误。"

真的是因为这个吗？周安琪手放在大衣口袋里，慢慢攥紧。杏花拂面，她隔着漫天花雨望他，"你根本就没打算走，对吗？"

郑臻两手放在栏杆上，低头凝视她，眼中是如水般柔和的笑意。他说："你在这里，我要往哪里走？"

周安琪深吸口气，往后退了半步。郑臻静静看她，然而下一瞬，她却忽然朝楼梯奔去。

她的步子那样急，仿佛迫不及待，楼梯却变得格外漫长。她想到从前有一次，她考试快要迟到，一路疯跑，等终于爬上楼梯，就看到他站在前面，懒洋洋地等着她。

周安琪抬头，背后是湛蓝的天幕，郑臻站在楼梯尽头，微微朝她张开双臂。

她想也没想，一把扑进他怀里！

"你要怎么样？你到底要怎么样！"她攥紧他的衣襟，近乎咬牙切齿地问。

郑臻扶住她肩膀，"我不想怎么样。只是安琪，有些事情我可以依你，但有些事，就算是你，也无法让我改变心意。"

这样的强势坚决，他果然无法成为一位绅士，周安琪却发现面对这样的他，自己根本无法生气。

郑臻问："我给你的礼物，收到了吗？"

"那是皓嘉给我的礼物。"

"好，皓嘉给你的礼物。喜欢吗？我切了十几块石头，才碰上那么一块白玉，跟你当年那块几乎一模一样。"

他拂开她的刘海，漂亮的眉毛下，那双眼睛还是那么明亮，只是大概太生气了，隐隐有些发红。

郑臻说："你说过，如果一块玉有了裂痕，不会徒劳地把它拼起来，而是要换块新的。现在，我送你一块新的美玉。"

是那一晚，她和孙廷雅泡在北海道的温泉里，她说，席文隽是她的美玉。曾经很完美，代表了她所有的努力和抗争，代表了她的美好青春。可惜最后，这块玉碎了。

现在，郑臻告诉她，我送你一块新的美玉。

她推开他，低头沉默许久，再抬起头时，脸上一点表情都没有，"你为什么不走？"

他一愣，她继续说："我希望你走。阿臻，我真的希望你能离开，走得越远越好。"

那样轻的声音，却让他的心一点点下沉。

他还有很多话想说。他明白她的顾虑，明白那一天，她是故意说那些话。比起被他背叛，她其实更害怕现在接受了他，有朝一日会伤他更深。

他想告诉她，那些都不重要，如果能和她在一起，这世间的一切都不再值得畏惧。

他们已经错过太久，太久。

可在她冷寂的声音里，他忽然涌上一个念头。

他了解她，个性固执，从不走回头路，所以即使再爱席文隽，他们也没有第二次可能。这样的她，给了他机会，也让他生出惶恐。如果她打定主意不接受自己，那么也许他这辈子，都只能在她身边占据朋友的位置。

他盼望的那天，可能永远不会到来。

周安琪说："我希望你走，因为我害怕，只要你出现在我面前，我就会像现在这样，扑到你怀里，再也不让你离开……"

郑臻猛地睁大眼，不可置信地看过去，周安琪朝他轻轻一笑，眼泪顺着滑落。

他捧住她的脸，因为太激动，手指都在发抖。拇指拭过眼泪，他与她对视，轻轻道："你说什么？再说一遍……"

她知道他听清了，只是笑。他重复，"你再说一遍。安琪，你不能让我猜……"

沉稳睿智的郑臻，嬉笑怒骂的郑十三少，何曾这样失态过？周安琪心狠狠一颤，这半年时光，之前数十年的点点滴滴，都如潺潺溪水，流淌过心间。

她觉得自己从未如此柔软。

将头靠上他肩膀，右手也握住了他的，她与他十指相扣。这动作仿佛最好的回答，他不再说话，将头贴上她发间，用力抱紧了她。

非常用力地抱紧了她。

杏花树下，班长领着同学们绕过来，正说说笑笑，忽然有人指着上面，"哎，你们看那边，是安琪吗？"

"是安琪。我说怎么瞧不见人，原来自己跑这儿来了。她旁边那是谁啊，也是咱同学吗？"

"好像是……郑臻？我靠，真是老郑。他没走啊！"

"他和安琪，这是……"

大家都失了声音。

仰头望去，那个熟悉的阳台，往里一点就是他们的教室。许多年前，周安琪总是拽着郑臻，并肩站在栏杆前，背书谈心，嬉笑打闹。而现在，同样的地方，两人紧紧相拥，杏花漫天飞舞，而他们，仿佛再也不会分开。

时光是条长长的河，蹚过流水激流，我庆幸在尽头，一直有你等我。